Weitere Titel der Autorin:

Der Fluch der Maorifrau
Im Tal der großen Geysire
Das Geheimnis des letzten Moa
Der Schwur des Maori-Mädchens

Titel in der Regel auch als Hörbuch und E-Book erhältlich

Über die Autorin:

Laura Walden studierte Jura und verbrachte als Referendarin viele Monate in Neuseeland. Das Land fesselte sie so sehr, dass sie nach ihrer Rückkehr darüber Reportagen schrieb und den Wunsch verspürte, es zum Schauplatz eines Romans zu machen. In der Folge gab sie ihren Berufswunsch Rechtsanwältin auf und wurde Journalistin und Drehbuchautorin. Wenn sie nicht zu Recherchen in Neuseeland weilt, lebt Laura Walden mit ihrer Familie in Hamburg.
www.laurawalden.de

Laura Walden

Die MAORI-PRINZESSIN

Roman

BASTEI LÜBBE TASCHENBUCH
Band 16797

1. Auflage: April 2013

Dieser Titel ist auch als Hörbuch und E-Book erschienen

Bastei Lübbe Taschenbuch in der Bastei Lübbe GmbH & Co. KG

Originalausgabe

Copyright © 2013 by Bastei Lübbe GmbH & Co. KG, Köln
Textredaktion: Antje Steinhäuser
Titelillustration: © mauritius images/age; © Masterfile/Frank Krahmer
Umschlaggestaltung: Christina Krutz Design
Satz: Urban SatzKonzept, Düsseldorf
Gesetzt aus der Adobe Garamond
Druck und Verarbeitung: GGP Media GmbH, Pößneck
Printed in Germany
ISBN 978-3-404-16797-5

Sie finden uns im Internet unter
www.luebbe.de
Bitte beachten Sie auch:
www.lesejury.de

Der Preis dieses Bandes versteht sich einschließlich
der gesetzlichen Mehrwertsteuer.

1. Teil

POVERTY BAY, DEZEMBER 1867

Die große Zeremonie stand unmittelbar bevor. Häuptling Rane Kanahau saß auf seinem Thron aus Palmenblättern und betrachtete zufrieden das geschäftige Treiben, mit dem die Einweihung seiner älteren Tochter vorbereitet wurde. Er selbst hatte den Tohunga-ta-moko, den Tätowierern, das Oko überreicht, jenes verzierte Holzkästchen, das die Farbpigmente aus Awheto und Ngarehu enthielt, die von Generation zu Generation weitergegeben wurden, damit das Moko unverwechselbar sein würde.

Die Tätowierer waren zwei alte Männer, die bereits ihm die Zeichen seiner Herkunft ins Gesicht und auf die Oberschenkel geschabt hatten. Diese unverwechselbaren Muster waren sein ganzer Stolz. An diesem Moko konnte jeder erkennen, dass er nicht nur ein Häuptling, sondern ein großer Herrscher war.

Dieser Tag war ein ganz besonderer. Wie gern hätte Kanahau einen Sohn gehabt, dem er den Thron hätte vererben können, aber die Erfüllung dieses Wunsches hatte der Gott der Fruchtbarkeit ihm und seiner Frau verweigert. Zwei Mädchen hatte er ihnen geschenkt. Nun galt Kanahaus ganze Hoffnung diesem älteren Kind, das einem Jungen beim Fischen und Jagen in nichts nachstand. Würde sie nicht wie eine Tochter aussehen, Häuptling Kanahau hätte sich in der Illusion wiegen können, einen Sohn gezeugt zu haben. Sie war wild und ungestüm. Eine echte Kriegerin.

Wenn er da nur an den Überfall der Feinde vor vielen Jahren dachte. Ahorangi war damals erst elf gewesen und hatte wie ein

Mann gekämpft. Er war stolz auf ihren Mut, aber nun wurde es höchste Zeit, dass sie sich auf ihre fraulichen Pflichten besann. Deshalb sollte die Zeremonie am heutigen Tag gleich mit ihrer Eheschließung verbunden werden.

Hehu, der Bräutigam, war Ahorangis Freund seit Kindertagen. Als Sohn eines Kanahau treu ergebenen Häuptlings hatte er stets viel Zeit mit ihr verbracht. Die Wettkämpfe der beiden Kinder waren legendär. Wie Brüder hatten sie sich gemessen, ja, sich sogar die traditionellen Kämpfe mit dem Stock – Mann gegen Mann – geliefert. Dass Hehu mehr für die Prinzessin empfand, war deren Vater allerdings nicht entgangen. Der junge Mann war außer sich vor Freude gewesen, als Kanahau ihm vorgeschlagen hatte, seine Tochter am Tag der Tätowierung zu heiraten. Ahorangi hingegen hatte mit einem heftigen Zornausbruch reagiert. Sie wehrte sich mit Händen und Füßen dagegen, Ehefrau zu werden, doch ihr Vater hatte keinen Zweifel daran gelassen, dass die Heirat beschlossene Sache war. Seitdem lief seine Tochter mit finsterer Miene durch das Dorf. Keiner durfte sie ansprechen, und ihren Jugendfreund Hehu würdigte sie keines Blickes mehr. Der junge Mann tat dem Häuptling leid. Immer wieder suchte er Ahorangis Nähe und holte sich eine Abfuhr nach der anderen.

Kanahau stieß einen tiefen Seufzer aus, als sein Blick am abweisenden und stolzen Gesicht seiner Ältesten hängen blieb. Er liebte sie von ganzem Herzen, viel mehr als die um ein Jahr jüngere Harakeke, aber ihre Eigenwilligkeit bereitete ihm auch Sorgen. Würde der feinsinnige Hehu Herr über ihr wildes Wesen werden?

Was ihn jedoch weit mehr beunruhigte als ihr Widerstand gegen die Ehe war ihre offen geäußerte Abscheu vor dem Moko. Sie hatte gebeten und gebettelt, dass man ihr Gesicht mit den Zeichen ihrer Ahnen verschonen möge. Sie hätte es in Kauf genommen, dass man ihre Beine tätowierte, aber dann hätte niemand auf den ersten Blick ihre vornehme Herkunft erkennen können. Und diesem Zweck diente das Zeichen. Das Moko musste ihr Kinn sichtbar zieren.

Ich werde wie ein Mann mit einem Bart aussehen, hatte sie ihrem Vater entgegengeschleudert. Du wolltest doch immer ein Junge sein, hatte er ihr erwidert, aber das hatte sie nicht gelten lassen. Und was sie dann gesagt hatte, das beschäftigte Kanahau noch in diesem erhabenen Augenblick, in dem Ahorangi nur noch wenige Augenblicke von ihrer Einweihung trennten. Sie hatte ihn provozierend gefragt, warum die Engländerinnen kein Moko im Gesicht trügen. Und keinen Zweifel daran gelassen, dass die Pakeha in diesem Punkt zivilisierter seien als die Maori. Ihre Worte hatten Kanahau bis ins Mark getroffen, denn er vermochte keinerlei Vorzüge der Weißen seinem Volk gegenüber zu erkennen.

Kanahau atmete tief durch und versuchte, sich entspannt auf seinem Thron zurückzulehnen. Wovor hatte er Angst? Es konnte gar nichts mehr geschehen!

Die jungen Männer von seinem und Hehus Stamm machten sich bereits fertig, um nach Ahorangis Einweihung einen Haka, den rituellen Tanz der Maori, vorzuführen, während die Tätowierer ihre Werkzeuge vor der Prinzessin ausbreiteten. Es waren Schaber aus den Knochen des Albatros. Kanahau erfüllte der Gedanke, dass die noch blütenzarte Gesichtshaut seine Tochter alsbald rau und voller Narben sein würde, mit Stolz. Er mochte die Pfirsichhaut der Pakeha-Frauen nicht, und er verstand nicht, wie man ein solches glattes, helles Gesicht mögen konnte. Wenn seine Tochter erst als Maoriprinzessin gezeichnet wäre, würde sie solche törichten Vergleiche in Zukunft sicherlich nicht mehr anstellen. Das jedenfalls redete sich Kanahau in diesem Augenblick ein.

Soeben stimmten die Frauen ein Lied an. Ihre Stimmen erfüllten den erhabenen Ort und schallten bis weit über das Meer. Kanahau wischte sich verstohlen eine Träne aus dem Augenwinkel. Wie sehr er seine Frau vermisste, die vor knapp einem Jahr gestorben war. Sie wäre voller Stolz, wenn sie hätte miterleben dürfen, wie ihre ungestüme Tochter sich nun doch noch zähmen ließ und die Rituale ihrer Ahnen zu respektieren lernte. Vielleicht würde Ahorangi sich unter dem Schutz ihrer Mutter auch immer noch weigern, sich tätowieren zu lassen und zu heiraten. Wenn es nach Kanahau gegangen wäre, hätte man diesen Tag nämlich bereits vor zwei Jahren gefeiert, aber seine Frau Ihapere hatte sich stets vor ihre Tochter gestellt und ihren Mann vertröstet. Nicht bevor sie sechzehn wird, hatte Ihapere gefordert. Inzwischen war Ahorangi siebzehn Jahre alt und in den Augen ihres Vaters so reif wie eine Süßkartoffel, die zu lange im Vorratshaus gelagert hatte.

Kanahau wollte noch einen letzten Blick auf ihr kindlich reines Gesicht werfen. Sie sah ihrer Mutter verblüffend ähnlich. Wenn er daran dachte, wie vehement sein Vater sich seinerzeit gegen die Hochzeit seines Sohnes mit der »Schmalgesichtigen« – so hatte er seine zukünftige Schwiegertochter zeitlebens genannt –, ausgesprochen hatte. Kanahau aber hatten genau diese – für eine Maorifrau außergewöhnlich zarten – Gesichtszüge magisch angezogen. Doch Ihapere hatte ein Moko am Kinn besessen, das sie voller Stolz getragen hatte. Und genau dort würden die Tohunga-ta-moko seiner Tochter das Moko in die Haut ritzen.

Plötzlich brach der Gesang der Frauen ab; Schreie wurden laut.

Kanahau wandte erschrocken den Blick von seiner Tochter ab. Eine Gruppe von Reitern bahnte sich den Weg durch die kreischenden Frauen. Woher diese Männer kamen, wussten nur die Götter. Und noch hatte der Häuptling die Tragweite dieser Störung nicht gänzlich begriffen. Erst als einer der Männer seine Tochter Harakeke packte und auf sein Pferd zog, ahnte er, dass dies ein feiger Überfall war. Er hatte davon gehört, dass liebeshungrige Siedler gelegentlich Maorifrauen raubten, aber wie konnten sie es wagen, es in seinem Dorf und an diesem Tag zu wagen?

Kanahau erhob sich und gab den jungen Männern, die zum Haka aufgestellt waren und auf ihren Tanz warteten, ein Zeichen, sich gegen die Eindringlinge zu wehren. Mit martialischem Gebrüll stürzten sich die Krieger auf die Pakeha und schlugen sie in die Flucht. Unter wilden Flüchen preschten sie im Galopp davon.

Auch Kanahau hatte sich in das Kampfgetümmel gestürzt und war gerade dabei, den letzten der Reiter zu vertreiben, als ein spitzer Schrei ihn herumfahren ließ.

Dem Häuptling stockte der Atem. Der Platz, auf dem soeben noch seine geliebte Tochter Ahorangi gesessen hatte, war von einer Staubwolke eingehüllt, die ein davongaloppierendes Pferd aufgewirbelt hatte. Als die Wolke sich verzog und der Häuptling wieder freie Sicht hatte, stieß er beim Anblick des leeren Palmenthrons einen markerschütternden Schrei aus.

Zug nach Napier, Dezember 1930

Anfangs hatte Eva noch gebannt aus dem Fenster des Zuges gestarrt. Eine derart wilde Landschaft hatte sie noch nie zuvor gesehen. Bis zu jenem Tag, an dem sie alles hinter sich gelassen hatte, war sie selten aus Badenheim herausgekommen, dieser kleinen pfälzischen Welt mit ihren sanften Hügeln und Weinbergen so weit das Auge reichte. Sie hatte es sich immer gewünscht, eines Tages fortzugehen, aber wie schnell und auf welche Weise ihre geheimsten Träume wahr werden sollten, hätte sie niemals für möglich gehalten.

Das Ganze war jetzt bald ein Vierteljahr her. Niemals würde sie den Abend vergessen, an dem sie bei Kerzenlicht beisammensaßen und der Vater ihnen seinen Plan verkündete. Sie würde auch niemals die Erinnerung daran aus ihrem Gedächtnis streichen können, wie reglos die Mutter die Nachricht von der baldigen Auswanderung aufnahm. Dass sie manchmal stundenlang in ihrem Sessel saß und düster vor sich hinstarrte, daran hatte sich Eva mit den Jahren gewöhnt, aber dass sie nicht aufschrie, weil von ihr verlangt wurde, ihr geliebtes Heimatland von einem Tag auf den anderen zu verlassen, verwunderte Eva sehr.

Sie selbst hingegen hatte ihre Begeisterung kaum verbergen können. Amerika war mehr, als sie je zu hoffen wagte, doch dann bekam ihre Freude einen argen Dämpfer: Nur ihren Bruder Hans wollte der Vater mitnehmen. Seine gemütskranke Frau und seine temperamentvolle Tochter sollten indessen nach Neuseeland zu irgendeiner Cousine reisen.

»Die Fahrkarten, bitte!«, riss sie eine Stimme auf Englisch aus ihren Gedanken. Eva schreckte hoch und wühlte in ihrer Handtasche nach dem Ticket. Das hatte sie sich vom letzten Geld kaufen können, das ihre Mutter als Reisekasse mit aufs Schiff genommen hatte. Eigentlich hätte sie in Auckland abgeholt werden sollen, aber nachdem sie mutterseelenallein bis zum nächsten Tag am Kai gewartet und schließlich ein Telefon gesucht hatte, um ihre Tante anzurufen, war ihr mitgeteilt worden, sie solle den Zug nach Wellington nehmen, in Taumarunui in Richtung Napier umsteigen und sich dort vom Bahnhof zu ihrem Haus in Napier bringen lassen. Sehr freundlich hatte ihre Tante am Telefon nicht geklungen. Dabei hatte sie ihrem Vater einen netten Brief geschrieben, dass man seine Frau und seine Tochter gern für zwei Jahre aufnehme. Auf dem Weingut sei genug zu tun. Da könne man jede Hand gebrauchen.

Nun hatten sich die Umstände offenbar geändert, denn von einem Haus in der Stadt war nie zuvor die Rede gewesen.

»Träumen Sie?«, hörte sie den Schaffner fragen.

»Nein, hier ist das Ticket!«, erwiderte Eva hastig auf Englisch.

»Woher kommen Sie?«

Eva zuckte zusammen. Hörte man es etwa, dass sie aus Deutschland kam? Dabei hatte sie doch so fleißig gelernt. Die ganze Überfahrt hatte sie nichts anderes getan, als auf ihrem Etagenbett zu hocken und sich in die Bücher zu vertiefen. Sie wollte auf keinen Fall als sprachloses Dummchen am anderen Ende der Welt ankommen.

»Ich bin aus Deutschland«, erwiderte Eva zögernd.

Ein Strahlen huschte über das Gesicht des Schaffners.

»Ich hab's gewusst. Und ich müsste lügen, wenn ich nicht gleich herausgehört hätte, dass Sie aus der Pfalz kommen.«

Evas Miene erhellte sich ebenfalls. Sie nickte eifrig. »Ja, aus Badenheim!«

Der Mann kratzte sich den Bart. »Kenn ich nicht, aber ich bin auch schon über vierzig Jahre hier. War noch ein Kind, als wir ausgewandert sind...« Er stockte und musterte sie prüfend. »Hat man Sie ganz allein um die Welt geschickt?«

»Nein, mit meiner Mutter; die ist allerdings unterwegs gestorben...«

Tränen traten ihr in die Augen; sie konnte nichts dagegen tun. Es lag wohl an diesem fremden Mann, der die ihr vertraute Sprache sprach. Hinzu kam die schmerzhafte Erinnerung an den Tag, an dem ihre Mutter nicht mehr aufgewacht war. Es stand ihr so lebendig vor Augen, als wäre sie wieder auf dem Schiff.

»Die wird nicht mehr!«, hatte sich eine alte Frau aus dem Stockbett nebenan mitleidlos eingemischt, nachdem Eva den leblosen Körper ihrer Mutter wie eine Irre geschüttelt hatte.

Spätestens in jenem Augenblick hatte sie gewusst, dass die Alte die Wahrheit sprach, aber sie wollte sich ihr nicht stellen. Sie stürzte aus dem Saal mit den Doppelstockbetten und schrie nach Doktor Franke. Der begleitete sie sofort zum Bett der Mutter, die er recht gut kannte, hatte sie sich doch während einer schlimmen Grippewelle, die unter den Passagieren wütete, freiwillig bei ihm als Helferin gemeldet. Eva und sie halfen unermüdlich, die Kranken zu betreuen. Immer in der Angst, sie könnten sich selber anstecken, aber sie bekamen nicht einmal einen Schnupfen. Inzwischen war die Epidemie an Bord überstanden und hatte nur wenige Opfer gefordert.

Der grauhaarige Arzt wurde weiß um die Nase, als er sich zu Martha Schindler hinunterbeugte.

»Ihre Mutter ist tot«, sagte er, nachdem er sie untersucht hatte.

»Gestern war sie noch völlig gesund! Sie hatte keine Anzeichen der schrecklichen Grippe. Und sie leidet nicht unter einem schwachen Herzen. Das kann doch gar nicht sein!«, widersprach Eva verzweifelt.

Doktor Franke machte ein Zeichen, dass sie ihm nach draußen

folgen sollte, denn mittlerweile waren die neugierigen Blicke sämtlicher mitreisender Damen auf Eva und den Doktor gerichtet.

Eva ließ sich aus dem Schlafsaal hinausschieben. Sie hatte immer noch nicht begriffen, was geschehen war.

»Ich habe mich schon gewundert, wer uns das Veronal gestohlen hat, aber hier ist das leere Röhrchen.« Der Doktor hielt es hoch.

»Wo haben Sie es her?«

»Es lag unter der Bettdecke Ihrer Mutter. Ich habe es eben gefunden, als ich sie abgehorcht habe. Sie müssen jetzt tapfer sein: Ihre Mutter hat sich umgebracht.«

»Sie hat es schon einmal versucht«, hatte Eva kaum hörbar erwidert. Ihr Vater hatte ihr einmal erklärt, dass es mit Marthas Schwermut kurz nach ihrer Geburt losgegangen sei.

Der Schaffner hatte sich inzwischen neben Eva auf die Bank gesetzt und den Arm um sie gelegt. Als sie begriff, dass dieser fremde Mann sie zu trösten versuchte, schluchzte sie laut auf. Endlich konnte sie weinen. Die ganze Zeit seit dem furchtbaren Tag war sie wie versteinert gewesen.

»Nädd draurig sin, Maat«, hörte sie den Schaffner wie von ferne raunen, doch sie konnte nichts dagegen tun. Es musste sein. Endlich! Alle hatten sich gewundert, dass sie keine Träne vergossen hatte, während der Kapitän den Leichensack mit ihrer Mutter ins Meer gekippt hatte. Sie aber hatte nicht weinen können. Ihr Inneres war wie erstarrt gewesen.

Erst in diesem Augenblick, als sie an einen fremden bulligen Mann aus ihrer Heimat gelehnt war, trauerte sie darüber, dass sie ihre Mutter verloren hatte und allein in einem fremden Land war.

Ich werde Vater schreiben, damit er mir das Geld für eine Fahrkarte schickt, dann sehe ich die beiden bald wieder, redete sie sich gut zu. Und nicht erst in zwei Jahren, wie ihr Vater es sich vorgestellt hatte.

In zwei Jahren habe ich genug Geld zusammen, sodass wir unsere Hänge wieder bewirtschaften und vom Weinverkauf leben können, hatte er versprochen, aber bis dahin könnt ihr nicht auf diesem heruntergekommenen Stück Land hausen, das einmal ein ertragreiches Weinland gewesen war.

Nach dem Krieg war es mit dem Weingut ständig bergab gegangen. Zum einen war der Vater mit einer Kriegsverletzung heimgekehrt und zum anderen hatte er sich früh den Separatisten um Heinz Orbis angeschlossen. Sein Traum war eine freie Pfalz mit Anlehnung an Frankreich gewesen. Doch der Rückhalt in der Bevölkerung für diese Bewegung war nicht eben groß gewesen. Peter Schindler hatte sich zwar noch rechtzeitig von den Separatisten losgesagt, um nicht mit seinem Leben zu büßen, aber in den Augen der französischen Besatzer war er politisch unzuverlässig, und von den Hilfen der Bayrischen Landesregierung bekam er gar nichts. Der Bürgermeister überging den frankophilen Querkopf, wie Peter Schindler im Dorf genannt wurde. Mit dem Ergebnis, dass er Weinberge verkaufen musste und vom Rest seine Familie nicht mehr hatte ernähren können. Er hatte sich allerdings geweigert, das Anwesen zu verkaufen. Stattdessen hatte er für die Tickets nach Amerika und Neuseeland sämtliche Schmuckstücke versetzt, die ihm seine Mutter einst vererbt hatte. Und das waren nicht wenige gewesen, denn das Weingut Schindler hatte unter seinen Eltern weitaus bessere Zeiten gesehen.

Eva schreckte aus ihren Gedanken, als der Schaffner sich entschuldigend erhob. Er müsse weiter. Allerdings nicht, ohne sich nach ihrer Bleibe in Napier zu erkundigen. Als sie die Adresse in der Cameron Road nannte, pfiff er durch die Zähne und erklärte ihr, dass dies eine Straße wäre, in der es nur große, alte viktorianische Villen gebe. Dort habe man Geld, fügte er augenzwinkernd hinzu.

Eva dankte dem freundlichen Mann. Wenn er wüsste, wie gleichgültig ihr war, wohin sie kam. Sie würde eh nicht lange bleiben. Sie war nur von einem Gedanken besessen: ihrem Vater einen Brief zu schreiben, sobald er seinerseits die Adresse geschickt hatte, um ihn zu bitten, sie nachkommen zu lassen.

Wenn ich diese Reise überlebt habe, werde ich auch noch gesund von hier nach Amerika gelangen, dachte sie und setzte sich aufrecht hin. Draußen schien die Sonne, und im Zug wurde es langsam warm. Eva zog ihren dunklen Wollmantel aus, der sie seit Beginn der Reise begleitete. Ihr Vater hatte ihn ihr in Hamburg gekauft. Dort hatten sie einige Tage in einer schäbigen Unterkunft auf die Abfahrt ihrer Schiffe warten müssen. Auch das würde sie nie vergessen: Wie ihre Mutter und sie auf dem riesigen Dampfer gestanden und ihrem Vater und Bruder zugewunken hatten, bis diese eins mit der gesichtslosen Menge geworden waren, die am Kai Abschied von ihren Verwandten nahm.

In ihrer ersten Nacht auf dem riesigen Auswandererdampfer hatte Eva sich in den Schlaf geweint, um dann keine einzige Träne mehr zu vergießen – bis heute. Der Zug durchquerte soeben eine Landschaft aus Bergen und grünen Wiesen. Die Berge waren höher als zu Hause und die Wiesen grüner. Eva drückte sich die Nase an der Scheibe platt. Selbst die Sonnenstrahlen, die das Land in ein warmes Licht tauchten, kamen ihr kräftiger vor als in Badenheim. Sie wollte auf keinen Fall etwas verpassen. Doch schon kurz darauf ergriff die Müdigkeit mit aller Macht von ihr Besitz. Die Augen fielen ihr zu und ihr Kopf sackte nach vorn auf die Brust.

Napier, Dezember 1930

Eva erwachte davon, dass jemand sie kräftig schüttelte. Es war der freundliche Schaffner.

»Schnell, steigen Sie aus. Sonst müssen Sie bis nach Hastings mitfahren!«, rief er aufgeregt, während er ihren Koffer aus dem Netz zerrte und zum Ausgang eilte. Eva sprang auf, griff sich ihren Mantel und die Handtasche und folgte ihm. Kaum war sie auf dem Bahnsteig, setzte sich der Zug auch schon in Bewegung.

»Viel Glück in Ihrer neuen Heimat!«, rief der Schaffner und winkte ihr zu.

Eva hatte nur den einen Koffer, der allerdings so schwer war, dass sie ihn kaum tragen konnte. Als sie auf dem Vorplatz ankam, lief ihr der Schweiß in Strömen aus allen Poren. Das hatte sie bereits bei der Ankunft in Auckland bemerkt. In diesem abgelegenen Teil der Erde herrschten im Dezember sommerliche Temperaturen. Sie hielt Ausschau nach einem Taxi, aber in der Mittagshitze entdeckte sie weit und breit keinen Wagen.

»Da können Sie lange warten«, bemerkte eine vorübereilende Frau. »Am Wochenende fahren kaum Wagen. Die Männer sind alle beim Fischen oder Wandern.«

»Und wie komme ich dann zur Cameron Road?«

»Ganz einfach. Sie gehen die Straße nach links und dann immer geradeaus. Da fragen Sie noch einmal. Es geht ein bisschen bergauf, aber Sie sind ja noch jung! Keine zwei Kilometer. Höchstens fünfzehn Minuten.«

Eva holte tief Luft und überlegte. Vielleicht sollte sie bei der Tante anrufen und sie bitten, dass man sie abholen möge. Doch sie hatte noch immer den unwirschen Ton im Ohr, der ihr aus dem Telefon entgegengeklungen war. Diese Stimme machte ihr keine allzu große Hoffnung auf einen freundlichen Empfang. Was würde die Tante wohl sagen, wenn sie ohne ihre Mutter in der Cameron Road ankam? Entschieden nahm Eva den Koffer und ging nach links, wie die Frau es ihr geraten hatte. Die Strecke schien sich ewig hinzuziehen. Ein kleiner Trost war der atemberaubende Anblick des Meeres, das rechter Hand auftauchte. Aber die Freude darüber konnte Eva schließlich auch nicht mehr von ihren schmerzenden Armen ablenken. Alle paar Minuten blieb sie stehen, um die Hand zu wechseln. Ihre Finger waren jedes Mal schneeweiß, weil das Gewicht des Koffers die Blutzufuhr abquetschte.

Nach einer Weile kam ihr eine alte, dunkelhäutige Frau mit krausem schwarzem Haar, das von grauen Strähnen durchzogen war, entgegen. Ob sie die ansprechen sollte? Sie war unschlüssig, starrte die Fremde aber so durchdringend an, dass diese stehenblieb und unverblümt fragte, warum sie sie so ansehe.

Eva fühlte sich ertappt und kam ins Stottern, als sie der Alten zu erklären versuchte, dass sie aus Deutschland käme und zu ihrer Tante in die Cameron Road wolle.

Ein Lächeln huschte über das Gesicht der Frau.

»Sie haben noch nie zuvor eine Maori gesehen, oder?«

Eva schüttelte den Kopf. »Ich habe in einem kleinen Ort gelebt, bis mein Vater unsere Auswanderung beschlossen hat.« Eva hatte Mühe, die richtigen englischen Wörter zu finden. In der Schule hatte sie kein Englisch gelernt und ihr Eifer auf dem Schiff zahlte sich zwar darin aus, dass sie beinahe alles verstand, aber zum flüssigen Sprechen reichte es noch nicht. Eva war das ein wenig unangenehm. Ebenso wie die Tatsache, dass sie gar nichts über dieses Land wusste. Es wäre ihr ein Gräuel, wenn man sie für ungebildet hielte. Denn ihre mangelnde Ausbildung war ihre Schwachstelle. Wie gern wäre sie nach Mainz oder Worms auf die höhere Schule gegangen wie Inge, ihre Freundin, die Tochter des Bürgermeisters. Doch es war kein Geld da, und sie wurde im Haushalt gebraucht. Einer musste schließlich kochen und sauber machen, wenn ihre Mutter wieder einmal wochenlang nur trübsinnig vor sich hingestarrt hatte.

»Und wo ist deine Mutter?«

Eva blickte die Maori erschrocken an. »Woher wissen Sie, dass ich in Begleitung meiner Mutter erwartet werde?«

Die Maori lachte.

»Weil ich die Schwester von Misses Bold bin.«

»Misses Bold? Ich werde aber von einer Misses Clarke erwartet.«

»Das ist Misses Bolds Tochter.«

»Oh, das hat mein Vater mir gar nicht gesagt, dass Misses Clarkes Mutter im Haus wohnt, aber ich wundere mich sowieso. Ich sollte eigentlich auf ein Weingut kommen und nicht in die Stadt.«

Die Miene der Maori verfinsterte sich. »Das kann ich mir lebhaft vorstellen, dass man Ihrem Vater die gute Lucie unterschlagen hat. Und Misses Clarke heißt auch nicht mehr Misses Clarke, denn sie hat neu geheiratet. Einen Doktor Thomas. Sie heißt also jetzt Misses Thomas.«

»Nein, ich meine ... doch schon, ich weiß, dass der Onkel meines Vaters eine Frau hatte, sonst würde es ja Misses Clarke, ich meine, Vaters Cousine, also Misses Thomas nicht geben; wir dachten allerdings, sie sei schon lange ...« Eva stockte mit hochrotem Kopf, gerade noch rechtzeitig, um es nicht auszusprechen.

»Sprechen Sie es ruhig aus! Mich können Sie damit nicht schockieren. Sie haben zudem in gewisser Weise recht. Sie ist zwar bei bester Gesundheit, aber sie wird gern auch einmal totgeschwiegen.« Die Maori griff nach Evas Koffer. »O je, das Monstrum sollen wir den ganzen Berg hochhieven? Warum holt Sie Joanne nicht ab. Oder Adrian?«

»Ich ... ich habe nicht gefragt, weil sie sich am Telefon so abweisend angehört hat.«

Die Maori lachte wieder laut auf.

»Na, dann lernen Sie die Dame des Hauses erst einmal persönlich kennen.«

Das klingt nicht gerade ermutigend, schoss es Eva durch den Kopf, während sie mit am Griff des Koffers anpackte. Zu zweit trug er sich wesentlich leichter.

»Wer ist Adrian?«, fragte Eva, nachdem sie schon ein kleines Stück bergan gegangen waren.

»Lucies Enkel, Joannes, also Miss Thomas', Sohn und der von Mister John Clarke. Sein Vater war ein feiner Kerl, aber zu schwach für diese Welt. Er ist mein Patenkind, also Adrian, nicht der Vater, der ist ja auch leider viel zu früh verstorben.«

»Und wie alt ist er. Ich meine, Adrian?«

»Zwanzig und ein echter Prachtbursche. Er wäre ein fantastischer Weinbauer geworden, wenn das nicht alles den Bach hinuntergegangen wäre, aber ihn interessieren ohnehin mehr die alten Häuser ...«

Eva hörte der Maori gar nicht mehr zu. Sie hatte ihren staunenden Blick auf die Häuser geheftet, die nun vor ihnen auftauchten. Wenn sie auch wenig über Land und Leute hier wusste, den Baustil, der, je näher sie kamen, umso prächtiger wirkte, kannte sie bis in die Details. Ihre größte Freude war es gewesen, sich bei ihren seltenen Besuchen in Mainz Bücher über Architektur zu besorgen. Das Geld dazu hatte sie sich mit Kinderhüten verdient. Sie bedauerte in diesem Augenblick zutiefst, dass sie das Buch über viktorianische Häuser kurz vor der Abreise hatte hergeben müssen. Auf Wunsch ihres Vaters, der alle Kostbarkeiten im Haus zu Geld gemacht hatte, um die Reisekasse zu füllen.

»Wir sind da! Oder schlafen Sie mit offenen Augen?«

»Entschuldigen Sie, nein, ich bin beeindruckt von den Häusern. Ich liebe diesen Stil, wenngleich er sehr altmodisch ist. Aber es hat alles einen so verspielten Charme. Sehen Sie, allein die verzierten Giebel ...«

»Da wird sich Adrian freuen. Der redet von nichts anderem als von alten Häusern. Aber Sie haben recht. Man kann gegen die Pakeha sagen, was man will, Sie haben schon in schönen Bauten gewohnt, als wir noch in fensterlosen Hütten gehaust haben.«

»Pakeha? Wer ist das?«

»Sie zum Beispiel. Sie sind eine Pakeha. Eine Weiße. Wir nannten die ersten weißen Siedler so, und mittlerweile ist das ein ganz gebräuchlicher Begriff geworden und ...«

Die Maori wurde unterbrochen, als die Haustür aufging und ein junger Mann mit dunklen Locken freudig auf sie zueilte.

»Tante Ha, sie erwartet dich schon sehnsüchtig. Sie kann dem Trubel im Haus nichts abgewinnen. Und du weißt ja, den medizinischen Künsten des Arztes traut sie auch nicht. Sie lässt sich nur von dir behandeln ...«

Der junge Mann stockte, als er Eva wahrnahm. Mit einem Blick auf ihren Koffer sagte er verschmitzt: »Sie sind hoffentlich die unbekannte Großcousine, für die ich mein Zimmer räumen musste. Dann täte es mir nämlich nicht mehr ganz so leid, dass ich das separate Reich am Ende des Flurs habe aufgeben müssen.« Er streckte ihr die Hand entgegen.

»Ich bin Adrian.«

Eva hatte Angst zu erröten. Dass junge Männer so charmant sein konnten, hatte sie nicht für möglich gehalten. In Badenheim hatten zwar mehrere Männer um sie geworben, kein einziger von den Dorfburschen hatte allerdings je ihr Interesse erregt. Und keiner hatte über solche Manieren verfügt und ein derart gewinnendes Lächeln besessen.

Sein Händedruck war angenehm kräftig.

»Ja, ich bin die Cousine aus Deutschland, aber ich bestehe nicht auf Ihrem Zimmer. Meinetwegen können wir tauschen.«

»Kommen Sie, geben Sie mir Ihren Koffer. Sie haben in dem Monstrum hoffentlich ein paar sommerliche Kleidungsstücke. Oder haben Sie darin Ihre Mutter versteckt? Wenn ich richtig informiert bin, erwarten wir Sie beide.«

Eva biss sich auf die Lippen. Nur nicht wieder weinen, redete sie sich gut zu.

»Meine Mutter ist unterwegs gestorben«, sagte sie mit belegter Stimme.

»Aber, warum haben Sie das nicht gleich gesagt, Kindchen?«, bemerkte Tante Ha ehrlich betroffen.

»Können Sie mir meinen dummen Witz verzeihen? Wie sollte ich ahnen, dass Ihrer Mutter etwas zugestoßen ist. Dabei stand es sogar in der Zeitung, dass auf Ihrem Schiff eine Grippeepidemie ausgebrochen war.«

Eva verkniff sich, ihnen mitzuteilen, dass Martha nicht einmal an einem Husten gelitten hatte, als sie sich das Veronal aus der Krankenkabine gestohlen hatte.

»Machen Sie sich keine Gedanken«, erwiderte sie stattdessen. »Meine Mutter war schon vor der Reise sehr krank.«

»Aber Sie müssen erst einmal etwas essen, etwas trinken und sich ausschlafen.« Adrians Stimme klang ernsthaft besorgt.

Dass ein Mann sich um ihr Wohl Gedanken machte, hatte sie noch nie erlebt. Zu Hause hatten stets die Bedürfnisse ihres Vaters und ihres Bruders im Vordergrund gestanden.

Eva folgte Adrian und Tante Ha ins Haus. Bewundernd blickte sie sich um. Nicht nur von außen war es ein stilechtes viktorianisches Gebäude, sondern auch die Möbel stammten aus der Zeit.

»Großmutter hat ein Faible für viktorianische Einrichtungsgegenstände«, bemerkte Adrian schmunzelnd.

»Ich werde schnell zu ihr gehen. Sonst wird sie unwirsch.« Tante

Ha steuerte auf die Treppe zu und eilte ins erste Stockwerk hinauf.

»Heißt sie wirklich Ha?«, fragte Eva, als ihre Schritte verklungen waren.

Adrian lächelte. »Ihr richtiger Name ist Harakeke, aber ich darf ihn so respektlos abkürzen. Die Maori haben ein Faible für Zungenbrecher. Es gibt in der Nähe einen Berg. Ich habe mir einen Spaß gemacht und den Namen auswendig gelernt: Taumatawhakatangihangakoauauotamateaturipukakapikimaungahoronukupokaiwhenuakitanatahu.«

»Und was heißt das?«

»Der Vorsprung des Berges, wo Tamatea, der Mann mit den großen Knien, der rutschte, kletterte und die Berge verschlang und der durch das Land reiste, für seine Liebste Flöte spielte.«

Adrian musterte Eva wohlwollend. »Wie schön, dass Sie wieder lachen können. Kommen Sie, ich zeige Ihnen Ihr Zimmer. Am besten legen Sie sich hin und schlafen sich aus. Ich wecke Sie zum Abendessen.«

Eva folgte ihm, nicht ohne bewundernde Blicke auf die Tapeten und das Flurmobiliar zu werfen. Das Ganze war so herrlich altmodisch, als wäre es aus der Zeit gefallen. Eva war beeindruckt, und sie war sehr gespannt, die Frau kennenzulernen, die das alles so stilsicher zusammengetragen hatte. Doch warum hatte ihr kein Mensch etwas von diesem Haus und der Großmutter erzählt?

»Haben Sie vielleicht eine Erklärung dafür, weshalb mein Vater meiner Mutter und mir erzählt hat, wir kämen auf ein Weingut?«, fragte sie, als er schließlich vor einer Tür anhielt und den Koffer abstellte.

Adrians Miene wurde eisig. Das konnte Eva selbst bei dem gedämpften Licht auf dem Flur erkennen.

»Mutter hat das Anwesen nach Vaters Selbstmord fluchtartig verlassen«, entgegnete er mit schneidender Stimme. »Und das ist erst ein paar Monate her. Wahrscheinlich hatte sie keine Gelegenheit, Ihrem Vater zu schreiben, dass sie inzwischen einen neuen Gatten ihr Eigen nennt.«

Dass Adrian mit dieser Entscheidung seiner Mutter nicht einverstanden gewesen war, war unschwer an seinem Ton und seiner Ausdrucksweise zu erkennen.

Eva atmete ein paar Mal tief durch. »Meine Mutter hat sich mit Schlaftabletten umgebracht. Sie litt an Schwermut.«

»Mein Vater hat sich erschossen. Er war eigentlich ein fröhlicher Mensch, aber er hat es nicht verkraftet, dass sein Lebenswerk, das Weingut, dem Ruin geweiht war und dass seine Frau nichts Eiligeres zu tun hatte, als beim Auftauchen der ersten Schwierigkeiten...« Er unterbrach sich hastig, während er die Tür zu dem Zimmer öffnete.

»Das ist Ihr Reich. Ich hoffe, es gefällt Ihnen!«

Eva war verwirrt wegen des plötzlichen Themenwechsels, aber dann zog die Einrichtung ihre ganze Aufmerksamkeit auf sich. Aus ihren Augen sprach Bewunderung.

»Ist das ein echtes Chesterfield-Sofa?«, fragte sie und näherte sich dem Möbelstück ehrfürchtig.

»Alles echt!«, erwiderte Adrian nicht ohne einen gewissen Stolz in der Stimme.

»Und hat das auch Ihre Großmutter eingerichtet?«

»Nein, das wäre ihr alles viel zu modern. Es sind meine Möbel. Ich habe nach dem Schulabschluss bei einem Architekten gearbeitet und gehe im Februar auf die Akademie nach Wellington. Dort unterrichtet ein Schüler von Frank Lloyd Wright und ich liebe diesen Stil, aber noch kann ich mir kein solches Haus bauen...«

»Es ist schon faszinierend«, fiel Eva in seine Schwärmerei ein. »wie man einen organischen Zusammenhang zwischen Architektur und den menschlichen Bedürfnissen herstellen kann.«

»Sie wissen, wer Frank Lloyd Wright ist?«, fragte Adrian ungläubig.

»Ja, sonst würde ich mich wohl kaum zu diesem Thema äußern«, entgegnete sie schärfer als beabsichtigt. Er redete darüber, als wäre es das Selbstverständlichste von der Welt, dass man Architektur studierte. Wenn er wüsste, dass es genau das war, was sie tun würde, wenn sie nur einen Wunsch auf dieser Welt frei hätte. »Schauen Sie mich nicht so an, als würden Sie daran zweifeln. Ich habe all mein Geld in Architekturbücher gesteckt!«

Adrian musterte sie irritiert. »Was habe ich Ihnen getan? Sind Sie mir böse?«

»Ich bin sehr erschöpft«, erwiderte sie, während sie sich fragte, wie er es wohl fände, wenn er ahnen würde, was in ihrem Kopf vor sich ging. Sie verstand sich ja selbst nicht. Wie kleinlich, dachte sie. Ich neide ihm, dass er bei einem Schüler des großen Frank Lloyd Wrights lernen durfte. Ein Blick in den großen Flurspiegel bestätigte ihr, dass ihre Miene äußerst angespannt war. Sie kam sich vor wie ihre verkniffene alte Lehrerin.

»Und vielen Dank für alles. Sie haben mir das Ankommen sehr erleichtert«, fügte sie steif hinzu.

»Dein Englisch ist übrigens sehr gut«, bemerkte er auf Deutsch. »Wir müssen uns jetzt duzen. Schließlich bist du so etwas wie eine Cousine. Wie sind wir eigentlich genau verwandt?«

Eva stieß einen tiefen Seufzer aus. Ihr Vater hatte es ihr zwar erklärt, aber es war gar nicht so einfach, sich das Verwandtschaftsgefüge ins Gedächtnis zurückzurufen.

»Wenn ich es richtig verstanden habe, waren unsere Großväter Brüder. Deiner wanderte in jungen Jahren nach Neuseeland aus, weil meiner als der Ältere das Weingut in der Pfalz erben sollte. Mein Großvater hätte ihn damals am liebsten für verrückt erklärt, weil er sich in den Kopf gesetzt hatte, dort Wein anzubauen.«

»Ja, und mein Großvater war ein Kämpfer, und er hat es tatsächlich geschafft. Er hat das erste florierende Weingut in der Hawke's Bay besessen. Sag mal, wie ist denn der Kontakt zu meiner Mutter überhaupt entstanden? So von einem Ende der Welt zum anderen?«

»Das weiß ich auch nicht so genau«, meinte Eva nachdenklich. »Ich glaube, deine Mutter hat meinem Vater einen Brief geschrieben, in dem sie ihn gebeten hat, dass er ihr die Hälfte des Schmuckes schicken solle, den seine Großmutter, die ja zugleich die Mutter ihres Vaters war, ihm vererbt hatte. Da gab es wohl ein Testament, in dem die alte Dame auch die Abkömmlinge ihres jüngeren Sohnes bedacht hatte. Ich habe keine Ahnung, warum er nicht persönlich schrieb, sondern seine Tochter.«

»Vielleicht war es erst nach Großvaters Tod«, sagte Adrian. »Daran kann ich mich leider nicht mehr erinnern. Ich war noch nicht geboren, als Großvater plötzlich starb.«

»Jedenfalls haben mein Vater und deine Mutter, die Cousin und Cousine sind, sich dann in unregelmäßigen Abständen über Wein ausgetauscht. Und als unser Weingut in Badenheim nicht mehr zu halten war, fasste mein Vater den Entschluss, mit meinem Bruder nach Kalifornien zu gehen, um dort Arbeit zu finden. Meine Mutter und ich hätten die beiden nur gestört. Deshalb sollten wir auf das Weingut deiner Mutter kommen...« Sie stockte. »Aber da es deiner Mutter finanziell auch nicht gut geht, werde ich euch natürlich nicht lange auf der Tasche liegen. Sobald Vater mir das Geld für eine Passage nach Amerika schickt, bin ich weg!«

»Ach, um Mutter mach dir mal keine Sorgen. Ihr neuer Gatte ist einigermaßen bei Kasse und sie spekuliert nur darauf, endlich Großmutter Lucies Haus und ihr Vermögen zu erben.«

Eva verkniff es sich, ihn zu fragen, warum er so hässlich über seine Mutter redete. Das war nun schon das zweite Mal in diesem Gespräch. Aber sie wollte nicht neugierig wirken. Außerdem musste sie erst einmal verarbeiten, was sie einander binnen so kurzer Zeit alles anvertraut hatten. In gewisser Weise teilten sie ja dasselbe Schicksal. Lag es daran, dass er ein entfernter Verwandter war, dass sie sich ihm so seltsam nahe fühlte?

»Dann schlaf gut und träume schön. Du weißt ja, der erste Traum, den du in einem neuen Zuhause hast, geht in Erfüllung.«

Nachdem Adrian die Tür hinter sich geschlossen hatte, betrachtete sie die Möbel eingehender. Er hatte wirklich Geschmack, das musste man ihm lassen. Schließlich öffnete sie das Fenster und blickte in einen Garten, in dem es so bunt blühte, wie sie es noch niemals zuvor gesehen hatte. Seltene Vogelstimmen drangen an ihr Ohr. Plötzlich hörte sie eine Frauenstimme, die Befehle erteilte.

»Bringen Sie mir bitte den Tee nach draußen und ein paar von den Keksen!«

Eine Frau in Kostüm und Hut trat auf die Veranda aus Holz, die genau unter Evas Zimmer lag. Eva hielt die Luft an. Noch nie hatte sie eine so schöne Frau gesehen. Sie besaß helles Haar, einen makellosen weißen Teint, ein schmales Gesicht, eine perfekte Nase und einen vollen sinnlichen Mund. Ihre Augen waren grün, soweit es Eva von hier oben erkennen konnte. Eva hielt sie auf den ersten Blick für Adrians Schwester, weil sie so jugendlich wirkte und es eine unübersehbare Ähnlichkeit zwischen ihnen gab. Erst auf den zweiten Blick sah man der feinen Dame ihr Alter an. Sie musste bereits auf die fünfzig zugehen.

Nun vernahm Eva eine zweite Stimme aus dem Haus.

»Du kannst nicht von mir erwarten, dass ich diesen Trampel unterhalte. Meine Freunde mögen keine Deutschen. Ich kann sie beim besten Willen nicht überall mit hinschleppen. Und gerade jetzt vor Weihnachten häufen sich die Einladungen. Bitte mute es mir nicht zu, sie zu unterhalten.«

Eva trat einen Schritt ins Zimmer zurück aus Angst, man könne sie am Fenster entdecken, denn sie hegte keinen Zweifel, dass die Rede von ihr war. Doch dann siegte ihre Neugier. Sie wollte wissen, wie das Gesicht zu der quengeligen Stimme aussah.

Das Aussehen der jungen Frau, die offenbar die Tochter des

Hauses war, reichte bei Weitem nicht an die Schönheit ihrer Mutter heran. Sie war blond, hatte im Gegensatz zu ihrer Mutter ein rundliches Gesicht mit einer Stupsnase und Sommersprossen. Niedlich würde man in Deutschland sagen, aber neben ihrer Mutter wirkte sie wie ein Ackergaul neben einem Rassepferd. Eva schämte sich ein wenig für diesen Vergleich, aber es fiel ihr nichts Besseres ein. Natürlich war er auch geprägt von ihrer Abneigung gegen die etwa gleichaltrige junge Frau. Wie kam sie dazu, sie als Trampel zu bezeichnen? Oder hatte sie das nur falsch übersetzt?

Eva verließ ihren Fensterplatz hastig, als sich Mutter und Tochter zum Tee auf der Veranda niederließen.

Sie holte ihr Wörterbuch hervor und bekam die Bestätigung, für das, was sie meinte herausgehört zu haben. *Clod* bedeutete tatsächlich so etwas wie »Trampel«.

Eva legte sich aufs Bett und ballte die Fäuste. Als sie aufwachte, hatten sich ihre Hände gelöst, und sie lächelte in sich hinein. Sie konnte sich sofort an ihren Traum erinnern: Sie war mit einem gut aussehenden jungen Mann durch eine viktorianische Villa geschlendert!

Napier, Dezember 1930

Eva war schon lange wach, als es an ihrer Zimmertür klopfte. Sie hatte versucht, ein ansprechendes Sommerkleid in ihrem Koffer finden, aber sie besaß überhaupt nur ein einziges schönes Kleid.

Adrian steckte vorsichtig den Kopf zur Tür hinein.

»Bist du fertig?«

Eva nickte und folgte ihm zurück über den endlos langen Flur nach unten in das Esszimmer. Sie war ein wenig erschrocken, weil sie gleich von drei Augenpaaren eindringlich gemustert wurde, auf sehr unterschiedliche Art und Weise. Adrians Mutter und der grauhaarige füllige ältere Herr am Tisch zeigten keinerlei Regung außer Neugier, während die Tochter des Hauses verächtlich ihr Gesicht verzog.

»Das ist unsere Cousine aus Deutschland, Eva Schindler«, sagte Adrian mit fester Stimme.

Seine Mutter stand auf und streckte ihr die Hand entgegen. Sie ist schön, aber kalt, durchfuhr es Eva, während sie ihre Tante begrüßte. Das Dumme war nur, dass Eva deren Name entfallen war. Wie sollte sie sie nur anreden? Während sie noch fieberhaft in ihrem Gedächtnis kramte, hörte sie, wie die Tante sich nach ihrer Mutter erkundigte. Bevor sie antworten konnte, musste ihr deren verdammter Name einfallen. Die Maori hatte ihn doch vorhin erwähnt...

»Und wo ist deine Mutter?«, wiederholte ihre Tante ungeduldig die Frage, dann musterte sie Eva von Kopf bis Fuß. »Ach, sie

30

spricht wahrscheinlich gar kein Englisch. Deshalb antwortet sie nicht«, fügte sie hinzu.

»Sie ist auf der Überfahrt gestorben«, mischte sich Adrian hastig ein. »Und es wäre sehr reizend, wenn auch du, liebe Berenice, deine Cousine herzlich willkommen heißen würdest. Sie wird jetzt eine Zeitlang bei uns leben.«

Glücklicherweise wird es gar nicht lange sein, dachte Eva, die intuitiv spürte, dass sie kein gern gesehener Gast in diesem Haus war. In diesem Haus, in das man sie gar nicht eingeladen hatte.

»Ich hoffe, dass ich mich ein wenig nützlich machen kann, nachdem du Vater schriebst, dass ihr auf dem Weingut jede helfende Hand braucht. Aber ich kann auch hier mithelfen. Ich musste zu Hause den ganzen Haushalt machen...« Sie unterbrach sich, als sie merkte, dass sich keiner wirklich für sie interessierte. Die Tante schien nur ein wenig überrascht, dass sie doch Englisch sprach.

»Dann kannst du ja gleich in meinem Zimmer anfangen. Das muss dringend sauber gemacht werden«, sagte Berenice schließlich in spöttischem Ton.

»Schwesterherz, halt dein freches Mundwerk. Eva ist unser Gast, damit du es weißt. Und sie wird auf keinen Fall unsere Zimmer putzen!«

»Adrian, nun setzt euch endlich, damit wir mit dem Essen beginnen können«, knurrte der ältere Herr am Tisch, während Berenice ihrem Bruder die Zunge herausstreckte, was keinen bei Tisch kümmerte. Das hätte es bei uns zu Hause bei Tisch nicht gegeben, durchfuhr es Eva verwundert über die Manieren der Tochter des Hauses.

Kaum dass sie auf ihrem Platz saß, wandte sich die Tante höflich an Eva. »Es ist nett, dass du deine Hilfe anbietest. Wir werden sehen, wie du dich hier im Haus nützlich machen kannst. Auf dem Weingut hättet ihr uns bei der Weinernte helfen können, aber das entfällt ja nun.«

»Ich wüsste etwas«, meldete sich Adrian zu Wort. »Ich soll doch, bevor ich nach Wellington gehe, die Bold Winery in Meeanee wieder fit machen, damit du das Anwesen verkaufen kannst, Mutter, nicht wahr?«

»Ja, das kann ich ja wohl erwarten, wenn mein Sohn unbedingt Architekt werden will.«

»Ich bräuchte allerdings jemanden, der mir hilft, der einen Blick für Häuser hat und einen guten Geschmack besitzt.«

Die einzige Reaktion war ein meckerndes Lachen von Berenice.

»Unsere deutsche Großcousine und Geschmack. Das ist wohl ein Scherz! Schau nur den groben Stoff des Kleides an. Wolle im Sommer? Wer trägt denn so was?«

»Berenice, bitte! In Deutschland ist jetzt Winter. Das konnte sie nicht wissen. Am besten gibst du ihr gleich deine abgetragenen Sommerkleider, die wir den Bedürftigen spenden wollten«, mischte sich die Tante nun geschäftig ein. »Wir werden schon etwas finden, womit du dich beschäftigen kannst. Kannst du kochen?«

Eva nickte.

»Das wäre vielleicht etwas. Unsere Küchenhilfe ist nämlich schwanger und wird bald ausfallen.«

Eva warf einen flüchtigen Blick zu Adrian, der ihr gegenübersaß. Er glühte vor Zorn und stand soeben im Begriff, seiner Mutter heftig zu widersprechen. Aber das wollte Eva nicht. Sie machte ihm ein Zeichen zu schweigen. Es lag ihr fern, die Spannung, die ohnehin in diesem Raum herrschte, noch unnötig zu verstärken. Und so nett es auch gemeint war, Adrians Engagement lohnte sich nicht. Ihr Entschluss stand fest: Sobald die erste Post von ihrem Vater kam, würde sie ihn anflehen, ihr das Geld für die Überfahrt zu schicken. Hier würde sie jedenfalls nicht einen Tag länger als erforderlich bleiben. Diese Berenice war ein unverschämtes Gör und ihre Mutter zwar bemüht, aber ebenfalls taktlos. Und sie hat es nicht einmal gemerkt, als sie über die Kleidung für die Bedürftigen sprach, dachte Eva, während sie sich an den heimatlichen Ofen zurücksehnte und die wenigen Momente, in denen ihre Mutter fröhlich gewesen war ...

»Wo bleibt deine Mutter, Joanne?«, fragte der ältere Herr in die Stille hinein.

Joanne, natürlich, sie heißt Tante Joanne, ging es Eva durch den Kopf.

»Großmutter lässt sich entschuldigen«, antwortete Adrian. »Sie ist mit Tante Ha in die Stadt zum Dinner ins Masonic Hotel gefahren.«

»Na, die alte Dame lässt es sich allerdings sehr gut gehen. Sie isst ja öfter auswärts als in unserem Haus«, bemerkte der ältere Herr kritisch.

Eva vermutete, dass er der neue Ehemann von Tante Joanne war. Wahrscheinlich war dies sein Haus, in das die Familie nach der Pleite von »Bold Wineyard Estate« gezogen war.

Daran, wie Adrian die Stirn kräuselte, war unschwer zu erkennen, dass er gleich platzen würde. Da landete auch schon seine Faust mit einem lauten Knall neben seinem Teller.

»Lieber Doktor Thomas, es dürfte Ihnen nicht entgangen sein, dass dieses Haus noch meiner Großmutter gehört und dass sie es sich leisten kann, mit ihrer Schwester auszugehen. So oft und so viel sie will.«

»Adrian! Hör endlich auf, Bertram zu provozieren«, wies Tante Joanne ihren Sohn zurecht. »Natürlich hätten wir nach der Hochzeit auch in sein Haus ziehen können, aber dies ist einfach schöner und größer. Und es wird eines Tages ohnehin mir gehören!«

»Deine Mutter ist aber noch sehr, sehr rüstig!«, erwiderte Adrian mit vor Zorn bebender Stimme. »Offenbar rüstiger, als es dir lieb ist!«

»Junger Mann! Schluss jetzt«, brüllte Doktor Thomas.

Eva blickte verstohlen von einem zum anderen und fragte sich, in welches Schlangennest sie da wohl geraten sein mochte. Wobei – das konnte sie nicht verhehlen – ihre Sympathie eindeutig Adrian und seiner Großmutter gehörte und nicht Tante Joanne und ihrem Ehemann. Und schon gar nicht Berenice, die sich nun einmischte.

»Du solltest dich da ganz raushalten, mein lieber Bruder! Du hast dich ja schon vor Dads Tod bei Großmutter eingenistet und bist auf den maroden Weinberg nur noch zu Stippvisiten gekommen. Erwartest du allen Ernstes von Mom und mir, dass wir in Vaters kleines Haus ziehen? Außerdem ist die Praxis dort untergebracht. Dort ist viel zu wenig Platz.« Berenice hatte das Wort »Vater« provozierend gedehnt, und es war Adrian anzusehen, wie er es verabscheute, wenn sie von dem Doktor als »Vater«, sprach.

»Schluss jetzt!«, ging Tante Joanne mit strenger Stimme dazwischen. »Wir sind nicht allein bei Tisch. Eva muss ja glauben, unsere Familie würde sich nicht vertragen. Was soll denn mein lieber Cousin Peter denken, wenn Eva in ihrem nächsten Brief berichtet, wie es bei uns zugeht?« Sie schenkte Eva ein Lächeln, doch die konnte sich nicht helfen. Es kam nicht von Herzen, das spürte sie ganz genau. Dennoch erwiderte sie es.

»Ach, bevor ich es vergesse, es gibt ja schon Post für dich!« Mit diesen Worten sprang die Tante vom Tisch auf und eilte zur Anrichte.

Evas Herz machte einen Sprung, als sie ihr einen Brief in die Hand drückte. Das war unverkennbar die Schrift ihres Vaters. Sie presste das Schreiben an ihre Brust und stieß einen tiefen Seufzer aus. Das war die Rettung. Noch heute Abend würde sie ihm antworten und um das Geld bitten.

»Du isst ja gar nichts. Schmeckt es dir nicht?« Mit dieser Frage riss Tante Joanne Eva aus ihren Gedanken.

»Sie achtet bestimmt auf ihre Linie. So dünn kann man nicht sein, wenn man normal isst«, bemerkte Berenice gehässig.

»Doch, liebes Schwesterchen, Menschen, die normal essen, sind normal schlank wie Eva, aber Mädchen, die den ganzen Tag lang Süßigkeiten naschen, die können auch schon mal ein paar Röllchen bekommen ...«

»Du, du ...« Berenice war aufgesprungen und wollte sich auf ihren Bruder stürzen.

Ihre Mutter hielt sie im letzten Moment zurück.

»Das ist so gemein!«, zeterte die Tochter des Hauses.

»Nein, ist es nicht, denn mich stört das gar nicht«, säuselte Adrian. »Ich mag dich, so wie du bist, meine Liebe. Jedenfalls äußerlich, nur deine Art, andere zu beleidigen, die solltest du dringend ablegen. Die mag ich nicht. Und ich denke, ich spreche da für alle Männer Napiers im heiratswilligen Alter, allen voran Vaters Sohn!« Das Wort »Vater« hatte er in spöttischem Ton über die Lippen gebracht.

»Jetzt ist es aber gut. Lass bitte Daniel aus dem Spiel! Er mag deine Schwester!«, mischte sich Adrians Stiefvater ein.

»Als er letzte Weihnachten hier war, hat sich meine Schwester ja auch von ihrer liebreizenden Seite gezeigt! Das muss sehr anstrengend gewesen sein, vor Daniel zu verbergen, was für ein eigennütziges Biest sie sonst sein kann.«

»Hört endlich auf zu streiten!«, befahl Tante Joanne mit schneidend scharfer Stimme.

Eva tat nur Adrian leid. Aber auch der würde diesem schrecklichen Zuhause ja bald entkommen können, wenn er zum neuen Semester im Februar auf die Akademie nach Wellington ging.

Doch Adrian war nun so heftig von seinem Stuhl aufgesprungen, dass das Möbel mit Getöse nach hinten kippte.

»Ich weiß genau, warum Daniel so selten aus Wellington nach Hause kommt. Er fühlt sich nicht wohl in dieser neuen Familie. Genauso wenig wie ich!«, brüllte er und verließ türenknallend das Esszimmer.

Danach herrschte peinliches Schweigen bei Tisch. Eva kam es

wie eine halbe Ewigkeit vor, bis die Tafel schließlich aufgehoben wurde und Tante Joanne ihr steif eine »Gute Nacht«, wünschte. Ihr Mann murmelte etwas Unverständliches in seinen Bart, während Berenice die Lippen fest zusammenpresste.

Erst als Eva bereits bei der Tür war, hörte sie die Tochter des Hauses laut und vernehmlich sagen: »Das macht er doch nur, um vor der da anzugeben! Ich verstehe überhaupt nicht, was die hier zu suchen hat! Als hätten wir nicht genug Sorgen. Da muss sich jetzt nicht noch eine Fremde bei uns durchfressen.«

Eva kämpfte mit sich, ob sie sich umdrehen und der unverschämten Person die Meinung sagen sollte, aber sie entschied sich dagegen. Sie wollte keinen überflüssigen Gedanken an ihre unmögliche Verwandtschaft verschwenden. Stattdessen verließ sie das Esszimmer, als wäre nichts geschehen, und formulierte auf dem langen Gang zu ihrem Zimmer, was sie ihrem Vater wohl schreiben würde. Und sie fragte sich, ob sie ihm ihren Eindruck schildern sollte, den sie von der Familie Bold/Clarke/Thomas binnen weniger Stunden gewonnen hatte.

Vor ihrer Zimmertür hielt sie kurz inne. In diesem Teil des Hauses herrschte eine friedliche Stille, und sie verstand nur allzu gut, dass Adrian den vorübergehenden Auszug aus seinem Reich bedauerte.

NAPIER, DEZEMBER 1930

Harakeke und Lucie saßen auf ihrem Stammplatz am Fenster. Von hier aus hatten sie einen Blick bis zur Wasserfront. Von dem aber nahmen sie kaum etwas wahr, weil sie, wie immer, wenn sie zusammen waren, in einem fort plauderten.

Die beiden alten Damen waren stadtbekannt, weil sie zu den wenigen wohlhabenden Maorifrauen vor Ort gehörten und weil beide mit einem angesehenen Bürger der Stadt Napier verheiratet gewesen waren. Deshalb nannte man sie auch stets respektvoll Misses Bold und Misses Dorson. Wenngleich Lucie stets noch das Befremden der Menschen heraushörte. Früher war es nur Harakeke gewesen, über die man sich in Napier das Maul zerrissen hatte. Doch längst klebte der Skandal, dessen Hauptakteurin Lucie gewesen war und der schon lange der Vergangenheit angehörte, an ihr wie das Harz am Kauri-Baum.

Was die Schwestern allerdings mehr als das Gerede hinter vorgehaltener Hand störte, war die Tatsache, dass sie in der Regel die einzigen Nicht-Pakeha waren, die hier speisten. Aber auch das vergaßen sie, wenn sie wie die Wasserfälle miteinander plauderten.

»Nun erzähl schon von dem Mädchen. Du bist ja richtig angetan von ihr.«

Harakeke zündete sich zunächst einmal genüsslich eine Zigarette an und blies den Rauch in Kringeln aus der Nase. Lucie wusste, dass ihre Schwester sie auf die Folter spannen wollte, aber sie lehnte sich betont ruhig zurück.

»Sie ist sehr natürlich und dabei äußerst hübsch – was sie nicht weiß. Und das ist das Gute. Sie ist eine echte Schönheit. Sie hat dichtes weizenblondes Haar, ein Gesicht wie die Madonnen in deiner Kirche und grüne Augen«, schwärmte Harakeke. »Nur ihr Englisch lässt, wie soll ich sagen, zu wünschen übrig.«

Lucie dachte nach.

»Dann ist sie leider nicht geeignet für mein Vorhaben.«

»Doch, doch du brauchst nur viel Geduld. Und du würdest ihr gleichzeitig helfen, ihre englischen Sprachkenntnisse zu perfektionieren. Ich glaube, sie ist nicht nur hübsch, sondern auch äußerst klug. Und sie hat ein Gefühl für unsere Sprache. Es bedürfte nur des richtigen Lehrers.«

»Ich weiß nicht. Ich hatte eigentlich an jemanden gedacht, der die englische Sprache perfekt beherrscht. Und der seine Nase nicht in meine Angelegenheiten steckt, sondern es als reine Arbeit begreift. Schließlich offenbare ich damit etwas aus meinem Leben. Er muss mir versprechen, allen anderen gegenüber zu schweigen.«

»Dann gibt es ja nur einen Menschen, der dafür in Frage kommt.«

Lucie sah ihre Schwester verdutzt an.

Harakeke lachte: »Na ich. Schließlich kenne ich all deine dunklen Geheimnisse. Wer wäre geeigneter, deine Lebensgeschichte aufzuzeichnen, als ich?«

»Du? Ja, das ... das wäre ideal. Natürlich, nur du hast doch ... solche Schwierigkeiten ... ich meine mit den Augen. Du ... du kannst, du kannst ja nicht einmal mehr Zeitung lesen ohne Lupe«, stammelte Lucie.

»Schwesterlein, was ist los mir dir? Genau daran würde es scheitern, aber du scheinst auch nicht besonders interessiert zu sein an meiner Hilfe. Verheimlichst du mir etwas?« Harakeke drohte der Schwester scherzend mit dem Finger.

»Ach, was du immer denkst«, schnaubte Lucie und fuhr unwirsch fort: »Natürlich könnte ich es Adrian diktieren. Der würde es bestimmt machen, allerdings möchte ich gar nicht in der Nähe sein, wenn er alles erfährt.«

»Du willst ihm wirklich alles verraten?« Harakeke zündete sich eine neue Zigarette an.

»Alles! Er soll die fertige Geschichte bekommen, am liebsten erst, wenn ich tot bin.«

»Jetzt werde mal nicht pathetisch, meine Liebe«, lachte Harakeke. »Wenn du dir schon die Mühe machen willst, dann solltest du dem Jungen die Gelegenheit geben, nach Kenntnis der ganzen Geschichte ein Gespräch mit dir zu suchen...« Seufzend unterbrach sie sich. »Ich hätte es ihm ja längst erzählt.«

»Ich weiß, ich weiß«, knurrte Lucie. »Wie du ja immer alles besser wusstest. Wenn ich mein Leben lang auf dich gehört hätte, würde es mir heute bestimmt besser gehen!«

»Das brauchst du gar nicht so spöttisch zu sagen. Ich glaube, die Wahrheit zur rechten Zeit hätte der Charakterbildung der beiden Damen durchaus förderlich sein können. Und warum willst du es überhaupt Adrian erzählen, wo du dein Leben lang mit einem Haufen Lügen leben konntest?« Gekonnt blies Harakeke Kringel in die Luft.

»Weil er ein Recht hat, seine Wurzeln zu kennen.«

»Dann müsstest du Berenice ein ebensolches Geschenk machen.«

»Was würde sich ändern, wenn sie erführe, wie es sich damals wirklich alles verhalten hat? Das wird sie nur noch mehr gegen mich aufbringen.«

Harakeke nahm die Hand ihrer Schwester und drückte sie fest. »Was für dich eine gute Tat war, haben die Pakeha als Affront und Anmaßung verstanden. Und ich war damals auch nicht sonderlich davon begeistert, wie du weißt. Weder von dem einen noch von dem anderen. Aber dich trifft auch ein kleines bisschen Schuld: Du hast dieses Kind dermaßen verwöhnt...«

»Du weißt doch, warum«, seufzte Lucie.

»Ja, ich weiß es. Und dennoch hatte ich auch schon früher meine Zweifel, ob ihr dem Kind damit einen Gefallen tut. Sie musste ja zwangsläufig glauben, dass die Welt allein dazu da ist, ihr die Wünsche von den Augen abzulesen.«

»Ich weiß, du hast ja recht, aber es ist nicht mehr zu ändern. Ich komme nicht an Joanne heran. Was ich ihr sage, geht in das eine Ohr hinein und zum anderen wieder hinaus. Ich glaube, sie wäre nicht einmal traurig, wenn ich bald stürbe und den Weg freimachte, damit sie das Haus nach ihren Wünschen gestalten könnte.«

»Den Gefallen wirst du ihr nicht tun! Vielleicht solltest du ohnehin zu mir ziehen. Das Haus ist zwar kleiner, und mein Haushalt entspricht nicht deinen Ansprüchen, aber du hättest endlich Ruhe vor Joanne, Berenice und diesem aufgeblasenen Doktor. Ich werde nie verstehen, warum sie sich auf diesen Kerl eingelassen hat!«

»Vergiss nicht, er kennt ihr Geheimnis! Und offenbar ist es auch von seiner Seite die ganz große Liebe. Jedenfalls war es das einmal! Heute wirkt er eher gelangweilt! Ich glaube, Joanne fühlt sich bei ihm auf merkwürdige Weise geborgen.«

Lucie machte eine wegwerfende Bewegung. »Ach, lass uns nicht mehr über die Vergangenheit sprechen. Ich will sie endlich loswerden. Deshalb werde ich sie schnellstens zu Papier bringen lassen, und dann will ich nie wieder etwas davon hören!«

»Ich glaube, dann wäre diese entzückende Deutsche wirklich die Richtige. Sie ist unbelastet, kennt keinen der Beteiligten näher, hegt keine eigenen Emotionen bei dieser Geschichte. Du solltest dir rasch ein eigenes Urteil bilden. Aber lesen darf ich sie schon, wenn sie fertig ist, nicht wahr?«

Lucie zuckte unmerklich zusammen; aber das merkte ihre Schwester nicht.

»Natürlich!«, log sie in der Hoffnung, Harakeke würde die Sache bald wieder vergessen haben. »Gut, gut, ich werde die junge Frau zu mir ins Zimmer bitten, um mir selbst einen Eindruck zu verschaffen. Wenn du sie mir so ans Herz legst, kann sie ja nicht ganz so verkehrt sein«, fügte Lucie hastig hinzu und musterte ihre Schwester prüfend, doch die hatte offenbar nicht bemerkt, welchen Schrecken sie Lucie mit ihrer Frage, ob sie die Geschichte auch lesen dürfe, eingejagt hatte. Sie konnte ihr schlecht sagen, dass das auf keinen Fall möglich wäre, weil sie auch ein Geheimnis offenlegen würde, von dem Harakeke niemals erfahren durfte... Verstohlen musterte sie ihre Schwester. Unterschiedlicher wie wir kann man gar nicht sein, dachte sie. Schon vom Aussehen her. Harakeke kam ganz nach dem Vater und wurde bereits von Weitem als Maori erkannt, während Lucie gelegentlich für eine sonnengegerbte Pakeha gehalten wurde. Sie kam ganz nach ihrer Mutter, in deren Stamm die Frauen alle feingliedriger waren als die meisten Maorifrauen. Auch vom Charakter her unterschieden sie sich grundlegend. Lucie war stets bemüht, nach außen wie eine Dame aufzutreten, während Harakeke sich gern burschikos gab. Sie lehnte feine Pakeha-Kleider ab, während ihre Schwester stets Wert auf Mode gelegt hatte.

Das mit meinem Pakeha-Namen wird sie mir niemals ganz verzeihen, ging es Lucie gerade durch den Kopf, als Harakeke sich noch einen Whiskey bestellte. Denn auch in diesem Punkt konnten sie verschiedener nicht sein: Harakeke war eine trinkfeste Person, während Lucie Alkohol regelrecht verabscheute.

NAPIER DEZEMBER 1930

Misses Bolds Stimme klang rau und kräftig, als sie »Herein!«, rief. Zögernd betrat Eva das Zimmer, zu dem Adrian sie auf Wunsch der alten Dame gebracht hatte.

»Mach es gut. Sie beißt nicht!«, sagte er grinsend und verschwand.

Eva hatte gehofft, dass Adrian sie begleiten würde, aber nun war sie allein mit der vornehmen Lady, die kerzengerade an einem Tisch saß und sie zu sich heranwinkte.

»Komm näher!«, sagte sie und deutete auf den Sessel ihr gegenüber. Das Zimmer schien – genau wie die Fassade des Hauses – aus der Zeit gefallen. Jedes Möbel, das Evas flüchtiger Blick erhaschen konnte, war ein Stück aus der spätviktorianischen Epoche.

Als sie Misses Bold genauer ansah, fragte sie sich, worin ihre Ähnlichkeit mit Joanne bestehen mochte. Sie waren völlig unterschiedlich. Die Tochter war extrem hellhäutig, während ihre Mutter einen ebenmäßigen dunklen Teint besaß. Als ob sie gern in der Sonne saß. Und sie wirkte jünger, als Eva es vermutet hatte. Im Gegensatz zu den hellen Augen ihrer Tochter glänzten die der alten Dame wie Bernsteine. Und während aus den Augen der Tochter Gleichgültigkeit und Kälte sprachen, waren in denen der Mutter Mitgefühl, Wärme und ehrliches Interesse zu lesen.

»Mein Kind, erst einmal möchte ich dir sagen, dass es mir sehr leid um deine Mutter tut. Es ist sicherlich nicht einfach, plötzlich allein am anderen Ende der Welt anzukommen, nicht wahr?«

Eva nickte. Das Aussehen täuscht also nicht, sie hat ein völlig anderes Wesen als Tante Joanne, ging ihr durch den Kopf, während sie nach einer Tasse Tee griff, die Misses Bold ihr ungefragt gereicht hatte.

»Ich will nicht neugierig sein, aber woran ist deine Mutter gestorben? War sie krank? War es die Grippe, die offenbar auf einigen Auswandererschiffen recht heftig gewütet haben soll?«

»Nein, meine Mutter litt unter Schwermut und hat sich das Leben genommen.«

»Oh, entschuldige, dass ich dich so ausgefragt habe. Du musst ja einen schrecklichen Schock erlitten haben. Ich weiß ja noch, wie es Berenice und Adrian erging, als sich ihr Vater...« Sie unterbrach sich und hielt sich die Hand vor den Mund.

»Ihr Enkel hat es mir erzählt. Sie haben nichts ausgeplaudert, was ich nicht wissen sollte.«

Misses Bold legte den Kopf schief. »Die Augen, die hast du von den Bolds. Tom hatte sie auch. Er sagte immer, das seien die schindlerschen Augen.«

Eva stutzte. »Ich habe mir zuvor keine Gedanken darüber gemacht, aber wieso hieß der Bruder meines Großvaters Bold und nicht Schindler?«

Misses Bold lächelte. »Schindler, so war sein Name, als er in Nelson ankam, denn eigentlich wollte er in die deutsche Kolonie nach Sarau, doch dann bekam er auf der Überfahrt den Rat, erst einmal nach Dunedin zu gehen und an dem Goldrausch zu partizipieren. Das machte ihn zu einem wohlhabenden Mann. Damit konnte er ein kleines Weingut erwerben, und er gab sich diesen englischen Namen.«

»Bei uns zu Hause hieß er nur ›der Abenteurer‹, aber man hätte wohl nie wieder etwas von ihm gehört, wenn nicht Ihre Tochter diesen Brief an meinen Vater geschickt hätte.«

»Ich erinnere mich noch sehr gut daran, als meine Tochter das Dokument von Toms Mutter, dass mein Mann als ihr jüngster

Sohn die Hälfte ihres Schmuckes erben sollte, in seinem Nachlass fand. Da war sie nicht mehr zu halten. Sie wollte diese Sachen unbedingt in ihren Besitz bringen. Mir gefiel das gar nicht, aber sie beharrte darauf. Es sei schließlich der letzte Wille ihrer Großmutter gewesen, sagte sie. Was in der Sache zwar richtig war, aber ich verstand sehr wohl, dass mein Mann von diesem Testament nie Gebrauch gemacht und zeitlebens lieber auf den Schmuck verzichtet hat, als seine Verwandten im fernen Deutschland um die Herausgabe zu bitten.«

»Immerhin ist die Familie durch Tante Joannes Brief wieder in Kontakt gekommen.«

Lucie musterte Eva prüfend.

»Dein Englisch ist gar nicht so schlecht wie Harakeke meinte, nur die Aussprache, mein Kind, die lässt zu wünschen übrig.«

»Ich weiß!«, entgegnete Eva. »Ich habe ja erst auf dem Schiff begonnen, es zu lernen, denn wie sollte ich auch vorher darauf kommen, dass man mich eines Tages nach Neuseeland verschiffen würde?« Ihre Worte hatten einen trotzigen Unterton bekommen.

»Ich wollte dich nicht vorführen, Eva. Im Gegenteil, ich möchte dir einen Vorschlag unterbreiten, von dem wir beide etwas haben.«

Eva bereute bereits, dass sie derart beleidigt reagiert hatte, denn es war nicht zu übersehen, dass die alte Dame ihr überaus wohlgesonnen war.

»Pass auf. Ich möchte für meinen Enkel Adrian meine Lebensgeschichte aufschreiben. Die soll er zu Weihnachten bekommen, bevor er im Februar nach Wellington geht. Wir haben also nicht mehr viel Zeit. Weihnachten steht vor der Tür. Aber ich kann keine langen Texte mehr schreiben. Die Augen machen nicht mehr mit. Deshalb benötige ich jemanden, dem ich alles diktieren kann.«

Eva sah Miss Bold mit großen Augen an.

»Sie haben dabei doch nicht etwa an mich gedacht?«

»Warum denn nicht? Bevor meine Tochter dich womöglich als Küchenhilfe einsetzt, werde ich dir eine weitaus bessere Beschäftigung bieten.«

Eva war einerseits sehr gerührt über das Vertrauen, dass ihr Miss Bold entgegenbrachte, andererseits würde ihr Aufenthalt in Neuseeland nur von kurzer Dauer sein. Denn wenn sie daran dachte, wie inniglich sie ihren Vater angefleht hatte, ihr das Geld zu schicken, konnte sie sich kaum vorstellen, dass er ihr diesen Wunsch abschlagen würde.

»Ich fühle mich geehrt, Misses Bold...«

»Nenn mich...« Die alte Dame zögerte einen Augenblick, bevor sie »Lucie« über die Lippen brachte. »Nenn mich Lucie.«

Sie sieht sehr exotisch aus, dachte Eva. Aber wenn sie eine Maori wie Tante Ha wäre, dann würde sie doch sicherlich nicht »Lucie« heißen. Dennoch, wenn Eva jetzt genauer hinsah, gab es deutliche Anzeichen, dass sie keine Engländerin war. Diese Frau schien eine ganze Spur dunkler zu sein als jene Damen, die mit ihr im Zug gereist waren. Und ihre Augen funkelten in diesem samtigen Braun. Plötzlich fiel ihr ein, was Adrian gesagt hatte und was sie in dem Augenblick gar nicht so recht wahrgenommen hatte. Harakeke sei Lucies Schwester, hatte Adrian gesagt. Damit beantwortete sich die Frage von selbst. Auch Lucie war eine Maori, aber warum trug sie dann diesen Namen?

»Es gibt ein Problem, Lucie. Ich... also, ich glaube nicht, dass ich mich in diesem Haus wohlfühlen könnte. Und jetzt, wo meine Mutter tot ist, denke ich, dass Vater mich holen wird. Ich kann ihm und meinem Bruder den Haushalt führen...«

Lucie zog spöttisch ihre Augenbraue hoch.

»Du bist doch kein Mädchen, das geboren wurde, um den Männern den Haushalt zu führen. Sieh dich bloß an und überlege einmal, was du auf eigene Faust geschaffen hast. Du hast dir die englische Sprache beigebracht. Das ist eine Leistung, meine Liebe!«

»Die werde ich ja auch weiterhin brauchen, denn ich gehe nach Amerika. Das war schon immer mein Traum, und vielleicht bleiben wir dort, und Vater bringt es zu Wohlstand ...«

»Nach Hause zieht es dich wohl nicht zurück?«

Eva fühlte sich ertappt.

»Wenn ich ehrlich bin, nein, denn ich glaube nicht, dass Vater das Weingut je wieder bewirtschaften kann. Es ist alles dermaßen heruntergekommen und ... nein, ich wünschte mir von Herzen, dass wir in Amerika ein neues Zuhause bekommen. Dort möchte ich hin. Hierher hat mich nur der dumme Zufall verschlagen.«

Lucie lächelte wissend. »Ach, Eva, die Götter wollen dir etwas damit sagen, dass du hier zu uns gekommen bist. Das ist kein Zufall ...« Sie schloss die Augen und murmelte unverständliche Worte vor sich hin.

Eva war das unheimlich. Am liebsten wäre sie aufgestanden und hätte das Zimmer verlassen. Doch dann riss Lucie die Augen wieder auf.

»Du wirst bleiben, mein Kind, das ist der Platz, den deine Ahnen für dich vorgesehen haben. Du gehörst hierher!«

Eva verkniff sich zu erwidern, dass sie nicht an die Macht der Ahnen glaubte. Sie hatte ja sogar schon ihre liebe Mühe, an ihren Gott zu glauben, weil sie sich nicht vorstellen konnte, dass er so grausam war und ihre Mutter zeitlebens so schrecklich hatte leiden lassen. Dennoch jagte ihr das Gerede der Maori Angst ein. Sie weigerte sich, auch nur einen einzigen Gedanken an die beschwörenden Worte der alten Dame zu verschwenden. Neuseeland war eine Zwischenstation. Dessen war sich Eva ganz sicher.

»Gut, ich könnte das Schreiben für Sie übernehmen, also Ihre Geschichte zu Papier bringen, bis mein Vater mir das Geld für die Überfahrt schickt. Und das wird sicher nicht vor Weihnachten sein – schaffen wir das denn?«

Lucie musterte Eva durchdringend. Dann erhellte sich ihre Miene.

»Nein, natürlich nicht. Mein Plan ist bislang daran gescheitert, dass ich keine Sekretärin hatte. Niemals werden wir bis Weihnachten fertig, aber er soll es ja auch noch gar nicht lesen, bevor er nicht in Wellington ist. Wir brauchen bestimmt noch den Januar, um es zu vollenden. Und natürlich werde ich dich bezahlen. Das ist schließlich echte Arbeit. Wann können wir anfangen?«

»Meinetwegen gleich, ich wüsste ohnehin nicht, was ich mit dem Tag anfangen sollte.«

»Auch das werden wir ändern. Adrian wird dir sicher gern die Stadt zeigen. Oder dich mit zur Bold Winery mitnehmen.«

Eva senkte den Kopf. Sie hoffte, dass sie nicht rot geworden war, aber sie dachte daran, wie sie Adrians Einladung, ihn zu begleiten, am Morgen ziemlich schroff abgelehnt hatte. Dabei hatte sie sein Angebot durchaus gereizt, denn er hatte versprochen, ihr auf dem Weg dorthin die schönsten Häuser der Stadt zu zeigen. Aber sie wusste auch, warum sie ihn so vor den Kopf gestoßen hatte. Sie mochte den jungen Mann mehr, als sie es sich zugestehen wollte. Sie konnte doch ihr Herz nicht an einen Mann verschenken, von dem sie sich in ein paar Wochen würde verabschieden müssen und den sie niemals wiedersehen würde!

»Wollen wir uns auf die Veranda setzen? Ich habe mein Haus nämlich heute ganz für mich. Meine Tochter und meine Enkelin sind für ein paar Tage mit dem Doktor nach Wellington gefahren.«

»Ich habe es nebenbei am Frühstückstisch erfahren«, bemerkte Eva.

»Und sie haben dich nicht gefragt, ob du sie begleiten möchtest? Auf diese Weise hättest du eine kleine Reise durch unser schönes Land unternehmen und Wellington kennenlernen können.«

»Nein, sie waren alle furchtbar in Eile, und ich glaube, Ihre Enkelin hätte mir die Augen ausgekratzt, wenn ich Anstalten gemacht hätte mitzufahren.«

»Das kann ich mir vorstellen. Berenice glaubt nämlich, der Sohn des Doktors gehöre ihr. Wie ihre Kleider und Schmuckstücke. Daniel ist ein netter Kerl. Berenice braucht ein Kleid, denn eine Woche vor Weihnachten feiert Adrian seinen Geburtstag. Bei der Gelegenheit besuchen sie den Jungen, also, ich meine, den jungen Mann, und nehmen ihn auf dem Rückweg gleich bis über Weihnachten mit ...« Lucies Blick blieb an Evas bestem Kleid hängen. »Was ist mir dir? Hast du Abendgarderobe aus Deutschland mitgebracht?«

Eva lachte trocken. »Ich besitze keine Abendgarderobe. Ich habe ein Trachtenkleid besessen, das ich zu den Weinfesten getragen habe, aber das hat mein Vater auch verkauft, um die Passagen für uns zu erwerben. Und die abgelegten Kleider Ihrer Enkelin will ich nicht. Da trage ich lieber weiter meine Winterröcke«, erklärte sie kämpferisch, während sie sich den Schweiß von der Stirn wischte. Es war heiß an diesem Ende der Welt. Wie an einem Hochsommertag in Badenheim. »... oder ich besorge mir Stoff und nähe mir etwas Leichtes«, fügte sie rasch hinzu.

»Gut, gut.« Lucie griff in ihre Geldbörse, die auf dem Tisch lag, und zog ein paar Geldscheine hervor. »Das ist eine Anzahlung. Geh in die Hastings Street. Dort gibt es moderne Kleidung für dein Alter. Und, was die Abendgarderobe angeht, da müssen wir uns etwas einfallen lassen.«

»Nicht nötig, ich mache mir nichts aus schönen Kleidern ...«, erwiderte Eva verlegen, doch Lucie drückte ihr das Geld in die Hand.

»Unsinn!«, knurrte sie, bevor sie zu ihrem Kleiderschrank eilte und mit einem einzigen Griff ein grünes Abendkleid hervorholte.

»Und du kannst wirklich nähen?«

Eva wurde noch verlegener. Sie schüttelte bedauernd den Kopf. »Das habe ich eben nur behauptet, um zu überspielen, wie deplatziert ich mir in der groben Winterkleidung vorkomme. Stopfen kann ich und häkeln.«

Lucie lächelte.

»Du bist ganz schön stolz, nicht wahr?«

»Das ist wenigstens etwas, das einem keiner nehmen kann, hat mein Vater immer gesagt!«

»Ein kluger Mann. Mein Tom war auch so geistreich, als wir jung waren und dann...« Lucie stockte und verzog das Gesicht zu einem schiefen Lächeln. »Das mit dem Abendkleid schaffen wir schon. Daran müsste nämlich etwas gemacht werden.«

Lucie legte Eva ein grünes Abendkleid auf den Schoß, dessen Stoff sich ganz wunderbar anfühlte. Begeistert ließ sie ihre Finger darüber gleiten. Seide, dachte sie, ich habe noch nie zuvor ein Kleid aus Seide besessen.

»Es ist wunderschön«, entfuhr es ihr verzückt.

»Es lässt sich etwas daraus machen«, entgegnete Lucie ungerührt. »So kannst du es auf keinen Fall tragen. Es ist zwanzig Jahre alt. In einem derart altbackenen Kleid kannst du unmöglich zu dem Fest gehen, Harakeke ist allerdings eine Zauberin, was Stoffe angeht. Sie wird dir daraus das Kleid des Abends schneidern...«

»Das ist alles so lieb von dir, aber bitte, mach dir keine Mühe. Ich werde einfach auf meinem Zimmer bleiben, denn ich fürchte, dass es ohnehin keine gute Idee ist, wenn ich mitfeiere.«

»Wie kommst du denn darauf?«

Eva stöhnte auf. Sie hatte wenig Lust, Berenices gehässige Worte wiederzugeben.

»Ach, ich habe nur zufällig mit angehört, wie Berenice ihrer Mutter ziemlich deutlich gesagt hat, dass sie mich nirgendwo mit hinnähme und dass Deutsche hier auch nicht gerade willkommen seien.«

»Meine Enkelin hat keinen Schimmer von Politik und hat nur vor einem Panik: dass eine andere Frau ihr Konkurrenz machen könnte. Wenn du ein junger Mann gewesen wärest, ich schwöre dir, meiner lieben Berenice wäre es ziemlich egal, ob du aus Deutschland kämst. Außerdem hat sich diese Abneigung gegen die ›Hunnen‹, wie wir die Deutschen während des Krieges nannten, inzwischen längst gelegt. Verständlicherweise wollten die Pakeha nach dem Ersten Weltkrieg keine Deutschen im Land, aber mittlerweile haben wir seit zwölf Jahren Frieden . . .«

»Trotzdem, ich habe das Gefühl, ich bringe Unfrieden in diese Familie.«

»Nein, mein Kind, den Unfrieden machen sie sich selbst. Jeden Tag aufs Neue. Ich bin sowohl meiner Tochter als auch meiner Enkelin sowie Doktor Thomas ein Dorn im Auge, weil ich mich einst gegen . . . Ach, das wirst du früher erfahren, als mir lieb ist, aber nun lass uns beginnen. Wir sollten diesen Tag nutzen, an dem in der Cameron Street Road himmlischer Frieden herrscht. Und mein Kind, mir ist wichtig, dass du alles, was ich dir anvertraue, in deinem Inneren verschließt. Es sind keineswegs nur Heldentaten, die ich dir zu diktieren habe.«

Eva konnte sich ein Schmunzeln kaum verkneifen. Sie konnte sich kaum vorstellen, was diese gütige Frau Schlimmes zu verbergen haben mochte.

Lucie deutete nun auf eine Schreibmaschine, die auf dem Damensekretär stand.

»Kannst du damit umgehen?«

Ein Strahlen huschte über Evas Gesicht, als sie das Gerät näher beäugte. Es war eine deutsche Erika-Reiseschreibmaschine, dieselbe, die sie in Badenheim besessen hatten und die zu ihrem Kummer mit allen anderen Wertsachen zusammen versilbert worden war.

»Ich habe manchmal für Leute im Ort Briefe geschrieben, wenn sie das nicht selbst konnten. Um mir damit Geld für die Architekturbücher zu verdienen.«

Lucie schüttelte den Kopf. »Und so was will den Männern freiwillig den Haushalt führen. Damit wäre deine ganze Schulbildung zum Teufel!«

Eva lief feuerrot an.

»Ich... ich war nur bis zu meinem fünfzehnten Lebensjahr auf der Schule«, stammelte sie verlegen. »Meine Mutter, die... nun, die fiel oft wochenlang aus und da musste ja irgendwer die Arbeit machen...«

Lucie legte ihr die Hand auf den Arm.

»Das war dumm von mir. Es hat nichts mit der Schulbildung zu tun, welchen Weg du im Leben gehst. Bis ich vierzehn Jahre alt war, hatte ich eine Missionars-Schule nicht einmal von Weitem gesehen. Mein Vater weigerte sich damals, mich zu den Missionaren zu schicken, geschweige denn, mich taufen zu lassen. Wenn er gewusst hätte, dass sie mich heimlich in englischer Sprache unterrichtet haben, ich weiß nicht, was er mit mir angestellt hätte. Er war ein sehr mächtiger Herrscher, aber auch ein unbelehrbarer Mann...«

HAVELOCK NORTH, JANUAR 1868

Tom Bold sprang von seinem Pferd und beugte sich besorgt über die schöne junge Frau, die leblos im Staub der Hauptstraße lag. Er fühlte, dass sie atmete. Dann erst sah er das Blut, das aus einer Wunde an ihrem Arm tropfte. Es sah so aus, als hätte jemand sie mit einem Messer traktiert.

Er packte sie an den Schultern und schüttelte sie vorsichtig, aber sie machte keine Anstalten aufzuwachen.

Als Tom aufsah, war er von einer Gruppe Schaulustiger umringt. Die meisten waren Männer. Einige feixten über die Kleidung der verletzten Frau und rissen Witze über ihr Flachsröckchen. Einer ging sogar so weit, lautstark zu verkünden, er werde nachschauen, was sie darunter trage. Tom Bold aber schubste ihn grob in die Menge zurück, als er Anstalten machte, seine Drohung in die Tat umzusetzen.

»Holt lieber endlich einen Arzt«, rief er, doch keiner der Männer rührte sich. In diesem Augenblick schlug die junge Frau die Augen auf und Tom Bold blickte in die schönsten braunen Augen, die er jemals gesehen hatte. Der Zauber währte allerdings nur den Bruchteil einer Sekunde, bis ihm der blanke Zorn aus diesen schönen Augen entgegenfunkelte.

»Lassen Sie mich sofort gehen!«, schrie die Frau auf Englisch.

»Ich will Ihnen doch nur helfen. Sie lagen ohnmächtig auf der Straße ...«

»Sie gehören gewiss zu der Bande. Geben Sie mir Ihre Hand!«

Tom tat, wie sie verlangte. Sie ergriff seine Hand und ließ sich von ihm beim Aufstehen helfen. Einen Augenblick blieb sie stehen und blickte wütend in die johlende Menge.

»Ungehobelte Pakeha«, zischte sie verächtlich. »Mein Vater hat schon recht.« Dann strich sie ihren Rock so glatt, wie sie konnte, und bahnte sich einen Weg durch die Menge.

»Hol sie dir!«, feuerte einer der Kerle Tom an. Die anderen fielen in den Schlachtruf ein. »Hol sie dir!«, brüllte es aus einem Dutzend Kehlen.

Es war allerdings nicht dieser primitive Ruf des Pöbels, der Tom dazu veranlasste, der Fremden zu folgen, sondern sein Bedürfnis nach Gerechtigkeit. Er war sich nämlich keiner Schuld bewusst und sah es nicht ein, dass sie ihn straflos als Mitglied einer Bande beschimpfen durfte. Sie aber war losgerannt, kaum dass sie die grölenden Männer hinter sich gelassen hatte. Tom blieb nichts anderes übrig, als ebenfalls zu laufen.

Es trennten sie nur noch knapp fünfzig Meter, als ein Reiter an ihm vorbeipreschte, neben der Frau anhielt und vom Pferd sprang. Er brüllte auf sie ein, aber Tom konnte nicht verstehen, was er sagte. Die Maori wehrte sich nach Kräften. Sie schrie, trat nach ihm und spuckte ihn an. Doch es nützte alles nichts. Der Hüne von einem Mann überwältigte sie schließlich. Er wollte sie in dem Augenblick, als Tom sie schwer atmend erreichte, wie einen Sack über den Rücken seines Gauls legen.

»Lass sie sofort los!«, fuhr er den rothaarigen Kerl an.

Der grinste zur Antwort dreckig. »Was ist denn in dich gefahren, Mann? Willst du eine Tracht Prügel?«

Tom ballte die Fäuste. Seine Kräfte wurden oft unterschätzt.

»Dann lass sie los und komm her!«

Der Hüne sah etwas dümmlich drein. Damit hatte er nicht gerechnet. Achtlos warf er die junge Frau in den Staub.

»Aus dir mache ich Hackfleisch!«, tönte er.

Tom konnte dieser tönende Riese keine Angst einjagen, hatte

er doch schon als blutjunger Bursche, während er in Hamburg auf sein Schiff gewartet hatte, so manchen illegalen Boxkampf im berüchtigten Hafenviertel der Stadt gewonnen. Und er konnte seine Gegner sehr gut einschätzen. Dieser Kerl wirkte zwar stark, war aber nicht viel mehr als ein unbeweglicher Fleischkloß.

Bevor sie sich voreinander aufgebaut hatten, wollte ihm der Kerl schnell einen Kinnhaken versetzen, dem Tom allerdings geschickt auswich und zum Gegenschlag ausholte, der den Großkotz an der Oberlippe traf. Der hielt erschrocken inne und starrte Tom halb ängstlich halb bewundernd an.

»Komm, Mann, wir wollen uns nicht um die kleine Nutte streiten. Wenn du sie haben willst, bitte! Aber du musst mir den Preis erstatten. Fünfzig Pfund habe ich für das Weib bezahlt!«

Toms Augen verengten sich zu gefährlichen Schlitzen.

»Du wolltest sie dir kaufen?«

Der Rothaarige war jetzt gar nicht mehr so großmäulig wie am Anfang.

»Was bleibt mir anderes übrig? Ich habe in Havelock North ein Stück Land gekauft, und woher soll ich eine Frau nehmen, wenn nicht stehlen?«

Tom packte den Kerl am Kragen. Er war genauso groß wie der Hüne, aber viel schlanker.

»Der Frauenmangel in diesem Teil der Erde erlaubt dir nicht, dir eine zu stehlen! Sag mir sofort, wo sie herkommt. Ich werde sie auf der Stelle zurückbringen.«

Der Mann hob die Schultern. »Keine Ahnung. Mir haben sie die Frau auf der Straße angeboten. Es gibt da ein paar Männer, die die Weiber kidnappen und verkaufen.«

»Namen?«

»Die bringen mich um!«

»Was ist dir lieber? Dass die dich vielleicht killen oder ich ganz sicher, und zwar auf der Stelle?«

Tom zog einen Revolver aus seiner Jackentasche und richtete ihn auf den Farmer.

»Schon gut, einer heißt Miller, ist ein entlaufener Sträfling aus Australien. Er wohnt zurzeit in einer Spelunke in Napier.«

»Name?«

Zögernd nannte der Rothaarige Tom die Adresse der Unterkunft. Daraufhin ließ Tom von ihm ab.

»Verschwinde! Und wenn ich dich noch mal treffe, setzt es was!«

Der Kerl ritt so schnell fort, dass Tom und die junge Frau, die das Ganze mit offenkundiger Bewunderung beobachtet hatte, in eine Staubwolke eingenebelt wurden.

»Sie gehören also gar nicht zu denen?«, fragte die Maori erstaunt.

»Nein, ich pflege keine Frauen zu rauben!«

»Sie sind kein normaler Pakeha, oder?«

Jetzt war es an Tom, erstaunt zu gucken. »Wie meinen Sie das?«

»Ihre Sprache verrät Sie. Die ist anders als bei den Pakeha, die ich kenne.«

Tom verstand jetzt, was sie damit sagen wollte, und lachte lauthals los. »Sie hören, dass ich kein Engländer bin, nicht wahr? Ich komme aus einem anderen Land. Aus Deutschland, um genauer zu sagen, aus der Pfalz. Trotzdem trifft es mich hart, dass Sie das erkennen. Ich dachte, in den letzten Jahren hätte ich mit einigem Erfolg daran gearbeitet. Aber nun zu Ihnen. Wohin soll ich Sie bringen?«

Das Gesicht der Frau verdüsterte sich.

»Ich werde Sie nach Hause bringen! Freuen Sie sich denn gar nicht?«

»Doch, doch, mein Vater sucht mich bestimmt schon.«

»Gut, und wohin soll ich Sie bringen?«

»Zum Titirangi«, murmelte die schöne Fremde kaum hörbar.

Tom holte sein Pferd, half ihr in den Sattel und setzte sich hinter sie. Als sie an den Männern, die immer noch beieinanderstanden und schwätzten, vorbeiritten, wurden anfeuernde Pfiffe laut. Tom griff nach seinem Revolver und schoss einmal in die Luft. Sofort herrschte Ruhe.

Kurz hinter Napier bat ihn die Frau, er solle das Pferd anhalten. Er tat, was sie verlangte, und schon war sie mit einem Satz vom Rücken des Tieres gesprungen.

»Von hier aus finde ich den Weg allein«, sagte sie hastig und winkte ihm noch einmal zu, bevor sie sich umdrehte und ihrer Wege gehen wollte.

Tom war verblüfft. Und er wollte sie partout nicht allein ziehen lassen. Mit diesen Kerlen war nicht zu spaßen. Sie war nicht das erste Maorimädchen, das man gekidnappt hatte, um es an einen Farmer zu verschachern.

»Halt! Warten Sie! Ich will Sie doch nur beschützen!« Das war allerdings nur die halbe Wahrheit. In Wahrheit wollte er sie noch ein wenig begleiten, weil ihre Gegenwart ihn auf eine ihm bis dahin unbekannte Weise verzauberte. Er hatte zwar die eine oder andere Erfahrung mit Huren gemacht, aber sich noch nie ernsthaft verliebt. Das lag zum einen an dem Frauenmangel, der in Neuseeland herrschte, zum anderen daran, dass er die letzten neun Jahre seit seiner Ankunft an diesem Ende der Welt immer nur gearbeitet hatte. Er war fünfzehn gewesen, als er sich nach Hamburg aufgemacht hatte. Seine Mutter war die Einzige gewesen, die er eingeweiht hatte. Sie hatte bittere Tränen geweint und ihm Geld und ein Testament mit auf den Weg gegeben.

Nun stellte Tom fest, dass er noch nie zuvor eine so schöne Frau gesehen hatte wie diese. Es hatte sich wunderbar angefühlt, hinter ihr auf dem Pferd zu sitzen. Aber es war nicht nur ihr Äußeres, das ihn faszinierte. Auch ihr starkes Wesen imponierte ihm.

In diesem Augenblick wollte sich seine Begeisterung allerdings gerade in Ärger verkehren, denn sie machte keinerlei Anstalten, sich nach ihm umzudrehen. Und es gab keinen Zweifel, dass sie ihn hörte. Jetzt begann sie auch noch zu rennen.

Es war nicht einfach für ihn, sie einzuholen; schließlich schaffte er es.

»Warum laufen Sie vor mir weg?«, keuchte er.

»Weil ich meiner Wege gehen will. Darum! Ich danke Ihnen, dass Sie mich vor den Kerlen gerettet haben, aber jetzt bin ich frei.«

»Wer behauptet denn, dass Sie unfrei sind? Ich wollte Sie bloß unversehrt nach Hause bringen. Nicht auszudenken, dass Sie noch einmal Opfer eines gemeinen Überfalls werden.« In seiner Aufregung hatte er sie am Arm gepackt.

Ihre Augen funkelten vor Zorn, als sie ihn anschrie: »Lassen Sie mich los! Keiner wird je über mich bestimmen! Hören Sie? Keiner! Was bildet ihr Männer euch eigentlich ein? Dass ihr mich verheiraten könnt, wie es euch gefällt, oder kidnappen oder gegen meinen Willen beschützen?«

Tom ließ sie auf der Stelle los.

»Was kümmere ich mich eigentlich um Sie? Dann gehen Sie doch! Aber wenn Sie den Kerlen noch einmal in die Hände fallen, sind Sie selber schuld. Ich habe Sie gewarnt!«

Mit diesen Worten wandte er sich abrupt von ihr ab und ging zurück zu seinem Pferd. Wütend stieg er auf und wollte soeben davongaloppieren, als er aus dem Augenwinkel sah, dass die Maori ihm nachrannte. Er überlegte kurz, ob er sie ignorieren sollte, dann blieb er stehen.

»Ich habe es mir anders überlegt«, sagte sie kleinlaut und völlig außer Atem.

»Da haben Sie Glück, dass ich so gutmütig bin. Ich soll Sie also bei Ihrem Vater abliefern?«

Die Maori kaute nervös auf ihren Lippen herum, statt ihm eine klare Antwort zu geben.

»Ja, was nun? Reiten wir jetzt gemeinsam zum Titirangi oder nicht?«

Die junge Frau sah ihn aus ihren großen dunklen Augen schweigend an. In ihrem Blick lag etwas Flehendes, etwas, das Tom nicht deuten konnte. Es ärgerte ihn, dass er den Impuls verspürte, vom Gaul zu springen und sie in den Arm zu nehmen. Deshalb fragte er das Mädchen schroffer als beabsichtigt: »Ja oder nein?«

Tom erschrak, als es daraufhin verdächtig feucht in ihren Augen schimmerte. Er stieß einen tiefen Seufzer aus. »Ich will Sie nicht verletzen, aber ich verstehe partout nicht, was Sie wollen. Sie sind so furchtbar sprunghaft. Erst soll ich Sie zu Ihrem Vater bringen, dann wieder nicht ...«

»Haben Sie ein großes Haus?«

»Ja, ja, es ist ziemlich groß für einen allein. Aber ich verstehe nicht, warum ...«

»Nehmen Sie mich mit! Ich kann Ihnen helfen.«

Tom war so verdattert, dass er ins Stottern kam. »Was, äh, wie ... wie helfen, können Sie ... äh ... kochen?«

»Ich habe mit meiner Mutter das Hangi zubereitet, ich habe auch manchmal Süßkartoffeln gekocht und Gemüse«, erklärte sie eifrig.

»Und was können Sie noch?«

»Ich kann jagen, fischen und kämpfen. Der Mann, der mich entführte, hat zum Messer gegriffen, weil er sich nicht anders gegen mich wehren konnte. Und wenn sie mich nicht in einen dunklen Schuppen gesperrt hätten, diese Feiglinge, ich wäre längst entkommen und nicht erst dem feisten Pakeha!«

»Ich hatte mehr an hausfrauliche Fähigkeiten gedacht. Können Sie putzen und nähen?«

»Nein, aber ich kann Ihnen aus Flachs flechten, was immer Sie wollen!«

Ein Lächeln huschte über Toms Gesicht. Wenn sie nur wüsste,

wie entzückend sie ist, dachte er, wurde allerdings gleich wieder ernst.

»Der Gedanke, Sie mit in meine Höhle zu nehmen, ist äußerst verlockend, aber ich schätze, damit wäre Ihr Vater nicht einverstanden. Sie sind doch noch ein halbes Kind.«

»Ich bin fast achtzehn!«, entgegnete sie empört. »Ich bin erwachsen!«

»Dann schlage ich vor, dass wir ihn zumindest fragen, ob Sie für mich arbeiten dürfen!«

»Sie kennen meinen Vater nicht. Allein, dass ich mit einem Pakeha auf ein und demselben Gaul reite und mich mit ihm unterhalte, wäre für ihn schon ein Grund, mir mit dem Zorn der Ahnen zu drohen.«

»Aber ich wäre ja bei Ihnen... Wie heißen Sie eigentlich?«

»Ahorangi. Und nein, ich werde nicht einmal in die Nähe unseres Dorfes gehen. Und schon gar nicht in Begleitung eines Pakeha. Mein Vater würde Sie eher umbringen, als mich mit Ihnen ziehen zu lassen.«

Wieder blickte Ahorangi ihn aus großen braunen Augen an, und in diesem Augenblick wusste Tom, dass er verloren war. Er würde dieser Frau jeden Wunsch erfüllen, und er wünschte sich nichts sehnlicher, als dass sie ihn in sein viel zu großes Haus begleitete. Um das nicht durchblicken zu lassen, klammerte er sich an den Zügeln des Pferdes fest. Sonst wäre er womöglich mit einem Satz bei ihr und würde ihr versprechen, sie auf der Stelle zur Frau zu nehmen.

»Mein Vater ist ein Häuptling. Er wollte mich zur Heirat zwingen. Es war der Tag, an dem ich Hehus Frau werden sollte. Da kam eine Horde Männer, und sie entführten meine Schwester und mich. Sie brachten uns an unterschiedliche Orte. Sie sollte hoch in den Norden verkauft werden...« Ahorangis Stimme brach und sie fing an, leise zu weinen. Dieses Mal gab Tom seinem Bedürfnis, sie zu trösten, nach. Er sprang vom Pferd, legte die Arme um sie und zog sie an sich. Eng umschlungen standen sie eine Weile da, bis sich Ahorangi aus der Umarmung löste.

»... ich werde sie niemals wiedersehen. Und ich will nicht zurück, denn Hehu ist wie ein Bruder für mich. Ich kann nicht seine Frau werden. Und da ist noch etwas ...« Ahorangi stockte, bevor sie hastig fortfuhr: »... sie wollten mir an dem Tag das Moko ins Gesicht schaben.«

»Moko? Ist das eure Tätowierung?«

Ahorangi nickte. »Leider, in unserem Stamm ist das üblich. Es gibt andere, die diesen Brauch nicht pflegen, aber Vater platzt vor Stolz auf unsere Ahnen. Sie sollen dabei gewesen sein, als das erste englische Schiff unsere Küste erreicht hat. Ich habe mich allerdings noch nie danach gesehnt, dass meine glatte Haut vernarbt und rau wird. Mein Vater hingegen würde niemals gestatten, dass ich auf das Moko verzichte. Und ich bin sein ältestes Kind. Er wäre beinahe zum ersten König gewählt worden und für ihn ist es unvorstellbar, dass ich nicht genauso versessen darauf bin, unsere Zeichnung für jedermann sichtbar und voller Stolz zu tragen.«

Zärtlich fuhr Tom Ahorangi über ihre zarten Wangen.

»Ich kann dich verstehen. Du bist wunderschön, so wie du bist.«

»Dann wirst du mich also beschützen, damit sie mich nicht zu dem Moko zwingen und ich nie heiraten muss?«

Tom zog seine Hand zurück, als habe er sich an ihren Wangen verbrannt. Die Heftigkeit, mit der sie diese Worte hervorgestoßen hatte, ließen keinen Zweifel daran, dass sie nicht nur die Heirat mit dem Maori verabscheuen würde ...

»Lass uns weiterreiten«, murmelte er und half ihr wieder aufs Pferd. Er ärgerte sich über sich selbst. Was hatte er sich bloß eingebildet? Dass diese exotische Fee Frau eines deutschen Auswanderers würde, nur, weil er sie vor dem Farmer gerettet hatte? Er überlegte, ob es nicht besser wäre, anzuhalten und sie ihrem

Schicksal zu überlassen. Die Vorstellung, mit diesem bezaubernden Wesen unter einem Dach zu leben und sie nicht berühren zu dürfen, würde ihn früher oder später in den Wahnsinn treiben. Dabei erregte es ihn doch schon, dass sie vor ihm auf dem Pferd saß und er sie umfasste, damit sie nicht vom Gaul fiel. Das machte ihn nur noch missmutiger. Wenn er nur geahnt hätte, wie angenehm Ahorangi seine Hand an ihrer Taille war, er wäre der glücklichste Mann auf Erden gewesen.

Ahorangi aber genoss ihr kleines Glück schweigend. Es gefiel ihr ausnehmend gut, mit diesem Pakeha gemeinsam über die Ebene zu reiten und in der Ferne die Sonne auf dem Meer glitzern zu sehen. Der hochgewachsene Fremde mit seinem sonnengebräunten Gesicht und dem dichten blonden Haar löste in ihr eine Lawine unbekannter Gefühle aus. Wie vorhin, als er sie in den Arm genommen hatte. Sie hatte sich ehrlich beschützt gefühlt. Bei Hehu hatte sie so etwas nicht empfunden. Aber der hatte sie ja auch nie auf diese besondere Weise in den Arm genommen. Und er hatte sie auch niemals so angesehen wie dieser Mann. Hehus Blick hatte stets etwas Flehendes gehabt. Er hatte zu ihr aufgesehen, sie bewundert ... aber aus den Augen dieses Mannes sprach eine Mischung aus Leidenschaft und Zärtlichkeit. In diesem Augenblick fiel ihr ein, dass sie ihn noch nicht einmal nach seinem Namen gefragt hatte. Das würde sie nachholen, sobald sie bei seinem Haus angekommen waren. Die Aussicht, mit ihm unter einem Dach zu leben, ließ ihr wohlige Schauer durch den ganzen Körper rieseln.

»Dort vorne ist es! Sehen Sie!« Mit diesem Ruf holte Tom sie aus ihren schwärmerischen Gedanken.

»Das ist ja riesig!«, entfuhr es ihr begeistert.

Tom bog allerdings kurz vor dem großen Anwesen nach links und hielt schließlich vor einem kleineren weißen Holzhaus.

Ahorangi hüpfte aufgeregt vom Pferd und blickte sich um. Das große Anwesen war noch immer in Sichtweite.

»Das gehört mir leider nicht«, sagte Tom mit einem Anflug von Bedauern. »Das ist die Mission der Maristenbrüder aus Frankreich, aber sie haben es mir ermöglicht, in ihrem Schatten Wein anzubauen.«

»Was ist das? Wein?«

»Ein Getränk aus Trauben. Ich werde es dir nachher zum Probieren geben. Nun komm doch erst einmal ins Haus.« Er öffnete die Gartenpforte und ließ ihr den Vortritt.

Ahorangi verliebte sich auf den ersten Blick in das Haus auf dem Hügel. Allein der Blick über das Meer ließ ihr Herz aufgehen. Niemals hätte sie gedacht, dass sie das Gefühl, zu Hause zu sein, an einem anderen Ort als auf dem Titirangi würde empfinden können. Aber sie konnte sich gar nicht dagegen wehren. Ihr Herz hatte gewählt. Diesen Ort wollte sie nie wieder verlassen. Die Abendsonne tauchte das weiße Haus in einen unbeschreiblichen, warmen Gelbton. Leise ging der Wind durch die Bäume. Ahorangi wandte sich zu Tom um und schlang ihre Arme um seinen Hals.

»Es ist schön, es ist so schön hier!«, rief sie entzückt aus.

Tom aber stand wie erstarrt da. Das blieb auch Ahorangi nicht verborgen. Erschrocken ließ sie ihre Arme sinken.

»Bereust du etwa, dass du mich gerettet hast? Muss ich gehen?«

»O nein, Ahorangi. Ich habe dir mein Wort gegeben. Ich werde dich davor beschützen, dass man dein Gesicht anrührt oder dass du jemals heiraten musst.«

Toms Stimme hatte einen sanften Klang bekommen, doch dann befahl er in unwirschem Ton. »Nun komm schon! Es freut mich, dass es dir gefällt, aber ich kann nicht stundenlang mit dir im Arm über das Land blicken und zärtliche Worte im Mund führen!«

»Entschuldigung, ich weiß, du hast mich mitgenommen, damit ich dir im Haus helfen kann. Also, was soll ich tun? Sag es mir!«

»Nein, das ist es nicht!«, widersprach Tom heftig. »Ich, ich, muss dir was sagen. Bevor wir ins Haus gehen. Nicht dass ich dich mit meinem verzehrenden Blick erschrecke. Weißt du, ich fühle mehr für dich, als ich sollte. Aber ich verspreche dir, ich werde nie über deine Grenzen gehen. Dann wäre ich schließlich nicht besser als die Kerle, die dich entführt haben. Ich habe es deutlich vernommen, dass du niemals heiraten willst!«

Tom wandte sich abrupt von ihr ab und stiefelte mit festem Schritt auf das Haus zu. Er war gerade bei der Tür, als ihn von hinten zwei Arme umschlangen. Er fuhr herum und sah in die völlig veränderten Augen Ahorangis. Aus ihnen sprachen Zärtlichkeit und Zuneigung.

»Ich habe nicht behauptet, dass ich niemals heiraten werde, sondern dass ich mich niemals verheiraten *lassen* werde«, raunte sie.

Tom beugte sich zu ihr hinunter und presste seine Lippen auf ihren Mund, den sie ihm zum Kuss anbot.

Nach einer halben Ewigkeit löste er seine Lippen von den ihren und sah sie zärtlich an. »Ich habe noch etwas zu erledigen. Mach es dir gemütlich im Haus. Bin bald wieder da!«, sagte er heiser.

»Du suchst nicht zufällig einen Mann in Napier?«, fragte Ahorangi.

Tom nickte.

»Sei vorsichtig.« Besorgnis sprach aus ihrer Stimme. »Er ist ein Tier!«

»Mach dir keine Sorgen, ich werde mich keiner Gefahr aussetzen, und zum Mörder werde ich auch nicht, es sei denn...« Er stockte. »Dieses Schwein hat dich doch nicht etwa...?«

»Nein, hat er nicht. Er hat es versucht, aber ich bin stark. Glaub mir. Ich war die beste Kriegerin meines Ortes.« Sie deutete auf die Muskeln ihrer nackten Arme. »Du erkennst ihn daran, dass er eine Narbe über dem Auge hat. Als er sich nachts in mein

Bett schleichen wollte, habe ich ihm einen Wasserkrug an den Kopf geschmissen. Er wollte mich umbringen, und nur der gute Preis, den der Farmer für mich zahlen wollte, hat ihn davon abbringen können. In mein Bett hat er sich nicht mehr gewagt.«

Tom musterte sie mit einer Mischung aus Bewunderung und Zärtlichkeit. »Dann sollte ich mich wohl erst in deine Nähe wagen, wenn du meine Frau bist!«

»Wir werden sehen!«, erwiderte sie lachend, um hastig hinzuzufügen: »Beeil dich bloß!«

MEEANEE, HAWKE'S BAY, APRIL 1868

Ahorangi lebte nun bereits seit drei Monaten auf dem kleinen Weingut in unmittelbarer Nachbarschaft zum Anwesen der Maristenbrüder. Zum Heiraten waren sie und Tom allerdings noch nicht gekommen, denn im derzeit herrschenden Herbst mussten erst einmal die Trauben geerntet werden, was sie aber nicht davon abgehalten hatte, nach getaner Arbeit ihrer Leidenschaft zu frönen.

Ahorangi hatte viel Freude an ihrer Arbeit im Weinberg, sodass Tom lieber nebenbei selbst den Haushalt versorgte, anstatt es von ihr zu verlangen. Sie hatte ihr Bestes gegeben, auch beim Kochen, aber Tom war nun einmal ein Freund der deftigen Lammkeule und konnte dem im Erdofen zubereiteten Hangi nicht allzu viel abgewinnen.

Heute wollte Ahorangi ihm beweisen, dass sie auch anders konnte. Sie versuchte sich gerade an einem Lammbraten, während ihre Gedanken zu ihrer ersten Nacht abschweiften. Wenn sie nur daran dachte, wie leidenschaftlich sie einander geliebt hatten, durchfuhren kleine Feuerbrünste ihren Bauch. Sie stieß einen Seufzer aus und hob den Kopf. Der Blick über die herbstlichen Weinberge, die in allen nur erdenklichen Farben funkelten, ließ ihr Herz noch weiter aufgehen. Ihr kam das alles wie ein Wunder vor. Dass sie, die Prinzessin, deren Leben derart vorbestimmt gewesen war, aus freien Stücken bei diesem Mann lebte und unendlich glücklich war. Als sie ihn in der Ferne arbeiten sah, traten ihr Tränen der Freude in die Augen. Sie wartete darauf, dass sich ihr schlechtes Gewissen meldete, weil sie ihrem Stamm den Rücken gekehrt hatte, doch sie empfand nichts als Glück. Hier fühlte sie sich zu Hause und geborgen.

Sie merkte gar nicht, dass sie leise zu singen begonnen hatte. Erst als der Hund jaulte, wurde ihr bewusst, dass sie ein Lied ihres Volkes angestimmt hatte.

Da klopfte es an der Hintertür und der Maristenbruder Pierre trat ein. Er wollte Tom wegen eines Weinstocks sprechen, aber als Ahorangi ihm einen Tee anbot, nahm er dankend an. Sie setzte sich zu ihm.

»Hast du es dir inzwischen überlegt, ob du dich vor der Hochzeit taufen lassen möchtest?«, fragte Bruder Pierre und musterte sie prüfend.

Ahorangi zuckte die Achseln, denn nicht nur die anstehende Weinernte, sondern auch diese Frage hatte sie bislang vom Heiraten abgehalten.

»Ich weiß nicht. Auf der einen Seite würde ich es Tom zuliebe gern auf mich nehmen, aber ich habe seit Tagen diese schrecklichen Alb...« Sie unterbrach sich erschrocken. »Also, ich bin mir nicht sicher.« Ahorangi mochte den Maristenbruder, und im Grunde ihres Herzens hätte sie sich ihm auch gern anvertraut. Er strahlte so viel Liebe und Güte aus. Er wirkte überaus lebenserfahren und reif, war wie ein Vater zu ihr. Im Grunde genommen war er der ideale Gesprächspartner für ihr Problem, denn Tom wollte sie nicht damit belasten. Es würde ihm unnötig das Herz beschweren, weil er ihr in dieser Angelegenheit nicht helfen konnte.

Ahorangi heftete den Blick auf den Küchenboden und räusperte sich. »Ich träume oft von meiner Taufe. Immer denselben Traum. Alles ist friedlich, und ich wiege mich in Sicherheit. Mir kann nichts mehr geschehen, weil ich mich meinem Vater widersetzt habe. Doch in dem Augenblick, in dem alles vollbracht ist, betritt er mit seinen Kriegern die Kirche und verflucht meine Nachkommen. Es ist so schrecklich...« Sie begann zu zittern.

»Ist dein Vater denn wirklich so streng und unversöhnlich? Viele Maori sind inzwischen getauft. Vielleicht *glaubst* du nur, dass er es dir niemals verzeihen würde.«

»Ich weiß es. Mein Vater hasst die Pakeha samt ihrer Sitten und Gebräuche. Für ihn sind es Eindringlinge, die es zu bekämpfen gilt. Er hat in Waikato gegen die britischen Soldaten gekämpft und wird es immer wieder tun. Einerseits verstehe ich ihn sogar. Sie werden nicht ruhen, bis sie uns den letzten Flecken Erde genommen haben, andererseits liebe ich Tom über alles und habe bislang wenig Ablehnung der Pakeha gegen mich gespürt, bis auf ein paar britische Ladys unten in Napier, die zu tuscheln anfangen, wenn sie Tom und mich Arm in Arm treffen.«

»Dann, mein Kind, musst du dich wohl entscheiden. Wir können euch nur trauen, wenn du ebenfalls getauft bist. Denke noch einmal darüber nach, ob du deinem Traum so viel Macht einräumen darfst.«

Ahorangi hob ihren Kopf. »Ich wünsche mir nichts sehnlicher als das, aber ich kann nichts dagegen tun. Selbst wenn ich beim Einschlafen vor Mut und Zuversicht nur so strotze, am nächsten Morgen wache ich schweißgebadet auf und bibbere vor Angst.«

Bruder Pierre kratzte sich nachdenklich am Kinn. »Dann müssen wir uns eben etwas einfallen lassen, damit du Tom ohne Taufe heiraten kannst. Die Frage ist nur, was? Vielleicht lasst ihr euch nur vom Friedensrichter trauen und wartet mit der Entscheidung, bis ihr Eltern werdet.«

»Früher oder später muss ich Farbe bekennen«, seufzte Ahorangi. »Und wenn ich auch nur den Funken einer Hoffnung hätte, dass Vater mir die Taufe sowie die Eheschließung mit Tom je verzeihen könnte, ich würde nicht zögern. Ich ahne doch, was es Tom bedeuten würde, von Ihnen getraut zu werden. Er verehrt Sie wie einen Vater.«

Bruder Pierre lächelte. »In gewisser Weise bin ich das auch. Wenn ich an unsere erste Begegnung denke. Tom war noch ein halbes Kind, als er in Dunedin eintraf und sich in den Kopf gesetzt hatte, Gold zu finden. Ich war der Beichtvater für einen Haufen junger Abenteurer. Niemals vergesse ich, wie der Bursche mir an dem Tag, als er erfuhr, dass ich zur Mission berufen worden war, die Setzlinge anvertraut hat. Wenn ich genug Geld habe, mir Land zu kaufen, dann folge ich Ihnen, sagte er damals. Und wenn aus den Setzlingen gute Trauben für Wein werden, dann werde ich Winzer. Ich habe damals nicht viel darauf gegeben, aber ihm versprochen, dass ich es versuchen werde. Ich pflanzte sie ein und nach drei Jahren schon waren sie so ertragreich wie unsere Rebstöcke es nie gewesen sind, und die herrlichen Trauben ließen sich zu köstlichem Weißwein verarbeiten. Und dann stand er eines Tages vor unserer Tür, und wir verkauften ihm das Land, auf dem sein Wein wuchs. Er baute sich das Haus und, na ja, den Rest der Geschichte kennst du. Tom ist ein prächtiger Bursche. Er würde dich niemals zu etwas drängen.«

»Wie nett Sie von mir sprechen, Bruder Pierre«, lachte eine tiefe Stimme.

Ahorangi und der katholische Geistliche wandten sich um.

»Wie lange stehst du da schon?«, fragte Ahorangi erschrocken.

»Leider habe ich nur die letzten Worte Bruder Pierres mitbekommen. Wozu würde ich dich nicht drängen?« Tom beugte sich zu ihr hinunter und gab ihr einen zärtlichen Kuss auf die Wange.

»Bruder Pierre meint, du würdest mich niemals dazu zwingen, mich taufen zu lassen.«

»Der Glaube an Gott ist keine Angelegenheit, zu der man jemanden zwingen könnte«, erwiderte Tom. Er war jetzt ganz ernst geworden.

Ahorangi griff nach seiner Hand. »Tom, sei ehrlich. Es würde dir viel bedeuten, wenn ich mich dazu durchränge, nicht wahr?«

»Ja, natürlich, ich bin damit aufgewachsen, die Brüder haben mir geholfen, meine Existenz aufzubauen, und ich würde gern mit Gottes Segen heiraten...«

Ahorangi drückte Toms Hand ganz fest. Dann wandte sie sich an Bruder Pierre.

»Taufen Sie mich bitte an dem Tag, an dem Sie uns trauen.«

Tom sah Ahorangi mit großen Augen an. »Du willst das wirklich tun? Und dein Glaube, deine Götter?«

»Die behalte ich tief im Herzen. Worauf du dich verlassen kannst. Aber ich werde unsere Kinder in deinem Glauben erziehen. Und ihnen nur ganz nebenbei von Rangi und Papa erzählen.« Ahorangi lächelte verschmitzt. Tom riss sie übermütig vom Stuhl und küsste sie. Die beiden vergaßen die Welt um sich herum und suchten immer wieder die Lippen des anderen.

Als sie ihre Münder endlich voneinander gelöst hatten, raunte Tom zärtlich: »Ich will dir deine Gottheiten nicht aus dem Herzen reißen; lass bloß nicht unseren lieben Bruder Pierre hören, dass du es nur meinetwegen über dich ergehen lässt.«

Lächelnd drehte er sich zu dem Stuhl um, auf dem der Geistliche eben noch gesessen hatte, doch der war zu seinem großen Erstaunen leer. Dafür stand auf der Tafel, auf die Ahorangi stets notierte, was sie einkaufen musste, in großen Lettern geschrieben: »Wäre der nächste Sonntag nicht ein schöner Termin zum Heiraten?«

Meeanee/Hawke's Bay, April 1868

Die weiße Holzkirche St. Mary war an diesem Tag besonders festlich geschmückt. Tom hatte für seine Braut Tausende von Weinblättern gesammelt und den Kirchenboden damit bedecken lassen. Ahorangi hatte ihrerseits eine Überraschung für Tom. Ein Schneider aus Napier hatte ihr ein festliches Kleid aus lindgrüner Seide genäht. Den Stoff hatte ihr Bruder Pierre geschenkt.

Toms Hände waren schweißnass vor Aufregung, als er vor dem Altar auf seine Braut wartete. Dann begannen die Glocken zu läuten, und Pater Claude nickte ihm aufmunternd zu. Tom heftete seinen Blick an die Holztür, durch die sie jeden Moment kommen musste. Ihm blieb förmlich die Luft weg, als sie am Arm von Bruder Pierre die Kirche betrat. Sie sieht aus wie eine Prinzessin, schoss es Tom durch den Kopf – und dass sie das in ihrem Stamm ja auch tatsächlich war. Ob sie wohl jemals bereuen wird, dass sie sich meinetwegen hat taufen lassen? Bei der Zeremonie kurz zuvor hatte sie jedenfalls alles andere als glücklich gewirkt. Immer wieder hatte sie sich ängstlich umgedreht. Als hätte sie Angst, aber wovor? Auch in diesem Augenblick lag ein Schatten über ihrem Gesicht.

Ahorangi war jetzt beim Altar angekommen, und Bruder Pierre legte ihre Hand in Toms Hand. So vereint standen sie vor Pater Claude und lauschten seinen Worten. Oder taten zumindest so, denn Ahorangi konnte sich kaum darauf konzentrieren. Immer wieder schlich sich der nächtliche Albtraum in ihre Gedanken. Wieder waren ihr Vater und seine Krieger in die Kirche eingedrungen, in der sie sich hatte taufen lassen, nur dieses Mal in genau dem Moment, als sie Tom ihr Jawort gab. Und dieses Mal hatte ihr Vater sie vor die Wahl gestellt: mitzukommen oder mit anzusehen, wie er Tom mit einer Muskete erschoss.

Es dauerte eine ganze Weile, bis sie sich endlich ein wenig entspannen konnte und nicht alle paar Sekunden glaubte, die drohende Stimme ihres Vaters zu hören. Sie riss sich zusammen, um die Frage Pater Claudes, ob sie Tom lieben und ehren wolle, in guten und schlechten Zeiten, bis dass der Tod sie scheide, mit einem heiseren »Ja!« zu beantworten.

Mit diesem Schwur war ihre Angst wie verflogen. Das waren nur törichte Träume, die in meinem Leben nichts mehr zu suchen haben, redete sie sich gut zu. Dann küssten sie und Tom sich, und Ahorangi fühlte sich unbesiegbar. Keiner konnte ihr je wieder seinen Willen aufzwingen...

Ein lauter Zwischenruf in der Sprache ihres Stammes ließ die Liebenden auseinanderfahren. Alle drehten sich um und sahen den schmächtigen alten Mann wie einen Rachegott in der Tür stehen.

Tom legte schützend den Arm um seine Frau. »Was will er? Wer ist das?«

»Es ist einer der Tätowierer. Er sagt, er mache Geschäfte in Napier und habe von einer Maori gehört, die angeblich eine Prinzessin sei. Er habe gehört, sie sei in der Pakeha-Kirche. Das sei kein Ort für Prinzessin Ahorangi, sagt er. Sie gehöre zu ihrem Vater König Kanahau und ihrem Bräutigam Hehu. Er werde sie mitnehmen und dorthin zurückgehen, wo sie hingehöre...«

Tom stellte sich vor seine frisch angetraute Frau.

»Sie bleibt bei mir!«, brüllte er durch die ganze Kirche.

»Lass nur, er versteht dich nicht«, erklärte Ahorangi, während sie auf den Maori zuging. Sie blieb vor ihm stehen und sprach mit beschwörenden Worten auf ihn ein. Der Mann aber zog furchtbare Grimassen und brüllte sie an. Ahorangi zuckte nicht zurück.

Der Traum hatte ihr Angst gemacht, dieser Angehörige ihres Stammes aus Fleisch und Blut nicht. Er war ein alter schwacher Mann, der ihr nichts antun konnte. Außer ... Ahorangi erschrak. Wieder führte sie das Wort. Ihre Stimme klang flehend, doch der Alte drehte sich nur wortlos um und verschwand.

Ahorangi kämpfte mit den Tränen.

»Was hast du ihm gesagt?«, fragte Tom, der Ahorangi an die Tür gefolgt war.

»Ich habe ihn gebeten, meinem Vater nicht zu sagen, dass er mich hier in Meeanee aufgespürt hat. Er aber hat erwidert, die Ahnen würden sich so oder so für meinen Frevel rächen. Da wäre es besser, der Häuptling hole mich nach Hause, bevor es zu spät sei.«

»Ich bringe ihn um! Dann kann er gar nichts verraten«, schrie Tom und wollte ihm folgen.

»Versündige dich nicht«, ermahnte ihn Bruder Pierre. »Lasst uns lieber für unsere Schwester Ahorangi beten, auf dass keiner ihr Glück je zerstören möge.«

Nur widerwillig faltete Tom die Hände zum Gebet. Er war immer noch der Ansicht, es wäre besser, den Mann zu töten, der ihnen Ahorangis Vater auf den Hals hetzen wollte. Doch er wusste auch, dass er es gar nicht fertigbringen würde, einen alten Mann ins Jenseits zu befördern. Nein, es musste eine andere Lösung geben ... Und je mehr er darüber nachgrübelte, desto sicherer war er sich, dass Ahorangi nicht länger auf dem Weingut in Meeanee sein durfte, wenn der Häuptling mit seinen Kriegern zurückkehrte, um seine Tochter zu holen ...

Ahorangi war verzweifelt bei der Vorstellung, der alte Tätowierer werde ihre Albträume wahrmachen. Würde ihr Vater je akzeptieren, dass Tom ihr rechtmäßiger Ehemann war und dass es daran nichts mehr zu rütteln gab? Sie stieß einen tiefen Seufzer aus. Ich kann nur auf seine Einsicht hoffen, sagte sie sich.

Die anschließende Feier in der Mission, die von den Maristenbrüdern liebevoll vorbereitet worden war, lief an ihr vorüber, ohne dass sie sich der Freude, endlich Toms Frau zu sein, vorbehaltlos hingeben konnte. Tom versuchte zwar ständig, sie aufzuheitern, aber sie ließ sich nicht täuschen. Auch ihn hatte der Auftritt des Tätowierers mehr mitgenommen, als er zugeben wollte.

Viel früher als geplant verschwand das junge Brautpaar von seiner eigenen Hochzeit und flüchtete in die vermeintliche Sicherheit seiner eigenen vier Wände. Dort kredenzte Tom Ahorangi noch ein Glas Wein, das sie in einem Zug hinunterstürzte. Erst als sie Toms Hände zärtlich in ihrem Nacken spürte und bemerkte, wie er ihr aufgestecktes Haar löste, vergaß sie den Tätowierer vorerst. Sie schüttelte ihr langes Haar, stellte sich mit dem Rücken zu Tom und bat ihn mit erregter Stimme, die Schnüre ihres Kleides zu öffnen. Allein seine Fingerspitzen auf ihrer nackten Haut jagten ihr heiße Wellen durch den Körper.

Nachdem er ihr das Kleid und die Unterwäsche nahezu vom Körper liebkost hatte, wandte sie sich zu ihm um und genoss es, wie er ihre wohlgeformten Rundungen mit lodernden Blicken förmlich verschlang.

»Zieh dich aus!«, flüsterte sie.

Ohne die Augen von ihr abzuwenden, entkleidete er sich. Als er nackt vor ihr stand und seine fordernde Männlichkeit keinen Zweifel daran ließ, wie sehr er sie begehrte, umschlang sie seinen Hals und ließ sich von ihm ins Schlafzimmer tragen. Dort liebten sie sich mit einer Heftigkeit, die ihnen beiden fremd war, die sie aber in einen solchen Rausch versetzte, dass Ahorangi sich schließlich mit weit geöffneten Schenkeln auf die Kommode setzte und ihn anfeuerte, tiefer in sie einzudringen. Sie hatten sich einander noch nie so lange und zügellos hingegeben.

Schließlich sanken sie erschöpft in die Kissen.

»Ich lasse es nicht zu, dass sie dich mir wegnehmen!«, flüsterte Tom in die Stille.

»Keine Sorge, ich glaube nicht, dass mein Vater hier auftaucht. Er wird mich eher verstoßen«, erklärte sie, obwohl sie das Gegenteil befürchtete, aber sie wollte Tom beruhigen.

»Selbst wenn er es versuchen würde, er würde dich nicht finden. Weil du dann nicht mehr hier bist.«

Ahorangi setzte sich kerzengerade auf. »Was willst du damit sagen? Ich möchte nicht von hier fort. Das ist mein Zuhause. Obwohl ich erst so kurz bei dir lebe, ist mir dies alles sehr ans Herz gewachsen. Das Haus, die Weinberge, unsere Nachbarn. Es ist das Paradies, das ich mir immer erträumt habe, ohne zu ahnen, wie es aussehen könnte.«

Tom richtete sich ebenfalls auf und küsste sie zärtlich auf die Wange.

»Du musst nicht auf unser Weingut verzichten. Ich werde nur ...« Er stockte. »Es sollte eine Überraschung sein.«

Ahorangi sagte nichts, aber in ihren Augen stand die Bitte geschrieben, er solle das Geheimnis lüften. Ihr stand der Sinn jetzt nicht nach Überraschungen.

Tom zögerte, doch dann verriet er, wie er Ahorangi vor der Rache ihres Vaters schützen wollte. »Ich werde für uns ein neues Haus bauen.«

»Wo?«

»In Napier. Keine acht Kilometer von hier. Dort bauen sich die Reichen wunderschöne Häuser und ...«

»Aber wir gehören nicht zu den Reichen. Das Geld, das du für den Messwein von den Brüdern bekommst, genügt zum Leben, aber ...«

Tom lächelte wissend.

»Auch das sollte eigentlich eine Überraschung sein. Du weißt doch, dass die Brüder nur roten Wein machen?«

Sie nickte eifrig und biss sich nervös auf den Lippen herum. Sosehr sie Tom liebte – seine Art, sich jedes Wort aus der Nase ziehen zu lassen, stellte ihre Geduld beizeiten auf eine harte Probe.

»Und nun verlangen immer mehr Kunden weißen Wein. Und sie wollen diesen Bestellungen nachkommen, werden allerdings deshalb keine weißen Trauben anbauen. Nein, der Weißwein, den sollen wir herstellen.«

»Wir dürfen ihn doch gar nicht verkaufen, außer an die Mission, weil die Bestimmungen der Provinzregierung Hawke's Bay zwar nicht so streng wie in anderen Regionen sind, aber die Abfüllung in Flaschen auch bei uns nicht zulassen. So hast du es mir erklärt.«

»Richtig, die Bestimmungen geschickt zu umgehen, das ist das Geschenk, das uns die Freunde von der Mission zur Hochzeit machen. Sie tun nach außen so, als sei es ihr Wein, und verkaufen ihn für uns, weil für sie Ausnahmen gelten. Das heißt, dass wir auf einmal unsere gesamte Ernte loswerden und auch das, was vom vergangenen Jahr übrig geblieben ist. Die Bestellungen sind enorm. Das geht bis Dunedin.«

Ahorangi strahlte übers ganze Gesicht. »Das heißt, ich kann mir neue Kleider kaufen?«

»Nicht nur das! Wir werden uns eine neue Kutsche leisten und ein eigenes Pferd für dich, damit du allein zu den Weinbergen kommen kannst, wenn dich die Sehnsucht hertreibt. Und ich komme jeden Abend nach getaner Arbeit ins Tal zu dir. Es wird alles gut. Vertrau mir!«

Ahorangi kuschelte den Kopf an seine Brust. Tom nahm sie in den Arm.

»Ja, es wird alles gut«, seufzte sie, während sie in ihrer Brust einen heftigen Druck spürte, als würde ein schwerer Stein darauf lasten.

NAPIER, DEZEMBER 1930

Lucie und Tante Ha hatten Eva an diesem Tag voller Stolz »ihre« Stadt gezeigt. Sie waren erst die Marine Parade am Meer entlanggewandert und zum Abschluss auf den Bluff Hill gewandert. Vom Aussichtspunkt hatten sie einen herrlichen Blick über die Stadt und das Meer genossen. Tante Ha hatte sogar einen Picknickkorb mitgenommen, und sie hatten fürstlich gespeist. Die Krönung war eine erlesene Flasche Weißwein von der Bold Winery gewesen.

Der Tropfen hatte es in sich, denn Eva fühlte sich ein wenig angeheitert, als sie gegen Abend von dem Ausflug zurückkehrten. Sie hatten sich an einer Kreuzung von Tante Ha getrennt und bogen gerade – in ein angeregtes Gespräch vertieft – in die Cameron Road ein.

»Wie hast du Tante Ha eigentlich wiedergefunden? Und warum heißt du nicht mehr Ahorangi?«, fragte Eva.

Lucie blieb stehen und sah sie erstaunt an. »Habe ich dir das nicht bereits diktiert? Wie ich am Tag meiner geplanten Hochzeit mit Hehu von den ehemaligen Strafgefangenen entführt worden bin?«

»Doch, doch, das habe ich alles notiert. Nur nicht, wann du Tante Ha wiedergefunden hast und warum du deinen Namen geändert hast. Ich fand gleich, dass Lucie irgendwie nicht so richtig zu dir passt.«

Lucie lächelte. »Du bist schlau! Trotzdem nehme ich deshalb nichts vorweg. Wo und wie ich sie wiedergetroffen habe, ist noch lange nicht dran in meiner Geschichte, aber habe ich dir nicht von meiner Schwester berichtet, die auch von den Männern gekidnappt worden war?«

»Flüchtig nur, und du nanntest keinen Namen. Hattest du nur die eine Schwester? War das Tante Ha?«

»Ja, das war Harakeke, das mit Abstand aufsässigste Mädchen unseres Stammes.«

»Außer dir«, lachte Eva. »Und das mit dem Namen?«

»Sei nicht so ungeduldig. Ich werde es dir schon erzählen!« Lucie drohte spielerisch mit dem Finger. »Und vor allem sollst du gar kein eigenes Interesse an meiner Geschichte entwickeln!«

»Ich werde nicht mehr nachfragen«, lachte Eva. »Und ich schwöre, das interessiert mich kein bisschen. Es ist pure Höflichkeit, dass ich Fragen stelle.«

Lucie fiel in Evas ansteckendes Gelächter ein.

Sie waren jetzt bei dem Haus angekommen und sahen bereits an dem in der Einfahrt geparkten Wagen, dass Joanne und ihre Familie aus Wellington zurückgekehrt waren. Eva seufzte. Wie friedlich war es doch in dem schönen Haus gewesen, als sie allein dort gewohnt hatten.

Lucie hatte tagsüber mit geschlossenen Augen in einem Schaukelstuhl gegessen und aus ihrem Leben erzählt, während Eva ihre Worte niedergeschrieben hatte. Abends hatten sie dann gekocht und mit Adrian zusammen auf der Veranda gegessen. Eva war es zunächst befremdlich erschienen, dass sich das ganze Leben draußen auf der Holzveranda abspielte, aber das war etwas, woran sie sich schnellstens gewöhnen konnte. Was gab es Herrlicheres, als beim Essen in den blühenden Garten zu blicken, während die Kraft der Sonne langsam nachließ und es nicht mehr so heiß war? Und dann die zauberhaften Düfte, die von allen Seiten herüberwehten. Eva konnte sie kaum unterscheiden, geschweige denn die vielen unbekannten Pflanzen benennen.

Mit dieser besinnlichen Ruhe war es nun also vorbei. Lautes Geplapper drang durch das Haus, als sie in die Diele traten.

»Ich verzieh mich auf mein Zimmer. Sag Tante Joanne, ich hätte den Wein nicht vertragen«, flüsterte Eva Lucie verschwörerisch zu.

»Du glaubst doch nicht, dass ich mich freiwillig zu meiner Familie geselle?«, erwiderte Lucie.

Eva konnte sich ein Lachen nicht verkneifen, als Lucie zur Bekräftigung ihrer Worte auf Zehenspitzen die Treppe ins obere Stockwerk schlich. Eva folgte ihr. Sie umarmten sich vor Lucies Tür. Je näher Eva ihrem Zimmer kam, desto ruhiger wurde es. Hier oben herrschte eine himmlische Ruhe. Deshalb zuckte Eva zusammen, als hinter ihr eine männliche Stimme fragte, wer sie denn wäre.

Eva fuhr herum. Die Stimme gehörte zu einem jungen Mann, den sie auf Mitte bis Ende zwanzig schätzte. Er hatte rotblondes Haar, grüne Augen und Sommersprossen im Gesicht. Das Netteste an ihm war, dass er sie zwar durchaus überrascht, aber auch sehr wohlwollend musterte.

»Ich bin Eva Schindler, eine Verwandte aus Deutschland. Eine Cousine um ein paar Ecken. Großcousine sagt man wohl dazu. Sie haben sicher von mir gehört, aber glauben Sie Berenice kein Wort. Sie kann mich nicht leiden.«

Ein Grinsen umspielte seinen Mund. »Berenice ist zwar äußerst schwatzhaft, aber sie hat Sie mit keinem Wort erwähnt. Und weder mein Vater noch meine liebreizende Stiefmutter...« Der junge Mann schlug sich die Hand vor den Mund. »Entschuldigung, sollten Sie Spott herausgehört haben, war das nicht beabsichtigt.«

Eva grinste; aus seinen Augen blitzte der Schalk.

»Sprechen Sie ruhig weiter«, ermutigte sie ihn, während sie sich das Lachen verbiss.

»Also gut, weder meine liebreizende Stiefmutter noch mein

Vater haben erwähnt, dass in diesem Haus so hübscher Besuch weilt. Dann darf ich Sie herzlich willkommen heißen.«

»Sie sind also der Sohn von Doktor Thomas, freut mich Sie kennenzulernen.«

»Daniel«, sagte er und reichte Eva die Hand. »Sehen wir uns beim Essen?«

»Äh, nein, ich ... ich, also ich bin schrecklich müde und kein bisschen hungrig ...«

Ihr Magen knurrte, dass es kaum zu überhören war. Daniel aber setzte ein betont ernstes Gesicht auf.

»Sie haben also kein bisschen Hunger? Wie schade, sonst würde ich Ihnen etwas aus der Küche holen und mit Ihnen gemeinsam ein Picknick in Ihrem Zimmer machen, denn meines ist nur eine Gästekammer. Ich glaube, es gibt Hühnchen. Das lässt sich ja leicht aus der Hand essen, aber wenn Sie keinen Hunger haben, dann ...«

»Eine Keule und ein wenig von der Brust«, unterbrach Eva ihn hastig.

»Eine gute Entscheidung«, erwiderte Daniel und wandte sich zum Gehen, doch in diesem Augenblick tauchte Adrians Schatten aus dem halbdunklen Flur auf.

»Mensch, schön, dich zu sehen!«, rief Adrian erfreut aus. Die beiden Männer umarmten einander herzlich. Dann wandte Adrian sich an Eva: »Ich wollte dich zum Abendessen abholen.«

»Nicht nötig«, erklärte Daniel. »Die Dame hat keinen Hunger.« Er zwinkerte ihr zu.

»Ist er immer so lustig?«, fragte Eva.

»Ja, aber nur, wenn meine Mutter und sein Vater nicht in der Nähe sind.«

»Das kann ich gut verstehen«, rutschte es Eva heraus. Erschrocken schlug sie sich die Hand vor den Mund; die beiden Männer grinsten sie an.

»Dir kann ich ja verraten, dass es ein konspiratives Treffen gibt«, flüsterte Daniel Adrian zu. »Und zwar in deinem Zimmer...« Er stockte. »Wieso wohnt sie eigentlich in deinem Zimmer?«

Adrian wand sich.

»Ach, ich glaube, ich verstehe. Die Herrschaften wünschten nicht, dass der Besuch mit ihnen das Bad teilt.« Daniel prustete laut los.

»Ja, mein Stiefbruder hat einen ganz besonderen Humor«, bemerkte Adrian. »Er spricht die Dinge, die in diesem Haus unter den Teppich gekehrt werden sollen, mit Freude aus und amüsiert sich jedes Mal königlich, wenn alle anderen peinlich berührt sind, aber ich mag ihn, weil er Architekt ist. Das, was ich auch eines Tages sein werde!« Adrian legte Daniel, der einen Kopf kleiner war als er, kumpelhaft den Arm um die Schulter.

»Wollen wir ihn einladen?«, fragte Daniel Eva verschmitzt.

»Ich würde sagen: Ja!«

»Gut, unter einer Bedingung. Er holt alles Essbare aus der Küche, weil es bei mir auffälliger wäre. Adrian wohnt ja schließlich hier, ich bin nur zu Besuch...«

»...nein, nein, nein, so nicht, mein Freund. Wir teilen uns die Aufgaben. Du holst das Essen, während ich mich um den Wein kümmere.«

Die beiden verschwanden Arm in Arm im Halbdunkel des Flures, nicht ohne Eva noch zu bitten, den Tisch herzurichten.

»Gläser und Teller sind in der Anrichte. Du wirst feststellen, dass ich es vorziehe, auf dem Zimmer zu speisen«, rief Adrian ihr noch zu.

Eva lächelte immer noch, als sie die Türen der Anrichte öffnete. Die beiden jungen Männer waren eine angenehme Gesellschaft nach diesem schönen Tag mit Tante Ha und Großmutter Lucie ... wobei sie kaum mehr leugnen konnte, dass Adrians Gegenwart ihr zunehmend Herzklopfen bereitete. Als er eben zu ihnen gestoßen war, hatte sich ihr Puls merklich beschleunigt. Sie mochte ihn gern ansehen. Er war groß, schlank, fast ein wenig schlaksig, hatte dunkle Locken und braune Augen. Und seine Stimme klang wie Musik ... In demselben Augenblick, in dem sie sich zugestand, dass ihr Adrian nicht gleichgültig war, meldete sich ihr Verstand. Sie durfte sich nicht das Geringste anmerken lassen, denn das Letzte, was sie gebrauchen konnte, war ein gebrochenes Herz, wenn sie bald nach Amerika ging. Schluss mit der Schwärmerei, redete sie sich gut zu.

Eva überlegte, ob sie das große Fenster nicht aufreißen sollte, doch da fiel ihr ein, dass der Rest der Familie genau unter ihnen saß. Und sie hatte keinerlei Lust, mit zwei jungen Männern auf dem Zimmer erwischt zu werden.

Sie war gerade fertig, nachdem sie alles gefunden hatte, was ein gedeckter Tisch erforderte, als die beiden jungen Männer von ihrem Beutezug zurückkehrten.

Daniel hatte einen Korb bei sich und Adrian zwei Flaschen unter dem Arm.

»Beinahe wäre ich meiner Mutter in die Arme gelaufen, als ich aus dem Keller kam und einen Korkenzieher gesucht habe. Ich konnte mich gerade noch hinter dem Küchenschrank verstecken, wo mich prompt die gute alte Stella gesehen hat. Aber sie liebt mich und würde mich nie verraten.« Adrian stellte den Wein auf den Tisch und öffnete eine der Flaschen.

»Das ist ja gar nichts! Ich bin mit dem Korb in der Hand deiner Schwester begegnet. Ich habe ihr von meinem schlimmen Magen erzählt und konnte sie nur knapp davon abhalten, mir Zwieback und Tee aufs Zimmer zu bringen.«

Ein köstlicher Duft nach gebratenem Hähnchen erfüllte das Zimmer. Ehe Eva protestieren konnte, war Daniel beim Fenster und riss es auf.

»Herrlich!«, rief er aus. Eva versuchte ihm ein Zeichen zu machen, aber es dauerte einen Moment, bis Daniel es richtig gedeutet hatte und das Fenster schweigend schloss.

»Meine Herren, zu Tisch!«, befahl Eva und ließ ihren Blick über das köstliche Essen schweifen. Daniel hatte wirklich an alles gedacht. Außer dem Fleisch hatte er Gemüse und Süßkartoffeln ergattert.

Das Essen war ein Genuss. Und der Wein war köstlich. So köstlich, dass sich Eva wunderte, warum Adrians Vater das Weingut hatte aufgeben müssen. Er hatte zwar mehr Säure als die Weine, die sie aus der Pfalz kannte, aber der Hauch von tropischen Früchten, den Eva sofort herausschmeckte, gefiel ihr außerordentlich gut. So ähnlich hatte der Wein geschmeckt, den Lucie zum Picknick auf dem Bluff Hill mitgebracht hatte.

Eva schloss die Augen. Sie meinte, eine Stachelbeernote zu kosten.

»Ein großartiger Wein. Warum habt ihr das Weingut nicht halten können?«, fragte sie und riss im selben Augenblick erschrocken die Augen auf. »Entschuldige, dass ich so neugierig frage. Unser Wein in der Pfalz hat auch gut geschmeckt, aber die Geschäfte liefen aus unterschiedlichen Gründen immer schlechter...«

»Warum? Das habe ich mich auch stets gefragt, als ich jünger war. Warum arbeiten für uns immer weniger Menschen in den Weinbergen, warum wird Vater immer trübsinniger und wird bald sein bester Kunde? Bei ihm kam mehrerlei zusammen: Die Ehe meiner Eltern war unglücklich, meine Mutter hatte wohl schon immer einen Liebhaber, unseren Arzt... Jeder in Napier wusste es, aber keiner sprach offen darüber. Nur hinter vorgehaltener Hand. Das ist verletzend für den Betrogenen.«

»Das kann ich bestätigen. Diese Affäre hat ja schließlich auch meiner Mutter das Herz gebrochen«, bemerkte Daniel.

»... hinzukamen die stets strenger werdenden Prohibitionsgesetze. Der Stern sank eigentlich unaufhaltsam, nachdem das Weingut nicht mehr unter dem Schutz der Mission stand, weil die Maristenbrüder den Weißwein lieber selbst anbauen lassen wollten, als meiner Familie am Gesetz vorbei den Verkauf damit zu ermöglichen.«

»Du bedauerst es, nicht wahr?«, hakte Eva nach.

»Natürlich, was ich allerdings schlimmer finde, als dass mein Vater eine Pleite hingelegt hat, ist die Tatsache, dass meine Mutter sich, während er ums Überleben gekämpft hat, kaum mehr bemüht hat, ihr Verhältnis zu Doktor Thomas zu verbergen. Keine Frage, Vater war nicht unschuldig an dieser Misere, weil er zum Schluss nur noch gesoffen hat; wäre sie ihm eine Stütze gewesen und hätte die Familie zusammengehalten..., aber sie hat sich meist beim Doktor rumgetrieben. Ich konnte das nicht mehr ertragen und bin zu meiner Großmutter gezogen. Ich hätte Berenice gern mitgenommen, sie wollte aber partout nicht bei Lucie leben.«

»Wisst ihr, was mich wundert?« Eva sah von Adrian zu Daniel. »Dass ihr beide euch so gut versteht. Du bist der Sohn der Geliebten seines Vaters, du der Sohn des Liebhabers seiner Mutter...«

»Die Affäre unser Eltern ist auch bestimmt nicht das, was uns verbindet. Wir sind eher Brüder im Leid. Ach, wir mögen uns einfach und teilen dieselben Interessen. Daniel ist mein großes Vorbild«, erwiderte Adrian in einer Mischung aus Ernsthaftigkeit und Spott.

»Richtig, die Liebe unserer Eltern zueinander verbindet uns mit Sicherheit nicht«, ergänzte Daniel nachdrücklich. »Wir waren uns schon sehr nahe, als wir mal mit den Knirpsen der unteren Klassen einen Ausflug nach Wellington gemacht haben. Der Einzige, der mich in jedes Gebäude hinein begleitet hat, war der kleine Adrian. Da ahnten wir noch gar nicht, was unsere Eltern trieben. Ich mochte ihn auf Anhieb. Und das, obwohl dieser Bengel da fünf Jahre jünger ist als ich. Dafür war er sehr früh schon einen Kopf größer. Aber wir beide wussten schon als halbe Kinder, dass wir eines Tages Häuser bauen wollten. So etwas verbindet!«

»Ja, wir werden, nachdem ich fertig bin mit dem Studium, ein Architektenteam, von dem man in Neuseeland noch sprechen wird! Dann wird mein sogenannter Bruder seinen Sklavenjob in Wellington, wo er gerade mal den Zeichenstift schwingen darf, aufgeben und dann gibt es die Firma Thomas & Clarke.« Adrian hatte vor Begeisterung rote Wangen bekommen.

Eva wurde schlagartig klar, wie glühend sie die beiden jungen Männer in diesem Moment beneidete.

»Das würde ich auch gern tun! Als Architektin arbeiten und unvergessliche Gebäude errichten und noch lieber einrichten. Deshalb will ich nach Amerika! Dort gibt es Häuser, die in den Himmel ragen. Da können sich die Leute jemanden leisten, der ihnen schöne Dinge für ihre Wohnungen entwirft. Und man sagt doch, in Amerika kann es jeder Tellerwäscher zum Millionär bringen. Dabei interessiert das Geld mich gar nicht. Ich möchte einmal in meinem Leben etwas wachsen sehen, das ich zu Papier gebracht habe. Ihr glaubt ja gar nicht, was ich alles schon entworfen habe. Paläste, Häuser und was mir meistens noch mehr Spaß gemacht hat: die Inneneinrichtung. Ich habe mir als Kind eine Puppenstube gebaut und sie ständig neu eingerichtet. Der Onkel einer Freundin arbeitete in Mosbach in einem Kalkberg und hat mich mit Gips versorgt...«

Eva war so ins Schwärmen geraten, dass sie erst jetzt merkte, wie fasziniert die beiden Männer sie anstarrten. Sie stockte, doch Adrian bat sie weiterzuerzählen.

»Ich werde es nie vergessen, als ich einmal mit meinem Vater in Stuttgart war. Er hatte dort Kunden, und es war die weiteste Reise, die ich jemals unternommen hatte. Ich habe mich davongeschlichen, um mir die Weißenhofsiedlung, an der Mies van der Rohe maßgeblich beteiligt war und über die ich schon viel gelesen hatte, anzuschauen. Es war eine Ausstellung mit lauter Wohnungen. Schon während meines Rundgangs habe ich meinen Zeichenblock hervorgeholt und versucht, die Wohnungen einzurichten.

Ich hatte mir kurz zuvor in Mainz ein Buch mit Möbelentwürfen von Walter Gropius gekauft. Und schnell hatte ich ein ganzes Buch vollgekritzelt. Es war alles vorhanden. Von der Lampe bis zum Sofa, vom Schreibtisch bis zum Türgriff.«

»Und wo ist dieses Buch?«, unterbrach Daniel sie aufgeregt.

»Vater hat es mir damals abgenommen. Er hat versprochen, es für mich aufzubewahren, wenn es Mutter wieder besser geht. Er hat es unter Tränen getan, doch er hatte ja recht ... es hat mich von meinen Pflichten abgelenkt. Ich hatte angefangen in einer Zeit, in der es meiner Mutter gut ging, aber dann saß sie wieder Tag für Tag wie weggetreten auf ihrem Stuhl, und ich musste mich um den Haushalt kümmern ...« Eva hatte gar nicht gemerkt, dass ihr beim Erzählen die Tränen gekommen waren. Erst als ihr von beiden Seiten Taschentücher gereicht wurden ...

»Ich ... ich weiß auch nicht, was in mich gefahren ist. Dass ich euch das alles erzähle. Außerdem bin ich klug genug zu wissen, dass das alles nur ein Traum ist. Wovon sollte ich denn auch Architektur studieren? Und selbst wenn, man würde mich nicht nehmen«, entgegnete sie hastig.

»Wenn wir unsere Firma haben, können wir einstellen, wen wir wollen. Wir kümmern uns um Fassaden und Statik und du richtest die Gebäude ein«, erklärte Daniel mit großer Geste.

»Das ist noch viel zu lange hin. Sie hat Talent. Das darf sie nicht länger vergeuden«, mischte sich Adrian ein. Eva war erstaunt. Obwohl Adrian der weitaus Jüngere und Unerfahrenere von beiden war, erschien er ihr ernsthafter als Daniel.

»Hast du das Buch jemals wiederbekommen?«, hakte Daniel nach.

Eva senkte den Kopf. »Ja«, murmelte sie. Nicht schon wieder in Tränen ausbrechen!, redete sie sich gut zu. Sie durfte nur nicht daran denken. So wenig, wie davon übrig war. Ihr Vater hatte es im Weinkeller gelagert, und so sah es auch aus. Offenbar hatte es dort im Nassen gelegen, denn man konnte nur noch Fragmente erkennen. Trotzdem hatte Eva es mitgenommen, aber sie würde es niemals jemandem zeigen.

»Und wo ist es jetzt?« Daniel ließ nicht locker.

»Muss das sein?«, presste Eva mit belegter Stimme hervor. »Ich möchte nicht darüber sprechen.«

»Nein, nein, wenn es dir Kummer macht, dann lassen wir das jetzt«, erklärte Adrian rasch. »Was meinst du, Eva, hast du nicht Lust, morgen mit uns zum Weingut zu fahren? Daniel hilft mir dabei, das Haus so herzurichten, dass es wenigstens an einen Farmer verkauft werden kann, wenn die Weinberge schon keine Verwendung mehr finden. Wir polieren ein bisschen die marode Fassade auf, aber auch innen kann es ein wenig Glanz vertragen.«

»Gern, ich begleite euch.« Eva war froh, dass Daniel seine Fragerei nach ihrem alten Zeichenheft eingestellt hatte.

»Wir freuen uns!«, verkündeten die beiden jungen Männer wie aus einem Mund.

Eva lächelte erst nach links und dann nach rechts, bevor sie mit der einen Hand Adrians, mit der anderen Daniels Hand ergriff.

Sie spürte sofort, wie ihr die Berührung mit Adrian durch und durch ging. Sofort zog sie ihre Hände zurück, als habe sie sich verbrannt. War sie zu weit gegangen? Schürte sie falsche Erwartungen? Spielte sie mit dem Feuer?

Doch die beiden schienen nicht annähernd zu ahnen, worüber sich Eva den Kopf zerbrach. Im Gegenteil, sie fachsimpelten darüber, wie man mit wenig Aufwand den Eingangsbereich der ehemaligen Bold Winery so hochwertig wie möglich gestalten könne.

Plötzlich sprang die Tür auf, und ehe Eva es sich versah, ging eine Schimpfkanonade auf sie nieder. »Das ist ja wohl das Letzte. Da nehmen wir dich als Gast bei uns auf und du hast nichts anderes zu tun, als dich mit zwei jungen Männern auf dein Zimmer zu verziehen. So etwas Schamloses ist mir ja noch gar nicht untergekommen!«, schrie Tante Joanne mit überschnappender Stimme.

»Habe ich das nicht gesagt? Aber du wolltest mir ja nicht glauben, dass sie mit Daniel in ihrem Zimmer feiert«, zischte Berenice giftig.

Bevor Eva, die völlig verdattert war, überhaupt den Mund aufmachen konnte, war Adrian von seinem Stuhl aufgesprungen.

»Das hier, liebe Schwester, war unsere Idee. Daniels und meine. Wir haben Eva überfallen und ihr unsere Anwesenheit aufgenötigt . . .«

»Genau!«, bestätigte Daniel seine Worte und sprang ebenfalls auf.

»Mutter, lass dich nicht für dumm verkaufen«, krähte Berenice. »Sag ihr, dass sie am Samstag nicht mitfeiern darf!«

Tante Joanne war anzusehen, dass sie nach den Verteidigungsreden ihres Sohnes und ihres Stiefsohnes nicht mehr ganz sicher war, ob ihre Empörung berechtigt war.

»Mutter, wenn du es nicht tust, mache ich es!«

Tante Joanne seufzte.

»Eva, es wäre besser für uns alle, wenn du am Samstag auf deinem Zimmer bliebest.«

»Dann komme ich auch nicht!«, verkündete Daniel mit fester Stimme.

»Das kannst du nicht machen!«, kreischte Berenice.

»Wenn ihr Eva verbietet, zu meinem Fest zu kommen, dann wird es gar kein Fest geben!« Adrian machte sich pfeifend daran, das Geschirr zusammenzuräumen.

»Aber ich habe alle meine Freunde eingeladen«, entfuhr es Berenice fassungslos.

»Dann hör auf, dich wie eine Furie zu gebärden. Dein Verhalten überrascht mich. So kenne ich dich gar nicht. Du bist doch sonst immer so zugewandt und freundlich«, erwiderte Daniel.

Berenice lief puterrot an.

»Ich ... ich, ja ... ich, also es tut mir leid. Ich habe überreagiert. Es war nur so, dass mir dieses Essen wichtig war und ich euch bei Tisch vermisst habe«, stammelte sie.

»Schon gut, Berenice«, entgegnete Daniel beschwichtigend. »Ich habe mich schon gewundert. So kenne ich dich wirklich nicht. Dann entschuldige dich bitte bei Eva, und alles ist vergessen.«

»Ich soll mich bei der da entschuldigen?«, fragte Berenice fassungslos.

»Nun mach schon«, mischte sich Tante Joanne ein, die offenbar einsah, dass ihr Auftritt nicht angemessen gewesen war.

»Tut mir leid!« Berenice sagte es in einem Ton, aus dem das Gegenteil sprach, doch Eva, die keinen weiteren Streit riskieren wollte, murmelte: »Schon vergessen!«

»Dann ist ja alles gut. Es wäre trotzdem schön, wenn ihr beiden Burschen das Zimmer der Dame verlasst, denn in diesem Haus ist es immer noch üblich, dass wir die Mahlzeiten gemeinsam im Esszimmer einnehmen«, verkündete Tante Joanne.

»Liebe Mama, es schmeckt uns nun mal besser, wenn ...?«

Eva konnte mit einem zarten Rippenstoß gerade noch verhindern, dass Adrian seinen provokanten Satz vollendete.

»Adrian, bitte komm! Wir reden nicht mehr über diesen Vorfall, aber ihr verlasst dieses Zimmer auf der Stelle.«

»Schlaf gut, Eva, und denk an morgen«, flüsterte Adrian zum Abschied.

»Ich freue mich, dass du uns hilfst«, ergänzte Daniel. Seine Wangen glühten vor Begeisterung.

Berenice hingegen konnte kaum verbergen, dass sie förmlich vor Neugier brannte, doch sie verbiss sich die Frage, die ihr offenbar auf der Zunge lag.

Eva atmete auf, als sie schließlich allein im Zimmer zurückblieb. Ihr waren derartige Streitereien völlig fremd. Zu Hause war es immer ruhig zugegangen. Alle hatten Rücksicht auf ihre Mutter genommen. Niemals hätte sie sich mit ihrem Bruder solche Gefechte geliefert wie Adrian und Berenice. Wozu auch? Sie waren sich in allem einig: In ihrer Sorge um die Eltern. Über den Gemütszustand der Mutter und um die Gesundheit des Vaters, dem die viele Arbeit und der Kampf um sein Weingut aufs Herz geschlagen waren wie der Arzt ihr einmal gesagt hatte.

Doch das war nicht alles, was ihr im Kopf herumspukte. Nein, auch der Gedanke an Adrian nahm immer mehr Raum ein. Sie liebte die Art, wie er sprach, seine Stimme, sein bedachtes Wesen, seine dunklen Locken, den Blick, mit dem er sie ansah, wenn er glaubte, sie merke es nicht ... aber sie wollte auf keinen Fall – nicht einmal vor sich selbst – zugeben, was ihr Herz längst wusste: Sie hatte sich in Adrian Clarke verliebt! Es ist nichts, sprach sie sich entschieden zu, er ist eben ein attraktiver Mann, mehr nicht.

In dem Augenblick, in dem sie gerade so verzweifelt versuchte, sich ihre Gefühle auszureden, ging ihre Zimmertür einen Spalt weit auf.

Adrian!, war ihr erster Gedanke und ihr Herz klopfte bis zum Hals. Ihre Enttäuschung war groß, als sie in Berenices missmutiges Gesicht blickte.

»Freu dich nicht zu früh, deutsches Cousinchen! Du bist schneller wieder zurück in Old Germany, als du dir vorstellen kannst. Dafür sorge ich!«, schnaubte Berenice verächtlich. Dann klappte die Tür wieder zu.

Wenn sie nur wüsste, für wen mein Herz schlägt und dass es nicht ihr Daniel ist, dachte Eva und setzte sich entschieden an den Schreibtisch. Sie wollte den Brief an ihren Vater beenden, damit sie ihn morgen auf dem Weg zur Bold Winery wegschicken konnte. Sie freute sich sehr darüber, dass die beiden sie mitnehmen wollten, und die Vorstellung, womöglich an der Inneneinrichtung mitzuwirken, erfüllte sie mit Stolz. Nun aber musste sie sich auf den Brief konzentrieren, doch so sehr sie sich bemühte, immer wieder schlich sich Adrian in ihre Gedanken. Die Worte wollten ihr einfach nicht aus der Feder fließen. Auch scheute sie plötzlich davor zurück, ihrem Vater die Wahrheit zu schreiben. Dass die Familie Bold bis auf Adrian und Großmutter Lucie grässlich war. Jeder Satz kostete sie große Mühe. Und das, obwohl es ihr ansonsten leichtfiel, ihre Gedanken in Worte zu fassen. Eva seufzte. Es lag wohl daran, dass sie nicht bereit war, ihrem Vater ihre ehrlichen Gefühle mitzuteilen. Als sie endlich fertig war, las sie seufzend, was sie zu Papier gebracht hatte. Es war eine Reisebeschreibung des Städtchens Napier mit seiner Marine Parade, dem Ausblick vom Bluff Hill, der Innenstadt mit den typisch überdachten Gängen, die dadurch entstanden, dass jeweils im ersten Stock der Häuser eine Überdachung bis zum Rand der Straße errichtet worden war. Kein Wort über die Menschen, die hier lebten und die ihr das Leben schwermachten, kein Wort über die Menschen, die hier lebten und die ihr, ob sie es wollte oder nicht, am anderen Ende der Welt das Gefühl von Heimat gaben.

Sie hatte einen fast schwärmerischen Ton angeschlagen. Napier war nicht nur nett anzusehen, sondern »entzückend beschaulich«, der Ausblick vom Bluff Hill war nicht nur weit, sondern »gigantisch« und »überwältigend«, die überdachten Gänge nicht nur praktisch, sondern »von einer kuscheligen Geborgenheit«. Bei all diesen Superlativen las sich der letzte Satz wie ein Fremdkörper: »Mein größter Wunsch ist, so schnell wie möglich von hier wegzukommen!«

Eva stieß einen tiefen Seufzer aus, während sie diesen Satz strich und den übrigen Brief auf ein leeres Blatt übertrug. Nun blieb eine Liebeserklärung an eine kleine Stadt in Neuseeland übrig. Und Eva konnte sich nicht helfen. Etwas anderes würde sie an diesem Tag nicht mehr zustande bringen. Hastig faltete sie den Brief und steckte ihn in einen Umschlag.

Napier, Dezember 1930

Schon beim Aufwachen hatte Eva ein mulmiges Gefühl. Es war einfach zu schön, um wahr zu sein, dass Adrian und Daniel sie mit zur Bold Winery nehmen wollten. Wer weiß, was dieser Plan im Hause Thomas auslösen wird?, fragte sie sich besorgt.

Doch als Eva zum Frühstückstisch kam, schien alles friedlich. Nicht einmal Berenice fühlte sich bemüßigt, ihr einen bösen Blick zuzuwerfen. Daniel zwinkerte ihr sogar zu und Adrian lächelte. Ich sollte nicht immer glauben, dass ich das Glück nicht verdient habe, dachte Eva und tat sich kräftig von dem Rührei auf. Sie hatte einen schier unglaublichen Appetit, seit sie in dieser klaren Sommerluft in Meeresnähe lebte.

Am Frühstückstisch herrschte ausnahmsweise einmal ein wohltuendes Schweigen, bis Tante Joanne plötzlich sagte: »Eva, das Haus muss für das Fest und für Weihnachten gründlich geputzt werden. Ich möchte, dass du heute unserem Mädchen hilfst.«

Eva war so verblüfft, dass ihr die Worte fehlten; da hörte sie Adrian bereits heftig protestieren. »Tut mir leid, Mutter, aber wir haben sie bereits eingeladen, mit uns nach Meeanee rauszufahren.«

»Nun, dann müsst ihr allein fahren«, erwiderte Tante Joanne ungerührt.

»Nein, das geht nicht. Wir brauchen sie. Sie soll uns helfen.«

»Das kann ich ja an ihrer Stelle übernehmen. Ich kann euch bekochen oder putzen«, bot sich Berenice überschwänglich an.

»Nein, das schlagt euch aus dem Kopf, Mutter und Schwesterchen. Ihr wollt, dass das Anwesen zu einem guten Preis verkauft wird, und das bedeutet einige Arbeit. Und wenn wir Eva dazu benötigen, geht das vor. Vielleicht könnte Berenice im Gegenzug beim hiesigen Hausputz mithelfen«, schlug Adrian mit gespielt ernster Miene vor.

Eva hatte große Mühe, nicht in lautes Gelächter auszubrechen, denn Daniel konnte sich offenbar kaum noch beherrschen. Er hatte einen hochroten Kopf und sah so aus, als würde gleich eine Lachsalve aus ihm hervorbrechen.

»Bertram, sag doch auch mal was!«, verlangte Tante Joanne sichtlich verärgert.

Der erhob sich schwerfällig und murmelte: »Ich muss jetzt in die Praxis. Komm mal mit auf den Flur, Daniel. Ich muss mit dir unter vier Augen sprechen.«

Widerwillig folgte Daniel seinem Vater. Am Esstisch herrschte Schweigen; man verstand jedes Wort von draußen, denn die beiden waren sehr laut geworden.

»Ich kann wohl von meinem Sohn verlangen, dass er sich im Haus seiner Stiefmutter ihren Anordnungen fügt.«

»Nicht, wenn sie willkürlich sind!«

»Halt dich da raus. Was geht uns diese kleine Deutsche an? Du tust ja gerade so, als wäre sie etwas Besonderes. Zugegeben, sie hat ein hübsches Gesicht, aber sie ist doch gar nicht dein Typ...« Das war die energische Stimme von Doktor Thomas.

»Diese kleine Deutsche heißt Eva, und wir haben sie gebeten, uns zu begleiten, weil sie unser Interesse an der Architektur teilt...«

Eva war es unerträglich peinlich, wie hier über sie gesprochen wurde.

»Schon gut, ich verzichte freiwillig!«, murmelte sie, während sie starr ihr Rührei fixierte.

»Das musst du nicht«, widersprach Adrian heftig. »Wir brauchen dich doch für den Innenausbau.« Er wandte sich entschieden seiner Mutter zu. »Mutter, Eva kann uns dabei unterstützen, aus der Bold Winery eine leichter verkäufliche Immobilie zu machen.«

Tante Joanne schwieg, zog aber spöttisch die Augenbraue hoch.

»Lass gut sein, Adrian! Ich werde hier beim Putzen helfen und euch an einem anderen Tag begleiten«, sagte Eva leise.

Berenice kniff ihre Augen zu Schlitzen zusammen. Sie nutzte die Chance, dass Daniel nicht am Tisch saß. »Dann komme ich auch mit, wenn sie dabei ist! Bei der Inneinrichtung bin ich wohl die größere Hilfe!«, presste sie trotzig hervor. »Ich weiß gar nicht, was ihr an ihr findet. Sie ist einfach nur ...«

Berenice unterbrach sich hastig, als sie Daniel zurückkommen sah. Eva aber, die mit dem Rücken zur Tür saß, konnte sich nicht länger zusammenreißen. Sie war nicht mehr gewillt, diese Sticheleien widerspruchslos über sich ergehen zu lassen. Sie sprang hoch und beugte sich über den Tisch. Berenice wich erschrocken zurück. Den Anflug von Häme in ihren Augen übersah Eva geflissentlich.

»Jetzt hör mir mal gut zu! Ich habe es mir nicht ausgesucht, an das Ende der Welt verfrachtet zu werden. Mein Vater ist deiner Mutter unendlich dankbar, dass sie mich aufgenommen hat, aber das gibt dir, meine liebe Cousine um hundert Ecken, kein Recht, auf mir herumzuhacken. Und seit ich hier angekommen bin, behandelst du mich wie eine Feindin. Ich nehme dir doch nichts! Außer dass ich ein Zimmer in diesem Haus bewohne. Was weißt du, verwöhntes Gör, schon vom wahren Leben. Ich musste mich schon als Kind um meine kranke Mutter kümmern ...«

»Da siehst du mal, Daniel, so redet sie mit mir. Findest du das gut?«, unterbrach Berenice sie in sichtlich betroffenem Ton.

Eva fuhr herum und errötete. Da stand Daniel und hatte alles mit angehört. *Was, wenn er mich jetzt für eine Zicke hält? Wird er mich dann noch zur Bold Winery mitnehmen wollen?*, fragte sie sich ängstlich.

»Ich gehe davon aus, dass Eva sich nur gegen deine Gehässigkeiten gewehrt hat! Und in einem muss ich ihr leider Recht geben. Du bist verwöhnt!«, bemerkte Daniel ungerührt, während er sich im Stehen vom Frühstückstisch ein paar Scheiben Bacon griff. »Kommt ihr beiden! Wir müssen los! Ich esse das unterwegs. Wir haben keine Zeit zu verlieren.« Er gab Eva und Adrian aufmunternde Zeichen, den Frühstückstisch zu verlassen.

»Lass nur. Geht allein. Ich werde hierbleiben; das nächste Mal würde ich liebend gern mitkommen«, seufzte Eva.

»Eva, wir brauchen dich!«, protestierte Daniel.

»Ich brauche sie auch!«, widersprach Tante Joanne.

»Und wobei soll sie euch schon helfen?«, schnaubte Berenice.

Eva hob beschwichtigend ihre Hände. »Ich bleibe, Tante Joanne!« Sie wandte sich den beiden jungen Männern zu, denen die Enttäuschung ins Gesicht geschrieben stand. »Aber wir holen das nach. Versprochen!«

»Schade, vielleicht können wir trotzdem heute Abend, wenn wir zurück sind und du im Haus geholfen hast, dein Büchlein sehen.«

»Ich verspreche es euch«, seufzte Eva. »Seid nur nicht enttäuscht.«

»Du musst es uns nicht unbedingt zeigen. Nur, wenn du willst!« bemerkte Adrian, erhob sich vom Tisch und tätschelte Eva beim Hinausgehen die Schulter.

Auch Daniel berührte sie im Vorbeigehen flüchtig.

»Eine Künstlerin wie du beim Hausputz. So eine Verschwendung«, murmelte er.

»Bis nachher«, rief Eva den beiden jungen Männern hinterher, während sie Berenice ansah und deren zornigem Blick standhielt.

»Warte!«, entfuhr es ihr, als er noch nicht ganz aus der Tür war. Sie zog aus ihrer Jacke den Brief an ihren Vater und bat Adrian, ihn abzuschicken. Er nahm ihn an sich und versprach, sich darum zu kümmern.

»Hat man dich vielleicht hergeschickt, weil man dich unbedingt unter die Haube bringen will und deine Eltern wissen, dass es bei uns Männerüberschuss gibt? Daniel jedenfalls gehört mir, nachdem seine Verlobte im letzten Jahr einem Fieber erlegen und er wieder frei ist. Nur dass du Bescheid weißt!«, giftete die Tochter des Hauses, kaum dass ihr Bruder aus der Tür war.

»Schatz, jetzt gib Ruhe, bitte. Du kannst dir doch so gut wie sicher sein, dass Daniel Interesse an dir hat«, mischte sich Joanne ein. »Und du, Eva, du könntest im alten Wirtschaftsraum anfangen. Da muss endlich mal von Grund auf sauber gemacht werden. Wir können den gar nicht benutzen. Helen zeigt dir, wo du das Putzzeug findest. Wie dein Vater mir schrieb, hast du ein großes Talent, ein Haus in Ordnung zu halten.«

Eva erhob sich, ohne Berenice eines weiteren Blickes zu würdigen. Sie würde sich jetzt im Haus ihrer Tante nützlich machen, und dann musste man weitersehen. Von Berenice würde sie sich die neu gewonnene Freundschaft zu Daniel und Adrian jedenfalls nicht zerstören lassen. Es gab ihr ein gutes Gefühl, wie die beiden jungen Männer sich eben gerade für sie starkgemacht hatten. Und sie nahm sich fest vor, ihnen heute Abend die Reste ihres Skizzenbuchs zu zeigen. Aufgeschoben ist nicht aufgehoben, dachte sie entschlossen. Sie würde sicher in absehbarer Zeit das Anwesen der Familie in Meeanee besuchen. Und wenn sie dann wenigstens mit ein paar winzigen Gestaltungsvorschlägen erfolgreich wäre, würde sie das sehr glücklich machen.

In der Diele fand sie Helen, das Hausmädchen, auf den Knien rutschend vor. Sie bohnerte gerade den Holzfußboden, doch sie legte eine Pause ein, um Eva die Putzutensilien zu zeigen.

»Ich soll den Wirtschaftsraum sauber machen«, erklärte Eva ihr. Das Hausmädchen sah sie mitleidig an. »Da war lange keiner mehr dran. Eigentlich noch nie! So etwas ist im Alltag gar nicht zu schaffen, und da Misses Thomas und Miss Berenice sich nicht die Finger schmutzig machen, bleibt viel liegen. Ach, es war vorher viel besser, als Misses Bold hier noch das Sagen hatte. Sie hat immer mit angepackt, als sie noch jünger war, sagt meine Mutter, die lange für sie gearbeitet hat ...«

»Was wird das hier? Ich denke, du solltest dich nützlich machen«, mischte sich Berenice ein, die sich lautlos angeschlichen haben musste.

Helen zuckte zusammen, doch Eva baute sich kämpferisch vor der Tochter des Hauses auf. »Was treibt dich um? Meinst du nicht, wir sollten versuchen, miteinander auszukommen? Oder macht es dir Spaß, ständig dein Gift zu verspritzen?«

»Nicht unbedingt, aber ich hoffe, dass du eines nicht allzu fernen Tages genug davon hast und freiwillig wieder verschwindest.«

»Das hättest du gleich sagen sollen. Dann hättest du dir deine ganzen gehässigen Bemerkungen sparen können. Ich habe meinem Vater bereits geschrieben, dass ich mir nichts sehnlicher wünsche, als dass er mir das Geld fürs Ticket nach Amerika schickt. Also, keine Sorge, ich bin schneller weg, als du blinzeln kannst«, stieß Eva wutschnaubend hervor.

»Das verändert die Lage allerdings. Dann werde ich ab sofort aufhören. Unter einer Bedingung: Du versprichst mir in die Hand, dass du den schnellen Abflug machst.«

»Nichts lieber als das!«, zischte Eva.

»Deine Hand darauf!«

Stöhnend schlug Eva ein.

»Vorsicht, sie ist hinterhältig!«, flüsterte Helen, kaum dass Berenice außer Hörweite war. »Wir waren in einer Klasse. Sie war das hochnäsigste Mädchen der ganzen Schule. Meine Mutter hat immer gesagt, ich solle nicht so streng über das arme Mädchen urteilen.«

»Armes Mädchen? Was meinte sie damit?«

»Das habe ich meine Mutter auch gefragt, aber sie wollte es mir nicht sagen, weil Misses Bold ihr versprochen hatte, dass ich bei ihr arbeiten könne, wenn die Schule vorbei sei.«

»Ist ja auch egal. Ich bete, dass Vater mich schnellstens zu sich holt. Hier möchte ich keinen Tag länger bleiben, als ich muss.« So überzeugend Eva diesen Satz auch hervorpresste, ihre inneren Zweifel, ob es sie wirklich so sehr aus Napier fortzog, wurden immer stärker.

In diesem Augenblick näherte sich eine grauhaarige Frau, die etwas gebückt ging und die Eva bislang noch nicht im Haus gesehen hatte. Sie aber kam auf Eva zu und schüttelte ihr die Hand.

»Sie sind also die Verwandte aus Deutschland, von der Misses Lucie mir eben bei meiner Rückkehr aus Meeanee als Erstes berichtet hat.«

»Eva Schindler«, sagte sie.

»Und ich bin Stella, einst Haushälterin, dann Kindermädchen und mittlerweile Faktotum in diesem Haus. Mit meinen morschen Knochen tauge ich nicht mehr für die Hausarbeit, aber dank Misses Lucies Fürsprache darf ich unter ihrem Dach wohnen, auch ohne dass ich zu etwas nutze bin.« Sie näherte sich Eva vertraulich und fuhr flüsternd fort. »Ich bin aber viel lieber allein in Meeanee. Nur wenn es unbedingt sein muss, komme ich in die Stadt. Wenn ich zum Arzt gehen muss wie heute. Oben auf dem Berg herrscht himmlische Ruhe. Sie müssen mich einmal besuchen.«

Eva versprach es der alten Dame.

»Und was hat man Ihnen aufgetragen, mein Kind?«

»Ich soll den Wirtschaftsraum putzen.«

»Der Wirtschaftsraum? Den habe ja nicht einmal ich je von innen gesehen. Und ich arbeite seit ... lassen Sie mich überlegen, ... ja, seit über fünfzig Jahren für Misses Lucie. Hat sie Ihnen den Auftrag erteilt?«

»Nein, das war Misses Thomas.«

»Merkwürdig, merkwürdig«, murmelte Stella und schlurfte davon.

Als Eva die Tür zum Wirtschaftsraum, der in einem Nebengebäude lag, öffnete, trat sie vor Schreck einen Schritt zurück. Aus dem stockdusteren Raum schlug ihr widerlich warmer Mief entgegen und eine Ratte huschte ihr über die Füße.

Eva überlegte. Sollte sie wirklich an diesem herrlichen Sommertag in diese finstere Höhle kriechen? Sie atmete tief durch und öffnete die Tür, so weit sie konnte. Das warf etwas Licht in den dunklen Schuppen. Und Eva konnte erkennen, dass es ein Fenster gab, das mit einem Holzladen verschlossen war. Trotz der Spinnweben, die sich durch den Raum zogen, ging Eva zielstrebig zum Fenster, öffnete die schwergängigen Läden und riss das Fenster auf. Nun strömte der Sommer herein und offenbarte das ganze Chaos, das in diesem vergessenen Raum herrschte. An den Wänden waren Borde aus dickem Holz, die mit lauter merkwürdigen Dingen vollgestellt waren. Beim näheren Hinsehen erkannte sie eine dicke Staubschicht, die über all diesen Sachen wie eine graue Decke lag.

Eva stieß einen tiefen Seufzer aus, doch dann packte sie beherzt zu. Sie räumte Bord für Bord aus und säuberte es. Dann stellte sie die sauberen Gegenstände einzeln zurück. Nicht bei allem, was durch ihre Hände ging, wusste sie, was es war. Ein ganzes Bord war voller Flaschen und allerlei Weinbau-Zubehör, wie sie es von zu Hause kannte. Auf einem anderen lag ein in brüchiges Wachspapier gewickelter gelber Rock aus Flachs. Eva ahnte, dass es derselbe war, den Lucie oder Ahorangi, wie sie damals noch geheißen hatte, an dem Tag getragen hatte, an dem man sie entführt hatte. In einer kleinen Kiste fand sie langes, schwarzes, glattes Haar, stark wie Rosshaar. Ob es auch ihr gehörte? Bei einem Blick in die nächste Kiste erstarrte sie. Darin waren lauter kleine Kästen, die wie Särge aussahen. Eva zuckte zurück und wollte die Kiste zurückstellen, aber dann griff sie doch nach einem der kleinen Behältnisse. Darinnen lag eine auf rotem Samt gebettete Locke.

Hastig klappte Eva den Deckel wieder zu und stellte den kleinen Sarg in die Kiste zu den anderen zurück. Ihr war unwohl. Sie wollte lieber gar nicht wissen, was sie in den anderen Spielzeugsärgen finden würde. Und vor allem, was diese bizarren Behältnisse zu bedeuten hatten.

Stattdessen stürzte sich Eva erneut in die Arbeit. Nachdem sie die eine Seite geschafft hatte, wandte sie sich den gegenüberliegenden Schränken zu. Sie traute sich kaum, etwas von diesen zumeist sehr alten Gegenständen wegzuwerfen, obwohl sie den Eindruck hatte, dass diese verrosteten Töpfe und das angeschlagene Geschirr niemals mehr Verwendung finden würden. Trotzdem säuberte sie jedes noch so vom Zahn der Zeit angefressene Stück sorgfältig und stellte es zurück an seinen Platz.

Als sie schließlich mit allem fertig war, betrachtete sie ihr Werk nicht ohne Stolz. Der Raum war immer noch nicht gerade anheimelnd, aber er sah ohne die Staubschicht und die Spinnenweben wesentlich ansprechender aus. Wie ein Vorratsraum eben. Vor allem waren nun auch die leeren Borde sauber, sodass man sie tatsächlich zur Lagerung benutzen konnte. Jetzt blieb nur noch der Boden, der ebenfalls mit einer dicken Schmutzschicht bedeckt war.

Eva versuchte, erst zu fegen und dann feucht zu wischen. Doch so sehr sie sich auch anstrengte, die Holzdielen sahen immer noch schäbig aus. Als sie in der hintersten Ecke angekommen war und eine Kiste beiseiteräumte, brach sie plötzlich mit dem rechten Fuß in den Boden ein. Das morsche Brett war einfach weggebrochen. Sie erschrak, rappelte sich aber hastig wieder auf und versuchte, ihren Fuß aus der Lücke zu ziehen. Nachdem sie es geschafft hatte, legte sie sich auf den Boden und warf einen Blick in die Tiefe. Merkwürdig, dachte sie, darunter gibt es noch einen Hohlraum. Ob es dort in einen Keller ging? Sofort erwachte ihr

Interesse und sie hätte gern erfahren, wie das Haus aufgebaut war. Sie nahm sich vor, Adrian zu fragen, wo der Eingang zum Keller war. Nachdem sie schon den Wirtschaftsraum wieder brauchbar gemacht hatte, würde sie zumindest gern einen Blick in die Unterwelt des Hauses wagen. Und vielleicht gab es ja dort auch etwas zu tun.

Damit der nächste Besucher des Wirtschaftsraumes aber nicht in die Tiefe stürzte, wuchtete sie die schwere Kiste zurück über das Loch im Boden. Sie war gerade fertig, als sich hinter ihr Tante Joanne räusperte. Eva fuhr herum, im Kopf die bange Frage, was die Tante ihr als Nächstes auftragen würde, denn sie war erschöpft. Ihr Rücken schmerzte, ihre Knie taten weh, und sie hatte das dringende Bedürfnis, ein Bad zu nehmen, um den Schmutz abzuwaschen. Obwohl Helen ihr eine Schürze gegeben hatte, waren nicht nur ihr Kleid, sondern auch ihre nackten Arme und Beine völlig verdreckt.

Zu ihrem großen Erstaunen lächelte Tante Joanne zufrieden und stieß einen anerkennenden Pfiff aus. »Mein Kind!«, rief sie begeistert aus. »Du hast ein wahres Wunder vollbracht. Nun muss zwar noch der ganze alte Plunder fort, aber so kann man ihn wenigstens anfassen und wegwerfen. Wir brauchen den Raum dringend für unseren Haushalt. Und Mutter hat all die Jahre keinen Blick hineingeworfen. Das ganze Zeugs wird bestimmt nicht mehr benötigt. Ich denke, wir lassen den Krempel einfach abholen!«

Eva verkniff sich zu sagen, dass sie diese Entscheidung wohl lieber Lucie überlassen sollte, aber es stand ihr nicht zu, sich einzumischen. Trotzdem fragte sie sich, was zwischen Mutter und Tochter wohl geschehen sein mochte, dass sie gar keine spürbare Herzensverbindung zueinander hatten. Eva vermutete, dass es an Joanne lag, denn Lucie war eine so warmherzige Frau, die ihrer Tochter bestimmt nicht grundlos aus dem Weg ging. Es hing sicher mit dem zusammen, was auch Lucie bereits angedeutet hatte. Lucie hatte offensichtlich in der Vergangenheit etwas getan, was nicht die Zustimmung ihrer Tochter gefunden hatte.

»Ich bin dir so unendlich dankbar. Lass es gut sein für heute. Du hast mir eine große Freude gemacht. Ach, wenn doch Berenice nur ein wenig von deinem Arbeitseifer hätte. Mach dir einen schönen Nachmittag! Und morgen kannst du meinetwegen mit den Männern zur Belohnung nach Bold Winery fahren. Du magst Adrians Gesellschaft, nicht wahr? Dann nutz es nur weidlich aus, bis er nach Wellington geht. Und verzeih mir, dass ich gestern so unwirsch auf deinen Herrenbesuch reagiert habe. Da wusste ich ja auch noch nicht, was für eine fleißige junge Frau du bist.« Tante Joanne zwinkerte ihr verschwörerisch zu.

Eva wünschte sich, der Boden würde sich auftun. Es war ja schon schlimm genug, dass sie Adrian mehr mochte, als sie je zugeben würde, aber dass seine Mutter nun einen Narren an ihr gefressen hatte und sie durch die Blume anfeuerte, sein Herz zu gewinnen, bevor er abreiste, war das Letzte.

»Ja, ich gehe dann mal«, erklärte sie hastig und flüchtete sich geradewegs zu Lucie. Sie klopfte und befürchtete, die alte Dame wäre mit Tante Ha im Masonic-Hotel, denn sie erhielt keine Antwort. Sie klopfte noch einmal und war erleichtert, als Lucie schließlich doch noch »Herein!« rief, denn sie hatte das große Bedürfnis, mit der alten Dame zu sprechen. Das rührte sicherlich daher, dass sie den ganzen Vormittag in ihren Sachen gewühlt hatte, vermutete Eva.

Kaum hatte Eva einen Schritt in das Zimmer gesetzt, fiel ihr ein, dass sie ja immer noch von Kopf bis Fuß voller Schmutz war.

»Entschuldigung, ich sollte mich vielleicht erst waschen, bevor ich dich besuche.«

»Nein, nein, setz dich. Meine Sessel werden keinen Schaden erleiden. Aber verrate mir, wo du herkommst! Du bist ja überall schwarz, sogar auf der Nase. Also erzähl schon, in welchem Dreck hast du dich herumgetrieben?«

»Ich habe den alten Wirtschaftsraum geputzt.«

»Du hast was?« Lucies Miene verfinsterte sich.

»Na diesen Raum im Anbau, den offenbar lange keiner mehr betreten hat und in dem deine Sachen ...«

»... und wer hat dich damit beauftragt?«, fragte Lucie in scharfem Ton.

»Das hat die alte Stella mich auch schon gefragt. Deine Tochter. Sie will deine Sachen abholen lassen, weil sie den Raum wieder als Wirtschaftsraum nutzen will.«

»Wie bitte?« Lucie war aus ihrem Sessel aufgesprungen.

»Vielleicht solltest du mal mit ihr reden, falls du nicht damit einverstanden bist, dass die Sachen abgeholt werden.«

Lucies Halsadern schwollen gefährlich an, und sie ballte die Fäuste. »Dieser Raum darf nicht betreten werden, hörst du? Ich habe es den Kindern verboten, auch nur einen Fuß hineinzusetzen, und das Verbot niemals aufgehoben. Das ist ein starkes Stück!«

Eva war erschrocken über den plötzlichen Zornesausbruch der alten Dame.

»Ja, es ist auch besser, wenn den Raum vorerst keiner betritt«, pflichtete sie Lucie bei. »Denn der Fußboden ist morsch. Ich bin an einer Stelle mit dem Fuß eingebrochen. Darunter ist wohl ein Keller, und das ist bestimmt gefährlich ...«

»O nein«, murmelte Lucie. Sie war blass geworden.

»Entschuldige, ich wusste ja nicht, dass du nicht möchtest, dass der Raum betreten wird.«

»Nicht, solange ich lebe!«, bekräftigte die alte Dame, während sie nervös im Zimmer auf und ab rannte.

»Das tut mir wirklich leid, ich, ich hätte das nicht getan, wenn ...«, stammelte Eva.

»Du kannst ja nichts dafür. Gut, dass du es mir gesagt hast! Nun wasch dich und komm zurück. Ich möchte dir meine Geschichte weitererzählen. Wenn wir es heute schaffen, wirst du verstehen, warum dieser Raum tabu ist!«

Mit entschlossener Miene verließ Lucie das Zimmer. »Und ich werde dafür sorgen, dass es niemand mehr wagt, sich meinen Anordnungen diesbezüglich zu widersetzen.«

Eva verließ nach ihr das Zimmer. Als sie laute Stimmen hörte, blieb sie wie angewurzelt stehen und lauschte. Niemals hätte sie Lucie einen solchen Wutausbruch zugetraut. Doch es war unverkennbar ihre Stimme.

»Wie oft habe ich dir gesagt, der alte Wirtschaftsraum ist tabu! Wag es ja nicht noch einmal, einen Schritt hineinzusetzen oder andere dort hinzuschicken«, brüllte sie.

Eva verstand zwar nicht, was Joanne antwortete, weil sie offenbar im Gegensatz zu ihrer Mutter um Contenance bemüht war und flüsterte, aber aus Lucies Reaktion konnte sie schließen, dass es der alten Dame missfiel.

»Es ist mein Haus und der Raum wird nicht mehr betreten, solange ich lebe. Hast du das verstanden?«

In diesem Augenblick tat Eva Tante Joanne fast ein wenig leid. Wenn sie geahnt hätte, dass Lucie sich so sehr darüber aufregen würde, hätte sie wahrscheinlich lieber ihren Mund halten sollen. Was befürchtete die alte Dame? Dass ihre Tochter ihre Sachen wegwarf oder dass sie diese überhaupt zu Gesicht bekam? Was war mit der Kiste mit den unheimlichen Spielzeugsärgen? In diesem Haus stimmte etwas nicht. Dessen war sich Eva jetzt sicherer denn je. Damit man sie nicht beim Lauschen erwischte, eilte sie zu dem Badezimmer, das neben ihrem Zimmer auf dem Flur lag. Sie ließ sich heißes Wasser einlaufen, zog ihr schmutziges Zeug aus und schrubbte sich in der Wanne den Dreck vom Körper und aus dem Gesicht. Zum Schluss wusch sie ihr dickes blondes Haar und fühlte sich wie neugeboren. Sie wickelte sich in ein Handtuch und wusch ihr Kleid aus, bevor sie zurück in ihr Zimmer eilte. Wie gern hätte sie etwas Sommerliches angezogen, aber im Kleiderschrank hingen lediglich eine Reihe von dunklen Wollkleidern für den deutschen Winter. Sie war noch nicht dazu gekommen, sich in der Hastings Street dem Klima gemäß einzukleiden. Doch dann entdeckte sie eine weiße Bluse und einen leichten Rock. Sie erinnerte sich dunkel, wie diese Sachen in ihrem Gepäck gelandet waren.

»In Neuseeland ist Sommer, mein Kind. Pack auch etwas Leichtes ein«, hatte ihre Mutter sie ermahnt, aber irgendwie war diese Botschaft nicht bei Eva angekommen. Vielleicht, weil sie sich an diesem Tag an die Hoffnung geklammert hatte, ihre Mutter könne wieder gesund werden. Denn an diesem Tag war ihre Mutter regelrecht aufgedreht gewesen und hatte Zuversicht ausgestrahlt. Eva hatte ihre Worte noch in den Ohren, als wäre es gestern gewesen. »Ich glaube, das Klima wird mir guttun und die vielen neuen Eindrücke!« Ihre Stimmung hatte bis kurz nach ihrer Abreise angehalten. Sogar die ersten Tage auf dem Schiff war sie noch fröhlich gewesen, aber schließlich hatte sie tagelang nur noch stumpf auf der engen Pritsche im Frauenschlafsaal gelegen. Und nun war es ihr nicht einmal vergönnt gewesen, die weiche Sommerluft und diese betörenden fremden Gerüche einzuatmen.

Eva wischte sich eine Träne aus dem Augenwinkel und zog hastig die Kleidungsstücke hervor. Auch wenn der Rock schon ein wenig verschlissen und die Bluse am Kragen schon einmal weißer gewesen war, fühlte sie sich rundherum wohl.

Als sie wenig später in Lucies Zimmer trat, saß die alte Dame in ihrem Sessel und schien durch sie hindurchzusehen.

»Soll ich später wiederkommen?«, fragte Eva rücksichtsvoll.

»Nein, nein, es ist gut so. Ich möchte, dass wir vorankommen«, erwiderte Lucie, während ihr Blick immer noch ins Leere zu gehen schien.

Eva setzte sich und betrachtete die entrückte alte Dame verstohlen. Es quält sie etwas, mutmaßte Eva, denn Lucie hatte die Stirn in Falten gelegt und aus ihren Augen sprach tiefe Trauer. In diesem Augenblick sah sie älter aus als sonst. Wie alt mochte sie überhaupt sein? Siebzig, achtzig? Eva konnte sie schwer schätzen. Sie fühlte sich unwohl in ihrer Haut, und sie hatte ein schlechtes Gewissen. Wenn sie Lucie nichts von der Putzaktion erzählt hätte, wäre sie nicht so wütend geworden und würde jetzt nicht stumm vor sich hinbrüten. Dass es da einen Zusammenhang mit ihrem Stimmungswechsel gab, dessen war Eva sich sicher, aber sie traute sich nicht nachzufragen.

Nach einer gefühlten Ewigkeit wandte sich Lucie Eva zu. Ihr Gesicht war nun wieder wie verwandelt. Es war glatter, beinahe faltenfrei und aus ihren Augen funkelte die alte Lebensfreude.

»Entschuldige, mein Kind, dass ich geträumt habe; in diesem Raum dort unten sind Geheimnisse verborgen, die nicht für meine Tochter bestimmt sind. Sie würde mich nur noch mehr ablehnen, wenn sie wüsste, was sich dahinter verbirgt oder sollte ich lieber sagen, darunter?«

»Aber was ist mit euch beiden geschehen? Du bist ihre Mutter! Warum liebst du sie nicht, wie eine Mutter ihre ...?« Eva schlug sich erschrocken die Hand vor den Mund. Das hatte sie wirklich nicht aussprechen wollen, auch wenn sie sich das bereits seit ihrer Ankunft fragte.

Ein trauriges Lächeln umspielte Lucies Mund. »Ich liebte sie einst mehr, als ich es ihr je hätte sagen können!«

»Entschuldige, ich wollte dir nicht zu nahe treten, ich, nein, ich dachte nur, wie ...«, stammelte Eva.

»Es ist schwer zu verstehen, ich weiß, und deshalb soll wenigstens Adrian die ganze Wahrheit erfahren.«

Lucie gab Eva ein Zeichen, sich an die Schreibmaschine zu setzen. Dann begann sie schleppend zu erzählen.

Napier, November 1868

Ahorangi liebte das Grundstück auf dem Hügel, von dem aus man einen herrlichen Ausblick aufs Meer besaß. Noch war dies weit und breit die einzige Baustelle, aber Tom hatte ihr versichert, dass es in ein paar Jahren eine Straße geben würde, an der ein schönes Haus neben dem nächsten stehen würde. Und dass ihre Kinder mit den Nachbarskindern tollen könnten und sie Freundinnen fände. Das war eine wunderbare Vorstellung, wie Ahorangi zugeben musste. Wenn sie etwas von Herzen vermisste, waren es ihre Freundinnen, mit denen sie in ihrem Dorf so viel Zeit verbracht hatte. Besonders Harakeke fehlte ihr. Wie so oft fragte sie sich, ob ihre Schwester auch so viel Glück gehabt hatte wie sie. Wie jedes Mal, wenn sie auf dem Bau nach dem Rechten sah, staunte sie, welche Fortschritte die Arbeiten machten. Die linke Hausseite stand schon beinahe ganz. Ahorangi konnte sich bereits lebhaft vorstellen, wie es wohl sein würde, wenn ihre Kinder in dem Garten tobten. Sie nahm sich vor, ihn so wild wie möglich blühen zu lassen.

Alle paar Minuten fasste sie sich an ihren Bauch, der noch nicht einmal gewölbt war, aber seit der Doktor ihr gesagt hatte, woher die ständige Übelkeit kam, fühlte sie sich hochschwanger.

Ein Gefühl von Zärtlichkeit durchflutete sie, als ihr Blick an Tom hängenblieb. Wie er da in der gleißenden Sonne mit nacktem Oberkörper Holzbalken in die richtige Form sägte. Er ließ es sich nicht nehmen, nach getaner Arbeit auf dem Weinberg selbst

Hand anzulegen. Sogar Bruder Pierre machte sich als Hausbauer nützlich. Und das an einem heiligen Sonntag!

»Männer, Essenspause«, rief Ahorangi und deutete auf das ausgebreitete Tuch mit den Leckereien, die sie vorbereitet hatte. Das ließen sich die Helfer nicht zweimal sagen und hockten sich im Kreis auf den Boden.

»Und danach ist Schluss für heute. Haben Sie mir nicht beigebracht, dass der siebte Tag der Tag des Herren ist, an dem er bei der Schaffung der Welt ruhte?«, lachte Ahorangi.

»Du bist eine gute Schülerin«, lobte der katholische Bruder seinen Schützling.

»Genau, und deshalb schicke ich euch Männer auch nach dem Essen zur Mission und die anderen zu ihren Familien.«

»Aber, wir wollen noch die eine Wand fertigmachen«, widersprach Will, seit Kurzem Toms rechte Hand auf dem Weinberg.

»Keine Widerrede, sonst müsste ich Pater Claude zur Hilfe holen und wie ihr wisst, kennt er bei Gottes Wort keinen Spaß!«

Diese Drohung zeigte ihre Wirkung. Nach dem Essen verließen die Helfer eilig die Baustelle. Nur Ahorangi und Tom blieben zurück. Voller Stolz betrachteten sie das kleine Modell ihres Hauses, das sie in mühsamer Kleinarbeit gemeinsam entwickelt und das Tom dann gebastelt hatte. Ihm waren die Größe des Hauses und die Türmchen wichtig, Ahorangi die zwei großzügigen Veranden, eine nach vorn hinaus und eine nach hinten zum Garten. Unterstützung hatten sie bei einem Kunden gehabt, der ihren Weißwein liebte.

Ahorangi deutete auf den Flügel des Hauses, der nur über einen langen Gang erreicht werden konnte.

»Wer soll denn hier wohnen? Willst du dich vom Rest der Familie absetzen?«

»Nein, mein Herz, keine Sorge, ich flüchte nicht, wenn unsere Kinderschar Lärm macht. Ich dachte, wir sollten Platz für eine Haushaltshilfe haben.«

»Haushaltshilfe?«

»Ja, mit fünf Kindern wirst du nicht mehr zum Kochen und Putzen kommen. Und, na ja, ich hätte nichts dagegen, wenn wir eine Köchin hätten.«

»Was willst du mir damit sagen? Dass du mein Essen nicht magst?«, lachte sie und drohte ihm übertrieben mit dem Finger. »Außerdem habe ich dir gesagt, ich will zehn Kinder!«

»Gern, aber ich darf doch vorerst noch ein wenig weitermachen, oder?«, fragte Tom.

»Vielleicht sollten wir lieber ein wenig Müßiggang betreiben und an der Marine Parade entlangbummeln.« Ahorangi umfasste seinen muskulösen Oberkörper von hinten.

»Dann wüsste ich noch was Besseres«, erwiderte er lächelnd. »Wir hätten jetzt allerdings nicht die Ausrede, dass wir damit unsere Kinderproduktion anregen. Schwangerer als schwanger geht nicht!«

Ahorangi lachte.

»Einverstanden! Dann sollten wir uns schnell zurück nach Meeanee aufmachen! Wir sind Mann und Frau und brauchen keine Ausreden. Es ist unsere Pflicht, nicht wahr?«

»Und wie!« Tom gab ihr einen Kuss auf die Nase. »Ich ziehe mir nur ein Hemd an und dann fliegen wir heim.«

Tom hatte nicht übertrieben. So schnell wie an diesem Tag hatten sie den Weg nach Hause selten geschafft. Kaum hatte Tom die Kutsche ausgespannt und das Pferd auf die Weide gebracht, war er schon bei ihr im Haus. Ahorangi erwartete ihn bereits sehnsüchtig im Schlafzimmer.

Tom zögerte nicht lange, sondern riss sich hastig die Kleider vom Leib und legte sich zu ihr ins Bett.

»Du bist ja schon nackt«, stöhnte er.

Sie bot ihm ihren Mund zum Kuss. Leidenschaftlich drückte

er seine Lippen auf ihre. Sie küssten sich schier endlos lange, bis Tom den Kuss beendete und sich sanft über sie beugte.

In dem Augenblick erklang lautes Gepolter vom Flur. Erst dachten sie, es wäre der Hund, der ungestüm herumtobte, aber dann hörten sie eine sichtlich aufgeregte Männerstimme rufen: »Tom, Ahorangi, seid ihr zu Hause?«

Ahorangi fuhr im Bett auf. »Das ist Bruder Pierre.«

»Nicht zu überhören«, stöhnte Tom auf. »Ich mag ihn von Herzen, aber in diesem Augenblick wünsche ich ihn weit, weit fort.«

»Ahorangi? Tom?«, wiederholte Bruder Pierre mit Nachdruck.

»Das darf ja wohl nicht wahr sein!« Tom erhob sich missmutig, sprang in seine Kleidung und rief: »Ja, ja, ich komm schon. Wo brennt es denn?«

Die Antwort Bruder Pierres konnte Ahorangi nicht hören, sosehr sie ihre Ohren auch spitzte. Das war ihr unheimlich und für sie ein sicheres Zeichen, dass etwas nicht stimmte. Ihr Herzschlag beschleunigte sich.

Jetzt konnte sie immerhin erahnen, dass die Männer sich im Flüsterton unterhielten. Doch auch das war nicht dazu angetan, ihr rasendes Herz zu beruhigen.

Endlich kehrte Tom zurück. Weiß wie eine Wand.

»Was ist passiert?«, presste Ahorangi ängstlich hervor.

»Ich erzähle es dir gleich. Wir haben keine Zeit. Zieh dich an!«

Ahorangi aber rührte sich nicht vom Fleck. »Erst sagst du mir, was geschehen ist!«

Tom sah sie aus schreckensweiten Augen an. »Pater Claude hatte Besuch. Von zwei Maori, einem jungen und einem älteren Mann. Sie fragten nach dir.«

»O nein, das sind Vater und Hehu. Mit ihnen ist nicht zu spaßen. Wenn sie mich hier finden, dann ...«

»Schnell! Zieh dich an. Wir verstecken dich in der Mission. Da werden sie dich nicht vermuten!«

Ahorangi sprang aus dem Bett und musste sich gleich am Stuhl festhalten, weil ihre Knie so zitterten.

Kaum war sie angezogen, nahm Tom sie bereits bei der Hand. »Wir haben keine Zeit zu verlieren. Sie haben gefragt, wer hier wohnt, und angedeutet, dass sie zurückkommen, wenn der Besitzer zu Hause ist.«

Bruder Pierre wartete im Flur.

»Es tut mir leid, wenn ich euch gestört habe, aber die beiden Kerle wirkten zu allem entschlossen. Sie haben erzählt, dass die Stammesprinzessin Ahorangi am Tag ihrer Hochzeit von Pakeha entführt worden sei, und angedroht, dass sie den Kidnapper strafen und sich das Mädchen zurückholen werden. Kommt! Ich weiß nicht, wohin sie geritten sind, aber sie werden zurückkehren!«

Vor der Haustür blickten sich Bruder Pierre, Tom und Ahorangi nach allen Seiten um. Erst als sie sich davon überzeugt hatten, dass die beiden Maori nicht in Sicht waren, rannten sie zur Mission hinüber. Pater Claude wartete bereits am Eingang und zog Ahorangi ins Haus.

»Wir haben eine kleine Kammer für Gäste. Dort kannst du unterschlüpfen, bis die Gefahr vorüber ist«, sagte er.

»Gut, dann gehe ich zurück ins Haus. Ich muss dafür sorgen, dass sie niemals wiederkommen und vor allem keinen Argwohn schöpfen.« Tom drehte sich auf dem Absatz um und verschwand.

Ahorangi wurde übel. In diesem Augenblick war es eine Mischung aus Schwangerschaftsbeschwerden und nackter Panik.

»Warum geht er zurück ins Haus? Was, wenn sie herausbekommen, dass ich mit ihm lebe? Dann ist er ihnen doch schutzlos ausgeliefert. Und die Rache meines Vaters wird furchtbar. Ich spüre es ganz deutlich: Es wird etwas Schreckliches geschehen!«

»Keine Sorge, ich lasse ihn nicht allein. Ich bin bei ihm, wenn sie kommen!«, versicherte Bruder Pierre und folgte Tom.

»Ich denke, es wird das Beste sein, du gehst solange in die Kammer und schließt dich ein. Falls sie doch Wind von der Sache bekommen. Aber eine Frage habe ich an dich, mein Kind. Hand aufs Herz: Hat Tom dich wirklich entführt? Am Tag deiner Hochzeit?«

Ahorangis Miene hellte sich auf. »Nein, er hat mich vor dem Kerl gerettet, an den die Kidnapper mich verscherbelt hatten. Und dann haben wir uns ineinander verliebt. Und den Ehemann hatte mein Vater mir ausgesucht. Ich wollte partout nicht heiraten.«

»Wenn die Männer herausbekommen sollten, dass du inzwischen Toms Frau bist, werden sie nicht auch glauben, dass er es war, der dich ihnen gestohlen hat?«

Ahorangi zuckte die Achseln. »Sie dürfen es nicht herausfinden!«

»Nur Mut, mein Kind. Tom ist ein umsichtiger Mann...« Er stockte. »Sie kommen und nähern sich unserem Eingang. Los, verschwinde und schließe dich ein!«

Mit pochendem Herzen verschwand Ahorangi hinter der nächsten Ecke. Doch dann blieb sie stehen. Sie wollte sich davon überzeugen, dass es wirklich ihr Vater war, der nach ihr suchte.

Als Häuptling Kanahau mit seiner durchdringenden Stimme in holprigem Englisch fragte, ob dem Pater noch etwas zu der entführten Prinzessin eingefallen sei, gab es keinen Zweifel mehr. Ahorangi schlich sich rasch in ihre Kammer, hockte sich auf das Bett und hob die Arme gen Decke. Dann rief sie voller Verzweiflung Papa-tua-nuku an, die große Mutter der Maori. Sie bat um ihren Schutz vor dem Zorn der Ahnen und ihres Vaters. Ihr Blick fiel auf das hölzerne Kreuz an der Wand. Sollte ich nicht zu dem Gott beten, in dessen Namen ich getauft worden bin, fragte sie sich flüchtig, aber der Glaube an ihre Götter war so tief in ihr verwurzelt, dass sie gar nicht anders konnte, als sie um Hilfe zu bitten. Plötzlich kam ihr ein grausamer Gedanke: Was, wenn ihr

Vater sich nicht von Tom täuschen ließ und seinen Zorn an ihm ausließ, weil sie, Ahorangi, verschwunden war? Gab es nicht nur einen einzigen Weg, Schaden von Tom abzuwenden? Sie musste freiwillig mit ihnen zurückgehen unter der Bedingung, dass sie Tom mit ihrer Rache verschonten. Darauf würde sich ihr Vater mit Sicherheit einlassen, wenn er auf diesem Weg seine Tochter zurückbekäme. Sie würde Hehu heiraten und sich ein Moko schaben lassen. Allein bei der Vorstellung zuckte sie zusammen, aber um Tom zu retten, würde sie jedes Opfer auf sich nehmen. Sie erhob sich vom Bett, doch dann stutzte sie. Was war mit dem Kind? Um dieses Problem zu lösen, fehlte ihr allerdings die Zeit. Wenn sie Tom helfen wollte, dann jetzt! Entschlossen schlich sie sich über die langen Flure zum Ausgang. Sie erschrak, als sich plötzlich eine Hand auf ihre Schulter legte.

»Was hast du vor?«, fragte Pater Claude in scharfem Ton.

Ahorangi wandte sich entschlossen zu ihm um. »Ich gehe mit ihnen. Dann werden sie weder Tom noch euch etwas antun.«

»Das wirst du schön lassen«, erwiderte er und packte sie am Arm.

»Bitte, lassen Sie mich gehen! Es ist meine Christenpflicht, meinem Nächsten zu helfen!«

»Aber in der Bibel steht nicht, dass du dich unnötig opfern sollst. Ich habe die beiden Maori nämlich gerade aus dem Haus kommen sehen, und sie sahen nicht so aus, als wären sie dir auf der Spur. Bruder Pierre und Tom haben ihnen sogar noch nachgewunken.«

Ein Seufzer der Erleichterung entrang sich Ahorangis Brust. In diesem Moment erklang lautes Gelächter von draußen. Es waren Tom und Bruder Pierre, die um die Ecke bogen und sich die Bäuche vor Lachen hielten.

Ahorangi vergaß alle Vorsicht und rannte ihnen entgegen. Tom wirbelte sie überschwänglich im Kreis herum. »Sie werden niemals wiederkommen!«, lachte er.

»Sie haben uns die Geschichte abgenommen von Misses Bold, die ihren Mann erst kürzlich Hals über Kopf verlassen habe, weil er Trinker sei«, fügte Bruder Pierre belustigt hinzu. »Sie hat sogar ein paar persönliche Sachen dortgelassen. Wie Kleidung...«

»Aber mein Flachsrock, mein Taillenband...«

»Das habe ich natürlich verschwinden lassen. Ich habe ihm sogar bereitwillig das Schlafzimmer gezeigt und über die unzuverlässigen Weiber geschimpft. Er hat meine Worte wahrscheinlich gar nicht genau verstanden. Ich glaube, es war ihm unangenehm, dass ein Pakeha so massiv auf ihn eingeredet hat. Sie wollten nicht einmal mehr vom Wein probieren. So eilig hatten sie es plötzlich, unser Haus zu verlassen.«

»Wir haben ihnen ein Schnippchen geschlagen. Die kommen nicht wieder, zumal ich ihnen erzählt habe, dass es südlich von Hastings eine Maorifrau geben soll, die bei einem Pakeha lebe.« Bruder Pierre rieb sich die Hände.

»Bruder Pierre, hat man dir nicht beigebracht, dass Lügen eine Sünde ist?«, wandte Pater Claude mit ernster Miene ein.

»Ich habe den Herrn vorher um Erlaubnis gefragt, und er hat gesagt: Bruder Pierre, wenn es einem guten Zweck dient, tu, was getan werden muss!«

Tom brach in lautes Lachen aus. Ahorangi fiel ein. Sie war unendlich erleichtert.

Pater Claude versuchte ernst zu bleiben, doch dann begannen seine Mundwinkel zu zucken. Nun konnte sich auch Bruder Pierre nicht länger beherrschen. Das befreite Lachen der vier schallte bis zu den Weinbergen.

»Vielleicht hat es aber auch mit dem dritten Mann zu tun«, bemerkte Tom, nachdem sie sich wieder beruhigt hatten.

»Welcher dritte Mann?«

»Während dein Vater unser Haus inspizierte, tauchte ein Maori auf und flüsterte ihm aufgeregt etwas ins Ohr. Ich habe nur Brocken verstanden, aber ich verstehe ja eh nichts. Das Einzige, was ich herausgehört habe, war Te Kooti. Sagt dir das etwas?«

Ahorangi überlegte. Es dämmerte ihr etwas, etwas, das sie mit dem Namen verband ... Dann fiel es ihr ein.

»Er ist ein Führer, der auf Seiten der Regierungstruppen gegen die Pai-Marire-Bewegung, eine Art Religion, gekämpft hat. Mein Vater unterstützte die Bewegung und war auf der Seite der Maori-Rebellen, aber er konnte sich gerade noch seiner Festnahme entziehen. Viele der Kämpfer wurden nämlich auf die Chatham Inseln verbannt. Mit ihnen Te Kooti, der dann nämlich als Spion verhaftet worden war. Aber warum sollte Vater seinen Namen erwähnen? Er ist weit weg!«

Tom zuckte die Achseln.

»Keine Ahnung, vielleicht habe ich mich auch verhört«, erwiderte er. »Komm, mach dir keine Sorgen. Wir machen noch einen Spaziergang durch die Weinberge.« Er legte behutsam den Arm um sie und zog sie mit sich fort.

Meeanee, November 1868

Eine halbe Ewigkeit hatten die beiden über die Weinberge geblickt. Auf dem Heimweg waren sie am höchsten Punkt des Hügels stehengeblieben.

»Siehst du den Hügel dort?«, fragte Tom mit einem zärtlichen Blick auf seine Frau.

Sie nickte verträumt.

»Eines Tages wird uns auch der gehören und dann werden Weinberge dort sein, wo heute nur Büsche und Gestrüpp sind. Und wir sind reich«, schwärmte Tom.

Ahorangi drückte seine Hand. »Aber wir sind doch schon reich. Wir haben uns, das Anwesen, das Haus in Napier und bald ein Kind. Was haben wir davon, noch reicher zu werden?«

»Uns wird der Hügel gehören. Unser Wein wird in ganz Neuseeland verkauft. Du kannst die schönsten Kleider tragen. Du ...«

»Ich trage die schönsten Kleider, Liebes«, widersprach sie entschieden.

»Aber es geht noch besser und größer. Das habe ich meinem Vater geschworen. Dass ich einmal mehr besitze als mein Bruder!«

»Und warum ist dir das so wichtig?« Ahorangi legte den Kopf schief und betrachtete ihren Mann verstohlen von der Seite. Diese Töne aus seinem Mund waren ihr neu.

»Bei uns erbt der Älteste alles und der jüngere Sohn muss sehen, wo er bleibt. Deshalb bin ich mit fünfzehn Jahren nach Hamburg gekommen mit dem unbedingten Wunsch, mein Glück in dieser

Welt zu machen. Und in der Nacht, als ich mein Elternhaus verließ, begegnete mir mein Vater. Er fragte, wohin ich ginge. Und ich sagte ihm, dass ich mir das holen würde, was mir zustehe. Ich befürchtete, er würde sich mir in den Weg stellen, aber er ließ mich gehen. Doch ich musste ihm ein Versprechen geben: dass ich mächtiger und reicher werden würde als mein Vater und mein Bruder. Weil er nur dann akzeptieren könne, dass ich, sein geliebter Sohn, fortginge. Ich habe es ihm geschworen!«

Ahorangi hatte den Worten ihres Mannes aufmerksam gelauscht. Sie verstand seine Worte, und sie machten ihr Angst. Was, wenn er niemals mit dem zufrieden war, was er hatte?

»Ich finde, unser Leben ist wunderbar«, sagte sie leise. »Die Hauptsache ist doch, dass wir einander lieben, wir unser Auskommen haben und unsere Kinder gesund sind!«

»Natürlich, mein kleiner Liebling! Aber bitte lass mir meine Träume, dass ich meine Familie übertrumpfe. Ich muss es schaffen. Verstehst du? Ich muss mehr erreichen als er!«

Ahorangi schwieg. Sie wusste nicht, was sie dazu sagen sollte. Natürlich gönnte sie ihrem Mann, dass er aus seinem Los, Zweitgeborener zu sein, das Beste machte. Und dennoch, es befremdete sie, wie verbissen er darüber sprach, seinen Bruder übertrumpfen zu müssen.

»Wollen wir ins Haus gehen?«, fragte sie sanft.

»Du hast recht. Wir beide sollten endlich das nachholen, wonach uns den ganzen Tag verlangt hat!«, erwiderte er und zog sie mit sich.

Ahorangi war noch immer irritiert von dem, was Tom gesagt hatte. Sie verstand durchaus, dass er höher hinaus wollte, aber dass er anscheinend nicht mit dem zufrieden war, was er bislang geschafft hatte, kränkte sie auch.

Als sie das Haus betraten, stürmte Tom als Erster ins Schlafzimmer.

»Komm, mein Liebling!«, rief er übermütig.

Ahorangi wollte ihm folgen und vergessen, dass ihr sein Ehrgeiz fremd war, doch in dem Augenblick, als sie den Garderobentisch passierte, drohte ihr Herz stehenzubleiben. Denn dort lag ihr grün schillerndes Hei-tiki aus Greenstone. Dieses Jadestück in Form einer menschlichen Figur hatte sie am Tag ihrer Hochzeit um den Hals getragen, in Toms Haus abgenommen und zum Schutz gegen böse Geister auf den Garderobentisch gelegt.

Ahorangi konnte nur hoffen, dass Häuptling Kanahau dieses sichere Zeichen ihrer Anwesenheit in dem Haus übersehen hatte, denn keine Pakeha-Frau besaß dieses spezielle Ornament aus Greenstone, das Ahorangi zeitlebens um den Hals getragen hatte. Es war eigens für sie gemacht worden. Sie griff danach, spürte die wärmende Energie des Schmuckstücks und betete zu den Göttern, dass es sie nicht verraten hatte. Dann trug sie es ins Schlafzimmer und ließ es unauffällig in ihrer Nachttischschublade verschwinden.

Napier, Dezember 1930

Den ganzen Nachmittag hatte Eva darüber nachgegrübelt, ob sie Adrians Geburtstagseinladung folgen sollte oder nicht. Schließlich hatte sie entschieden, sich auf ihre Weise vor dem Geburtstagsfest zu drücken. Sie blieb einfach auf ihrem Zimmer und hoffte, dass keiner sie vermissen würde.

Und doch überraschte es sie nicht, dass wenig später an ihre Zimmertür gepocht wurde. Heiser rief sie: »Ja bitte!«

Natürlich vermutete sie, dass es Adrian war, der nach ihr schauen wollte, aber es war unverkennbar Daniels sommersprossiges Gesicht, das durch den Türspalt lugte.

»Wo bleibst du denn, German Lady?«, fragte er ungeduldig.

»Ich fühle mich nicht gut«, erwiderte sie hastig und zog sich die Bettdecke bis zum Hals. Sie hatte sich mit Kleidung ins Bett gelegt.

»Bist du krank?«, fragte er erschrocken.

»Nein, nein, ich fühle mich nur nicht so gut«, erwiderte sie.

»Das reicht nicht, um sich vor dem Geburtstag meines Stiefbruders zu drücken«, lachte Daniel und zog ihr die Bettdecke weg. »Wow!«, rief er aus, denn sie lag mit dem von Harakeke perfekt auf ihre Figur geschneiderten Kleid aus grüner Seide im Bett.

»Das ist das Kleid des Abends!«, rief Daniel begeistert aus.

Wütend raffte Eva die Bettdecke zusammen und drapierte sie um ihren Körper.

»Lass das!«, fauchte sie.

»Entschuldigung«, murmelte Daniel und blickte sie mit zerknirschter Miene an.

Doch Eva tat es bereits leid, wie schroff sie Daniel angefahren hatte. Sie schüttelte die Zudecke ab und setzte sich auf.

»Ich mag einfach nicht«, sagte sie ein wenig versöhnlicher.

»Wovor hast du Angst?«

»Ich passe da nicht hin. Die Leute...«, stöhnte Eva auf.

»Du hast Angst vor Berenice? Gib es zu!«

»Nein!«

»Beweise es mir!«

»Gut, gut, ich begleite dich!«, gab sie genervt klein bei.

»Das freut mich außerordentlich. Tapferes Mädchen, aber unter uns: Sie beißt nicht«, entgegnete Daniel grinsend.

»Sehr witzig«, konterte Eva und strich sich noch einmal durch das dichte Haar, bevor sie ihm entschlossen folgte. Es wäre wirklich albern, wenn ich auf meinem Zimmer bliebe, dachte sie. Wenn ich mir von der Tochter des Hauses nichts gefallen lasse, kann es durchaus ein netter Abend werden. Außerdem würde sie ja doch die ganze Zeit verstohlen aus dem Fenster ihres Zimmers schielen, um einen Blick auf Adrian zu erhaschen.

Kaum waren sie im Garten, in dem alles festlich geschmückt war, angekommen, trafen sie das Geburtstagskind. Eva konnte nicht umhin festzustellen, dass Adrian der Abendanzug hervorragend stand. Er musterte Eva von Kopf bis Fuß, sagte aber kein Wort. Sie hoffte, Daniel würde endlich ihre Hand loslassen, die er eben im Flur ergriffen hatte. Sie war etwas verblüfft gewesen über diese intime Geste, doch Daniel hatte gemurmelt: »Das ist der beste Schutz gegen spitze Bemerkungen unserer Berenice.« So standen sie auch jetzt noch Hand in Hand vor Adrian. Daniel dachte nicht daran, ihre Hand freizugeben, obgleich nicht zu übersehen war, dass Adrian diese Vertrautheit der beiden sichtlich irritierte.

»Herzlichen Glückwunsch, Adrian«, sagte Eva, während sie

sich energisch ihre Hand zurückholte. »Mein Geschenk möchte ich dir lieber unter vier Augen überreichen«, fügte sie leise hinzu. Der Gedanke, er würde ihre gezeichneten Vorschläge für die Innenausstattung der Diele des Weinguts vor allen anderen auspacken, behagte ihr nämlich ganz und gar nicht. Sie hatte sich das Anwesen in Meeanee von Lucie in allen Einzelheiten beschreiben lassen und dann ihrer Fantasie freien Lauf gelassen. Lucie, der sie ihr Werk vorhin gezeigt hatte, war in Entzückungsschreie ausgebrochen und hatte versichert, das wäre viel zu schön, um es zu verkaufen.

»Aber bitte heute noch«, erwiderte er mit sanfter Stimme.

»Da bin ich sehr gespannt«, lachte Daniel. »Wollen wir nicht gleich nach oben gehen und es gemeinsam bewundern?«

»Ich nehme dich ja gern überall mit hin, mein liebster Stiefbruder, aber Eva sagte unter vier, nicht unter sechs Augen.« Adrian lächelte so hintergründig, dass Daniel eine gewisse Irritation nicht verbergen konnte.

In diesem Augenblick näherte sich ihnen Berenice. Sie trug ein weit ausgeschnittenes rotes Abendkleid, das ihre weiblichen Rundungen vorteilhaft zur Geltung brachte. Sie legte den behandschuhten Arm auf die Schulter ihres Stiefbruders und schnurrte: »Daniel, Schatz, kommst du tanzen?«

»Moment!«, erwiderte er kurz angebunden, bevor er sich breit grinsend an Adrian wandte: »Danke, Bruder, für deine freundliche Ausladung. Und ich dachte, wir wären ein Team, aber unter uns, ich würde mir dein Geschenk dann auch lieber unter vier Augen mit Eva betrachten.«

Dann drehte er sich um und führte Berenice zur Tanzfläche.

»Ich wollte ihn wirklich nicht verletzen«, murmelte Adrian. »Es ist nur so, dass er kaum etwas wirklich ernst nehmen kann. Aber ich freue mich sehr, dass du an mich gedacht hast, und kann es kaum erwarten, das Geschenk zu sehen. Was meinst du? Fällt es auf, wenn der Gastgeber für einen Moment verschwindet?«

Eva blickte sich um. Die Gäste schienen sich bestens zu unterhalten.

»Dann komm schnell!«, flüsterte sie.

Sie waren bereits im Flur, als ihnen eine junge Frau mit ausgebreiteten Armen förmlich entgegenschwebte.

»Adrian, wie schön, dich wiederzusehen«, flötete sie mit glockenheller Stimme.

Er blieb wie angewurzelt stehen. In seinem Gesicht stand ungläubiges Erstaunen geschrieben.

»Maggy?«

»Ja, wer denn sonst? So hat mich ja lange keiner mehr genannt. Alle sagen Margret zu mir. Habe ich mich so verändert?«

»Lass sehen«, lachte Adrian und musterte sie von Kopf bis Fuß. »Unfassbar! Vor zwei Jahren warst du ein süßes dickes Kind, jetzt bist du eine englische Lady. Nein, eine Maggy bist du wahrlich nicht mehr, Lady Margret.« Er stieß einen bewundernden Pfiff aus. »Das gibt es doch nicht!«

In diesem Augenblick kam Tante Joanne mit einer feinen Dame ihres Alters am Arm herbeigeeilt.

»Ist es nicht wie die Verwandlung einer Larve zu einem Schmetterling?«, rief Joanne entzückt aus. Die Dame an ihrer Seite lächelte stolz.

Eva beobachtete das Ganze mit gemischten Gefühlen. Sie fühlte sich, als wäre sie gar nicht mehr da. Die junge Frau hatte sie auch noch keines Blickes gewürdigt. Wenigstens Tante Joanne wandte sich ihr nun zu. »Evalein, bist du so lieb und bringst uns ein Tablett mit vier Gläsern Champagner? Ich muss doch das Wiedersehen mit meiner ältesten Freundin gebührend feiern.«

Eva zögerte, bevor sie tat, was ihre Tante von ihr verlangte. Allerdings fühlte sie sich sehr unwohl. Nicht, dass sie sich vor Arbeit im Haushalt scheute, aber sie kam sich plötzlich vor wie eine Angestellte. Das war nicht schwer angesichts der jungen Lady, denn die trug ein elegantes Kleid, das mit Sicherheit nicht in

Napier geschneidert worden war. Und das bestimmt nicht aus einem alten Abendkleid gezaubert worden war. Dazu besaß sie einen leicht überheblichen Ausdruck im Gesicht, der ihre Schönheit aber keinesfalls minderte. Im Gegenteil, er passte perfekt zu ihrem vollen hellen Haar, das in großen Locken nach hinten gekämmt war, und ihrem feuerrot angemalten Mund. Eva konnte nichts dagegen tun. Sie kam sich dagegen wie ein Trampel vor.

Trotzdem versuchte sie, Gleichmut zur Schau zu tragen, als sie den Herrschaften das Tablett mit den Gläsern hinhielt.

»Ihr beide kennt euch natürlich noch nicht?«, fragte Adrian und unterbrach für ein paar Sekunden seine Schwärmerei für die junge Lady, um ihr Eva vorzustellen.

»Das ist meine entfernte Cousine. Eva Schindler aus Deutschland. Sie wird eine Zeitlang bei uns leben.«

»Ja, ihr Vater hat ein wenig Pech gehabt und ist nach Amerika ausgewandert. Wenn er dort genug Geld verdient hat, geht unser Evalein nach Hause zurück, nicht wahr?« Joanne lächelte Eva aufmunternd an.

Eva hingegen biss sich auf die Lippen. Anscheinend konnten Mutter und Sohn gar nicht genug beteuern, dass sie nur ein Zaungast auf Zeit im Hause war. Und eine arme Verwandte. Sie rang sich zu einem falschen Lächeln durch. »Wenn alles gut geht, dann schickt mein Vater mir gleich im neuen Jahr das Geld für eine Passage nach Amerika. Es ist wirklich nur ein kurzer Aufenthalt hier in Napier. Sozusagen ein Zwischenstopp am anderen Ende der Welt. Ich kann es gar nicht mehr erwarten, Kalifornien zu sehen. Es soll ein großartiges Land sein. Dort ist man uns um Jahre voraus«, verkündete sie betont manieriert.

Adrian sah sie verblüfft an. Tante Joanne schien sowohl die Neuigkeit als auch Evas ungewöhnlich gekünstelt klingende Stimme zu befremden. Auch die beiden Gäste schienen etwas irritiert. Tante Joanne räusperte sich kurz, doch dann setzte sie alles daran, die etwas peinliche Situation zu überspielen.

»Darf ich dir, liebe Eva, meine alte Freundin Rosalyn und ihre Tochter Margret vorstellen. Die beiden sind vor Jahren nach London gegangen, nach dem plötzlichen Tod von Rosalyns Ehemann nun allerdings nach Hause zurückgekehrt. Sie wohnen in Wellington.«

Eva streckte den beiden die Hand entgegen, allerdings ohne die Miene zu verziehen. Daran änderte auch Margrets honigsüßes Lächeln nichts, das sie ihr nun schenkte.

In diesem Augenblick kam Daniel dazu und verbeugte sich formvollendet vor Eva. »Ich bin zwar ein wenig erschöpft von dem Tanz mit Berenice, aber für dich habe ich noch Kraft übrig.«

Ohne Evas Antwort abzuwarten, nahm er sie bei der Hand. Ihr entging dabei nicht, dass er der schönen jungen englischen Lady und ihrer Mutter nur höflich zunickte, aber ansonsten kein allzu großes Interesse zeigte. Das tat Eva in diesem Augenblick sehr gut. Dann machte Lady Margret auf ihn scheinbar nicht so einen großen Eindruck wie auf Adrian. Doch Tante Joanne missfiel es offenbar, dass Daniel nicht mehr Begeisterung zeigte. Sie zupfte ihn unwirsch am Ärmel.

»Daniel, willst du denn unsere Gäste gar nicht begrüßen?«, ermahnte Tante Joanne ihren Stiefsohn in strengem Ton. »Das ist übrigens Daniel, der Sohn meines Mannes Doktor Bertram Thomas. Und das sind meine Schulfreundin Rosalyn und ihre Tochter Margret.«

Daniel deutete eine kleine Verbeugung an, murmelte knapp: »Sehr angenehm, die Damen« und zog Eva zur Tanzfläche.

»Was ist denn das für eine aufgetakelte Miss?«, flüsterte er Eva beim Tanzen ins Ohr. »Und hast du gemerkt, wie eingebildet sie ist? Sie hält sich wohl für den Nabel der Welt. Dabei ist es ihr an der blasierten Nasenspitze anzusehen, dass sie nur ein Thema kennt: Wie schnappe ich mir einen standesgemäßen Ehemann?«

»Adrian scheint es zu gefallen«, raunte Eva zurück.

»Über Geschmack lässt sich nicht streiten«, lachte Daniel,

während er die Schritte beschleunigte und sie von einem Slowfox in einen Quickstep übergingen. Eva wollte gerade protestieren, denn sie hatte bislang über derlei Tänze nur gelesen, sie aber noch niemals getanzt, doch Daniel war ein begnadeter Tänzer. Ihre Füße flogen förmlich über das Parkett.

Als sie schließlich schwer atmend die Tanzfläche verließen, hatte sie Adrians Begeisterung für die junge Lady beinahe vergessen. Erst als die beiden an ihnen vorüberschwebten, spürte sie einen Stich und bat Daniel, sie nach draußen zu begleiten. Doch dort gesellte sich Berenice zu ihnen, stellte sich mit dem Rücken zu ihr und versuchte, Daniel in ein Gespräch zu verwickeln. Ich hätte auf meinen Zimmer bleiben sollen, dachte Eva, atmete tief durch und beschloss, sich klammheimlich aus dem Staub zu machen. Die günstige Gelegenheit bot sich, als Berenice Daniel eine Freundin vorstellte. Eva fühlte sich wie unsichtbar, als sie sich einen Weg durch die Gesellschaft bahnte und das Fest verließ. Keiner drehte sich nach ihr um, keiner sprach sie an. Offenbar hatte nicht einmal Daniel bemerkt, dass sie sich davongeschlichen hatte. Und wenn sie ganz ehrlich war, verletzte sie das weniger als die Tatsache, wie schwer Adrian von dieser Margret angetan war.

Auf dem Weg zu ihrem Zimmer machte sie noch einen Abstecher zu Lucie.

»Warum bist du nicht auf dem Fest?«, fragte die alte Dame, die nachdenklich in ihrem Sessel saß, statt einer Begrüßung. »Adrian wird dich sicher vermissen.«

»Dasselbe könnte ich dich fragen, Lucie. Warum feierst du nicht mit?«, erwiderte Eva.

Lucie stieß einen tiefen Seufzer aus. »Mir ist heute nicht nach Feiern zumute. Ich habe nicht damit gerechnet, dass mich die Erinnerung an die alten Geschichten so mitnimmt. Aber du bist mir noch eine Antwort schuldig. Warum schwänzt du Adrians Feier? Er mag dich sehr gern. Das weißt du doch.«

»Nein, das ist ein Irrtum. Adrian hat nur Augen für eine aufgetakelte junge Dame namens Margret«, stieß sie hervor.

»Margret MacAlister? Ich denke, die lebt in London?«

»Ihre Mutter und sie sind offenbar zurückgekehrt.«

Lucie rollte die Augen. »Dann ist Rosalyn also auch wieder da!«

Eva horchte auf. »Wie du das sagst? Magst du sie nicht? Sie ist anscheinend eine gute Freundin deiner Tochter.«

»Ich weiß«, stöhnte Lucie auf. »Die allerbeste. Joanne ist zu ihnen gezogen, nachdem damals...« Sie stockte. »Ich will nichts vorwegnehmen, aber ich will nicht verhehlen, dass ich sie nicht mag. Und außerdem missfällt es mir, dass sie ihre Tochter Margret genannt hat. Das passt gar nicht zu ihr. Ich kannte mal ein Mädchen, für das der Name wie geschaffen war...« Lucies Augen füllten sich mit Tränen.

Eva wusste nicht, was sie davon halten sollte. Sie schätzte die alte Dame nicht rührselig ein. Es war wohl eher so, dass sie sich an eine besonders traurige Begebenheit erinnerte.

Lucie wischte sich energisch über die feucht gewordenen Augen.

»Diese Margret ist ein halbes Kind!«

»Adrian mag das!«, presste Eva wütend hervor.

»Mach dich nicht lächerlich!«, erwiderte Lucie unwirsch. »Sie ist ein süßes Ding, aber völlig indiskutabel. Sie war schon als kleines Mädchen stets nur an hübschen Kleidchen interessiert. Ich weiß noch, wie Adrian ihr einmal am Strand die Albatrosse zeigen wollte, und sie nur jammerte, weil Sand auf ihr Kleidchen gekommen war... Adrian wollte nie wieder mit ihr spielen...«

Eva lachte gequält auf. »Dann solltest du ihn jetzt einmal ansehen. Er ist entzückt...«

Weiter kam Eva nicht, weil es in diesem Augenblick an der Tür klopfte. Eva wollte ihren Augen nicht trauen, als Adrian die junge Lady, von der gerade die Rede gewesen war, wie selbstverständlich ins Zimmer schob.

»Großmutter, schau, wer da ist. Kennst du sie noch?«

Lucie musterte ihre Besucherin gründlich von Kopf bis Fuß.

»Sieh mal einer an, die kleine Margret. Du bist ja eine richtige Dame geworden.«

Margret lächelte. Gekünstelt, wie Eva fand, aber Adrian schien es zu gefallen.

»Nicht wahr? Sie ist eine englische Lady!«

»Und, wie geht es deiner Mutter?«, fragte Lucie steif.

»Sie hat ihren Mann, meinen Stiefvater, Anfang des Jahres verloren und wollte partout nicht in unserem Londoner Stadthaus bleiben, in dem wir mit ihm gelebt haben. Zum Glück hat er uns nicht völlig mittellos zurückgelassen. Deshalb können wir es uns leisten, in ein traumhaftes Anwesen nach Wellington zu ziehen. Es ist riesig und liegt direkt am Meer. Es ist eines der schönsten viktorianischen Villen, die ich je gesehen habe. Und Mutter hat schon vorgeschlagen, dass Adrian bei uns wohnen kann, wenn er zur Akademie geht. Wir haben doch so viel Platz!«

Lucie quittierte dieses Angebot mit einem Lächeln. »Deine Mutter ist umsichtig wie eh und je. Aber ich glaube, der junge Bursche wird mit seinem Stiefbruder Daniel zusammenziehen. Ist es nicht so, mein Junge?«

»Ja, natürlich, das haben wir geplant, aber Misses MacAlister hat Mutter gerade den Vorschlag gemacht, dass wir sogar beide im Haus wohnen könnten. Dann müsste Daniel nur seine Wohnung aufgeben, und wir könnten in zwei geräumige Zimmer in Misses MacAlisters Haus ziehen.«

»Und was sagt dein Stiefbruder dazu?« Lucies Ton war schneidend, Adrian schien es allerdings nicht zu bemerken.

»Noch hatte ich keine Gelegenheit, ihm den Vorschlag zu unterbreiten, denn meine liebe Schwester hat ihn völlig mit Beschlag belegt. Aber ich denke, er wird begeistert sein.«

»Na, dann wünsche ich euch beiden noch ein schönes Fest.«
»Danke, Misses Bold«, sagte Margret artig.
»Danke, Großmutter!«
Eva stockte der Atem. Seit er dieses Zimmer betreten hatte, hatte er sie noch keines Blickes gewürdigt. Und ich dummes Ding habe geglaubt, es läge ihm etwas an mir, dachte Eva traurig. Sollte ich mich so in ihm getäuscht haben?

Adrian und Margret waren noch nicht aus der Tür, da wandte er sich plötzlich um.

»Was ist mit dir, Eva? Ich hoffe, du feierst gleich weiter mit uns. Du wirst schon schmerzlich vermisst! Wir haben noch gar nicht miteinander getanzt.«

»Ich habe Kopfweh und werde mich gleich hinlegen«, entgegnete Eva hastig.

»Schade, und was ist mit dem Geschenk?«

»Ach, du hast heute schon so viel bekommen. Das holen wir ein anderes Mal nach. Und ich kann dich unmöglich aus der hochgeschätzten Gesellschaft von Miss MacAlister entführen«, sagte sie spitz.

»Sie hat recht«, kicherte Margret. »Und ich bin die größte Überraschung des Abends, nicht wahr?« Sie griff nach seiner Hand. Obgleich Adrian einen etwas verlegenen Eindruck machte, ließ er sich von der jungen Dame auf den Flur hinausziehen.

Wenn doch bloß bald Vaters Brief mit dem Geld käme, dachte Eva grimmig. Ich will endlich fort von hier! Und das Ganze hat doch auch einen Vorteil. Jetzt bin ich endlich die Zweifel los, ob ich mich wirklich schnellstens nach Kalifornien begeben sollte. Ja, und noch einmal ja. Lieber heute als morgen! Sie stampfte vor Wut mit dem Fuß auf. Großmutter Lucie sah sie fragend an.

Zu ihrer großen Erleichterung klopfte es in dem Augenblick erneut an die Tür, was sie von einer Erklärung entband. Eva konnte sich nicht helfen. Sie hoffte, es wäre Adrian, und zwar ohne seine Begleitung, doch es war Daniel, der zögernd eintrat.

»Entschuldigung, Großmutter Lucie, dass ich hier so hineinplatze, aber ich habe diese junge Dame da überall gesucht. Sie war spurlos verschwunden. Darf ich sie entführen?« Er streckte Eva seine Hand entgegen. »Nun komm, ich möchte mit dir tanzen. Du kannst nicht einfach verschwinden!«

Eva spürte mit einem Mal ihre ganze Wut auf Adrian. »Könnt ihr mich nicht einfach alle mal in Ruhe lassen?«, fauchte sie. Daniels freundliches Lächeln erstarb.

»Natürlich, ich, ich wollte dir nicht zu nahe treten, das war nicht mein ... ich gehe schon«, stammelte er, während er rückwärts zur Tür stolperte.

Nachdem Daniel draußen war, wandte sich Lucie irritiert an Eva und ließ sich auch nicht von ihrem abweisenden Blick abschrecken. »Sag mal, mein Kind, was hat dir der arme Junge getan? Du weißt wohl, dass es nett gemeint war, nicht wahr? Und dass er dich sehr gernhat?«

»Na und? Trotzdem kann mich keiner zwingen, auf das dumme Fest zurückzugehen«, schnaubte sie.

Ein wissendes Lächeln umspielte Lucies Lippen. »Ich glaube, ich verstehe, was dir die Laune verdorben hat.«, murmelte sie.

»Na gut, dann behalte es für dich«, zischte Eva, um sich schon, kaum dass sie es ausgesprochen hatte, bei Lucie zu entschuldigen. Sie bereute bereits bitter, ihren Zorn auf Adrian an Daniel ausgelassen zu haben. Doch selbst ihr schlechtes Gewissen würde sie nicht dazu bewegen, sich zu entschuldigen, solange das Fest im Gange war. Viel zu groß war die Gefahr, Adrian und seiner Margret in die Arme zu laufen. Eva verstand ja selbst nicht, warum sie so eifersüchtig reagierte. Schließlich würde sie bald weit fort sein und keinen Gedanken mehr an ihre Wochen in Neuseeland verschwenden ... Sie hatte noch gar nicht zu Ende gedacht, da wusste sie bereits, dass sich ihr Herz längst tiefer mit diesem Land und seinen Leuten verbunden hatte, als sie es jemals geplant hatte.

Als könnte Lucie Gedanken lesen, schlug sie Eva vor, ihr ein wenig zu diktieren. Die Ablenkung kam ihr wie gerufen. Wortlos setzte sich Eva an die Reiseschreibmaschine.

Meeanee, Dezember 1868

Tom hatte Ahorangi für das Weihnachtsfest viele Überraschungen versprochen. Seit Tagen bastelte er in dem Zimmer, das einmal das Kinderzimmer werden sollte, hinter verschlossener Tür an etwas Geheimem. Obwohl sie keine Ahnung hatte, was er dort tat, rührte sie der Ernst, mit der er dieses erste gemeinsame Weihnachtsfest vorbereitete. Sie wusste von den Missionaren, dass es ein besonderer Tag war, den man festlich beging.

Langsam kam auch bei ihr Festtagsstimmung auf, denn mittlerweile war sie davon überzeugt, dass ihr Vater das verräterische Amulett aus Greenstone bei seinem Aufenthalt in Toms Haus schlichtweg übersehen hatte. Sein Besuch war inzwischen fast drei Wochen her und welchen Grund sollte er haben, so viel Zeit vergehen zu lassen?

»Ich muss noch einmal zum Haus. Wir wollen das Fundament für die Nebenräume ausheben. Aber nicht ins Kinderzimmer gehen und schnüffeln!« Tom drohte spielerisch mit dem Zeigefinger.

»Soll ich nicht lieber mitkommen?«, fragte Ahorangi.

»Ach, Liebes, das lohnt sich nicht. Ich werde es nicht erlauben, dass meine schwangere Frau uns beim Graben hilft. Und in der Hitze zu hocken, ist auch nicht gut für dich.«

Ahorangi streichelte versonnen über ihren Bauch, der immer noch nicht annähernd gewölbt war.

»Gut, dann langweile ich mich im Haus oder noch schlimmer, ich versuche mich an einem Kuchen.«

»Vielleicht sollte ich dich doch lieber mitnehmen«, scherzte Tom, bevor er seine Arbeitskleidung ergriff, ihr einen Kuss auf die Wange gab und das Haus verließ. Sie blickte ihm aus dem Fenster nach, wie er auf dem Pferd über die Ebene preschte. Dann machte sie sich an die Arbeit. Sie hatte damit gerechnet, dass Tom sie nicht mitnahm, und für den Fall eigene Pläne geschmiedet. Denn auch sie wollte ihn überraschen. Mit einem ungewöhnlichen Essen. Sie hatte nämlich auf der Anrichte ein handgeschriebenes Kochbuch seiner Mutter entdeckt und sich einige der Rezepte von der deutschstämmigen Frau des Schlachters in Napier übersetzen lassen. Die hatte ihr als besondere Spezialität den Keschde-Saumagen ans Herz gelegt. Ein guter Saumagen mit Esskastanien sei der Hochgenuss für jemanden, der aus der Pfalz stamme, hatte sie versichert. Und sie hatte ihrer Kundin sämtliche Zutaten besorgt. Nun musste Ahorangi nur noch den in simplem Englisch verfassten Anweisungen folgen.

Sie hatte gerade alles, was sie benötigte, auf dem Küchentisch ausgebreitet und wollte sich an die Arbeit machen, als sie Hufgetrappel vernahm. Wer näherte sich dem Haus im Galopp?, fragte sie sich. Hatte Tom etwas vergessen? Das wäre unpassend, wenn er jetzt zurückkäme. Dann wäre das Kochen seines Heimatgerichts keine Überraschung mehr. Ahorangi sprang auf und blickte aus dem Fenster. Was sie dort sah, ließ ihr beinahe das Blut in den Adern gefrieren: Es war nicht ihr Mann, der sich unaufhaltsam auf das Haus zubewegte, sondern ihr Vater, in Begleitung ihres einstigen Bräutigams Hehu. Ahorangi wich vom Fenster zurück und blieb wie erstarrt stehen. Sie dürfen mich nicht finden, durchfuhr es sie eiskalt. Doch wie sollte sie das verhindern? Ich muss ihnen den Eindruck vermitteln, dass keiner zu Hause ist, schoss es ihr durch den Kopf.

Ahorangi rannte ins Schlafzimmer und sah sich hektisch um. Sie war sich sicher, dass die beiden sich Einlass in das Haus verschaffen würden, denn die Haustür war nicht einmal abgeschlossen. Da hörte sie bereits die erregte Stimme ihres Vaters. »Los, hol sie dir!«, feuerte er Hehu in Ahorangis Muttersprache an. Sie überlegte fieberhaft, wohin sie verschwinden konnte. Dann fiel ihr Blick auf das Bett und sie krabbelte, ohne weiter nachzudenken, darunter und hielt die Luft an.

Da ertönten bereits laute Rufe in ihrer Muttersprache. Türen wurden aufgerissen und Ahorangi konnte die Füße der beiden sehen, als sie das Schlafzimmer durchsuchten.

»Keiner da!«, schimpfte Häuptling Kanahau. »Aber wir werden sie aufspüren und diese Ratte, die sie gekidnappt hat, erschlagen.«

Am liebsten wäre Ahorangi aus ihrem Versteck gekrochen und hätte ihnen ins Gesicht geschleudert, dass Tom nicht ihr Entführer war, sondern sie freiwillig mit ihm gegangen war. Doch sie kannte ihren Vater. Das wäre ihm völlig gleichgültig. Er würde nicht eine Sekunde zögern, sie an den Haaren auf sein Pferd zu zerren und in ihr Dorf zurückzuschleppen. Selbst wenn sie ihm von dem Pakeha-Kind erzählte, das unter ihrem Herzen wuchs.

Sie wagte kaum zu atmen, wartete voller Angst und Entsetzen, bis die beiden das Schlafzimmer verlassen hatten. Mit pochendem Herzen blieb Ahorangi in ihrem Versteck liegen, noch lange, nachdem die Haustür hinter ihren Verfolgern zugeklappt war.

Erst nach einer gefühlten Ewigkeit traute sie sich unter dem Bett hervor. Ihr war übel. Unwillkürlich öffnete sie den Nachttisch und nahm ihr Hei-tiki an sich. Das Atmen fiel ihr schwer. Als würde Rauch sich im Raum ausbreiten. Als sie aufrecht stand, hatte sie die Gewissheit, dass es keine Einbildung war. Beißender Rauch lag in der Luft. Mit zugehaltener Nase stob sie aus dem Zimmer und erreichte gerade noch die Haustür. Kaum hatte sie diese geöffnet, musste sie sich heftig übergeben Sie merkte nicht einmal, dass ihr dabei das Heitiki aus der Hand glitt und auf der Veranda liegenblieb. Nachdem sie alles herausgewürgt hatte, wandte sie sich erschrocken um. Von ihrem Vater und Hehu war keine Spur mehr zu sehen. Sie waren fort. Ungläubig beobachtete sie, wie Flammen aus dem Wohnzimmerfenster gen Himmel schossen.

Trotz der Gefahr, die es in sich barg, wenn sie aus der Deckung kam, musste sie es wagen. Ahorangi schnappte sich ein Pferd und preschte davon. Sie erwartete jeden Augenblick, das Geräusch der trappelnden Hufe ihrer Verfolger zu vernehmen, aber es blieb alles still. Ahorangi wusste auch nicht, warum, aber plötzlich hielt sie das Pferd an und drehte sich um.

Dort, wo eben noch ihr Haus gestanden hatte, wütete ein unbarmherziges Feuer, das alles verschlang, das sich ihm in den Weg stellte. Und das schöne weiße Holz war eine leichte Beute für die Flammen.

Ein ziehender Schmerz durchfuhr ihren Unterleib, als würden tausend Nadeln hineinstechen, doch Ahorangi biss die Zähne zusammen und gab ihrem Pferd die Sporen.

Napier, Dezember 1868

Im Galopp gelangte Ahorangi nach Napier. Keuchend sprang sie vom Pferd, als sie bei ihrem neuen Haus angelangt war.

»Tom!«, schrie sie. »Tom! Sie haben unser Haus angezündet.«

Ihr Mann stand in der Grube, sein Gesicht war schwarz vor Dreck, und er schien sie nicht richtig verstanden zu haben.

»Was machst du denn hier? Du sollst nicht allein über die Ebene reiten!«

»Tom! Verdammt, mein Vater und Hehu haben unser Haus abgefackelt. Es brennt lichterloh.«

Wie der Blitz kletterte Tom aus der Grube und wischte sich den Schweiß von der Stirn. »Wo sind sie jetzt?«

»Ich weiß es nicht, sie haben mich jedenfalls nicht verfolgt!«

»Und woher weißt du, dass es die beiden waren?«

»Sie sind in unser Haus eingedrungen, aber ich habe mich unter dem Bett versteckt. Doch als sie weg waren, da habe ich erst gemerkt, was sie getan haben.«

Ahorangi schluchzte auf. Tom nahm sie in den Arm und flüsterte ihr tröstende Worte zu. Dass sie ja jetzt dieses Haus hätten, so schrecklich die Tat ihres Vaters auch wäre. Ahorangi war allerdings durch nichts zu beruhigen. Ihr ganzer Körper wurde vom Schluchzen geschüttelt.

»Nicht weinen, mein kleiner Liebling. Denk an unser Kind. Wir werden heute hier übernachten. Es steht ja schon alles außer diesem Anbau. Und dann besorge ich uns neue Möbel und ...«

»... aber deine Überraschung«, klagte Ahorangi.

»Bis Weihnachten habe ich eine neue Krippe gebaut«, versicherte er ihr.

»Und mein Braten und das Kochbuch deiner Mutter. Ich wollte dir heute einen, wie heißt es noch auf Deutsch, einen Sauenmagen machen.«

Toms Mundwinkel zuckten verdächtig. Er konnte sich ein Grinsen kaum verkneifen – nicht etwa, weil er sie auslachte, sondern weil sie das Gericht seiner Heimat so entzückend falsch ausgesprochen hatte.

»Liebes, es ist gar nicht gesagt, dass alles zerstört ist. Wir werden uns gleich aufmachen und nachsehen.«

»Nein, Tom, wir können da nicht hin. Was, wenn sie uns auflauern?«

»Du hast recht. Du bleibst hier in Sicherheit.«

Ahorangi klammerte sich an ihren Mann. »Bitte geh nicht! Lass mich nicht allein! Ich habe solche Angst.«

»Aber hier kann dir doch nichts geschehen. Ich verstehe sowieso nicht, wie sie uns auf die Schliche gekommen sind. Wahrscheinlich werden sie sich im Ort durchgefragt haben.«

»Dann wüssten sie auch von diesem Haus. Nein, Tom, es ist viel profaner. Im Flur auf dem Tisch lag mein Amulett aus Greenstone. Und wenn Vater das gesehen hat, dann wusste er Bescheid.«

»Warum kommt er denn erst jetzt, Wochen nach dem ersten Besuch?«

»Ich glaube, ich kenne den Grund«, erwiderte Ahorangi. »Hast du mir nicht selber erzählt, dass Te Kooti versucht hat, nach seinem Ausbruch von den Chathams Maoriführer aus der Poverty Bay für sich zu gewinnen? Und dass er aus lauter Wut, weil sie ihm die Gefolgschaft verweigert haben, die Siedlung Matawero angriffen hat und dass er nun von Pakeha und Maori gleichermaßen verfolgt wird?«

»Ja schon . . .«

»Erinnerst du dich an den dritten Maori, der in unser Haus kam, als mein Vater dort nach mir suchte, und der etwas von Te Kooti gesagt hat?«

Tom nickte.

»Ich denke, da hat mein Vater von dem Ausbruch erfahren und sich aufgemacht, ihn zu jagen. Denn ihn hasst er mindestens ebenso, wie er die Pakeha hasst.«

»Du meinst, er war in kriegerische Handlungen verwickelt?«

»Genau, und jetzt holt er mich!«

»Das, mein Liebling, wird um keinen Preis geschehen! Pass auf, ich bringe dich in der Mission in Sicherheit und schaue dann nach unserem Haus.«

Tom hatte Ahorangi gerade geholfen, auf sein Pferd zu steigen, als sich plötzlich wie aus dem Nichts zwei Reiter näherten.

Ahorangi erstarrte. Es gab nicht den geringsten Zweifel, wer diese Männer waren.

Tom griff in seine Satteltasche, um sein Gewehr hervorzuholen, aber die beiden waren schneller bei ihm, als es ihm lieb war. Und auch sie hatten Musketen dabei, die sie nun auf Tom richteten.

»Hände weg!«, brüllte der Häuptling in schlechtem Englisch.

Ahorangi glitt vom Pferd und klammerte sich ängstlich an ihren Mann.

»Vater, er ist nicht der Mann, der mich entführt hat. Er hat mich vor den Kerlen gerettet!«, rief sie in ihrer Heimatsprache.

»Zur Seite!«, schrie ihr Vater sie an, doch stattdessen stellte sie sich mit ausgebreiteten Armen vor Tom. »Wenn du ihn erschießen willst, musst du erst mich töten!«

Das verschlug Häuptling Kanahau für einen Augenblick die Sprache.

»Sei vernünftig, Ahorangi, dein Vater wird dich mit nach Hause nehmen, ob es du willst oder nicht. Du gehörst zu uns!«, flehte Hehu sie an, doch sie rührte sich nicht von der Stelle.

»Sie ist meine Frau und wird bei mir bleiben!«, brüllte Tom.

»Stimmt das?«, fragte Hehu ungläubig.

»Ja, ich liebe ihn. Ich habe ihm vor Gott mein Wort gegeben!«

»Was sagt sie?«, fragte der Häuptling unwirsch.

Hehu klappte den Mund auf, dann schloss er ihn wieder. Offenbar wollte er nicht der Überbringer dieser Botschaft sein.

»Ich bin seine Frau!«, wiederholte Ahorangi so langsam und deutlich, dass auch ihr Vater den Sinn ihrer Worte begriff.

»Ein Pakeha kann nicht dein Mann sein!«, antwortete der Häuptling mit Pathos in der Stimme. »Dein Mann heißt Hehu!« Er deutete mit großer Geste auf den jungen Maori, dem, seit Ahorangi ihn mit der für ihn grausamen Wahrheit konfrontiert hatte, jeglicher kämpferische Zug aus dem Gesicht gewichen war. Er schien merklich verunsichert.

»Na los! Schnapp sie dir!«, feuerte Kanahau ihn an.

Hehu aber rührte sich nicht vom Fleck. Hilflos blickte er zwischen seiner ehemaligen Braut, die bereit war, für das Leben eines anderen ihres zu geben, und dem Häuptling hin und her.

»Worauf wartest du?«, fuhr ihn Kanahau an.

»Ich gehe unter einer Bedingung mit euch«, verkündete Ahorangi mit fester Stimme.

»Lass hören!«, brummte ihr Vater.

»Ihr krümmt ihm kein Haar!«

»Ich lass dich nicht ziehen«, protestierte Tom, aber sie ging gar nicht darauf ein. »Wenn ihr schwört, Tom nichts anzutun, gehe ich mit euch!«

Hehu übersetzte dem Häuptling Ahorangis Vorschlag. Kanahau kratzte sich am Kinn und überlegte. Schließlich nickte er.

»Versprich es bei unseren Ahnen«, befahl sie.

Kanahau verstand und schwor bei den Ahnen, den Pakeha zu verschonen.

Ganz langsam bewegte sich Ahorangi auf ihren Vater zu. Tom stand jetzt ohne jegliche Deckung da, während zwei bewaffnete Männer ihre Musketen auf ihn richteten. Ahorangi aber wusste eines: Wenn ihr Vater etwas bei den Ahnen schwor, würde er es auch halten.

Kaum war sie in Kanahaus Griffweite, packte er sie grob am Arm und schimpfte auf sie ein. Hehu sah dem Ganzen eher gequält zu, während Tom wie ein Panther zum Sprung ansetzte. Mit einem Satz hatte er sich auf den Häuptling gestürzt und ihn samt seiner Waffe auf den Boden geworfen. Ahorangi hatte sich vorher losgerissen.

»Rührt meine Frau nicht an!«, brüllte Tom außer sich vor Zorn, doch das nützte ihm nichts, weil Hehu nun die Muskete auf ihn richtete und ihn aufforderte, den Häuptling loszulassen. Widerwillig tat Tom, was der Maori verlangte.

Unter lauten Flüchen rappelte sich der Häuptling vom Boden auf. »Du hast dein Leben verwirkt, Pakeha!«, drohte er Tom und schubste seine Tochter zu Boden, bevor sie sich erneut vor ihren Mann werfen konnte.

»Halt sie fest. Ich kümmere mich um den Pakeha!«, befahl der Häuptling. Hehu gehorchte, zog Ahorangi aus dem Dreck und ließ ihren Arm nicht los, obwohl sie nach ihm trat.

Kanahau aber trieb Tom mit der Muskete zu der Grube. »Sprich noch ein Gebet zu deinem Herren, wenn's unbedingt sein muss!«, sagte er auf Maori. Tom verstand nicht, was er sagte. Seine Angst galt nicht dem sicheren Tod, sondern dem, was nach seinem Tod aus Ahorangi würde. Und was würde mit seinem Kind geschehen?

»Halt, ich will mich noch von ihm verabschieden, denn ich trage sein Kind unter dem Herzen«, hörte er da Ahorangis Stimme befehlen. Dann wiederholte sie es in ihrer Sprache. Tom drehte sich um. In ihrem Gesicht stand nicht die Spur von Angst geschrieben, sondern die wilde Entschlossenheit einer Kriegerin.

In diesem Augenblick wusste Tom, dass sie ihn beschützen würde und nicht er sie. Und eine innere Ruhe breitete sich in ihm aus. Sie würde nicht zulassen, dass sie ihn umbrachten.

Kanahau schien wie betäubt und winkte seine Tochter unwirsch zu sich heran. Mit verzerrtem Gesicht schrie er sie an. Ahorangi, die immer noch von Hehu festgehalten wurde, begann zu weinen. »Vater, nicht! Nicht meine Kinder, bitte nicht«, schluchzte sie, doch er hob die Hände zum Himmel und beschwor etwas, das Tom nicht verstehen konnte.

Tom überlegte fieberhaft, was er tun sollte, ohne seine Frau in Gefahr zu bringen. Da sah er, wie Hehu Ahorangi losließ und sie ihm in demselben Augenblick in einem Überraschungsangriff die Waffe entwand.

In dem Moment, als der Häuptling begriff, was geschehen war, zielte er auf Tom und wollte abdrücken, doch in derselben Sekunde ertönte ein Knall, und der Häuptling fiel kopfüber in die Grube. Hehu sprang mit einem Schrei hinterher.

Tom rannte auf Ahorangi zu und riss sie an sich. Sie ließ die Muskete fallen und presste sich an Toms Brust. Die beiden hielten einander fest wie zwei Ertrinkende. Erst Hehus Stimme holte sie in die Wirklichkeit zurück.

»Der Häuptling ist bei den Ahnen!«

Die Liebenden fuhren auseinander und sahen zu, wie Hehu aus der Grube kletterte. In der Hand Kanahaus Muskete.

Tom nahm Ahorangi noch fester in den Arm. Sie aber befreite sich und schlug die Hände vor das Gesicht. Langsam, ganz langsam, begriff sie, was sie getan hatte. Ein mörderischer Schrei entrang sich ihrer Kehle.

Napier, 25. Dezember 1930

Eva war Adrian seit seinem Geburtstagsfest so gut sie konnte aus dem Weg gegangen. Und wenn sie einander begegneten, was sich unter einem Dach nicht vermeiden ließ, war sie kurz angebunden. Anfangs hatte er sich nach Kräften bemüht herauszufinden, warum sie ihm die kalte Schulter zeigte, aber irgendwann hatte er aufgegeben. Außerdem verbrachte er zunehmend mehr Zeit in Meeanee. Eva hatte es strikt abgelehnt, die beiden jungen Männer zum Weingut zu begleiten. Daniel bekam sie auch nur noch selten zu Gesicht. Gleich am Tag nach dem Fest hatte sie versucht, sich bei ihm zu entschuldigen, aber in dem Augenblick war wieder einmal die lärmende Berenice dazugekommen. Sobald sie Zeugin wurde, dass Eva und Daniel sich unterhalten wollten, benötigte sie angeblich Daniels Hilfe. Ob er ihr einen Korb tragen oder den Wagen ihrer Mutter einparken könne, sie appellierte immer an seine Hilfsbereitschaft, wenn er sich Eva zuwandte. Sie hatte ihn nur ein einziges Mal allein auf dem Flur getroffen und ihm zu erklären versucht, warum sie ihn so böse angefahren hatte. Daniel war sehr freundlich gewesen und hatte ihr versichert, es wäre vergessen. Und doch wurde Eva das Gefühl nicht los, dass er es ihr im Grunde seines Herzens immer noch übelnahm und vielleicht sogar ahnte, was wirklich in ihr vorging.

Deshalb hatte sie ihm schließlich ein kleines Geschenk gekauft, versehen mit einem Entschuldigungsschreiben. Jetzt konnte sie nur noch hoffen, dass Berenice es ihm nicht aus der Hand reißen und vor der versammelten Weihnachtsgesellschaft laut vorlesen würde.

Für Adrian hatte sie kein Geschenk besorgt. Wenn ihr etwas Unverfängliches eingefallen wäre, sie hätte es der Form halber getan, aber es war ihr alles zu persönlich und sie wollte nicht die Spur von Gefühl investieren. Am liebsten wäre es ihr natürlich gewesen, wenn ihre Zuneigung einfach erkaltet wäre; genau das geschah allerdings nicht. Im Gegenteil, jedes Mal, wenn sie seinen dunklen Lockenschopf nur aus der Ferne sah, beschleunigte sich ihr Herzschlag. Wie gut, dass ich es verbergen kann, dachte sie, während ihr Blick auf das Heft fiel, das sie trotz ihres Zornes auf Adrian um weitere Skizzen ergänzt hatte und das sie ihm eigentlich zum Geburtstag hatte schenken wollen. Nun lag es seit Tagen unberührt auf dem Tisch.

Ich werde es nach dem Fest wegwerfen, zusammen mit meinem alten Skizzenblock, beschloss sie, während sie sich missmutig das grüne Kleid anzog. Sie hatte keine Wahl. Weihnachten ließ Tante Joanne keine Ausreden gelten. Da hatte die ganze Familie bei Tisch zu erscheinen. Und zwar in Abendgarderobe. Samt der Großmutter und der armen deutschen Verwandten. Die Nachricht, dass zu diesem Weihnachtsessen Rosalyn und ihre Tochter Margret zu Besuch kommen würden, hatte Eva ungerührt aufgenommen. Allerdings hatte sie, während Tante Joanne diese Nachricht erfreut beim sonntäglichen Mittagessen verkündet hatte, verstohlen zu Adrian hinübergesehen. Der aber hatte keine Miene verzogen. Dass er so ein guter Schauspieler war, hätte sie nicht gedacht.

Immerhin litt Eva nicht unter Langeweile, weil Lucie sie ständig in Beschlag nahm und sie die Abende brauchte, um ihre hingekritzelten Notizen in die Maschine zu tippen. Ihre Schreibmaschinenkünste reichten nicht aus, um mit Lucies Erzähltempo Schritt zu halten. Deshalb war sie dazu übergegangen, in eine Kladde mit der Hand zu schreiben. Sie versuchte erst gar nicht daran zu denken, dass sie sich diese Mühe machte, damit Adrian in den Genuss dieses wertvollen Geschenks kam. Gerade hatte sie im Auftrag von Lucia die Weihnachtskarte an ihn geschrieben. Seine Großmutter deutete ihm durch die Blume an, dass es um ihr Lebensgeheimnis gehe, das sie ihm in fertiger Form am Tag seiner Abreise nach Wellington aushändigen werde. Lucie musste nur noch unterschreiben. Ihre Augen wurden immer schlechter, sodass sie alles Schriftliche inzwischen Eva überließ. Gern wollte Eva ihr zuliebe die Arbeit noch zu Ende bringen, auch wenn sie jeden Tag voller Ungeduld den Postboten fragte, ob endlich etwas für sie dabei wäre. Sie hatte den Eindruck, dass sie ihm inzwischen leidtat, weil er die Frage immer verneinen musste. Inzwischen sehnte sie sich förmlich danach, dieses Haus und dieses Land zu verlassen. Wenn sie erst einmal in Kalifornien war, würde sie bestimmt keinen Gedanken mehr an Adrian verschwenden.

Seufzend zog Eva ihr Seidenkleid glatt und griff nach der Karte und den kleinen Geschenken, die sie sich von ihrem Geldbeutel hatte leisten können. Nur für Lucie, die sie immerhin gut bezahlte, hatte sie ein wenig mehr investiert. In einem Maori-Geschäft hatte sie ein wunderschönes Hei-tiki aus Greenstone entdeckt und es sofort erstanden. Das Amulett war nicht billig gewesen, aber da Eva vermutete, dass Lucies Ornament bei dem Brand zerstört worden war, konnte sie nicht anders. Sie wollte Lucie ihr verlorenes Hei-tiki wiedergeben!

Als Eva in Lucies Zimmer trat, blieb ihr der Mund offen stehen. Die alte Dame trug ein dunkles Kleid, auf dem Pailletten funkelten. Ihr Haar hatte sie zu einem Knoten zurückgebunden und ihn mit silbernen Spangen festgesteckt. Sie strahlte Stolz und Unnahbarkeit aus.

»Du siehst aus wie eine Prinzessin!«, stieß Eva begeistert hervor.

»Ach, wenn ich schon da hinunter muss, dann will ich mich wenigstens gut fühlen«, erwiderte Lucie selbstsicher. »Gibst du mir deinen Arm?«

Mit hocherhobenem Kopf schritt Lucie an Evas Arm den langen Flur entlang. Es herrschte einen Augenblick Schweigen, als sie gemeinsam ins Esszimmer kamen.

Doch dann sprang Adrian auf und reichte seiner Großmutter den Arm. »Komm, ich bringe dich zu deinem Platz!« Er führte sie zu dem Stuhl am Kopf der Tafel und setzte sich zurück neben Margret, wie Eva aus dem Augenwinkel wahrnahm.

Nachdem Eva die Geschenke in die wenigen noch leeren Strümpfe am Kamin gesteckt hatte, ging sie zu ihrem Platz, der gegenüber von Margret und links neben Daniel war. Der zuckte merklich zurück, als sich beim Hinsetzen ihre Arme berührten. Er nickte ihr kurz zu und wandte sich dann wieder der Tochter des Hauses zu. Berenice schien an diesem Abend besonders aufgedreht, denn sie plapperte ohne Unterlass auf Daniel ein, der zu ihrer Linken saß. Erst als ihre Mutter sich erhob und mit der Gabel zart an ihr Glas klopfte, um zu signalisieren, dass sie eine Rede halten wollte, hielt sie endlich ihren Mund.

Tante Joanne begrüßte ihre Gäste und ganz besonders ihre alte Freundin Rosalyn und deren Tochter. Und sie verkündete, dass ihr Sohn Adrian während seines Studiums in Wellington bei den beiden wohnen würde.

Eva warf einen verstohlenen Blick zu ihm hinüber, aber er verzog keine Miene, während Margret über das ganze Gesicht strahlte. Keine Frage, sie ist in ihn verliebt, dachte Eva und wandte sich abrupt ab. Sie musste sich immer wieder sagen, dass es ihr egal sein könnte, da sie ohnehin bald fort sein würde.

Außer Großmutter Lucie, die ebenfalls schweigend aß wie sie selbst, waren alle bei Tisch in launige Gespräche vertieft. Sogar der sonst eher wortkarge Doktor Thomas unterhielt sich angeregt mit Rosalyn. Eva vermutete, dass es am Wein lag, der reichlich zum Essen genossen wurde und den der Doktor wie Wasser hinunterstürzte. Aber auch Eva trank schneller, als es gut für sie war. Sie fühlte sich schrecklich einsam inmitten dieser Gesellschaft. Wie eine Außenseiterin, die von allen gemieden wurde. Dabei hatte sie es sich doch selber zuzuschreiben, dass Daniel ihr gegenüber Zurückhaltung an den Tag legte. Wenn sie ihn seinerzeit nicht so angefahren hätte, würde er jetzt sicher angeregt mit ihr sprechen. Und sie würden lachen und sich austauschen. So ließ er anscheinend stoisch das Geplapper seiner Tischdame über sich ergehen. Die Brocken, die Eva von Berenices Geschwätz verstehen konnte, waren bestimmt nicht dazu angetan, ihn wirklich zu unterhalten. Doch dann horchte Eva auf. Die Tochter des Hauses verkündete vollmundig, ebenfalls Architektur zu studieren, wenn sie mit der Schule fertig war... Sie lässt wirklich nichts unversucht, sein Herz zu gewinnen, ging es Eva mit einem Hauch von Bewunderung durch den Kopf. Und was tat sie, Eva? Sie hatte sich in ihr Schneckenhaus zurückgezogen und war krampfhaft bemüht, ihre Zuneigung zu Adrian zu verbergen.

Nach dem Essen bat Tante Joanne die Gäste ins Wohnzimmer. Dort stand ein festlich geschmückter Tannenbaum. Sofort kam Eva das letzte Weihnachtsfest in Badenheim in den Sinn. Ihr Vater hatte am Heiligen Abend einen Baum aus dem Wald mitgebracht, aber die Mutter hatte den ganzen Tag im Bett gelegen. So hatte Eva den Baum geschmückt, das Haus geputzt und das Essen gekocht. Am Abend war sie noch vor der Bescherung völlig übermüdet am Küchentisch eingeschlafen.

In Neuseeland gab es keinen Heiligen Abend, wie ihr Lucie erzählt hatte. Das Weihnachtsfest fand am 25. Dezember statt. Und in der vergangenen Nacht waren die Strümpfe am Kamin mit Geschenken gefüllt worden.

Eva erwartete nicht, dass man sie beschenkte, doch sie erlebte eine große Überraschung, als Adrian ihr keinen Strumpf, sondern ein hübsch eingepacktes Buch brachte.

»Frohe Weihnachten! Und pack es ruhig gleich aus. Ich möchte wissen, wie es dir gefällt«, murmelte er sichtlich verlegen.

Eva entfernte die Verpackung und stieß einen Freudenschrei aus. »Das ist ja großartig, danke, danke!«, rief sie und presste das Buch über Art-déco-Einrichtung fest an ihre Brust.

»Was hast du denn deiner Cousine geschenkt? Ein goldenes Amulett?«, mischte sich Margret in spöttischem Unterton ein.

Eva hielt der neugierigen jungen Lady das Buch entgegen. »Mir kann man mit einem solchen Buch tausend Mal mehr Freude machen als mit Gold und Silber«, erklärte sie lächelnd.

»Ach, das freut mich!«, entgegnete Adrian, und seine Miene erhellte sich.

Im Überschwang der Gefühle rutschte Eva heraus: »Ich habe auch etwas für dich. Dein altes Geburtstagsgeschenk. Es ist aber auf meinem Zimmer. Ich kann es dir später oder morgen geben.«

»Dieses Mal bestehe ich darauf! Ich bin sehr neugierig!« Adrians Augen leuchteten.

»Ich auch!«, mischte sich Margret ein und hakte sich bei Adrian unter. »Jetzt muss ich ihn dir allerdings entführen. Ich habe nämlich auch etwas für ihn.«

Adrian warf Eva einen entschuldigenden Blick zu, ließ sich aber von der jungen Frau zum Kamin ziehen, in dem wegen der hochsommerlichen Temperaturen kein Feuer brannte. Auch Eva stand auf und nahm sich den Strumpf, der für Lucie bestimmt war. Die alte Dame saß am Rande der Gesellschaft und schien wieder einmal tief in Gedanken versunken zu sein. Eva stupste sie vorsichtig an, um sie nicht zu erschrecken.

»Ich habe ein Geschenk für dich, Lucie«, sagte sie leise. Die alte Dame zuckte zusammen. »Ich war weit, weit weg«, murmelte sie und nahm den Strumpf entgegen.

Eva war sehr gespannt, wie Lucie auf ihr Präsent reagieren würde. Die alte Dame freute sich sehr, dass Eva überhaupt an sie gedacht hatte. Als sie das Päckchen ausgewickelt hatte, entfuhr ihr nur ein leises: »Oh!« Sie sah Eva mit großen Augen an. Eva konnte nicht recht deuten, was in Lucie vorging, und wollte sie gerade danach fragen, als jemand nach dem Amulett griff. Es war Tante Joanne, die ihrer Mutter das Schmuckstück einfach aus der

Hand nahm. Sie beäugte das Hei-tiki so angewidert, als wäre es ein ekelhaftes Insekt.

»Waren wir uns nicht einig, dass uns so ein Ding nie mehr ins Haus kommt?«, zischte Tante Joanne so leise, dass es außer Eva kein anderer im Raum mitbekam.

»Aber ich dachte, ich dachte, weil deine Mutter doch ...«, stammelte Eva entschuldigend.

»Du konntest es nicht besser wissen; Mutter weiß hingegen, warum das Ding verschwinden muss!«, flüsterte Tante Joanne. »Soll ich es tun oder willst du es übernehmen?«, fügte sie fordernd hinzu. Lucie aber hielt ihre Hand auf und sagte nur: »Gib es mir bitte zurück!«

Tante Joanne zögerte einen Augenblick, dann warf sie es ihrer Mutter in den Schoß und wandte sich wütend ab.

Eva ließ sich auf einen Sessel neben Lucie fallen. Sie war schockiert. Wie redete Tante Joanne mit ihrer Mutter und wie konnte sie von ihr verlangen, dieses Amulett zu entsorgen?

Lucie war blass geworden. Schützend verbarg sie das Ornament aus Greenstone in ihrer Faust.

»Warum tut sie das?«, fragte Eva fassungslos.

»Weil er es getragen hat!«, erwiderte Lucie und schien durch Eva hindurch in die Ferne zu blicken. »Er trug ein Hei-tiki und war tätowiert!«

Eva räusperte sich, aber dann schluckte sie ihre neugierige Frage, von wem hier die Rede war, hinunter.

»Du wirst bald erfahren, von wem meine Tochter sprach«, versprach Lucie. So als könnte sie Evas Gedanken lesen.

»Ich dachte, du freust dich, weil deines doch wahrscheinlich damals beim Brand zerstört worden ist«, entgegnete Eva.

»Nein, wurde es nicht, aber das ist eine lange Geschichte«, murmelte Lucie. »Magst du mich wohl in mein Zimmer begleiten?«, fügte sie hinzu.

»Gern, dann bleibe ich bei dir, und du kannst mir deine Geschichte weiterdiktieren«, erwiderte Eva hastig. »Ich glaube, ich habe hier nichts mehr verloren.« Sie warf einen verstohlenen Blick hinüber zu der kichernden Margret, der Adrian just in diesem Augenblick eine Kette um den Hals legte. Eva zuckte zusammen. Diese Geste sagte alles!

Lucie folgte ihrem Blick. Während sie sich mühsam von ihrem Sessel erhob, sagte sie streng: »Das kommt gar nicht in Frage. Du wirst hier noch gebraucht. Nachher wird getanzt, und da wirst du nicht bei einer alten Dame hocken.« Noch immer hielt sie das Amulett fest in der Hand. »Und das hier, das werde ich behalten. Worauf du dich verlassen kannst!«

Eva hatte Lucie gerade untergehakt, als Daniel auf sie zutrat. Er strahlte über das ganze Gesicht. »Danke, Eva, ich habe gerade deinen Zettel gelesen. Ich bin so froh, dass wieder alles in Ordnung ist zwischen uns. Schenkst du mir einen Tanz?«

Eva erwiderte sein Lächeln.

»Ich bringe jetzt Großmutter Lucie ins Bett und danach ganz bestimmt!«

»Gut, ich nehme dich beim Wort...«

»Daniel, du bist ein Schatz, was für ein wunderschönes Armband«, krähte Berenice dazwischen und stürzte sich Daniel in die Arme.

»Siehst du! Tanz mit ihm! Du kannst diesen ganzen Abend nicht für ein altes Weib wie mich verschwenden. Aber pass auf«, Lucie wandte den Kopf in Richtung Adrian und Margret, »die junge Lady geht zum Angriff über.«

»Wie meinst du das?«, presste Eva unwirsch heraus, während sie knallrot anlief.

»Das weißt du ganz genau, aber glaube mir, das Herz setzt sich immer durch! Und mein Enkel mag dich mehr, als du glaubst!«

Eva stöhnte auf. »Und warum legt er Margret gerade den Arm um die Schulter und schenkt ihr Schmuck?«

»Weil er ein Mann ist und nicht merkt, dass sie ihm schmeichelt, weil sie ihn will. Und er noch glaubt, sie stehe wie eine kleine Schwester zu ihm!«

Eva wandte den Blick rasch von Adrian und Margret ab. In der Tür stellte sich Tante Joanne Eva und Lucie in den Weg. In der Hand hielt sie einen Brief.

»Du willst schon gehen, Mutter«, fragte sie empört. »Das ist aber nicht höflich.«

»Bestimmt höflicher als das, was du soeben gesagt hast, mein liebes Kind«, entgegnete Lucie spitz. »Bitte entschuldige mich bei den Gästen. Mir ist nicht gut. Die Weihnachtsgans liegt mir schwer im Magen.«

Tante Joanne schüttelte den Kopf, bevor sie Eva den Brief überreichte. »Er ist schon vorgestern gekommen, aber ich dachte, es wäre eine gelungene Weihnachtsüberraschung. Er ist aus Kalifornien.«

Eva starrte wie betäubt auf den Absender. Sosehr sie sich auch über eine Nachricht freute, sosehr beunruhigte sie der Absender. Der Brief kam nämlich nicht von ihrem Vater, sondern von ihrem Bruder Hans.

Napier, 25. Dezember 1930

Nachdem Eva Lucie ins Bett gebracht hatte, war sie den langen Gang zu ihrem Zimmer beinahe gerannt. Ihr Herz klopfte bis zum Hals, als sie den Umschlag aufriss. Auch der Brief stammte von ihrem Bruder. Das erkannte sie sofort an der Schrift. Sie setzte sich, denn ihre Knie zitterten. Seit Tante Joanne ihr den Brief ausgehändigt hatte, war sie zutiefst beunruhigt. Doch es half alles nicht. Sie setzte sich auf die Bettkante und begann zu lesen.

Liebes Schwesterherz,
 ich weiß gar nicht, wie ich es dir schonend beibringen kann, hast du doch sicher Mutters Tod noch gar nicht überwunden. Vater war nach der Nachricht von ihrem Tod nicht mehr der Alte. Er hat sie von Herzen geliebt. Aber darüber hat er mit mir nicht gesprochen. Ich habe es nur gemerkt. Er war mit den Gedanken in den letzten Tagen stets woanders. Ach, meine liebe Eva, könnte ich es dir bloß ersparen. Vater lief wie ein Schlafwandler durch die Gegend, und so überquerte er auch die Straßen. Und hier gibt es viel mehr Automobile als zu Hause. Und erinnerst du dich noch, wie er immer wieder versicherte, so ein Ungetüm käme ihm nicht ins Haus? Er ist in ein solches Auto gerannt. Gelitten hat er nicht. Er war sofort tot . . .«

Eva las den Satz viele Male, bis sie seinen Sinn vollständig erfasste. Sie wollte weinen, aber sie war wie erstarrt. Stattdessen fuhr sie fort, den Brief zu lesen.

Was würde ich darum geben, dich in den Arm nehmen und dich trösten zu können. Nun haben wir nur noch uns. Aber bei aller Sehnsucht, die ich nach dir habe, ich kann dich nicht nach Kalifornien holen. Das Geld würde reichen, das ist allerdings kein Leben für dich. Ich arbeite nicht auf einem Weingut, sondern auf dem Bau. Überall sind nur Männer. Auch in der Unterkunft. Ein raues Völkchen. Nichts für dich. Bitte bleib bei Tante Joanne in Neuseeland! Ich verspreche dir, ich werde nachkommen, sobald ich genügend Geld zurückgelegt habe, um mir dort eine Existenz aufzubauen. Ich weiß, dass die Neuseeländer ungern deutsche Einwanderer nehmen, aber da wir dort Familie haben, kann ich es möglich machen. Ich möchte nicht mehr nach Hause zurück, wo mich alles an die Eltern erinnern würde. Und ich teile Vaters Optimismus auch nicht, was unser Weingut angeht. Ich werde es verkaufen lassen, auch auf die Gefahr hin, dass ich weniger dafür bekomme, als es wert ist, weil ich mich auf die Leute in Badenheim verlassen muss. Das Geld bringe ich auch mit, wenn ich komme. Ich glaube, wir tun gut daran, dort zu leben. Ich habe nämlich einen Freund aus Neuseeland, der Tag und Nacht von seinem Land schwärmt und betet, dass er möglichst bald genügend Geld zusammen hat, um sich eine kleine Farm zu kaufen. Ich nehme dich in den Arm, kleines Schwesterchen, und schwöre dir: Uns kann nichts trennen. Spätestens in einem Jahr bin ich bei dir!

Eva ließ den Brief sinken. Sie konnte ohnehin nichts mehr erkennen, denn nun liefen ihr die Tränen in Sturzbächen die Wangen hinunter. So sehr, dass die Tinte teilweise verschmierte. Es war so viel auf einmal, was sie nun zu verarbeiten hatte. Der Tod des Vaters traf sie schwer. Sie konnte es kaum fassen, dass sie binnen weniger Wochen zur Vollwaise geworden war. Und dann die Entscheidung von Hans, dass ihre neue Heimat Neuseeland sein sollte. Was, wenn sie ihm schrieb, wie es in diesem Haus wirklich zuging? Auch seine Vorstellung von der guten Tante Joanne entsprach ganz und gar nicht der Realität. Eva würde nicht ihre Hand dafür ins Feuer legen, dass sie in Freudentränen ausbrach, wenn sie von Hans' Plänen erfuhr. Für sie war sie doch nur eine arme Verwandte, die vorübergehend im Haus wohnte. Aber so, wie es jetzt aussah, musste sie wohl oder übel auf unbestimmte Zeit hier leben. Oder sich eine Arbeit suchen und Geld verdienen. Wenn sie sich allein vorstellte, das Geturtel zwischen Margret und Adrian noch länger ertragen zu müssen ...

In dem Augenblick pochte es an ihre Tür. Ihr blieb förmlich das Herz stehen. Was, wenn er es war?

»Herein!«, rief sie mit heiserer Stimme.

Daniel steckte seinen Kopf zur Tür hinein. »Ich wollte fragen, was mit dem Tanz ...« Er unterbrach sich hastig und stürzte auf sie zu. »Eva, was ist geschehen? Du weinst ja!«

Er setzte sich zu ihr auf die Bettkante und legte seinen Arm um ihre Schulter. Eva lehnte den Kopf an seine Brust und schluchzte hemmungslos auf.

»Was ist los? Wer hat dir etwas getan? Was ...« Da entdeckte er den Brief. »Schlechte Nachrichten?«

Eva nickte und hob den Kopf. Aus verquollenen Augen sah sie ihn traurig an.

»Mein Vater ist in Kalifornien verunglückt.«

»Oh, das tut mir leid«, erwiderte er. »Wirst du jetzt abreisen?«, fügte er in bangem Ton hinzu.

»Nein, ich bleibe in Neuseeland. Mein Bruder möchte, dass wir nicht nach Deutschland zurückkehren. Er wird nachkommen und sich hier eine Existenz aufbauen.«

Eva sah ihm an, dass ihn dieser Teil der Nachricht erfreute. Er nahm sie fest in den Arm.

»Ich weiß gar nicht, ob ich hierbleiben möchte. Sie sind zwar alle nett zu mir, aber dies ist kein wirkliches Zuhause für mich. Wenn, dann müsste ich lernen, auf eigenen Füßen zu stehen. Ich sollte mir eine Arbeit suchen ...«

»... oder mit mir nach Wellington kommen...« Weiter kam er nicht, denn es klopfte erneut.

Bevor sie etwas erwidern konnte, betrat Adrian das Zimmer. Als er sah, dass Eva in Daniels Arm lag, blieb er wie angewurzelt stehen.

»Ich... äh... ich... entschuldige, ich wollte nicht stören und verzeih, dass ich nicht gewartet habe, bis du, ich meine, bis du mich reingebeten hast, es ist... ich gehe dann mal wieder. Ich, ich glaube, ich störe euch beide, so vertraut wie ihr...!«

Bevor er sich umdrehen konnte, fauchte Daniel: »Jetzt halt mal die Luft an und spiel nicht den Beleidigten. Eva hat gerade erfahren, dass ihr Vater gestorben ist!«

»Das tut mir leid.« Adrian war noch blasser geworden. »Kann ich etwas für dich tun?«

»Ich denke, sie kommt mit uns nach Wellington, denn in diesem Haus kann sie nicht bleiben«, verkündete Daniel entschieden.

»Natürlich gern, nichts lieber als das, aber, also ich dachte, du wolltest so schnell wie möglich nach Kalifornien...«, stammelte Adrian.

»Nein! Ich werde in Neuseeland bleiben. Mein Bruder kann mich dort nicht gebrauchen, und er möchte auf keinen Fall nach Deutschland zurück. Er wird ebenfalls nach Neuseeland kommen und sich hier eine Existenz aufbauen!«

»Dann nehme ich dich natürlich mit nach Wellington, wenn ich im Februar zur Akademie gehe und, tja, dann müsste ich mit Margrets Mutter sprechen, aber das Haus ist sicher groß genug...«, sagte Adrian.

»In das Haus ziehe ich auf keinen Fall!«, schluchzte Eva.

»Das musst du doch auch gar nicht. Meine Wohnung ist groß genug für uns beide. Ich verzichte auch darauf, in die Villa der MacAlisters zu ziehen. Dann kommst du gleich nach Weihnachten mit mir«, unterbrach Daniel sie.

Eva hörte auf zu schluchzen und sah Daniel aus ihren verweinten Augen an. »Du meinst, ich soll zu dir ziehen, aber was werden dein Vater sagen und Tante Joanne...?«

»Eva, willst du meine Frau werden?«

Dieses Geständnis Daniels kam so spontan, dass es Eva die Sprache verschlug. Natürlich ahnte sie, dass Daniel sie mochte, aber dass seine Gefühle so intensiv waren...

»Du musst jetzt gar nichts entscheiden. Ich hätte einen anderen Zeitpunkt wählen sollen. Ich wollte dich nicht überrumpeln, ich wollte nur nicht, dass du dir Sorgen um die Zukunft machst«, sagte Daniel entschuldigend.

»Ich, ich weiß gar nicht, was ich denken, was, was ich sagen soll«, stammelte Eva und suchte in ihrer Verunsicherung Adrians Blick. Sie konnte unmöglich Daniel heiraten, obwohl sie Adrian... Ihr Herz klopfte bis zum Hals. Wahrscheinlich würde Adrian gar nichts dagegen haben, wahrscheinlich war ihm nur wichtig, mit Margret in der Villa zu leben... Doch sein Blick sprach eine völlig andere Sprache. Tu es nicht!, stand darin geschrieben. Tu es nicht! Ich liebe dich!

Eva sah ihm intensiv in die Augen. Adrian hielt dem Blick stand. Wie dumm sie doch gewesen war, dass sie auch nur eine Sekunde daran gezweifelt hatte, dass ihre Gefühle auf Gegenseitigkeit beruhten. Voller Liebe sah er sie an. Eva vergaß die Welt um sich herum. Es gab nur noch Adrian und sie, die sich stumm ihrer Liebe füreinander versicherten. Sie rührten sich nicht, umarmten sich nicht, weil ihre Augen in diesem Augenblick mehr sagten, als alle Gesten und Worte vermocht hätten. Ein glückliches Lächeln umspielte Evas Lippen. Adrian erwiderte es.

»Eva, gehe ich recht in der Annahme, dass deine Antwort ›nein‹ ist?«, fragte Daniel, der das Ganze mit finsterer Miene verfolgt hatte, in spitzem Ton. Es war ihm anzusehen, dass er sich seiner Niederlage bewusst war.

Eva wandte sich ihm zu.

»Ich, nein, also, ich, es geht nicht, ich mag dich wirklich gern, aber weißt du ...«, stammelte sie.

»Ich weiß ... Ich wollte auch nur die Gewissheit«, erwiderte Daniel steif. »Ich, ich lasse euch allein«, fügte er hastig hinzu, während er das Zimmer überstürzt verließ.

Eva ahnte, dass sie ihn verletzt hatte, das konnte sie in diesem magischen Moment allerdings nicht ändern. Stattdessen sogen sich ihre Augen erneut in Adrians fest. Eine halbe Ewigkeit standen sie einander reglos gegenüber. Erst als seine Lippen die ihren suchten, kam Bewegung in ihre erstarrten Körper. Sie fielen einander in die Arme und küssten sich.

NAPIER, DEZEMBER 1868

Hehu hielt die Muskete starr auf Ahorangi und Tom gerichtet. Über seine tätowierten Wangen liefen stumme Tränen.

Tom hatte seine Frau fest in den Arm genommen. »Dann erschieß uns doch!«, rief er.

Aber anstatt abzudrücken, ließ Hehu die Waffe schließlich wie in Zeitlupe sinken. »Ist es wahr, dass du ein Kind von ihm erwartest?«, fragte er mit belegter Stimme.

Ahorangi nickte. »Und wir sind nach den Pakeha-Gesetzen Mann und Frau.«

»Gut!«, murmelte Hehu, wandte sich um und ging zu seinem Pferd.

Ahorangi lief ihm hinterher. »Was wirst du nun tun? Uns die Krieger meines Volkes schicken? Damit sie uns umbringen?«

»Ich werde vergessen!«, entgegnete der Maori. »Meinem Volk werde ich berichten, dass der Häuptling im Kampf mit Te Kootis Leuten gestorben ist. Mann gegen Mann. Und dass wir ihn so beigesetzt haben, wie es eines Königs würdig ist.«

»Danke«, schluchzte Ahorangi und nahm ihn bei der Hand. »Dann hilf uns, ihn seinen Ahnen zu übergeben, wie es ihm gebührt!«

Hehu schien verblüfft, aber dann folgte er ihr zum Rand der Grube. Auch Tom kam zögernd hinzu.

»Wo ist sein Federmantel?«, fragte Ahorangi.

»In der Satteltasche«, erwiderte Hehu bereits etwas gefasster. »Ich hole ihn!« Er schien im Gegensatz zu Tom zu ahnen, was

Ahorangi vorhatte. Sie ließ sich nun in die Grube hinab und kniete vor ihrem Vater. Dann murmelte sie etwas in ihrer Sprache. Hehu reichte ihr den Federmantel, bevor er sich zu ihr gesellte.

Tom blieb am Rande der Grube stehen und beobachtete das Geschehen befremdet. Er war immer noch angespannt und auf der Hut. Wenn Hehu auch nur eine einzige falsche Bewegung machen würde, dann müsste er sich auf ihn stürzen und ihn umbringen. Verwundert sah er zu, wie Ahorangi den Federmantel über ihrem Vater ausbreitete, bevor sie zu singen begann. Hehu stimmte in ihren Gesang ein. Nach einer halben Ewigkeit nahm er den Mantel von dem toten Häuptling und reichte ihn Ahorangi. Sie hüllte sich in den riesigen Federmantel und wieder stimmten die beiden einen klagenden Gesang an. Tom traute sich nicht zu ihnen in die Grube. Ihm kam es so vor, als wären die beiden Maori in eine völlig andere Welt abgetaucht. Eine Welt, die ihm fremd war. Sie wirkten wie entrückt. Tom ahnte, dass er niemals Zugang zu diesen Riten und Gebräuchen finden würde. Und zum ersten Mal, seit er Ahorangi vor diesem Kerl, an den man sie verkauft hatte, gerettet hatte, wurde ihm bewusst, dass sie von unterschiedlichen Sternen kamen. Das alles wurde ihm bewusst, während die beiden wie in Trance immer lauter sangen. Und ihm wurde klar, dass das Kind, das Ahorangi unter dem Herzen trug, zu einem Teil ein Maori sein würde. Und trotz dieses Gefühls der Ausgeschlossenheit spürte er mit einer schier schmerzlichen Intensität, dass sie füreinander bestimmt waren: diese Frau in ihrem viel zu großen Federmantel und er, der Mann aus der Pfalz.

Vorsichtig, und ohne die beiden zu stören, kletterte er in die Grube hinab und betrachtete die Zeremonie aus der Nähe. Er verbeugte sich vor dem Häuptling, den er vorhin nur als Feind betrachtet hatte. So wie er dalag, hatte er etwas Erhabenes.

Plötzlich verstummten die beiden Maori. Ahorangi zog den Mantel wieder aus und deckte ihren Vater erneut damit zu. Dann fingen die beiden an, um den toten Häuptling herumzutanzen. Das erschreckte Tom zunächst, obwohl er ahnte, dass es zu dem Ritual gehörte.

Schließlich nahm Hehu Ahorangi bei der Hand und führte sie zu Tom. »Mögen die Ahnen euch verzeihen und ein glückliches Leben schenken!«

»Heißt das, du wirst nichts unternehmen, um uns zu schaden?«, fragte Tom immer noch skeptisch. Er traute dem Frieden nicht.

Hehu schüttelte den Kopf. »Wenn du willst, dann helfe ich dir, das Grab des Häuptlings zuzuschaufeln. Nicht, dass sich über Nacht die Geier auf ihn stürzen.«

Tom musterte den Maori ungläubig. »Warum tust du das? Ich denke, du wolltest sie zur Frau nehmen?«

Ein Lächeln huschte über Hehus Gesicht. »Deshalb, Pakeha, deshalb. Ich habe sie immer geliebt. Doch da sie dein Kind unter dem Herzen trägt, kann sie nicht mehr meine Frau werden. Und dann soll sie glücklich werden mit dir. Ihr Glück liegt mir mehr am Herzen als alles andere auf der Welt.«

Er hatte kaum zu Ende gesprochen, als Ahorangi ihm um den Hals fiel. »Du wirst immer mein Bruder sein. Und es kommt der Tag, an dem du mich brauchst. Ich werde für dich da sein!«, flüsterte sie, doch Tom hatte ihre Worte verstanden. Er konnte sich nicht helfen, aber es gab ihm einen Stich, Ahorangi so vertraut mit dem Maori zu erleben.

»Gut, dann lass uns an die Arbeit gehen«, murmelte er, doch die beiden rieben zu seinem Befremden ihre Nasen aneinander. Tom wusste, dass dieser Nassenkuss der Maori nicht unbedingt eine Zärtlichkeit unter Liebenden darstellte, sondern auch ein Zeichen von Freundschaft sein konnte. Trotzdem störte es ihn.

»Was hat dein Vater eigentlich gebrüllt, kurz bevor er mich erschießen wollte?«, fragte er mit lauter Stimme. Ahorangi und Hehu wandten sich hastig zu ihm um.

»Das ... ich kann mich nicht erinnern, ich weiß nicht ...«, stammelte Ahorangi. Auf keinen Fall sollte Tom je erfahren, dass ihr Vater nicht nur ihn, sondern auch ihre gemeinsamen Kinder verflucht hatte. Sie warf Hehu einen flehenden Blick zu.

»Er hat die Ahnen zur Hilfe gegen dich angerufen!«, sagte der Maori.

Tom entging keineswegs der dankbare Blick, den Ahorangi ihrem Maorifreund daraufhin zuwarf. Es war ihm sonnenklar, dass man ihn beschwindelte.

»Wollen wir nach Hause fahren?«, fragte Ahorangi lächelnd, doch dann erstarrte sie. »Wir haben ja gar kein Zuhause mehr!«, murmelte sie. »Warum habt ihr unser Haus niedergebrannt? Warum?«

Hehu schien diese Frage sehr unangenehm zu sein. »Du wirst es wahrscheinlich nicht glauben: Es war ein Versehen. Dein Vater wollte nur das Bett verbrennen, aber im Nu hatte das ganze Zimmer Feuer gefangen.«

»Gut, dann werde ich sie zur Mission bringen«, brummte Tom. »Und du kannst schon anfangen, den Baum da zu fällen und den Stamm in die richtige Länge zu sägen. Wir bauen damit einen Fußboden und begraben den Häuptling darunter.« Er kletterte aus der Grube und reichte Ahorangi die Hand, um ihr zu helfen. Hehu folgte ihnen und hockte sich zu Toms Erstaunen vor den Baum, schloss die Augen und murmelte etwas.

»Was wird das?«, fragte Tom Ahorangi ungeduldig.

»Er fragt den Baum um Erlaubnis, ob er ihn fällen darf.«

»Wie bitte? Und wie lange kann das dauern?«

Ahorangi konnte sich ein Lächeln nicht verkneifen. »Das kommt darauf an, ob und wann er eine Antwort erhält.«

Tom rollte mit den Augen. Dann tippte er dem Maori auf die Schulter. Der zuckte zusammen. »Was störst du mich in meinem Gebet?«, fauchte er.

»Lass mich den Baum fällen. Und bring du meine Frau zur

Mission. Und lass dir nicht einfallen, sie zu entführen. Ich würde dich überall finden!«

Hehu stöhnte genervt auf. »Ich spreche nicht mit gespaltener Zunge, wie ihr Pakeha es so gerne tut. Wenn ich Ahorangi hätte haben wollen, dann hätte ich mit dir gekämpft. Ich bin ein Krieger, kein Feigling!«

»Du musst dir keine Sorgen machen. Hehu ist der aufrichtigste Mensch, den ich kenne,«, bekräftigte Ahorangi Hehus Worte.

Und was ist mit mir?, schoss es Tom durch den Kopf, aber er behielt seinen Einwand für sich. »Dann reitet schnell. Es wird bald dunkel. Ich werde bestimmt die ganze Nacht brauchen.«

»Ich komme zurück, um dir zu helfen«, sagte Hehu, während er Ahorangi auf das Pferd half.

»Wie kann ich dir jemals danken?«, fragte Ahorangi.

»Ich habe eine Bitte. Darf ich sein Amulett an mich nehmen? Ich habe ihn nämlich geliebt wie ein Sohn seinen Vater. Und ich möchte sein Hei-tiki in Ehren halten, bis die Ahnen mich zu sich rufen.«

»Aber sicher. Nimm es dir«, erwiderte Ahorangi sichtlich gerührt. »Es soll dich für alle Zeit beschützen.«

Hehu stieg hinunter in die Grube und kehrte einen Augenblick später mit dem Amulett in der Hand zurück. Wie in Trance legte er es sich um den Hals, um es dann wieder abzunehmen und in der Tasche seiner Jacke verschwinden zu lassen. Erst jetzt fiel ihr auf, dass Hehu im Gegensatz zu ihrem Vater die Kleidung eines Pakeha trug.

»Warum tust du das für uns? Ich meine, dass du mir auch noch helfen willst? Du könntest dich doch jetzt auf dein Pferd setzen und uns mit dem Schlamassel alleinlassen«, mischte sich Tom ein.

»Das mache ich nicht für euch. Das bin ich dem Häuptling schuldig. Ich werde diesen Ort nicht eher verlassen, bis er in seinem kühlen Grab seine Ruhe gefunden hat.«

»Na meinetwegen«, brummte Tom, dem dieser Mann in seiner grenzenlosen Güte langsam auf die Nerven ging. Ob er wirklich so ist, fragte sich Tom, oder will er damit nur Ahorangi beeindrucken? Wieder spürte er einen Stich im Herzen, als er sah, wie vertraut die beiden auf einem Pferderücken saßen. Trotzdem winkte er ihnen hinterher, bis sie aus seinem Blickfeld verschwunden waren.

Ahorangi wurde schwer ums Herz, als sie sich Meeanee näherten und die Mission auftauchte. Von diesem Punkt aus hatte man auch ihr Haus sehen können, doch nun konnte man nur noch ahnen, wo es einmal gestanden hatte.

Ahorangi bat Hehu, dorthin zu reiten. Sie wollte sich mit eigenen Augen davon überzeugen, ob die Flammen etwas übrig gelassen hatten.

Als sie die »Mission« passierten, sahen sie Rauch aus den Trümmern steigen. Das Holzhaus war vollständig niedergebrannt. Fassungslos starrte Ahorangi in die schwelende Glut, von der immer noch eine schier unerträgliche Hitze ausging. Irgendwo meinte sie, ein paar Töpfe und einen Kessel aus Eisen, die das Feuer schwer verformt hatte, auszumachen. Sie senkte niedergeschlagen den Blick, da entdeckte sie etwas Grünes zu ihren Füßen. Sie wusste sofort, was es war, bückte sich und griff nach ihrem Hei-tiki. Von dem Band, mit dem Ahorangi es um den Hals getragen hatte, war nicht mehr viel übrig, aber das Amulett selbst war unbeschädigt.

»Pounamu!«, rief Hehu voller ungläubigem Erstaunen aus.

Ahorangi betrachtete das Schmuckstück wie ein Wunder. Dann blickte sie auf.

»Ich schenke es dir«, sagte sie schließlich mit Tränen in den Augen.

Hehu weigerte sich zunächst, es anzunehmen. »Aber es gehört dir! Es hat dich immer beschützt . . .«

»Eben nicht!«, erwiderte Ahorangi. »Es hat mich verraten oder woran hat mein Vater erkannt, dass ich in Toms Haus lebe? Mein

Mann hat doch alle Beweise meiner Existenz versteckt. Bis auf das Hei-tiki.«

Hehu senkte den Kopf. »Ich habe es entdeckt und es ihm gezeigt! Ich habe gesagt, du musst in dem Haus leben, weil es dein Amulett ist. Dein Vater war skeptisch und vermutete, man habe es dir gestohlen, aber ich war krank vor Eifersucht und wollte, nachdem wir gegen Te Kootis Leute gekämpft hatten, unbedingt nachsehen, ob du in diesen Haus lebst. Wenn ich nicht darauf beharrt hätte, könnte dein Vater noch am Leben sein!«

»Mach dir keine Vorwürfe. Die Einzige, die mit der Schuld leben muss, bin ich. Denn ich habe meinen eigenen Vater getötet. Bitte, nimm das Hei-tiki, ich darf das Amulett, das er mir geschenkt hat, nicht länger tragen.«

Zögernd nahm Hehu das Schmuckstück zur Hand. »Ich werde es in Ehren halten«, versprach er leise und nahm Ahorangi in den Arm. Sie lehnte sich an seine Brust und schluchzte laut auf. Erst in diesem Augenblick kam in ihrem Herzen an, was sie getan hatte. »Ich habe ihn erschossen!«, wiederholte sie ein paar Mal. Hehu drückte sie noch fester an sich.

»Lass die Frau los!«, ertönte wie aus dem Nichts die Stimme von Bruder Pierre. Er musste sich angeschlichen haben, denn Ahorangi hatte ihn nicht kommen hören. Sie befreite sich aus Hehus Umarmung und fuhr herum. Dort stand der katholische Bruder mit einer Flinte in der Hand; sein Kopf war hochrot. Es war ein seltsames Bild.

»Er tut mir nichts«, versuchte Ahorangi ihn zu beruhigen, doch Bruder Pierre brüllte: »Nimm die Hände hoch, Maori!« Widerwillig tat Hehu, was der Mönch verlangte.

»Er führt nichts im Schilde. Lass ihn ziehen«, verlangte Ahorangi nachdrücklich. Jetzt begriff Bruder Pierre, dass sie es ernst meinte, und ließ das Gewehr zögernd sinken.

»Das ist der Kerl, mit dem dein Vater bei uns aufgekreuzt ist! Und wer sonst soll euer Haus abgefackelt haben?«

»Ja, es stimmt, das waren die beiden, aber er bereut es bitter, nicht wahr?«

Hehu nickte.

»Und wo ist dein Vater?«

Ahorangi räusperte sich ein paar Mal. »Mein Vater ist schon in unser Dorf zurückgeritten«, verkündete sie schließlich.

»Und du traust dem Kerl?«

Ahorangi nickte. »Ja, er lässt mich unbehelligt ziehen!«

»Und woher der Sinneswandel?«

»Sie ist seine Frau und erwartet sein Kind«, sagte Hehu. »Und trotzdem wird sie eine von uns bleiben. Und auch ihr Kind!«, fügte er trotzig hinzu.

»Du irrst dich. Sie ist längst eine von uns! Getauft auf den Namen des Herren!«

Hehu musterte Ahorangi durchdringend. »Das hast du nicht getan, oder?«

»Natürlich hat sie das getan. Und auch ihr Kind wird getauft. Es ist ein Pakeha!«

»Nein, es ist ein Maori. Und es darf eines Tages selbst entscheiden, wo es hingehört. Das ist deine einzige Chance, dein Kind vor dem Fluch deines Vaters zu beschützen!« Hehu merkte gar nicht, dass er zu schreien begonnen hatte.

»Ich glaube nicht daran!«, brüllte Ahorangi zurück. »Vater hat das im Zorn gesagt!«

»Was hat dein Vater im Zorn gesagt?«, fragte Bruder Pierre.

»Er hat ihre Kinder verflucht. Sie sollen sterben wie die Fliegen, hat er gesagt«, entgegnete Hehu, während sich Ahorangi die Ohren zuhielt.

»Du darfst das nicht wiederholen. Es hat keine Bedeutung! Niemals!«, murmelte sie beschwörend.

»Das wird nicht geschehen, wenn deine Kinder gute Christenmenschen werden«, verkündete Bruder Pierre.

»Nein, rede ihr das nicht ein! Es wird niemals geschehen, wenn deine Kinder zu Rangi und Papa beten und nicht zu diesem Christengott!«

»Versündige dich nicht!«, mahnte Bruder Pierre mit überschnappender Stimme.

Ahorangi ließ die Hände sinken und funkelte Hehu an. »Ich gehe jetzt mit Bruder Pierre. Er wird meine Kinder taufen und nichts auf der Welt wird mich davon abhalten, ihnen den kirchlichen Segen zu geben.«

Sie wollte gehen, aber Hehu stellte sich ihr in den Weg. »Schwöre, dass du weiterhin unsere Götter anrufen wirst. Sonst ...«

»Hör auf, mir zu drohen! Ich glaube nicht mehr an Rangi und Papa!«, erwiderte Ahorangi mit bebender Stimme. Sie wusste nicht, warum sie Hehu belog. Sie hatte keinen Augenblick lang aufgehört, an die Götter der Maori zu glauben. Aber sie wollte sich keine Angst machen lassen, wollte diesem verdammten Fluch keine Bedeutung zumessen, sich zu keinem Glauben nötigen lassen.

Hehu hob die Hände gen Himmel.

»Warum verrätst du deine Ahnen?«, fragte er mit tiefer Verzweiflung in der Stimme. »Ich will, dass du lebst, dass deine Kinder leben, aber deshalb darfst du doch nicht vergessen, woher du kommst. Du darfst deinem Kind nicht sein Volk vorenthalten!«

Er musterte sie durchdringend, während er ihr das Amulett in die Hand drückte. »Du musst es behalten. Solange du es bei dir hast, kann dir nichts geschehen. Solange ist es mit meinem Heitiki verbunden.« Er deutete auf seinen Hals, am dem ein ganz ähnliches Schmuckstück hing. »Solange kann ich um deinen Schutz bitten. Gibst du es weg, dann kann ich nichts mehr für dich tun.«

Hehu wandte sich um und ging hocherhobenen Hauptes zu seinem Pferd. Ahorangi wollte ihm hinterherlaufen, doch Bruder Pierre hielt sie fest.

»Lass ihn ziehen. Du kannst nicht in beiden Welten zu Hause sein. Du hast eine Entscheidung getroffen! Für dich und deine Kinder! Und um das zu manifestieren, brauchst du einen neuen Namen. Sonst werden deine Kinder fragen, warum du so seltsam heißt. Das willst du doch nicht, oder?«

»Gut, Bruder Pierre, schlag mir einen Namen vor. Vater hat immer gesagt, Ahorangi bedeutet die ›Erleuchtete‹«, sagte sie mit bebender Stimme.

Bruder Pierre hielt die Hand auf. »Gib mir erst das Amulett. Du brauchst es nicht mehr!«

Zögernd händigte Ahorangi Bruder Pierre ihr Hei-tiki aus.

Der ließ es in der Tasche seiner Jacke verschwinden und kratzte sich nachdenklich am Kinn. »Wie wäre es mit Lucie? Das leitete sich immerhin von ›Licht‹ ab. Und die Engländer kennen den Namen auch.«

»Aber was nützt der Name? Meine Kinder werden sich wundern, dass ich anders aussehe als die Pakeha.«

»Nicht, wenn du dich wie sie kleidest, dein Haar so trägst wie sie. Wenn man es nicht wüsste, glaube mir, man könnte dich für eine Pakeha halten, die aus einer kroatischen Familie stammt.«

Sie waren jetzt in der Kirche beim Taufbecken angekommen. Pater Pierre bat sie, den Kopf zu senken, bevor er murmelte: »Ich taufe dich auf den, Namen Lucie. Auf dass dieser Name des Herren dich auf ewiglich schützen möge.«

Und es war nicht nur das Taufwasser, das der frisch getauften Lucie über das Gesicht rann, als sie schließlich den Kopf wieder hob, sondern der Angstschweiß. Was tat sie nur? Plötzlich war da wieder dieser Höllenschmerz in ihrem Unterleib. Er durchzuckte sie so heftig, dass ihre Knie nachgaben und sie zu Boden stürzte. Doch sie blieb bei Bewusstsein. Und als sie eine klebrige Feuchte zwischen ihren Schenkeln spürte, wusste sie, dass sie ihr Kind verloren hatte.

Napier, Ende Januar 1931

Es war ein heißer Sonntag, an dem Adrian Eva eine Überraschung ankündigte. Die Menschen in Napier stöhnten seit Tagen unter der andauernden Trockenheit. Auch im Haus der Familie Thomas herrschte seit dem Jahreswechsel eine anhaltende unterschwellige Gereiztheit. Diese rührte allerdings nicht nur von der Hitze, sondern das neue Jahr hatte aus unterschiedlichen Gründen nicht gut für die Familie begonnen.

Joannes Freundin Misses MacAlister war samt Tochter noch am Neujahrstag beleidigt nach Wellington gereist, nachdem Adrian beim Silvesterfest keinen Hehl daraus gemacht hatte, wem sein Herz gehörte. Dass seine Wahl auf die arme Eva gefallen war, missfiel seiner Mutter außerordentlich, zumal ihr Mann Bertram sein Vermögen verloren hatte, nachdem die Folgen des Börsenkrachs auch das entlegene Neuseeland erreicht hatten. Ausgerechnet die Bank, auf der Doktor Bertram Thomas sein Geld deponiert hatte, war pleitegegangen. Umso mehr hatte Joanne auf eine Ehe zwischen der vermögenden Margret und Adrian gehofft. Nun war alles zum Teufel. Sie litt seitdem unter Übellaunigkeit und Migräne, zumal alle ihre Versuche, das junge Glück zu torpedieren, erfolglos geblieben waren. Weder Adrian hatte sich von ihr mit der Ermahnung, er müsse an die Familie denken, umstimmen lassen, noch hatte Eva sich unter moralischen Druck setzen lassen. Und als Joanne Eva aus dem Haus hatte werfen wollen, hatte Großmutter Lucie das vehement verhindert.

Trotz all dieser Widrigkeiten konnte an diesem Tag nichts Evas

Glück trüben. Das Fenster war weit geöffnet, und sie sog jeden Luftzug ein. Von dem Geld, das ihr Bruder ihr in einem verspäteten Weihnachtsbrief geschickt hatte – Lucies Lohn sparte sie nämlich eisern – hatte sie sich ein paar von diesen modernen kurzen Kleidern und einen Hut gekauft, der ihren Kopf mit dem kürzer geschnittenen Haar vor der Sonne schützte. Sie fühlte sich sehr wohl in diesem modernen Look. Und nicht nur ihr Äußeres hatte sie drastisch verändert, nein, sie hatte sich auch um eine Ausbildung bemüht. Natürlich galt ihre Leidenschaft immer noch dem Gestalten von Innenräumen, doch sie war beileibe nicht so weltfremd, anzunehmen, dass sie eines Tages ihr Geld mit dem Einrichten von Häusern verdienen würde. Am Montag würde sie ihre Ausbildung zur Krankenschwester beginnen. Sie hatte den letzten Platz des neuen Jahrgangs bekommen. Und auch gleich eine Freundin gefunden. Amanda, die sich an demselben Tag vorgestellt hatte wie sie und ein Zimmer im Schwesternwohnheim bewohnte.

Auch wenn es nicht Evas Traumberuf war, so erfüllte es sie dennoch mit Stolz, in Zukunft selbst für sich sorgen zu können. Dass sie beschlossen hatte, in Napier zu bleiben, lag nicht zuletzt daran, dass Adrian seine Pläne, nach Wellington auf die Akademie zu gehen, ebenfalls schweren Herzens aufgegeben hatte. Er behauptete, das wäre in diesen Krisenzeiten ein Luxus, mit dem er womöglich nicht so bald eine Familie ernähren könne. Nun hatte er sich als Lehrer an der technischen Jungenschule beworben. Dort unterrichtete sein einstiger Lieblingslehrer, der fand, Adrian sei prädestiniert, Technik zu unterrichten. Den Direktor der Schule hatte eine Probestunde überzeugt, die er dem begabten Quereinsteiger zugestanden hatte. Und nun sollte er den anderen Lehrern beim Unterricht zugucken und Anfang Februar eine zweite eigene Stunde geben. Danach würde die Entscheidung fallen, doch man hatte ihm bereits signalisiert, dass er die Stelle mit großer Wahrscheinlichkeit bekäme.

Eva stieß einen tiefen Seufzer aus, während sie ihre Badesachen einpackte, wie Adrian es an diesem Morgen ausdrücklich von ihr verlangt hatte. Immer wieder fragte sie sich, wie sich ihr Leben nur binnen weniger Wochen derart einschneidend hatte verändern können. Das einzig Traurige an diesen turbulenten Wochen war die Tatsache, dass sie kaum mehr Zeit übrig gehabt hatte, Großmutter Lucie als Sekretärin zur Verfügung zu stehen. Die alte Dame aber hatte versichert, alles andere sei wichtiger. Nun, da sie bliebe, hätte sie schließlich alle Zeit der Welt, um ihre Erzählung zu beenden. Und jetzt, da Adrian nicht nach Wellington gehe, könne sie ihm das auch zur Hochzeit schenken oder noch besser vermachen, sodass er es erst am Tag ihres Todes in die Hände bekäme. Solche Sprüche konnte Eva allerdings gar nicht gut leiden, und sie hatte Lucie geschworen, dass deren Lebenserinnerungen noch zu ihren Lebzeiten fertig würden. Großmutter Lucie schien es von Herzen zu gefallen, dass Adrian sich in Eva verliebt hatte. Ständig fragte sie aufgeregt, wann denn die Hochzeit stattfinden solle.

Heute Abend, nachdem sie mit Adrian vom Schwimmen zurück war, wollte Eva endlich das, was ihr Lucie beim letzten Mal diktiert hatte, ins Reine tippen.

Großmutter Lucie war vor der bedrückenden Stimmung im Haus mit ihrer Schwester Harakeke für ein paar Tage zur Bold Winery nach Meeanee geflüchtet. Sie wollte dem heißen Sommer in der Stadt entfliehen, hatte sie behauptet, doch Eva vermutete, dass es der alten Frau schwerfiel, die Spannungen zu ertragen, zumal Joanne keine Gelegenheit ausließ, ihre schlechte Laune an ihrer Mutter auszulassen. Was Eva sehr freute, war die Tatsache, dass Großmutter Lucie bei ihrer Abreise das Amulett unter ihrem hochgeschlossenen Kleid getragen hatte. Sie hatte es Eva stolz verraten, als Joanne gerade nicht in der Nähe gewesen war. Eva hätte zu gern gewusst, warum Lucies Tochter so allergisch auf dieses Schmuckstück reagierte.

Evas Gedanken schweiften zum Weihnachtsabend und der Szene in ihrem Zimmer ab. Daniel hatte wie ein geprügelter Hund ausgesehen, nachdem er begriffen hatte, wem Evas Herz gehörte. Und dann war er überstürzt abgereist und die angefangenen Arbeiten an der Bold Winery waren halbfertig liegen geblieben. Auch Adrian war nicht mehr dort gewesen, weil er mit anderen Dingen beschäftigt war. Die beiden alten Damen störte es nicht, aber Tante Joanne jammerte ständig, dass das Anwesen nun erst recht unverkäuflich wäre. Jeden Tag bei Tisch malte sie die Zukunft in schwarzen Farben aus und verfluchte das neue Jahr. In einem Punkt hatte sie recht. Die weltwirtschaftlichen Probleme schienen mit dem Beginn des neuen Jahres Neuseeland – wie von einer verspäteten Welle getroffen – geradezu zu überrollen. Ein generell schlechter Zeitpunkt, ein Weingut, auf dem Trauben nur noch zum Hausgebrauch angebaut wurden, zu veräußern. Da es nicht von saftigen Wiesen umgeben war, schien es auch nicht unbedingt für eine Schaffarm geeignet. Und auch für Obstbauern gab es zurzeit weitaus günstigere Anwesen.

Nachdenklich verließ Eva mit ihrer Badetasche das Zimmer. Sie hatte beinahe ein schlechtes Gewissen, dass ihr inmitten all solcher gravierenden und existentiellen Probleme ein solches Glück wie die Liebe zu Adrian vergönnt war.

Im Treppenhaus auf dem Weg ins Erdgeschoss kam ihr Doktor Thomas entgegen. Der Arzt, der nach dem Verlust seines Vermögens um Jahre gealtert schien, beachtete Eva seit Daniels Abreise so gut wie gar nicht mehr. Sie war Luft für ihn. Offenbar ahnte der verbitterte Mann den Grund für die übereilte Rückkehr seines Sohnes nach Wellington.

»Guten Tag, Doktor Thomas«, grüßte Eva ihn höflich, auch wenn sie wusste, dass sie keine Antwort bekommen würde. An diesem Tag aber hob er seinen Kopf und musterte sie von Kopf bis Fuß. Dann nuschelte er etwas Unverständliches. Eva meinte zu verstehen: »Du bist an allem schuld, Hunnin!« Sie wollte sich hastig an ihm vorbeidrücken. Sein Verhalten war ihr unheimlich, doch er packte sie bei den Schultern und begann sie zu schütteln. Er sagte nichts, aber aus seinem Mund drang eine fürchterliche Fahne. »Ich hätte dich ohnehin nie als Schwiegertochter akzeptiert. Warum musstest du meinem Sohn bloß den Kopf verdrehen? Hau ab! Hast du gehört? Keiner will dich hier haben!« Er lallte.

Es gelang Eva, sich loszureißen, und sie rannte die Treppen hinunter. Dort blieb sie mit pochendem Herzen stehen. Sie kämpfte mit sich, ob sie Adrian davon berichten sollte, aber sie beschloss, es nicht zu tun. Dann würde es nur noch mehr Unfrieden in diesem Haus geben. Nein, besser wäre es, sich schnell eine eigene Bleibe zu suchen.

Aufgewühlt eilte sie weiter. Adrian hatte sie gebeten, zum Hafen zu kommen. Er hatte ihr den Ort genau beschrieben. Jetzt wünschte sie, er wäre nicht ohne sie vorgegangen, um die Überraschung vorzubereiten, die er ihr angekündigt hatte. Umso mehr, als ihr nun Tante Joanne entgegenkam.

»Guten Morgen, Tante Joanne«, sagte sie artig, doch als diese nichts erwiderte, blickte Eva sie erstaunt an. Sie hatte eigentlich stets eine spitze Bemerkung auf den Lippen, wenn sie einander begegneten, aber Eva verstand sofort, warum sie heute schwieg und versuchte, so schnell an ihr vorbeizukommen wie nur möglich. Tante Joanne hatte ein blaues Auge und Eva brauchte nicht allzu viel Fantasie, um zu schließen, wer ihr das zugefügt hatte.

Eva atmete tief durch. Sie brauchte dringend frische Luft. Jetzt fehlt nur noch, dass mir Berenice über den Weg läuft, dachte sie noch, als die Haustür aufging und Adrians Schwester ins Haus trat. Eva wollte sich auch an ihr möglichst rasch vorbeidrücken, doch Berenice ließ sie nicht durch.

»Wow, endlich besitzt sie mal ein Kleid, in dem sie sich sehen lassen kann«, spottete sie. »Du hättest Daniel nie das Wasser reichen können. Ich finde, du passt auch viel besser zu einem Jüngelchen wie meinem Bruder als zu einem gestandenen Mann.«

Auch wenn Eva ganz und gar nicht nach Streit zumute war, konnte und wollte sie diese Bemerkung nicht auf Adrian sitzen lassen. »Ich glaube, das kannst du verwöhntes Küken gar nicht beurteilen«, ätzte sie zurück.

Berenice lächelte triumphierend. »Du wirst dich noch wundern, wenn ich Misses Thomas bin und das Sagen habe ...«

»Dazu müsste Daniel dich aber erst einmal heiraten, meine Liebe! Und ich glaube, es gibt in Wellington genug junge Ladys, die in ihm eine gute Partie sehen.«

»So wie du? Gib zu, er wollte dich nicht! Und dann hast du dich mit meinem Bruder getröstet!«

Eva biss sich auf die Lippen. Natürlich könnte sie Berenice die Wahrheit ins Gesicht schleudern, aber wen ging es etwas an, was an jenem Abend in Evas Zimmer vorgefallen war? Nein, nur um diese schreckliche Person zu verletzen, würde sie nicht preisgeben, dass Daniel ihr einen Antrag gemacht und wie enttäuscht er reagiert hatte, als klar geworden war, dass ihr Herz für Adrian schlug. Also schwieg sie lieber.

»Die Ladys in Wellington interessieren ihn aber nicht. Er wird mich zur Frau nehmen. Jede Wette!«, verkündete Berenice im Brustton der Überzeugung.

»Meinetwegen, wenn du dafür endlich Ruhe gibst! Was habe ich dir eigentlich getan, dass du so gemein bist? Und vor allem, was hat dir deine Großmutter getan, dass du respektlos über sie sprichst? Vergiss nicht, dass ihr das Haus gehört! Und dass sie hier das Sagen hat.«

»Noch! Aber Großmutter Lucie ist alt, und Mutter wird es mir sofort nach deren Tod überschreiben, nachdem Adrian sie so furchtbar enttäuscht hat! Und du kennst meine Großmutter ja gar nicht. Dann würdest du gar nicht so von ihr schwärmen. Sie hat mit diesem Kerl zusammengelebt, hat Mom erzählt, obwohl das ein Skandal gewesen ist. Sie hat den Namen unserer Familie in den Schmutz gezogen...«

»Halt einfach nur dein Lästermaul«, fuhr Eva sie an und versuchte erneut, sich an Berenice vorbeizudrücken, aber die ließ sie immer noch nicht passieren. Mehr noch, sie packte sie grob am Oberarm. Eva musterte sie kühl. »Ist das alles, was du mir sagen wolltest? Dann lass mich los! Ich brauche nämlich dringend frische Luft!«

»Du wirst dich noch wundern. Und mein Bruder jagt dich hoffentlich bald nach Deutschland zurück.«

Mit einem Ruck befreite sich Eva aus dem Griff der jungen Frau: »Kümmere dich lieber um deine Mutter, als große Reden zu schwingen. Ich glaube, die braucht dich jetzt, weil ihr Gatte nämlich betrunken ist und sie offenbar geschlagen hat. *Das* nenne ich einen Skandal«, fauchte Eva und verließ das Haus.

Vor der Tür blieb sie stehen und atmete ein paar Mal tief durch. Zu ihrer großen Freude wehte trotz der hochsommerlichen Temperaturen eine leichte Brise. Schnellen Schrittes ging sie zum Hafen hinunter. Schon von Weitem sah sie die vielen weißen Segel. Plötzlich schwante ihr etwas, als sie den Steg entlang bis fast zum Ende gegangen war. Dort stand nämlich Adrian, gekleidet wie ein Seemann, und winkte ihr zu.

»Darf ich bitten?« Einladend deutete er auf ein schnittiges Segelboot, das leise im Wind dümpelte. »Du musst nur die Schuhe ausziehen, damit das Deck nicht zerkratzt wird«, fügte er hinzu, bevor er auf das Boot kletterte und ihr galant die Hand reichte. Eva fragte sich, wie sie es nur schaffen sollte, vom Steg auf das Boot zu gelangen, ohne sich allzu dumm anzustellen. Das einzige Mal, dass sie in ihrem Leben auf See gewesen war, war auf dem Auswandererschiff gewesen. Doch beherzt machte sie einen großen Schritt und befand sich schon auf dem Boot, das unter ihr mächtig wackelte.

»Geh ganz vorsichtig und halte dich mit der Hand an den

Wanden fest«, riet er ihr und balancierte dann vor ihr an der Seite entlang. Sie tat es ihm gleich.

»Setz dich!«, bat er und nahm wieder ihre Hand, um ihr in den Fahrerstand zu helfen. Er deutete auf eine Bank und verschwand in demselben Augenblick wieder nach vorn.

»Ich musste die Leine losmachen«, erklärte er entschuldigend, während er dafür sorgte, dass sein schönes Boot nicht gegen das des Nachbarn stieß. Als er sich an einem Pfahl rückwärts aus der Box gezogen hatte, holte er die Segel hoch. Und schon setzte sich das Schiff in Bewegung.

»Wie gut, dass es aufgefrischt hat«, rief er ihr gut gelaunt zu. »Ich hatte schon Sorge, dass Flaute herrschen würde, und dann wäre es nichts geworden mit der schönen Überraschung.«

Eva musterte ihn bezaubert. Wie er da stand ... das Ruder, das zu ihrer Verwunderung nichts als ein langer hölzerner Stock war, in der einen Hand, die andere als Schutz gegen die Sonne an die Stirn gelegt ... Ihr gefiel, was sie sah. Durch das Hemd konnte man seinen durchtrainierten Körper erahnen. Ja, er beeindruckte sie am Steuer eines Segelbootes außerordentlich.

»Siehst du die andere Seite der Lagune? Dorthin segeln wir. Man kann herrlich ankern dort.«

Eva sah in die Richtung und war begeistert. Einsame Strände mit schattigen Bäumen, so weit das Auge reichte. Sie strahlte über das ganze Gesicht. Das war wirklich eine gelungene Überraschung.

»Wem gehört das Boot?«, fragte sie neugierig.

Täuschte sie sich oder verfinsterte sich sein Gesicht? Hätte sie lieber nicht fragen sollen?

»Wie der Name des Bootes schon sagt! ›Tommy‹.«

»Nach deinem Großvater?«

Adrian schüttelte den Kopf. »Nein, nach meinem Onkel. Mutters Bruder. Ich habe ihn niemals kennengelernt. Und es spricht auch keiner über ihn. Großmutter sagt immer, er war ihr Augenstern, und dann weint sie fürchterlich ...«

»Großmutter Lucie hat einen Sohn? Sie hat gar nicht erzählt, dass sie noch ein Kind hat.« Eva musste plötzlich an die Spielzeugsärge denken, und ein Schauer lief ihr über den Rücken. »Was ist denn mit ihm?«

»Er *war* ihr Sohn. Er ist schon eine ganze Weile vor meiner Geburt gestorben. Ich weiß nur, dass sie ihn, um ihn von seinem Vater zu unterscheiden, Tommy genannt haben.«

»Und wann und wie ist er gestorben?«

Adrian zuckte die Achseln. »Keine Ahnung. Ich weiß nur, dass ihm dieses Boot gehört hat und dass er ein leidenschaftlicher Segler gewesen sein soll. Man spricht ja nicht über ihn in diesem Haus. Ich habe es versucht, aber meine Mutter blockt das sofort ab. Sie bekommt dann immer so einen spitzen Mund, und wenn sie so ist, kriegt man keinen Ton aus ihr heraus. Irgendetwas stimmt da nicht. Ich für meinen Teil finde es entsetzlich, wie in dieser Familie alles unter den Teppich gekehrt wird. Aber soll ich mich jetzt aufschwingen, die Geheimnisse aufzudecken, die meinen Onkel Tommy umgeben? Und selbst Großmutter schweigt dann immer und kämpft mit den Tränen. Das ist sehr schade, weil ich zu gern wüsste, wer dieser Onkel Tommy war und vor allem, wie er war.«

Eva schluckte ihre Erwiderung hinunter. Wenn er wüsste, dass seine Großmutter geradezu versessen war, ihm endlich die ganze Wahrheit anzuvertrauen. Doch das durfte sie ihm auf keinen Fall verraten, wenngleich es ihr schwerfiel. Sie legte ihm die Hand auf das Knie und seufzte: »Eines Tages wirst du es schon erfahren. Familiengeheimnisse kommen immer ans Licht, ob es die Beteiligten wollen oder nicht.«

Adrian schenkte ihr einen zärtlichen Blick.

»Womit habe ich nur so eine kluge und schöne Frau verdient?«

Sie lachte aus voller Kehle.

»Noch bin ich nicht deine Frau.«

»Schneller als du denkst. Lass mich nur machen.«

»Wieder eine Überraschung?«

»Nicht ganz, dazu gehören zwei. Sag mal, wäre es nicht besser, wir würden wirklich schnell heiraten? Ich denke da auch an die Wohnung, die wir suchen. Als Ehepaar haben wir weitaus größere Chancen.«

»Ich weiß nicht, was Lucie dazu sagen würde, dass du mich wegen einer Wohnung heiraten willst?« Eva lachte immer noch.

»Sie wird es gar nicht erfahren!«

»Das kannst du ihr nicht antun! Und mir auch nicht. Ich möchte ein Fest und ein Kleid, das die Welt noch nicht gesehen hat.«

»Das holen wir alles nach, aber ich möchte keinen Tag länger als nötig warten ...« Er sah sie zärtlich an, doch in diesem Augenblick begannen die Segel zu flattern. Adrian konnte eine unfreiwillige Wende gerade noch im letzten Augenblick verhindern.

Das Boot nahm jetzt Fahrt auf. Eva spürte die salzige Luft auf ihrer Haut und blickte fasziniert in das sich kräuselnde Wasser. Das Boot schien förmlich darüberzufliegen. Das Segeln gefiel ihr, keine Frage!

»Ach, was für eine schöne Überraschung«, rief sie begeistert aus. »Ich fühle mich so frei. Es ist wunderbar!« Sie hob die Arme zum blauen Himmel und juchzte auf. »Es ist herrlich!«

»Komm her. Ganz dicht zu mir«, befahl er. »Ich kann das Steuer nicht loslassen.«

»Was passiert dann?«, wollte Eva wissen, während sie sich dicht neben ihn setzte und in seinen Arm kuschelte.

»Das, was ich eben gerade noch verhindern konnte. Die Segel flattern, es gibt einen fürchterlichen Lärm, das Boot dreht sich, und du fällst womöglich über Bord, wenn der Mastbaum dich am Kopf trifft und ins Wasser fegt ... also ungefähr so ...«

Er tat so, als würde er die Hand vom Ruder nehmen, aber Eva schrie: »Nein, nein, ich glaube es dir!«

»Siehst du das Ufer dort?«

Eva nickte.

»Dort werden wir den Anker werfen.«

Eva sah sich in der Lagune um. Hier war kein Mensch, während sich am Horizont Hunderte von weißen Segeln abzeichneten.

»Aber warum sind wir hierher gesegelt?«

Adrian lächelte verschmitzt. »Weil ich mit dir allein sein wollte. In dem verdammten Haus haben wir doch keine Ruhe.«

»Ich bin eine junge Lady. Und du wagst es, mich mit dir allein ... nein, das hätte ich nicht von dir gedacht«, scherzte Eva, während ihr Herzschlag sich beschleunigte. Was für eine verlockende Aussicht!

»Ich glaube, Lady, Ihr versteht mich falsch. Ich werde nicht Hand an Euch legen. Mein Anliegen ist ein ganz anderes. Schaffst du es, rückwärts die Leiter hinunterzusteigen? Dort steht ein Korb. Hol den mal aus der Kajüte.«

Eva stand vorsichtig auf. Es war eine wackelige Angelegenheit, aber sie wollte ihm zeigen, dass sie das Zeug hatte, eine echte Seemannsfrau zu werden. Sie hielt sich fest und schaffte es, in das Innere den Boots zu gelangen. Zwischen den beiden Kojen stand ein großer Korb, den sie nur unter großer Anstrengung nach draußen befördern konnte. Sie setzte sich wieder auf ihren Platz, was gar nicht so einfach war, weil das Boot auf ihrer Seite hoch aus dem Wasser stach. Geschickt stellte sie den Korb auf den Boden und presste ihn zwischen ihre Beine, sodass er nicht durch das Boot schießen konnte.

Adrian sah ihr mit sichtlichem Vergnügen zu. »Ich habe doch gewusst, dass du dich gut an Bord machen wirst!«

»Warte es nur ab. Ich werde dir gleich ein Menü reichen.«

Er lachte. »Nein, nein, du hast mir bewiesen, dass du eine Bootsfrau bist. Ich segle nur noch dort in den Windschatten, und dann essen wir ganz in Ruhe.«

Plötzlich stand das Boot. Adrian ließ das Ruder los und dann das Großsegel fallen, bevor er nach vorne kletterte und das Vorsegel hinunterholte. Das Boot schaukelte nicht mehr.

Adrian nahm Eva erst einmal in den Arm und küsste sie.

»Wie gefällt es dir hier?«

Eva blickte den schmalen Küstenstreifen entlang, der die Lagune vom Meer trennte.

»Ein Traum!«, flüsterte sie.

»Und schau mal, was ich hier habe!«

Adrian holte aus einer Kiste unter der Bank eine kleine Tischplatte hervor und befestigte sie an den Bänken. Nun hatten sie einen stilvollen Essplatz. Eva nahm die Sachen aus dem Korb und deckte den Tisch. Adrian hatte an alles gedacht: Gläser, Teller, Besteck, Servietten, eine Flasche Wein, Braten, Brot.

Es wurde ein köstliches Essen. Als sie fertig waren, kletterte Adrian zu ihr auf die Bank und begann, ihr zärtlich über den Nacken zu streichen. Sie wandte sich zu ihm um, und sie küssten sich lange und leidenschaftlich. Bisher hatten sie sich nach einem langen Kuss stets wieder voneinander zurückgezogen. An diesem Tag war es anders. Eva spürte in jeder Faser ihres Körpers, dass sie mehr wollte. Allein der Geruch seines Haares und seiner Haut erregte sie. Er roch nach Sonne und Meer.

»Wollen wir nach drinnen gehen?«, fragte er mit belegter Stimme und zog sie, ohne eine Antwort abzuwarten, von der Bank hoch. Auf der Leiter nach unten ließ er ihr den Vortritt. Eva setzte sich auf die linke Koje und beobachtete, wie lässig er die Treppe hinunterkletterte. Sie musste an die gehässigen Worte seiner Schwester denken. Adrian war alles andere als ein Jüngelchen. Er war ein ernsthafter Mann, wie Eva ihn sich erträumte. Manchmal war er sogar zu ernst. Dann wünschte sie ihm die Lockerheit, die Daniel ausstrahlte, wenn er nicht gerade gekränkt abreiste.

Adrian setzte sich neben Eva auf den Rand der Koje und legte den Arm um sie. Schon während sie sich leidenschaftlich küssten, spürte sie seine forschenden Finger über den weichen Stoff ihres Sommerkleides wandern. Ihr wurde heiß, als er bei ihren nackten Beinen angelangt war und die Hand unter ihr Kleid schob. Eva zog ihn sanft auf die Koje. Er lag jetzt über sie gebeugt neben ihr und blickte sie begehrlich an. Sie kannte seinen zärtlichen und leidenschaftlichen Blick, aber dieses fordernde Blitzen in seinen Augen nahm sie zum ersten Mal bei ihm wahr. Es erregte sie, denn es stand darin geschrieben, wonach es sie genauso verlangte wie ihn: Ich will dich! Ich will dich! Ich will dich!

Er verstand es, geschickt ihr Kleid zu öffnen. Als sie schließlich nackt dalag, betrachtete er sie wie ein Wunder. »Du bist so schön«, stöhnte er. Dann stand er auf und zog sich aus. Eva konnte den Blick nicht von ihm lassen. Er war schlank und muskulös. »Bleib einen Augenblick so stehen! Bitte!«, hauchte sie, als er ganz nackt war. Sie hatte noch nie zuvor einen nackten Mann gesehen, aber sie wusste aus Erzählungen der Freundinnen, wie ein Mann gebaut war. Und es erschreckte sie kein bisschen. Im Gegenteil, der Anblick seiner Männlichkeit jagte ihr heiße Schauer über den Körper.

»Komm!«, verlangte sie, nachdem sie sich vorerst sattgesehen hatte. Adrian legte sich neben sie und begann ihren Körper von Kopf bis Fuß zu liebkosen. Er ließ keine Stelle aus. Und sie wusste irgendwann nicht mehr, wo seine Hände waren. Sie fühlte sie überall zugleich. Als er sie zwischen den Schenkeln berührte, schrie sie auf vor Lust. »Ich will dich!«, flüsterte sie mit einer Stimme, in der sie noch zuvor gesprochen hatte. »Komm! Komm!«, forderte sie heiser.

Adrian war sehr vorsichtig. Er ahnt, dass es mein erstes Mal ist, ging es Eva durch den Kopf, als sie einen kurzen ziehenden Schmerz empfand, doch dann nur noch Lust. Sie liebten sich leidenschaftlich. Eva war beinahe ein wenig enttäuscht, als er sich nach einem lauten Aufschrei zur Seite rollte.

»Das nächste Mal lasse ich mir mehr Zeit«, stöhnte er.

Eva lächelte und glaubte, das Liebesspiel sei beendet, doch sie hatte sich getäuscht. Er streichelte sie nun dort, wo sie sich bislang nur selbst berührt hatte. Wie ein Feuer schoss die Lust durch ihren Körper. Er spielte mit ihrer Erregung, indem er mal schneller und mal langsamer wurde. Bis alles in ihr zu explodieren drohte. Sie befürchtete, ohnmächtig zu werden.

»Das ist nicht dein erstes Mal, oder?«, fragte sie nach einer ganzen Weile, nachdem alles vorüber war. Sie setzte sich dabei auf und sah ihm in die Augen.

Ein Lächeln umspielte seine Lippen. »Wie kommst du darauf?«, fragte er verschmitzt.

»Wegen des Nachspiels. Von der Sache selbst haben uns stets die älteren Mädchen hinter vorgehaltener Hand berichtet, aber davon hat mir keine je etwas erzählt.«

Jetzt lachte Adrian. »Ich hatte eine gute Lehrmeisterin. Sie kam aus Wellington und half bei der Weinernte. Sie war schon eine richtige Frau und ich ein Junge. Vierzehn war ich da. Sie hat mich in den Weinbergen verführt und mir gezeigt, womit man eine Frau beglücken kann...«

»Dann muss ich ihr wohl dankbar sein«, lachte Eva. »Und später?«

Adrian drohte ihr schelmisch mit dem Finger. »Du bist sehr neugierig für eine Dame.«

»Wie gut, dass ich keine Dame bin«, erwiderte Eva. »Wie hieß sie?«

»Maureen. Wir sind ein Jahr miteinander gegangen.«

Eva überlegte gerade, ob es zu neugierig wäre, wenn sie fragen würde, warum die Sache auseinandergegangen war, da kam ihr Adrian zuvor: »Ihr Vater bekam einen Job in Sydney und die Familie zog dorthin. Maureen wäre geblieben, wenn ich ihr einen Antrag gemacht hätte, aber ich war noch keine siebzehn und merkte, dass ich auch ohne sie würde leben können...« Er stockte. »... und das kann ich mir bei dir nicht vorstellen. Es hat mich wie ein Blitz getroffen, als ich dich zum ersten Mal gesehen habe.«

»Aber ich muss scheußlich ausgesehen haben. Erschöpft von der Reise... und dann meine verschlissenen Wollsachen.«

»Ob du es glaubst oder nicht. Das hat mich angerührt. Du wirktest so stark, und in deinen Augen lag ein Hauch von Traurigkeit, von Verletzlichkeit. Wie ein kleiner aus dem Nest gefallener Vogel in Gestalt eines Albatrosses.«

»Wie sieht ein Albatros aus? Ich kenne diesen Vogel nicht. Sag jetzt nur nichts Falsches.«

»Albatrosse sind meine Lieblingsvögel. Es sind die schwersten flugfähigen Seevögel, die es überhaupt gibt. Sie besitzen lange schmale Flügel, haben die größte Spannbreite, die ein Vogel haben kann. Weißt du was? Wir machen unsere Hochzeitsreise nach Dunedin. Das ist ein wunderschönes Städtchen auf der Südinsel. Dort auf der Otago-Halbinsel brüten die Königsalbatrosse. Das ist ein Schauspiel, so viele von diesen majestätischen Tieren auf einmal zu beobachten! Ich bin einmal mit Vater hingefahren. Er hatte Kunden dort.«

»Dann habe ich also dein Wort. Wir reisen nach Dunedin, und ich nehme den Vergleich mit dem Albatros als Kompliment...«

Weiter kam sie nicht, denn Adrian verschloss ihren Mund mit einem Kuss und noch einmal brachten die beiden das ankernde Segelboot kräftig zum Schaukeln.

Napier, Juli 1875

Es war ein stürmischer Wintertag, als bei Lucie zum ersten Mal die Wehen einsetzten. Sie hatte sich schnell an den neuen Namen gewöhnt, weil Tom sie seit dem Tag ihrer zweiten Taufe so nannte. Er war sehr glücklich darüber, dass sie sich freiwillig zu diesem Schritt entschlossen hatte. Welche Rolle Bruder Pierre dabei gespielt hatte, das hatte Lucie ihm vorenthalten. Und auch der Maristenbruder hatte sich in Schweigen gehüllt. Er ahnte auch weder etwas von dem Fluch ihres Vaters noch von ihrem Streit mit Hehu. In seinen Augen war der Maori ein Held. Wie oft schwärmte er davon, wie er an jenem Tag zum Haus zurückgekehrt war und mit ihm die ganze Nacht daran gearbeitet hatte, um das Grab des Häuptlings für alle Zeiten zu verschließen.

Sieben lange Jahre hatten sie darauf warten müssen, bis Lucie nach der Fehlgeburt endlich wieder schwanger geworden war. Manchmal hatte sie vor lauter Ungeduld die Zuversicht verloren und befürchtet, niemals mehr Mutter zu werden. In schlechten Zeiten hatte sie gar fest daran geglaubt, dass der Fluch ihres Vaters sie zur Unfruchtbarkeit verdammt hatte. Mehrmals hatte sie Tom angeboten, ihn freizugeben, damit er mit einer Pakeha eine Familie gründen konnte. Doch er hatte das stets abgelehnt und weiter zu seinem Gott gebetet. Manchmal hatte sie sich auch schwanger gefühlt, aber dieses Glück war stets von kurzer Dauer gewesen. Dann endlich hatte ihr das Schicksal den größten Wunsch erfüllt. Seitdem fühlte sich Lucie wie die glücklichste Frau auf Erden.

Schon seit Stunden rannte Tom in der Diele auf und ab. Bei

jedem Schrei, der aus dem Schlafzimmer drang, zuckte der werdende Vater zusammen. Daran konnten auch die beruhigenden Worte des Arztes nichts ändern, den Tom zur Sicherheit ins Haus bestellt hatte. Der aber ließ getrost die Hebamme ihre Arbeit machen und genoss lieber einen guten Wein.

»Nun setzen Sie sich, Tom. Ein guter Vater betrinkt sich, während die Frauen dort drinnen die Arbeit machen. Prost!« Doktor Thomas hob sein Glas.

Tom ließ sich stöhnend auf seinem Stuhl nieder, von dem er sofort wieder aufsprang, als der nächste Schrei seiner Frau durch das Haus gellte. Mit schreckensweiten Augen wandte er sich zu dem Arzt um. »Das ist doch nicht normal. Da ist doch was passiert. Sie stirbt, oder? Ich muss zu ihr...« Doktor Thomas konnte den besorgten Vater gerade noch am Arm packen und auf den Stuhl ziehen. »So und nicht anders ist das Kinderkriegen, alter Junge. Ich fange an, mir Sorgen zu machen, wenn ich nichts mehr höre, aber das da ist Musik in meinen Ohren. Und Sie nehmen jetzt endlich ein Glas. Das ist ein Befehl!« Widerwillig gehorchte Tom den Anordnungen des Arztes und leerte das Glas in einem Zug. »Zufrieden?«, murmelte er.

Doktor Thomas schenkte nach. »Und noch eins!«

Es kostete Tom viel Überwindung, auf seinem Stuhl sitzen zu bleiben, denn bei jedem neuen Schrei durchzuckte es ihn eiskalt. Das ließ erst nach, als sie bei der dritten Flasche angekommen waren. Plötzlich war alles still. Da sprang Tom mit einem Satz auf, doch der Doktor sagte nur: »Zählen Sie bis drei!«

Tom tat, was Doktor Thomas verlangte. Er war gerade bei »zwei«, als Babygeschrei ertönte. Nun hielt ihn nichts mehr. Wie der Blitz war er bei der Tür und stürmte in das Schlafzimmer. Vor dem Bett blieb er ehrfürchtig stehen. Was für ein Bild. Seine geliebte Lucie, der die Anstrengung der letzten Stunden zwar ins Gesicht geschrieben stand, deren Augen aber in einem leuchtenden Glanz erstrahlten, mit dem winzigen Bündel im Arm.

»Oh«, entfuhr es ihm. »Oh.«

»Komm ruhig her, wir beißen nicht«, sagte Lucie leise. Tom näherte sich vorsichtig dem Bett. Nun konnte er das Kind aus der Nähe betrachten.

»Was, was, ich meine, was ist es denn?«, stammelte er.

»Ein Junge.«

Ein Strahlen lief über Toms Gesicht, als er sich ganz dicht über den Säugling beugte. Lucie ahnte, was ihn besonders erfreute. Es war nicht die Tatsache, dass es ein Junge war, denn er hätte auch gern eine Tochter gehabt. Nein, es war das Aussehen des Kindes. Er war seinem Vater wie aus dem Gesicht geschnitten, hatte hellen Flaum auf dem Kopf, eine helle Haut mit rosigen Bäckchen. Lucie hatte es auch nicht glauben wollen, als ihr die Hebamme das Neugeborene in den Arm gelegt hatte. Dieses Kind sah aus wie ein Pakeha-Junge aus dem Bilderbuch. Natürlich hatte es ihr auch einen kleinen Stich gegeben, dass das Kind nichts von einem Maori hatte, aber ihre Freude überwog.

»Darf ich?«, fragte Doktor Thomas, der sich inzwischen zu ihnen gesellt hatte. Lucie trennte sich nur ungern von dem kleinen Wesen.

»Ich bringe es Ihnen gleich wieder. Nur mal kurz schauen, ob alles dran ist«, sagte er, während er mit dem Kind das Zimmer verließ.

Tom ergriff Lucies Hand. »Du hast mir ein so schönes Geschenk gemacht. Ist er nicht wunderbar!«

Lucie lächelte. »Und wenn der Erste schon so schön ist, werden es die Nächsten bestimmt auch.«

»Bist du traurig, dass er ein Bold ist und kein angehender Häuptling?«, fragte Tom zärtlich.

»Die Freude überwiegt. So wird er sich niemals fragen müssen, warum er anders aussieht als andere ...«

»Du würdest es ihm also nie sagen wollen?«

»Nein, nur, wenn ich ein Kind bekomme, das aussieht wie

mein ...« Sie unterbrach sich hastig und wischte sich fahrig über das Gesicht. Sie konnte nicht von ihrem Vater sprechen, ohne dass ihr die Tränen kamen. »Solange es sich vermeiden lässt, müssen unsere Kinder nicht erfahren, dass Maoriblut durch ihre Adern fließt.«

»Und wenn sie dich eines Tages fragen, warum deine Haut so viel dunkler ist und dein Haar so dicht und schwarz?«

»Ach, Tom, lass uns heute nicht darüber nachdenken. Kommt Zeit, kommt Rat! Oder wie lautet dieses deutsche Sprichwort, das du mir neulich beigebracht hast?«

Ergriffen beugte sich Tom zu seiner Frau hinunter und gab ihr einen Kuss. »Ich liebe dich«, flüsterte er schließlich.

»Ein kleiner Prachtkerl!«, rief Doktor Thomas aus, als er in diesem Augenblick mit dem Kind auf dem Arm zurückkehrte. »Wie soll er denn heißen?«

Lucie und Tom sahen sich erschrocken an. Sie hatten zwar gelegentlich über Namen gesprochen, waren sich aber nie einig geworden. Lucie fiel es schwer, einem Namen zuzustimmen, der keine Bedeutung hatte. Tom missfielen die blumigen Maorinamen, einmal abgesehen davon, dass sein Kind einen Pakeha-Namen bekommen sollte.

»Solange wir noch keinen Namen für ihn haben, ist er unser Little Tom«, verkündete Lucie rasch. Tom nickte beipflichtend.

Der Arzt gab »Little Tom« seiner Mutter zurück. »Wir lassen Sie jetzt allein. Miss Benson sieht morgen nach Ihnen, aber der kleine Kerl ist putzmunter. Oder soll sie noch bleiben, bis Sie gestillt haben?«

»Nein, nein, nicht nötig. Das schaffen wir schon«, sagte Lucie. Sie wartete, bis Tom die beiden zur Tür brachte, um das Kind an ihre Brust zu legen. Der kleine Kerl schnappte gierig nach ihrer Brustwarze und sog sich daran fest. Als Tom zurückkam, hörte er ein wohlig schmatzendes Geräusch, das wie Musik in seinen Ohren war.

Napier, Juli 1875

Lucie konnte sich gar nicht sattsehen an ihrem Sohn. Er war nun einen Tag alt, und sie hatte ihn bis auf die Zeit, in der sie schlief, bei sich im Bett behalten. Tom übernachtete nebenan. Nach dem Aufwachen war Lucie sofort aus dem Bett gesprungen und hatte voller Zärtlichkeit in die Wiege, die Tom selbst gebaut hatte, geblickt. Sie wagte nicht, das Kind herauszunehmen, weil es dann aufwachen könnte. Es war nämlich eine unruhige Nacht gewesen. Für Mutter und Kind. Der Kleine hatte irgendwann mitten in der Nacht angefangen zu schreien und war erst gegen Morgen erschöpft eingeschlafen. Lucie fühlte sich wie gerädert, aber es störte sie nicht. Ihr Sohn sah so friedlich aus, wenn er schlief. Und doch hatte er sich seit gestern verändert. Plötzlich wusste sie, was es war. Seine Gesichtsfarbe war dunkler geworden. Ob nun der Maori in ihm durchbricht?, fragte sie sich. Sie war froh, als in diesem Augenblick ein völlig verschlafener Tom an die Wiege trat.

»Guck mal, er ist dunkler geworden«, sagte sie besorgt.

Tom lachte. »Was du so siehst. Das ist der Schatten des Vorhangs, der ihn dunkler erscheinen lässt.«

»Meinst du wirklich?«

»Ja, er sieht noch genauso aus wie gestern Abend, als du ihn in die Wiege gelegt hast. Was für ein braver kleiner Kerl!«

»Du hast gar nichts gehört?«

»Nein«, entgegnete er rasch »Aber das kann auch am vielen Wein gelegen haben«, fügte er schuldbewusst hinzu. »Ist er denn aufgewacht?«

»Er hat ganz entsetzlich gebrüllt.«

»Das kann ich mir gar nicht vorstellen. Bisher...« Weiter kam er nicht, weil »Little Tom« sein Gesicht verzog und in ein Mordsgeschrei ausbrach.

»Der hat aber ein Organ«, bemerkte Tom nicht ohne Stolz.

Lucie nahm ihn aus der Wiege und wollte ihn stillen, in der Hoffnung, dass er nur hungrig war, doch er verweigerte ihre Brust und schrie wie am Spieß. Und Lucie konnte sich nicht helfen. Die Hautfarbe des Kindes hatte sich über Nacht verändert und einen gelblichen Ton angenommen. Sie nahm sich vor, es Tom gegenüber nicht noch einmal zu erwähnen, aber nachher mit der Hebamme zu besprechen. In ihrem Bauch ballte sich ein Klumpen zusammen. Ihr war nicht wohl. Sie hatte Angst um ihr Kind, das nicht aufhörte zu schreien. Schließlich nahm es doch ihre Brust und beruhigte sich wieder. Nachdem Lucie das Kind in die Wiege zurückgelegt hatte, streckte sie sich noch einmal auf ihrem Bett aus und schlief sofort erschöpft ein.

Sie wachte von ihrem eigenen Schreien auf. In dem Augenblick, als ihr Vater ihr das Kind aus den Armen reißen wollte und sie in das vor Angst verzerrte Gesicht des Kleinen blickte: Ihr Kind hatte die Gesichtszüge ihres Vaters und dessen Hautfarbe!

»Um Himmels willen, Misses Bold, was ist mit Ihnen?« Das war die besorgte Stimme der Hebamme. Erschrocken riss Lucie die Augen auf. Miss Benson strich ihr beruhigend über die verschwitzte Stirn.

»Mein Kind«, keuchte Lucie. »Er will mir mein Kind nehmen!«

»Misses Bold, es ist alles in Ordnung. Ich hole Ihnen den Kleinen.«

Die Hebamme war mit einem Satz bei der Wiege und kam mit Little Tom im Arm zurück.

»Sehen Sie nur, er ist ganz friedlich.«

Lucie aber wandte ihr Gesicht ab. Sie traute sich nicht hinzusehen. Was, wenn er über Nacht ein Maori geworden war?

»Was ist mit seiner Hautfarbe?«, fragte sie mit bebender Stimme.

»Nichts, Misses Bold, er hat herrliche rosige Wangen...«
»Ist er dunkel?

»Aber, Misses Bold, nein, er hat nichts von Ihrem samtenen Teint geerbt. Er ist weiß wie der Schnee.«

Zögernd drehte sie den Kopf und riskierte einen Blick auf ihren Sohn. Ein erleichtertes Lächeln erhellte ihr Gesicht. Little Tom sah aus wie bei seiner Geburt. Er war Tom so ähnlich! Lucie streckte die Hände nach ihm aus und Miss Benson legte ihr das Baby in den Arm. Lucie drückte ihn zärtlich an sich. Nein, es war alles nur ein dummer Traum gewesen. Ihr Vater konnte weder ihr noch dem Kind etwas anhaben, denn er lag in seinem kühlen Grab unter dem Vorratsraum. Und selbst, wenn das Kind nach ihr gekommen wäre, auch damit würden Tom und sie zurechtkommen. Bislang hatte noch keiner in Napier durchblicken lassen, dass er sie für eine Maori hielt, wenngleich es wahrscheinlich stadtbekannt war. Aber selbst wenn sich alle die Mäuler zerrissen, es war doch völlig gleichgültig... Hauptsache, die Kinder waren gesund.

Das Klingeln an der Haustür riss sie aus ihren Gedanken.

»Darf ich Sie bitten, einmal nachzusehen? Mein Mann ist draußen im Weinberg.«

»Natürlich, Misses Bold.«

Die Hebamme kam kurz darauf allein zurück ins Zimmer und flüsterte: »Dort draußen ist eine Frau, die mit ihrem Mann weiter oben in der Straße ein Haus gebaut hat. Sie will Ihnen einen Antrittsbesuch machen. Soll ich ihr sagen, dass Sie noch zu schwach sind, Besuch zu empfangen?« Sie sagte das in einem merkwürdigen Ton, der Lucie aufhorchen ließ.

»Warum? Ich freue mich über eine Abwechslung...« Lucie

senkte die Stimme. »Und gegen eine Freundin in der Straße habe ich eigentlich nichts einzuwenden.«

Die Hebamme beugte sich vertraulich über Lucies Bett. »Es ist keine normale Nachbarin, wie Sie denken. Sie ist ... eine Maori.«

Lucie fuhr hoch. Sofort fing das Baby auf ihrem Arm zu schreien an. Lucie gab ihm die Brust, und es beruhigte sich wieder.

Lucies Augen funkelten vor Zorn. »Sie sagen das so abfällig! Dazu haben Sie kein Recht...«, schnaubte sie, und ohne lange zu überlegen, schob sie trotzig hinterher: »Ich bin auch eine Maori!«

Miss Bensons Augen wurden zu Schlitzen. »Ich habe mir so etwas gedacht, aber Sie leben mit Mister Bold in einer anständigen Ehe, und man sieht es nicht auf den ersten Blick! Über die Dame da zerreißen sich die Leute hingegen das Maul.«

»Wären Sie jetzt bitte so freundlich, meinen Besuch ins Schlafzimmer zu bitten!«, befahl Lucie in schneidendem Ton.

»Wie Sie wollen, aber ich habe Sie gewarnt. Wenn Sie ebenfalls ins Gerede kommen wollen. Bitte!«

Lucie ließ sich in ihre Kissen zurückgleiten. Sie war sich nicht sicher, ob sie besonders klug gehandelt hatte, wusste man doch von Miss Benson, dass sie die größte Tratschtante von ganz Napier war.

»Die Tür dort rechts ist es!«, hörte Lucie die Hebamme im Flur fauchen. Und schon trat eine Frau ein, deren Erscheinen Lucie zu einem Freudenschrei veranlasste.

»Harakeke!«

Die Maori schlug die Hände vor den Mund. Dann ließ sie die Arme sinken und stammelte immer nur: »Du bist Misses Bold? Ahorangi, du? Mein Schwesterherz?« Sie trat näher ans Bett und musterte abwechselnd voller ungläubigem Erstaunen ihre Schwester und deren weißes Baby. Schließlich umarmte sie die junge

Mutter, so gut es ging, weil sie doch das Kind im Arm hatte. Tränen liefen ihr über das Gesicht.

»Ich habe einen kleinen Neffen«, murmelte sie immer wieder

»Lass dich anschauen«, sagte Lucie. Harakeke stand auf und drehte sich einmal um sich selbst. Sie trug ein Kleid im Stil der Pakeha, aber sonst war sie ganz die Alte. Sie würde nie jemandem vormachen können, sie sei eine weiße Lady.

»Wie kommst du in diese Straße?«

»Das ist schnell erzählt, aber dasselbe wollte ich dich auch gerade fragen.« Harakeke holte sich einen Stuhl und hockte sich neben das Bett. »Du siehst fremd aus, das Haar und ...« Harakeke stockte, als ihr Blick an Lucies Hals hängenblieb. »Du trägst ein Kreuz? Wo ist das Hei-tiki?«

Lucie wurde knallrot. »Ich ... ich habe mich meinem Mann zuliebe taufen lassen.«

Harakeke rollte mit den Augen. »Wie gut, dass Vater nichts davon weiß.«

»Der wird es nie erfahren«, entgegnete Lucie hastig und senkte den Blick. Es war ihr, als würde ihr die Schwester auf den Grund der Seele blicken können, wenn sie einander in die Augen sahen. Das war schon früher so gewesen. Harakeke wusste immer, was in anderen Menschen vor sich ging. Und sie wusste auch immer Rat. Wie oft hatten Bedürftige sie aufgesucht, statt zu dem alten Heiler zu gehen. Der hatte davon Wind bekommen und verlangt, dass der Häuptling Harakeke fortjagte. Der aber hatte sich geweigert, seine eigene Tochter zu verstoßen. Allerdings hatte er ihr strikt verboten, dem Heiler weiterhin ins Handwerk zu pfuschen, und ihr befohlen, ihn stattdessen zu heiraten. Einen hässlichen Mann, den keine andere haben wollte, mit einem erwachsenen Sohn Ahuri, der Tiere quälte ... Die Hochzeit hatte ein paar Tage nach der ihrer Schwester stattfinden sollen.

»Ich wurde von den Kerlen an einen Mann verkauft, genau wie du! Mich haben sie nach Tauranga verschleppt.«

Lucie hob den Kopf. Das Baby war inzwischen in ihrem Arm eingeschlafen.

»Ich, ja, ich wurde auch verkauft, aber Tom hat mich gerettet.«

»Wer ist Tom? Mister Bold?«

Lucie nickte. »Und du?«

»Mister Dorson hat mich in Tauranga gekauft, aber er hat mir angeboten, dass ich zu meinem Stamm zurückkehren kann. Das hat er schon bei einigen jungen Maorifrauen zuvor gemacht, damit sie wieder nach Hause können.«

»Und warum bist du bei ihm geblieben? Hast du dich auch in ihn verliebt, so wie ich mich in Tom?«

Harakeke wollte sich ausschütten vor Lachen, sodass ihre perlweißen Zähne sichtbar wurden.

»Wo denkst du hin? James könnte mein Vater sein. Wir sind kein Liebespaar. Ich wollte aber nicht zurück, denn ich habe dort keinen Platz mehr. Du weißt, dass Vater mir verboten hat, meine Heilkunst auszuüben. Und ich muss es tun. Als ich erfuhr, dass James unter schwerem Knochenweh, unter Rheuma, leidet, hatte ich die Idee, so lange bei ihm zu bleiben, bis es ihm besser geht. Und meine Mittel haben ihm sehr geholfen. Aus Dankbarkeit hat er mir angeboten, ihn zu heiraten. Er war einmal ein berüchtigter Pelzhändler, der dann dubiose Landgeschäfte mit Maoristämmen gemacht hat. Ich will es gar nicht so genau wissen, aber er ist kinderlos und besitzt ein Vermögen. Und er bestand darauf, dass es einst seiner Heilerin zugutekommt. Ich habe eingewilligt, und dann sind wir von Tauranga hergezogen. Wir haben uns dieses Haus gebaut. Und er hat immer wieder Zipperlein und nicht nur er, sondern auch seine Freunde. Ich kann endlich das machen, wozu ich berufen bin. Das ist alles besser, als die Frau des alten Ekels zu werden, der sich Heiler schimpft!«

»Das ist doch wunderbar«, rief Lucie begeistert aus, wobei ihr die Vorstellung, auf die Liebe zu verzichten, schrecklich erschien.

»Ich weiß, was du denkst. Du denkst, die arme Harakeke wird nie eigene Kinder bekommen. Sie wird nie an den Früchten der Liebe naschen.«

»Nein, nein das habe ich gar nicht gedacht, ich ...«

»... ich werde nie so ein Kind auf dem Arm halten. Das ist wahr, aber ich habe doch früher schon immer gesagt, ich würde mich lieber als gute Tante deiner Kinder annehmen.«

Lucie klatschte begeistert in die Hände. »Das würdest du tun? Patin werden für den kleinen ...?«

»Wie heißt er?«

Lucie zuckte die Achseln. »Wir haben noch keinen Namen.«

Harakeke strich dem Säugling versonnen über den zarten hellen Flaum. »Die Ahnen haben uns wieder zusammengebracht. Du kannst dich auf mich verlassen. Ich werde die beste Tante der Welt sein!«

»Wenn Little Tom mich nicht davon abhalten würde, ich würde dich jetzt liebend gern umarmen.«

Die beiden Frauen blickten einander immer noch ein wenig verwundert an.

»Lucie? Lucie ... Liebling?«, ertönte da Toms Stimme vom Flur. Und schon trat er ins Zimmer, blieb aber wie angewurzelt stehen, als er die Fremde am Bett seiner Frau sitzen sah.

»Das ist Harakeke. Stell dir vor, die Ahnen haben uns wieder zusammengeführt. Sie wohnt nur ein paar Häuser weiter!«, rief Lucie begeistert aus, während der fragende Blick ihrer Schwester förmlich auf ihrer Haut brannte. Natürlich wusste sie, warum: Harakeke stieß sich an ihrem neuen Namen ...

»Ich weiß, wer die Dame ist«, entgegnete Tom steif und streckte Harakeke höflich die Hand entgegen. »Guten Tag, Misses Dorson.«

»Guten Tag, Mister Bold«, flötete sie und sprang von ihrem Stuhl auf. Lächelnd wandte sie sich Lucie zu. »Ich gehe dann mal. Hat mich sehr gefreut, dich wiederzusehen, Lucie!« Den Namen ihrer Schwester sprach sie gedehnt aus und mit einem gewissen Spott in der Stimme.

»Bitte, komm nur bald wieder. Du musst doch die Fortschritte verfolgen, die der Kleine macht«, sagte Lucie, die spürte, dass sich mit Toms Auftauchen eine gewisse Spannung im Raum breitgemacht hatte.

»Ich bringe Sie zur Tür, Misses Dorson«, erklärte Tom förmlich, aber Harakeke winkte ab.

»Nicht nötig, ich finde den Weg schon allein!«

»Musstest du so unfreundlich zu ihr sein?«, fuhr Lucie Tom an, nachdem sie das schlafende Kind in die Wiege zurückgelegt hatte. »Was meinst du, wie glücklich ich bin, sie wiederzuhaben?«

»Ich wusste bislang nicht, dass Misses Dorson dir dermaßen nahesteht! Woher kennst du sie eigentlich?« Das klang spitz.

»O je, ich habe in meiner Aufregung ganz vergessen, dir das Wichtigste zu erzählen. Sie ist meine einzige Schwester. Wir wurden an demselben Tag entführt. Sie hat das gleiche Schicksal erlitten wie ich ...«, empörte sich Lucie.

»Das wage ich zu bezweifeln. Der gute Mister Dorson und deine Schwester sind das Stadtgespräch, denn im Gegensatz zu dir ist sie bei dem Kerl geblieben, der sie gekauft hat. Und dabei könnte sie seine Enkelin sein!«

»Sie ist freiwillig bei ihm geblieben und nicht als seine Bettgespielin, sondern als seine Krankenschwester, wenn du es genau wissen willst!«

Lucie war aus dem Bett gesprungen, hatte die Hände in die Hüften gestemmt und sich wütend vor ihrem Mann aufgebaut. Sie zitterte am ganzen Körper. Statt sich mit ihr zu freuen, dass sie ihre Schwester wiedergefunden hatte, plapperte er den Blödsinn nach, den die Pakeha-Klatschbasen verbreiteten. Es hatte noch nie zuvor ein böses Wort zwischen ihnen gegeben, aber diese Vorurteile aus seinem Mund regten sie auf. Sie hatte doch wirklich alles getan, um ihre Wurzeln möglichst zu verwischen, ja sogar einen anderen Namen hatte sie sich zugelegt. Er hatte kein Recht, über Harakeke herzuziehen!

»Du solltest netter zu Misses Dorson sein, denn sie wird die Patin unseres Kindes sein!«, schnaubte Lucie. »Wenn es dir schon nicht passt, dass sie die Tante des Kleinen ist!«

»Das wüsste ich aber!«, gab Tom wütend zurück und stürmte aus dem Zimmer.

Lucie legte sich wie betäubt zurück ins Bett. Sie wich in Gedanken zwar nicht von ihrer Meinung ab, doch sie bedauerte, dass sie nicht geschickter vorgegangen war. Sie hätte sich zunächst einmal anhören sollen, was Tom für Vorbehalte gegen Harakeke pflegte, um sie dann zu entkräften.

Sie kämpfte mit sich, ob sie sich nicht für ihren Ton entschuldigen sollte, aber sie war noch zu zornig bei dem Gedanken, dass Tom so kritiklos die Halbwahrheiten übernahm, die man über ihre Schwester streute. Da hörte sie einen gellenden Schmerzensschrei.

Als sie auf den Flur gerannt kam, lag Tom am Treppenabsatz und konnte sich nicht mehr rühren. »Der Rücken, verdammt, der Rücken. Ich habe die schweren Fässer getragen und ...« Wieder schrie er auf. »Hol den Arzt! Schnell!«

Lucie zog sich in Windeseile an und preschte los. Gerade als sie Harakekes Haus erreicht hatte, trat ihre Schwester in den Vorgarten. »Lucie? Wie konntest du nur?« In ihrem Gesicht stand die pure Verachtung geschrieben.

»Darüber reden wir später. Ich brauche dich auf der Stelle. Tom liegt auf der Treppe und kann sich nicht mehr rühren. Komm mit!«

Harakeke verschränkte abwehrend die Arme vor der Brust. »Ich glaube kaum, dass sich dein Mann von Misses Dorson behandeln lässt!«

Lucie holte tief Luft und forderte Harakeke in der Sprache

192

ihrer Ahnen auf, damit aufzuhören und mitzukommen, was diese schließlich auch tat.

»Wo ist der Doktor?«, fragte Tom, als sich Harakeke schließlich unwirsch über ihn beugte. Sie aber blieb ihm eine Antwort schuldig und drehte ihn mit einem einzigen Griff zur Seite. Tom schrie auf. »Wollt ihr mich umbringen?«

»Wenn Sie mich nicht meine Arbeit machen lassen, dann ja!«, entgegnete Harakeke schroff, während sie ihre Finger in Toms Lendenwirbel bohrte und gleich wieder losließ. »Besser?«, fragte sie.

Tom sah sie ungläubig an. »Ich, ja, ich kann mich wieder rühren.«

»Gut, dann stehen Sie auf. Stützen Sie sich auf.«

Tom tat, was Harakeke von ihm verlangte.

»Lucie, gehst du bitte vor und schlägst die Bettdecke auf!«, ordnete die Heilerin an. Lucie eilte voran zum Schlafzimmer, während Tom humpelnd und auf Harakeke gestützt folgte.

Stöhnend ließ sich Tom in die Kissen fallen. Er war blass um die Nase.

»Und du legst dich auch hin!«, befahl Harakeke.

»Aber, einer muss doch kochen und ...«

»Ab ins Bett!«

»Ich werde jetzt drüben eine Tinktur anrühren, und dann kehre ich zurück und zaubere euch etwas zu essen.«

Zögernd folgte Lucie dem Befehl der Schwester und legte sich neben Tom. Sie lagen eine Weile stumm nebeneinander, nachdem Harakeke gegangen war, doch dann spürte Lucie, wie sich seine Hand in ihre schob.

»Verzeih mir, dass ich vorhin so schroff war. Ich hatte kein Recht, über deine Schwester zu urteilen, ohne sie zu kennen.«

»Schon gut, mir tut es leid, dass ...«

Das Geschrei des Säuglings unterbrach Lucie. Sie richtete sich auf, ging zur Wiege und holte das Kind.

»Wir brauchen endlich einen Namen«, bemerkte Tom mit einem zärtlichen Blick auf Mutter und Kind.

Lucie nickte beipflichtend, während sie ihren Sohn liebevoll betrachtete.

»Tommy«, sagte sie leise.

»Wie bitte?«

»Dein Sohn wird Tommy heißen!«

»Das würdest du wirklich wollen?«

»Ja, mein Schatz«, flüsterte Lucie. »Aber nur, wenn Harakeke die Patin wird.«

»Erpresserin!«, lachte Tom. »Aber nur, weil deine Schwester heilende Hände besitzt!«

Napier, 3. Februar 1931

Adrian zitterte vor Aufregung, als sie bei der Schule ankamen. Nicht nur, weil er an diesem Vormittag seine zweite Probestunde an der technischen Schule halten sollte, sondern auch, weil Eva und er auf dem Weg dorthin auf dem Standesamt gewesen waren. Die Idee war ganz spontan entstanden. Adrian war der Meinung, Eva müsse so schnell wie möglich einen einheimischen Namen bekommen. Sie hieß nun seit einer knappen halben Stunde Eva Clarke und strahlte vor Glück. Natürlich würden sie auch noch kirchlich heiraten und ein großes Fest geben, aber erst, wenn Lucie und Harakeke aus ihrer Sommerfrische in Meeanee zurückgekehrt waren. Eva brachte ihren Ehemann noch bis zur Eingangstür. Sie selbst hatte noch ein wenig Zeit. Ihr erster Unterrichtstag begann heute um elf Uhr. Um Viertel vor elf würde sie dann Amanda im Schwesternheim abholen. Natürlich war es nicht ihr Traum, Krankenschwester zu werden, aber was nützten ihr die Träume, Häuser zu entwerfen, wenn sie derart unrealistisch waren? Sie war dankbar, dass man sie überhaupt genommen hatte und dass sie einen Beruf ergreifen würde, in dem sie sicher eine Anstellung finden würde. Krankenschwestern wurden immer gebraucht.

»Wovon träumst du gerade, mein Eheweib? Dass ich dich noch einmal küsse?«, fragte Adrian verschmitzt und riss sie aus ihren Gedanken.

Eva lächelte. »Einmal noch!«

Adrian wollte sie gar nicht mehr loslassen. Drei Mal verabschiedete er sich von ihr. Und immer wieder zog er sie zu sich heran und küsste sie. »Machen wir nachher einen kleinen Turn mit der ›Tommy‹? Eine Runde Segeln?«, fragte er zärtlich.

»Segeln? Ich weiß doch genau, was du willst«, erwiderte sie mit gespielter Empörung.

»Natürlich, das ist mein gutes Recht. Noch nie etwas von der Hochzeitsnacht gehört, Misses Clarke? Aber wenn es beliebt, dann können wir stattdessen auch eine Runde schwimmen oder Karten spielen.«

Eva knuffte ihn liebevoll in die Seite.

»Kartenspielen. O ja! Dann komm ich mit! Hochzeitsnacht erst, nachdem wir in der Kirche waren«, lachte sie. »Hoffentlich ist das Meer nicht zu bewegt. In den letzten beiden Tagen herrschte ja ordentlich Wellengang dort draußen«, gab sie zu bedenken.

»Aber heute ist das Wasser wieder ruhig, vielleicht sogar zu ruhig zum Segeln; wir sollten es zumindest versuchen.«

Wieder küssten sie sich. Eine Gruppe lärmender Jungen näherte sich.

Eva zuckte zurück und beendete den Kuss. »Wenn das deine Schüler sind, dann nehmen sie dich nachher nicht ernst«, raunte sie. Seufzend ließ Adrian die Hände sinken. »Ich werde jedem berichten, dass es mein gutes Recht ist, meine Frau an unserem Hochzeitstag so oft und viel zu küssen, wie ich will! Dann, mein Herz, bis nachher. Meinst du, dass wir uns gegen sechzehn Uhr am Hafen treffen können? Bist du dann wohl fertig?«

»Der Unterricht geht heute nur bis fünfzehn Uhr. Sie wollen mit uns einen Rundgang durch das Hospital machen«, erwiderte Eva und ließ ihren Blick zum Himmel schweifen. Was für ein wunderbarer Tag. Kein einziges Wölkchen war dort oben zu sehen.

»Ich brauche unbedingt eine Mütze, die mich auf dem Boot vor der Sonne schützt«, sagte sie mehr zu sich selber. »Ich freue mich auf heute Nachmittag, aber jetzt gehe ich, ohne mich noch einmal umzudrehen.« Entschieden wandte sich Eva von ihm ab, doch bevor sie um die Ecke bog, drehte sie sich noch einmal um. Adrian strahlte über das ganze Gesicht und warf ihr eine Kusshand zu. Dieser Anblick würde sich unauslöschlich in ihr Herz brennen. Das ahnte sie allerdings zu diesem Zeitpunkt noch nicht, denn das Unheil, das bald über die Stadt hereinbrechen sollte, war noch unsichtbar. Kein Mensch in der Hawke's Bay witterte an diesem Morgen eine Gefahr. Bis auf eine alte Maorifrau, die ihrer Familie seit Tagen mit der Warnung in den Ohren lag, sie sollten die Stadt verlassen, solange noch Zeit dazu wäre, die aber von keinem Menschen ernst genommen wurde.

Eva wollte die Zeit bis zu ihrer Verabredung mit Amanda nutzen, um durch die Stadt zu schlendern und sich diesen Sonnenhut zu besorgen, den sie so gern haben wollte und den unten im Segelhafen fast alle Frauen trugen. Ein weißes kleines Hütchen, wie das eines Seemannes. Im Kaufhaus in der Hastings Street würde sie bestimmt etwas Passendes finden. Unterwegs kamen ihr immer wieder Gruppen von Schülern entgegen, denn es war der erste Schultag nach den Ferien. Die Stadt war lange nicht mehr so belebt gewesen wie an diesem Tag. Sie nahm die Straßenbahn, denn das Kaufhaus lag ganz am Ende der Hastings Street.

In der Bahn musste Eva daran denken, wie sie vor nicht einmal ganz drei Monaten in Napier angekommen war. Niemals hätte sie sich vorstellen können, dass dieser Ort einmal ihre Heimat würde. Und doch fühlte sie sich inzwischen fast wie eine Einheimische. Und nun war sie Misses Clarke. Auch ihre Aussprache war dank Lucies und Adrians Nachhilfestunden viel besser geworden. Die Einzigen, die sie spüren ließen, dass sie eine Fremde war, waren Berenices Freunde und der Doktor, wenn er betrunken war. Und das geschah leider immer häufiger. Allerdings wurde er Tante Joanne gegenüber nicht mehr handgreiflich. Dem hatte Adrian, nachdem ihm Eva von ihrer Beobachtung erzählt hatte, einen Riegel vorgeschoben. Er hatte den Doktor am Kragen gepackt und ihn gewarnt, seine Mutter ja nicht noch einmal anzurühren.

In dem Kaufhaus fand sie leider kein weißes Hütchen, das für ihre Zwecke geeignet schien. Man gab ihr den Hinweis, dass es bei »Roach's« in Hastings eine ganze Abteilung mit Seglerkleidung gab. Eva wäre am liebsten mit dem Bus in den zwanzig Kilometer entfernten Nachbarort gefahren, aber ein Blick auf die Uhr zeigte ihr, dass sie das nicht mehr schaffen würde. Sie verließ das Kaufhaus unverrichteter Dinge und schlenderte zu Fuß die Hastings Street zurück. Es war allerdings immer noch zu früh, um auf direktem Weg zum Schwesternheim zu gehen. Also beschloss sie zu trödeln. Sie blieb an jedem Schaufenster stehen und betrat diverse Läden. In einem Damengeschäft fand sie ein entzückendes Kleid, an dem sie nicht vorbeigehen konnte. Noch besaß sie ein wenig von dem Geld, das der Bruder ihr geschickt hatte. Sie hatte es eigentlich sparen wollen. Gegen alle Vernunft nahm sie schließlich das Kleid. Draußen vor der Tür packten sie Gewissensbisse, die sie aber schnell abschüttelte. Ihr Blick wanderte nach oben zu den Vordächern. Das war etwas so Typisches in der Architektur Napiers – und auch in der des übrigen Neuseelands – hatte ihr Adrian erklärt. Dieses Bild würde sich ihr in jeder Stadt bieten. Auf Höhe des ersten Stockwerks besaßen die Häuser ein Vordach, sodass man unter dem Schutz der Dächer im Schatten durch die Stadt schlendern konnte. Bei der gleißenden Sonne, die an diesem Februar bereits am Vormittag vom Himmel strahlte, eine gute Erfindung, dachte Eva, während sie einen Blick auf die Uhr warf. Sie erschrak. Die Zeit war wie im Fluge vergangen. Nun sollte sie sich sputen. Es war kurz vor halb elf, und sie musste zurück zur anderen Ecke der Stadt.

Unterwegs kam ihr eine alte Maori mit einem gegerbten Gesicht und einem Tattoo am Kinn entgegen. Um den Hals trug sie ein Amulett aus Greenstone. Eva musste unwillkürlich an Lucie denken. Offenbar starrte sie die Maori zu sehr an, denn die alte

Frau blieb abrupt stehen. »Du musst die Stadt verlassen, ehe es zu spät ist«, raunte sie mit einer unheimlichen Stimme. »Du gehörst nicht hierher!«, fügte sie hinzu. Eva lief trotz der Hitze ein kalter Schauer über den Rücken, denn die Maori musterte sie mit stechendem Blick, und Eva fühlte sich durchschaut. Die Alte sprach die Wahrheit.

»Großmutter, du sollst die Leute doch nicht belästigen!«, rief nun eine junge Maori, die aber nur auf den zweiten Blick als solche zu erkennen war. Im Gegensatz zu ihrer Großmutter war sie wie eine Pakeha zurechtgemacht.

»Entschuldigen Sie bitte, meine Großmutter sieht seit kurzem Gespenster. Sie meint, die Ahnen hätten ihr geflüstert, dass sie mit dieser Stadt untergehen wird. Und nun ist sie einfach aus dem Haus gegangen, rennt seitdem durch die Straßen und ängstigt die Menschen. Und ich soll sie zurückbringen, hat mein Vater verlangt. Aber sie will partout nicht. Ich weiß überhaupt nicht, was ich mit ihr machen soll. Sie schlägt um sich, wenn ich sie anfasse. Mir ist das peinlich, und es passt mir gar nicht, denn in einer halben Stunde muss ich in der Schwesternschule sein, wo mein Unterricht beginnt. Man wird mir kaum glauben, dass ich mich verspäten werde, weil ich erst meine verrückte Großmutter einfangen und nach Hause bringen muss.« Sie lächelte verlegen.

»Ich glaube, da kann ich Ihnen helfen. Ich fange heute auch in der Schule an und werde Ihre Verspätung entschuldigen. Ich heiße Eva Schindler, ich meine, äh ...« Eva verbesserte sich nicht.

Die Maori schüttelte dankbar die Hand, die Eva ihr entgegenstreckte. »Ich bin Hariata Tami.«

»Rettet euch!«, ertönte die Stimme der Großmutter beschwörend.

Hariata ergriff beschwichtigend die Hand ihrer Großmutter. Dieses Mal ließ die Alte das zu. »Ich bringe dich jetzt nach Hause. Ich muss doch in die Schule.« Sie drehte sich noch einmal zu Eva um. »Danke, dass Sie das für mich tun. Ich beeile mich. Vielleicht bin ich ja auch noch pünktlich.«

Eva beschleunigte ihren Schritt. Sonst würde auch sie selbst zu spät kommen. Ihre Gedanken schweiften zu Lucie ab. Die Begegnung mit der alten Maori hatte ihr bewusst gemacht, wie sehr sie die alte Dame vermisste. Am nächsten Wochenende aber würden Adrian und sie die beiden Frauen in Meeanee besuchen. Und Eva hoffte, dass sie Zeit fänden, mit der Geschichte voranzukommen. Lucies neuer Plan war nämlich, dass Adrian das Heft zur Hochzeit bekommen sollte ...

Eva hatte bereits die Spencer Road erreicht und konnte in der Ferne das Schwesternheim an der Ecke zur Napier Terrace sehen. Ein Blick auf ihre Uhr zeigte ihr, dass sie nur zwei Minuten Verspätung hatte. Es war zehn Uhr 47. In diesem Augenblick hatte sie das Gefühl, als geriete die Erde unter ihr in Bewegung. Sie blieb verwundert stehen, aber alles war schon wieder ruhig. Das habe ich mir wohl eingebildet, dachte Eva noch, als die Erde erneut unter ihr wankte, in Wellenbewegungen auf und ab schaukelte und ein ohrenbetäubender Lärm an ihr Ohr drang. Noch einmal bäumte sich die Erde auf und riss überall um sie herum auf. Eva fuhr herum und sah, wie das Haus, neben dem sie stand, mit lautem Getöse in sich zusammenstürzte. Sie wollte weglaufen, doch stattdessen wurde sie zu Boden geworfen und kam nicht mehr auf die Beine. Das Letzte, was sie sah, waren auf sie zustürzende Trümmerteile.

NAPIER, 3. FEBRUAR 1931

»Wach auf. Eva, so wach doch auf!« Eva hörte eine fremde Stimme ganz nahe an ihrem Ohr. Sie glaubte zunächst, dass sie in ihrem Bett lag und träumte, doch dann spürte sie den Schmerz an ihrer Schläfe. Erschrocken riss sie die Augen auf und blickte in Hariatas besorgtes Gesicht.

»Was ist passiert? Wo bin ich?«

»Dich haben Trümmerteile gestreift, aber die Wunde blutet nicht mehr. Kannst du aufstehen?« Die Maori reichte Eva ihre Hand. Eva ließ sich hochziehen. Ein Blick umher, auf das ganze Ausmaß der Zerstörung, genügte ihr, um sich in Erinnerung zu rufen, was geschehen war. Sie hatte das Gefühl, in einer anderen Stadt zu sein, in einem Albtraum gefangen. Autos waren auf der Straße in Kratern versackt, die Häuser zerstört, überall lagen Trümmer und das, was sie in Richtung der Ahuriri Lagune sah, ließ sie an ihrem Verstand zweifeln. Dort, wo sie heute Nachmittag mit Adrian segeln gehen wollte, war gar kein Wasser mehr, sondern Land. Adrian! Sie musste zu ihm.

»Ich muss meinen Mann finden«, rief sie in Panik aus.

»Erst einmal werden wir deine Wunde im Hospital verbinden«, widersprach Hariata energisch. Eva folgte ihr zögernd. Sie war immer noch wie betäubt. Sie begriff zwar, dass ein Erdbeben all dies verursacht hatte, doch sie konnte noch immer nicht ermessen, was das bedeutete. In der Pfalz hatte es so etwas nicht gegeben. Sie hatte in der Schule davon gehört. Das Erdbeben von Messina fiel ihr ein. Darüber hatte der Lehrer einst gesprochen.

Aber dass sie gerade selbst eins miterlebt hatte? Nein, das konnte und wollte sie sich gar nicht vorstellen.

Erst als sie bei dem Schwesternheim oder vielmehr dem, was davon übrig geblieben war, angekommen waren, wurde ihr endgültig bewusst, dass das alles ganz real war. Ein Erdbeben hatte binnen Minuten eine Spur tödlicher Verwüstung über Napier gebracht. Von dem Schwesternheim war nur noch ein Haufen Schutt übrig. Und schon waren kräftige Männer dabei, in den Trümmern nach Überlebenden zu suchen.

»Meine Freundin Amanda ist da drin«, rief Eva entsetzt aus und wollte sich unter die Männer mischen, um selbst nach der jungen Frau Ausschau zu halten. Da entdeckte sie ihren leblosen Körper, der unter einem Steinhaufen lag. Amandas Gesicht war verzerrt. Die Panik vor dem Unfassbaren stand in den Zügen der toten Freundin geschrieben.

»Sie hat vor der Tür auf mich gewartet, als sie von Trümmern begraben wurde. Wenn ich pünktlich gewesen wäre, wäre das nie geschehen«, schluchzte Eva auf.

»Nein, mein Kind, sie war noch im Haus. Sie stand am Fenster. Ich habe es von unten gesehen. Ich habe noch gerufen: ›Lauf, schnell, raus da!‹, aber da kam die zweite Welle. Und das Gebäude stürzte vor meinen Augen in sich zusammen«, sagte eine Stimme neben ihr. Es war die Schulschwester, die sie eingestellt hatte. Eva fiel ihr schluchzend um den Hals, doch die resolute Schwester befreite sich hastig aus der Umarmung.

»Ihr beiden kommt mit mir!«, befahl sie nun. »Wir müssen veranlassen, dass Betten aus dem Krankenhaus geholt und die Verletzten ins Freie gebracht werden. Man weiß nie, ob es noch ein Nachbeben geben wird.«

»Aber mein Mann«, widersprach Eva schwach, doch sie wusste, dass es in dieser Lage vorrangig darum ging, dort zu helfen, wo sie gerade war.

Eva und Hariata folgten der Schwester. Sie hielten einander

bei den Händen. Auch die Maori zitterte am ganzen Leib. »Ich möchte auch wissen, was mit meiner Familie ist, aber...« Hariata stockte und schrie auf. In diesem Augenblick schossen in der Ferne Flammen in die Höhe. Sie kamen aus Richtung Innenstadt.

»Ich muss da hin. Ich muss da hin«, brüllte Hariata, aber Eva zog sie mit sich fort zum Hospital. Sie hatte inzwischen eingesehen, dass keine Zeit für das Beweinen persönlicher Schicksale blieb. Sie verstand Hariatas Verzweiflung allerdings zutiefst, denn natürlich wollte auch sie in diesem Inferno bei ihrem Liebsten sein.

Das Krankenhaus war zum größten Teil von Zerstörungen verschont geblieben. An der Tür kamen ihnen zwei Ärzte im Laufschritt entgegen.

»Diese Mädchen sind Schwesternschülerinnen!«, rief die Schulschwester und rannte weiter. »Sie können Ihnen helfen!«

Einer der Arzt nickte ihnen kurz zu und forderte sie auf, ihnen einfach zu folgen, bevor er mit seinem zweiten Kollegen in Richtung Innenstadt davonstob. Dort habe das Erdbeben die Bewohner am schlimmsten getroffen, rief er ihnen zu. Dort herrsche das Chaos! Das bestätigte sich, je näher sie der Hastings Street kamen, wo die Einwohner der Stadt eben noch bei herrlichstem Sonnenschein herumgeschlendert waren, desto mehr sah es so aus, als wären sie auf einem Schlachtfeld. Und immer wieder schossen Flammen aus den zerstörten Häusern. Flammen, die sich in Windeseile ausbreiteten. Und überall gellende Schreie. Neben ihnen mühte sich ein Mann ab, eine Frau aus einem Keller zu befreien. Eva wollte ihm zur Hilfe eilen, aber der Arzt herrschte sie an: »Das ist etwas für starke Männer und andere Helfer. Wir sind nicht zum Bergen gekommen, sondern nur für die Behandlung der Wunden der Geretteten!«

»Wo sind die Verletzten?«, brüllte sein Kollege dem Mann zu.

»Im Park!«, schrie er.

Sie rannten die Straße entlang über Schutt, um zerstörte Wagen herum. Sie mussten über eine umgekippte Straßenbahn klettern.

Plötzlich in einer Seitenstraße blieb Hariata stehen.

»In dem Haus wohnt meine Familie«, schrie sie. »Warum löscht es denn keiner?«

»Weil wir kein Wasser haben!«, brüllte ein Feuerwehrmann zurück. »Weil wir kein verdammtes Wasser haben!«

Eva konnte Hariata gerade noch davon abhalten, in das brennende Haus zu stürmen. »Sei vernünftig. Vielleicht ist deine Familie längst gerettet.«

Die Maori zögerte zunächst, doch dann folgte sie Eva und den beiden Ärzten. Im Park sah es aus wie in einem Lazarett. Jedenfalls stellte sich Eva das so vor. Ihr Vater hatte nämlich oft geschildert, wie es im Krieg zugegangen war. Aber nur, wenn er zu viel von dem Wein getrunken hatte, dann hatte er mit Tränen in den Augen geschildert, was er in Verdun gesehen hatte. Schreiende Fleischbündel, Reste von Menschen ...

Sie teilten sich in zwei Gruppen. Eva ging mit dem einen, Hariata mit dem anderen Arzt.

Vor ihnen auf der Erde lag ein sich vor Schmerz aufbäumender Mann, dem die Hand fehlte und dessen blutiger Stumpf versorgt werden musste. Wieder fielen Eva die Worte ihres Vaters ein.

Nicht daran denken!, ermahnte sie sich und versuchte, all ihre Gefühlte auszuschalten, während sie den Anweisungen des Arztes folgte. Ohne nachzudenken, reichte sie ihm aus seiner Tasche, wonach er verlangte, zerriss Hemden der Männer in Fetzen und machte daraus Verbände.

Sie zuckte zusammen, als der Arzt sich plötzlich ihr zuwendete und sie bat stillzuhalten. Dann betupfte er ihre Stirn mit einer teuflisch brennenden Lotion und wickelte ihr einen Verband um den Kopf.

»Es hat stark nachgeblutet«, erklärte der Arzt. »Sie müssen die Wunde vor Keimen schützen.« Er wandte sich nun wieder den stöhnenden Verletzten zu. Einige hatten nur Knochenbrüche erlitten. Die schrien am lautesten, doch sie wurden nach Anweisung des Arztes erst zum Schluss versorgt.

»Halten Sie durch!«, ermutigte er eine Frau, die kaum einen Ton von sich gab. »Das tut höllisch weh, aber hier geht es um Leben und Tod!« Dann wandte er sich an Eva.

»Ich brauche ein sauberes Tuch und Jod.«

Eva beeilte sich und hielt ihm beides hin. Dann fiel ihr Blick auf die verwundete Frau. Sie biss die Zähne zusammen, denn ihr Gesicht, das der Arzt in diesem Augenblick zu retten versuchte, war bis zur Unkenntlichkeit entstellt. Es war nur noch eine einzige blutende Wunde. Und doch ahnte Eva, wem es gehörte. Sie versuchte, ihre Ahnung wegzuschieben.

»Sie müssen ihren Kopf halten«, brüllte der Arzt. »Ich muss das Blut wegwischen. Sonst kann ich nicht sehen, was . . .« Er nahm das Tuch, das Eva ihm gereicht hatte, und begann die rote zähe Masse zu entfernen. Eva hielt tapfer ihren Kopf und versuchte nicht in die blutende Wunde, die einmal ein Gesicht gewesen war, zu sehen. Plötzlich wurde das Stöhnen der Frau lauter. Und dann redete sie. »Wo bin ich? Wo bin ich?«, wiederholte sie ein paar Mal. Eva strich ihr vorsichtig über die unversehrte Stirn, immer noch bemüht, sie nicht anzugucken.

»Wo ist Adrian, wo ist Berenice?«, wiederholte die Frau in diesem Moment verzweifelt. Jetzt konnte Eva nicht anders. Sie musste sich dem Grauen stellen. Ihr wurde übel. Es war nicht länger zu leugnen: Das zerschundene Gesicht und der blutende Schädel gehörten Tante Joanne! Sie aber gab sich nicht zu erkennen. Zu sehr war sie damit beschäftigt, gegen die Übelkeit anzukämpfen. In diesem Augenblick, in dem das Entsetzliche ein Gesicht hatte. Denn nachdem der Arzt das Blut weggewischt hatte, sah es bis auf Schrammen und Schnittwunden wieder menschlicher aus. Zu Evas Erleichterung hielt Tante Joanne die Augen geschlossen.

Der Arzt deutete stumm auf Tante Joannes Schädel, in dem ein Riesenloch klaffte, und schüttelte unmerklich den Kopf. Eva verstand. Er konnte nichts mehr für die Patientin tun.

»Bitte bleiben Sie bei ihr, halten Sie ihre Hand. Es wird nicht mehr lange dauern«, flüsterte er. Eva atmete ein paar Mal tief durch. Was würde sie darum geben, wenn dies eine Fremde wäre, aber das konnte sie sich nicht aussuchen. Tante Joanne war beim Friseur in der Emerson Street gewesen. Ein Blick auf ihr frisch geschnittenes blutverklebtes Haar, in dessen Mitte ein Loch klaffte, ließ Eva erschaudern.

Wieder stöhnte Joanne laut auf und wieder rief sie nach ihren Kindern. Evas Herz klopfte bis zum Hals. Sie musste endlich etwas Tröstendes sagen und konnte nur hoffen, dass Tante Joanne ihre Stimme nicht erkannte. Das würde sie mit Sicherheit viel zu sehr aufregen.

»Ihre Kinder sind in Sicherheit«, sagte Eva leise. Wie durch ein Wunder brachte sie Tante Joanne damit zum Schweigen. Oder sie ist tot, durchfuhr es Eva eiskalt. Doch plötzlich riss Joanne die Augen auf. Ein Ausdruck von Panik lag über ihrem Gesicht. Eva befürchtete, sie wäre der Grund, aber dann folgte ein markerschütternder Schrei aus dem Mund Tante Joannes.

»Ruhig, ruhig«, flüsterte Eva und strich ihr weiter über die Stirn.

»Ich kann nichts mehr sehen«, brüllte Joanne. »Ich kann nichts mehr sehen, ich kann nichts mehr sehen, aber deine Stimme, ich kenne deine Stimme. Eva?«

Eva zuckte zusammen.

»Ja, ich bin bei dir. Es wird alles wieder gut«, stieß Eva mit bebender Stimme hervor.

»Wo ist Adrian? Wo ist Berenice?«, schrie Tante Joanne.

»Ihnen ist nichts geschehen. Du wirst sehen. Zum Abendessen sitzen wir alle gemeinsam am Tisch. Adrian, Berenice, du und...«

»Du sollst nicht lügen, Eva Schindler«, krächzte Tante Joanne. Ihre Stimme wurde schwächer. »Ich werde sterben. Jawohl! Und ich war nicht immer nett zu dir, aber ich möchte, dass du mir im Angesicht des Todes verzeihst.«

Eva kämpfte mit sich, ob sie die Tante nicht unterbrechen und fortfahren sollte, der Sterbenden Märchen zu erzählen, als Joanne sich aufzubäumen versuchte.

»Bitte, sag meiner Mutter, dass sie mir verzeihen möge. Bitte, du musst es ihr sagen. Es war nicht richtig, was ich getan habe. Sie hatte doch nichts Schlimmes im Sinn! Aber ich, ich... sie hatte recht. Ich war schuld... damals auf dem..., nur... ich wollte es nicht...« Ihr Kopf sackte auf die Seite.

Eva spürte, wie ihr Tränen in Strömen die Wangen hinunterrannen. Sie hatte Tante Joanne, die, ohne es zu wissen, inzwischen ihre Schwiegermutter geworden war, nicht besonders gemocht, aber so ein Ende würde sie ihrem ärgsten Feind nicht wünschen. Außerdem war sie Adrians Mutter... Adrian. Der Gedanke durchfuhr sie wie ein Messerstich. Wo war er? Ging es ihm gut? Sie musste ihn suchen, sobald sie ihre Pflicht getan hatte.

»Kommen Sie! Wir müssen weiter«, hörte sie den Arzt sagen. »Den Toten ist nicht mehr zu helfen.«

»Sie ist meine Schwiegermutter. Darf ich wenigstens ein Tuch über ihr Gesicht decken?«, fragte Eva und wischte sich hastig die Tränen aus den Augen.

Der Arzt sah sie fassungslos an. »Mädchen, das hätten Sie mir doch sagen müssen! Schnell, gehen Sie an den Strand zu den anderen. Ruhen Sie sich aus. Ich kann Sie nicht mehr gebrauchen. Sie stehen ja unter Schock!«

»Nein, ich möchte Ihnen helfen!«, widersprach Eva heftig, doch als sie sich aufrichtete, wurde ihr schwarz vor Augen. Sie kam ins Wanken. Der Arzt konnte sie gerade noch festhalten.

»Das ist ein ärztlicher Befehl. Und Sie gehen nicht allein. Ihre Freundin soll Sie begleiten.« Er rief nach Hariata und befahl ihr, Eva an den Strand in Sicherheit zu bringen.

Sie hakte die totenbleiche Eva unter und zog sie fort. Die beiden Frauen sprachen kein Wort. Jede für sich war mit dem Unfassbaren beschäftigt, das sie eben erlebt hatte. Doch plötzlich, als sie unten am Meer angekommen waren und schon die vielen Menschen sehen konnten, die verloren im Sand hockten, riss sich Eva los.

»Ich setz mich nicht an den Strand, wenn ich nicht weiß, wo mein Mann ist«, sagte sie voller Empörung. »Ich muss sofort zur Technikerschule!«

»Gut, ich komme mit, aber lass uns erst zum botanischen Garten gehen. Dort sollen die meisten Überlebenden aus der Innenstadt sein. Ich will schauen, ob meine Familie vielleicht dort ist.«

Eva war damit einverstanden, wenngleich sie am liebsten sofort zur Technikerschule gerannt wäre, doch der Gedanke, allein in diesem Inferno zu sein, behagte ihr ganz und gar nicht.

Der sonst so friedliche Park bot ihnen ein gespenstisches Bild. Es wimmelte vor verwundeten Menschen, deren Kleidung schmutzig und zerrissen war. Zum ersten Mal, seit Eva von den Trümmern getroffen worden war, sah sie an sich hinunter. Auch ihr Sommerkleid war völlig zerfetzt, die Strümpfe verdreckt und die Schuhe kaputt. Mit einem Griff an ihren Kopf stellte Eva fest, dass auch ihr Hut verschwunden war.

Vom Krankenhaus wurden Betten herbeigeschleppt. Und überall dazwischen jammernde Menschen, weinende Kinder und leblose Körper.

»Ich glaube, sie sind nicht hier«, bemerkte Hariata traurig, nachdem sie sich zur anderen Seite durchgekämpft hatten. Doch dann blieb ihr Blick an einer Gestalt hängen, die auf einem weißen Laken wie tot dalag.

»Großmutter!«, schrie sie auf und immer wieder: »Großmutter!«

Die alte Maori öffnete die Augen, aber sie schien an ihrer Enkelin vorbeizublicken. »Die Ahnen haben sie alle zu sich genommen. Deinen Vater, deinen Bruder, deine Mutter. Wir sind vor die Tür gerannt; das Überdach hat uns unter sich begraben. Ich bin die Letzte, die geht, aber du wirst leben, Haratia!«, murmelte sie.

Ihre Enkelin hockte sich verzweifelt zu ihr auf den Boden. »Bitte bleib bei mir! Du darfst mich nicht alleinlassen«, flehte sie, doch die alte Frau schloss die Augen und stimmte einen klagenden Singsang an, der immer leiser wurde, bis er ganz verstummte.

Eva setzte sich neben die schluchzende Hariata und nahm ihre Hand. »Komm, lass uns zusammenbleiben. Du kommst mit zu unserem Haus.«

Hariata sah Eva mit verheulten Augen an. »Wie kannst du sicher sein, dass es noch steht? Eva, die Stadt ist zerstört! Sieh dich um. Wohin das Auge schaut, überall Trümmer, Verwüstung, Elend!«

Eva wurde noch blasser. »Wir müssen wenigstens nachsehen. Aber erst einmal suchen wir Adrian. Der ist bestimmt in Sicherheit. Das Gebäude der technischen Schule ist groß und stabil gebaut.«

Hariata zögerte, doch dann rieb sie ihre Nase an der alten Frau und murmelte etwas auf Maori. »Ich kann sie nicht alleinlassen«, sagte sie zu Eva. »Ich muss sie doch nach ihren Ritualen begraben.«

»Das kannst du, nur nicht jetzt. Lass uns erst die Lebenden suchen. Die Toten können nicht weglaufen. Und keiner wird sie uns wegnehmen. Ich habe meine Schwiegermutter auch zurücklassen müssen, aber ich komme wieder. Zusammen mit Adrian, und dann erhält sie ein Begräbnis.«

Unschlüssig erhob sich die junge Maori und folgte Eva, deren Schritte immer schneller wurden, je mehr sie sich dem Clive Park näherten. Die Angst, Adrian könne etwas zugestoßen sein, verlieh ihr Flügel. Hariata kam kaum hinterher. Als der Park auf der rechten Seite auftauchte und Eva linker Hand, dort, wo die Schule stehen sollte, nur noch einen riesigen Trümmerhaufen sah, schrie sie laut auf und rannte los. Kurz vor dem Ziel stolperte sie über herumliegende Steine. Hariata kam keuchend herbeigeeilt und wollte Eva beruhigen, doch sie schrie wie von Sinnen den Namen ihres Mannes. »Adrian, Adrian!«, schallte es verzweifelt durch die gespenstische Straße. Hariata half Eva beim Aufstehen und stützte sie, denn Eva hatte sich die Knie und Ellenbogen aufgeschlagen und blutete.

»Wir finden ihn schon«, versuchte Hariata Eva zu beruhigen, doch es half alles nichts. Eva war krank vor Sorge um Adrian.

Als sie die komplett in sich zusammengefallene Schule erreicht hatten, konnte Hariata Eva gerade noch davon abhalten, auf den Trümmerberg zu steigen. Und schon kam ein Mann herbeigeeilt, der sie bat, zügig weiterzugehen, weil der Anblick der toten Jungen nichts für sie wäre.

»Ich suche jemanden«, stieß Eva panisch hervor. »Ich muss ihn finden! Einen Lehrer!«

Der fremde Mann musterte sie. »Es sind nur noch ein paar von den Jungen unter den Trümmern verschüttet. Wir wollten sie retten, da brach das Dach über ihnen ein. Es ist nichts mehr zu machen, aber die Lehrer haben alle überlebt.«

»Wo sind sie?«

»Einige haben sie in den botanischen Garten gebracht, andere haben sich zum Strand gerettet. Wen suchen sie denn?«

»Adrian. Adrian Clarke!«

Das sorgenvoll zerfurchte Gesicht des Mannes erhellte sich. »Ach, Adrian suchen Sie. Der war nicht in der Schule, als es geschah.«

»Woher wissen Sie das so genau?«

»Ich habe Adrians Unterrichtsstunde abgenommen. Nach dreißig Minuten war ich sicher, er ist mein Mann. Ein wunderbarer Lehrer. Er hat bestanden...«

Eva aber war nicht mehr ganz bei Sinnen. »Wo ist er? Ich will wissen, wo er ist!«, unterbrach sie ihn panisch.

»Nun beruhigen Sie sich, Mädchen. Wenn sich hier jeder so aufführen würde? Was meinen Sie, wie es für die Eltern der Jungen ist, deren Lachen sie nie wieder hören werden? Das Unglück betrifft nicht nur Sie, sondern uns alle.«

Eva sah den Mann aus großen Augen an, und ihr wurde bewusst, dass er recht hatte. Hysterische Ausbrüche brachten sie nicht weiter.

»Entschuldigen Sie, Mister, es tut mir so leid, ich habe gerade erst seine Mutter sterben sehen. Und ich habe solche Angst um ihn.«

Der Mann rang sich zu einem Lächeln durch. »Ich bin Mister MacFowler, der Direktor der Schule, und Sie sind bestimmt seine frischgebackene Braut, nicht wahr?«

»Ja, ich bin Eva Schindler, ich meine Clarke. Wir haben heute Morgen geheiratet. Aber in die Kirche gehen wir erst, wenn seine Großmutter zurück...« Sie stockte. Es war kein guter Zeitpunkt, um über das Hochzeitsfest zu sprechen. Wie alles andere, was heute Morgen noch ihr Herz bewegt hatte, war der Gedanke daran von den schrecklichen Ereignissen überrollt worden. Sie wollte lieber nicht daran denken, wie sie sich früher einmal ihren Hochzeitstag vorgestellt hatte...

»Das hat er mir in seinem Freudentaumel über die Einstellung an unserer Schule vorhin erzählt. Ich habe ihm für den Rest des Tages freigegeben und ihn für morgen zum Unterricht bestellt. Und deswegen ist er gegen Viertel vor neun mit einem Kollegen in dessen Wagen nach Hastings gefahren. Sein Ziel war dieses Kaufhaus, Roach's Department Store, weil die eine

Abteilung für Segler haben, und er wollte etwas für Sie besorgen...«

»Eine Mütze«, unterbrach Eva ihn. »Die Mütze hat ihm das Leben gerettet«, fügte sie ungläubig hinzu.

»Machen Sie sich keine Sorgen, Kindchen, er wird Sie suchen. Am besten gehen Sie zu Ihrem Haus oder was davon übrig geblieben ist, dort wird er Sie am ehesten suchen und...« Er unterbrach sich und blickte auf seine Uhr. »Na ja, zumindest wird er versuchen, sich nach Napier durchzuschlagen. Wir wissen ja nicht, wo das Erdbeben überall gewütet hat. Wahrscheinlich sind die Straßen beschädigt. Deshalb keine Sorge, wenn Sie ihn dort nicht vorfinden. Er wird kommen.«

»Danke, Mister MacFowler«, erwiderte Eva ergriffen, bevor sie sich an Hariata wandte. »Komm, wir machen uns auf den Weg!«

Die Maori zögerte. »Ich kann nicht einfach mit zu dir nach Hause kommen. Ich... wer weiß, wie deine Familie das findet, wenn du...«

»Du hast doch gehört, was Mister MacFowler gesagt hat, nicht wahr? Das Unglück betrifft uns alle, und dein Haus ist abgebrannt, deine Familie tot, also wohnst du bei mir, sofern noch etwas von dem schönen Haus steht.«

Eva zog Hariata mit sich fort. Schweigend gingen sie durch die Straßen. Je weiter sie sich der Cameron Road näherten, desto geringer waren die Zerstörungen an den alten viktorianischen Häusern. Das Einzige, was fast vor jedem Haus zertrümmert im Vorgarten lag, waren die Schornsteine. Manches Haus war auch schwerer getroffen. Eines war sogar völlig zerstört den Hang hinuntergerutscht und dann offenbar mit voller Wucht in ein anderes gerutscht. Von dem war auch nicht mehr viel übrig geblieben.

Eva schloss die Augen. Noch noch um eine Ecke und sie würde wissen, ob Lucies Zuhause noch stand. Der Gedanke an Lucie beruhigte Eva. Wahrscheinlich war in Meeanee gar nichts zerstört, und die Erde hatte nur ein wenig geschwankt. Sie atmete noch einmal tief durch, bevor sie die Augen öffnete. Erleichterung machte sich in ihr breit, als sie das Haus erblickte, wenngleich der Schornstein und ein Stück vom Dach fehlten. Beim Näherkommen wurden noch mehr Schäden sichtbar, besonders im Anbau. Dort war das Dach eingestürzt. Eva blieb vor dem Trümmerhaufen stehen und ließ ihren Blick schweifen. Ob Großmutter Lucies Schätze noch zu retten waren?, fragte sie sich. Sie wollte gerade weitergehen, als sie einen Fuß aus den Trümmern ragen sah. Ihr Herzschlag drohte auszusetzen. Sie klammerte sich panisch an Hariata, die stumm neben ihr wartete.

»Siehst du das auch?«, fragte Eva sie und deutete auf ihre grausige Entdeckung. Hariata nickte schwach. Eva fing an, mit bloßen Händen Trümmerteile beiseitezuschaufeln, um zu erfahren, wer da unter den Trümmern lag. Nach den Schuhen zu urteilen war es Doktor Thomas, doch Eva wollte Sicherheit. Sie grub weiter, bis sie den Körper freigelegt hatte. Es bestätigte ihren Verdacht. Es war Adrians Stiefvater!

In diesem Augenblick erklang aus dem Haus ein schauerliches Geheul. Eva fuhr zusammen, erhob sich und wankte mit zitternden Knien über die Vorderveranda ins Haus. Sie horchte. Zunächst war alles still, doch dann wiederholte sich das Geheul. Es kam aus dem Wohnzimmer. Eva öffnete mit klopfendem Herzen die Tür. Auf dem Boden bot sich Eva ein Bild des Schreckens. Dort lag Berenice in einer verrenkten Haltung. Ihr Kleid war zerrissen, und sie trug nichts darunter. Das Gesicht hatte sie zu einer Fratze verzerrt und am Kopf blutete sie. Nicht auch noch sie!, dachte Eva verzweifelt, ging neben ihr in die Hocke und versuchte, Berenice, die sich nun schreiend von einer Seite auf die andere warf, festzuhalten. Doch sie wehrte sich und versuchte sogar, Eva in die Hand zu beißen. Berenice hatte ihre Augen geschlossen, wenngleich ihre Lider unruhig flatterten.

»Berenice, alles in Ordnung!«, sagte Eva leise, aber Berenice ballte die Fäuste: »Er soll weg! Er soll weggehen!« Ohne Vorwarnung trat sie zu und traf Eva mit voller Wucht an der Brust, sodass sie das Gleichgewicht verlor und nach hinten überkippte.

Entsetzt beobachtete Hariata, die Eva ins Haus gefolgt war, diesen ungleichen Kampf, stürzte sich auf Berenice und packte ihre Arme.

»Die ist ja gemeingefährlich«, bemerkte sie.

Eva hatte sich inzwischen aufgerappelt und befahl: »Komm, wir tragen sie zum Sofa!«

»Wenn wir das überleben, dann gern«, entgegnete Hariata und packte Berenice unter den Achseln. Eva nahm ihre Füße, und gemeinsam schleppten sie die junge Frau, die sich nun überhaupt nicht mehr rührte, zum Sofa. Eva presste ihren Finger auf Berenices Handgelenk, um sicherzugehen, dass sie noch lebte. Sie erschrak beinahe zu Tode, als sich Berenice in dem Augenblick aufbäumte und Eva aus panisch geweiteten Augen ansah. »Bitte, er darf nicht mehr ins Haus. Sag es meiner Mutter. Er hat mich in den Schuppen gelockt, und dort hat er es versucht, es war grausam. Er hat mich auf den Boden geworfen, er war betrunken ... Dann hat die Erde gebebt, er hat mich eine Sekunde losgelassen. Und ich habe es geschafft, nach draußen zu rennen, doch da hat mich etwas am Kopf getroffen.«

Eva verschlug es die Sprache. Wenn sie Berenices Worte richtig deutete, dann hatte Doktor Thomas versucht, seine Stieftochter zu vergewaltigen! Was für ein Abgrund!

»Berenice, keine Sorge, er kann dir nichts mehr tun«, flüsterte Eva verschwörerisch, doch in dem Moment sackte Berenices Kopf zur Seite.

»Ist sie tot?«, erklang wie von ferne die Stimme der Hausangestellten Helen. Eva fuhr herum. »Nein, sie ist nur ohnmächtig. Hast du mitbekommen, was geschehen ist?«

»Ja, es war wie auf einem Schiff. Erst schaukelte es einmal ganz kurz. Ich habe geglaubt, ich hätte geträumt, doch dann erbebte das Haus. Ich dachte, die Welt geht unter. Und als alles wieder ruhig war und ich mich endlich vor die Tür getraut habe, da lag Miss Berenice vor der Veranda in ihrem Blut. Ich habe sie bis ins Wohnzimmer geschleift, aber dann hat mich die Kraft verlassen...«

»Ist gut, Helen, lauf du in die Stadt und versuche, Hilfe zu bekommen. Wir brauchen einen Arzt. Du findest bestimmt einen von ihnen im botanischen Garten. Und bitte, sag den Ärzten unsere Adresse und dass wir Platz für viele Menschen haben, und zu essen.«

»Gut, ich spute mich«, erwiderte Helen und lief los.

»Meinst du, sie überlebt das?«, fragte Hariata mit einem skeptischen Blick auf das wachsweiße Gesicht von Berenice.

Eva zuckte die Achseln. »Ich habe diese Familie, bis auf Adrian, nicht besonders gemocht, aber dass sie alle tot sind, das kann doch nicht sein. Berenice ist zäher, als wir glauben...« Sie stockte. Ihre Gedanken schweiften zu Berenices ungeheuerlicher Behauptung ab, bevor sie in Ohnmacht gefallen war. Eva wollte ungern den Gedanken zulassen, dass es die Wahrheit gewesen sein könnte. Und doch sprachen die Indizien dafür. Berenice war untenherum völlig nackt. Wenn Eva sich vorstellte, Adrian würde davon erfahren, dann... Sie stutzte. Nein, aus ihrem Mund würde das keiner erfahren, denn das Schwein, das sich über Berenice hergemacht hatte, war tot. Und auch Tante Joanne konnte keiner mehr mit dieser Enthüllung das Herz brechen.

»Du bist nicht von hier, nicht wahr?«, fragte Hariata in die Stille hinein.

»Nein, ich komme aus Deutschland. Das ist ein Land in Europa, gar nicht weit von England«, erklärte Eva, während sie Berenice das Kleid über die Beine zog und sie in eine Decke hüllte.

»Für was hältst du mich eigentlich? Für eine unwissende Eingeborene?«, fragte Hariata in scharfem Ton.

Eva fuhr erschrocken herum. »Nein, warum?«

»Weil du mir gerade wie einem kleinen Kind erklären wolltest, wo Deutschland liegt! Das hat man mir schon in der Schule beigebracht. Wahrscheinlich wussten wir wesentlich mehr über Europa, als ihr über Neuseeland. Und außerdem hat ein Onkel von mir sein Leben 1915 in Gallipoli verloren. Im großen Krieg gegen euch, während der Bruder meiner Mutter sich geweigert hat, mit den Engländern zu kämpfen, und verhaftet wurde ... «

»Ich habe schon verstanden, dass ich dir das nicht hätte erklären müssen, aber du hast recht. Ihr wisst vielleicht etwas über uns, die ›Hunnen‹, wie mich der Herr des Hauses in betrunkenem Zustand genannt hat, aber wir haben in der Schule vorrangig die Herrscher der Pfalz gepaukt.«

Hariata streckte Eva lächelnd die Hand entgegen. »Freundinnen?«

Eva schlug ein. »Freundinnen!«, wiederholte sie lächelnd.

»Seit wann bist du in Neuseeland?«

»Seit Anfang November«, erwiderte Eva.

»Und wer hat dir geholfen, so gut Englisch zu lernen?«

»Mein ... « Sie zögerte. Sollte sie einer Fremden verraten, was noch nicht einmal die Familie wusste? Aber schließlich war es angesichts der Naturkatastrophe nicht mehr so wichtig ... »mein Mann Adrian und seine Großmutter Lucie Bold, die übrigens Maori ist wie du!«

Hariata musterte Eva erstaunt. »Du wohnst im Haus von Misses Lucie Bold?«

»Ja, das tue ich. Kennst du sie?«

»Nicht persönlich, aber jeder Maori in Napier kennt Lucie Bolds Geschichte. Und ich denke, auch viele Pakeha. Lucie Bold ist bekannt wie ein bunter Hund!«

Eva wollte gerade neugierig nachfragen, da pochte es an die vordere Haustür. Sie sprang auf und öffnete. Vor der Tür standen einige Seemänner, die entweder Menschen oder Hausrat im Arm trugen.

»Wir sind von der ›MS Victoria‹, die zufällig am Westkai lag, und unsere Männer helfen, wo sie nur können. Wir haben Ihre Hausangestellte getroffen, die uns sagte, Sie könnten hier bedürftige Menschen aufnehmen.«

»Natürlich, kommen Sie nur rein.«

»Meinen Sie, wir können auch in Ihrem Garten Zelte aufstellen und eine Küche einrichten?«

»Natürlich, aber was wir dringend bräuchten, wäre ein Arzt. Wir haben eine verletzte Frau im Haus. Sie ist ohnmächtig, und ich weiß nicht, ob und wie man ihr helfen kann.«

»Das hat uns Ihre Haushaltshilfe schon gefragt, aber die Ärzte sind alle im Einsatz. Was meinen Sie, wie viele Menschen noch in der Innenstadt um ihr Leben kämpfen!«

»Ja, das verstehe ich. Vielleicht findet Helen einen...«

»Und wenn nicht, soll die Frau bloß durchhalten. Wir haben einige Funksprüche abgesetzt und Ärzte und Hilfsgüter aus Auckland angefordert.«

»Gut, dann lassen Sie uns anfangen.« Eva öffnete die Tür, so weit sie konnte, und bat die Menschen einzutreten. Die meisten blickten nur stumpf vor sich hin. Ihre Gesichter waren von dem Schock gezeichnet. Selbst die Kinder waren stumm. Es war gespenstisch anzusehen. Die Marinesoldaten hatten an die zwanzig Personen mitgebracht, davon die meisten Frauen oder alte Männer. Die jungen Männer wurden offenbar in der Stadt gebraucht, um nach Überlebenden zu suchen und die immer neu entstehenden Brandherde zu bekämpfen.

Eva und Hariata wurden nicht müde, Decken herbeizuschleppen und Nahrung anzubieten. Eva plünderte die Speisekammer, ohne einen Gedanken daran zu verschwenden, dass das Essen womöglich für mehrere Tage reichen musste.

Gegen Mittag kehrte Helen erschöpft von ihrer vergeblichen

Suche zurück. Sie hatte zu ihrem großen Bedauern keinen Arzt auftreiben können, der bereit war, für eine einzige Frau die vielen anderen Bedürftigen unversorgt zurückzulassen.

Eva warf Berenice einen besorgten Blick zu. Sie lag wie tot da, rührte sich nicht, doch sie lebte.

In diesem Augenblick hörte sie zwei vertraute Stimmen und ihr Herz machte einen Sprung vor Freude. Sie konnte es kaum glauben, aber es waren wirklich Lucie und Tante Ha. Eva flog Lucie in den Arm, doch dann machte sie sich hastig los.

»Wie konntet ihr nur Meeanee verlassen, um euch in dieses Inferno zu begeben?«, fragte sie vorwurfsvoll.

»Wir waren doch schon auf dem Weg, ohne zu wissen, was uns blüht, weil Lucie plötzlich Heimweh bekam und unbedingt nach Napier zurückwollte«, bemerkte Tante Ha entschuldigend.

»Und dann bebte die Erde, und wir sind panisch umgekehrt, doch dann haben wir unterwegs Leute getroffen, die uns berichtet haben, dass in der Missions-Kapelle in Maryvale einige Priester beim Beten vom Erdbeben überrascht und getötet worden sind. Die haben uns dringend abgeraten, nach Meeanee zurückzukehren, sondern lieber in der Stadt Schutz zu suchen«, bemerkte Lucie. Mit einem prüfenden Blick in Evas betretenes Gesicht fügte sie hinzu: »Hat das Erdbeben dort größeren Schäden angerichtet?«

Eva kamen die Tränen. Sie nickte.

»Nun sag schon! Was ist geschehen?«, hakte Tante Ha ungeduldig nach.

»Napier ist völlig zerstört. Die Innenstadt gibt es nicht mehr. Die Feuer haben den Trümmern den Rest gegeben.«

»O weh, o weh«, jammerte Lucie, doch dann stockte sie. »Wo ist Adrian?«

»In Sicherheit. Er war nicht in der technischen Schule, als sie zusammengebrochen ist und die Schüler unter sich begraben hat«, entgegnete Eva. »Viel mehr Sorge macht mir Berenice. Ein Stein vom Schornstein muss sie erwischt haben, und wir bekommen keinen Arzt. Sie ist ohnmächtig.«

Die beiden alten Damen traten nahe an das Sofa heran.

»Du sagst, kein Arzt ist zu bekommen. Warum nicht?«, fragte Tante Ha nach, während sie vorsichtig Berenices Kopf betastete.

»Die Stadt ist völlig zerstört. Sie müssen sich um die zahlreichen Schwerverletzten kümmern.«

Lucie hob die Hände gen Himmel und murmelte etwas auf Maori. Als sie die Hände sinken ließ, traf sie der erstaunte Blick einer ihr unbekannten jungen Maorifrau.

»Wer bist du?«, fragte sie neugierig.

»Ich bin Hariata, Evas neue Freundin«, erwiderte sie. »Und Sie sind Misses Bold?«

»Ja, das bin ich, aber so entgeistert wie du mich ansiehst, muss ich ja annehmen, du hältst mich für ein Ungeheuer.«

»Nein, meine Familie hat Sie immer bewundert für ...«

Lucie machte eine wegwerfende Handbewegung. »Ach was, ich habe niemals im Leben etwas getan, wofür ich Bewunderung verdiene und ...«

»Kann mir jemand Wasser holen und ein sauberes Tuch?«, fragte Tante Ha dazwischen. Hariata eilte los. »Der Kopf scheint gar nicht so schwer getroffen oder ...«, bemerkte Tante Ha und stockte.

»Oder was?«, wollte Eva wissen.

»Oder die Verletzung liegt unter dem Schädel ...«

Eva verstand, was das bedeuten würde. Dann wäre Berenice dem Tod geweiht. Hariata brachte eine Schüssel mit warmem Wasser und ein sauberes Tuch. Sorgfältig säuberte Tante Ha die Wunde. Ein paar Mal stöhnte Berenice auf, aber sie wurde nicht wach.

»Gibt es ein Zimmer, in dem ich sie in Ruhe behandeln kann?«, fragte Tante Ha. Eva schlug vor, dass sie sich in ihr Zimmer zurückziehen könnten, und bat zwei der Seemänner, die eigentlich schon wieder gehen wollten, um weiteren Menschen zu helfen, Berenice den langen Gang entlangzutragen. Tatkräftig hoben sie die verletzte junge Frau vom Sofa. In diesem Augenblick merkte Eva, dass ihr schwarz vor Augen wurde. Sie wollte sich noch an der Stuhlkante festhalten, da sackten ihr bereits die Beine weg.

Napier, 3. Februar 1931

Es gab eine schlechte Angewohnheit ihrer Schwester Harakeke, die Lucie partout nicht leiden konnte: ihre Lust am Zigarettenrauchen, doch an diesem lauen Abend störte es sie nicht im Geringsten. Im Gegenteil, sie würde ihrer Schwester alles bringen, was sie in diesem Augenblick wünschte, denn Harakeke hatte es in geradezu aufopfernder Weise geschafft, den Zustand der beiden jungen Frauen zu stabilisieren. Sie hatte sich von Hariata aus ihrem Haus jene Geheimmittel bringen lassen, die Berenice und Eva tatsächlich geholfen hatten. Beide waren, so hatte Harakeke versichert, außer Lebensgefahr. Nach dieser Anstrengung war die Maori völlig erschöpft und zog es vor zu schweigen, was Lucie außerordentlich missfiel.

»Nun sag doch schon, was mit ihnen ist?«, fragte sie zum wiederholten Mal, woraufhin Harakeke stereotyp antwortete: »Sie sind außer Gefahr.«

»Du bist mundfaul!«, schimpfte Lucie.

»Und du bist selbstsüchtig!«, konterte Harakeke.

Lucie schluckte ihre Erwiderung hinunter. Heute wollte sie sich nicht mit der Schwester streiten, so wie es die beiden taten, seit sie sich im Jahr 1875 in Lucies Haus wiedergetroffen hatten. Seitdem waren sie ständig geteilter Meinung, und jede vertrat die ihre gleichermaßen vehement.

Harakeke fand, dass sie ein Recht hatte, alles, was sich im Krankenzimmer abgespielt hatte, für sich zu behalten. Sie unterlag zwar keiner ärztlichen Schweigepflicht wie die Pakeha-Doktoren, aber für sie war es selbstverständlich, darüber zu schweigen. Sie würde ja auch keinem verraten, wie sie Lucies Knochenschmerzen zu Leibe rückte. Hauptsache war doch, ihre Bemühungen waren erfolgreich.

Am lauten Aufstöhnen ihrer Schwester war unschwer zu erkennen, dass Lucie es ganz anders sah. Wahrscheinlich wird sie nicht aufgeben, bis ich alles bis ins kleinste Detail berichtet habe, dachte Harakeke.

»Du wirst keine Ruhe geben, nicht wahr?«, seufzte Tante Ha und blies Lucie den Rauch so entgegen, dass sie in eine Qualmwolke eingehüllt war.

Als diese sich verzogen hatte, blickte sie Lucie fest in die Augen. Wie viele lange Jahre hatte sie gebraucht, um nicht den Namen Ahorangi zu denken, wenn sie über die Schwester nachgrübelte. Doch sie hatte es ihr einst versprochen, sie wie alle anderen bei ihrem Pakeha-Namen Lucie zu nennen. Für Harakeke war es bis heute eine ungeheuerliche Vorstellung, einen Maorinamen aufzugeben. Noch heute fragte sie sich, was ihr Vater, der alte Häuptling, wohl dazu gesagt hätte. Und wie immer, wenn ihre Gedanken zu dem Herrscher über ihren einstigen Stamm schweiften, fragte sie sich, wie ein so imposanter Mann spurlos verschwinden konnte, wenn er nicht doch ermordet worden war. Manchmal beschlich sie der Verdacht, dass ihre Schwester mehr über Kanahaus Verschwinden wusste, als sie zugeben wollte ... Wie bereitwillig sie damals dem Mann Unterschlupf gewährt hatte, der als sein Mörder galt ...

»Nun spann mich doch nicht so schrecklich auf die Folter!«, empörte sich Lucie lautstark über Harakekes Schweigen.

»Ist ja schon gut. Also, Eva hat viel Blut verloren. Sie hat sich verausgabt, ohne auf ihren Kopf zu achten. Nun hat sie einen frischen Verband und ist von mir dazu verdonnert worden, liegen zu bleiben.«

»Das wird sie nicht tun, befürchte ich.«

»Doch, denn diese Hariata ist bei ihr, und das ist genau wie bei uns beiden. Dass die Vernünftige auf die Ungestüme aufpassen muss!«

»Du willst aber nicht behaupten, dass in unserem Verhältnis du die Aufpasserin bist, nicht wahr?«, lachte Lucie.

»Wie könnte ich?« Harakeke lächelte, wurde aber sofort wieder ernst. »Evas Verletzung ist ein Kratzer gegen Berenices Verletzung. Doch da deine bezaubernde Enkelin sogar zwischenzeitlich aufgewacht ist und wieder ganze die Alte war...«

»Was heißt das?«

»Sie hat mich gesehen und gebrüllt: ›Hau ab, du alte Hexe!‹ Der Doktor solle kommen! Doch dann hat sie angefangen zu schreien, und Eva hat sie beruhigt. Sie hat ihr versichert, dass Doktor Thomas tot ist. Und da...?«

»Sie hängt doch so an dem Kerl. Verstehst du das? Ich hatte nie eine besondere Verbindung zu meiner Enkelin. Trotzdem möchte ich, dass sie wieder gesund wird. Das wird sie doch, oder?«

Harakeke legte Lucie beruhigend die Hand auf den Unterarm. »Ja, ich bin mir ganz sicher, dass sie wieder wird, aber da ist noch was...« Sie stieß einen tiefen Seufzer aus, bevor sie fortfuhr. »An ihren Schenkeln sind Verletzungen, die nicht von herabstürzenden Steinen stammen können. So, als hätte jemand sie dort fest angepackt...«

»Du meinst, jemand hat versucht, sie zu...«

»Ja, das nehme ich an, und ich ahne auch, wer es gewesen sein könnte, denn, wie es aussieht, ist er vom Dach des Wirtschaftsraums erschlagen worden, während sie es geschafft hat, vor ihm zu fliehen...«

»Du meinst den Doktor?«, fragte Lucie, doch sie schien plötzlich geistesabwesend.

»Woran denkst du? Du siehst aus, als wäre dir ein Geist erschienen.«

»An das eingestürzte Dach«, erwiderte sie mechanisch und war doch nicht recht bei der Sache. Ihre Gedanken galten allein der Frage, ob beim Einsturz des Daches womöglich noch andere Dinge zu Tage getreten waren.

»Darum musst du dir wegen des Anbaus gar keine Sorgen machen«, redete Harakeke beruhigend auf sie ein. »Die alten Männer, die du in deinem Haus aufgenommen hast, wollen dir danken und haben begonnen, den Schutt wegzuräumen, und versprochen, dass sie dir alles wieder aufbauen können ...«

»Auf keinen Fall!«, schrie Lucie. »Ich will nicht, dass Fremde sich am Nebengebäude zu schaffen machen. Darinnen lagern meine ganzen Erinnerungen. Ich will nicht, dass sie meine persönlichen Dinge in den Händen halten. Die sollen alles so liegen lassen. Ich werde mich später selbst darum kümmern oder wir lassen es einfach liegen. Zum Gedenken an diesen abscheulichen Tag.« Lucies Stimme überschlug sich beinahe vor Erregung.

Harakeke wollte gerade etwas erwidern, als Eva sich zu ihnen auf die Veranda gesellte.

»Was ist denn das für ein Geschrei?«, fragte sie verwundert.

»Frag Lucie. Ich habe ihr nur gerade etwas Wichtiges erzählt, aber sie hat nur Gedanken für ihren Wirtschaftsraum. Es stört sie, dass die alten Männer, die im Garten lagern, sich nützlich machen und den Schutt beiseiteschaffen wollen. Sie will, dass sie aufhören. Das soll mal einer verstehen. Und du, du gehörst ins Bett. Verstanden?«

Eva warf Lucie einen verstohlenen Blick zu. Und wie sie die alte Dame verstand. Was, wenn die fleißigen Helfer noch etwas anderes fanden als verblichene Erinnerungsstücke? Sie nickte Lucie verschwörerisch zu.

»Ich komme gleich noch einmal zu euch. Es gibt da noch etwas ...« Eva stockte. Sie war eigentlich nur aus dem Bett gekrochen, um Lucie schonend beizubringen, dass ihre Tochter Joanne tot war. Doch vorher gab es noch etwas für sie zu erledigen. Sie musste verhindern, dass Fremde in den Trümmern des Anbaus wühlten.

»Bin gleich wieder da!«

Harakeke aber starrte Lucie fassungslos an. »Sag mal, was ist denn bloß in dich gefahren? Ich versuche dir zu sagen, dass der Mann deiner Tochter womöglich versucht hat, sich an deiner Enkelin zu vergreifen, und dich kümmert nur dieser verdammte Trümmerberg.«

Lucie wandte den Blick ab. Sie konnte es nicht ertragen, wie durchdringend Harakeke sie musterte. Diese Gedanken, die sie im Augenblick umtrieben, würde ihre Schwester trotz all ihrer hellsichtigen Fähigkeiten nicht erraten. So tief konnte sie nicht in ihr Herz blicken. Lucie aber bedauerte es mehr denn je, dass sie Harakeke niemals in das Geheimnis um den Tod ihres Vaters eingeweiht hatte. Jetzt war es zu spät. Dies war nicht der richtige Moment, ihr die Wahrheit anzuvertrauen, die sie so viele Jahre vor ihr geheim gehalten hatte. Nein, erst sollte Adrian die Wahrheit erfahren... Adrian! Lucie zuckte zusammen.

»Wo ist Adrian? Weiß eigentlich jemand, wo Adrian ist?«, stieß sie voller Sorge hervor.

»Er ist nach Hastings gefahren, um mir eine Mütze zu kaufen«, erwiderte Eva, die gerade von draußen zurückgekommen war und Lucies verzweifelte Frage gehört hatte. Sie überlegte kurz, ob sie der Großmutter verraten sollte, dass sie inzwischen seine Frau geworden war, aber es schien ihr nicht der richtige Zeitpunkt dafür zu sein.

»Dann bin ich beruhigt. Der Junge ist in Sicherheit«, sagte Lucie erleichtert. Ihr Blick streifte Harakeke, die sie immer noch verwundert musterte.

»Wie geht es Berenice?«, fragte sie.

»Sie schläft. Hariata ist bei ihr«, entgegnete Eva hastig, während sie überlegte, wie sie die traurige Nachricht am besten überbrachte. Und dann war da noch die Sache mit Berenice und dem Doktor. Sollte sie die beiden alten Damen nicht doch einweihen? Was, wenn die ohnehin labile Berenice einen seelischen Schaden genommen hatte?

»Vor dem Beben ist etwas Schreckliches geschehen«, hörte sich Eva da bereits leise sagen. Sie senkte den Kopf und fixierte ihre nackten Füße. »Als ich zum Haus kam, hatte Berenice sich ins Wohnzimmer geschleppt. Wir haben uns um sie gekümmert. Als sie aufwachte, hat sie behauptet, dass Doktor Thomas versucht hat, sie zu vergewaltigen...« Eva hob den Kopf. Sie befürchtete, dass die beiden Maorifrauen schockiert wären, doch Harakeke sagte nur: »Ich habe die Verletzungen an ihren Schenkeln gesehen. Das passt.«

»Was wird nur Joanne dazu sagen, wenn sie erfährt, was das versoffene Subjekt angerichtet hat?«, seufzte Lucie.

Eva atmete tief durch, bevor sie sich endlich ein Herz fasste: »Lucie, ich muss dir etwas sagen. In der Stadt gibt es viele Tote. Ich habe einen Arzt begleitet und ihm bei der Arbeit geholfen, und da war auch eine Verletzte, die ich nicht gleich erkannt habe...« Eva brach ab, weil ihr die Tränen kamen.

»Joanne ist tot, nicht wahr?« Lucies Stimme klang seltsam gefasst.

»Ja, sie ist in meinen Armen gestorben«, murmelte Eva, während sie immer noch gegen die Tränen ankämpfte.

Lucie ließ sich auf einen der Korbstühle sinken und schlug die Hände vor das Gesicht.

Eva suchte Harakekes Blick, aber sie konnte keine Emotion in deren Augen lesen. Weder Traurigkeit noch Entsetzen.

»Es tut mir so leid, dass ich... dass du... dass du dein Kind auf so tragische Weise verlieren musstest«, stammelte Eva. In diesem Augenblick fielen ihr Joannes letzte Worte ein. »Sie lag in meinem Arm, als sie starb. Und sie hat gesagt, du mögest ihr verzeihen. Und dass du recht gehabt hättest. Sie sei schuld gewesen damals, aber sie habe es nicht gewollt, was das auch immer heißen mag...«

Eva hielt inne und musterte Lucie durchdringend, doch deren eben noch aufgewühlte Miene war plötzlich wie versteinert. Ob Joannes letzte Worte sie so schockiert hatten?, ging es Eva durch den Kopf.

»Es tut mir unendlich leid, dass deine Tochter sterben musste bei all dem, was du in deinem Leben durchmachen musstest...« Eva brach in lautes Schluchzen aus.

Lucie aber ließ die Arme sinken und blickte ins Leere.

»Joanne war nicht meine Tochter«, murmelte sie wie entrückt.

Napier, Oktober 1876

Das Warten auf die Wehen war eine scheußliche Angelegenheit, jedenfalls für einen so ungeduldigen Menschen wie Lucie Bold. Sie konnte sich kaum auf das Spiel mit Klötzchen aus Holz konzentrieren, obwohl das Spielen mit ihrem kleinen Sohn sonst eine ihrer Lieblingsbeschäftigungen war. Tommy war im Juli ein Jahr alt geworden und ein aufgewecktes Kerlchen. Manchmal betrachtete sie ihr eigenes Kind, als wäre es ein Weltwunder. Er hatte blonde Locken, blaue Augen und pralle rote Bäckchen. Ist das wirklich mein Sohn, fragte sie sich auch in diesem Moment, während Tommy mit Triumphgeschrei dem Turm einen Stoß gab und die Klötzchen über den ganzen Boden purzelten. Dieses Werk der Zerstörung quittierte der Kleine mit seinem ansteckenden Kinderlachen. Lucie konnte gar nicht anders, als ihn an sich zu reißen und zu herzen. Doch da durchzuckte sie ein bekannter Schmerz. Sie atmete tief durch, um nicht laut aufzuschreien. Nun war es so weit!

Sie erhob sich, sobald der Schmerz verebbt war, und übergab Tommy dem Hausmädchen Mary, das ihr seit einem Jahr eine große Hilfe war, mit der Bitte, ihn zu Miss Dorson zu bringen. Der Kleine quietschte vor Vergnügen. Er liebte Tante Ha, bei der es manch süße Dinge zu essen gab, die zu Hause verboten waren. Lucie winkte ihm nach, aber er war viel zu aufgeregt, um sich noch einmal seiner Mutter zuzuwenden.

Laut stöhnend ging Lucie zum Schlafzimmer. Hier war Miss Benson bereits dabei, alles für die Geburt vorzubereiten. Nachdem Lucie sie damals vor die Alternative gestellt hatte, kein böses Wort mehr über Harakeke verlauten zu lassen oder aber das Haus Bold auf Nimmerwiedersehen zu verlassen, war sie ihr als Hebamme erhalten geblieben. Zwar merkte Lucie, dass es ihr schwerfiel, den Mund zu halten, aber sie tat es.

»Wie unvernünftig Sie sind, dass Sie im Haus herumgeistern«, schimpfte Miss Benson, während sich Lucie ächzend auf das Bett legte.

»Das kann doch noch Stunden dauern«, lachte Lucie.

»Beim zweiten Mal kann es schneller gehen, als Sie denken«, belehrte sie die Hebamme.

»Gut, dann werde ich noch ein wenig schlafen«, erwiderte Lucie gähnend. »Ich habe nämlich heute Nacht mit Tommy gespielt. Er wachte auf und war nicht mehr zurück ins Bettchen zu kriegen.«

»Sie verwöhnen den Bengel viel zu sehr!«, knurrte die Hebamme missbilligend.

Lucie machte eine wegwerfende Handbewegung und drehte sich zur Seite. Glückselig strich sie sich über den dicken Bauch und schoss einen Augenblick später hoch. Die Hebamme hatte recht. Dieses Mal ging es Schlag auf Schlag. Die Eröffnungswehen folgten so schnell aufeinander, dass sie ihr keine Zeit mehr zum Ruhen ließen.

Sie hatte keine Ahnung, wie lange die Geburt gedauert hatte, als sie nach nur wenigen Presswehen den Schrei ihres Kindes hörte. Es lebt, dachte sie dankbar und hielt still, bis die Hebamme sie gesäubert hatte. Dann streckte sie die Arme aus und seufzte: »Was ist es?«

»Sie haben eine Tochter«, erwiderte Miss Benson und in ihrer Stimme schwang etwas mit, das Lucie nicht gefiel. Stimmte etwas nicht mit dem Kind?

Lucie setzte sich erschrocken auf. »Ist etwas?«, fragte sie ängstlich.

»Nein, nein, es ist ein zartes Mädchen«, erwiderte die Hebamme und drückte ihr das straff in ein weißes Tuch gewickelte Bündel in den Arm.

Auf einen Blick erkannte Lucie, was dieser Ton in Miss Bensons Stimme zu bedeuten hatte. Der Säugling hatte hellen Flaum auf dem Kopf, aber die Haut ging unübersehbar ins Gelbliche.

»Sie ist sehr dunkel, nicht wahr?«, fragte Lucie.

»Ja, schon, im ersten Augenblick habe ich mich auch erschrocken, denn wenn die Haut des Babys bei der Geburt gelblich schimmert, ist das meist kein gutes Zeichen, aber dann fiel mir ein, dass es ja nach Ihnen kommen könnte.«

Lucie hörte gar nicht mehr zu, weil das neugeborene Mädchen nun die Augen öffnete. Sie waren blau und klar. Lucie lächelte. Es war doch völlig gleichgültig, ob sie ihren Teint geerbt hatte oder den von Tom. Hauptsache war, die Kleine war gesund. In ihrer grenzenlosen Freude über die Geburt ihres zweiten Kindes übersah Lucie den besorgten Blick der Hebamme und bot ihrem Kind nun die Brust. Doch das Mädchen wollte nicht trinken.

»Versuchen Sie es später noch einmal. Ich bin morgen wieder da. Und wenn es Schwierigkeiten gibt mit dem Stillen oder sonst etwas nicht in Ordnung ist, schicken Sie Ihre Haushaltshilfe nach mir.«

»Danke, aber was soll schon sein, liebe Miss Benson? Und schauen Sie nicht so grimmig drein. Es wird schon keiner mit den Fingern auf sie zeigen, weil sie etwas dunkelhäutiger sein wird als die anderen. Sie ist eine Bold und das zählt.«

»Auf Wiedersehen, Miss Bold. Ich werde Ihrem Mann auf dem Weg zur Tür Bescheid sagen«, entgegnete die Hebamme steif und verließ das Zimmer.

»Auf Wiedersehen, Miss Bold, Ich werde Ihrem Mann auf dem Weg zur Tür Bescheid sagen«, äffte Lucie die strenge Stimme und den näselnden Ton der Hebamme nach, kaum dass diese die Tür hinter sich geschlossen hatte, und lachte aus voller Kehle.

»Meine kleine Süße«, flüsterte sie dem Kind zu, das inzwischen wieder in ihrem Arm eingeschlafen war. Sie hat ein ganz anderes Temperament als Tom, dachte sie gerührt, sie ist beileibe nicht so lebhaft wie der kleine Draufgänger.

Strahlend sah sie zur Tür, als der große Tom und der kleine Tommy Hand in Hand und auf leisen Sohlen das Schlafzimmer betraten.

»Schau sie dir nur an, dein kleines Schwesterlein«, ermunterte Lucie Tommy, näherzukommen. Er trat ans Bett und betrachtete das kleine Bündel wie ein Wunder.

Der große Tom wagte sich nun an ihr Bett, beugte sich über sie und gab ihr als Erstes einen Kuss auf die Stirn, bevor er das Baby betrachtete.

»Warum trinkt sie nicht?«, fragte er nach einer Weile.

»Sie schläft«, erklärte Lucie ihm und bat, die beiden sie nun auch ein wenig ruhen zu lassen. Aber das Kind wollte sie bei sich behalten.

»Ich erdrücke es schon nicht. Ich will nur ein wenig dösen. Ist sie nicht entzückend?«

Etwas missfiel Lucie am Blick ihres Mannes. Für ihr Gefühl musterte er das Neugeborene viel zu skeptisch.

»Gefällt dir etwas nicht an ihr?«

»Doch ... nein ... ja, es ist ... es ist nur die Gesichtsfarbe, sie ist, ich meine ...«, stammelte er.

Lucie funkelte ihn wütend an. »Du hättest dir keine Maori zur Frau nehmen sollen, wenn es dich stört, dass deine Kinder auch nach der Mutter kommen können. Durch eure heilige Taufe wird nicht das Blut des Kindes gereinigt! Und wenn es beim nächsten Mal aussieht wie meine Schwester, schwarz wie die Nacht, krauses Haar, eine breite Nase und ...«

»Liebling, nein, das wollte ich damit gar nicht sagen«, unterbrach Tom sie hastig. »Die Haut hat einen Gelbstich, wie ich es noch bei keinem Maori gesehen habe. Und die Augen ...«

»Das wird unsere besondere Mischung sein«, entgegnete Lucie ungerührt und wandte sich wieder ihrem Kind zu, während sich in ihrem Bauch eine unbestimmte Angst bemerkbar machte. Sie schob das auf ihre Erschöpfung und bat Tom energisch, das Zimmer zu verlassen, weil sie schlafen wollte. Der kleine Tom sah sie mit großen Augen an. Lucie wusste sofort, warum. Er hatte noch nie zuvor einen derart schroffen Ton aus ihrem Mund gehört.

»Tommy, mein Süßer, die Mama muss jetzt ausruhen und nachher siehst du zu, wie ich die Kleine wickele. Und ihr beide denkt euch schon mal einen schönen Namen aus. Das überlasse ich ganz euch beiden.«

Tommy war noch zu klein, um zu verstehen, was seine Mutter sagte, aber er lächelte trotzdem. Das war wieder der liebevolle Ton, den er von ihr kannte.

Lucie nahm die Hand ihres Mannes und drückte sie fest. Tom verstand, was sie ihm sagen wollte.

»Nein, du musst mir verzeihen. Es war dumm von mir, Spekulationen über die Hautfarbe unseres Kindes anzustellen. Sie ist wunderschön, so wie sie ist.«

»Das mit dem Namen meine ich ernst. Ich möchte, dass du ihren Namen auswählst. Ich werde dann bestimmen, wie unser zweiter Sohn heißt.«

Tom erwiderte den Druck ihrer Hände und löste sich sanft von ihr.

»Komm, kleiner Mann«, sagte er und hievte seinen Sohn mit einem Schwung hoch auf seine Schultern. Der kleine Kerl quietschte vor Vergnügen.

Lucie ließ sich tiefer in ihre Kissen sinken, nachdem sie wieder allein war. Dann heftete sie ihren Blick auf das Kind. Es schlief immer noch, und leise Zweifel krochen in ihr hoch, ob wirklich alles in Ordnung war mit dem Neugeborenen. Wenn sie an Tommy dachte ... aber sie schob ihre Ängste beiseite und versuchte, mit dem Kind im Arm einzuschlafen.

Sie erwachte vom Schreien ihrer Tochter und war sofort wach. Ja, es war fast Musik in ihren Ohren, hatte sie sich doch insgeheim schon diese Sorgen gemacht, ob ihr Baby wirklich gesund war. Nun schrie es aus vollem Hals und seine gelbliche Gesichtsfarbe hatte eine eher krebsrote Tönung angenommen.

Wieder versuchte sie, das Kind mit der Brust zu beruhigen, aber es wollte nicht trinken. Stattdessen brüllte es weiter. Lucie hoffte, dass Tom es hören und kommen würde, aber außer dem Geschrei blieb alles still. Wahrscheinlich waren sie nach draußen in den Garten gegangen und ließen im Teich Tommys Boote schwimmen. Das war nämlich sein größtes Vergnügen.

Als sich ihre Tochter auch nicht durch Wiegen und gutes Zureden beruhigen ließ, kletterte Lucie aus dem Bett. Sie war allerdings nicht besonders sicher auf den Beinen. Ihr war etwas schwindlig, weil sie zu schnell aufgestanden war, aber ihr eigenes Unwohlsein galt es zu überwinden. Nun stand für sie das Wohl des Kindes im Vordergrund. Und es wollte einfach nicht mehr aufhören zu brüllen. Da half alles nichts. Es hörte nicht auf, obwohl Lucie mit ihm im Zimmer auf und ab ging. Doch dann war plötzlich alles ruhig.

Lucie atmete auf. Und trotzdem fand sie es merkwürdig, dass ihre Tochter von einem Schreianfall wieder direkt in einen tiefen Schlaf gefallen war. Nein, da stimmte etwas nicht. So etwas spürte eine Mutter. Lucie rief nach Mary, die sofort herbeigeeilt kam.

»Holen Sie bitte Miss Benson. Schnell, mit meiner Tochter ist etwas nicht in Ordnung.«

Lucie kehrte zurück zum Bett, weil ihr so schwindlig wurde, dass sie sich setzen musste. Wie friedlich sie aussieht, dachte Lucie ergriffen, und doch wollte dieses unangenehme Gefühl nicht aus ihrem Magen weichen. Als würde ein schwerer Kloß auf ihm lasten. Immer wieder beugte sich Lucie über ihr Kind, um seinen Herzschlag zu spüren.

Es dauerte eine halbe Ewigkeit, bis Mary unverrichteter Dinge zurückkehrte.

»Sie ist bei einer Geburt«, keuchte sie.

»Dann hol Doktor Thomas.«

»Was hat es denn?«, fragte Mary.

»Ach, ich weiß auch nicht. Es trinkt nicht, es schreit ganz fürchterlich, und dann fällt es wieder in einen tiefen Schlaf. Das ist nicht normal. Denk nur daran, wie Tommy war. Bitte, sieh nach meinem Mann.«

»Ich hole ihn. Das verspreche ich Ihnen!«

»Bitte, und schauen Sie, ob er im Garten ist. Schicken Sie ihn schnellstens her. Und geben Sie Tommy bei Misses Dorson ab.«

Wie der Blitz war Mary aus der Tür, während Lucie ihr schlafendes Kind zärtlich betrachtete. Sie zuckte zusammen, als die Kleine plötzlich im Schlaf merkwürdig zu schnaufen begann.

In diesem Augenblick trat Tom hinzu.

»Mary hat gesagt, es ist was mit Margret«, stieß Tom ängstlich hervor.

»Margret?«

»So soll sie heißen«, sagte er und wollte ihr das Kind abnehmen, doch sie gab es nicht her.

»Hör nur, wie seltsam sie atmet, und sie trinkt nichts.« Lucie war jetzt den Tränen nahe.

Das Schnaufen wurde stärker.

»Nun tu doch etwas!«, rief Lucie in Panik.

»Ich weiß auch nicht, was mit ihr ist«, erwiderte Tom verzweifelt. »Lass uns ganz ruhig bleiben und auf den Doktor warten.«

Das Schnaufen verebbte so plötzlich, wie es begonnen hatte. Margret lag wieder ganz still in Lucies Arm.

Zu still, wie Lucie sofort bemerkte.

»Sie atmet nicht mehr«, schrie sie. »Sie atmet nicht mehr.«

Tom beugte sich über Margret und horchte. Er war kalkweiß im Gesicht, als er den Kopf hob.

»Sie... sie ist tot.«

»Red keinen Unsinn«, heulte Lucie auf. »Sie schläft! Sie schläft nur.«

Tom streckte seine Hände nach dem Kind aus. »Bitte gib sie mir!«

»Niemals!« Lucie hielt Margret fest im Arm.

»Lucie, bitte, gib sie mir!«

Lucie sah ihn aus schreckensweit geöffneten Augen an. »Nein, nein, das kann nichts ein, der Häuptling hat keine Macht über meine Kinder. Sie werden leben. Alle. Verstehst du, sein Fluch hat keine Kraft...«

»Um Himmels willen, wovon redest du?«

»Mein Vater hat unsere Kinder verflucht. Sie werden alle sterben, nur hat er gar keine Macht über uns. Er nicht. Jetzt muss uns dein Gott helfen.«

Tom versuchte erneut, ihr das leblose Kind fortzunehmen, aber sie presste es fest an ihre Brust.

»Nein, ihr bekommt es nicht«, schluchzte sie. »Keiner bekommt mein Mädchen!« Lucie war nicht mehr bei Sinnen. Der Schmerz hatte sie verwirrt. »Geh, Vater, geh, du wirst mir meine Kinder nicht nehmen!«

Erst die Stimme des Arztes brachte sie wieder zur Besinnung. »Misses Bold, bitte geben Sie uns Ihr Baby. Bitte!«

Lucie sah Doktor Thomas eine Zeitlang unschlüssig an, doch dann reichte sie ihm das Kind, nicht ohne das gelbliche Gesicht vorher mit Küssen zu bedecken.

Kaum hatte der Arzt das tote Kind auf dem Arm, als er murmelte. »Ikterus, keine Frage.« Dann schob er vorsichtig ein Lid nach oben. »Ja, Ikterus.«

»Wovon reden Sie, Doktor?«, fragte Tom, während er seine tote Tochter im Arm des Doktors fassungslos betrachtete.

»Sie hat eine schwere Gelbsucht. Damit hatte ein kleines Wesen wie sie keine Überlebenschance«, erklärte er und fügte leise hinzu: »Kümmern Sie sich jetzt um Ihre Frau. Ich befürchte, es ist nicht spurlos an ihr vorübergegangen.«

Die beiden Männer starrten zu Lucie hinüber, die weiter so tat, als würde sie ein Kind in ihren Armen wiegen, und ihm etwas auf Maori vorsang.

Tom näherte sich vorsichtig dem Bett und legte Lucie, die nichts mehr um sich herum wahrzunehmen schien als dieses imaginäre Wesen in ihrem Arm, vorsichtig seine Hand auf die Schulter. Sie aber reagierte gar nicht, sondern fuhr mit ihrem Gesang fort.

»Lucie, wir werden noch mehr Kinder bekommen. Bitte, hör auf damit!«

Ohne ihn auch nur eines Blickes zu würdigen, raunte sie: »Psst, Margret schläft. Du darfst sie nicht wecken.«

Tom warf dem Doktor einen unglücklichen Blick zu. Der Doktor zuckte die Achseln. Er hatte fast gegen jedes Leiden ein passendes Rezept, aber nichts gegen den Schmerz einer Mutter, die soeben ihr Kind verloren hatte.

Tom wandte sich seufzend von Lucie ab, die vollkommen glücklich in ihrer Fantasiewelt zu sein schien.

»Ich weiß nur eines, das sie wieder zur Vernunft bringen könnte«, flüsterte er dem Doktor zu. »Ihre Schwester Harakeke muss kommen. Bitte bleiben Sie noch, bis sie bei Lucie ist. Ich lege unsere Tochter in die Wiege.«

»Gut, Mister Bold. Ich setze mich solange zu ihr. Ich denke, das ist der Schock. Das geht schnell vorüber. Glauben Sie mir!«

Lucie bemerkte, wie sich der Doktor auf einen Stuhl neben ihr Bett niederließ und sie musterte.

Ein Lächeln erhellte Lucies Gesicht. »Was sagen Sie zu meiner Tochter, Doktor? Haben Sie schon ein schöneres Mädchen gesehen?«

»Nein«, erwiderte der Doktor knapp. Ihm widerstrebte es, Lucie in ihrem Wahn noch zu unterstützen, aber die Stimme der

Vernunft würde sie in diesem Augenblick mit Sicherheit nicht erreichen.

»Tom hat den Namen ausgesucht. Ich finde, er passt zu ihr. Margret. Dann können wir sie später Maggy nennen. Gefällt Ihnen der Name?«

Doktor Thomas nickte schwach. Was würde er darum geben, dass ihm ein Mittelchen einfiel, diesen Unsinn zu stoppen. Er atmete erleichtert auf, als Misses Dorson herbeigeeilt kam.

»Ich glaube, Sie können gehen«, raunte Harakeke ihm zu und nahm, kaum dass er sich erleichtert entfernt hatte, seinen Platz ein.

Sie räusperte sich ein paar Mal, um ihre Schwester auf sich aufmerksam zu machen, doch vergeblich. Lucie hatte den Blick auf das imaginäre Baby in ihrem Arm geheftet.

»Das ist aber ein schönes Kind, das du da wiegst«, sagte Harakeke schließlich. Damit zog sie die Aufmerksamkeit ihrer Schwester auf sich.

»Darf ich mal?«

»Aber vorsichtig«, ermahnte Lucie Harakeke, die jetzt so tat, als würde sie das Kind auf den Arm nehmen. »Darf ich ihm sein Bettchen zeigen?«, fragte sie und bewegte sich auf die Wiege zu. Tom hatte ihr berichtet, dass das tote Kind dort lag.

»Nur kurz. Ich kann es gar nicht hergeben.«

»Ganz kurz«, versprach Harakeke und tat so, als würde sie ein Kind in die Wiege legen, um dann das tote Kind auf den Arm zu nehmen. Ein kalter Schauer durchlief sie, als sie in das pergamentene Gesicht des toten Kindes blickte. In diesem Augenblick war sie beinahe erleichtert, dass sie mit dem alten Mister Dorson nur platonisch zusammenlebte und wohl auch nie mehr einen Mann treffen würde, bei dem es ihr nach mehr verlangte. Was ein quicklebendiges Kind wie Tommy auch für Freuden bereitete, was für eine Qual musste so ein Anblick für eine Mutter sein... Harakeke holte tief Luft und kehrte mit dem Leichnam des Mädchens zurück zu ihrer Schwester. Ihr Herz pochte bis zum Hals, schließlich konnte sie nicht garantieren, dass Lucie nicht völlig die Fassung und den Verstand verlor, wenn man sie derart brutal mit der Wahrheit konfrontierte. Doch es scheint die einzige Möglichkeit, Lucie in das wahre Leben zurückzuholen, entschied sie.

Lucie streckte bereits ungeduldig ihre Arme aus. Harakeke zögerte nicht, ihr das tote Mädchen in den Arm zu legen. Sie betete, dass alles nach Plan lief und Lucie keinen erneuten Schock erleiden würde.

Lucie aber erstarrte, als sie begriff, dass sie ein lebloses Kind im Arm hielt. Dann füllten sich ihre Augen mit Tränen, und sie streichelte ihrer Tochter über die Wangen. Nach einer halben Ewigkeit hob sie den Kopf und suchte Harakekes Blick.

»Was meinst du, wollen wir sie nach Stammessitte beerdigen?«

Harakeke erschrak. »Muss sie nicht von einem katholischen Pfarrer begraben werden?«

Lucie schüttelte heftig den Kopf.

»Nein, ich möchte, dass sie in unserem Garten liegt.«

»Aber sollten wir nicht auf Tom warten?«

»Nein, wir müssen es tun, um die Ahnen zu besänftigen. Vater hat meine Kinder verflucht, bevor ...«

»Vater? Hast du ihn denn jemals wiedergesehen?«

Lucie begann schwer zu atmen. »Nein, ich ... ja ... ich, meine ...« Sie stockte. Wäre das nicht der geeignete Augenblick, ihrer Schwester die Wahrheit zu sagen?

Harakeke aber schien in ihren Gedanken gerade in eine andere Welt abzuschweifen. Ihr Blick hatte etwas Schwärmerisches bekommen.

»Ach, weißt du? Manchmal muss ich an Vater denken. Obwohl er mir das Heilen verboten hat, denke ich oft daran, was für ein starker Mann er war. Und dann gibt es Nächte, in denen ich mich in unser Dorf zurücksehne und ...«

»Nein, ich habe ihn nicht wiedergesehen«, unterbrach Lucie sie schroff. Wie gut, dass ich ihr nicht mein Herz ausgeschüttet habe, wer weiß, wie sie reagiert hätte, dachte sie, während sie aus dem Bett kletterte, im Arm ihr Kind.

»Aber woher weißt du, dass er deine Kinder verflucht hat?«, hakte Harakeke nach. Sie weiß, dass ich etwas zu verbergen habe, durchfuhr es Lucie eiskalt, und sie suchte händeringend nach einer Erklärung.

»Ich, ich weiß es von Hehu!«, versuchte sie schließlich möglichst glaubhaft zu versichern.

»Den hast du also noch einmal getroffen? Dann weiß er also, wo du bist? Und Vater hat dich bis heute nicht aufgesucht, um dich mit Gewalt nach Hause zu holen?«

»Hehu hat mir geschworen, dass er meinen Aufenthaltsort für sich behält! So, und jetzt möchte ich, dass wir mein Kind beerdigen und uns nicht über solch einen Unsinn streiten.«

Obwohl Harakeke schwieg, entging es Lucie nicht, dass ihrer Schwester noch eine Entgegnung auf der Zunge lag. Lucie war es recht, dass Harakeke es vorzog, den Mund zu halten, denn sie wusste nicht, wie lange sie es noch durchhalten würde, ihre Schwester zu belügen.

Lucie eilte voraus in den Garten und deutete auf einen Platz unter dem Pohutukawa, dem roten Eisenbaum, der im Dezember rot erblühen würde. Noch war seine Pracht nur zu erahnen.

»Dort soll sie liegen!«

»Aber wir können sie doch nicht einfach in der Erde verscharren«, gab Harakeke zu bedenken.

»Im Wirtschaftsraum lagern ein paar Kisten. Und wir brauchen ein Kissen!«

Die Schwester holte, was Lucie verlangte, und brachte eine Schaufel mit. Lucie legte das tote Kind auf dem Kissen ab, nahm ihr die Schaufel aus der Hand und begann, im Schweiße ihres Angesichts ein Loch zu graben.

Harakeke versuchte, sie davon abzubringen. Sie bot sich an, diese Arbeit zu erledigen, zumal es zu regnen anfing und die Erde immer schwerer wurde. Doch Lucie grub sich in einem Zustand der Entrückung tief und immer tiefer, bis sie sich erschöpft auf den Spatenstiel stützte und japste: »Ich kann nicht mehr!«

Nun hielt Harakeke nichts mehr. »Schluss jetzt!«, sagte sie. »Ich bringe dich ins Bett, denn was du hier draußen tust, wird dich umbringen.« Energisch packte sie ihre Schwester beim Arm und stützte sie, während sie ins Haus zurückgingen.

»Aber das geht nicht, ich muss . . .«, stieß Lucie kläglich hervor.

»Du musst gar nichts!«, unterbrach Harakeke sie unwirsch und steuerte mit ihr auf das Schlafzimmer zu.

»Aber ich . . .«

»Du gehst jetzt ins Bett!«

In diesem Augenblick trat die Hebamme ein und schrie entsetzt auf. »Was tun Sie mit Misses Bold? Sie darf nicht aufstehen! Um Gottes willen, wie sieht sie denn aus? Sie war draußen!« Miss Benson streckte die Hände gen Himmel, bevor sie Harakeke wütend anfunkelte. »Das ist alles ihre Schuld! Oder sind das etwa Ihre Heilmethoden? Sie Pfuscherin, Sie!«

Sie versuchte, Harakeke zur Seite zu stoßen, was ihr nicht gelang.

»Und Sie halten jetzt sofort den Mund, Sie Tratschweib«, fauchte Harakeke und half Lucie, sich ins Bett zurückzulegen.

»Vertrau mir! Ich werde die Kleine so beerdigen, wie es unsere Ahnen verlangen«, flüsterte Harakeke Lucie ins Ohr und gab ihr einen Kuss auf die Wange. Dann verließ sie das Zimmer, ohne die Hebamme nur noch eines Blickes zu würdigen.

Miss Benson blieb einen Augenblick wie angewurzelt stehen. Entgeistert blieb ihr Blick an Lucie hängen, deren Haar nass war und deren weißes Nachthemd vor Dreck starrte.

»Ich werde Sie erst einmal sauber machen und . . . wo ist das Kind? Ich erledige die Formalitäten!«

»Nicht nötig, darum kümmert sich meine Schwester.«
»Schwester?«, wiederholte die Hebamme entgeistert.

Jetzt erst bemerkte Lucie ihren Fehler. Tom hatte sie gebeten, der Tratschtante Misses Benson die verwandtschaftlichen Verhältnisse zu Misses Dorson zu verschweigen.

»Und was mich angeht, ich möchte jetzt allein sein«, brummte Lucie.

Die Hebamme guckte immer noch ziemlich irritiert, doch Lucie machte eine eindeutige Handbewegung in Richtung Tür. Kopfschüttelnd verschwand Miss Benson.

Lucie kletterte vom Bett und schleppte sich zum Waschkrug. Dort säuberte sie sich von dem Dreck und dem Blut, das noch von der Geburt an ihr klebte, zog sich ein frisches Nachthemd an, wechselte die Bettwäsche und legte sich zurück in ihr Bett.

Sie hatte sich kaum hingelegt, da war sie bereits eingeschlafen. Sie wachte auf, als ihr der Vater das Kind aus der Wiege stehlen wollte. »Nein!«, schrie sie. »Vater, nein!«

Erst als eine kleine Hand ihre Wange berührte, kam sie zur Ruhe, öffnete die Augen und sah in das besorgte Gesicht ihres Sohnes.

»Mein Liebling«, hauchte sie. »Mein kleiner Liebling, alles gut!«

Tommy reichte ihr unbeholfen einen selbstgepflückten Blumenstrauß: »Für Mama!«, sagte er.

Lucie nahm sie gerührt entgegen. Nun nahm sie auch Tom wahr, der sich im Hintergrund gehalten hatte. Ihm war anzusehen, dass er sehr beunruhigt war.

»Wo ist das Kind?«, fragte er leise.

»Harakeke kümmert sich darum, dass unser kleiner Engel seine Ruhe nach den Stammesritualen unserer Leute findet.«

»Aber, das geht nicht. Miss Benson hat schon nach Bruder Pierre geschickt...«

»Tom, bitte! Sprich mit ihm. Es geht nicht anders. Glaube mir. Es hat seine Gründe.«

Tom kämpfte mit sich, doch dann straffte er die Schultern und murmelte: »Ich werde es ihm sagen. Aber trotzdem, ich verstehe nicht ...«

Lucie legte einen Finger auf ihren Mund, um ihm zu signalisieren, dass er schweigen möge.

»Ich muss meine Ahnen besänftigen, weil ich eine Pakeha geworden bin. Bitte, lass Ihnen Margret. Wir werden noch viele gesunde Kinder bekommen.«

»Gut ... ich, ja, ich denke ...«

In diesem Augenblick trat, ohne anzuklopfen, Harakeke ins Zimmer. Sie sah aus wie ein streunender Hund. Das nasse Haar fiel ihr wirr ins Gesicht, und ihre Kleidung starrte vor Dreck. Als sie Toms Anwesenheit bemerkte, blieb sie wie versteinert stehen.

»Es ist alles gut!« Lucie suchte dabei erst Toms Blick und dann den der Schwester.

»Ja, es ist alles gut«, brummte Tom wie aufgezogen, bevor er sich mit seinem Sohn an der Hand an der Maori vorbeidrückte und aus dem Zimmer eilte.

»Er versteht es nicht, oder?«, fragte Harakeke.

Lucie schüttelte heftig den Kopf. »Er duldet es mir zuliebe. Aber ich hatte keine andere Chance, nicht wahr? Sage mir, dass Vaters Fluch damit seine Wirkung verloren hat! Bitte!« Das klang verzweifelt, so als würde Lucie selber nicht daran glauben, dass alles so einfach wäre.

»Du musst dir keine Sorgen mehr machen. Es ist vorbei«, murmelte Harakeke, während sie sich zu Lucie ans Bett setzte und ihre Hand streichelte. In Wahrheit teilte sie die Besorgnis ihrer Schwester, denn wenn es wirklich den Fluch ihres Vaters gab, dann würden sich die Ahnen nicht von dem Begräbnis des toten Mädchens nach Maori-Sitte beschwichtigen lassen. Dann half nur, sie anzurufen und um Lucies Wohl und das ihrer Kinder zu bitten. Und das war nicht so einfach; ahnte Harakeke doch in tiefstem Herzen, dass die Schwester ihr etwas verschwieg, schlimmer noch, dass sie sie belogen hatte! Denn eines wollte ihr partout nicht einleuchten. Wenn ihr Vater wirklich gewusst hätte, wo sich seine Prinzessin befand, er wäre persönlich bei ihr aufgetaucht und hätte sie notfalls mit Gewalt nach Hause geholt. Niemals hätte er Hehu geschickt. Nein, Harakeke war sicher, dass etwas an der Geschichte nicht stimmen konnte, aber sie wusste nicht was. Und es war nicht der richtige Zeitpunkt, ihre arme Schwester mit skeptischen Fragen zu traktieren.

Napier, November 1885

Neun Jahre waren inzwischen seit dem Tod der kleinen Margret vergangen und Lucie fragte sich immer häufiger, was sie getan hätte, wenn sie gewusst hätte, dass dies erst der Anfang gewesen war.

Auch an diesem warmen Sommertag saß sie, wie so oft, versonnen in dem Schaukelstuhl auf der Veranda und grübelte über ihr Unglück nach. Der kleine Tommy war bei Tante Ha, wie er Harakeke nannte, und Lucie nutzte die Gelegenheit, unbeobachtet ihren traurigen Gedanken nachzuhängen. Fünf weitere Kinder hatte sie inzwischen verloren. Die ersten waren noch nach Maorisitte begraben worden, um die Ahnen zu besänftigen, die letzten auf dem katholischen Friedhof, um Toms Gott um Gnade zu bitten.

Zur Erinnerung an jedes Kind hatte Lucie einen kleinen Sarg gebastelt, in den sie ein Haar von ihm hineingelegt hatte. Die sechs kleinen Särge hatten bis vor Kurzem wie Mahnmale in ihrem Schlafzimmer gestanden. Bis Tom sie im Rausch allesamt hinausgeworfen hatte. In letzter Zeit kam es immer öfter vor, dass Tom dem Alkohol zusprach. Er wurde nie laut oder beleidigend, sondern wurde nur noch verschlossener, als er es in diesen letzten Jahren ohnehin geworden war. Lucie und er hatten sich nicht mehr viel zu sagen. So hatte sie auch nicht geklagt, als sie die kleinen Särge eines Morgens im feuchten Gras des Gartens gefunden hatte. Still leidend hatte sie die Holzkisten in den Wirtschaftsraum getragen.

Seit ihr letzter Junge im September tot zur Welt gekommen war, war Lucie schwermütig geworden. Nur der kleine Tommy konnte sie aufheitern und ihr jene Freude bereiten, die sie am Leben hielt. Sonst wäre sie manchmal lieber irgendwo zwischen John, Louise und dem letzten Kind, dem ohne Namen. Es herrschte völlige Sprachlosigkeit zwischen den Eheleuten. Lucie glaubte, aus Toms gleichgültigem Verhalten ihr gegenüber schließen zu können, dass er es bedauerte, eine Maori geheiratet zu haben.

Die feurigen Blicke, die er mit der Köchin Elisa austauschte, bestärkten sie in dieser Ansicht. Lucie hatte sie vor zwei Jahren eingestellt, um Mary zu entlasten. Leisten konnten sie sich diesen Luxus inzwischen, denn das Weingut warf einen satten Gewinn ab.

Die Köchin riss sich jedes Mal förmlich danach, zur Ernte in Meeanee zu helfen. Wohl war Lucie der Gedanke schon beim ersten Mal nicht gewesen, dass Tom über Wochen allein mit der jungen Frau in dem neuen Anwesen wohnte. Es war nämlich nach Margrets Tod sein ausdrücklicher Wunsch gewesen, ein neues Haus zu errichten. Doch es war mehr geworden als das: ein spektakuläres Herrenhaus mit verschiedenen Nebengebäuden. Tom hatte davon geträumt, dass sie mit ihrer Kinderschar dort wohnen würden. Nun war alles anders. Lucie lebte mit dem kleinen Tom in Napier und ihr Mann, der große Tom, hielt sich die meiste Zeit in Meeanee auf. Elisa wohnte seit nunmehr sechs Monaten ebenfalls in Meeanee. Lucie hatte sie deshalb fast ein halbes Jahr nicht mehr zu Gesicht bekommen. Man hatte sie, die Hausherrin, nicht einmal gefragt, ob sie so lange auf ihre Köchin verzichten könnte. Diese Entscheidung hatte Tom einfach über ihren Kopf hinweg getroffen. Lucie war zu erschöpft gewesen, um dagegen zu protestieren. Außerdem war sie nicht dumm. Sie ahnte, was dahintersteckte. Das pfiffen ja bereits die Spatzen von den Dächern. Es kränkte sie zutiefst, auch wenn sie es sich niemals würde anmerken lassen.

Wäre es anders geworden, wenn ich mich auf dem Weingut weiterhin unentbehrlich gemacht hätte? Wenn ich mich nicht so hätte gehen lassen? Diese Frage stellte sich Lucie immer und immer wieder. Nun war sie schon seit weit über einem Jahr gar nicht mehr in Meeanee gewesen. Sie war durch die Geburten immer dicker geworden und litt ständig unter Rückenschmerzen. So war sie für die Weinernte untauglich geworden, und es lag ihr auch nicht, für die Helfer ihres Mannes auf dem Weingut zu kochen. Sie hätte sich dort überflüssig gefühlt und zog es vor, sich im Haus in Napier vor der Welt abzuschotten. Ein schwerer Fehler, wie sie insgeheim zugeben musste. Manchmal wünschte sie sich, ihre Trägheit und düsteren Stimmungen zu vertreiben, abzunehmen und sich in der Gesellschaft nützlich zu machen. Es gab zwar einzelne Tage, an denen sie sich stark genug fühlte, ihre Probleme anzugehen, aber ihre Antriebsarmut lähmte sie immer wieder aufs Neue.

Auch ihre Schwester Harakeke lag ihr ständig in den Ohren, sie müsse wieder mehr an sich selbst denken, nur wie sollte sie das bewerkstelligen? Lucie war ja froh, dass sie den Alltag und besonders die Erziehung ihres Sohnes einigermaßen bewältigte. Nach außen war sie um Normalität bemüht, aber innerlich empfand sie nichts als Leere. Und sie wusste auch, warum: Sie hatte vor dem Fluch ihres Vaters kapituliert. Sie war sich sicher, dass all dies die Strafe für ihre frevelhafte Tat war. Die Strafe für den Mord war hart. Sie bildete sich indessen ein, dieses Schicksal, die Wandlung binnen weniger Jahre von einer bildschönen, temperamentvollen Frau in eine unbewegliche Matrone, verdient zu haben.

Lucie stieß einen tiefen Seufzer aus. Ihr taten wieder einmal sämtliche Knochen weh. Sie fühlte sich wie ein Walross. Doch ihre Haut war nicht dick genug, um das an sich abprallen zu lassen, was jeder in Napier wusste: dass Tom mit der jungen blonden Elisa ein Verhältnis hatte. Natürlich sagte ihr das keiner offen ins Gesicht. Im Gegenteil, wenn sie durch den Ort ging, grüßten die Leute zwar freundlich, aber sobald sie vorüber waren, hörte sie das Tuscheln in ihrem Rücken. Genauso wie heute im Kolonialwarenladen. Kaum hatte sie ihn betreten, waren die Gespräche verstummt.

Manchmal wünschte sie sich, Bruder Pierre wäre noch in der Mission und sie könnte sich bei ihm aussprechen, doch sowohl er als auch Pater Claude waren zurück nach Frankreich gegangen. Ihre Nachfolger waren ihr fremd geblieben, wenngleich Tom mit ihnen noch bessere Geschäfte machte als zuvor. Lucie drückte sich dennoch, wann immer sie konnte, davor, in die Kirche zu gehen. Sie empfand ihre eigene Taufe und alles, was damit zusammenhing, als Heuchelei, ja, sogar als Frevel, für den sie bitter zu büßen hatte.

Lucie fühlte sich sehr allein, obwohl Harakeke sich alle Mühe gab, ihr eine gute Ratgeberin zu sein. Aber die Beziehung der beiden Schwestern war zurzeit nicht die allerbeste, seit Harakeke ihr ziemlich offen die Wahrheit ins Gesicht geschleudert hatte. Ohne ein Blatt vor den Mund zu nehmen, hatte Harakeke sie »selbstmitleidig« genannt. Lucie konnte sich noch an jedes Wort dieses Streites erinnern.

»Du kannst keine Kinder mehr bekommen. Na und? Ist das ein Grund, sich derart gehen zu lassen?«

Lucie hatte geweint. »Ich kann doch nichts dafür. Ich bin verflucht!«

»Du machst es dir verflucht einfach. Sitzt faul rum, lässt die anderen arbeiten und deinen Mann mit einem Mädchen schla…« Harakeke hatte sich zwar erschrocken die Hand auf den Mund geschlagen und versucht, sich rauszureden, aber Lucie hatte sie genau verstanden.

»Du glaubst also, ich bin schuld, wenn mein Mann mit Elisa herumhurt?«

Harakeke hatte sich tausendfach entschuldigt. Nein, das hätte sie nicht gemeint, sie würde sich nur wünschen, dass Lucie sich endlich an den eigenen Haaren aus dem Sumpf des Selbstmitleids herauszöge. Doch es hatte alles nichts genützt. Lucie hatte zwar behauptet, ihrer Schwester verziehen zu haben, aber das stimmte nicht. Noch in diesem Augenblick spürte Lucie Zornesröte in sich aufsteigen, wenn sie an deren Worte dachte.

Seitdem hatten sie nie wieder wirklich miteinander gesprochen, sondern flüchteten sich in oberflächliches Geplauder. Harakeke verbrachte inzwischen auch wesentlich mehr Zeit mit ihrem Neffen, dem kleinen Tommy, als mit seiner Mutter. Harakeke und der aufgeweckte zehnjährige Junge waren ein Herz und eine Seele. Der Kleine liebte es, im Haus seiner Tante herumzustromern. So wie auch an diesem Tag. Es war ein verwunschenes Haus, das ihre Schwester inzwischen allein bewohnte. Mister Dorson war vor drei Jahren gestorben, und Harakeke hatte seinen ganzen Besitz geerbt. Obwohl sie ihn bis zuletzt aufopfernd gepflegt hatte, wollten die Gerüchte nicht verstummen, dass die Maori bei seinem Ableben nachgeholfen hätte.

Das Geräusch herannahender Schritte riss Lucie aus ihren Gedanken. Sie fuhr erschrocken herum. Mary war einkaufen und Tom auf dem Weingut. Jedenfalls hatte sie das vermutet, doch nun trat er bleich wie der Tod auf die Veranda und ließ sich auf einen der Stühle sinken. Er schlug die Hände vors Gesicht. Lucie erstarrte, denn sie meinte, ihn schluchzen zu hören. Das hatte sie das letzte Mal vor drei Jahren erlebt, als ihr zweiter Sohn wenige Stunden nach der Geburt bewusstlos geworden und dann gestorben war. Sie hielt den Atem an. Plötzlich überkam sie ein grausamer Gedanke.

»Es ist nichts mit Tommy, oder?«, stieß sie panisch hervor.

Tom ließ die Arme sinken und sah sie aus traurigen Augen an.

»Nein, ich habe ihn eben mit Harakeke getroffen. Sie hat ihm ein kleines Boot gekauft. Damit wollten sie ein wenig rudern gehen.«

»Aber was ist denn passiert?«

Tom wischte sich mit dem Ärmel seines Arbeitshemdes über das Gesicht.

»Die Strafe des Herren«, murmelte er. »Das war die Strafe des Herrn!«

»Wovon sprichst du?«, hakte Lucie ungeduldig nach. Ihr war sein Benehmen unheimlich. Tom hatte sich doch sonst immer im Griff. Was konnte ihn so aus der Bahn geworfen haben? Er sah schrecklich aus. Seine Haut war aschfahl und seine Augen verquollen. Plötzlich sank er vor ihr auf die Knie. Sie wollte schreien: »Steh sofort auf!«, aber dieser Anblick verschlug ihr förmlich die Sprache.

»Kannst du mir verzeihen?«, flehte er.

Ganz langsam bekam Lucie eine Ahnung, wofür er sich mit dieser Geste bei ihr entschuldigen wollte, doch sie wollte es ihm nicht so einfach machen. Also schwieg sie.

»Ich, ich habe dich im Stich gelassen mit deinem ganzen Kummer. Verzeih mir.« Tom hatte ihre Hand ergriffen und drückte sie heftig. So sehr, dass es ihr wehtat, aber Lucie verzog keine Miene. »Ich, ich war nicht der Mann an deiner Seite, sondern habe hilflos reagiert, als du das Bett nur noch ungern mit mir teilen wolltest. Und da war Elisa. Jung und willig...«

Lucie hörte nur noch das Rauschen in ihren eigenen Ohren. Er gab es also zu. Was wollte er ihr sagen? Dass er sie zugunsten dieser jungen Frau verlassen wollte?

»... ich bin schwach geworden. Ein paar Mal nur. Du musst es mir glauben, ich habe das Verhältnis beendet, nachdem Elisa verlangt hat, dass ich sie zu meiner Ehefrau mache. Da wusste ich: nein, ich liebe dich, aber ich wusste nicht, wie ich den Weg zurück zu dir finden sollte...« Er stockte und blickte sie aus feuchten Augen an. Noch immer kniete er vor ihr.

Lucie war mit einem Mal ganz ruhig. Sie hörte die Liebeserklärung ihres Mannes zwar, seine Worte aber erreichten nicht ihr Herz.

»Sprich weiter!«, forderte sie ihn ungerührt auf.

»Ich wollte es dir sagen. Glaube mir, aber dann teilte sie mir mit, dass sie schwanger ist...«

Das war der Augenblick, in dem Lucie aus ihrer Erstarrung erwachte. Sie hielt sich panisch die Ohren zu. »Ich will das nicht hören«, schrie sie. »Das nicht!«

Ihr Herz pochte ihr bis zum Halse, während sie gegen eine entsetzliche Übelkeit ankämpfte. Alles würde sie ertragen, alles, bis auf ein Kind von dieser Frau und Tom.

»Du musst mich anhören! Bitte!«, brüllte Tom so laut, dass Lucie es trotzdem hören konnte.

Sie ließ die Arme sinken.

»Ich wollte es dir selber sagen, aber ich habe mich nicht getraut. Deshalb habe ich sie nach Meeanee geholt. Damit du nicht eines Tages ihren Bauch siehst und es auf diese Weise erfährst.«

»Und warum hast du es mir nicht gesagt? Verdammt noch mal. Warum warst du so feige?«

Laut stöhnend erhob sich Tom vom Boden und ließ sich in den Sessel neben ihr fallen. »Ich, ich hatte Angst um dich. Ich wusste doch, dass ich dir Schlimmeres nicht hätte antun können nach allem, was du erlitten hast. Ich dachte, du würdest mich verlassen und mit Tommy womöglich zu deinem Stamm zurückgehen. Ach, ich weiß es auch nicht. Nur eines weiß ich: Ich bin ein jämmerlicher Feigling!«

»Und nun? Jetzt weiß ich es. Und ich lebe noch. Also was willst du noch? Meinen Segen, dass du mit ihr leben kannst? Bitte, den hast du! Aber ich behalte Tommy!«

Er sah sie gequält an. »Nein, nein, das habe ich vorher nicht gewollt und jetzt...«

»Was willst du dann?«

»Dich um Verzeihung bitten!«

»Und Elisa? Verzichtet sie auf dich? Und was ist dem Kind?«

Tom senkte den Blick zu Boden. »Elisa ist tot!«

»Wie tot?«

»Sie ist heute bei der Geburt ihres Kindes gestorben!«

»Und das Kind?«

»Miss Benson hat es mitgenommen und wird es im Waisenhaus abgeben.«

Lucie musterte ihren Mann fassungslos. »Du hast dein Kind ins Waisenhaus gegeben?«, fragte sie ungläubig, bevor sie sich aus dem Schaukelstuhl erhob und Tom eine Ohrfeige versetzte. Erst eine, und dann noch eine. »Was bist du nur für ein Mensch? Du gibst dein eigenes Kind in ein Waisenhaus?«

»Ich ... nun ... ich dachte, weil ... ich meine, was soll ich, ich ...«, stammelte Tom.

»Wo ist das Waisenhaus?«, fragte Lucie in scharfem Ton.

»Es ist auf dem Weg zum Bluff Hill. Auf halber Höhe ungefähr«, erwiderte Tom, während er sich die Wangen rieb. Lucie hatte so fest zugehauen, dass sie die Abdrücke ihrer fünf Finger auf seinen Wangen hinterlassen hatte.

Lucie aber kümmerte sich nicht mehr um ihren Mann, eilte ins Haus und machte sich zum Ausgehen bereit. Tom folgte ihr verunsichert.

»Worauf wartest du noch?«, bellte sie.

»Was, was hast du vor?« Tom schien nicht die geringste Ahnung zu haben, was in diesem Augenblick im Kopf seiner Frau vor sich ging.

»Wir werden dein Kind ...« Sie stockte. »Was ist es eigentlich? Ein Junge oder ein Mädchen?«

»Ein Mädchen.«

»Gut, dann werden wir jetzt deine Tochter nach Hause holen!«

»Aber das kann ich doch nicht von dir verlangen, dass du mein Kind ..., das geht nicht ...«, stotterte Tom.

Lucie fuhr herum und funkelte ihn wütend an. »Was kann das kleine Wesen dafür? Kannst du es verantworten, das Leben deines Kindes zu zerstören?«

»Du bist, du bist ...« Tom brach in Schluchzen aus. »Du bist eine wunderbare Frau, und ich kann nicht verstehen ...«

»Tom! Ich kann dir heute nicht sagen, ob ich dir je von Herzen verzeihen werde. Aber was ich dir verspreche, ist, dass dieses Kind ein Zuhause bekommen wird. Wir werden sie wie unsere gemeinsame Tochter behandeln. Sie wird niemals erfahren, woher sie wirklich stammt. Das ist meine Bedingung. Ich möchte nicht ihre Stiefmutter sein, sondern die Mutter ihres Herzens ...«

»Aber die Hebamme ...«, unterbrach Tom sie fassungslos.

»Miss Benson ist in der Tat die klatschsüchtigste Person in ganz Napier, mit ein bisschen Schweigegeld wirst du ihr wohl den Mund stopfen können. Es muss reichen, damit sie in ein paar Monaten überall die Geburt unserer Tochter verkünden kann.«

»Aber du bist gar nicht schwanger«, protestierte Tom.

Lucie lachte trocken auf. »Sieh mich an. Ich bin ein wandelndes Fass. Da weiß keiner mehr, ob das eine neue Schwangerschaft ist oder die Überreste der letzten. Und nach der ›Geburt‹ werde ich wieder schlank. Glaube mir, diese Rolle werde ich glaubwürdig spielen.«

Mit diesen Worten verließ Lucie entschlossen das Haus. Tom folgte ihr zögernd.

Schweigend begaben sie sich zu dem Waisenhaus. Die Leiterin, Miss Leyland, teilte ihnen mit, dass sie Miss Benson mit dem Neuzuwachs im Obergeschoss finden würden, dort, wo die Kleinen untergebracht waren.

Lucie zögerte einen Augenblick, doch dann flüsterte sie Tom ins Ohr, er solle die Sache mit Miss Benson diskret regeln, während sie sich das Heim anschauen würde. Er tat, was sie verlangte, obgleich er offenbar immer noch nicht recht begriffen hatte, was Lucie für seinen Bastard zu tun bereit war.

»Wir wollen zwar ein Baby«, erklärte Lucie der Heimleiterin, »aber ich möchte auch die älteren Kinder sehen. Geht das?«

»Natürlich, ich kann Sie durch den Schlafsaal der Großen führen. Kommen Sie.«

Lucie folgte der Heimleiterin in einen riesigen fensterlosen Raum. Sie hatte noch nie zuvor eine solche Unterkunft für elternlose Kinder gesehen. Es wollte ihr schier das Herz brechen, als sie die nicht enden wollende Reihe der Kinderbettchen abging und ihr aus jedem ein Paar trauriger Kinderaugen entgegenstarrten.

»Aber das ist doch grausam«, entfuhr es Lucie.

Miss Leyland, die Leiterin des Waisenheims, zuckte hilflos mit den Schultern.

»Wir haben zu wenig Personal, Miss Bold. Was sollen wir tun?«

Lucie verkniff sich ihre Erwiderung. Der Anblick dieser Kinder schockierte sie so sehr, dass sie noch im selben Augenblick beschloss, etwas gegen das Elend dieser armen Wesen zu unternehmen. Sie wusste nur noch nicht, wie und was. Aber eines wusste sie genau: Diese Kinder brauchten ihre Hilfe!

Lucie ließ es sich nicht nehmen, an jedes Bett heranzutreten und dem Kind, das darinnen vor sich hinvegetierte, ein paar freundliche Worte zu sagen. Die Belohnung war das Lächeln dieser Kinder.

»Sie können nicht alle mitnehmen!«, bemerkte die Heimleiterin.

»Ich weiß, aber ich komme wieder, Miss Leyland!«

Sie hatten den Schlafsaal der großen Kinder gerade verlassen, als ihnen Misses Benson mit einem Säugling auf dem Arm in Begleitung von Tom entgegenkam. Die Wangen der Hebamme glänzten fiebrig, und sie hatte ein Lächeln auf den Lippen. Offensichtlich ist die Höhe von Toms Schweigegeld zu ihrer Zufriedenheit ausgefallen, dachte Lucie, bevor sie die Arme nach Toms Tochter ausstreckte. Beim Anblick des schlafenden Mädchens ging ihr das Herz auf.

»Miss Leyland, Misses und Mister Bold nehmen dieses Mädchen mit. Und sie werden es als ihr eigenes Kind ausgeben. Wir dürfen also auf Ihre Diskretion hoffen, nicht wahr?«, fragte Miss Benson.

»Aber sicher. Mir ist alles lieber, als dass der arme Wurm hierbleiben muss«, entgegnete die Heimleiterin. »Wenigstens ein Kind, das eine Zukunft hat.«

»Ich werde dafür sorgen, dass es den Kindern besser gehen wird!« Lucies Stimme klang kämpferisch, und so fühlte sie sich auch. Mit diesem Tag gehörte das Suhlen im Selbstmitleid der Vergangenheit an. Und auch der Fluch ihres Vaters. Sie waren quitt. Er hatte ihr die Kinder genommen, aber über dieses Mädchen in ihrem Arm besaß er keine Macht. Nein, sie würde nach ein paar Monaten wieder zu alter Form auflaufen und jeder in Napier würde glauben, sie hätte einer Tochter das Leben geschenkt.

Lucie wandte sich an die Heimleiterin. »Denken Sie nicht, ich hätte Sie vergessen, denn es wird ein wenig dauern, bis ich mich wieder bei Ihnen melde. Erst einmal muss ich mich um dieses arme Würmchen kümmern, aber ich komme zurück!«

Lucie spürte, wie eine Hand über ihre Wange strich. Lucie zuckte zurück. Es war Tom, der sie streichelte. In seinem Blick lag nichts als Liebe.

»Lass mir Zeit!«, raunte sie ihm zu.

NAPIER, 4. FEBRUAR 1931

Eva hatte bis in die tiefe Nacht vergeblich auf der Veranda auf Adrian gewartet. Sie war schließlich in Lucies altem Schaukelstuhl eingeschlafen. Die beiden Schwestern hatten alles daran gesetzt, sie davon zu überzeugen, dass sie in ihr Zimmer gehen solle, doch Eva konnte nicht. Sie wollte da sein, wenn Adrian unversehrt zurückkehrte.

Sie wachte von dem Gemurmel der alten Männer auf, die vor einem Zelt im Garten saßen und offenbar nicht schlafen konnten in dieser Nacht, in der ihre Stadt zerstört worden war.

Eva erhob sich und streckte sich. Ihr taten alle Knochen weh. Es war nicht gerade bequem, in einem Schaukelstuhl zu übernachten. Ein Blick auf ihre Uhr zeigte, dass es sechs Uhr morgens war. Es war bereits hell, und im Garten zwitscherten die Vögel, als wäre nichts geschehen. Wenn Eva sich die Zelte wegdachte, schien es das Paradies zu sein. Aber das täuschte. Sofort kamen ihr die Bilder von Zerstörung und Tod in den Sinn. Und Adrian war nicht gekommen ...

Eva machte sich in der Küche einen Tee und überlegte, was sie tun sollte. Nach reiflicher Überlegung stand ihr Entschluss fest. Wenn Adrian den Weg in die Cameron Road nicht fand, konnte das nur bedeuten, dass er zu den Verletzten gehörte. Jeden anderen Gedanken wollte Eva auf keinen Fall zulassen. Nein, sie hegte keinen Zweifel, dass er ihre Hilfe brauchte und sie ihn finden würde.

Eva wusch sich und zog sich um. Sie achtete auf bequeme Kleidung und festes Schuhwerk, als ahnte sie, dass sie einen weiten Weg zurücklegen würde.

Im Haus und im Garten herrschte Totenstille, als Eva sich davonschlich, nicht ohne eine Nachricht an Lucie und Hariata zu hinterlassen, dass sie sich auf die Suche nach Adrian gemacht hätte und die beiden sich nicht sorgen sollten.

Auch in der Straße, die hinunter in die Stadt führte, war alles ruhig, doch als sie sich dem Zentrum näherte, herrschte Betrieb wie am Tag. Obwohl Eva das Ausmaß der Zerstörung am Tag zuvor bereits hatte erahnen können, war sie schockiert, welches desolate Bild ihr die Innenstadt bot. Hier stand kein Stein auf dem anderen. Die Hasting Street sowie die anderen Straßen, etwa die Browning Street, in der Innenstadt glichen Trümmerfeldern. Die Stadt war ausgelöscht. Überall bot sich ihr dasselbe Bild. Die Häuser waren zusammengestürzt, die Straßen aufgerissen, Autos und Straßenbahnen in Erdspalten verkeilt. Und was noch hinzukam, war die Zerstörung durch das Flammenmeer, das dort gewütet hatte.

Eva bog ab in Richtung des botanischen Gartens. Hier herrschte immer noch reges Treiben. Sie erkannte sogar Joanne, die noch immer unter demselben Baum lag, unter der Decke, die sie über sie gezogen hatte. Nun lagen rechts und links von ihr Dutzende von weiteren zugedeckten menschlichen Körpern.

Auf der anderen Seite des Parks waren reihenweise Hospitalbetten aufgestellt. Eva warf einen Blick auf jeden der Verletzten in der Hoffnung, Adrian zu finden, doch er war nicht dabei. Als ihr einer der Seeleute begegnete, der am Tag zuvor mit in der Cameron Road gewesen war, hielt sie ihn an. Er sah mitgenommen aus. Es war ihm anzusehen, dass er nicht geschlafen hatte.

»Was machen Sie denn hier?«, fragte er erstaunt, bevor sie etwas sagen konnte.

»Ich suche meinen Mann. Er soll zurzeit des Erdbebens in

Hastings gewesen sein, und ich dachte, dass er es vielleicht inzwischen auch bis Napier geschafft hat.«

»Da muss ich Sie enttäuschen, wir haben noch keine Informationen, wie es in Hastings aussieht. Die Zufahrtstraßen sollen zum Teil zerstört sein, und wir können auch keine Verbindung aufnehmen, aber wenn Sie wollen, können Sie gleich mit ein paar Kameraden und einem Ärzteteam rüberfahren. Sie versuchen, Hastings zu erreichen. Kommen Sie, ich bringe Sie zur Sammelstelle.«

Eva begleitete den Seemann zur gegenüberliegenden Seite des Parks. Dort stand ein Lastwagen, auf dessen Ladefläche gerade ein paar Menschen kletterten. Enttäuscht sah Eva zu, wie sich der Platz füllte, während der Seemann den Fahrer bat, sie mitzunehmen.

»Unmöglich, wenn sie keine Krankenschwester ist«, brummte der Mann. »Was meinst du, wer alles nach Hastings möchte. Alle diejenigen, die hier arbeiten und dort wohnen. Da können wir keine Ausnahme machen.«

Der Seemann zuckte bedauernd mit den Achseln.

»Ich bin an der Schule für Krankenschwestern, und ich muss dringend meinen Mann finden«, sagte Eva hastig. Der Fahrer musterte sie skeptisch, doch da hörte sie eine durchdringende Stimme rufen: »Lassen Sie das Mädchen mitfahren. Sie ist meine Helferin!«

Es war der Arzt, dem Eva am Tag zuvor zur Hand gegangen war. Als der Fahrer ihr ein Zeichen machte, einzusteigen, atmete sie erleichtert auf. Sie kletterte auf die Ladefläche und drängte sich zu dem Arzt durch. Der freute sich sichtlich, sie wiederzusehen.

»Haben Sie sich von dem Schock erholt?«

»Einigermaßen«, erwiderte sie und erzählte ihm, was sie in Hastings suchte.

»Wir können nur hoffen, dass das Erdbeben dort nicht so gewütet hat wie hier.«

Dann verfielen sie in Schweigen. Auch die anderen Helfer waren ganz still. Alle Blicke waren auf die Risse in der Straße und die Zerstörung zu beiden Seiten der Straße gerichtet. Doch dem Lastwagenfahrer gelang es, sein Gefährt unbeschadet fortzubewegen.

Kurz hinter Napier war die Zerstörung weniger deutlich sichtbar, was vor allem daran lag, dass es auf diesem Teil der Strecke keine Häuser gab. Das änderte sich, kaum dass sie die Vororte von Hastings erreicht hatten.

Die Hoffnung, dass das Erdbeben die nahegelegene Stadt verschont haben könnte, starb spätestens, als sie dem Geschäftszentrum näher kamen. Es bot sich ihnen ein ähnlich verheerendes Bild wie in Napier. Das Zentrum der Stadt lag in Schutt und Asche.

Der Lastwagen hielt an einem Park, in dem ähnlich wie in Napier Hospitalbetten im Freien aufgestellt waren.

»Gehen Sie schon! Suchen Sie Ihren Mann. Ich brauche Sie nicht«, raunte ihr der Arzt zu. Das ließ sich Eva nicht zweimal sagen. Mit einem Satz war sie von der Ladefläche gesprungen und in den Park gerannt. Wie in Napier warf sie in jedes Bett und auf jedes am Boden improvisierte Lager einen prüfenden Blick. Doch sosehr sie sich den Hals verrenkte, von Adrian keine Spur.

Als ihr ein Helfer entgegenkam, fragte sie ihn nach Roach's Department Store. Allein daraus, wie sich das Gesicht des Mannes verfinsterte, konnte sie schließen, dass dort etwas Schlimmes geschehen war. Bevor der Mann etwas sagen konnte, bebte sie bereits am ganzen Körper.

»Sie finden die Ruinen, wenn Sie immer geradeaus gehen. Dort, wo einmal die Heretaunga die King Street kreuzte.«

Eva schnappte nach Luft, doch bevor sie ihn fragen konnte, was er mit den Ruinen meinte, war der Mann weitergeeilt. Sie konnte sich seine Antwort denken. Das Kaufhaus hatte dem Erdbeben nicht standgehalten. Wie in Trance schlug sie den Weg zur einstigen Hauptstraße von Hastings ein. Sie war bislang nur einmal in dieser Stadt gewesen. Dunkel erinnerte sie das imposante Gebäude an der Straßenecke. Und die Schrift über den riesigen Fenstern. China Limited Mercery, hatten die großen Buchstaben chinesische Textilien angekündigt.

Nun ragte an dieser Stelle ein riesiger Schuttberg auf. Eine Frau kletterte auf den Trümmern herum. Ihr Kleid war zerrissen, ihr Gesicht verschmutzt und schmerzverzerrt, und wie von Sinnen rief sie »Jane!« und immer wieder »Jane!«

Eva fasste sich ein Herz und sprach sie an. »Ich suche meinen Mann. Wissen Sie, was geschehen ist?«

Die Fremde fuhr herum. »Das Kaufhaus soll in sich zusammengestürzt sein wie ein Kartenhaus! Meine Tochter ist dort Verkäuferin, aber sie ist nicht bei den Verletzten und liegt nicht bei den Opfern...«

Eva wurden die Knie weich. »Wo sind denn die Überlebenden? Und wo...?« Sie stockte, denn sie war nicht in der Lage, die furchtbare Frage auszusprechen.

»Im Park dort drüben«, erwiderte die Dame, bevor sie sich wieder den Trümmern zuwandte und verzweifelt nach ihrer Tochter rief. »Jane! Jane!«

Es klang grausam in Evas Ohren, die sich kaum auf den Beinen halten konnte, weil ihre Knie so sehr zitterten.

Sie wankte hinüber zum Park und fragte einen Arzt, wo sich die Verletzten aus dem Roach's Department Store befänden. Er deutete auf einen Platz unter einem Eisenholzbaum. Als Eva in den Schatten des Baumes trat, merkte sie erst, wie ihr der Schweiß hinunterlief. Auch an diesem Tag strahlte die Sonne von einem blauen Himmel auf die Erde, so als wäre nichts geschehen. Dieses schöne Wetter stand in krassem Gegensatz zu dem Anblick der sich ihr unter dem Baum bot. Dicht gedrängt lagen vor allem junge Frauen nebeneinander. Einige stöhnten leise vor sich hin, andere schliefen und wieder andere riefen nach Wasser. Obwohl sie nur den einen Wunsch hatte: endlich Adrian zu finden, organisierte sie vorher eine große Kanne mit frischem Wasser und ließ ein Mädchen nach dem anderen davon trinken. Sie waren mehr oder minder in ihrem Alter.

»Danke«, hauchte eine Frau mit blonden Locken, die ein Namensschild an ihrer Jacke trug mit dem Emblem des Kaufhauses.

»In welcher Abteilung haben Sie gearbeitet, Susan?«, fragte Eva in der Hoffnung, eine der Verkäuferinnen könnte sich an Adrian erinnern.

»In der Herrenkonfektion.«

»Ist das weit von der Seglerkleidung entfernt?«

»Zum Glück ja, denn die Abteilung war direkt unter dem Dach, das eingestürzt ist. Das hat kaum jemand überlebt. Bis auf Jane.«

»Wer ist Jane?«

»Sehen Sie die Dunkelhaarige, die dort hinten liegt? Es hat sie böse getroffen. Sie wissen nicht, ob sie durchkommt. Ich habe mir ja nur das Bein gebrochen.«

»Gute Besserung«, murmelte Eva und eilte auf Jane zu. Die hatte die Augen geschlossen und schien zu schlafen oder ohnmächtig zu sein. Eva beugte sich ganz dicht über ihr Ohr.

»Jane?«, flüsterte Eva. »Jane? Können Sie reden?«

»Mein Kopf, mein Kopf«, wimmerte sie.

»Können Sie sich an einen Kunden erinnern, der in Ihrer Abteilung war, als das Erdbeben kam?«

»Nein, es war nicht voll. Es war ja noch früh.« Eva atmete auf. Adrian war also zum Zeitpunkt der Katastrophe nicht im Kaufhaus gewesen.

»Danke, Sie haben mir sehr geholfen. Kann ich Ihnen etwas bringen? Brauchen Sie etwas?«

Die junge Frau öffnete die Augen. »Ja, wünschen Sie mir Glück.

Ich weiß doch, wie es um mich steht. Die inneren Verletzungen. Sie wagen nicht einmal, mich zu transportieren. Wen suchen Sie denn? Ihren Mann?«

»Ja, meinen Mann. Er ist seit gestern verschwunden. Und den einzigen Hinweis, den ich auf seinen Aufenthaltsort hatte, war, dass er in Hastings eine weiße Seglermütze für mich kaufen wollte...«

Die verletzte Frau wurde noch blasser, als sie es ohnehin schon war. »Natürlich, ich erinnere mich. Er hatte die Mütze schon bezahlt und war Richtung Treppe gegangen. Dann kam der erste Stoß, danach der zweite und das Dach krachte hinunter und hat die Treppe völlig zerstört.«

Eva wollte sich langsam erheben, musste sich aber an dem Baumstamm abstützen. Ihr war schwindlig, und in ihrem Kopf schien alles leer. Sie ließ sich ins Gras gleiten.

»Das tut mir leid«, hörte sie die junge Frau wie aus einer anderen Welt raunen.

Eva wusste nicht, wie lange sie regungslos dagesessen hatte. Alles in ihr weigerte sich, den Ort aufzusuchen, an dem die Toten ruhten.

»Haben Sie ihn gefunden?«, fragte der junge Arzt, der mit ihr aus Napier gekommen war.

»Nein«, erwiderte sie knapp. »Aber es wäre schön, wenn Sie dieser Frau helfen könnten«, fügte sie hinzu, während sie sich am Baumstamm hochzog. Ohne Orientierung rannte sie los. Ziellos. Sie wusste nur, wohin sie nicht wollte: dort, wo die Toten aus dem Kaufhaus lagen!

Doch dann verlangsamte sie ihren Schritt, und ihr Blick blieb an einer Reihe von leblosen Körpern hängen, deren Gesichter man mit Decken und Tüchern verhüllt hatte. Eva trat näher und hob das erste Tuch. Es war das Gesicht eines jungen Mädchens. Evas Herz pochte bis zum Hals, dennoch warf sie einen Blick unter die Decke. Lydia, stand auf dem Schild mit dem Emblem des Kaufhauses. Wie von Sinnen lüftete sie nun jede Decke, aber Adrian war nicht dabei. Erschöpft hockte sie sich auf den Rasen. Wo war Adrian?

Wieder war es der junge Arzt, der Eva aus ihrer Betäubung riss. »Ist er tot?«

Eva zuckte die Achseln; dann berichtete sie ihm unter lautem Schluchzen, was sie von der Verkäuferin erfahren hatte.

»Aber er ist weder bei den Verletzten noch bei den Toten.«

»Das ist kein Wunder bei der Wucht, in der das Dach eingestürzt ist. Wir haben einige Vermisste, die im Augenblick des Bebens im Kaufhaus gewesen sind. Es steht zu befürchten, dass wir einige nie finden werden.«

Wie eine Furie fuhr Eva herum. »Reden Sie nicht so einen Blödsinn!«, brüllte sie, sprang auf und trommelte mit den Fäusten auf seine Brust ein.

Er schaffte es, ihre Handgelenke zu packen. »Kommen Sie! Wir brauchen Sie. Wir werden uns gleich auf den Rückweg machen, aber einige schwere Fälle nehmen wir mit. Auch die junge Dame, auf deren Schicksal Sie mich aufmerksam gemacht haben. Sie kann überleben, wenn wir es schaffen, sie unversehrt in unser Hospital transportieren. Helfen Sie uns?«

Eva nickte und folgte ihm.

»Gehen Sie zum Lastwagen und organisieren Sie Decken und machen dort ein Lager für die Schwerverletzten. Und schicken Sie mir zwei Männer mit Tragen!«

Eva spürte, dass sie einfach nur noch funktionierte wie ein Uhrwerk. Ihre Gefühle waren wie abgestorben. Dass Adrian aller Wahrscheinlichkeit nach unter den Trümmern des Kaufhauses begraben war, wusste sie, aber es war noch nicht in ihrem Herzen angekommen.

Sie tat alles, was der Doktor ihr aufgetragen hatte. Sie schickte zwei Sanitäter zu dem Eisenholzbaum. Dann organisierte sie Decken und polsterte damit die Ladefläche des Lastwagens aus.

In diesem Augenblick näherten sich die Sanitäter auch schon mit Jane.

»Danke, ich glaube, Sie haben mir das Leben gerettet«, flüsterte die junge Frau ergriffen. »Und haben Sie Ihren Mann gefunden?«

»Nein, er ist nicht unter den Toten. Ich nehme an, er hat es geschafft, rechtzeitig das Kaufhaus zu verlassen. Und wird irgendwo dort draußen sein!«

Eva wandte den Blick ab, denn in den Augen der jungen Frau stand pure Skepsis geschrieben. Doch Eva hatte nun keine Zeit mehr, sich ihren Ängsten hinzugeben, denn nun trafen von allen Seiten Tragen mit Verletzten ein, und ihr fiel die Aufgabe zu, die Plätze zu verteilen. Bald war alles belegt, und der Arzt und sie konnten sich nur noch vorn neben den Fahrer setzen.

Eva stierte die ganze Fahrt vor sich hin. In ihr war alles wie abgestorben. Erst als der Arzt ihr eine Flasche reichte, erwachte sie aus ihrer Erstarrung.

»Das ist ein pflanzliches Beruhigungsmittel. Da nehmen Sie drei Mal am Tag je zehn Tropfen.«

»Ich bin ganz ruhig!«

Der Arzt runzelte die Stirn. »Das ist der Schock. Aber wenn Sie daraus erwachen, dann können Ihnen diese Tropfen nützlich sein. Wo wohnen Sie?«

»In der Cameron Road.«

»Wir fahren Sie hin, aber erst müssen wir die Verletzten ins Hospital bringen.«

»Das ist nicht nötig. Ich kann zu Fuß gehen . . .«

»Keine Widerrede«, unterbrach der Arzt sie streng. »Sie hören jetzt mal auf mich, verstanden?«

Eva blieb ihm eine Antwort schuldig und steckte die Tropfen ein. Vor dem Hospital hielt der Lastwagen. Erneut bat der Arzt sie, Helfer mit Tragen zu organisieren.

Inzwischen war das Krankenhaus wieder in Betrieb, und die

Verletzten waren aus den Parks in das Hospital gebracht worden. Für die kritischen Fälle lag ein Schiff aus Auckland am Kai, das die Verletzten aufnahm, die nur dort ausreichend medizinisch versorgt werden konnten. Auch Jane, die junge Frau aus Hastings, wurde gleich zu dem Schiff transportiert.

»Wir werden mit dem Lastwagen nicht durchkommen. Die Straßen haben gelitten. Aber ich bringe Sie zu Fuß.«

»Nein, ich kann ...«

»Sie sind aber auch stur!«, schimpfte der Arzt. »Wenn Sie einen Spiegel zur Hand hätten, Sie würden einsehen, dass man Sie nicht allein durch die zerstörte Stadt gehen lassen kann. Außerdem wohne ich in der Nähe und muss wohl oder übel einen winzigen Augenblick ruhen, denn seit gestern Morgen habe ich keinen Schlaf mehr bekommen.«

Schweigend eilten sie durch die verwüstete Stadt. Er ließ sich nicht davon abbringen, sie bis vor die Tür zu bringen. Als Eva den abgedeckten Körper von Doktor Thomas sah, fiel ihr etwas ein.

»Ob ich Sie bitten darf, einen Blick auf meine Cousine zu werfen? Sie wurde von Trümmerteilen am Kopf getroffen.«

Der Arzt folgte Eva ins Haus. Berenice war nicht allein in Evas Zimmer. Hariata kümmerte sich um sie, und Harakeke wechselte gerade den Verband.

»Ich habe einen Arzt mitgebracht. Der könnte vielleicht mal einen Blick auf deine Wunde werfen.«

Berenice setzte sich mit einem Ruck in ihrem Bett auf und schubste Harakeke dabei zur Seite. »Das ist wunderbar. Endlich ein Arzt. Diese Hexe macht mich wahnsinnig mit ihren Kräutern. Sie hat bestimmt alles falsch gemacht«, rief sie voller Empörung aus. Und Eva bedauerte zutiefst, dass sie einen Arzt mitgebracht hatte, denn Berenice schien dank Harakekes Heilkünsten wieder bestens bei Kräften zu sein.

Aber auch dem Arzt behagte die taktlose Bemerkung der jungen Frau ganz und gar nicht. Er funkelte Berenice zornig an. »Lassen Sie sehen«, verlangte er grob und untersuchte die Wunden an ihrem Kopf. »Sie können von Glück sagen, dass Sie so gut versorgt worden sind, junge Frau. Ohne die Hilfe von...« Er unterbrach sich und wandte sich an die alte Maori. »Wie heißen Sie?«

»Mein Name ist Dorson. Misses Harakeke Dorson.«

Der Arzt kratzte sich am Kinn. »Das habe ich schon mal gehört!«, sagte er nachdenklich.

»Das glaube ich Ihnen gern«, erwiderte Harakeke lächelnd. »Über mich wird in der Stadt getratscht, was das Zeug hält.«

Der Arzt verzog keine Miene. »Misses Dorson, würden Sie mich gleich begleiten?«

»Wohin?«

»Ins Hospital! Es gibt so viele Kopfverletzungen, derer wir nicht Herr werden. Ob Sie mir wohl mit Ihren Mittelchen Unterstützung leisten könnten?«

»Natürlich. Wenn ich irgendwie helfen kann.«

»Doktor Webber«, sagte der Arzt und streckte Harakeke die Hand hin. Berenice, die immer noch aufrecht im Bett saß, schnappte nach Luft. »Das sage ich meiner Mutter. Sie sind ein Pfuscher!«

Offenbar hat ihr noch keiner gesagt, dass ihre Mutter tot ist, dachte Eva. Sekunden später spürte sie, wie ihr wieder schwindlig wurde und sich der Boden unter ihr drehte. Sie ließ sich auf einen Stuhl sinken und hoffte, dass der Schwächeanfall schnell vorübergehen würde.

»Kann ich auch mitgehen?«, fragte Hariata schüchtern aus dem Hintergrund.

»Sicher, wir können jede Hand gebrauchen«, erwiderte der Arzt, doch dann blieb sein Blick an Eva hängen. »Aber erst einmal sollte sich die junge Dame hinlegen«, fügte er hastig hinzu. »Ich warte draußen und sehe dann noch einmal nach ihr.«

»Und was ist mit mir?«, krähte Berenice dazwischen.

»Sie sind gesund«, entgegnete Doktor Webber ungerührt, während er das Zimmer verließ.

»Dann kannst du eigentlich in dein eigenes Zimmer gehen, damit Eva hier ihre Ruhe hat«, schlug Hariata vor, was ihr einen bitterbösen Blick Berenices einbrachte.

»Es ist euch wohl völlig egal, ob ich sterbe oder nicht«, schimpfte sie, während sie aus dem Bett kletterte. »Ich werde mit Mutter reden. Wo steckt sie überhaupt?«

»Harakeke hat die ganze Nacht bei dir gewacht und deine Wunde versorgt. Wie kann man nur so undankbar sein!«, blaffte Hariata die nörgelnde Berenice an, bevor sie sich Eva zuwandte, die bleich auf dem Stuhl saß.

»Komm, ich helfe dir beim Ausziehen«, sagte sie und zog Eva die Schuhe aus, dann die Strümpfe und das Kleid. Sie reichte ihr den Arm, auf den sich Eva willig stützte, und brachte sie zum Bett.

In diesem Augenblick stürmte Berenice mit einem lauten Türknallen hinaus.

Eva streckte sich auf dem Bett aus und stieß einen tiefen Seufzer aus.

»Sie weiß noch nicht, dass ihre Mutter tot ist, oder? Wir müssen es ihr sagen. Außerdem steht sie wahrscheinlich noch immer unter Schock. Ihr Stiefvater hat versucht, sie... Hat sie etwas erwähnt, als ich fort war?«

»Nein, schon seit sie heute Morgen aufgewacht ist, geht sie allen mit ihrer ekelhaften Art auf die Nerven.«

»Ich weiß, sie kann unausstehlich sein, aber auch sie hat einiges durchgemacht.«

Hariata zuckte die Achseln. »Ja, ja, das glaube ich dir gern, nur warum kann sie nicht freundlicher zu Harakeke sein? Die hat ihr das Leben gerettet!«

»Du hast recht, aber wenn ihr Stiefvater wirklich versucht

haben sollte, sich an ihr zu vergehen, dann steht sie wahrscheinlich noch unter Schock.«

Hariata atmete tief durch. »Und du sollst nicht so viel reden. Denk lieber auch einmal an dich. Du siehst aus wie der Tod. Ich hole jetzt den Doktor. Er soll dich noch einmal untersuchen.«

»Mir fehlt nichts«, widersprach Eva.

»Du musst nicht die Tapfere spielen«, erwiderte Hariata und strich Eva mitfühlend über die Wangen. Diese Berührung brachte alle Dämme zum Einsturz. Plötzlich begriff Eva in der ganzen Tragweite, was geschehen war. Sie schrie verzweifelt auf. »Er ist tot. Adrian ist tot. Verstehst du, er ist tot!«

»Hast du ihn gesehen?«, fragte Hariata, aber Eva hörte ihr gar nicht zu. Unter lautem Schluchzen stieß sie wilde Verfluchungen aus.

»Ich hole jetzt den Doktor«, sagte Hariata und schon war sie aus dem Zimmer gestürzt, um Sekunden später mit dem Arzt zurückzukehren. Hinter ihnen stürzte Lucie ins Zimmer.

»Die Tropfen?«, fragte der Arzt. »Wo haben Sie die Tropfen?«

Eva aber antwortete ihm nicht.

»Suchen Sie in ihrer Jacke nach einem Fläschchen«, befahl er Hariata, die ihm kurz darauf die Tropfen reichte. Er flößte sie Eva direkt aus der Flasche ein. Es dauerte noch einen Augenblick, bis sie ruhiger wurde.

»Was ist mit ihr?«, fragte Lucie, die das Ganze aus schreckensweiten Augen verfolgte.

»Sie wird gleich schlafen«, entgegnete Doktor Webber. Und er behielt Recht. Wenig später war Eva eingeschlafen.

»Was ist mit ihr?«

»Es ist nichts Schlimmes. Es ist nur so...« Zögernd begann der Arzt zu berichten, was das Erdbeben in Roach's Department Store für verheerende Verwüstungen angerichtet hatte und dass Eva ihren Mann weder tot noch lebendig gefunden hatte.

Während er redete, ließ sich Lucie auf die Bettkante fallen.

Und als er geendet hatte, bat sie mit belegter Stimme: »Haben Sie für mich auch so ein Mittel?«

Der Arzt verabreichte auch Lucie eine Dosis, die ihr einen ruhigen Schlaf bescheren würde, und bat sie, sich neben die junge Frau aufs Bett zu legen.

»Er war der Enkel der alten Dame«, raunte Hariata, nachdem auch Lucie eingenickt war.

»Tun Sie mir bitte einen Gefallen«, sagte Doktor Webber. »Bleiben Sie hier. Sie werden gebraucht, wenn die beiden aufwachen. Die alte Dame wird erst dann in vollem Umfang begreifen, was geschehen ist. Es ist gut, wenn jemand da ist. Ich nehme die Heilerin mit. Nichts gegen Sie, aber ich halte sehr viel von den Heilkünsten der Maori, auch wenn mir das viel Unverständnis meiner Kollegen einbringt. Und Sie gehören auch zu dieser Familie?«

»Nein, alle meine Lieben liegen bei den Toten im botanischen Garten. Ich habe niemanden mehr.«

Der Arzt musterte sie eindringlich, bevor er ihr sanft über das Haar strich.

»Diesen Tag wird keiner von uns je vergessen. Unter den Toten war das Mädchen, das ich heiraten wollte, aber ich hatte noch keine Zeit, sie zu betrauern. Die Lebenden brauchten mich.«

Hariata blieb regungslos stehen und sah Doktor Webber bewundernd hinterher. Dann setzte sie sich neben das Bett und wollte dort ausharren, bis die beiden Frauen aufwachten. Ein merkwürdiges Gefühl beschlich sie. Nun hatte sie ihre gesamte Familie verloren, aber das Schicksal hatte sie zu Eva und den beiden alten Maoridamen geführt, denen sich Hariata seltsam verbunden fühlte.

Napier, Februar 1931

Der Sommer zeigte sich noch immer von seiner allerbesten Seite. Der blaue Himmel und die strahlende Sonne passten gar nicht zu der Stimmung, die über dem katholischen Friedhof schwebte. Lucie war nicht die Einzige, die an diesem Tag einen Toten zu bestatten hatte.

Ganz in ihrer Nähe fand die Bestattung von Doktor Thomas statt. Für Lucie hatte es keine Frage gegeben, Joanne im Familiengrab beizusetzen. Dort lagen auch Tom, Tommy und Joannes erster Mann John. Bereits vor dem Wissen um das, was Doktor Thomas kurz vor dem Erdbeben im Wirtschaftsraum versucht hatte, war es für sie keine Frage gewesen, dass dies Joannes Platz war. Nur hatte Lucie nie im Leben damit gerechnet, dass ihre Adoptivtochter vor ihr gehen würde.

Eva fröstelte. Das lag aber nicht an dem kühlenden Schatten, den ein Baum ihnen spendete, sondern an der Tatsache, dass Berenice plötzlich sagte: »Ich bin gleich wieder da. Drüben wird der Doktor beerdigt. Ich werde ihm die letzte Ehre erweisen.«

Harakeke, Lucie, Hariata und Eva blickten einander ungläubig an. Wie so oft in den letzten Tagen fragte sich Eva, ob die Geschichte von der versuchten Vergewaltigung nur Berenices Fantasie entsprungen war oder ob sie das Geschehen einfach verdrängte?

Eva neigte zur zweiten Erklärung, weil die Indizien für einen versuchten Übergriff sprachen. Solche Druckstellen konnten nur entstehen, wenn jemand versuchte, mit Gewalt die Beine einer

Frau zu spreizen. Da war sich Harakeke ganz sicher. Was überdies dafür sprach, war die Tatsache, dass Berenice Eva den Übergriff schließlich genauestens geschildert hatte.

Wie konnte sie dann freiwillig zum Grab ihres Peinigers gehen? Eva vermutete, dass es ihr mehr darum ging, Daniel, der nichts von alledem ahnte, beizustehen. Eva hatte ihn noch gar nicht zu Gesicht bekommen, aber da er ganz allein von seinem Vater Abschied nahm, hatte Lucie ihn gebeten, zum Essen zu ihnen zu kommen.

Lucie hatte eigentlich auch Adrian symbolisch zu Grabe tragen wollen, denn von ihm gab es immer noch keine Spur. Für Lucie gab es keinen Zweifel mehr, dass er zu den Opfern der Katastrophe gehörte, deren Körper einfach zermalmt worden war. Eva aber weigerte sich, Adrian aufzugeben. Ja, sie bestand sogar darauf, dass sie als seine Frau die Entscheidungsgewalt hatte. Er lebt, behauptete sie vehement und ließ keinen Widerspruch zu. Unterstützung hatte sie bei Harakeke gefunden. Wartet ein halbes Jahr, dann könnt ihr ihn immer noch beerdigen, hatte sie Lucie geraten, denn sie ahnte auch, warum Lucie so überhastet Abschied nehmen wollte: Adrians Tod traf sie tiefer, als sie zugeben wollte. Er war für sie schon seit seiner Kindheit ein zweiter Tommy gewesen. Er ähnelte ihrem Sohn vom Wesen her verblüffend.

Eva stand mit versteinerter Miene am Grab ihrer Tante Joanne. Tränen flossen keine mehr. Die hatte sie in den vergangenen zwei Wochen um Adrian vergossen. Sie war nicht müde geworden, in jedes Krankenhaus zu gehen, das Erdbebenopfer aufgenommen hatte. Sogar nach Auckland war sie gefahren in der Hoffnung, man könne ihn mit einem der Schiffe dorthin transportiert haben. Alles vergeblich!

Abrupt wandte sich Eva von dem Grab ab und ließ den Rest der priesterlichen Ansprache an sich abprallen. Ihr Blick wanderte hinüber zu Doktor Thomas' Grab. Ein anderer Priester hielt dort eine Rede. Und davor standen Hand in Hand Berenice und

Daniel. Was würde er wohl tun, wenn er wüsste, wozu sich sein Vater in seinem Suff hatte hinreißen lassen?

Als sie den Friedhof verließen, kamen ihnen die beiden entgegen. Daniel machte sich von Berenices Hand los und eilte auf Eva zu. Stumm fielen sie einander in die Arme.

»Es tut mir so leid«, stöhnte Daniel nach einer ganzen Weile. »Aber vielleicht lebt er noch! Ich habe gehört, dass ihr vor dem Erdbeben geheiratet habt. Das ist schrecklich.«

»Es ist so gemein!«, schluchzte Eva. »So hundsgemein!« Daniels Umarmung hatte sie zum Weinen gebracht. Er wandte sich nun Großmutter Lucie zu und sprach ihr sein Beileid aus. Eva fragte sich, ob er wohl bemerkte, dass ihm keiner von ihnen kondolierte.

Im Garten in der Cameron Road, der jetzt wieder allein ihnen gehörte, weil die Fremden alle wieder nach Hause oder zu Verwandten gegangen waren, hatte Helen eine Kaffeetafel gedeckt. Schweigend setzten sie sich. Ganz offensichtlich suchte Daniel Evas Nähe, denn er setzte sich schnell auf den Platz neben sie, den sie eigentlich für ihre Freundin Hariata hatte freihalten wollen. Die beiden Frauen waren einander inzwischen sehr vertraut. Deshalb wusste Eva auch, dass Hariata sich in Doktor Webber verliebt hatte und so, wie es aussah, war auch er nicht uninteressiert. Eva hatte sogar an den Zeremonien teilgenommen, die für Hariatas Familie im Waiohiki Marae, dem Versammlungshaus ihres Stammes, stattgefunden hatten. Sie war schwer beeindruckt von den feierlichen Totenritualen der Maori. Lucie und Harakeke hatten sie begleitet. Eva konnte nicht umhin festzustellen, dass ihr die Begräbnisse dieser Fremden mehr ans Herz gegangen waren als die Beerdigung von Tante Joanne soeben.

»Wie geht es dir?«, fragte Daniel mit weicher Stimme.

»Ich gebe die Hoffnung nicht auf«, erwiderte sie entschlossen. »Und du? Wirst du das Haus deines Vaters verkaufen und dann nach Wellington zurückkehren?«

»Nein, ich werde vorerst in Napier bleiben.«

»Aber hier ist alles zerstört. Die Stadt gibt es nicht mehr.«

»Eben! Deshalb hat die Regierung einige junge Architekten und Ingenieure gebeten, Pläne zum Wiederaufbau der Stadt Napier zu entwickeln, und zwar schnell!«

»Und du gehörst zu diesen jungen Architekten?«

»Ja, man hat mich gefragt, und ich habe sofort zugesagt. So zerstörerisch, wie dieses Erdbeben auch gewütet hat, als Architekt ist es eine einmalige Chance, etwas Neues zu schaffen.«

»Wollt ihr die Stadt denn nicht so wieder aufbauen, wie sie war?«

»Bestimmt nicht! Das wäre erstens viel zu teuer, zweitens ist es wahnsinnig schwer, die alten Gebäude zu rekonstruieren, und drittens sind sie auch nicht mehr zeitgemäß. Sie stammen zum großen Teil noch aus dem letzten Jahrhundert. Nein, es muss etwas Neues entstehen. Wir sind eine kleine Gruppe von Fachleuten und arbeiten an einer gemeinsamen Vision. Und wo wir gerade davon sprechen, kann ich dich auch gleich fragen: Möchtest du in unserem Team mitarbeiten?«

Das Angebot kam so überraschend, dass es Eva die Sprache verschlug. Eigentlich hatte sie sich damit abgefunden, dass sie ab der kommenden Woche endlich in die Krankenpflegeschule gehen würde, aber das...

Berenices lautes Aufschluchzen riss Eva aus ihren Gedanken. Alle Blicke richteten sich auf die junge Frau, die auf ihrem Stuhl einen Weinkrampf hatte.

»Moment«, sagte Daniel, während er sich erhob und zu Berenice ging. Er legte den Arm um sie und sprach tröstend auf sie ein. Sofort verstummte ihr Weinen.

Sie wird alles tun, um ihn für sich zu gewinnen, dachte Eva und widmete sich dem Kuchen auf ihrem Teller, doch sie bekam kaum einen Bissen hinunter. Seit dem Tag des Erdbebens litt sie an Appetitlosigkeit. Immer wieder kamen ihr die Bilder der Verwundeten und Toten in den Sinn. Manchmal wünschte sie sich, Adrian wäre dabei gewesen. Dann hätte sie jetzt von ihm Abschied nehmen können, dann hätte sie Klarheit und würde nicht in dieser schrecklichen Ungewissheit leben müssen. Oder verdränge ich die Wahrheit nur, und es ist längst klar, dass nichts mehr von ihm übrig ist, ging es Eva durch den Kopf, und es fröstelte sie.

Sie spürte, dass sie keinen Augenblick länger an dieser Kaffeetafel sitzen bleiben konnte. Da Harakeke und Lucie offenbar gerade in ein anregendes Gespräch vertieft waren und Hariata Helen in der Küche half, schlich sie sich unbemerkt davon. Sie hatte das dringende Bedürfnis, ihrem Bruder zu schreiben, was geschehen war. Vielleicht hatte er auch im fernen Kalifornien von dem Erdbeben gehört und machte sich Sorgen.

Eva schloss als Erstes das Fenster. Selbst das Stimmengemurmel aus dem Garten konnte sie gerade nicht ertragen. Sie wollte ganz allein mit ihren Gedanken an das Geschehene sein und griff sich einen Briefbogen und einen Füllfederhalter. In ihrer gestochenen scharfen Schrift schrieb sie einen Brief an ihren Bruder.

Lieber Hans,
ich weiß nicht, ob du von dem schrecklichen Erdbeben gehört hast, das Napier verwüstete. Die Stadt, in die du mir folgen wolltest, gibt es nicht mehr. Ich hoffe sehr, dass sie wieder aufgebaut ist, wenn du hier eines Tages eintreffen wirst.
Es gibt auch Opfer zu beklagen: Tante Joanne und ihren Mann. Um Letzteren hält sich die Trauer in Grenzen. Aber was viel schlimmer ist: Adrian, den ich noch am Morgen des Erdbebens geheiratet habe und von dem ich dir im letzten Brief so euphorisch schrieb, ist vermisst. Ich habe alle Hospitäler nach ihm durchsucht und alle Leichenschauhäuser, aber er ist spurlos verschwunden. Sie sagen, er gehöre zu denen, von denen es keine Spuren mehr geben wird, weil

die Kraft der Zerstörung sie zu Staub zermalmt hat. Doch das glaube ich nicht. Tief in meinem Herzen spüre ich, dass er lebt. Ja, lieber Bruder, mehr Worte finde ich dieses Mal nicht, außer dass ich Sorge habe, wegen der Ungewissheit wahnsinnig zu werden. Manchmal höre ich nachts die Tür klappen und dann denke ich: Das ist er. Oder ich gehe durch die zerstörten Straßen und meine plötzlich, er käme mir entgegen. Ach, wärest du bloß bei mir! Nun, du weißt, ich bin stark und werde auch diesen Schicksalsschlag überstehen. Solange ich noch einen Rest Hoffnung hege, dass er eines Tages unversehrt zurückkehren wird, ist alles gut.
Deine unglückliche Schwester Eva

Eva hatte den Brief gerade in einen Umschlag gesteckt und an ihren Bruder adressiert, als es an ihrer Tür klopfte.

»Komm herein, Hariata!«, rief sie. Mit Erstaunen stellte sie fest, dass es Daniel war. Vorhin war ihr gar nicht aufgefallen, dass er reifer wirkte als bei ihrer letzten Begegnung.

»Setz dich«, sagte sie förmlich und deutete auf einen Stuhl.

Daniel musterte sie eine Zeitlang prüfend, bevor er sich hinsetzte.

»Wie hast du dich entschieden?«

»Ich weiß nicht so recht. Eigentlich habe ich mich jetzt entschlossen, Krankenschwester zu werden ...«

»Ja, ja«, knurrte Daniel. »Und Adrian wollte Lehrer werden.«

»Genau. Warum sagst du das so abwertend? Das sind gute Berufe. Und es ist in diesen Zeiten wichtig, überhaupt eine Arbeit zu bekommen.«

»Das will ich gar nicht bestreiten. Weder dass das ehrenwerte Berufe sind noch dass es in Zeiten der weltweiten Krise wichtiger denn je ist, in Lohn und Brot zu stehen, aber ihr seid beide Menschen, die Visionen von Häusern haben. Und genau solche Talente werden jetzt dringend gebraucht. Glaub mir, ich hätte auch keine Ruhe gegeben, bis Adrian in mein Team gekommen wäre, wenn er ...« Er stockte, denn er schien Sorge zu haben, dass allein die Erwähnung des Namens Eva zum Weinen bringen würde. Sie sah ihn nur mit großen Augen an.

»Ich habe freie Hand, mir ein Team zusammenzustellen. Und du gehörst dazu!«

»Ich habe keinerlei Ausbildung. Ich kann Hefte vollkritzeln, aber das hat keinen Bestand in der Wirklichkeit. Es ist lieb, dass du an mich denkst, nur ...«

»Wovor hast du Angst, Eva?«

»Nein, ich ... ich weiß nicht, was du ... ich habe wirklich keinen Schimmer«, stammelte Eva.

»Ach nein? Dann ist das also alles nicht wahr gewesen, was du mir von deinen Lebensträumen berichtest hast?«, hakte er in scharfem Ton nach.

»Doch, ja ... doch, aber wie du sagst, es sind nichts als Träume. Adrian und ich haben begriffen, dass wir nur das in die Tat umsetzen können, was machbar ist und ...«

»Mein Gott, Eva, das hier ist machbar und greifbar. So eine Chance bietet sich dir nie wieder!«

»Aber du kannst keine völlig ungelernte Kraft in dein Team holen. Ich glaube nicht, dass dein Freibrief so weit geht, jeden Stümper von der Straße zu holen, der nur mal davon geträumt hat, Häuser zu bauen.«

»Du bist keine ungelernte Kraft. Du bist die in Deutschland ausgebildete Inneneinrichterin Eva Schindler ... äh ... Clarke!«

Sie sah ihn fassungslos an. »Hast du das etwa behauptet?«

»Ja, und? Willst du mich als Lügner anschwärzen oder endlich das nehmen, was sich dir in dieser verdammten Situation als Chance deines Lebens bietet?«

Eva senkte den Kopf. Sein stechender Blick irritierte sie. Die Gedanken überschlugen sich. Natürlich würde sie sich liebend gern unter Daniels Anleitung am Wiederaufbau Napiers beteiligen, aber wenn sie versagte, was dann? Berenice hatte schon recht. Sie war doch nur ein einfaches Mädchen aus der Pfalz, das nicht einmal lange genug die Schulbank gedrückt hatte.

»Ich habe Angst, dass ich dich enttäusche«, stieß Eva schließlich hervor, während sie ihren Kopf hob. Ihre Blicke trafen sich. Was Eva in seinen Augen sah, erschreckte sie. Er liebte sie anscheinend immer noch. *Allein deshalb darf ich diese enge Verbindung zu ihm nicht eingehen*, durchfuhr es sie eiskalt, doch dann hörte sie sich sagen: »Gut, ich werde es versuchen!«

»Das ist die schönste Antwort, die du mir heute geben konntest.« Daniel packte sie bei den Hüften und stemmte sie ohne Vorwarnung in die Luft, bevor er sie hastig wieder auf den Boden stellte. »Eva, du bist ja nur noch Haut und Knochen. Ich glaube, ich muss dich ein wenig aufpäppeln.«

Eva sah ihn ernst an. »Daniel, ich werde mit dir arbeiten. Mehr nicht. Solange ich noch ein Fünkchen Hoffnung habe, dass Adrian am Leben sein könnte, gehört mein Herz ihm.«

»Genauso geht es mir, Eva, solange ich noch ein Fünkchen Hoffnung habe, dass du dich, solltest du eines Tages die traurige Gewissheit über Adrians Tod haben, mir zuwenden könntest, gehört mein Herz dir.«

»Bitte, Daniel, nicht! Es gibt keine Chance, dass wir beide zusammenkommen, denn ich liebe dich nicht!«

Daniel hatte bei ihren Worten die Lippen fest aufeinandergebissen. »Das waren klare Worte, liebe Eva, ich werde dich nie wieder mit meinen Gefühlen belästigen.«

Eva holte tief Luft. »Ich wollte dich nicht verletzen. Es tut mir leid. Aber ich wusste, dass es keine gute Idee von dir ist, mich ins Team zu holen. Du wirst einen fähigen Ersatz für mich finden.«

»Rede nicht solch einen Unsinn. Das eine hat mit dem anderen nichts zu tun. Ich habe jetzt die Gewissheit, dass ich dein Herz nicht erobern werde, aber dass du die richtige Partnerin in Sachen Wiederaufbau der Stadt bist, das lasse ich mir nicht ausreden! Ich gehe jetzt. Ich muss über alles nachdenken...« Er kam ins Stocken und kratzte sich nachdenklich am Kopf. »Glaubst du auch, dass ich die Verpflichtung habe, Berenice zu heiraten? Jetzt, wo ich meinem Herzen ohnehin nicht folgen kann, sollte ich den Gedanken zumindest zulassen.«

»Du willst was?« Eva war entsetzt.

»Ich habe nicht gesagt, dass es mein Herzenswunsch ist, aber Berenice tut mir irgendwie leid...«

»Du willst sie aus Mitleid heiraten?«

»Wenn ich aus Liebe nicht heiraten kann, warum nicht? Das ist immer noch besser, als eine Frau an mich zu binden, für die ich weder Liebe noch andere Gefühle hege. Berenice hat mir vorhin gesagt, dass das Einzige, das sie über den Verlust von ihrer Mutter und meinem Vater hinwegtrösten würde, eine Verbindung mit mir wäre.«

»Sie hat wirklich auch... deinen Vater genannt?«

»Ja, sie hat behauptet, ich wäre das Einzige, was ihrer Seele helfen würde, alles zu verwinden.«

Eva sprang von ihrem Stuhl auf, trat auf das Fenster zu und riss es weit auf. Sie brauchte dringend Luft. Entweder war Berenice das durchtriebenste Biest auf Erden oder sie war schier verrückt. Wie konnte sie Daniel so einen Unsinn auftischen? Hatte sie vergessen, was Doktor Thomas ihr hatte antun wollen? Warum versuchte sie, Daniel auf so verlogene Art und Weise für sich zu gewinnen? Kaum hatte sich Eva diese Frage gestellt, als ihr die passende Antwort einfiel. Berenice ahnte, dass er sie, Eva, liebte, dass sie ihn aber abblitzen lassen würde, und machte sich deshalb als Ersatzfrau bereit. Und wenn Berenice ihm die Wahrheit sagen würde, dass sein eigener Vater sie hatte vergewaltigen wollen, dann würde er dieses Haus verlassen und niemals wiederkehren. Dann würde er sich mit Sicherheit nicht an die Frau binden, die ihm jeden Tag vor Augen führte, was für ein armseliger Kerl sein Vater gewesen war.

Eva sog die frische Luft tief in ihre Lunge ein.

»Habe ich dich damit sehr schockiert?«, fragte er.

Wahrscheinlich hofft er, dass ich vor Eifersucht platze, vermutete Eva. Sie beschloss, das richtigzustellen, und drehte sich zu ihm um.

»Ich mag dich, und ich möchte, dass du glücklich wirst«, sagte sie leise.

»Und du befürchtest, dass ich das mit Berenice nicht werden kann?«

Eva zuckte die Achseln. Sie fühlte sich in die Enge getrieben. Natürlich wollte er hören, dass sie ihm davon abriet, aber diesen Gefallen tat Eva ihm nicht. Genauso wenig wie sie Berenice als Lügnerin entlarven würde.

»Es steht mir nicht zu, dir Ratschläge zu erteilen, was deine Partnerwahl betrifft«, entgegnete sie steif. Nein, sie würde Berenice nicht bloßstellen, aber sie würde Daniel auch nicht ins offene Messer laufen lassen. Wenn sie sich allein vorstellte, dass Berenice ihm eines Tages im Streit die Wahrheit über seinen Vater an den Kopf werfen würde ... nein, dazu war ihr Daniel zu wichtig. Aber trotzdem durfte sie nicht schnöde petzen, sondern musste Berenice zur Rede stellen und von ihr verlangen, dass sie Daniel die Wahrheit sagte, bevor er sie heiratete.

»Ist das dein letztes Wort? Es interessiert dich nicht, welche Frau ich heiraten werde?«

Eva nickte, wenngleich das so ganz und gar nicht der Wahrheit entsprach.

»Gut, dann sage ich dir in den nächsten Tagen Bescheid, wann das nächste Treffen stattfindet. Ich freue mich, dass du mit an Bord bist.« Daniel war nun ebenfalls in einen unverbindlichen Ton verfallen.

Eva wollte etwas sagen, ihn zurückhalten, ihm sagen, dass er doch lieber warten solle, denn es stimmte nicht, was sie vorhin gesagt hatte. So gleichgültig, wie sie es ihm vermittelt hatte, war er ihr gar nicht. Aber sie hatte den Gedanken nicht zulassen wollen, dass es womöglich einen Mann geben könnte, der es eines Tages schaffen könnte, mit viel Geduld ihr Herz zu erobern. Warte! Bitte warte!, hätte sie ihm gern hinterhergerufen: Warte! Wenn ich vielleicht irgendwann bereit bin, Adrians Tod zu akzeptieren...

Doch da hatte Daniel bereits die Tür zum Flur hinter sich geschlossen. Eva blieb wie betäubt mitten im Zimmer stehen.

NAPIER, FEBRUAR 1931

Eva hatte das Gespräch mit Daniel schon fast vergessen, als er drei Tage später wieder zu Besuch kam. Er grüßte Eva freundlich, aber distanziert. Dabei blieb sein Blick an ihrer derben, verdreckten Arbeitskleidung hängen.

»Ich bin bei den freiwilligen Helferinnen. Wir räumen in der Innenstadt den leichten Schutt weg«, erklärte sie entschuldigend.

»Du siehst auch so bezaubernd aus«, entfuhr es ihm. Ein Lächeln umspielte seinen Mund, doch dann verfinsterte sich seine Miene wieder.

»Ich möchte zu Berenice«, sagte er.

Eva zuckte zusammen. So schnell hatte sie ihn wirklich nicht erwartet. Sie war noch nicht dazu gekommen, Berenice ins Gewissen zu reden. Dabei schien er an diesem Tag tatsächlich gekommen sein, um ihr einen Antrag zu machen. Er trug einen feinen Anzug und hielt einen Blumenstrauß in der Hand. Evas Vermutung bestätigte sich, als er Lucie begrüßte und sagte: »Ich habe etwas Wichtiges mit Ihrer Enkelin zu bereden. Wäre es unhöflich, sie auf ihrem Zimmer aufzusuchen, Großmutter Lucie?«

»Aber nein, geh nur«, ermutigte sie ihn, doch dann stutzte sie. »Was willst du mit den Blumen? Daniel, du willst nicht etwa...?« Ihre Gesichtszüge erstarrten, als habe sie einen Geist gesehen.

»Doch, Lucie, ich glaube, es ist das Beste für uns alle...« Daniel unterbrach sich und warf Eva einen durchdringenden Blick zu, bevor er fortfuhr. »Wir können uns gegenseitig Halt geben und ich werde schon dafür sorgen, dass sie den Verlust unserer Eltern so gut wie möglich verkraftet.«

»Nein! Das kannst du nicht tun. Das ist unmöglich«, widersprach Lucie, der sämtliche Farbe aus dem Gesicht gewichen war. »Ich ... ich weiß, wen du, ich meine, für wen dein Herz ...«, stammelte Lucie.

»Lucie, bitte, das muss er selbst entscheiden. Er ist ein erwachsener Mann«, protestierte Eva halbherzig.

Daniels Mund umspielte ein verlegenes Lächeln.

»Großmutter Lucie, glaub mir, es wird alles gut. Berenice ist manchmal ein wenig launisch, aber damit werde ich schon fertig. Im Grunde ist sie wie ein aus dem Nest gefallenes Vögelchen, das ich retten könnte. Sie leidet doch so unter dem Tod unserer Eltern.«

Eva schnappte nach Luft. Ich kann ihn nicht sehenden Auges ins offene Messer rennen lassen, dachte sie. Daniel war bereits bei der Tür, als sie sich entschloss, ihr Bestes zu versuchen, diese unheilige Allianz doch noch zu verhindern.

»Bleib du nur bei Großmutter Lucie und unterhalte sie ein wenig. Du musst ihr noch schonend beibringen, dass ich am Montag nicht zur Schule gehe, sondern zu dir ins Büro komme. Ich hole derweil Berenice.«

Daniel hatte den Türknauf bereits in der Hand und zögerte, Evas Anordnungen zu folgen.

»Bitte, Daniel, erkläre Großmutter Lucie, was ihr in Napier vorhabt und warum ihr mich dazu braucht, ja?«

Eva atmete auf, als sich Daniel neben Lucies Schaukelstuhl in einen Korbsessel setzte. Sie wunderte sich jedoch, wie schrecklich mitgenommen Lucie plötzlich aussah. Merkwürdig, ging es Eva durch den Kopf, als sie das Zimmer verließ. Dann fiel es ihr wie Schuppen von den Augen. Auch Lucie zweifelte wahrscheinlich daran, ob es unter diesen Bedingungen eine glückliche Allianz zwischen Berenice und Daniel werden konnte.

Vor der Tür stieß Eva beinahe mit Tante Ha zusammen.

»Wen willst du denn umbringen?«, fragte die Maori lachend.

»Ich will die Tochter des Hauses fragen, ob es nicht vernünftiger wäre, ihrem zukünftigen Ehemann die Wahrheit über das zu sagen, was sein Vater ihr angetan hat, und ihm nicht vorzugaukeln, dass sie über den Tod von Doktor Thomas untröstlich ist«, flüsterte Eva ihr ins Ohr.

»Was? Daniel will Berenice heiraten?«, entfuhr es Harakeke lauter als beabsichtigt.

»Pst«, zischte Eva und eilte weiter in die erste Etage.

Sie hatte Glück. Berenice war in ihrem Zimmer und drehte sich gerade in einem wunderschönen Kleid vor dem Spiegel. Ihr Haar hatte sie mit einer edlen Spange hochgesteckt. Offenbar ahnte sie, dass Daniel im Begriff stand, sie um ihre Hand zu bitten. Sie sah jedenfalls umwerfend aus. Und so gar nicht wie ein Mädchen, das in einer zerstörten Stadt lebte, in der jede helfende Hand gebraucht wurde. Sie wandte sich um und musterte Eva missbilligend.

»Setz dich mit dem schmutzigen Zeug bloß nicht auf meine Sessel«, knurrte sie statt einer Begrüßung.

»Ich habe dich vermisst bei dem Mädelstreff in der Hastings Street. Es waren alle da«, erwiderte Eva.

»Was willst du denn hier? Mir ein schlechtes Gewissen machen? Mir ging es nicht gut.«

»Ich muss dringend mit dir reden!«

»Hat das nicht Zeit bis später? Ich habe ganz deutlich Daniels Stimme gehört. Er ist doch da, oder?«

»Ja, er sitzt bei deiner Großmutter im Wohnzimmer.«

»Lass dir ja nicht einfallen, ihn mir im letzten Augenblick abspenstig zu machen, liebste Schwägerin«, fauchte Berenice.

»Das ist gar nicht meine Absicht, oder hast du vergessen, dass mein Herz allein deinem Bruder gehört?«

Berenice lachte spöttisch auf. »Auch du wirst nicht dein restliches Leben einem Toten widmen. Und da könntest du doch glatt auf den Gedanken kommen, dich nun an den guten Daniel ranzumachen, der, weiß der Teufel warum, einen Narren an dir gefressen hat.«

»Du bist wirklich selten dämlich!«, entgegnete Eva, die Berenice am liebsten eine schallende Ohrfeige verpasst hätte. Einen Augenblick fragte sie sich, warum sie nur so rücksichtsvoll war, Berenice unter vier Augen zur Rede zu stellen, statt sie in Daniels Gegenwart bloßzustellen. Auch warum sie über Daniels Heiratsantrag eisernes Stillschweigen bewahrte, schien ihr plötzlich mehr als fragwürdig. Warum nahm sie so viel Rücksicht auf diese Person, die nicht anderes im Sinn hatte, als ihre Mitmenschen zu verletzen oder zu manipulieren? Seufzend gab sie sich die Antwort selbst: Ihr fehlte es an der notwendigen Boshaftigkeit, um so etwas Gemeines zu tun!

»Ich komme, um etwas mit dir zu klären, bevor du dich mit Daniel verlobst«, sagte sie schließlich in ruhigem Ton.

»Was hast du da schon zu klären? Fragen muss ich dich nicht! Du bist ja nicht meine Mutter. Und wenn wir überhaupt verwandt sind, dann um tausend Ecken!«

Eva sah Berenice beinahe mitleidig an. »Wie kann es nur angehen, dass ein so hübsches Mädchen wie du so ekelhaft ist?«

Berenice überhörte diese Frage und baute sich kämpferisch vor Eva auf. »Also, was willst du?«

»Stimmt es, dass du Daniel erzählt hast, du würdest unter dem Verlust deiner Mutter und deines Stiefvaters so sehr leiden, dass du deren Tod nicht überwinden könntest, wenn er, Daniel, nicht in deiner Nähe wäre?«

»Wenn du es schon weißt, warum fragst du so blöd? Und was geht es dich eigentlich an?«

»Du hast also Daniel verschwiegen, was dir sein Vater kurz vor dem Erdbeben angetan hat?«

Berenice lief feuerrot an.

»Was in Gottes Namen redest du da für einen ausgemachten Unsinn?«

»Ich spreche davon, dass Doktor Thomas dich vergewaltigt oder es zumindest versucht hat!«

»Du bist ja komplett verrückt! Wie kannst du es wagen, solche Lügen über meinen Stiefvater zu verbreiten?« Berenice stampfte zornig mit dem Fuß auf.

Eva war ehrlich verblüfft. »Kannst du dich wirklich nicht mehr erinnern oder spielst du Theater?«

»Ich weiß ja nicht, was du mir einreden willst. Woher hast du diesen Blödsinn? Niemals ist mir so etwas Widerliches geschehen. Mein Stiefvater hat mich wie eine eigene Tochter geliebt. Du bist ja nicht bei Trost!« Berenice hatte vor lauter Erregung im ganzen Gesicht rote Flecken bekommen.

Das zumindest beantwortete Evas Frage. Berenices Empörung schien echt. Dass Berenice so gut schauspielern konnte, hielt Eva für ausgeschlossen. Offenbar hatte sie den Vorfall tatsächlich verdrängt. Das stimmte Eva nachdenklich, und sie nahm sich vor, etwas sensibler vorzugehen. »Du erinnerst dich also an nichts mehr, was kurz vor dem Erdbeben war?«

»Da war nichts Besonderes. Ich wollte aus dem Haus gehen, und da begann die Erde unter mir zu schwanken. Und dann habe ich nur noch gespürt, wie mich etwas am Kopf traf.«

»Und warst du allein im Haus?«

Berenice zuckte die Achseln. »Das weiß ich nicht mehr.«

»Kannst du dich erinnern, ob der Doktor da war?«

»Nein, aber wie sollte er? Er war doch um diese Zeit immer in seiner Praxis.«

»Nicht in den letzten Wochen, weil er nämlich schon morgens betrunken war.«

»Wie kannst du nur so etwas behaupten? Wie gut, dass Mutter das nicht mehr erleben muss. Und wie gut, dass Daniel sich diesen Unfug nicht anhören muss!«

Eva überging diese Bemerkungen und fragte stattdessen: »Kann es sein, dass das Erdbeben dich im Anbau überrascht hat?«

»Was hätte ich wohl im Wirtschaftsraum zu suchen?«, erwiderte Berenice in hochnäsigem Ton.

»Und warum hat dich das Erdbeben dort am Ausgang erwischt?«

Berenice funkelte Eva wütend an. »Sag mal, was sollen diese dummen Fragen? Was weiß ich, wer mich wo gefunden hat!«

»Ich habe dich gefunden. Trümmer des in sich zusammenstürzenden Anbaus haben dich getroffen, und ich habe mich um dich gekümmert. Du hast mir erzählt, was geschehen ist. Dass Doktor Thomas versucht hat, dich zu vergewaltigen, und dass du es nur dem Erdbeben zu verdanken hast, dass du ihm entkommen bist.«

Berenice verdrehte genervt die Augen. »Und wenn schon? Ich war nicht bei mir, hatte Albträume und habe alles durcheinandergebracht. Vergiss mein Gerede! Aber das hättest du dir auch denken können. Doktor Thomas war wie ein Vater zu mir. Nicht wie dieser Wilde, den Großmutter...« Sie unterbrach sich hastig.

Berenice verkniff es sich nachzufragen, was sie damit meinte. Sie stieß einen tiefen Seufzer aus. Es hatte wohl keinen Zweck. Berenice hatte das Erlebte erfolgreich verdrängt. Und deshalb würde sie ihr Wissen um diesen Vorfall niemals gegen Daniel verwenden können. Damit war es auch nicht erforderlich, wenn er davon erfuhr.

Trotzdem bekam sie eine Gänsehaut bei der Vorstellung, dass Daniel seine Zukunft mit dieser unreifen und verwöhnten Person teilen wollte. Doch wie schräg seine Motive auch sein mochten, Berenice zu heiraten, es ging sie, Eva, nichts an. Vielleicht würden sie den Tod ihrer Eltern wirklich besser verwinden, wenn sie zusammenblieben. Und wer konnte schon sagen, ob Berenice nicht dann, wenn sie aufhörte, in diesem Haus das Leben einer verwöhnten Göre zu führen, verborgene menschliche Qualitäten entwickeln würde? Das jedenfalls versuchte Eva sich in diesem Augenblick einzureden.

»Es tut mir leid, dass ich dich mit solchen Fragen belästigt habe. Es wird schon so gewesen sein, wie du behauptest.«

»War es das jetzt?«

»Daniel ist unten. Ich denke, er wird dir einen Antrag machen«, murmelte Eva und wollte das Zimmer verlassen, doch Berenice hinderte sie daran.

»Du gehst jetzt bestimmt nicht allein nach unten. Wer weiß, nachher tischst du Daniel diesen Blödsinn auf, damit er mich nicht heiratet. Und ich schwöre dir, er wird es nicht erfahren, was für ein Schwein sein . . .« Berenice stockte.

Eva atmete ein paar Mal tief durch. Eines musste sie neidlos zugeben: Berenice hätte eine perfekte Schauspielerin abgegeben, denn es war ihr tatsächlich gelungen, Eva zunächst zu täuschen.

»Wenn du es ihm verrätst, dann . . .« Berenice packte Eva grob an den Schultern.

»Keine Sorge, es ist nicht meine Aufgabe, ihn vor deiner Durchtriebenheit zu schützen, wenngleich er mir sehr leidtut, weil er dir auf den Leim geht. Aber solltest du das jemals gegen ihn wenden, etwa nach dem Motto: Hoppla, jetzt fällt mir ein, was mir dein Vater angetan hat, und du, Daniel, musst immer das tun, was ich von dir verlange . . . solltest du es also jemals wagen, ihn zu erpressen, dann werde ich ihm die Wahrheit sagen: dass du es ihm verschwiegen hast, um dich über die gemeinsame Trauer um eure Eltern in sein Herz zu schleichen . . .«, erwiderte Eva und blickte Berenice fest in die Augen.

»Du kannst mir nicht drohen«, lachte Berenice, nahm die Hände von Evas Schultern und schlüpfte aus der Tür. »Willst du mitkommen und Zeugin des Heiratsantrags werden, du Heuchlerin? Spielst dich hier als moralische Instanz auf, während du in

Wirklichkeit vor Eifersucht platzt, weil du merkst, dass dir dein Ersatzmann von der Fahne geht!«

»O ja, das schaue ich mir an, aber ich kann dir nicht garantieren, dass ich mich nicht vor Ekel übergeben muss«, zischte Eva.

Als die beiden jungen Frauen ins Wohnzimmer traten, merkten sie sofort, dass etwas geschehen war. Lucie, Harakeke und Daniel stand es förmlich in den Gesichtern geschrieben.

»Was hat euch denn die Petersilie verhagelt?«, fragte Berenice und näherte sich Daniel. »Schön, dass du mich besuchst. Sind die für mich?« Sie nahm ihm die Blumen aus der Hand, was er widerstandslos geschehen ließ. Dabei sah er aus, als würde er gleich in Tränen ausbrechen.

Eva stockte der Atem bei dem Anblick. Was hatte das zu bedeuten? Was war zwischen den dreien vorgefallen?

»Berenice, es tut mir leid, aber ich kann dich nicht heiraten«, stieß er schließlich gepresst hervor.

»Was soll das heißen?«

»Ich bin hergekommen, um dir einen Antrag zu machen. Es hat mich bei der Beerdigung unserer Eltern zutiefst gerührt, als du sagtest, der Schmerz über die Verluste unserer Eltern sei doch zu zweit viel besser zu ertragen.«

»Ja, und? Das ist die Wahrheit, und ich wäre der glücklichste Mensch auf Erden, wenn wir ...« Berenice brach erschrocken ab, als sie sah, dass dem gestandenen Daniel jetzt Tränen über die Wangen liefen. Ihr fragender Blick wanderte zu Lucie und Harakeke.

»Was ist geschehen, Großmutter? Wie hast du ihn gegen mich aufgebracht?«, fragte Berenice in scharfem Ton.

»Deine Großmutter hat gar nichts damit zu tun!«, entgegnete Harakeke entschieden.

»Und du alte Hexe, was hast du getan, um unser Glück zu zerstören?«, schrie Berenice wie von Sinnen und stürzte sich auf die

Maori, die ihr vor nicht allzu langer Zeit das Leben gerettet hatte. Aber das schien Berenice vergessen zu haben. Sie hob die Faust und fuchtelte damit drohend vor dem Gesicht der alten Maori herum. Doch die packte Berenices Handgelenke und hielt sie wie mit Schraubstöcken umklammert.

Eva erschauderte. Sie hatte die Maoriheilerin noch sie so zornig erlebt.

»Mein liebes Kind, du drohst mir nicht! Weder mir noch deiner Großmutter. Ich bin es so leid, dass auf Lucie rumgetrampelt wird. Das hat sie nicht verdient! Meine Schwester war dir stets eine gute Großmutter, obwohl du gar nicht ihre ...«

»Harakeke, bitte, nein!«, bat Lucie.

Tante Ha stöhnte laut auf, bevor sie fortfuhr: »Du bist ein verwöhntes Kind, ebenso wie deine Mutter, aber Lucie hat immer alles erduldet. Und sie hätte dir bestimmt einen guten Mann gegönnt ...« Harakeke warf Lucie einen Blick zu, doch die hatte die Hände vor das Gesicht geschlagen. »Ja, deine Großmutter hat immer nur das Beste für dich gewünscht. Aber ich kann es vor meinem Gewissen nicht verantworten, Daniel, der mir sehr ans Herz gewachsen ist, in sein Unglück rennen zu lassen. Du hast ihm die unendliche Trauer um seinen Vater vorgegaukelt. Eine gespielte Trauer um den Mann, der am Tag des Erdbebens versucht hat, dich zu vergewaltigen.«

»Das ist nicht wahr!«, brüllte Berenice. »Das ist nicht wahr!«

Harakeke ließ die Arme sinken und gab Berenices Hände frei. Ihre Stimme wurde sanfter. »Es ist wahrlich keine schöne Sache, die dir widerfahren ist. Und keiner verlangt, dass du jemals wieder daran denkst. Wir wünschen dir von Herzen, dass die Wunden heilen und ...«

»Halt den Mund, du ... du ...«, schrie Berenice.

»Bitte, Berenice, sag mir die Wahrheit. Hat er es getan? Ich muss es wissen!«, flehte Daniel sie an.

»Verdammt, ja, ja, ja, er hat mich in den Wirtschaftsraum geschickt, ich sollte was holen. Er ist mir gefolgt und ...« Berenice brach in Tränen aus.

»Warum hast du es mir nicht gleich gesagt? Warum bist du auf dem Friedhof mit an sein Grab gekommen und hast Krokodilstränen um ihn geweint?«

»Ich liebe dich. Ich liebe dich, ich wollte, dass wir etwas gemeinsam haben, eine Zukunft, und ich wusste doch nicht, wie du reagieren würdest, wenn ich dir die Wahrheit gesagt hätte.« Berenice klammerte sich jetzt wie eine Ertrinkende an Daniel. Er aber versuchte, sich von ihr zu befreien. Als er es endlich geschafft hatte, stöhnte er laut auf.

»Warum warst du nicht ehrlich zu mir? Wer weiß, vielleicht hättest du es über die Wahrheit geschafft, mein Herz in der Tiefe zu berühren, aber so? Vertrauen ist mir in einer Ehe wichtig. Liebe kann wachsen, Vertrauen ist allerdings die Grundlage. Und ich würde dir nie wieder vertrauen. Jedes Mal würde ich mich fragen: Ist diese Emotion echt oder führt sie etwas im Schilde?« Erschöpft hielt Daniel inne und ließ sich auf das Sofa fallen.

Berenice setzte sich daneben, versuchte ihn zu umarmen, doch er wehrte sie ab.

»Es ist alles nur deine Schuld!«, kreischte Berenice und zeigte dabei auf Eva.

»Nein, Berenice, keinen anderen trifft eine Schuld. Und Eva zuallerletzt! Sie ist die Frau, die ich liebe, aber das hätte ich vielleicht eines fernen Tages vergessen, wenn wir beide uns von Herzen begegnet wären. Doch bei dir war es Kalkül!« Daniel erhob sich schwerfällig.

»Ich liebe dich so sehr«, schrie Berenice verzweifelt und klammerte sich an ihn. Daniel aber löste sich aus der erzwungenen Umarmung und stöhnte: »Nein, Berenice, wir haben keine gemeinsame Zukunft, und ich kann dir auch nicht dabei helfen, den Verlust deiner Mutter zu verwinden. Denn ich muss erst einmal begreifen, was für ein verdammt mieser Kerl mein Vater gewesen ist. Ich habe nie große Stücke auf ihn gehalten, weil er Mutter so schamlos betrogen hat, aber dass er ein solches Schwein ist, nein, das tut weh. Ich kann nicht länger bleiben. Danke, Tante Ha, dass du mir die Wahrheit gesagt hast. Berenice, ich bitte dich um Verzeihung für das, was mein Vater dir zugefügt hat. Ich werde eine Zeit brauchen, bis ich euch wieder besuchen kann, Großmutter Lucie, aber ihr, besonders Adrian und du, ihr wart immer die Familie meines Herzens . . .« Er wandte sich jetzt an Eva. »Auch ich vermisse Adrian so sehr. Er war wie ein echter Bruder. Verlier nicht den Mut! Vielleicht kommt er eines Tages zurück, und es ist alles nur ein furchtbarer Irrtum gewesen. Darf ich dich trotz allem bitten, mit mir zu arbeiten?«

»Natürlich. Ich werde alles daransetzen, dich nicht zu enttäuschen«, erwiderte Eva. Ihr war danach, ihn in den Arm zu nehmen, aber das würde die Situation in diesem Raum nur noch unnötig eskalieren lassen. Doch Evas Umsichtigkeit nützte ihr nichts, denn in diesem Augenblick schoss Berenice wie eine Furie auf sie zu und zog sie an den Haaren. »Arbeiten? Dass ich nicht lache. Du hast ja nicht mal einen Schulabschluss! Das hast du dir aber schön ausgedacht, meine arme deutsche Cousine. Nistest dich bei uns ein, verdrehst meinem Bruder den Kopf und kaum ist der tot, da verführst du den Nächsten.«

Daniel stürzte dazu und riss Berenice von Eva weg. »Hör auf, andere zu beschuldigen. Wenn du nicht versucht hättest, mich durch deine verdammte Heuchelei zu gewinnen, wer weiß, vielleicht hättest du trotz alledem mein Herz erreicht. Denn ich habe immer schon den verborgenen Diamanten in dir gesehen. Darüber hat sich dein Bruder stets köstlich amüsiert. Da, wo du den Diamanten bei meiner Schwester vermutest, liegt ihr Herz aus Stein, hat er manchmal gescherzt. Jetzt weiß ich, dass er recht hatte. Und ich kann leider nicht wiedergutmachen, was mein Vater an dir verbrochen hat.«

Entschlossen ging Daniel zur Tür.

»So einfach machst du es dir nicht, mein Lieber!«, kreischte Berenice und stellte sich ihm in den Weg. »Und wie du das wiedergutmachen wirst! Du darfst jetzt nicht gehen! Du musst bei mir bleiben! Du musst büßen dafür, wie er mich mit seinen dreckigen Fingern angepackt und zu Boden geworfen hat. Obwohl das Schwein besoffen war, konnte es mich überwältigen. Ich liebe dich doch, hat er mir ins Ohr gesabbert. Es war so ekelhaft. Und dann hat er zwischen meine Schenkel gepackt und sie weit gespreizt. Ich weiß nicht, wie er es geschafft hat, seine Hose zu öffnen und sein ...«

Daniel aber packte Berenice grob bei den Schultern und schob sie aus dem Weg.

»Ich lasse mich nicht von dir erpressen!«, sagte er und verließ das Zimmer.

»Du musst bei mir bleiben!«, brüllte sie ihm hinterher. Dann wandte sie sich wie eine Furie zu Eva um. »Das hast du gewollt, nicht wahr?«

»Es reicht!«, schrie Lucie in einem überaus scharfen Ton, den Eva ihr niemals zugetraut hätte. »Du lässt Eva in Ruhe! Mir bricht das Herz bei dem Gedanken, was dir widerfahren ist, aber wenn überhaupt jemand etwas dafür kann, dann bin ich es. Ich habe erlaubt, dass dieser widerliche Kerl von Bertram Thomas – und ich habe ihn vom ersten Tag an nicht ausstehen können – unter meinem Dach wohnt. Ich habe Joanne alles durchgehen lassen, obwohl sie unverantwortlich gegen ihren Mann und euch Kinder gehandelt hat. Ich habe zugesehen, wie du, liebe Berenice, zu einem verwöhnten Mädchen erzogen worden bist, statt dass man dir die Liebe gegeben hat, nach der du verlangt hast. Doch jetzt ist genug! Es ist an der Zeit, dass du erwachsen wirst ...«

»Ach, ich wünschte, du wärst tot, dann würde das Haus endlich mir gehören, und ich könnte euch beide rauswerfen!«, schrie Berenice und zeigte mit dem Finger erst auf Eva und dann auf Tante Ha.

»Jetzt hältst du deinen Mund!«, mischte sich Harakeke ein.

»Lass sie nur!«, befahl Lucie. »Aber freu dich nicht zu früh, mein Kind!«, fügte sie eiskalt hinzu. »Ich habe mein Testament nach dem Erdbeben geändert. Du wirst mich vorerst ganz sicherlich nicht beerben. Eva wird mein Vermögen nach meinem Tod verwalten!«

»Die? Aber die ist gar nicht mit dir verwandt!«, schnaubte Berenice.

Eva befürchtete, Lucie würde Berenice nun im Zorn die Wahrheit an den Kopf werfen. Dass Tante Joanne gar nicht Lucies Tochter gewesen und sie damit nicht ihre Enkelin wäre. Doch Lucie murmelte nur: »Manchmal sind einem die Verwandtschaften des Herzens näher! Und deshalb muss ich dich auffordern, dich in Zukunft besser zu benehmen, wenn du mit Eva und mir unter einem Dach leben willst.«

»Das wirst du noch bereuen!«, zischte Berenice. »Mutter hat ihr Leben lang darunter gelitten, dass du eine Maori bist und nach Großvaters Tod diesen Mann ins Haus geholt hast! Und dann deine schreckliche Schwester, diese Hexe!« Ihre Stimme überschlug sich beinahe.

Eva hätte zu gern gefragt, von welchem Mann Berenice da sprach, aber sie zögerte, und in diesem Augenblick klopfte es an der Tür. Es war Helen, in Begleitung eines fremden Mannes, der Arbeitskleidung trug und über und über staubig war.

»Entschuldigen Sie, Misses Bold, dass ich hier so unangemeldet reinplatze, aber wir haben eben auf Ihrer Baustelle eine grausame Entdeckung gemacht.«

»Welcher Baustelle?«, stieß Lucie nervös hervor.

»Na, Ihrem eingestürzten Anbau. Wir haben Order von der Stadt, die Aufräumarbeiten in den Privathäusern zu erledigen.«

»Wer hat Ihnen das erlaubt?« Lucie war bleich wie eine Wand geworden.

»Ich, Misses Bold, ich dachte, es wäre eine Entlastung für uns alle, wenn der Wirtschaftsraum wieder zugänglich wäre«, entgegnete Helen.

»Ja, und dann haben wir einen ...«, begann der Fremde, doch Lucie fuhr ihm über den Mund. »Ich schaue es mir selber an!« Dann folgte sie dem Mann und bat Eva, Harakeke und Berenice, auf sie zu warten. Berenice zögerte einen Augenblick, nachdem die Tür hinter Lucie zugeklappt war, dann eilte sie ihnen hinterher.

Eva hingegen blieb wie erstarrt stehen und biss sich auf die Lippen. Sie ahnte, was dieser Fund zu bedeuten hatte. Vielleicht hätte sie Berenice zurückhalten müssen, aber in diesem Augenblick fehlte es ihr an Kraft.

»Hast du eine Ahnung, was da draußen los ist?« Tante Ha war zum Fenster gerannt und versuchte, etwas aufzuschnappen von den aufgeregten Worten, die Lucie mit dem Fremden im Garten wechselte, aber dann verschwanden sie aus ihrem Blickfeld. »Meinst du, ich soll mal nachschauen? Vielleicht braucht Lucie meine Hilfe«, fügte sie besorgt hinzu.

»Nein, nein, ich glaube, da kannst du nicht helfen, auf keinen Fall, nein ...«, stammelte Eva. Schließlich wusste sie nicht, wie Tante Ha reagieren würde, wenn sie plötzlich vor dem mit einem Federmantel zugedeckten Skelett stehen würde. Schließlich war der Tote ihr Vater.

Harakeke musterte sie durchdringend. »Ihr verheimlicht mir etwas, oder?«

»Vertrau mir einfach. Ich denke, Lucie wird bestimmt mit dir reden, sobald sie zurück ist. Es wäre falsch, wenn ich jetzt zu viel verraten würde ...«

»Wie kannst du etwas über Lucie wissen, was mir nicht bekannt ist? Ich kenne sie seit ihrer Geburt. Wir sind Schwestern, wir haben keine Geheimnisse voreinander! Ich war doch eben diejenige, die die drohende Katastrophe im letzten Augenblick verhindert hat!« Harakeke klang gekränkt.

»Ich weiß das ein oder andere, weil Lucie mir ihre Lebensgeschichte für Adrian diktiert hat, die soll er zur Hochzeit ...« Weiter kam Eva nicht, weil es ihr bei diesen Worten förmlich die Kehle zuschnürte.

Ihr wurde soeben schmerzlich klar, dass Adrian niemals erfahren würde, was Lucie ihm zu sagen hatte. Dass er ohne dieses Wissen gestorben war, dass er niemals wiederkommen würde. Eva brach in Tränen aus. »Er wird ihre Lebensgeschichte niemals erfahren. Verstehst du? Niemals!«, schluchzte Eva.

Harakeke kam auf sie zu und nahm sie in den Arm.

»Schon gut, mein Kind, schon gut, ich hatte nur plötzlich so ein komisches Gefühl im Bauch, dass sie mir etwas verheimlicht.« Sie löste sich von Eva und ging zurück zum Fenster. Unten entdeckte sie Berenice, die nach oben schielte und grinste. Harakeke zuckte zurück. »Was es auch immer sein mag, es scheint meine Großenkelin zu amüsieren.«

Wenn es das war, was Eva vermutete, dann konnte sie sich vorstellen, dass Berenice jetzt Oberwasser hatte. Wie gern wäre Eva nach unten geeilt und hätte Lucie beigestanden, aber Eva befürchtete, dass es zu spät war und Berenice bereits einen teuflischen Plan gefasst hatte, wie sie die ungeheuerliche Entdeckung gegen ihre Großmutter verwenden könnte. Evas Herz klopfte ihr bis zum Hals. Besorgt blickte sie zur Tür.

Es kam ihr vor wie eine halbe Ewigkeit, bis Lucie zurückkehrte. Sie war aschfahl im Gesicht und ging vornübergebeugt, als wäre sie um Jahre gealtert. Stöhnend ließ sie sich in einen Sessel fallen. »Sie haben ihn gefunden«, murmelte sie verstört.

»Wen? Um Himmels willen, wovon sprichst du?«, wollte Harakeke wissen, doch Lucie blieb ihr eine Antwort schuldig. Stattdessen wandte sie sich an Eva: »Pack deine Sachen. Wir müssen das Haus heute noch verlassen!«

»Bist du völlig durchgedreht?« Harakeke tippte sich an die

Stirn. »Du willst dich wohl kaum von deiner Enkelin aus deinem eigenen Haus jagen lassen?«

Lucie atmete schwer. »Ich muss. Sie stellt mich vor die Wahl. Entweder gehe ich auf der Stelle oder sie holt die Polizei.«

»Polizei?«

»Sie haben die Überreste unseres Vaters unter den Trümmern gefunden. Der Federmantel hat verraten, dass es sich um einen Maorihäuptling handelt. Wie sollte ich da noch leugnen?«

»Wie bitte?« Harakeke sank auf einen Sessel. »Dann ist es also doch wahr, wessen man Hehu damals beschuldigt hat? Und du hast es die ganze Zeit gewusst? Das ist nicht dein Ernst. Das kann doch wohl nicht wahr sein, dass du alle belogen hast, sogar mich, deine Schwester, die dir immer beigestanden hat, die dir stets die Kohlen aus dem Feuer ...«

»Hehu hat Vater nicht umgebracht«, unterbrach Lucie Harakeke leise, »sondern ich!«

2. Teil

Meeanee/Napier, Februar 1933

Das schreckliche Erdbeben in der Hawke's Bay war mittlerweile auf den Tag genau zwei Jahre her, vergessen war es aber auf keinen Fall. Das Stadtbild in der Innenstadt von Napier hatte sich im Vergleich zu der Zeit vor dem Beben völlig verändert. Die Straßen waren breiter geworden und die neuen Gebäude erdbebensicher aus Stahl und Beton errichtet. Langsam waren auch die meisten Baugerüste verschwunden, die so lange das Bild geprägt hatten. Was nun zum Vorschein kam, war ein Stil, der an Originalität im ganzen Land nicht zu überbieten war. Napier war binnen zwei Jahren zur modernsten Stadt der Welt geworden. In Zeiten der tiefsten wirtschaftlichen Depression hatten es eine Hand voll von Architekten geschafft, der verwüsteten Stadt Napier ein völlig neues und einzigartiges Gesicht zu geben, denn um die preiswerte Bauweise aus Beton aufzuwerten, waren die Fassaden üppig mit Art-déco-Elementen verziert worden. Oder sie waren im Stil des spanischen Kolonialstils, der in Florida und Kalifornien von führenden Architekten wiederentdeckt und auf die Verhältnisse der Zeit angepasst worden war, errichtet.

Eva musste sich jedes Mal kneifen, wenn sie durch die Stadt schlenderte. Es war ein Gefühl, als wäre man in ein neues Haus eingezogen, in dem alles noch fremd und aufregend zugleich war. Nur dass es sich hier um ganze Straßenzüge handelte. Und das für sie Unglaublichste daran war, dass sie am Aufbau der Stadt nicht unwesentlich beteiligt war.

Auch das Anwesen in Meeanee hatte von der Pracht der neuen

Architektur profitiert. Daniel hatte die Fassade nach Lucies Wünschen im spanischen Stil verändern lassen, obwohl sie beim Erdbeben keinen einzigen Riss davongetragen hatte.

Eva blickte gedankenverloren aus dem Fenster über die Weinberge, die zum großen Teil lange schon nicht mehr bewirtschaftet wurden. Nur für den Hausgebrauch gab es noch ein paar Reben. Lucie hatte es zu ihrer Aufgabe gemacht, wenigstens für die Familie noch eigenen Wein herzustellen. Ansonsten lohnte es sich nicht. Die Mission hatte an einem anderen Standort ein größeres Weingut errichtet, und keiner von ihnen hatte Interesse daran, unter ihrem Dach weiterhin für andere Winzer Wein zu verkaufen. Denn die Prohibitionsgesetze wurden immer strenger. Lucie hatte die verlassenen Gebäude der alten Mission gekauft. Sie wurden als Gästehaus, Weinkeller und für die Wohnungen der Angestellten benutzt. Bold Winery war nun das unangefochtene Prachtanwesen in Meeanee.

Manchmal glaubte Eva zu träumen, wenn sie sich vorstellte, wie unvorhergesehen ihr Leben in den letzten zwei Jahren verlaufen war. Damals, nach dem schrecklichen Erdbeben, nach Adrians Verschwinden und dem Rausschmiss aus der Cameron Road hatte sie befürchtet, es könnte nur stetig bergab gehen. Doch das Gegenteil war der Fall gewesen. Lucie, Hariata und sie waren zusammen mit Helen und Stella in das verwaiste Anwesen in Meeanee gezogen. Ein paar Tage später schon hatte Eva im renommierten Architektenbüro von E. A. Williams, dessen rechte Hand Daniel war, ihre Arbeit aufgenommen. Ganz schnell war sie vom Mädchen für alles zur Expertin für die Innenausbauten aufgestiegen. Denn die neu errichteten öffentlichen Gebäude, Hotels, Banken, Geschäftshäuser, für die ihr Büro den Zuschlag bekommen hatte, benötigten natürlich auch ein neues Interieur. Dem Chef war die begabte Deutsche gleich aufgefallen. Gemeinsam mit Daniel hatte er beschlossen, sie als deutsche Innenarchitektin auszugeben. Eva war diese Hochstapelei unangenehm, aber die beiden Architekten hatten darauf bestanden. Andernfalls, so hatte Mister Williams befürchtet, würde es im Büro zu einer Meuterei kommen.

»Sie sind weit besser als etliche meiner Mitarbeiter«, hatte er geseufzt. »Aber wenn auch nur einer davon Wind bekommt, dass Sie gar keine Ausbildung haben, werden die jungen Männer rebellieren. Dass Sie eine geradezu schlafwandlerische Stilsicherheit und ein ganz natürliches, geniales Gefühl für Räume, Proportionen und Farben haben, werden meine Herren Architekten und Einrichter nur schwerlich anerkennen!«

Eva leuchtete das ein, denn es war für sie schwierig genug, dass sie sich als einzige Frau in einer Männerdomäne bewegte. Was, wenn diese ehrgeizigen Jungarchitekten erst erfuhren, dass sie eine Winzertochter aus der Pfalz war, die Inneneinrichtungen bislang nur im Verborgenen auf alte Skizzenblöcke gekritzelt hatte?

Sie trat vom Fenster ihres Wohnzimmers zurück. In Meeanee hatte sie einen ganzen Flügel des Anwesens zur Verfügung. In dem anderen wohnten Lucie und Hariata. Die junge Maori war bereits im zweiten Jahr ihrer Ausbildung zur Krankenschwester und kümmerte sich, wenn sie nach Hause kam, rührend um die alte Dame. Allein der Gedanken an die enge Beziehung der beiden gab Eva einen Stich. Dabei verstand sie völlig, dass sich Lucie an Hariata hielt. Schließlich kam Eva jeden Abend erst spät aus Napier nach Meeanee zurück. Sie konnte sich inzwischen einen klapprigen, aber fahrtüchtigen Austin leisten, denn über ihr Gehalt konnte sie sich wahrlich nicht beklagen. Nur Zeit hatte sie keine mehr. Auch nicht für Großmutter Lucie, die seit dem letzten Jahr mit einer Herzschwäche zu kämpfen hatte. Hariata sorgte sich in ihrer Freizeit rund um die Uhr um Lucie, während Eva sie höchstens zu den Mahlzeiten am Wochenende sah. Und dann kamen sie auch nicht wirklich zum Reden. Und wenn Eva ehrlich war, dann ahnte sie, warum sie auch nicht unbedingt die Nähe zu Lucie suchte: Zu groß war ihre Sorge, dass Lucie sie bitten würde, endlich einem Begräbnis für Adrian zuzustimmen.

Obwohl Evas Verstand keinen Zweifel hegte, dass Adrian zu den Opfern des Erdbebens zählte, rebellierte ihr Herz gegen diesen Gedanken. Das wäre unwiederbringlich das Ende.

An diesem Tag würden Lucie und Hariata Eva in die Stadt begleiten. Eine seltene Unternehmung, da Lucie sich am wohlsten auf ihrem Berg fühlte. Natürlich kannte Eva den Grund, warum die alte Maori die Stadt mied. Offenbar befürchtete sie, ihrer Schwester Harakeke zu begegnen. Die war damals, nachdem Lucie gestanden hatte, ihren Vater getötet zu haben, ohne ein weiteres Wort gegangen. Lucie war zu stolz, ihr nachzulaufen. Aus falschem Stolz, wie Eva fand. Wahrscheinlich hatte Harakeke unter Schock gestanden, und wenn Lucie ihr heute erzählen würde, warum das damals alles geschehen konnte, ihre Schwester würde sie mit Sicherheit verstehen. Aber Lucie konnte schrecklich stur sein. So hatten sich die beiden alten Damen seit Februar 1931 nicht mehr gesehen.

Eva hatte sich so oft vorgenommen, Harakeke zu besuchen, war aber nie dazu gekommen. Manchmal sprach sie Lucie zaghaft darauf an und fragte sie, ob sie nicht über ihren Schatten springen könnte, aber die alte Dame wollte von diesem Thema nichts hören. Dabei war Eva neugierig zu erfahren, was dieser Hehu mit dem Ganzen zu tun hatte. Doch seit Adrians Verschwinden hatte Lucie keine Anstalten mehr gemacht, ihre Lebensgeschichte zu diktieren. Wenn ich wieder mehr Zeit habe, dann schlage ich ihr vor, die Geschichte doch noch aufzuschreiben – falls Adrian doch noch zurückkehren sollte, dachte Eva und stieß einen tiefen Seufzer aus. Falls ... Im ersten Jahr hatte sie jeden Tag an ihn gedacht und beinahe jede Nacht von ihm geträumt, doch in letzter Zeit war der Gedanke an ihn ein wenig verblasst. In diesem Augenblick wurde ihr wieder einmal bewusst, wie schmerzlich sie ihn vermisste. Und dass sie ihr Glück unmöglich an der Seite eines anderen Mannes suchen durfte. Anlässlich der Trauerfeiern, die ein Jahr nach dem Erdbeben im letzten Januar in Napier stattgefunden hatten, hatte Daniel ihr zu verstehen gegeben, dass er sie immer noch liebte. Eva hatte ziemlich verstört reagiert und ihn förmlich in die Arme von Elizabeth, der Tochter eines der älteren Architekten aus dem Büro, getrieben.

»Mein Gefühl dir gegenüber wird sich niemals ändern! Niemals!«, hatte sie ihm auf den Kopf zugesagt. Dabei hatte das gar nicht der Wahrheit entsprochen. Es waren weit mehr als freundschaftliche Empfindungen, die sie dem inzwischen erfolgreichen Jungarchitekten entgegenbrachte. Er hatte sich seit ihrer ersten Begegnung sehr verändert und war fast ein wenig zu ernst geworden. Eva hatte eines Tages nicht mehr länger vor der Erkenntnis weglaufen können, wie groß sein Platz in ihrem Herzen geworden war. Das war an einem Sonntag gewesen, als sie ihn mit einer strahlenden Elizabeth im Arm an der Marine Parade getroffen hatte. Was hätte sie dafür gegeben, statt der jungen unbeschwerten Frau an seiner Seite zu promenieren! Und Lucies klare Worte, die sie an diesem Tag ausnahmsweise einmal nach Napier begleitet hatte, klangen ihr noch im Ohr. »Nach der Farbe deiner Wangen zu urteilen, ist er dir gar nicht so gleichgültig, wie du immer behauptest!« Eva aber hatte ihre Gefühle trotz der verräterischen Röte rundweg abgestritten. Seitdem mied sie Daniels Gegenwart, was nicht immer einfach war, weil ihre Zimmer im Büro einander gegenüberlagen. Und an diesem besonderen Tag waren sie sogar gezwungen, gemeinsam aufzutreten.

Eva drehte sich noch einmal vor dem Spiegel. Sie hatte sich das eng geschnittene, knöchellange und tief dekolletierte Prinzesskleid aus rosa Taft extra zu diesem Anlass schneidern lassen. Es saß perfekt und passte hervorragend zu ihrem sorgfältig in kunstvolle Locken frisierten, etwas heller getönten Haar. Sie selbst fand sowohl dieses helle Blond als auch diese Wellen etwas zu aufdringlich, aber ihre blutjunge Sekretärin hatte sie dazu animiert und schwärmte stets, dass sie wie Greta Garbo aussah. Eva fand zwar, dass sie keinerlei Ähnlichkeit mit der Schauspielerin besaß, die sie kürzlich als Madame Grusinskaya in »Menschen im Hotel« im Kino gesehen hatte. Dass sie aber eine völlig andere Ausstrahlung besaß als bei ihrem Eintreffen in Neuseeland, wollte sie nicht leugnen. Davon, eine Dame zu sein, war sie bei ihrer Ankunft am anderen Ende der Welt weit entfernt gewesen. Sie kam sich immer, wenn sie das vornehme Büro in der Tennyson Street betrat, ein wenig verkleidet vor, wobei sie nicht leugnen konnte, dass sie zumindest eine Erscheinung war, nach der sich die Männer auf der Straße umdrehten.

Sie schlüpfte in die Schuhe und griff nach der Handtasche. Dabei fiel ihr Blick auch auf den letzten Brief ihres Bruders, und ihr Gesicht verdüsterte sich. Auch wenn sie nicht vorhatte, je nach Deutschland zurückzugehen, beunruhigten sie die politischen Nachrichten aus ihrer alten Heimat zutiefst.

Dort hatte ein gewisser Hitler die Macht übernommen. Er hasste die Juden, hatte Hans ihr geschrieben. Und auch wenn Eva katholisch erzogen und ihre Mutter diesen Glauben angenommen hatte, war es doch ein offenes Geheimnis in der Familie gewesen, dass sie von Geburt an eine Jüdin war. Hans schrieb, solange »der Anstreicher« das Sagen in Deutschland hätte, sollte man auf keinen Fall zurückkehren, was er ohnehin nicht vorhabe. Diese judenfeindliche Stimmung im Land hatte sich offenbar der Nachbar, den Hans gebeten hatte, das Grundstück zu veräußern, zu Nutze gemacht. Er hatte das Weingut zwar verkauft, das Geld aber behalten. Und Hans hatte es abgeschrieben. Dafür hatte er versprochen, noch binnen dieses Jahres nach Neuseeland überzusiedeln. Bislang hatte es mit dem großen Geschäft in Kalifornien noch nicht geklappt, aber er schwärmte schon wieder in den höchsten Tönen von einer neuen, einer todsicheren Methode, an Geld zu kommen, um in Neuseeland auch gleich investieren zu können.

Eva liebte ihren Bruder aufrichtig, seine ständigen großspurigen Versprechen gingen ihr allerdings auf die Nerven. Wenn es nach ihr ging, sollte er auch ohne Vermögen kommen und sein Glück versuchen. Sie vermisste ihn! Was er wohl dazu sagen würde, seine kleine Schwester als gefeierte Innenarchitektin wiederzusehen? Sie hatte sich in ihren Briefen bedeckt gehalten, was ihren unerwarteten beruflichen Erfolg betraf. Wenn er nur endlich käme und sie ihm alles zeigen konnte! Sie wischte sich über die Augen, die bei dem Gedanken an ihn ein wenig feucht geworden waren, und verließ entschlossen das Zimmer.

In der Diele traf sie auf Lucie und Hariata. Sie waren nicht allein, wie Eva erstaunt feststellte. Obwohl sie ihn im Abendanzug kaum erkannt hatte, war der junge Arzt bei ihnen, dem Hariata und sie damals am Tag des Erdbebens in dem ganzen Elend zur Hand gegangen waren. Es war keine Frage, warum er sie begleitete, denn ihre Maorifreundin strahlte vor Glück. Sie sah umwerfend aus in ihrem schlichten Abendkleid.

»Das ist Frank«, stellte sie Eva den jungen Arzt mit hochroten Wangen vor.

»Wir kennen uns ja schon«, ergänzte Doktor Webber.

Beneidenswert, so ein junges Glück, ging es Eva durch den Kopf, während ihr Blick zu Großmutter Lucie wanderte. Die alte Dame hatte sich ebenfalls ihr bestes Kleid angezogen. Ihre Augen leuchteten vor Stolz über ihre Enkelin, denn als solche pflegte sie Eva nach Adrians Verschwinden vorzustellen.

»Wollen wir mit meinem Wagen fahren?«, fragte Eva.

Lucie verdrehte die Augen. »Lieber würde ich eine Kutsche nehmen, aber wir besitzen ja keine mehr. Dann müssen wir wohl in das Gefährt einsteigen. Du willst doch nicht etwa selber fahren?«

»Natürlich, Lucie, wer denn sonst?«, lachte Eva. »Doktor Webber vielleicht?«

Der junge Arzt lächelte. Lucie murmelte etwas Unverständliches vor sich hin und folgte ihr zum Wagen. Sie weigerte sich strikt, vorne zu sitzen. Der Wagen war zwar schon alt, aber er besaß immerhin den Luxus einer Rückbank.

Eva liebte es, damit über die Küstenstraße zu fahren. Je mehr sie sich Napier näherten, umso aufgeregter wurde sie. Es kam ja nicht alle Tage vor, dass man geehrt werden sollte. Doch die Chefs des örtlichen »Napier Daily Telegraph« hatten einen Preis gestiftet, um den maßgeblichen Architekten für das neue Daily Telegraph Building, Daniel Thomas, und die für die Gestaltung des Innenraums verantwortliche Eva Clarke auszuzeichnen. Dieser Preis sollte in einer Feierstunde anlässlich des zweiten Jahrestages des furchtbaren Erdbebens übergeben werden.

Eva war wahnsinnig stolz, und dennoch war ihr ein wenig mulmig zumute. Immer noch saß ihr die Angst im Nacken, dass irgendjemand ihren Betrug entlarven könnte. Dabei war das äußerst abwegig. Denn am anderen Ende der Welt einem alten Bekannten aus Badenheim zu begegnen, schien ihr eher unwahrscheinlich.

Sie hielt vor dem Gebäude der Zeitung an, um die anderen aus dem Wagen zu lassen. An einen Parkplatz war direkt vor dem Daily Telegraph Building nicht zu denken. Dort stauten sich die Automobile, denen festlich gekleidete Damen entstiegen.

Eva fuhr ein Stück auf der Tennyson Street weiter. Dort hatte sie Glück. Gerade als sie ausgestiegen war, rief eine glockenhelle Frauenstimme hinter ihr: »Misses Clarke!«

Eva fuhr herum. Es war die junge Elizabeth Hunter in Begleitung von Daniel und ihrem Vater. Mister Hunter hatte einige der neuen Gebäude der Stadt für das Büro Williams entworfen und schien stolz auf seinen zukünftigen Schwiegersohn zu sein. Die junge Frau hatte sich bei Daniel, der sichtlich verlegen war, eingehakt. Mister Hunter reichte Eva seinen Arm. Sie folgten dem jungen Paar. Zum Glück kam sie gar nicht zum Nachdenken, denn Mister Hunter redete in einem fort auf sie ein. Vor dem Gebäude blieb er stehen und deutete mit leuchtenden Augen auf die beeindruckende Fassade.

»Sehen Sie nur. Diese strenge Symmetrie und dann dieser Mittelteil mit dem Balkon und dem Fahnenmast. Ein Genuss für das Auge! Nichts gegen unsere alten viktorianischen Prachtbauten, aber so etwas hat die Welt noch nicht gesehen ...«

»Doch, werter Carl, das Muster des Balkongitters habe ich beim Londoner Hoover Building entliehen«, warf Daniel ein, der die Unterhaltung offenbar verfolgt hatte. »Aber der Rest der Dekoration entspringt meiner und Misses Clarkes Fantasie.«

Eva hob abwehrend die Hände. »Allenfalls habe ich einmal nebenbei erwähnt, dass ein Zickzackband gut zu dem Entwurf passen würde.«

»Das zeichnet Misses Clarke aus. Ihre Bescheidenheit«, frotzelte Daniel und musterte sie dabei durchdringend. Wenn er wüsste, wie unangenehm mir das ist, durchfuhr es Eva eiskalt. Hoffentlich merken die beiden nicht, dass Daniel und mich mehr verbindet als die Arbeit. Aber ihre Befürchtung schien unbegründet, denn Elizabeth lächelte, und der weißhaarige Architekt fuhr mit seiner Schwärmerei fort: »Grandios, diese Verzierungen an den Säulen zwischen den Fenstern. Sie erinnern mich an Palmen. Und dass der Name der Zeitung über die ganze Fassade geht. Ach, mein Junge, von dir wird man noch hören!« Er klopfte Daniel bewundernd auf die Schulter.

»Ja, Vater, davon bin ich überzeugt, aber wenn du weiterhin vor dem Gebäude dozierst, werden wir die Feier versäumen«, lachte Elizabeth und zog Daniel mit sich fort zum Eingang.

»Ach, diese Kinder«, stöhnte Mister Hunter wohlwollend. »Aber Sie müssen zugeben, auch die Farben, dieses Ocker und der Mut zum Rosé! Kein Mensch würde darauf kommen, dass es aus der Not geboren war, die Farben mit Wasser zu strecken. Eine herrliche Idee! Ach, es erfreut mein altes Herz, dass das Büro Hay nicht für alles Neue in dieser Stadt verantwortlich ist.«

»Beileibe nicht. Doch Sie stapeln auch ein wenig zu tief. Das Holland Building ist ja wohl Ihr Werk!«

»Na ja, Williams ist schon gut vertreten im Wettkampf um die ausgefallensten Neubauten. Aber nun rasch hinein, hinein. Ich bin gespannt auf Ihr Werk!«

Als Eva das Gebäude betrat, lief ihr ein wohliger Schauer über den Rücken. Die gläserne Decke hüllte die großzügig angelegte Rezeption der Zeitung in ein fast unwirkliches Licht. Diese Lichtdecke hatte sich Mister Williams ausgedacht. An den Säulen an der Decke wiederholte sich das Zickzackband. Dazu kamen Elemente aus der alten Mayakunst. Eva hatte den Art-déco-Fußboden entworfen sowie den riesigen Empfangstresen und die hölzernen Wandverkleidungen, die wiederum durch eine durchgehende Glaswand leichter wirkten. Doch ihr ganzer Stolz waren die passenden Lampen, die eine Firma nach ihren Zeichnungen angefertigt hatte.

Mister Hunter pfiff anerkennend durch die Zähne. »Das ist eine Wucht«, murmelte er. »Ich kann nur hoffen, dass man Sie nicht abwirbt, denn sehen Sie mal. Dort drüben. Mister Hay sieht schon so bewundernd herüber.« Mister Hunter lüftete grüßend seinen Hut in Richtung des bekanntesten Architekten der Stadt. Hay grüßte zurück. »Er ist Daniels geheimes Vorbild, aber Hay hatte seine Leute und wusste ja vorher nicht, wie sehr Daniel mit ihm auf einer Wellenlänge ist. Was meinen Sie? Daniel kamen beinahe die Tränen, als er so in etwa erahnen konnte, wie das Hay-Building in fertigem Zustand aussehen wird... Ja, ja der Hay, der hat es geschickt angestellt, in das Wiederaufbaukomitee zu gehen. Dort wurden die Aufträge vergeben.«

Eva mochte Mister Hunter, aber sie fand, dass er zu viel redete, denn nun näherten sich ihnen der Stararchitekt und seine Frau. Eva hatte die beiden noch nie zuvor gesehen und war beeindruckt, denn jeder in Napier wusste, dass Misses Hay beim Erdbeben schwer verletzt worden war. Man munkelte, sie habe immer noch ein krankes Bein, doch das sah man ihr nicht an.

»Mister Hunter, wollen Sie mir die junge Dame nicht vorstellen?«, bat Mister Hay höflich.

»Natürlich, lieber Louis. Die Dame ist keine Geringere als die Innenarchitektin Eva Clarke, die diese Pracht erschaffen hat.«

Der Architekt reichte ihr die Hand.

»Das habe ich mir gedacht. Man spricht über Sie.«

»Dem kann ich nur beipflichten«, ergänzte Misses Hay, während sie Eva ebenfalls die Hand hinstreckte.

»Haben Sie nicht Lust, zur Einweihung meines neuen Bürohauses in acht Wochen zu kommen?«

Eva wurde rot. Wieder einmal überfiel sie wie aus dem Nichts die Angst, als Hochstaplerin enttarnt zu werden.

»Habe ich es nicht gesagt?«, knurrte Mister Hunter, kaum dass die Hays sich empfohlen hatten. »Der wird versuchen, Sie noch abzuwerben. Lassen Sie uns bloß endlich nach oben gehen. Sonst kommen auch noch die Herren aus Wellington, die um Ihre Gunst buhlen.«

Eva rang sich zu einem Lächeln durch. »Keine Sorge, Mister Hunter, ich werde dem Büro Williams die Treue halten, und wenn ich noch so viele Avancen bekomme.«

Wenn er wüsste, dass ich gar keine Wahl habe, dachte Eva, weil jeder andere meine Zeugnisse verlangen würde. Und dann wäre der schöne Traum vorüber...

Sie kamen gerade rechtzeitig, um vor den Festreden noch ein Glas Champagner zu genießen. Eva blickte suchend durch die Reihen und stellte bedauernd fest, dass sich Elizabeth und Daniel auf die Plätze neben Lucie, Hariata und Frank gesetzt hatten. So blieb ihr nichts übrig, als sich neben Mister Hunter zu setzen, der unter vorgehaltener Hand fortfuhr, über die anwesenden Ehrengäste zu plaudern. Erst als der Verleger des Napier Daily Telegraph an das Rednerpult trat und um Ruhe bat, stellte der Architekt das Schwatzen ein. Es folgte eine Lobrede auf Daniel und sie. Ach, wenn das doch meine Eltern noch erleben könnten und mein Bruder hier wäre!, ging es Eva durch den Kopf, ... und Adrian. Sie hatte es befürchtet. Dass sie an ihn denken und weinen musste. Hastig kramte sie ein Taschentuch hervor und trocknete sich die feuchten Augen. Aber wäre ich dann an diesem Tag auch hier?, fragte sie sich plötzlich. Oder würde ich heute nicht wie Hariata an der Krankenpflegeschule lernen? Mit einem Mal wurde ihr bewusst, dass sie es allein Daniel zu verdanken hatte, diesen Weg gegangen zu sein.

Eva schweifte in Gedanken ab, sodass sie gar nicht mehr der Rede folgen konnte. Erst ein leichter Stoß in die Rippen riss sie aus ihrer Grübelei. »Sie sollen nach vorne kommen«, flüsterte Mister Hunter.

Eva erhob sich rasch und ging durch den Mittelgang zum Rednerpult. Applaus brandete auf. Mister Bruce, der Verleger, drückte ihr überschwänglich die Hand und bat sie, ein paar Worte zu sagen. Eva schnürte es allein bei dem Gedanken die Kehle zu. Daran hatte sie keinen Gedanken verschwendet: dass sie womöglich vor all den Leuten eine kleine Rede halten sollte! Sie hatte das Gefühl, knallrot anzulaufen. Wie in Trance wankte sie auf das Mikrofon zu, das Gesicht zu einem maskenhaften Lächeln verzerrt. Hilfe suchend blickte sie ins Publikum. Erst als ihr Chef, Mister Williams, aufmunternd nickte, traute sie sich zu sprechen.

Die ersten Sätze kamen ihr nur zögerlich über die Lippen. Es quälte sie die bohrende Frage, wo in Deutschland sie wohl ihre Ausbildung genossen haben könnte. Ihr wollte beileibe nichts Passendes einfallen, doch dann wurde sie authentisch. Sie schilderte wahrheitsgemäß, dass sie bei ihrer Ankunft in Neuseeland niemals geglaubt hätte, einmal hier oben zu stehen. Dass sie diese Chance, die man ihr in Neuseeland gab, im heutigen Deutschland niemals bekommen hätte. Eva musste an dieser Stelle unterbrechen, weil das Publikum applaudierte. Das ermutigte sie, weiterhin einfach aus dem Herzen zu sprechen. Sie schilderte, wie sie nur kurz nach ihrer Ankunft das schreckliche Erdbeben erlebt hatte. Dass ihr Ehemann bis heute vermisst wäre, aber dass sie in

Gedenken an ihn alles tun würde, um die zerstörte Stadt Napier wieder aufzubauen. Dass sie, die Überlebenden, es den Opfern schuldig wären, alles dafür zu geben. Statt Applaus war aus dem Publikum vereinzeltes Schluchzen zu hören. Eva sah, wie immer mehr Frauen ihre Taschentücher zückten und gestandene Männer um Fassung rangen. In diesem Augenblick wusste sie, dass sie ihrer Berufung gefolgt war – und alles andere war als eine Hochstaplerin. Zum Abschluss dankte sie Großmutter Lucie, Mister Williams und vor allem Daniel, der das Vertrauen in sie, die Deutsche, gesetzt hatte, beim Aufbau ihrer neuen Heimatstadt zu helfen.

Selbst Mister Bruce war gerührt, als er sich bei ihr für diese Worte bedankte und scherzend hinzufügte, dass er sie, falls es mit der Architektur einmal nicht mehr funktionieren sollte, auch in seiner Zeitung beschäftigen würde. Menschen, die die richtigen Worte fänden, könne er immer gebrauchen. Er bat Eva, sich auf einen der beiden Stühle zu setzen, und bat nun Daniel auf die Bühne.

Er konnte nicht verbergen, dass er geweint hatte, aber er versuchte es auch gar nicht. Im Gegenteil, er gab es vor all diesen Menschen zu, wie tief ihn Evas Worte berührt hatten. Eva fixierte vor lauter Verlegenheit die Spitzen ihrer Schuhe. Erst, als er dem Publikum erklärte, man habe mit den Verzierungen im Artdéco-Stil aus der Not eine Tugend gemacht, weil es viel zu teuer gewesen wäre, die Gebäude im alten Stil zu errichten – und zu trist, die Fassaden in nacktem Beton zu belassen –, hob Eva den Kopf und sah flüchtig ins Publikum. Ein paar Plätze von ihr entfernt entdeckte sie ein ihr bekanntes Gesicht, das sich erhellte, als sich ihre Blicke trafen. Die gute Harakeke. Eva war sehr gespannt, wie Lucie auf das Wiedersehen mit ihrer Schwester reagieren würde, denn das würde sich bei der anschließenden Feier nicht vermeiden lassen. Eva lächelte, doch das Lächeln erstarb ihr auf den Lippen, als sie plötzlich noch jemanden im

Publikum erkannte. Die junge Frau aber grinste triumphierend, und Eva ahnte, warum. Sie hatte eine Person vergessen, die sie in Napier als Hochstaplerin würde enttarnen können und das auch skrupellos tun würde: Berenice Clarke!

Meeanee/Napier, April 1933

Bis zuletzt hatte sich Eva gesträubt, die Einladung zu Mister Hays Büroeröffnung anzunehmen, doch Daniel hatte angedroht, dass er sie, wenn sie nicht käme, höchstpersönlich abholen und nach Napier schleifen würde. Sie hatte ihm hoch und heilig versprechen müssen, sich rechtzeitig auf den Weg zu machen. Eigentlich hatte sie keine Lust, denn es war ein Sonntag, an dem sie gern draußen in Meeanee war. Sie liebte es, am Wochenende auf dem Anwesen ihre Ruhe zu haben. Nun gab es keine Ausflüchte mehr. Daniel hatte eben am Telefon angekündigt, er würde sie wegen des Wetters auf jeden Fall abholen. An diesem Märztag war es zwar noch sehr warm, aber es regnete seit den Morgenstunden in Strömen.

Mit einem Blick auf ihre neue Armbanduhr stellte sie fest, dass ihr noch etwas Zeit blieb, sich umzuziehen. Sie öffnete ihren Kleiderschrank, und ihr Blick blieb an dem Prinzesskleid hängen. Was für ein Abend, dachte sie und bekam allein in Gedanken an den Abend der Preisverleihung eine Gänsehaut. Was so schön angefangen hatte, war dank Berenice zu einem Albtraum geraten. Zwar hatte ihre entfernte Cousine letztendlich kein Wort verraten von dem, was sie über Evas Herkunft wusste, aber sie hatte die ganze Zeit mit Evas Angst gespielt. Sie war in Begleitung eines Jungarchitekten von Mister Hay erschienen, der ihr bedingungslos ergeben schien. Schon als Berenice sie einander vorgestellt hatte, hatte Eva feuchte Hände bekommen.

»Ich habe vergessen, Darling, wo in Deutschland du deine Ausbildung gemacht hast?«, hatte Berenice geflötet.

»In München«, hatte Eva scheinbar ungerührt geantwortet. Und solche Spielchen hatten sich über den Abend fortgesetzt, bis Eva ein Unwohlsein vorgespiegelt und das Fest, das ihr zu Ehren gegeben wurde, fluchtartig verlassen hatte.

Berenice war auch der Grund, warum Eva partout nicht der Sinn danach stand, zu dieser Eröffnung zu gehen. Wenn sie sich allein vorstellte, Berenice würde es erneut darauf anlegen, Eva in Verlegenheit zu bringen. Was Eva allerdings wunderte, war die Tatsache, dass Berenice ihr Wissen offenbar noch nicht publik gemacht hatte. Denn dann wäre es ihr mit Sicherheit schon zu Ohren gekommen. Eva hatte niemandem von Berenices Gemeinheiten erzählt, wenngleich sie sich liebend gern Daniel anvertraut hätte. Doch der hatte genug damit zu tun, Elizabeth bei Laune zu halten, denn die junge Frau war bei der Feier plötzlich sehr einsilbig geworden.

Eva hatte sich fest vorgenommen, dass sie Berenice heute Abend, sollte sie wieder damit anfangen, beiseitenehmen und ein ernstes Wort mit ihr reden würde.

Sie zog ein elegantes Kleid hervor und schlüpfte hinein. Es war dunkelblau mit einem weißen Kragen, knöchellang, betonte die Taille und besaß einen weit schwingenden Rock. Kleidung war Eva früher nie sehr wichtig gewesen, aber inzwischen liebte sie es, in den neuen Damenmodengeschäften der Stadt herumzustöbern und sich die elegantesten Stücke zu kaufen. Sie war sogar einmal in Wellington gewesen und hatte sich dort mit der neuesten Mode eingedeckt.

Das Haar kämmte sie streng zurück, und die Lippen schminkte sie sich rot. Ein prüfender Blick in den Spiegel bestätigte ihr, was sie ohnehin wusste: Sie sah aus wie eine Dame mit Stil. Wenn Adrian mich doch so sehen könnte, dachte sie.

Seufzend wandte sie sich von ihrem Spiegelbild ab. In den letzten Wochen war sie ein paar Mal drauf und dran gewesen, anzuregen, dass ihm endlich mit einem Begräbnis die letzte Ehre erwiesen werden sollte. Aber jedes Mal hatte sie, wenn sie es Lucie gerade vorschlagen wollte, einen Rückzieher gemacht.

Schon auf dem Flur hörte sie das angeregte Gespräch zwischen Harakeke und Lucie. Die beiden Schwestern waren sich noch an dem Abend im Napier Daily Telegraph Building stumm in die Arme gefallen. Seitdem verbrachten sie wieder viel Zeit miteinander, denn Harakeke war inzwischen nach Meeanee gezogen und hatte ihr eigenes Haus verkauft. Nun verging kein Tag, an dem sie sich nicht zankten. Schmunzelnd lauschte Eva ihrem Streit.

»Du bist nachtragend«, schimpfte Lucie. »Wie oft habe dir nun schon erklärt, dass ich keine andere Wahl hatte. Unser Vater oder Tom! Hättest du deinen Ehemann geopfert?«

»Und du willst nicht begreifen, dass es nicht die Tatsache selbst ist, wegen der ich verschnupft bin, sondern weil du mich die ganzen Jahre belogen hast!«

»Ach ja, und was hättest du getan, wenn du gewusst hättest, dass ich unseren Vater, den großen Häuptling Kanahau, erschossen habe?«

»Genau, das ist es, was ich meine!« Harakekes Stimme überschlug sich fast vor Zorn. »Du weißt, wie er mich behandelt hat. Du warst seine Prinzessin, während er mich kaum beachtet hat. Und nicht genug damit. Er wollte mir das Heilen verbieten und mich mit dem alten Heiler verheiraten, einem halbblinden und eitlen Greis. Glaubst du, ich wäre zur Polizei gerannt, um mich dafür zu rächen, dass du sein Liebling gewesen bist?«

»Nein, natürlich nicht, aber ich . . .«

»Du hast kein Vertrauen zu mir! Das ist es, was mich kränkt. Ich habe immer zu dir gestanden. Spätestens, als Hehu aufgetaucht ist, hättest du mir die Wahrheit sagen müssen . . .« Harakekes Stimme bebte vor Zorn, während Lucie immer kleinlauter wurde. Als sie schließlich laut aufschluchzte, klopfte Eva demonstrativ an die Tür, damit die beiden nicht merkten, dass sie belauscht worden waren.

Als keiner sie bat einzutreten, öffnete sie die Tür vorsichtig einen Spalt.

»Ich wollte nur sagen, dass Daniel gleich kommt, um mich abzuholen«, verkündete sie.

Lucie tat so, als wenn gar nichts gewesen wäre. »Das steht dir hervorragend«, flötete sie, während sie sich hastig mit dem Handrücken die verräterischen Tränen von der Wange wischte.

Harakeke konnte nicht so schnell umschalten. Ihr stand die Wut noch immer ins Gesicht geschrieben. »Du bist mir noch eine Antwort schuldig, meine liebe Lucie«, knurrte sie, bevor sie sich an Eva wandte. »Und du, tu nicht so, als wüsstest du nicht, dass wir uns gerade gezankt haben. Ich weiß, dass man auf dem Flur jedes Wort verstehen kann, selbst wenn man in normalem Ton miteinander spricht. Und unser Geschrei war bestimmt im ganzen Haus zu hören. Warum? Lucie, warum?«

»Jetzt fang nicht schon wieder damit an!«, entgegnete Lucie gequält.

»Findest du das richtig, dass sie es dir erzählt, es vor mir aber ein Leben lang verschwiegen hat?«

Eva mochte sich aber nur ungern in den Streit der Schwestern einmischen. Harakeke ließ indessen nicht locker. »Nun sag schon!«

Eva zuckte die Achseln. »So habe ich dich ja noch nie erlebt, Tante Ha«, bemerkte sie ausweichend.

Harakeke stemmte die Hände in die Seiten. »Ich bin auch noch nie so verletzt worden. Und deshalb gebe ich keine Ruhe, bis Lucie mir ins Gesicht sagt, warum sie mir verschwiegen hat, dass sie eine Leiche im Keller hat und dass es sich dabei auch noch um unseren Vater handelt!«

Lucie konnte ihre Fassung nicht länger wahren und brach in Tränen aus.

»Glaub mir, dasselbe habe ich mich so oft gefragt. Ich denke, ich habe den richtigen Zeitpunkt einfach verpasst. Und es so oft von Herzen bedauert. Was meinst du, wie dringend ich jemanden zum Reden gebraucht hätte«, schluchzte sie.

Alle Härte wich aus Harakekes Gesicht. Ihr Blick wurde weich. Sie trat auf ihre Schwester zu und nahm sie in den Arm. Auch sie weinte jetzt.

Der Anblick der beiden Maori, die sich unter Tränen gegenseitig um Verzeihung baten, rührte Eva so, dass ihre Augen feucht wurden. Ganz leise trat sie den Rückzug an. Sie kam sich vor wie eine Voyeurin, die etwas beobachtete, das nicht für ihre Augen bestimmt war. Doch die Schwestern merkten nichts. Sie waren ganz mit sich beschäftigt, so als würde es nur sie beide auf dieser Welt geben.

Leise zog Eva die Tür zum Wohnzimmer hinter sich zu. In dem Augenblick klingelte es. Es war Daniel. Wie so oft in letzter Zeit fragte sie sich, ob er immer schon so attraktiv gewesen war. Sie hatte den Eindruck, dass sein Gesicht kantiger und seine Züge männlicher geworden waren. Er hatte nicht mehr viel von dem großen Jungen mit den stets munteren Sprüchen auf den Lippen. Wie viele Menschen in der Stadt hatte das Erdbeben auch ihn verändert.

»Du siehst bezaubernd aus«, sagte Daniel.

»Das Kompliment kann ich dir nur zurückgeben«, entgegnete Eva betont locker. Dabei hatte sich ihr Herzschlag mächtig beschleunigt, seit sie ihm die Tür geöffnet hatte.

»Willst du mich gar nicht hineinbitten? Ich würde Großmutter Lucie gerne begrüßen.«

»Das ist gerade ungünstig«, raunte sie. »Sie hat sich mit Tante Ha gestritten, und nun übertreffen sie einander mit Entschuldigungen. Warte, ich hole nur meine Tasche.«

Auf dem Weg zum Wagen hielt Daniel seinen Schirm so, dass sie nicht nass werden konnte. Trockenen Fußes brachte er sie zur Beifahrertür und half ihr beim Einsteigen. Eva konnte sich nicht helfen. Selbst die kleinste Berührung seiner Hände ging ihr durch und durch. Während er das Auto umrundete, fiel es ihr wie Schuppen von den Augen: Sie war in Daniel Thomas verliebt.

Eva erschrak angesichts dieser Erkenntnis, aber sie ließ sich nichts anmerken. Im Gegenteil. Sie brachte das Thema ganz bewusst auf seine Verlobung.

»Bist zu schon sehr aufgeregt wegen morgen?«, fragte sie, obwohl sie die Antwort überhaupt nicht hören wollte. Daniels anstehende Verlobung und die Tatsache, dass sie dazu nicht eingeladen worden war, löste nämlich sehr gemischte Gefühle in ihr aus. Wahrscheinlich wäre sie dem Fest ohnehin unter Vorspiegelung eines Unwohlseins ferngeblieben, aber es wurmte sie, dass sonst alle aus dem Büro eingeladen waren. Und sie fragte sich, warum Elizabeth sich seit dem Abend der Preisverleihung im Daily Telegraph Building ihr gegenüber nahezu feindselig verhielt.

Daniel gab ihr keine Antwort. Es war still im Wagen bis auf das Geräusch des Regens, der auf den Wagen prasselte.

»Es wird kein Fest geben«, erwiderte Daniel nach einer ganzen Weile.

»Was soll das denn heißen?« Eva hoffte, dass er ihr die innere Aufregung nicht anmerkte.

»Das heißt, dass es keine Verlobung geben wird!«

Eva starrte Daniel entgeistert an. Seinen Blick hatte er weiterhin stur nach vorn auf die Straße gerichtet.

»Warum nicht?«

»Willst du das wirklich wissen?«

»Natürlich, ich ... ich meine, ihr seid so ... so ein schönes Paar und ...«, stammelte Eva verlegen.

»Sie hat mir eine Frage gestellt, die ich wahrheitsgemäß beantwortet habe.«

Eva biss sich auf die Lippen. Nur nicht weiterfragen, sonst muss er etwas merken, sagte sie sich, doch er fuhr ungerührt fort.

»Sie hat mich gefragt, ob ich noch Gefühle für dich habe, und ich habe gefragt: Willst du das wirklich wissen? Elizabeth bestand darauf, und da musste ich ihr die Wahrheit sagen.«

Eva schluckte, dann legte sie spontan ihre Hand auf seine. Daniel schwenkte nach links und hielt an. Er wandte sich ihr zu. Ungläubiges Staunen sprach aus seinen Augen.

»Sag mir bitte, ob ich träume oder mir gerade etwas vormache. Du erwiderst meine Gefühle?«

»Küss mich! Bitte!«, hauchte Eva.

Das ließ sich Daniel nicht zweimal sagen. Er riss Eva förmlich in seine Arme. Ihre Lippen fanden sich, als hätten sie sich schon tausendfach geküsst. Für einen winzigen Augenblick schlich sich Adrian in Evas Gedanken, doch dann war sie ganz bei Daniel.

»Seit wann weißt du, dass du mehr für mich empfindest?«, fragte er nach dem Kuss, während er ihr zärtlich über die Wange streichelte.

Eva lachte. »Ganz genau eigentlich erst seit ich in diesen Wagen gestiegen bin.«

Daniel fiel in ihr Lachen ein. »Das ist ja schon eine halbe Ewigkeit. Ich habe nie aufgehört, dich zu lieben. Ich werde niemals den Augenblick vergessen, an dem wir uns zum ersten Mal begegnet sind. Ich habe zuerst das Strahlen deiner Augen wahrgenommen...«

Er seufzte. »Das wird ein Schock für Elizabeth sein, wenn sie uns heute Abend zusammen sieht. Sie hat mir nämlich prophezeit, dass du meine Zuneigung nicht erwidern würdest, weil solche Gefühle sofort da seien oder gar nicht. An Liebe auf den zweiten Blick glaubt sie nicht.«

»Kann ich verstehen. Das habe ich auch mal gedacht. Weil es bei Adrian sofort...« Eva unterbrach sich. »Entschuldige. Ich wollte nicht an der alten Geschichte rühren.«

»Keine Sorge, dass ich jedes Mal zusammenbreche, wenn du ihn erwähnst. Erstens habe ich ihn auch geliebt wie einen Bruder, und zweitens weiß ich, wie innig deine Gefühle für ihn waren. Es entwickelte sich ja quasi vor meinen Augen, obwohl ich sie nur allzu gern davor verschlossen hätte.«

Daniel nahm ihr Gesicht liebevoll in beide Hände. Er versenkte den Blick in ihre Augen.

»Ich liebe dich, mein Pounamu-Auge, du«, murmelte er versonnen. »So nennen die Maori den Greenstone. Ich habe noch niemals Augen in einem derart intensiven Grün leuchten sehen.«

»Und ich nehme zum ersten Mal wahr, dass du ebenfalls grüne Augen hast. Ich habe immer gedacht, sie wären blau, weil das zu Rotblond passt und wegen deiner Sommersprossen ...« Wieder unterbrach sie sich. »Das war taktlos von mir, oder?«

Daniel lachte. »Wenn du nach diesem Tag behaupten würdest, meine Augen seien blau, dann wäre ich beleidigt. Und immerhin kanntest du ja wenigstens meine Haarfarbe.«

Eva fuhr ihm lachend durch das drahtige Haar. »Du hast wohl für alle Verständnis, oder?«

»O nein, ich würde nicht verstehen, wenn du meinen Antrag jetzt immer noch ablehnen würdest. Eva Clarke, möchtest du mich heiraten und mit mir eine Familie gründen? Dann sag jetzt ja, oder du wirst mich kennenlernen.«

Eva wurde blass. »Aber ... aber, das ist doch viel zu früh, ich meine, Adrian ist noch nicht einmal ...«

»Danach, mein Liebling, erst nachdem wir ihm endlich die letzte Ruhe gewährt haben.«

»Du meinst, wir sollen ihm ein Grab geben?«

»Ja, das halte ich für das Einzige, was wir noch für ihn tun können.«

»Ja«, sagte Eva kaum hörbar.

»Auf welche Frage? Grab oder Antrag?«

»Beide!«

Daniel nahm Eva stürmisch in den Arm. Wieder küssten sie sich.

Als sie einander endlich wieder loslassen konnten, wandte Eva ein, dass es vielleicht besser wäre, wenn sie ihr Glück bei Mister Hays Büroeinweihung vor den Kollegen verbergen würden. Vor allem aus Rücksicht auf Elizabeth.

»Ich kann nichts versprechen«, erwiderte Daniel scherzend und sah auf seine Uhr. »Aber wir müssen los. Oder schwänzen wir?«, ergänzte er.

»Nein, wir sollten Mister Hay nicht enttäuschen.«

Daniel startete den Wagen. Immer noch prasselte der Regen auf das Auto.

»Stimmt es eigentlich, dass er versucht, dich abzuwerben?«, fragte Daniel, als sie bereits in der Innenstadt waren.

»Wie kommst du darauf?«

»Mister Hunter hat Elizabeth gegenüber so eine Andeutung gemacht.«

Eva wand sich. »Nein, ja, nein, er hat zwar Interesse signalisiert, aber du weißt, dass ich es ohnehin niemals annehmen könnte, selbst wenn ich wollte. Dann wird man Papiere von mir verlangen, und ich kann ihnen schlecht ein Zeugnis der Badenheimer Schule vorlegen.«

»Das ließe sich machen. Da würde Mister Williams und mir schon etwas einfallen!«

»Du meinst, er würde mir helfen, damit ich für die Konkurrenz arbeiten kann?«

»Sagen wir mal so. Mister Williams würde dir nie Steine in den Weg legen, wenn du auf die Weise die Karriereleiter hochsteigen könntest. Würdest du es denn in Erwägung ziehen, wenn wir das regeln könnten?«

Eva lief rot an. Ja, die Antwort war sonnenklar, sie würde zu Hay wechseln, wenn es auf die Weise eine Aufstiegsmöglichkeit gäbe.

»Du brauchst nichts zu sagen. Ich kenne deine Antwort, aber das muss dir nicht peinlich sein. Ich werde mit dem Chef sprechen.«

»Hay hat mir noch gar kein Angebot gemacht!«, protestierte Eva.

»Das wird er aber heute tun!«

»Woher willst du das wissen?«

»Ich habe da so meine Quellen«, lachte er.

»Komm, spuck schon aus. Wie heißt sie?«

»Du regst dich nur auf, wenn ich ihren Namen nenne.«

»Sag jetzt bloß nicht Berenice!«

»Doch, ich traf sie neulich an der Marine Parade. Da vertraute sie mir an, dass der junge Architekt, mit dem sie ausgeht, ihr davon erzählt hat. Hay will dich unbedingt in seinem Team haben und wird jeden Preis zahlen. Du Glückspilz.«

Eva sah Daniel erstaunt von der Seite an. Er schien sich ehrlich mit ihr zu freuen. Dabei war es immer sein Traum gewesen, für Hay zu arbeiten.

»Bist du nicht ein wenig verschnupft, dass du kein Angebot von ihm bekommen hast?«

»Nein, es genügt, wenn meine Frau dort tätig ist«, lachte er.

Gerührt drückte Eva ihm die Hand. »Weißt du, dass du ein großartiger Mann bist?«

»Ja, natürlich, ansonsten hätte ich ja gar keine Chance bei dir gehabt«, gab er verschmitzt zurück, während er einparkte.

Wieder achtete er darauf, dass sie keinen einzigen Regentropfen abbekam, und schaffte es, sie trocken zum Eingang zu bringen.

»Ich beneide dich doch«, raunte Daniel Eva ins Ohr, als sie das Gebäude betraten, das der Architekt unübersehbar unter dem Einfluss der sogenannten organischen Bauweise nach Frank Lloyd Wright entworfen hatte.

MEEANEE, APRIL 1933

Harakeke und Lucie standen Hand in Hand im strömenden Regen unter einem alten Baum oben auf dem Hügel über den Weinbergen. Es roch nach feuchter modriger Erde, aber das störte die beiden nicht.

Sie blickten wie in Trance in die feuchte leere Grube, die darauf wartete, mit Erde bedeckt zu werden. Es war Lucies Idee gewesen, dem Vater mit einem symbolischen Ritual die letzte Ehre zu erweisen. Harakeke hatte sie überreden wollen, Berenice um die Herausgabe der sterblichen Überreste ihres Vaters und des Federmantels zu bitten, aber Lucie hatte sich geweigert. Sie wollte partout nicht mit ihrer Enkelin sprechen.

Harakeke fing an zu singen. Lucie zögerte. Wie lange hatte sie diesen Totengesang nicht mehr angestimmt. Sie wunderte sich selbst, dass ihr die Worte so flüssig über die Zunge kamen, als wäre es nicht schon Jahrzehnte her, dass sie ihren Vater schon einmal auf seiner letzten Ruhe begleitet hatte.

Plötzlich vergaß Lucie alles um sich herum und ließ sich auf einer Woge von Erinnerungen in ihre Kindheit zurücktragen. Sie fühlte die weiche Wärme ihrer Mutter, atmete den Geruch eines frischen Hangis ein und spürte, wie es sich angefühlt hatte, Flachs zu spinnen und daraus Spielzeug und Kleidung herzustellen. Obwohl sie Schuhe trug, war ihr, als würde sie barfuß auf dem feuchten Boden stehen. Sie sah sich mit ihrer Schwester heimlich in den Versammlungsraum schleichen und die aus Holz geschnitzten Fratzen anstarren. Ja, sie nahm sogar die angenehme Kühle des Hei-tiki wahr, das sie stets um ihren Hals getragen hatte. In diesem Augenblick wusste sie, was sie zu tun hatte.

»Warte einen Augenblick«, murmelte sie. Harakeke hielt in ihrem Gesang inne und sah verwundert zu, wie Lucie ein Amulett aus Greenstone aus der Manteltasche hervorholte.

Es war der Anhänger, den Eva ihr einst zu Weihnachten geschenkt hatte. Lucie legte sich das Amulett um den Hals. »Es sieht meinem alten Hei-tiki zum Verwechseln ähnlich. Findest du nicht?«

»Ach, Lucie«, seufzte Harakeke.

»Man kann seine Vergangenheit nicht auslöschen. Ich bin eine Maori, und das werde ich immer bleiben. Und ab heute bin ich wieder Ahorangi!«, verkündete Lucie entschlossen.

Harakeke näherte sich ihrem Gesicht, und die Schwestern gaben sich einen Nasenkuss, wie sie es als Kinder so oft getan hatten.

»Und du bist nicht irgendeine, sondern eine Prinzessin, seine Prinzessin«, sagte Harakeke mit belegter Stimme. »Bitte bleib nun Lucie. Ich habe mich all die Jahre gegen deinen neuen Namen gesträubt, aber inzwischen habe ich mich daran gewöhnt. Ich kann mich nicht mehr umgewöhnen, und denk an all die anderen, Lucie! Es geht doch darum, dass du hier drinnen...« Harakeke deutete auf ihr Herz, bevor sie fortfuhr: »... Hauptsache, du bist da drinnen wieder eine Maori.«

Lucie kamen vor Rührung die Tränen.

»Ich wollte ihn bestimmt nicht töten, aber er hat meine Kinder verflucht und wollte Tom töten«, schluchzte sie.

»Ich weiß doch, dass du keine andere Wahl hattest. Wenn ich dabei gewesen wäre, ich hätte nicht anders gehandelt. Das schwöre ich dir bei unseren Ahnen.«

»Und er hat mir meinen Sohn genommen.«

»Lucie, das war ein Unfall. Seine Macht war längst gebrochen.« Harakeke begann das leere Grab zuzuschaufeln.

Lucie nahm ihr stumm die Schaufel aus der Hand und vollendete Harakekes Werk. Gemeinsam murmelten sie Beschwörungen an Rangi und Papa, die großen Götter ihrer Ahnen.

Inzwischen waren sie völlig durchnässt. Die Kleidung klebte ihnen auf der Haut, und aus ihren Haaren lief das Wasser.

»Komm, wir müssen ein warmes Bad nehmen. Sonst holen wir uns den Tod«, bemerkte Harakeke. Ohne sich noch einmal umzudrehen, eilten die beiden Frauen ins Haus.

Nachdem sie sich gebadet und trockene Kleidung angezogen hatten, machten sie es sich im Wohnzimmer bequem. Lucie holte zur Feier des Tages eine alte Flasche Whiskey hervor, die noch aus den Beständen ihres Mannes Tom stammte. Harakeke konnte ihre Verwunderung darüber, dass ihre Schwester sich auch ein Glas davon einschenkte, kaum verbergen.

Lucie lachte. »Ich kann dich doch nicht immer allein trinken lassen!«

»Ich verstehe, das ist reine Fürsorge!« Feixend prostete Harakeke ihrer Schwester zu.

»Sag mal, was machen wir nur mit Adrian?«, seufzte Lucie. »Es ist jetzt über zwei Jahre her, dass er verschollen ist. Wir können ihm seinen Abschied nicht verweigern . . .«

»Ich glaube, dass Eva eines Tages wissen wird, wann es so weit ist. Lass ihr die Zeit, die sie braucht. Es war eine kurze, aber intensive Liebe, wie es sie nur einmal im Leben gibt.«

Lucie musterte ihre Schwester prüfend. Harakeke verstand die stumme Botschaft.

»Du denkst, dass ich das nicht wissen kann, nicht wahr? Dass mir die Liebe versagt geblieben ist und ich nur die Krankenpflegerin für einen alten kranken Mann gewesen bin?«

»Du hast doch nicht etwa mit Mister Dorson das Bett geteilt?«, stieß Lucie sichtlich entsetzt hervor.

Harakeke weidete sich an dem schier ungläubigen Blick ihrer Schwester. »Selbst wenn ich das beabsichtigt hätte, der gute alte Dorson wäre dazu gar nicht in der Lage gewesen.«

»Und mit wem warst du dann so vertraut, dass du ...?« In Lucies Augen stand der Argwohn geschrieben.

»Du erinnerst dich an Inspektor Rathbone aus Gisborne am Titirangi, der Hehu damals unbedingt wegen Mordes an unserem Vater hinter Gitter bringen wollte?«

»Wie könnte ich den vergessen?«

»Und hast du dich nie gewundert, dass er dann von seinem Plan abgelassen hat?«

»Nein, er hat mir geglaubt, als ich Hehu ein Alibi gegeben habe!«

Harakeke lachte trocken. »Kein Wort hat er dir geglaubt. Er hat seinen Verdacht gegen Hehu niemals aufgegeben. Auch nicht, als er Napier schließlich verlassen hat.«

»Und warum hat er ihn dann in Ruhe gelassen?« Lucie ahnte zwar, was ihre Schwester ihr damit sagen wollte, aber sie weigerte sich, es zu glauben. Sie versuchte, sich den Polizisten in Erinnerung zu rufen. Er war ein großer breiter Kerl gewesen mit einem gutmütigen rundlichen Gesicht.

»Du hast mit ihm geschlafen?«

»Das trifft den Kern der Sache nicht. Wir haben uns geliebt, aber Fred war verheiratet, und ich habe ihn zurück zu seiner Frau geschickt. Deshalb hat er Napier so überstürzt verlassen.«

Lucie schnappte nach Luft. »Und das hast du mir die ganzen Jahre verschwiegen? Deiner Schwester?« Sie war empört.

»Was hast du mir denn alles verschwiegen? Wir sind quitt. Du kannst mir nichts vorwerfen!«

»Das ist doch etwas ganz anderes!«, fauchte Lucie zurück. Und wieder einmal gab ein Wort das andere, und die beiden Schwestern stritten sich heftig. Dieses Mal war es Lucie, die einlenkte, nachdem sie zwei Gläser Whiskey in rascher Folge hinuntergekippt hatte.

»Lass uns nicht mehr streiten, Ha, wir sind zu alt dafür. Außerdem habe ich heute bereits einen großen Schritt gemacht. Schon vergessen?«

Harakeke stöhnte auf. »Willst du meine Anerkennung für deine Begräbnisidee?«

»Nein, ich möchte deinen Rat. Was mache ich mit Berenice? So geht es nicht weiter.«

»Sie ist ein selbstsüchtiges Biest!«

»Aber sie ist Toms Enkelin! Wahrscheinlich ist sie nur so geworden, weil ich bei ihrer Mutter alles falsch gemacht habe.«

»Ich höre wohl nicht richtig! Außer dass du das Mädchen nach Strich und Faden verwöhnt hast und sie dich zum Dank schlecht behandelt hat, weil sie partout nicht die Tochter einer Maori sein wollte...«

»Berenice stand stets unter ihrem Einfluss. Das weiß ich wohl, aber sie ist ein unglückliches Menschenkind, und ich würde alles tun, damit wir uns wieder vertragen und eine Familie werden. Auf dem Papier ist sie meine Enkelin!«

»Schon vergessen, wie sie dich erpresst hat? Aus deinem eigenen Haus gejagt? Das Mädchen braucht eine Tracht Prügel! Das ist alles!«

»Aber denk nur daran, wie übel ihr Joannes Mann mitgespielt hat. Sie ist wahrscheinlich ein armes verirrtes Menschenkind. Und deshalb möchte ich Eva bitten, meine Geschichte, die ich ihr für Adrian diktieren wollte, für Berenice aufzuschreiben.«

»Und was versprichst du dir davon?« Harakeke goss sich hastig ein drittes Glas ein und zündete sich eine Zigarette an.

»Dass sie weiß, woher sie kommt, und verständnisvoller wird.«

Harakeke erhob ihr Glas, nachdem sie ihrer Schwester auch erneut eingeschenkt hatte. »Wenn es dich glücklich macht, dann tue es, aber nur, wenn ich es vorher auch lesen darf!«

»Wozu? Inzwischen kennst du doch alle meine Geheimnisse!«, erwiderte Lucie hastig und blickte verlegen an ihrer Schwester vorbei.

Harakeke hob ihr Glas und lächelte hintergründig.

»Das, meine Liebe, wage ich arg zu bezweifeln.«

NAPIER, APRIL 1933

Die Empfangshalle des neuen Hay-Buildings barst schier vor illustren Gästen. Der hochgewachsene Daniel aber schaffte es, Eva durch die Menge in Richtung Champagnerbar zu schieben.

»Ich muss wenigstens einmal mit dir anstoßen«, flüsterte er und ließ sich zwei Gläser geben. Er sah ihr zärtlich in die Augen. Sie prosteten sich gerade zu, als sich Elizabeth am Arm ihres Vaters der Bar näherte. Die junge Frau blieb abrupt stehen, als sie Eva und Daniel erblickte. »Komm, Vater, wir schauen erst mal nach dem Buffet«, sagte sie so laut, dass es Eva und Daniel nicht überhören konnten. Mister Hunter schien das Verhalten seiner Tochter peinlich zu sein, denn er lüftete verlegen den Hut.

»Guten Tag, Mister Thomas«, murmelte er.

Eva fand es verwunderlich, dass er sie nicht grüßte. Schließlich hatte Daniel die Verlobung mit seiner Tochter gelöst. Was konnte sie dafür? Sie legte ihre Hand auf Daniels Arm. »Lass uns so wenig Aufsehen wie möglich erregen. Ich habe das Gefühl, dass uns eh schon alle anstarren. Sieh nur.«

»Das bildest du dir nur ein«, versuchte Daniel sie zu beruhigen, aber sie ließ sich ihre Wahrnehmung nicht ausreden. Tatsächlich schielten einige Gäste ganz eindeutig zur Bar hinüber.

»Gut, wenn es dir lieber ist, dann geh nur deiner eigenen Wege. Ich werde unserem Chef Gesellschaft leisten. Er steht da so verlassen und scheint Trübsal zu blasen. Ob sich schon bis zu ihm herumgesprochen hat, dass du uns verlassen wirst?«

»Nein, und das ist auch noch gar nicht sicher.«

»Das würde ich nicht sagen. Schau, dort steht die ganze Truppe der jungen Architekten aus dem Büro Hay herum. Und sie gucken wirklich hierher. Ich würde sagen, du begrüßt deine neuen Kollegen mal.«

»Das werde ich ganz bestimmt nicht tun oder hast du Berenice übersehen, die mitten in diesem Pulk steht?«

Daniel lachte. »Hab keine Angst, mein Schatz. Berenice ist so glücklich mit diesem jungen Architekten. Die ist richtig froh, dass es damals anders gekommen ist und wir uns nicht verlobt haben.«

»Dein Wort in Gottes Ohr«, erwiderte Eva. »Ich mische mich jetzt unters Volk.« Sie wollte sich gerade ein Herz fassen und zu der Gruppe schlendern, als Mister Hay begann, eine Rede zu halten. In kurzen knappen Worten bedankte er sich bei den Stadtvätern für die Ehre, nach dem Erdbeben in das Wiederaufbaukomitee berufen worden zu sein. Er schilderte seine persönliche Genugtuung, die er dabei empfunden hatte, der verwüsteten Stadt wieder ein Gesicht zu geben. Und er betonte, dass Napier, was die Baukunst anging, der zurzeit modernste Ort auf Erden war. Weiterhin bedankte er sich bei seinen Mitarbeitern und kündigte an, dass er das große Glück habe, demnächst einen hochkarätigen Zuwachs für sein Team zu bekommen. Er versprach der honorigen Gesellschaft, diesen Neuzugang zu einem späteren Zeitpunkt vorzustellen.

Evas Herzschlag beschleunigte sich merklich. Sie fand es zwar ein wenig befremdlich, dass er ihr nicht erst einmal ein konkretes Angebot unterbreitet und eine Antwort abgewartet hatte. Aber vielleicht war er sich seiner so sicher, dass er keine Absagen in Erwägung zog. Ihr wurde ganz schwindlig vor Glück bei der Vorstellung, dass dieser prächtige Bau demnächst ihr Arbeitsplatz sein würde. Sie erwachte aus ihren Träumen erst, als Applaus ertönte. Mister Hay hatte seine Rede beendet. Jetzt gab es für Eva keinen Grund mehr, ihn nicht zu begrüßen.

Dazu musste sie aber zunächst einmal an einer Gruppe von jungen Innenarchitekten aus ihrem eigenen Büro vorbei. Dass die drei Männer besonders freundlich zu ihr waren, hatte sie nicht erwartet. Seit Williams ihr damals die Leitung für den Innenausbau des Daily Telegraph Building übertragen hatte, hatten die Kollegen keine Gelegenheit ausgelassen, ihr Steine in den Weg zu legen. Eva hatte sich nie bei Mister Williams darüber beschwert, aber es hatte ihr in der Vergangenheit manche schlaflose Nacht bereitet. Die Kollegen übten nämlich nicht den offenen Aufstand gegen sie, sondern es waren die Kleinigkeiten, mit denen sie ihr das Leben schwerer machten. Mal war eine Zeichnung verschwunden, mal wurde ein Termin mit den Handwerkern vergessen. Eva hatte diese Dinge bislang jedes Mal diskret ausbügeln können. Nein, freundlich gesonnen waren ihr diese drei jungen Architekten nicht. Aber was heute in ihren Blicken lag, war etwas anderes als der Neid, der sie sonst umtrieb. Eva konnte es nicht recht deuten, doch sie tat so, als wäre alles in Ordnung.

»Eine beeindruckende Rede, meine Herren, nicht wahr?«, fragte sie mit fester Stimme und blickte in die Runde.

»O ja, das kann man wohl sagen, und wir sind schon sehr gespannt auf den neuen Mitarbeiter, den Mister Hay soeben angekündigt hat«, bemerkte der Älteste der drei, Jonathan, in spitzem Ton.

Ach, daher weht der Wind, dachte Eva. Sie wissen Bescheid, dass ich Williams verlasse und bei der Konkurrenz anfange.

»Das Geheimnis wird er wohl heute noch lüften«, erwiderte sie kühl.

»Ich denke, es wird für einige eine große Überraschung werden«, sagte Jonathan, während die anderen beiden zu grinsen begannen.

»Die Buschtrommeln scheinen gut zu funktionieren.« Eva rang sich auch zu einem Lächeln durch.

»Ja, Eva, jeder hier weiß bereits, dass du Williams verlassen wirst.«

»Können wir dann vielleicht das Kriegsbeil begraben?«, schlug Eva etwas versöhnlicher vor. »Ich habe euch niemals etwas wegnehmen wollen.«

»Dazu fehlt dir auch die Kompetenz!«, stieß Jonathan scharf hervor.

Eva runzelte die Stirn. »Meine Güte, man soll nicht glauben, dass ihr gestandene Männer seid. Wir hätten doch auch einfach nur ein gutes Team sein können!«

»Mit dir an der Spitze? Dazu hätte es niemals kommen dürfen.«

Eva hatte genug gehört und wandte sich hastig ab. Warum dieser unverhohlene Hass? Warum freuten sie sich nicht einfach mit ihr – und vor allem darüber, dass sie jetzt nicht mehr mit ihr arbeiten mussten?

Eva war froh, dieses vergiftete Klima hinter sich zu lassen. Sie würde Mister Williams ewig dankbar sein, dass er ihr eine derartige Chance gegeben hatte und sie nun sogar bei ihrem Karrieresprung zur Konkurrenz unterstützen wollte. In einer Ecke sah sie ihn gerade mit Daniel diskutieren. Offenbar waren die beiden nicht einer Meinung. Eva blieb stehen und beobachtete die aufgeregten Gesten. Verstehen konnte sie kein Wort. Dafür war sie zu weit entfernt. Mister Williams sah sehr blass aus, aber auch Daniel schien etwas mitgenommen zu sein. Ein leichtes Unwohlsein stieg in Eva auf. Was, wenn Daniel sich getäuscht hatte, und Mister Williams gar nicht daran dachte, ihr zu einem Wechsel zu verhelfen?

Eva ging rasch weiter. Wo das Ganze auch immer hinführen würde, Mister Hay musste ihr ja erst einmal ein Angebot machen. Sie entdeckte ihn an der Sektbar mit dem Chefredakteur des Daily Telegraph. Auch die beiden Herren streckten ihre Köpfe zusammen und schienen Probleme zu wälzen. Mister Hay machte einen sichtlich verärgerten Eindruck. Das war jedenfalls kein günstiger Augenblick, um auf ihn zuzugehen.

Stattdessen steuerte Eva auf die Gruppe der Jungarchitekten aus dem Büro Hay zu, bei denen auch Berenice und ihr neuer Freund standen. Nur keine Angst vor ihr zeigen, sprach sie sich gut zu.

»Guten Tag, Berenice«, sagte sie entschieden. »Lange nicht gesehen. Deiner Großmutter geht es übrigens sehr gut draußen in Meeanee.« Eva nickte in die Runde. »Guten Tag, die Herren!«

Sowohl die drei jungen Männer als auch Berenice starrten sie an wie ein Wesen von einem fremden Stern. »Na, Sie haben ja vielleicht Nerven«, stieß Berenices Begleiter empört hervor. »Oder sind Sie auf einen Skandal aus?« Er senkte die Stimme. »Wenn ich Sie wäre, würde ich dieses Bürohaus ganz diskret verlassen.«

Eva fasste sich an den Kopf. »Haben Sie getrunken? Warum sollte ich mich wie ein Verbrecher davonmachen?«

»Bei uns ist Hochstapelei ein Verbrechen«, zischte der junge Mann.

Ein einziger Blick in Berenices vor Schadenfreude funkelnde Augen sorgte bei Eva für Klarheit. Sie wusste jetzt, was hier gespielt wurde. Berenice hatte dafür gesorgt, dass alle diese Menschen wussten, dass sie niemals auch nur eine einzige Akademie oder Hochschule von innen gesehen hatte.

Eva spürte förmlich, wie ihr die Schamesröte in die Wangen stieg.

»Und fühlst du dich jetzt gut?«, zischte sie.

»Du Dummchen, es ist nicht persönlich gemeint, aber das kann ich einfach nicht verantworten. Du spielst hier die feine Dame und die Stararchitektin und hast nichts als eine deutsche Dorfschule besucht. Stell dir doch nur vor, das spricht sich herum. Unsere Stadt wird der Lächerlichkeit preisgegeben ...«

Eva wollte es wirklich nicht, aber ihre Hand machte sich selbstständig. Sie versetzte Berenice eine schallende Ohrfeige.

In diesem Augenblick näherte sich Daniel im Laufschritt.

»Komm, Liebling, wir haben hier nichts mehr zu suchen«, sagte er entschieden und legte schützend den Arm um Eva.

»Sie hat mich geschlagen«, kreischte Berenice.

»Noch ein Wort und du bekommst von mir auch noch eine«, wies Daniel sie zurecht.

Berenice schnappte nach Luft. Erst in diesem Augenblick verstand Eva, was Berenice wohl bezweckt hatte. Sie hatte sie vor Daniel unmöglich machen wollen. Das aber war gründlich danebengegangen. Eva blieb keine Zeit, Schadenfreude zu empfinden, denn Daniel packte sie nun am Arm und schob sie durch die gaffende Menge nach draußen vor die Tür.

Es regnete immer noch, aber Daniel dachte nicht an einen Regenschirm, sondern drückte sie nur ganz fest an sich.

»Du zitterst ja, mein Liebling. Komm schnell mit ins Auto!« Er zog seine Jacke aus, hüllte sie darin ein und brachte sie schnellstens zum Wagen. Sie waren beide völlig durchnässt, als sie endlich im Trockenen saßen.

Eva fühlte nichts. In ihr war nichts als Leere. Wie betäubt starrte sie auf den Regen, der unbeirrt von den menschlichen Dramen, die sich in diesem Augenblick abspielten, gegen die Scheiben prasselte.

Sie erwachte erst aus ihrer Trance, als sich eine warme Hand in ihre schob.

»Ich werde die Stadt verlassen, damit du nicht mit mir zusammen in Ungnade fällst«, murmelte sie.

Daniel schüttelte heftig den Kopf. »Du wirst die Stadt verlassen, aber nicht allein!«

Eva sah ihn mit großen Augen an.

»Wie meinst du das?«

»So, wie ich es sage. Ich werde behaupten, Williams habe nicht geahnt, dass du keinerlei Ausbildung hast. Und dann meine Konsequenzen ziehen und kündigen.«

»Ich hab euch beobachtet. Ihr habt heftig diskutiert. Er schien außer sich. Hat er dich gezwungen, es auf deine Kappe zu nehmen?«

»Nein, im Gegenteil, er will, dass ich bleibe. Außer sich war er darüber, was Berenice Clarke mit ihrer Gehässigkeit angerichtet hat. Anscheinend hat sie ihr Wissen vor unserem Eintreffen auf dem Fest ganz gezielt unter die jungen Architekten beider Büros gestreut. Einer von Williams' Mitarbeitern hat daraufhin im Namen der Belegschaft von unserem Chef verlangt, dass er dir vor allen Gästen die fristlose Kündigung ausspricht. Er hat sich geweigert. Ich musste ihn regelrecht anflehen, gegenüber seinen Mitarbeitern zu verschweigen, dass er dir den Daily-Telegraph-Building-Auftrag übertragen hat, obwohl er um deine mangelnde Ausbildung wusste. Ich hoffe, er nimmt mein Angebot an.«

»Und wie lautet das?«

»Er soll sagen, ich hätte für dich gebürgt, weil du deine Zeugnisse in Deutschland gelassen hast, wohl wissend, dass du gar keine Ausbildung genossen hast.«

»Aber, dann wirst du nirgends mehr eine Stellung bekommen. Das spricht sich rum. Das wird deinen Ruf beschädigen ... Ich hätte sie nicht schlagen dürfen. Das ist unverzeihlich, denn sie hat doch recht. Ich bin nichts als eine billige Hochstaplerin! Behalt du wenigstens deinen Posten, und ich verspreche, nie wieder einen Zeichenstift anzurühren. Dann wächst Gras über die Sache, und deiner Karriere steht nichts im Weg.«

»Eva, nein, das wäre ein Verlust für die Branche. Napier ist nicht die einzige Stadt Neuseelands, in der der neue Stil zurzeit hoch im Kurs steht. Überall im Land will man jetzt solche Gebäude errichten. Wir werden gebraucht. Verstehst du das? Wir sind ein perfektes Team.«

Eva stieß einen tiefen Seufzer aus.

Sie zuckte zusammen, als jemand von außen an die Scheibe des Wagens klopfte. Der Regen war zu heftig, um zu erkennen, wer es war. Sie kurbelte das Fenster einen Spalt herunter und erstarrte. Es war Mister Hay.

»Aber ... Sie ... entschuldigen Sie ...«, stammelte Eva.

»Lassen Sie mich bitte hinten einsteigen. Ich habe Ihnen etwas zu sagen.«

Eva öffnete ihm von innen die Tür. Ein Blick zu Daniel zeigte Eva, dass er mindestens ebenso überrascht war von diesem hohen Besuch wie sie.

»Warum sind Sie denn nicht in meinem Büro geblieben, sondern muten mir diese Sintflut zu?«

Eva drehte sich zu ihm um. Sie wollte etwas sagen, aber ihr fehlten die Worte.

»Wir wollten nicht, dass die ganze feine Gesellschaft mitbekommt, was geschehen ist«, entgegnete Daniel mit belegter Stimme.

»Sie haben mich da ja in eine schöne Situation gebracht«, schimpfte der Architekt.

Eva schossen Tränen in die Augen. »Es tut mir so leid, ich hätte niemals den Auftrag für das Interieur des Daily annehmen dürfen. Und ich hätte nicht zu Ihrem Fest kommen und mir schon gar nicht einbilden sollen, Sie würden mir womöglich ein Angebot machen. Ach, ich hätte mich gar nicht erst als Innenarchitektin ausgeben dürfen ...«

»Blödsinn! Hören Sie auf mit diesem Gejammer. Sie hätten dafür sorgen müssen, dass dieses Gänschen von Berenice Clarke ihren Mund hält. Wenn die es nicht dem Verleger und meinem Team gesteckt hätte, hätten wir jetzt eine wunderbare Lösung für die Zukunft gehabt. Ich habe einen Gestalter aus London gewinnen können, und Sie beide hätten eng zusammengearbeitet, aber unter seiner Federführung. Sie hätten alle kreativen Freiheiten gehabt, nach außen wären es allerdings Entwürfe des englischen

Kollegen gewesen. Das hätte ich zu Ihrem eigenen und zu meinem Schutz von Ihnen verlangt, damit niemand je wieder nach Ihren Zeugnissen gefragt hätte ...«

»Sie haben gewusst, dass ich keine Papiere besitze?«

»Wo denken Sie hin? Williams und ich sind alte Freunde. Natürlich haben wir uns darüber unterhalten, wie wir einem Ausnahmetalent wie Ihnen die größte Chance geben können, die Sie verdient haben. Und wir haben alles sorgsam eingefädelt, aber nun müssen wir den schönen Plan aufgeben! Die Zeitung wird zwar von einer Veröffentlichung absehen, um Schaden von der Stadt zu wenden, aber weder Williams noch meine jungen Männer würden Ruhe geben, wenn wir an einer Frau ohne Ausbildung festhielten. Da kann man doch aus der Haut fahren. Deshalb habe ich meinem Freund Williams auch geraten, dass er Ihr großzügiges Angebot annimmt, Mister Thomas, und sich öffentlich von Misses Clarks distanziert. Es ist ein Trauerspiel, aber unser Nachwuchs ist noch nicht so weit, auf Abschlüsse zu pfeifen, wenn es um Ausnahmetalente geht.«

»Danke für Ihre klaren Worte, Mister Hay. Wir ziehen die Konsequenzen: Eva und ich verlassen die Stadt. Wir werden schon irgendwo was finden.«

»Nicht irgendwo! Sie gehen nach Wellington in das Büro Geoffrey. Das sind aufstrebende junge Architekten, die zwei solch engagierten Künstler wie euch dringend gebrauchen können. Denn die Leute in ›Windy Wellington‹ haben Blut geleckt. Alle wollen Art déco.«

»Warum tun Sie das?«, fragte Eva fassungslos.

»Weil ich mich verbeuge vor großen Talenten! Und weil ich mir wünschte, dass es in unserer Branche mehr couragierte Frauen wie Sie gäbe, die mit der Gabe geboren sind, schöne Gegenstände zu entwerfen. Oder wollen Sie in Zukunft nicht mehr arbeiten?«

»Doch, natürlich!«

»Gut, dann holen Sie sich morgen ein Empfehlungsschreiben

ab. Die jungen Leute sind mir noch einen Gefallen schuldig. Sie werden euch mit offenen Armen empfangen, und wenn ich in Wellington zu tun habe, dann sehen wir uns gelegentlich...«

»Vielen, vielen Dank...« Weiter kam Eva nicht, denn Mister Hay hatte die Wagentür geöffnet und war ausgestiegen.

Meeanee, Mai 1933

An dem Tag, an dem Adrian Clarke in einem Sarg, der nichts enthielt außer Sand, beerdigt wurde, pfiff vom Meer her ein eisiger Wind über den katholischen Friedhof.

Auf Evas ausdrücklichen Wunsch waren nur Daniel, Harakeke, Lucie, Hariata, Frank Webber, Lucies Haushälterin Helen und die alte Stella anwesend. Sie hielten sich bei den Händen und weinten, bis Lucie schließlich sagte: »Kommt, lasst ihm seine Ruhe. Wir gehen in das Masonic Hotel zum Mittagessen.«

Einer nach dem anderen folgte Lucie, die es plötzlich sehr eilig hatte, den Friedhof zu verlassen. Nur Eva und Daniel waren zurückgeblieben.

Eva kämpfte mit sich. Ihr größter Wunsch war es, ganz allein Abschied von Adrian zu nehmen, aber wie sollte sie das Daniel erklären, ohne ihn zu kränken? Schließlich nahm sie all ihren Mut zusammen.

»Daniel, ich möchte gern einen Augenblick allein sein. Könntest du schon vorgehen?«

»Selbstverständlich«, versicherte er ihr sogleich und doch entging Eva der Unterton nicht. Sie hatte ihn mit ihrem Wunsch verletzt. Keine Frage! Und das konnte sie nicht mehr rückgängig machen. Aber sie bedauerte es auch nicht. Im Gegenteil, sie atmete auf, als sich Daniels Schritte entfernten.

»Lieber Adrian«, murmelte sie. »Sei mir nicht böse, ich musste dich endlich hergeben. Es ist tröstlich zu wissen, dass ich dich hier immer besuchen ...« Eva unterbrach sich, weil sie, während sie diese Worte sagte, merkte, dass sie nicht der Wahrheit entsprachen. Er war gar nicht hier! Jetzt, wo sie allein am Grab stand, spürte sie seine Abwesenheit beinahe körperlich. Wo sich seine Überreste auch immer befanden, dort würde auch seine Seele sein. Nicht hier an diesem Ort. Sie fröstelte und zog den Mantelkragen noch ein Stückchen höher. Ihr kam es so vor, als würde Eiseskälte aus dem offenen Grab steigen. Fluchtartig verließ sie den Friedhof.

Am Ausgang wartete Daniel auf sie.

»Was ist denn mit dir passiert? Du siehst aus, als wäre der Teufel hinter dir her!«, sagte er erschrocken.

»Adrian ist da nicht, verstehst du? Er ist nicht da!«, stieß sie mit bebender Stimme hervor.

Daniel umarmte Eva und drückte sie fest an sich.

»Doch, mein Schatz, glaub mir, es ist gut, dass du ihm endlich seine Ruhe gönnst.«

»Dort, wo wir ihn beerdigt haben, da ist nichts von ihm. Nicht die geringste Spur!« Eva löste sich aus seiner Umarmung.

»Ich glaube, ich fahre auf der Stelle nach Hastings«, erklärte sie entschieden. »Dort, wo das Kaufhaus zusammengefallen ist. Dort wird er sein. Ich muss zu ihm.«

Daniels Miene wurde noch finsterer.

»Das halte ich für keine gute Idee. Harakeke und Lucie ...«

»Na und? Er war mein Mann. Hast du das schon vergessen?«

Daniel stieß einen Seufzer aus.

»Ihr habt an dem Tag geheiratet, als es geschah. Ihr habt ja noch nicht mal eure Hochzeitsnacht miteinander verbracht!«

»Was soll das denn heißen? Glaubst du, wir haben artig gewartet, bis wir uns lieben dürfen?«

Daniel wurde bleich. Hatte sie in ihrem aufgewühlten Zustand vergessen, dass sie ihn bislang vertröstet und noch nicht mit ihm geschlafen hatte?

»Das will ich überhaupt nicht so genau wissen. Bildest du dir etwa ein, du bist die Einzige, der Adrian fehlt? Denkst du, seine Großmutter trauert nicht um ihn? Glaubst du, ich ertrage den Gedanken, dass er niemals zurückkehrt? Er war wie ein Bruder für mich. Wir kannten uns Jahre, während du ihn gerade mal drei Monate gekannt hast!«

Eva wurde abwechselnd heiß und kalt. Zornesröte stieg ihr in die Wangen. Sie ballte die Fäuste.

»Die wirklich große Liebe, die erkennt man auf den ersten Blick!«, zischte sie, drehte sich abrupt um und schlug den Weg zum Hotel ein. Erst als sie ein ganzes Stück gegangen war, merkte sie, dass er ihr nicht gefolgt war. Sie blieb stehen und wandte sich um, doch am Eingangstor des Friedhofs stand er nicht mehr.

Eva rannte zurück, rief seinen Namen, aber Daniel war verschwunden. Sie lief sogar noch einmal zurück zum Grab. Vergeblich.

Eva bereute, was sie ihm eben alles an den Kopf geworfen hatte. Natürlich würde er den letzten Satz genauso verstehen, wie sie es auch gemeint hatte. Dass Adrian ihre große Liebe gewesen war. Im Gegensatz zu ihm, Daniel!

Noch einmal rief sie seinen Namen, dann gab sie es auf, weiter nach ihm zu suchen, und ging in Richtung des Masonic Hotels in der großen Hoffnung, dass er einen anderen Weg genommen hatte und schon dort eingetroffen worden war.

Sie konnte ihre Enttäuschung kaum verbergen, als sie ihn nicht im Restaurant bei den anderen vorfand.

»Wo wart ihr denn so lange?«, wollte Lucie wissen.

»Ich war noch einen Augenblick allein auf dem Friedhof und dachte, Daniel sei schon bei euch«, erwiderte Eva hastig, doch an Lucies prüfendem Blick erkannte sie, dass sie ihr das nicht abnahm.

»Habt ihr euch gestritten?«, flüsterte sie.

Eva nickte.

»Komm, wir gehen einen Augenblick nach draußen vor die Tür. Du siehst aus, als würdest du gleich umkippen.«

Eva behielt ihren Mantel an und folgte Lucie vor die Tür des Hotels. Mit einem flüchtigen Blick musterte sie die neu errichtete Fassade, die man ebenfalls im Art-déco-Stil wiederaufgebaut hatte.

»Was ist geschehen?«

»Ich habe ein paar hässliche Dinge zu Daniel gesagt.«

»Ach, Evakind, das wird er dir verzeihen, denn er liebt dich über alles.«

»Vielleicht, aber wenn nicht, ist es mir auch egal!«, stieß sie trotzig hervor. »Ich weiß selbst nicht mehr, ob ich ihn jemals so lieben kann, wie ich Adrian geliebt habe.«

»Wenn ihr erst einmal in Wellington lebt und eine eigene Familie habt, dann wird die Erinnerung an Adrian verblassen.«

»Das will ich gar nicht. Ich möchte intensiv an ihn denken, solange ich lebe. Und keinen Augenblick je vergessen«, widersprach Eva heftig.

Lucie seufzte. »Vergessen sollst du ihn auch gar nicht, aber eines Tages wird es anders sein. Glaube mir, dann wird der Verlust nicht mehr so schmerzen. »

»Danke, dass du es mir leichter machen möchtest, ich glaube allerdings, du kannst dir das nicht vorstellen, wie es ist, wenn man von einem Tag auf den anderen das Liebste verliert...«

»Und ob ich das weiß!«, entfuhr es Lucie empört, und sie wurde rot.

Eva horchte auf. »Du solltest mir unbedingt deine Geschichte weitererzählen.«

»Darum wollte ich dich gerade bitten. Kannst du dir vorstellen, dass ich dir einiges diktiere, solange ihr noch in Napier seid, und den Rest, wenn ich dich in Wellington besuche?«

»Natürlich, ich habe ja bis zur Abreise noch viel Zeit. Ich kann ja nicht mehr ins Büro. Und Daniel muss noch dieses Geschäfts-

341

haus für Williams zu Ende bringen. Der Besitzer, Mister Ford, hat sich geweigert, einen anderen Architekten ranzulassen.«

»Wirst du es auch tun, wenn es für Berenice ist?«

Evas Gesichtszüge entgleisten. »Für Berenice? Deine Erinnerungen? Nach allem, was sie dir angetan hat?«

»Sie soll es erst nach meinem Tod bekommen. An dem Tag, an dem mein Testament eröffnet wird.«

»Denk bitte so etwas nicht!«, empörte sich Eva. »Und warum tust du das überhaupt?«

»Weil sie ein Recht hat, zu erfahren, woher sie kommt. Dass kein Maoriblut durch ihre Adern fließt. Vielleicht beruhigt sie das.«

Eva zuckte die Achseln. »Ich bin ja auch sehr dafür, den Menschen zu verzeihen, bis auf eine Ausnahme: Berenice Clarke!«

»Dann habe ich also noch eine Chance?«, ertönte eine raue Männerstimme. Lucie und Eva fuhren herum. Daniel lächelte schief. »Es tut mir leid, was ich gesagt habe.«

»Du musst dich nicht entschuldigen. Es ist an mir, dich um Verzeihung zu bitten.«

»Nein, nein, mir tut es leid!«

Lucie zwinkerte Eva, die mit einem Mal gar nicht mehr so unglücklich wirkte, verschwörerisch zu.

Meeanee, März 1888

An dem Tag, der als ihr dritter Geburtstag deklariert wurde – wenn der wahre auch bereits fünf Monate zurücklag –, war Joanne wie eine kleine Prinzessin ausstaffiert. Sie trug ein weißes Tüllkleid und eine passende große Schleife in ihren blonden Locken. Sie war für ihr Alter sehr kapriziös, doch Lucie liebte sie über alles. Obwohl sie diesem Kind jeden Wunsch von den Augen ablas, war Joanne dennoch ein erklärtes Papakind. Sobald Tom aus den Weinbergen oder der Kellerei ins Haus trat, ließ die Kleine alles stehen und liegen und flog ihm entgegen.

Als Lucie damals die Schwangerschaft vorgespielt hatte, war sie durch Verbindungen von Miss Benson über fünf Monate lang in einem Heim für ledige Mütter in Wellington untergeschlüpft. Mit ihrem angeblich Neugeborenen war sie dann direkt nach Meeanee gezogen und hatte ihr Baby in der ersten Zeit den Blicken neugieriger Besucher aus Napier vorenthalten. Lucie war dabei zugutegekommen, dass Joanne ein zartes Wesen war. Mit einem Jahr konnte sie von der Größe her tatsächlich für ein siebenmonatiges Kind durchgehen. Aber es fiel auf, dass sie mit allem anderen in ihrem Alter stets ein Stück voraus war. Sie galt bald schon als Wunderkind, weil sie schon so früh laufen und sprechen konnte.

Lucie lebte allerdings in der ständigen Sorge, jemand könne ihr das Kind wieder wegnehmen, was absurd war, denn schließlich war Tom der Vater. Und trotzdem, in jedem schiefen Blick, den man ihr zuwarf, wenn sie in Napier war, sah sie eine Bedrohung. Ein wenig Sicherheit verschaffte ihr dann stets ein Blick in die offiziellen Papiere. Dort stand es schwarz auf weiß: Joanne galt als ihre leibliche Tochter. Daran konnte keiner rütteln. Doch das konnte ihre Angst niemals gänzlich verscheuchen. Besonders fürchtete sie ihre eigene Haushaltshilfe Stella. Lucie mutmaßte, dass sie die Wahrheit ahnte, denn sie galt als Elisas einzige Freundin. Ob sie wusste, dass Elisas Kind nicht, wie es ein von Misses Benson bestochener, dubioser Arzt bescheinigt hatte, bei der Geburt gestorben war? Jedenfalls verspürte Lucie immer, wenn sie Stella im Haus begegnete, ein leichtes Unwohlsein.

Lucie hatte seit dem Tag, an dem sie Joanne aus dem Heim geholt hatte, die ganze Angelegenheit auch Tom gegenüber mit keinem weiteren Wort erwähnt. Nur einmal hatte sie ihn gefragt: »Und was hättest du getan, wenn Elisa die Geburt unbeschadet überstanden hätte?«

Tom hatte verlegen mit den Achseln gezuckt.

»Hättest du mich verlassen?«, hatte sie nachgehakt.

Tom hatte ihr tief in die Augen gesehen. »Nein, niemals, mein Liebling, eher hätte ich dafür gesorgt, dass Elisa mit dem Kind zu einem meiner Kunden auf die Südinsel geht. Finanziell hätten sie keine Sorgen haben müssen.«

Lucie hatte nach diesem Geständnis lange geschwiegen. Nicht, weil sie ihm nicht glaubte, sondern, weil sie spätestens in dem Augenblick gemerkt hatte, dass das nach außen starke Mannsbild Tom Bold im Grunde seiner Seele ein Schwächling war. Von dem Tag an liebte sie ihn anders als zuvor. Die Leidenschaft war erloschen. Sehr zu seinem Kummer, denn seine Begierde nach ihr als Frau war nach der ganzen Geschichte in aller Heftigkeit erneut aufgeflammt.

Das war auch kein Wunder, denn Lucie hatte in ihrem Leben nie zuvor blühender ausgesehen als kurz nach der angeblichen Niederkunft mit Joanne. Sie war zwar wieder rank und schlank geworden, doch sie hatte Rundungen dort behalten, wo es passte.

Ihre Schwester betonte immer, sie hätte noch nie zuvor ein solches Feuer ausgestrahlt.

Lucie hatte Harakeke noch an demselben Abend, nachdem sie aus dem Kinderheim zurückgekehrt war, in die ganze Angelegenheit eingeweiht und sie gebeten, sie während ihrer Abwesenheit bei Tommy als Mutter zu vertreten. Wie so oft waren die Schwestern auch in dieser Angelegenheit unterschiedlicher Meinung gewesen. Harakeke hatte zwar größte Hochachtung vor Lucies Mut, das Kind einer anderen Frau, und dann noch der Geliebten des eigenen Mannes, aufzuziehen, doch sie fand die ganze Geheimniskrämerei drum herum völlig überflüssig. »Die Leute werden ohnehin reden, und es wird einige geben, die den Braten riechen«, hatte sie eingewandt. »Warum stehst du nicht dazu, dass du den Bastard deines Mannes und dieser Elisa aufziehst?«

»Joanne ist meine Tochter!«, hatte Lucie unmissverständlich entgegnet und dann versucht, Harakeke ebenfalls zu einem Adoptivkind zu überreden. »Selbst wenn ich wollte, man gibt mir als Maori von zweifelhaftem Ruf kein Kind, geschweige ein Pakeha-Kind«, hatte sie erwidert.

Das hatte Lucie zum Schweigen gebracht.

Doch Harakeke mochte Kinder sehr und hatte schließlich ihre Hilfe für das Waisenhaus angeboten. Seitdem engagierten sich die Schwestern gemeinsam für das Wohl der elternlosen Kinder. Sie hatten Geld gespendet, das Innere des Hauses verschönert, und sie boten den Kindern jedes Wochenende einen Spielnachmittag in dem leerstehenden Haus in Napier. Harakeke hatte sogar die Heimleitung dazu gebracht, sie im Haus ein paar Maori-Waisenkinder aufnehmen zu lassen, um die sie sich ganz besonders intensiv kümmerte. Sie war inzwischen Patin für zwei Jungen und drei Mädchen.

Tom hatte das Haus in Napier längst verkaufen wollen, nachdem sie ihren Wohnsitz endgültig nach Meeanee verlegt hatten. Lucie hatte dagegen heftig protestiert. Er verstand zwar nicht, warum seine Frau so vehement gegen den Verkauf des Hauses war, aber er akzeptierte es, ohne zu murren, wie er ihr auch alles andere durchgehen ließ, was sie wünschte. Seit sie seine Tochter aus dem Heim gerettet hatte, gab es keinen Wunsch, den er ihr abschlagen würde. Im Gegenteil, er war ihr bewundernd ergeben. Sogar die ständigen Zurückweisungen und die getrennten Schlafzimmer ertrug er klaglos.

Ein wütender Kinderschrei riss Lucie aus ihren Gedanken.

Joanne versuchte gerade Tommy, der inzwischen schon dreizehn Jahre alt war, von seinem Holzpferd zu schubsen. Lucie mischte sich nicht ein. In ihren Augen war Tommy groß genug, um sich gegen seine kleine Schwester zu wehren. Aber als er genau das mit einer einzigen Handbewegung schaffte und Joanne so heftig schubste, dass sie hinfiel, schimpfte Lucie mit ihm und nicht mit ihrer kleinen Prinzessin. Tommy aber war ein kräftiger Junge mit einem ruhigen Gemüt. »Sie hat angefangen«, sagte er entschieden. »Und wer anfängt, hat die Schuld! Die blöde Ziege!«

Er hat ja recht, dachte Lucie seufzend, Joanne kann schon ein Biest sein. Sie wollte Tommy gerade über sein langsam immer krauser werdendes Wuschelhaar streichen, als Joanne wie eine Sirene aufheulte. »Aua! Er hat mich geschubst!« Sie sprach sehr deutlich für ihr angebliches Alter. Kein Wunder, war sie doch in Wahrheit bereits bald dreieinhalb.

Lucie beugte sich zu Joanne hinunter und strich ihr durch das lockige Haar. »Ja, aber du hast versucht, ihn vom Pferd zu stoßen«, versuchte Lucie ihrer Tochter zu erklären; die stampfte nur wütend mit den Füßen auf. »Ich hab Geburtstag!«

»Ja, sicher, meine Süße, nur darf man auch an seinem Geburtstag andere nicht schubsen oder stoßen!«

Das Mädchen trat einen Schritt zurück und funkelte Lucie zornig an. Und dann streckte sie ihr die Zunge heraus. Lucie war wie versteinert. Wo hatte das Kind nur so etwas gelernt? Sie suchte sofort eine passende Entschuldigung für das Verhalten ihrer Tochter, die ihr auch ohne Umschweife einfiel: Natürlich, das war der Umgang mit den Heimkindern, die sich manchmal recht ungehobelt benahmen.

»Das tut man nicht!«, ermahnte Lucie Joanne streng. Da erhellte sich das abweisende Gesicht des Kindes und Lucie glaubte schon, sie hätte mit ihren Worten etwas bewirkt, doch Joanne schoss an ihr vorbei zur Tür.

»Papa! Papa!«, rief sie und stürzte sich Tom in den Arm. Der riss sie hoch und wirbelte sie wild herum. Sie quietschte vor Vergnügen.

»Na, meine kleine Prinzessin, freust du dich über die Puppe?«

Joanne verzog verächtlich die Mundwinkel. »Nein, will weiße Püppi!«

Lucie fröstelte es bei diesen Worten. Sie hatte Joanne nämlich eine Wachspuppe ausgesucht, deren Gesicht eine gelbliche Farbe besaß. Im Gegensatz zu den neuen schneeweißen Porzellanpuppen. Letztere hatte sich Joanne gewünscht, und Lucie hätte sie ihr auch gekauft, wenn Harakeke ihr nicht dringend davon abgeraten hätte. Viel zu früh für ihr Alter, hatte ihre Schwester gemeint. Nun bekam Lucie die ganze Wut ihrer kleinen Tochter zu spüren, weil die ausnahmsweise einmal nicht ihren Willen bekommen hatte. Sie stampfte mit den Füßen auf. Dann hob sie mit spitzen Fingern die Puppe hoch und schleuderte sie mit voller Wucht gegen die Wand.

»Das geht zu weit, Joanne«, ermahnte Tom sie, aber es hörte sich nicht wirklich böse an.

Lucie kam angerannt und wollte Joanne sofort auf den Arm nehmen, aber die brüllte: »Papa, Papa!«

Während Tom seine Tochter tröstete, suchte Tommy Lucies Nähe. Sie erschrak, als sich eine Hand in ihre schob. Sie schluckte, als ihre Blicke sich trafen. Der Junge war schwer verunsichert. Am Anfang hatte er seine kleine Schwester stets mit Liebe überschüttet, doch seitdem sie zu Wutausbrüchen neigte, sobald sie ihren Willen nicht bekam, machte er einen großen Bogen um sie. Die ersten Male hatte er sich sein Spielzeug von ihr klaglos fortnehmen lassen, aber das war inzwischen vorbei. Immer, wenn sie sich ihm näherte, hielt er seine hölzernen Figuren fest in der Hand und ließ sie nicht mehr los. Dabei verzog er keine Miene, sondern setzte nur seine körperliche Stärke als Waffe ein. So einfach verteidigte sich Tommy gegen die kleine Schwester.

Lucie setzte sich auf einen Stuhl und wollte den Jungen auf ihren Schoß ziehen.

»Ich bin doch schon groß«, erwiderte er verlegen.

Lucie lächelte. »Du hast recht, sagen wir, das eine Mal noch!«

Zögernd tat Tommy seiner Mutter den Gefallen. Er umarmte sie und lehnte seinen Lockenkopf an ihre Brust. Noch war sein Haar hell, aber man konnte täglich dabei zusehen, wie es dunkler wurde. Und noch etwas hatte er von ihren Ahnen: Der ausgeprägte Schwung seiner Oberlippe war genauso geformt wie der von Lucies Vater. Trotzdem sah er aus wie ein Pakeha-Junge. Jeder unwissende Besucher hielt ihn für ein Ebenbild seines Vaters.

In ganz seltenen Augenblicken stiegen in Lucie leichte Zweifel empor, ob es wirklich für alle Beteiligten eine gute Idee gewesen war, Elisas Kind als das ihre auszugeben. Und sie fragte sich, ob sie es Tommy gegenüber verantworten konnte, dieses anstrengende Mädchen stets gewähren zu lassen. Wurde es nicht höchste Zeit, ihr Grenzen zu setzen? Tommy wurde doch völlig verunsichert, wenn seine Mutter weiter so inkonsequent war.

Die Stimme ihrer Schwester riss sie aus ihren Gedanken. Und schon glitt Tommy von ihrem Schoß und eilte zur Tür.

»Tante Ha«, kreischte er. »Tante Ha!«

Kaum hatte Lucies Schwester ihren Kopf zur Tür hineingesteckt, war Tommy ihr schon in die Arme geflogen. Es rührte Lucie immer wieder aufs Neue, wie verbunden die beiden waren.

Kein Wunder, dachte Lucie, schließlich war sie seine Ersatzmom, während ich die Schwangere gespielt habe.

»Erst mal bekommt deine Schwester ihr Geschenk«, japste Harakeke, weil sie kaum Luft bekam. So fest umschlungen hielt sie Tommy.

»Hallo, Geburtstagskind!«, begrüßte Tante Ha Joanne.

Doch das Mädchen versteckte sich, wie immer, wenn sie Harakeke sah, halb hinter Toms Beinen.

»Ich beiß doch nicht«, scherzte Harakeke. Das sagte sie jedes Mal aufs Neue, aber Joanne rührte sich nicht vom Fleck. »Willst du denn dein Geschenk gar nicht haben?«, fragte Harakeke mit schmeichelnder Stimme.

Joanne nickte.

»Gut, dann musst du herkommen.«

Zögernd kam das Kind aus der Deckung und näherte sich Tante Ha. Die rief laut nach Stella, die mit einem großen Gegenstand, der von einem weißen Tuch zugedeckt war, im Arm herbeieilte und ihn auf dem Boden abstellte.

»Jetzt darfst du auspacken!«, sagte Tante Ha.

»Mom soll«, verlangte Joanne. Doch schon näherte sich Tommy mit leuchtenden Augen dem großen Paket. Ohne Vorwarnung riss er das Tuch fort und brach in Begeisterungsrufe aus. »Ein Kaufmannsladen! Komm, Joanne, wir spielen.«

Joanne aber verzog die Miene und brach in lautes Geheul aus.

»Eine weiße Püppi«, schluchzte sie.

Harakeke ließ sich ihre Enttäuschung, dass Joanne ihr Geschenk ignorierte, nicht anmerken und begann ungerührt mit Tommy zu spielen. Sie räumten den Kramladen gemeinsam ein, ohne sich um das Gezeter zu kümmern.

»Eine weiße Püppi«, wiederholte Joanne.

Harakeke warf ihrer Schwester einen verwunderten Blick zu. »Du hast ihr doch diese sündhaft teure Puppe geschenkt.«

»Schon, aber sie wollte ja ein Porzellanpüppchen.«

»Für Dreijährige ist das noch nichts. Diese Porzellanköpfe sind viel zu zerbrechlich«, widersprach Tante Ha, während sie Tommy ein paar Früchte und eine Tüte Mehl aus dem Puppen-Kaufladen »verkaufte«.

»Aber sie ist sehr vorsichtig für ihr Alter und na ja, du weißt schon ... ich werde ihr wohl zu Weihnachten eine kaufen ...«

Lucie konnte ihren Satz nicht zu Ende führen, weil Joanne erneut schrie und mit den Füßen trampelte. Tom gab indessen vor, er müsste noch einmal nach dem Wein schauen. Lucie stieß einen tiefen Seufzer aus. Das war neu, dass Tom jedes Mal flüchtete, wenn seine Tochter einen Wutausbruch bekam. Natürlich konnte sie es auch verstehen, denn er war genauso hilflos wie sie. Und wieder nahm sie sich ganz fest vor, in Zukunft härter durchzugreifen. Was nützte es dem Kind, wenn sie ihm keine Grenzen setzten? Eines Tages würde Joanne ins Leben hinausgehen und da würde kein Mensch ihre Wünsche erfüllen, nur weil sie mit dem Fuß aufstampfte.

»Sag mal, wie lange willst du dir das noch tatenlos angucken?«, zischte Harakeke. »Wehret den Anfängen!«

»Ich weiß, dass es nicht richtig ist«, raunte Lucie zurück. »Aber heute ist doch ihr Geburtstag.«

»Das ist kein Grund, sich derart unerzogen aufzuführen«, gab Harakeke ungerührt zurück.

Lucie trat einen Schritt auf ihre Tochter zu und hob sie hoch. Sie war froh, dass Joanne sich diese Annäherung überhaupt gefallen ließ. Wie oft schubste die Kleine Lucie weg, wenn sie sie berühren wollte. Lucie seufzte. Sie ahnte jetzt, warum sich ihre Tochter in diesem Augenblick von ihr anfassen ließ. Tom war nicht da. Das kannte Lucie schon. Wenn Tom zugegen war, war sie bei dem Kind völlig abgeschrieben. Aber wenn sie mit Harakeke allein war, klammerte sich Joanne förmlich an sie.

Mit dem Kind auf dem Arm setzte sie sich. »Weißt du, die weiße Püppi, die kommt später«, versuchte sie ihre Tochter zu trösten, und das schien zu helfen. Mit einem Mal wurde Joanne ganz fröhlich, rutschte vom Schoß ihrer Mutter und trippelte auf den Kaufladen zu. Lucie freute sich schon, dass sie von sich aus Anstalten machte mitzuspielen, doch sie hatte sich zu früh gefreut: Das Lächeln im Gesicht des Kindes wurde in dem Augenblick zu einer kleinen zornigen Fratze, als sie ausholte und mit einem Schlag alles umwarf, womit Tommy und Tante Ha eben noch gespielt hatten. Als die kleinen Puppen, die Körbe, die Waren durcheinanderwirbelten, klatschte sie vor Begeisterung in die Hände und lachte.

Tommy beobachtete das Ganze mit schief gelegtem Kopf. Dann griff er nach der Hand seiner Tante. »Komm, wir gehen zu dir spielen«, verlangte er. Harakeke überlegte kurz, doch dann sagte sie entschieden: »Ja, lass uns rübergehen, aber den Laden nehmen wir mit und spielen ein wenig.«

Wortlos packten die beiden alles zusammen. Erst als Harakeke das Tuch wieder über den Puppenkaufladen deckte und ihn sich unter den Arm klemmte, begann Joanne laut zu schreien. »Mein Geschenk, mein Geschenk!«

Entnervt warf Harakeke Lucie einen fragenden Blick zu.

Lucie wand sich. »Ich glaube, es wäre unklug, ihr das Geschenk jetzt gleich wieder fortzunehmen. Es gehört ja schließlich ihr...«

Wutschnaubend stellte Harakeke das Spielzeug zurück auf den Boden.

»Komm, Tommy, wir spielen bei mir mit dem alten Laden, den ich mal für dich gekauft habe«, erklärte sie entschieden. »Oder mit der Holzeisenbahn!«

»O ja!« Tommys Augen leuchteten, und er zerrte ungeduldig an Harakekes Hand.

»Aber du kannst doch jetzt nicht einfach gehen. Es ist Joannes Geburtstag«, protestierte Lucie.

»Wir müssen reden. So geht das nicht weiter. Das ist ja ein

Irrenhaus.« Ohne sich noch einmal umzudrehen, verschwand Harakeke mit dem Jungen an ihrer Hand.

Lucie blieb wie betäubt zurück. Plötzlich war alles still. Joanne hatte aufgehört zu brüllen. Stattdessen sah sie Lucie mit großen Augen an. Es liegt so gar nichts Kindliches in ihrem Blick, stellte sie beinahe erschrocken fest, rang sich aber zu einem Lächeln durch. Der Ausdruck im Gesicht des Kindes blieb starr.

Es ist an mir, das Ruder herumzureißen, redete sich Lucie gut zu. Wenn ich ihr alles durchgehen lasse, bekommt sie später die Rechnung. Und dann wird sie mir zu Recht Vorwürfe machen.

»Willst du die Puppe nicht lieber vom Boden aufheben und in das Puppenbett tragen? Sie fühlt sich bestimmt nicht wohl dort unten«, schlug Lucie vor.

»Ich mag sie nicht. Sie soll tot sein«, erwiderte das Kind und schob trotzig die Unterlippe vor.

Lucie lief ein eisiger Schauer den Rücken hinunter. Wo hatte Joanne denn so etwas aufgeschnappt? Was war das nur für ein seltsames Kind, das sie sich ins Haus geholt hatte? Doch dann suchte sie, wie so oft, die ganze Schuld allein bei sich. Was konnte ein unschuldiges Geschöpf schon dafür, wenn man es nicht richtig erzog? Wenn sie an Tommy dachte, den sie zwar nie besonders streng, aber dennoch konsequent erzogen hatte. Er gehorchte, er gab keine Widerworte, stampfte nie mit den Füßen auf oder wälzte sich auch nicht schreiend auf dem Fußboden, wenn er seinen Willen nicht bekam. Er hatte auch noch nie Anstalten gemacht, ihr seinen Willen aufzuzwingen. Mit Tommy war alles so leicht. Wenn er etwas wollte, dann setzte er sein cleveres Köpfchen ein und brachte die Eltern auf geschickte Weise dazu, ihm etwas zu erlauben, das sie eigentlich gar nicht befürwortet hatten.

Er schien in sich zu ruhen und sich seiner selbst sicher zu sein. Lucie war ja froh darüber, dass der Familienzuwachs ihn nicht aus dem Tritt gebracht hatte. Jedenfalls zeigte er es nicht, wenn ihn die Existenz dieses anstrengenden Schwesterchens belasten sollte. Lucie konnte gar nichts dagegen tun. Eine Welle zärtlicher Zuneigung für ihren Sohn durchflutete ihr Herz. Es war ein völlig anderes Gefühl als bei Joanne. Ob das Kind spürte, dass bei Lucie der Wille, unbedingt noch eine Tochter zu haben, alles andere überdeckte? Wie dem auch immer sei, Sie musste etwas unternehmen, damit dieses Kind nicht den Eindruck gewann, es könne sich alles erlauben.

Lucie hob Joanne von ihrem Schoß, stand auf und holte die Puppe, die durch den Sturz ziemlich gelitten hatte. Dem weichen, aus Ziegenleder gefertigten Körper hatte es nicht geschadet, aber ein Glasauge war bei dem Aufprall zerbrochen. Das ließ sie bedauernswert aussehen. Wenn Lucie nur daran dachte, dass es die schönste und teuerste Puppe im ganzen Laden gewesen war. Sie war von Montanari und besaß echtes Haar. Ihr einziger Makel war der hohe Preis. Deshalb hatte sie lange Zeit unverkäuflich auf ihrem Platz gesessen, und das Wachs im Gesicht der Puppe war nachgedunkelt. Dafür hatte Lucie einen geringen Preisnachlass bekommen.

Mit der Puppe im Arm setzte sich Lucie auf den Boden zu den Holzklötzchen, die Joanne inzwischen zu einem Turm stapelte, um ihm dann einen heftigen Stoß zu versetzen. Als die Klötze mit lautem Gepolter zu Boden krachten, klatschte das Mädchen vor Vergnügen in die Hände. Vorsichtig setzte Lucie die Puppe neben sich.

»Guck mal, deine Puppe will auch mitspielen«, sagte Lucie lächelnd.

Und schon hatte sich Joanne auf die Puppe gestürzt und ihr ein Riesenbüschel des teuren Echthaars vom Kopf gerissen. Ohne zu überlegen, versetzte Lucie dem Kind einen Klaps auf den Hintern.

»O Gott, o Gott«, stammelte sie erschrocken. Wie hatte sie sich so vergessen können?

Joanne aber sah sie fassungslos an, bevor sie in lautes Geschrei ausbrach. In diesem Augenblick kam Stella mit dem Tee, den Lucie eigentlich mit ihrer Schwester hatte trinken wollen.

»Stellen Sie ihn dorthin«, ordnete Lucie an, wobei sie kaum zu verstehen war. Joanne schrie wie am Spieß. Erst waren ihre Worte unverständlich, dann waren sie immer besser zu verstehen, bis Joanne ganz deutlich jammerte: »Mama hat mir Aua gemacht!«

Lucie lief puterrot an. Sie hatte das Gefühl, ein Verbrechen begangen zu haben. Und wie Stella sie ansah! Dieser ständige verstohlene Blick der Haushaltshilfe war Lucie doch schon so lange ein Dorn im Auge. Die Frau ahnte etwas. Dessen war sich Lucie sicherer denn je. Eigentlich hatte sie Stella längst entlassen wollen, aber was, wenn sie dann woanders in Napier in Stellung ging und etwas ausplauderte von dem, was sie über Elisa und deren Kind wusste?

Nur keine Schwäche zeigen, redete Lucie sich gut zu.

»Hörst du jetzt auf, so ein Theater zu machen!«, fuhr sie das Kind an. »Nur weil du ein einziges Mal nicht deinen Willen bekommen hast!«

Joanne war über den scharfen Ton ihrer Mutter so erstaunt, dass sie tatsächlich innehielt. Lucie wandte sich Stella zu, die sie unverwandt anstarrte. »Und Sie brauchen gar nicht so vorwurfsvoll zu gucken! Ich habe ihr einen Klaps auf den Hintern gegeben. Mehr nicht.«

»Entschuldigen Sie, Misses Bold, aber ich finde, das war längst fällig!«

Nun war es an Lucie, ihre Haushaltshilfe verblüfft anzusehen.

»Wollen Sie mich verschaukeln?«

»Nein, Misses Bold, auf keinen Fall. Ich habe mich nur schon manches Mal im Stillen gefragt, wie lange Sie sich noch zur Sklavin dieses Kindes machen wollen. Elisa war als Kind genauso. Wir waren Nachbarn, und wenn sie ihren Willen nicht bekommen hat, dann war was los, kann ich Ihnen sagen, aber ihr Vater hat es ihr ausgetrieben. Er war ein Trinker und Schläger...« Stella stockte und wurde bleich. »O, entschuldigen Sie bitte, Misses Bold, das ist mir nur so rausgerutscht.«

Lucie war bemüht, Haltung zu wahren, obwohl sie am ganzen Körper zitterte.

»Ob Sie Joanne zu meinem Mann bringen könnten? Er ist im Weinberg. Und dann kommen Sie bitte noch einmal zu mir, ja?«

»Aber selbstverständlich, Misses Bold.« Widerstandslos ließ sich Joanne von Stella an die Hand nehmen und aus dem Zimmer bringen. Kaum war die Tür ins Schloss gefallen, konnte Lucie sich nicht länger beherrschen. Sie schlug ein paar Mal so kräftig mit der Faust auf den Tisch, dass es schmerzte. »Verdammt, alle wissen sie Bescheid, alle!«, murmelte sie, während sie fortfuhr, sich wehzutun. Sie hörte erst auf, als es an der Tür klopfte.

»Herein!« Sie versuchte, Haltung zu bewahren, als Stella zögernd ins Zimmer kam.

»Es tut mir leid, Misses Bold, ich, ich hätte das nicht... nicht sagen dürfen«, stammelte die Haushaltshilfe.

»Nehmen Sie Platz«, sagte Lucie kühl. »Es ist gut, dass es raus ist. Was werden Sie jetzt unternehmen? Wer weiß es noch außer Ihnen?«

Stella wurde blass. »Keiner außer mir, Misses Bold, ich schwöre, keiner weiß es. Die Hebamme ist am Tag nach Elisas Tod extra nach Meeanee gekommen, um uns davon in Kenntnis zu setzen, dass nun auch das Kind verstorben ist.«

»Und warum wissen Sie dann Bescheid?«

Stella senkte den Blick. »Das habe ich Ihnen doch bereits gesagt. Wir waren Nachbarn. Ich bin mit Elisa aufgewachsen, und mit jedem Tag, den Joanne älter wird, ähnelt sie ihrer Mutter mehr und mehr. Sie ist ihr wie aus dem Gesicht geschnitten. Und dann die Art, Sie herumzukommandieren, und diese Wutausbrüche. Das konnte kein Zufall sein.«

»Und wann wollten Sie Ihr Wissen gegen mich verwenden?« Lucies Stimme bebte.

Elisa sah Lucie entgeistert an. »Gegen Sie verwenden? Wie meinen Sie das?«

»So, wie ich es sage. Sie haben mich in der Hand. Sie könnten mich erpressen!«

Stella fasste sich an den Kopf, bevor sie von ihrem Stuhl sprang und sich vor Lucie aufbaute. »Misses Bold, das ist gemein, was Sie da behaupten. Ich bin nicht wie Elisa. Im Gegenteil, ich mochte sie nicht einmal wirklich. Früher als Kind habe ich unter ihr gelitten, aber ich habe sie nie verpetzt, weil ihr Vater sie jedes Mal grün und blau geschlagen hätte. Wenn er annähernd geahnt hätte, wie durchtrieben sie wirklich gewesen war ... Und wenn ich Kapital daraus hätte schlagen wollen, dann hätte ich wohl kaum den Gerüchten, die immer wieder aufkamen, Joanne wäre nicht Ihr Kind, entschieden widersprochen. Ja, ich habe sogar behauptet, ich könne es beschwören, weil ich in der Nacht, als Joanne geboren wurde, bei Ihnen gewesen bin ...«

Stella ließ sich erschöpft von der langen Rede auf den Stuhl zurückfallen.

Lucie war wie vom Donner gerührt.

»Stella, bitte verzeihen Sie mir. Ich war vor lauter Angst ganz krank. Ich habe nur das Schlimmste befürchtet. Seit Joanne bei mir ist, deute ich jeden Blick und jede Geste anderer als Zeichen, dass sie Bescheid wissen. Ich weiß auch nicht mehr, ob es richtig war, sie als meine Tochter auszugeben. Aber ich war so besessen von dem Wunsch, ein gesundes Mädchen zu bekommen. Sie glauben gar nicht, wie es mich erleichtert, dass mir keine Gefahr droht ...«

Lucie stockte, als sie sah, wie Stella anfing, nervös auf ihrer Lippe herumzukauen. »Es droht mir doch keine Gefahr mehr, oder verlangen Sie eine Gegenleistung?«

»Nein, ich mag Sie von Herzen. Und es ist angenehm, für Sie zu arbeiten. Aber seien Sie auf der Hut vor Misses Benson.«

»Der Hebamme? Sie haben selbst gesagt, sie hätte dem Personal in Meeanee die Nachricht überbracht, dass Elisas Kind gestorben sei.«

»Ja, das hat sie wohl. Und dennoch traue ich ihr nicht über den Weg.«

»Warum nicht?«

»Ach, es ist wahrscheinlich dumm von mir. Aber ich habe neulich etwas im Kolonialwarenladen aufgeschnappt. Misses Benson sprach mit Misses Thatcher, der Frau des Richters. Misses Thatcher lobte Ihr Engagement für das Waisenheim in höchsten Tönen. Da hörte ich Misses Benson wortwörtlich sagen: Jeder muss für sein Glück zahlen. Misses Thatcher wollte dann wissen, was das denn zu bedeuten habe, aber Miss Benson sagte, das habe sie nur so dahergesagt. Dabei habe ich einen Anflug von Grinsen in ihrem Gesicht gesehen.«

»Vielleicht sollte mein Mann sie aufsuchen und das Schweigegeld noch einmal aufbessern«, murmelte Lucie.

»Nicht, dass sie dann glaubt, sie könne Sie auf ewig schröpfen«, bemerkte Stella.

Lucie musterte die junge Frau intensiv. Sie war nicht unbedingt hübsch, aber aus ihren Augen strahlte eine Wärme, die Lucie vorher niemals aufgefallen war. Sie schämte sich ein wenig, weil sie in Stella bislang nur eine Gefahrenquelle gesehen hatte.

»Stella, bitte verzeihen Sie mir, dass ich so misstrauisch gegen Sie war...« Lucie hielt inne. Plötzlich durchzuckte sie ein Gedanke. »Stella, macht Ihnen die Arbeit in der Küche Spaß?«

»Natürlich, Misses Bold.«

»Und was würden Sie sagen, wenn ich Ihnen anböte, in Zukunft als Kindermädchen für Tommy und Joanne zu arbeiten und mir bei meiner Tätigkeit im Waisenheim behilflich zu sein?«

Ein Strahlen huschte über das pausbäckige Gesicht der jungen Frau.

»Ich wäre der glücklichste Mensch der Welt«, rief sie aus.

»Und trauen Sie sich zu, Joanne eine liebevolle Kinderfrau zu sein, die ihr aber zugleich die nötigen Grenzen aufzeigt?«

»Ich will es versuchen«, erwiderte Stella.

»Gut, und ich werde in Zukunft meinem Mann wieder bei der Weinernte helfen und mehr für die Waisenkinder tun. Seit Joanne im Haus ist, habe ich nur noch für sie gelebt. Das kann nicht gut sein. Natürlich werde auch ich in Zukunft versuchen, strenger zu sein. Und ich werde ab und zu etwas mit Tommy allein unternehmen. Ich glaube, er fühlt sich seiner Schwester gegenüber zurückgesetzt, wenngleich er es niemals zeigen würde.«

Lucie erhob sich von ihrem Stuhl. Auch Stella stand auf. In ihren Augen glänzte immer noch die Freude über Lucies Angebot. Ohne zu überlegen nahm Lucie die junge Frau in den Arm und drückte sie fest an sich.

»Wenn ich nur schon früher geahnt hätte, was für ein großartiger Mensch Sie sind«, stieß Lucie hervor. »Wenn Sie einmal Hilfe brauchen, bitte wenden Sie sich an mich. Ich stehe in Ihrer Schuld!«, fügte sie beschwörend hinzu.

»Ja gern, Misses Bold«, erwiderte Stella gerührt.

»Sagen Sie in Zukunft einfach nur Lucie.«

Stella sah Lucie zweifelnd an. »Ich glaube, ich möchte Sie lieber weiter Misses Bold nennen. Sehen Sie, was wird Ihr Mann dazu sagen und vor allem Mary, die sicherlich ohnehin nicht so begeistert von der Aussicht sein wird, in Zukunft den Haushalt allein zu machen?«

»Einigen wir uns auf Misses Lucie. Und was meinen Mann angeht, dem werde ich reinen Wein einschenken über das, was sich gerade zwischen uns beiden ereignet hat. Und Mary beschwichtigten wir mit einer neuen Haushaltshilfe.«

»Sie sind eine kluge Frau, Misses B..., ich wollte natürlich sagen, Misses Lucie«, lachte Stella.

»Gut, dann darf ich Sie jetzt bitten, Tommy von meiner Schwester und Joanne aus den Weinbergen nach Hause zu holen. Und dann feiern wir endlich Geburtstag.«

Nachdem Stella gegangen war, fühlte sich Lucie mit einem Mal so leicht und unbeschwert wie lange nicht mehr. In ihrem Inneren, wo vorher diffuse Ängste wie in einem Hinterhalt gelauert hatten, machte sich eine unbändige Lebensfreude breit. Dort, wo vorher alles nur von dem einen Gedanken, nämlich, Joanne gerecht zu werden, besetzt war, wurde jetzt Raum frei, der es Lucie gestattete, auch an ihr eigenes Wohlbefinden zu denken.

MEEANEE, MAI 1933

Daniel wollte Eva unbedingt heiraten, bevor sie nach Wellington gingen. Eva aber hatte es nicht ganz so eilig. Sie würde ihm allerdings niemals verraten, warum, um ihn nicht aufs Neue zu verletzen. Natürlich hieß der wahre Grund Adrian. Die Vorstellung, mit Daniel auf dasselbe Amt zu gehen, in dem sie zwei Jahre zuvor mit Adrian gewesen war, womöglich auch noch zu demselben Standesbeamten, behagte Eva ganz und gar nicht. Sie gab aber vor, dass sie zu viel zu tun habe, weil Lucie ihr zurzeit ihre Lebenserinnerungen diktiere und sie vor ihrer Abreise nach Wellington möglichst alles fertigstellen wolle.

Dabei lief die Arbeit an den Lebenserinnerungen eher schleppend. Stattdessen genoss Eva die plötzlich erlangte Freizeit. Sie machte lange Spaziergänge oder betätigte sich im Haus. Lucie gab ihr freie Hand bei der Inneneinrichtung, und so hatte Eva schon einiges verändert, ohne viel Geld auszugeben. Manchmal genügte es, Dinge einfach nur umzudekorieren, um ihre Wirkung zu erhöhen.

Gelegentlich überkam Eva eine große Traurigkeit bei der Vorstellung, dieses Paradies in absehbarer Zeit zu verlassen. Daniel wurde noch bis September vor Ort gebraucht. Danach würden sie abreisen. Eva war einmal mit Daniel in Wellington gewesen. Die Stadt selbst hatte ihr sehr gefallen, allerdings war sie weit weniger beschaulich als Napier. Es war eine interessante Hafenstadt mit vielen imposanten Gebäuden. Das Architektenbüro lag direkt am Wasser, und all die jungen engagierten Mitarbeiter von

Geoffrey & Partner waren begeistert, Eva und Daniel in ihr Team aufzunehmen.

Es war nur ein kurzer Besuch gewesen, aber die Zeit hatte genügt, um sich ein paar Häuser anzusehen. Ihre Wahl war auf ein geräumiges Haus in der Innenstadt gefallen. Es besaß einen großen Garten und lag in Laufweite zu allen wichtigen Geschäften.

So schön und aufregend auch alles sein mochte, Eva fiel es schwer, Napier zu verlassen. Es war nicht nur ein schöner Ort, und sie würde Lucie und Harakeke vermissen, sondern es war wiederum der Gedanke an Adrian, der ihr den Abschied so schwermachte. Sie hatte das Gefühl, ihn damit endgültig zu verlassen. Hinzu kam dieser immer wiederkehrende Albtraum, der sie gerade in den letzten Tagen besonders quälte: Adrian steht auf dem Steg vor seinem Boot, sie sitzt am Ruder, er bittet sie, nicht allein zu segeln, doch sie hört nicht auf ihn und segelt fort. Er springt ins Wasser, will das Boot erreichen, sie kümmert sich aber nicht um ihn, er ruft sie um Hilfe, bis er vor ihren Augen vom Meer verschluckt wird ... Sie schreit auf ... Und jedes Mal erwachte sie von ihrem eigenen Schreien und saß mit klopfendem Herzen im Bett. Immer weckte sie auch Daniel, der sich rührend um sie sorgte. Er war mit ihr nach Meeanee gezogen. Auf dem Anwesen kümmerte es keinen, dass die beiden jungen Leute unverheiratet zusammenlebten. Lucie hatte Eva ausdrücklich versichert, dass sie die Beziehung zu Daniel billige, doch erst gestern hatte Harakeke aus heiterem Himmel eine Frage gestellt, die Eva zutiefst verunsichert hatte: Was würdest du tun, wenn Adrian plötzlich vor dir stehen würde? Eva hatte sich gewunden und schließlich erwidert, das wäre so undenkbar, dass sie sich darüber nicht unnötig den Kopf zerbrechen würde. Dabei kannte sie die Antwort genau. Natürlich würde sie Adrian den Vorzug geben. Aber diese Gewissheit verbarg sie tief in ihrem Herzen.

»Was ist denn in dich gefahren?«, fragte Lucie, die Eva gar nicht hatte kommen hören.

»Ach, ich träume in letzter Zeit so entsetzlich schlecht. Es ist immer derselbe Traum.«

»Willst du ihn mir erzählen? Vielleicht erleichtert es dich, darüber zu sprechen«, bot Lucie an und setzte sich zu ihr an den Wohnzimmertisch.

Nach kurzem Zögern schilderte Eva ihren Traum. Zu ihrer großen Verwunderung war Lucie jegliche Farbe aus dem Gesicht gewichen.

»Mach dich nicht verrückt. Es ist nur ein dummer Traum«, knurrte die alte Dame und erhob sich rasch.

»Was ist mit dir? Du vermisst ihn schrecklich, nicht wahr?«

Lucie nickte, doch Eva wurde das Gefühl nicht los, dass die Schilderung ihres Traumes noch etwas anderes in Lucie ausgelöst hatte, aber sie traute sich nicht nachzufragen. Lucie machte plötzlich einen äußerst abweisenden Eindruck.

»Möchtest du mir vielleicht diktieren?«, erkundigte sich Eva.

»Nein, Liebes, mir ist heute gar nicht danach. Manchmal möchte ich einfach alles vergessen, was ich erlebt habe. Und dann frage ich mich, warum ich in Gedanken alle diese Leiden noch einmal wiederhole, anstatt einfach nicht mehr daran zu denken. Und das nur, um Berenice die wahre Familiengeschichte zu erzählen?« Das klang verbittert.

»Hat mein Traum etwas Unangenehmes in dir aufgerührt?«, hakte Eva vorsichtig nach.

»Auch, aber zum ersten Mal frage ich mich, ob ich ihn wirklich hätte fortschicken dürfen ...« Lucies Blick schweifte in die Ferne.

Eva hütete sich davor, nachzufragen, von wem Lucie gerade redete, wenn es sie natürlich auch brennend interessierte, um wen es gehen mochte. Lucie schien in eine völlig andere Welt abzutauchen.

Der Klang der Haustürglocke unterbrach die lastende Stille.

»Ich gehe zur Tür«, sagte Eva.

»Ich will keinen Menschen sehen«, knurrte Lucie.

Als Eva die Treppe nach unten laufen wollte, war Stella ihr bereits zuvorgekommen.

»Ja, Miss Eva ist zu Hause«, sagte sie, »aber treten Sie doch erst einmal näher.«

»Danke, Misses...«

»Miss Stella.«

Eva hielt einen Augenblick inne. Wenn sie sich nicht täuschte, gehörte die Stimme... Aber das konnte nicht sein! Das hätte sie gewusst, doch dann rannte sie los. Es gab keinen Zweifel. Da stand er in seiner ganzen Größe vor ihr. Sie hatte ihn gar nicht mehr so groß in Erinnerung – und auch nicht so blond.

»Hans!«, schrie sie. »Hans!« Und dann flog sie ihm auch schon in die Arme.

Nach einer innigen Begrüßung schob er sie ein Stück von sich weg. »Lass dich ansehen. Ich weiß ja, dass du die kleine Eva bist, aber mir war so, als wäre mir eben eine wunderhübsche fremde Lady an den Hals gesprungen.«

Stella blickte verwirrt zwischen den beiden hin und her. Eva verstand sofort, warum. Sie hatten Deutsch gesprochen.

»Er ist mein Bruder«, sagte Eva nun auf Englisch. »Hast du Hunger? Wann bist du angekommen? Warum hast du nicht Bescheid gesagt? Ich hätte dich in Auckland abgeholt. Ich habe nämlich einen eigenen Wagen.«

Hans lachte aus voller Kehle. »Das glaube ich dir sogar. So wie du aussiehst. Ich glaube, ich träume. Ich sehe dich noch mit Zöpfen, in deinen derben Schuhen und bei jeder Gelegenheit mit dem Zeichenblock unter dem Arm. Meine Güte, Kleine, hast du dich verändert.«

»Du aber auch. Ich meine, wenn ich deinen Anzug so ansehe. Der ist nicht von schlechter Qualität. Du könntest glatt als Gentleman durchgehen.«

Hans stellte sich in Pose. »Ich bin ein Gentleman!«

»Dann sag mir jetzt, was du willst. Essen, trinken, schlafen?«

»Ich möchte am liebsten in Ruhe einen Drink mit dir nehmen, denn ich sterbe vor Neugier, wie es dir ergangen ist. Und bei mir haben sich auch einige Veränderungen ergeben. Plötzlich ging alles bergauf.«

»Wohl so sehr, dass du darüber das Schreiben vergessen hast.«

»Tut mir leid, Kleines. Ich hatte nur einen Gedanken: Viel Geld zu machen und dann zu dir zu reisen. Weißt du, Los Angeles ist ein Moloch, aber spannend.«

»Und hast du gar kein Gepäck?«

»O doch, aber das wird mir mit einem Wagen nachgebracht. Ich bin mit meinem Geschäftspartner hergekommen. Stell dir vor, der ist Neuseeländer, und als es eng wurde dort drüben, haben wir Fersengeld gegeben.«

»Heißt das, du hast krumme Geschäfte gemacht?«

»Nein, nein, natürlich nicht. Was ist jetzt? Wollen wir uns nicht in Ruhe hinsetzen und plaudern?«

»Ich hole uns eine Flasche Wein und dann...«

»Lassen Sie mich das machen, Miss Eva«, mischte sich Stella ein.

»Gut, wir sind in meinem Salon, denn Lucie will nicht gestört werden. Vielleicht können Sie nachher einmal nach ihr sehen. Ihr ist nicht gut, glaube ich. Ich gehe mit meinem Bruder nach oben.«

Eva nahm Hans bei der Hand und führte ihn die Treppe hinauf. Er sah sich interessiert um. »Arm ist unsere neuseeländische Familie aber nicht. Wie gut, dass du mir geschrieben hattest, dass ihr jetzt doch auf dem Weingut lebt. Ich bedaure natürlich, dass ich die Tante nicht mehr kennengelernt habe. Eine Tragödie, aber der Ort hat etwas. Ich hätte nie damit gerechnet, am anderen Ende der Welt Art-déco-Gebäude zu finden. In Los Angeles gibt es einige, aber in Neuseeland?«

Eva seufzte. Sie wusste nicht, wo sie anfangen sollte mit dem, was sie inzwischen erlebt hatte. Deshalb forderte sie ihren Bruder auf anzufangen. Das ließ er sich nicht zweimal sagen. Er redete wie ein Wasserfall und unterbrach seine Erzählung nur, als Stella mit einem Tablett ins Zimmer kam. Sie brachte nicht nur Wein und Gläser, sondern einen ihrer selbstgebackenen Kuchen, auf den sich Hans mit Heißhunger stürzte.

»Und wie bist du nach all den vergeblichen Versuchen, nun doch noch zu Geld gekommen?«

Hans grinste breit. »Ich habe Wein produziert.«

»Haben sie denn in Amerika keine so strengen Prohibitionsgesetze wie hier?«

»Hast du eine Ahnung. Die wurden von Jahr zu Jahr immer rigider, aber ich habe ausschließlich Messwein hergestellt.« Er zwinkerte ihr zu.

»Den Trick haben schon deine entfernten neuseeländischen Verwandten erfolgreich angewandt. Die Bolds haben ganz eng mit den Maristenbrüder einer Mission zusammengearbeitet, die auch eine Lizenz zum Flaschenabfüllen besaßen.«

»So privilegiert waren wir nicht. Wir haben ein gefährliches Doppelleben geführt und die Schönen und Reichen von Pacific Palisades über Bel Air bis nach Santa Monica und Malibu sowie die Studios in Hollywood beliefert.«

»War das nicht sehr leichtsinnig?«

»Das kannst du laut sagen. Deswegen sind wir bei Nacht und Nebel fort. Wir hatten einen Tipp bekommen, dass auf unserem Weingut eine Razzia stattfinden würde. Und wie du siehst, sind wir rechtzeitig abgehauen. Sonst würden wir jetzt wahrscheinlich ein kalifornisches Gefängnis von innen sehen. In den letzten Monaten kamen übrigens immer mehr deutsche Emigranten. Viele Künstler mit großem Durst nach gutem Wein.«

»Und was haben sie erzählt?«

»Es muss grässlich sein zu Hause. Gegen Juden läuft eine regelrechte Hetzkampagne, aber die meisten wollen schnellstens zurück. Sie geben dem Schreihals höchstens noch ein halbes Jahr. Stell dir vor, mein alter Schulfreund Walter hat mir in seinem letzten Brief die Rückkehr schmackhaft zu machen versucht. Er meinte, solche arischen Kerle wie mich bräuchte das neue Deutschland.«

»Offenbar weiß er nicht, dass Mutter Jüdin war.«

»Nein, das ahnt er nicht, aber es zieht mich nichts zurück. Und dich? Hast du manchmal Heimweh?«

»Nein, schon lange nicht mehr. Neuseeland ist meine neue Heimat. Leider werde ich Napier bald verlassen und nach Wellington ziehen, aber vielleicht kommst du mit?«

Hans lachte. »Nein, die Stadt ist nichts für mich. Ich werde zusammen mit meinem Geschäftspartner und Freund Ben Baldwin eine Schaffarm in der Nähe übernehmen. Er kommt aus Hastings und hat den Kontakt hergestellt.«

»Schade, aber wir haben leider keine andere Wahl, als in Wellington unser Glück zu versuchen.«

»Wer ist ›wir‹, Schwesterchen?«

»Ich werde bald heiraten. Daniel Thomas, einen jungen Architekten.«

Hans sprang auf und umarmte sie überschwänglich. »Man darf also gratulieren? Dann komme ich ja gerade rechtzeitig zur Hochzeit!«

»Heiraten werden wir erst nach unserem Umzug«, erwiderte Eva verlegen.

Es klopfte, und Lucie steckte ihren Kopf zur Tür hinein.

»Störe ich?«, fragte sie mit einem prüfenden Blick auf Hans.

»Nein, du störst überhaupt nicht. Ich dachte nur, du wolltest allein sein. Rate mal, wer der Bursche da ist!«

Ein Lächeln huschte über Lucies Gesicht. »Ihr seht euch ähnlich!« Dann ging sie auf Hans zu und umarmte ihn. »Herzlich willkommen in unserem Haus, Hans.«

»Sie kennen meinen Namen?«, fragte Hans erstaunt.

»Ihre Schwester hat so oft von Ihnen gesprochen. Aber ich glaube, wir sollten nicht gar so förmlich sein, denn schließlich bist du der Großneffe meines verstorbenen Mannes.«

»Dann müssen Sie Großmutter Lucie sein: Ich habe schon viel von Ihnen gehört. Nur Gutes!«

»Richtig, ich bin Lucie, diejenige der Bolds, die das Inferno überlebt hat. Meine Tochter ist bei dem Erdbeben damals ums Leben gekommen.«

»Ich weiß. Eva hat mir alles geschrieben, aber wenn ich richtig informiert bin, hat Ihre Enkelin überlebt.«

Eva zuckte zusammen. Berenice hatte sie Hans gegenüber niemals auch nur mit einem Wort erwähnt. Das wäre zu viel der Ehre gewesen, und sie hatte stets vermeiden wollen, dass er sich um sie sorgte. Woher wusste er von ihrer Existenz?

»Ja, und ehe ich es vergesse, wir sind alle zu einem Willkommensfest meines Freundes Ben eingeladen. Er lädt ins Masonic Hotel nach Napier ein, weil das einem Verwandten von ihm gehört und er dort abgestiegen ist, bis wir auf unsere Farm ziehen.«

»Also ich weiß nicht, ich glaube, für Festlichkeiten bin ich zu alt!«

»Nein, das kommt gar nicht in Frage, dass du fernbleibst, liebe Großtante Lucie. Ich habe schließlich damit angegeben, dass ich auch eine neuseeländische Familie habe. Also, ihr müsst alle mitkommen.«

»Was ist denn hier los?«, fragte eine tiefe Frauenstimme. Harakeke musterte den blonden Hünen wohlwollend. Der beäugte die Maori wie einen Geist.

»Das ist meine Schwester Harakeke. Und das ist Evas Bruder Hans«, klärte Lucie die Beteiligten auf.

»Sie sind also . . . verbessern Sie mich, wenn ich etwas Falsches sage . . . Sie sind Maori?«, fragte Hans ungläubig.

Die Schwestern warfen sich einen fragenden Blick zu. Auch Eva war irritiert.

»Ja, die beiden sind Maori. Was erstaunt dich daran?«

»Nein, gar nichts, ich meine nur, mein Freund, also, was ich weiß, das weiß ich nur von ihm, von Ben. Und er sagte, dass die Maori in ihrer eigenen Gesellschaft, also quasi eine, äh ...«, stammelte Hans sichtlich verlegen.

»Sein Freund hat lange im Ausland gelebt«, mischte sich Eva hastig ein.

Harakeke schenkte Eva ein dankbares Lächeln. »Sicher, aber manche Pakeha werden es nie lernen. Die glauben immer noch, dass ihnen dieses Land gehört, aber sie täuschen sich. Sie haben es uns weggenommen ...« Sie wandte sich an Hans. »Ja, wir sind die Wilden.«

Hans blickte hilflos zu seiner Schwester hinüber, dann sagte er: »Darf ich euch also bitten, am Samstag mit auf das Fest zu kommen, das mein Geschäftspartner im Masonic Hotel gibt?«

»Natürlich!«, erwiderte Harakeke, und »Nein, aber vielen Dank!«, antwortete Lucie zeitgleich. Zu Evas großem Erstaunen war Harakeke diejenige, die bereit war, mit zu dem Fest zu gehen.

»Gut, dann zeige ich dir jetzt dein Zimmer«, sagte Eva hastig und mit der Absicht, Hans unter vier Augen darüber aufzuklären, dass sein Freund und Geschäftspartner Ben recht merkwürdige Ansichten über die Maori hegte. Und dass er in diesem Punkt keinen Pfifferling auf die Meinung Ben Baldwins geben sollte.

Napier, Mai 1933

Das Willkommensfest für Ben Baldwin fand im großen Festsaal statt. Eva staunte nicht schlecht, wie viele Honoratioren der Stadt zu diesem Ereignis erschienen waren. Hätte sie das auch nur annähernd geahnt, sie wäre zu Hause geblieben. Denn einige der Gäste waren auch bei der Einweihung des Bürohauses von Mister Hay dabei gewesen. Ihr kam es vor wie ein Spießrutenlaufen. Nach außen grüßte man Daniel und sie zwar höflich wie immer, aber sie hatte ständig das Gefühl, dass sich die Leute, kaum dass sie ihnen den Rücken zugedreht hatte, das Maul über sie zerrissen.

Mindestens genauso unangenehm, wie man Daniel und sie musterte, wurden auch Lucie und Harakeke mit abschätzigen Blicken verfolgt. Doch sie standen ebenso wie Eva unter männlichem Schutz. Nachdem sie ihren Bruder nämlich über die dummen Ansichten seines Freundes aufgeklärt hatte, wich er den beiden Damen an diesem Abend nicht von der Seite, während Daniel Evas Arm nicht losließ.

Man hatte ein prächtiges Buffet aufgebaut, und der Champagner floss in Strömen. Eva konnte diesen Luxus allerdings nicht genießen, fragte sie sich doch die ganze Zeit, unter was für einen Einfluss ihr Bruder da wohl geraten war. Dieser Eindruck bestätigte sich, als Hans ihr Ben Baldwin vorstellte. Er war ein grobschlächtig wirkender Bursche mit einem verschlagenen Blick. Eva entging nicht, dass er Lucie und Harakeke zwar scheinbar höflich begrüßte, sich in seiner Miene aber ganz offen die Missachtung für die beiden Maorifrauen spiegelte.

369

»Misses Bold und Misses Dorson«, sagte Eva. Ben Baldwins Miene verfinsterte sich. »Sie sind Misses Dorson?«, fragte er und musterte Harakeke wie ein ekelhaftes Insekt.

»Kennen wir uns?«, fragte Harakeke.

»Nicht persönlich«, entgegnete Ben. »Aber Sie haben meinen Vater einst um sein Erbe geprellt!«

»Das muss ein Irrtum sein. Ich wüsste nicht, was wir beide miteinander zu tun hätten«, entgegnete Harakeke ungerührt.

Eva war wie erstarrt.

»Doch, doch, das sind Sie! Sie haben meinen Großonkel geheiratet, ihn zu Tode gepflegt und sich sein Vermögen unter den Nagel gerissen.«

Eva hielt den Atem an, Harakeke hingegen verzog keine Miene, sondern sagte kühl: »Ich wusste nicht, dass Sie zu dem Clan der raffgierigen Verwandten meines Mannes gehören, aber er sagte oft zu mir: Harakeke, du musst nach meinem Tod stark sein! Sie werden wie die Geier über dich herfallen, aber lass es an dir abprallen. Sehen Sie, diese Worte werde ich nie vergessen«, flötete Harakeke, wandte sich abrupt um und ging hocherhobenen Hauptes in Richtung Ausgang.

Lucie wollte ihr folgen, doch in dem Augenblick rief eine bekannte Stimme hinter ihnen: »Schön, die ganze Familie auf einem Haufen zu sehen!«

Eva fuhr herum. Ihr schwante Übles – und tatsächlich, es war keine Geringere als Berenice, die in einem atemberaubenden Abendkleid auf sie zuschwebte. Sie sah wirklich gut aus. Ihr kindliches Gesicht hatte markante Züge bekommen. Sie war raffiniert geschminkt. Wie ein Filmstar, ging es Eva durch den Kopf, und sie warf Daniel einen prüfenden Seitenblick zu. Doch der schien von Berenices Verwandlung vom Küken zum Schwan nicht sonderlich beeindruckt zu sein. Zu Evas großer Überraschung begrüßte sie nun Daniel und sie wie alte Bekannte. Sogar Lucie bekam einen Kuss auf die Wange. Hatte sie vergessen, dass sie ihre Großmutter durch eine hundsgemeine Erpressung um ihr Haus gebracht hatte?

Dann strahlte sie Hans an. Ihre Augen funkelten wie Sterne. »Das war ja eine wunderbare Idee Ihres Freundes, mich einzuladen. Aber ich sollte dich wohl duzen. Du bist schließlich mein Cousin...«

Hans lief rot an. »Du bist meine Cousine Berenice? Unverantwortlich von meiner Schwester, dich mir vorzuenthalten. Sonst wäre ich bereits viel früher nach Neuseeland gereist.«

»Ja, wenn mein alter Freund Henry mir nicht geschrieben hätte, dass du eine solch bezaubernde Cousine hast, du hättest sie vielleicht niemals kennengelernt. Wo haben Sie Henry gelassen?«, mischte sich Ben ein.

»Er sitzt dort hinten am Architektentisch«, flötete Berenice, während sie Hans unvermindert anstrahlte. »Kaum zu glauben, dass Sie Evas Bruder sind. Sie sehen ganz anders aus.«

»Finden Sie? Eigentlich sehen wir uns schon ein bisschen ähnlich«, erwiderte Hans sichtlich verlegen.

Berenice reichte Hans ihren Arm. »Kommen Sie, ich stelle Sie ein paar wichtigen Leuten vor. Schließlich sind Sie bald der Eigentümer eines der größten Farmen des Bezirks.«

Eva starrte den beiden wie betäubt hinterher. In diesem Augenblick bereute sie bitter, dass sie Hans die Gemeinheiten Berenices in ihren Briefen verschwiegen hatte. Sie hatte das Gefühl, dass er der Spinne nun ungeschützt ins Netz gehen würde.

»Wisst ihr was? Ich suche mal nach Harakeke, die sich, so wie ich sie kenne, draußen vor der Tür eine Zigarette nach der anderen ansteckt«, knurrte Lucie, während sie die beiden jungen Leute mit besorgten Blicken verfolgte.

»Du willst nicht etwa gehen?«, fragte Eva.

»Mein Bedarf ist gedeckt«, zischte Lucie.

»Wir begleiten dich! Glaubst du, ich will auf diesem Fest bleiben?«, widersprach Eva.

»Nein, ihr müsst bleiben und darauf achten, dass dein Bruder nicht vereinnahmt wird. Weder von meiner Enkelin noch vom Sohn dieses Erbschleichers.«

Eva war unsicher, doch Daniel überzeugte sie davon, das Fest nicht zu verlassen.

»Dein Bruder ist völlig fremd hier. Der hat keinen Schimmer, was gespielt wird. Vielleicht können wir ihn davon überzeugen, mit uns nach Wellington zu gehen. Dieser Ben ist kein Umgang für ihn, und Berenice ... keine Ahnung, was sie im Schilde führt, aber ich befürchte ...«

»Wir können ja nur von Glück sagen, dass Berenice mit diesem jungen Architekt verlobt ist. Sonst würde ich mir wirklich Sorgen machen um meinen Bruder«, seufzte Eva.

»Hoffentlich schützt ihn das«, knurrte Daniel und deutete unauffällig auf den Tisch, an dem der junge Architekt saß. Henry reckte nervös den Hals und blickte suchend in alle Richtungen. Offenbar vermisste er seine Braut, doch dann wurde er auffallend bleich. Eva und Daniel folgten seinem Blick. Berenice und Hans waren die Attraktion auf der Tanzfläche. Das war kein Tanz mehr, sondern ein einziges Werben umeinander. Berenices Augen glühten, als würden sie Feuer sprühen. Und Hans war deutlich anzusehen, dass er bereits in Flammen stand.

»Komm, wir gehen. Wir können nichts mehr tun. Wir hätten ihn festhalten müssen, als die kleine Schlange ihn auf die Tanzfläche entführt hat«, knurrte Daniel.

»Halt!«, flüsterte Eva ihm ins Ohr. »Ich kann meinen Bruder nicht sehenden Auges in sein Unglück laufen lassen. Er ist vermögend und sieht gut aus. Und wenn sich Berenice etwas in den Kopf setzt, dann bekommt sie es auch ...«

»Jedenfalls meistens«, scherzte Daniel.

»Aber ich muss bleiben, bis dieser Balztanz vorüber ist, um ihn zu warnen. Warte, ich habe schon eine Idee.«

Eva entzog Daniel ihren Arm und steuerte auf den Architektentisch zu. Die jungen Männer musterten sie irritiert. Dass sie ausgerechnet auf diejenigen zutrat, die alles darangesetzt hatten, ihre Reputation als erfolgreiche Innenarchitektin zu zerstören ... Eva setzte ein Lächeln auf und näherte sich Henry, dem die offensichtliche Begeisterung seiner Braut für den blonden Hünen deutlich zugesetzt hatte. Er wirkte wie ein kleiner Junge, dem man sein Spielzeug weggenommen hatte. Eigentlich müsste es mich befriedigen, ihn leiden zu sehen, war er doch maßgeblich an der Kampagne gegen mich bei der Eröffnung des Hay-Bürohauses beteiligt gewesen, ging es Eva durch den Kopf, aber es ließ sie völlig kalt.

»Kann ich Sie bitte einmal unter vier Augen sprechen?«

Zögernd erhob sich der junge Mann, der, wenn Eva ihn mit Hans verglich, nicht annähernd so attraktiv war wie ihr Bruder. Das war Eva natürlich damals in Badenheim nicht aufgefallen. Sie hatte ihn nie unter diesem Aspekt betrachtet, doch hier, auf dem gesellschaftlichen Parkett, schien er eine begehrenswerte Partie für die Damen zu sein.

Eva bewegte sich vom Festsaal fort zu einer ruhigen Ecke auf dem Flur des Hotels. Der junge Architekt folgte ihr wie ein geprügelter Hund.

»Lieben Sie Berenice?«, fragte Eva ohne Umschweife.

»Sie ist meine Braut!«, entgegnete Henry steif.

»Wollen Sie, dass sie das bleibt?«

»Was soll die Frage?« Er versuchte, eine überlegene Miene zu ziehen.

»Haben Sie keine Augen im Kopf? Ihre Braut steht gerade im Begriff, sich meinen Bruder zu schnappen oder er sie ...«

»Ihr Bruder?« Henry wurde noch bleicher, als er es ohnehin schon war, seit seine Verlobte ungeniert mit einem anderen turtelte.

»Ja, Hans ist mein Bruder. Er ist erst vor wenigen Tagen aus Kalifornien hergekommen.«

»Ich weiß, wer Herr Schindler ist. Schließlich ist er der Geschäftspartner meines Freundes Ben. Und soviel ich weiß, ist er ein Verwandter von Berenice. Und damit keine Gefahr.«

»Um etliche Ecken, wie Ihre reizende Verlobte immer betont hat. Auf diese Karte würde ich nicht setzen, lieber Henry. Wenn Sie nichts unternehmen, wird Ihre Braut sehr bald Misses Schindler sein.«

»Sie sind ja verrückt!«

»Wenn Sie meinen. Dann lassen Sie uns nachsehen, wie weit das Getändel inzwischen gediehen ist.«

»Sagen Sie mal, warum sind Sie so erpicht darauf, dass mir meine Braut erhalten bleibt?«

»Weil ich meinem Bruder und dem Rest der Familie ein aufgefrischtes Verhältnis zu Berenice ersparen möchte!«

»Und was schlagen Sie vor, für den Fall, dass hier rein theoretisch eine Gefahr bestünde, was ich, unter uns, für lächerlich halte. Ihr Bruder ist ein dahergelaufener Deutscher, und ich komme aus einer der angesehensten Familien der Region.«

Eva lachte. »Mein Bruder ist vermögend und attraktiv. Des Weiteren besitzt er den Reiz, mein Bruder zu sein, und Ihre reizende Braut wird ahnen, dass mir eine Verbindung der beiden mächtig gegen den Strich gegen würde. Was den Reiz, es darauf anzulegen, mit Sicherheit erhöhen wird!«

»Alles Unsinn! Aber Sie haben mir meine Frage noch nicht beantwortet! Was würden Sie mir raten?«

»Ich würde Ihnen raten, Berenice sofort zur Seite zu nehmen, ihr deutlich zu machen, dass sie sich als Ihre Verlobte unmöglich benimmt und dass sie deshalb leider gemeinsam das Fest verlassen müssen. Und in Zukunft würde ich darauf achten, dass Berenice und Hans keine Gelegenheit mehr haben, sich näherzukommen.«

Henry stöhnte auf. »Kommen Sie! Ich beweise Ihnen, dass das alles nur Ihrer kranken Fantasie entsprungen ist! Der Tanz ist bestimmt längst zu Ende und Berenice sitzt an unserem Tisch und fragt sich, wo ich abgeblieben bin.«

»Ihr Wort in Gottes Ohr«, erwiderte Eva und folgte ihm.

Vor der Saaltür wartete Daniel bereits ungeduldig auf sie. »Tag, Henry«, begrüßte er den jungen Kollegen knapp, bevor er sich an Eva wandte: »Komm, Schatz, wir können hier wirklich nichts mehr ausrichten.«

»Noch ist nicht alles verloren«, flüsterte sie und folgte Henry, der mit gestrafften Schultern den Saal betrat.

Suchend ließen sie ihre Blicke über die Tanzfläche schweifen. Von Berenice und Hans keine Spur. Berenice saß auch nicht auf ihrem Platz am Architektentisch.

»Mist«, fluchte der Architekt. »Verdammter Mist!«

»Nun sehen Sie aber zu schwarz. Sie können am Buffet sein oder mitten in dem Gedränge. Und wer weiß, vielleicht ist jeder wieder seiner Wege gegangen. Da ist Ihr Freund Ben. Fragen Sie den doch. Er scheint Sie zu suchen.«

Da hatte sich Ben bereits durch die Menge gedrängt. Kumpelhaft klopfte er Henry auf die Schulter: »Mensch, alter Junge, so eine Frau wie Berenice lässt man nicht frei herumlaufen, vor allem, wenn so ein Weiberheld wie mein Freund Hans in der Nähe ist.«

»Passen Sie bloß auf, was Sie da über meinen Bruder verbreiten«, protestierte Eva, was Ben mit einem lauten Lachen quittierte.

»Waren Sie mit ihm in L.A. oder ich? Natürlich hatten uns die Gesetzeshüter auf dem Kieker, aber da gab es auch ein paar Damen aus der feinen Gesellschaft, die Ihren Bruder gern festgenagelt hätten. Und man munkelte auch von anderen Umständen. Also, Henry, fang sie ein, deine Braut!«

Eva zog es vor zu schweigen. Was, wenn sie sich jetzt wie eine schwesterliche Glucke aufführte und Hans sich wirklich als Herzensbrecher betätigt hatte? Was wusste sie schon über sein Leben in den letzten Jahren? Als sie ausgewandert waren, da war er ein kerniger Bursche gewesen, doch jetzt war er ein gestandener Mann.

»Mensch, red nicht rum! Wo ist Berenice?«, schnauzte Henry seinen Freund an.

»Das letzte Mal, als ich sie gesehen habe, waren sie hinten an der Bar. Sie prosteten sich mit Champagner zu, dass die Hütte qualmte.«

Henry warf seinem Freund einen bitterbösen Blick zu, doch da hatte Eva ihn schon an der Tanzfläche vorbei in Richtung der Bar geschoben. Dort war es voll. Viele junge Paare begossen den Abend mit Champagner, nur von Berenice und Hans fehlte jede Spur. Sie suchten die beiden überall. Sogar auf der Veranda, wo sie ein anderes Paar bei seiner innigen Umarmung unterbrachen.

Nachdem sie den kompletten Saal durchkämmt hatten, wollten sie draußen auf dem Flur, der Lobby und der Hotelbar weitersuchen. Doch in der Tür stellte sich ihnen Daniel in den Weg. »Lasst die Suche! Ich habe sie eben gesehen.«

»Wo? Verdammt noch mal wo?«, brüllte Henry außer sich. Daniel zeigte in Richtung einer Treppe, die nach oben führte.

»Und warum hast du sie nicht aufgehalten?«, fragte Eva entsetzt.

»Weil wir alle erwachsen sind. Sie haben mich ja nicht einmal gesehen, als sie ...«

»Wo sind sie hin?« Henrys Stimme überschlug sich vor Erregung.

Daniel blickte streng von Henry zu Eva. »Es ist zu spät!«

»Was heißt das? Wir können doch wohl mit ihnen reden?« Eva war verwundert, dass Daniel die Angelegenheit plötzlich gleichgültig zu sein schien.

»Auch dazu ist es zu spät! Es sei denn, ihr beiden wollt in das Zimmer stürmen.«

»Sie haben sich ein Zimmer genommen? Aber das muss man verhindern!«

»Hätte ich die Polizei holen sollen, oder was?«, fragte Daniel spöttisch.

»Sie hätten sie daran hindern müssen!«, schrie Henry, bevor er lossprintete und die Treppe nach oben jagte.

Eva nahm Daniels Hand. »Du hast recht. Dagegen sind wir machtlos. Wenn ich gewusst hätte, dass das Ganze derart rasant Fahrt aufnimmt...«

»Du bist nicht deines Bruders Hüter, so schwer es dir auch fällt, diese Verbindung zu akzeptieren. Doch so verschlungen wie die beiden nach dort oben gewankt sind, wird das Ganze ein ernsthaftes Nachspiel haben. Berenice ist keine Frau, die sich vergisst. Nein, sie hat ausgenutzt, dass er ihren Reizen nicht widerstehen kann. Und sie wird ihn die Rechnung zahlen lassen.«

»Du meinst also auch, sie wird ihn dazu bringen, dass er sie heiratet.«

»Worauf du dich verlassen kannst.«

In diesem Augenblick kam Henry wie ein geprügelter Hund die Treppe hinuntergeschlichen, mit leerem Blick und grauem Gesicht.

»Und? Haben Sie sie gesehen?«, fragte Eva.

»Ich habe sie gehört! Das genügte. Betrachten Sie meine Verlobung mit Berenice Clarke als gelöst. Und ich befürchte, Ihre schlimmsten Befürchtungen sind eingetreten. Sie hat ihm offensichtlich das gegeben, was sie mir immer mit dem Hinweis auf die Hochzeitsnacht verweigert hat. Meine Güte, was war ich nur für ein Dummkopf. Ich habe das für einen Ausdruck ihrer Liebe gehalten und nicht als Teil ihres Plans erkannt, sich an mich zu binden, während sie weiterhin nach etwas Besserem gesucht hat. Eigentlich wünsche ich Ihrem Bruder, dass er mit diesem Biest gestraft ist, aber vielleicht können Sie ihn davon abbringen. Versuchen Sie Ihr Glück. Vielleicht schaffen Sie es, ihn vor dieser

Dummheit zu bewahren. Sie hatten schon recht, Misses Clarke. Gegen Vermögen, Charisma und so viel geballte Männlichkeit in einem Kerl komme ich nicht an.«

Henry nickte ihnen noch einmal zu, bevor er zur Garderobe ging und sich Hut und Mantel geben ließ.

»Ich gehe da jetzt hinauf!«, schnaubte Eva.

»Nein, mein Liebling, das tust du nicht. Warte, bis du die Gelegenheit hast, mit deinem Bruder unter vier Augen zu sprechen. Was weiß er eigentlich von Berenices Gemeinheiten?«

»Gar nichts. Ich habe es vorgezogen, sie in den Briefen an meine Familie gar nicht zu erwähnen. Und wenn ich nun nachdrücklich mit der Wahrheit rausrücke, wird er mir dank Berenice kein Wort glauben.«

»Komm, mein Schatz, wir haben hier nichts mehr verloren!«

Seufzend ließ sich Eva von Daniel in den Mantel helfen. Arm in Arm verließen sie das scheußliche Fest.

NAPIER, JANUAR 1905

Mit geballten Fäusten hatte sich Joanne vor ihrer Mutter aufgebaut und funkelte sie mit zornigem Blick an. »Warum hast du mir das nicht viel eher gesagt? Dann hätte ich mich nicht mit der Frage gequält, warum ich eine Maori als Mutter habe, während alle meine Freundinnen weiße Mütter haben?«

Lucie blieb ruhig. Als wenn sie geahnt hätte, dass es einmal so kommen würde und dass sie in dem Augenblick besonders stark sein müsste. Außerdem faszinierte sie das Feuer, das dieses Wesen in sich trug. Joanne war zu einer temperamentvollen und wunderschönen jungen Frau herangewachsen. Mit Hilfe des Kindermädchens Stella war es gelungen, ihr nach und nach ihre Unduldsamkeit auszutreiben. Man erfüllte ihr zwar weiterhin die meisten ihrer Wünsche, doch, wenn sie etwas nicht bekam, gab es keine Dramen im Hause Bold. Das Einzige, was Lucie große Sorge bereitete, war die Tatsache, dass Joanne offenbar den gesamten jungen Männern der Stadt den Kopf verdreht hatte.

Lucie hatte in diesem Augenblick nur ein Ziel: Auf keinen Fall die Fassung zu verlieren!

»Joanne, es ist nicht wahr, was man dir da gesagt hat. Ich bin deine leibliche Mutter. Daran gibt es nichts zu rühren!«

»Aber Rosalyn hat es selbst gehört, als ihre Mutter es unter dem Siegel der Verschwiegenheit der Teegesellschaft geflüstert hat!«

Lucie zuckte die Achseln. »Ich denke, dass Vater und ich die besseren Zeugen für deine Geburt sind als eine Teegesellschaft bei Rosalyns Mutter.«

»Vater habe ich ja noch gar nicht fragen können, aber das schwöre ich dir! Wenn er nach Hause kommt, dann werde ich es ihm auf den Kopf zu sagen. Und ich weiß, er würde mich nie belügen.«

»Mein Kind, warum willst du denn diesen Menschen so gern glauben? Mehr als deiner eigenen Mutter?«, fragte Lucie mit sanfter Stimme. Es war nicht leicht, sich keine Emotionen anmerken zu lassen. Natürlich spürte sie den brennenden Wunsch dieses Kindes, keine Halbmaori zu sein. Aber sie, Lucie, würde ihn ihr nicht erfüllen. Nein, dieser eine Wunsch würde Joanne verwehrt bleiben bis an ihr Lebensende. Niemals würde sie erfahren, dass ihre Mutter das Liebchen ihres Vaters gewesen war. Lucie versuchte, sich einzureden, dass dies ungleich schlimmere Folgen für die Seele der jungen Frau haben könnte ...

Zu Lucies großem Schrecken stampfte Joanne jetzt mit dem Fuß auf. Genauso wie sie es als kleines Kind getan hatte. Lucie zuckte zusammen. Nur nicht die Beherrschung verlieren, redete sie sich gut zu. »Ich will eine Mutter wie Rosalyn. Sie hat das schönste blonde Haar, das ich je gesehen habe ...«

»Aber das hat die Natur dir doch alles geschenkt. Du hast so schönes helles Haar.«

»Eben! Zu hell. Im Gegensatz zu meinem Bruder, der immer dunkler geworden ist. Der sieht ja schon aus wie ein halber Maori.«

»Das lässt sich nicht vermeiden, wenn die Mutter eine Maori ist, aber du kommst eben ganz nach deinem Vater.«

»Mutter, ich glaube dir kein Wort. Sieh mir in die Augen!«

Lucie tat klaglos, was Joanne verlangte. Wenngleich ihr bei dem kalten Blick, mit dem ihre Tochter sie musterte, ein eisiger Schauer über den Rücken rieselte, konnte sie ihr Unbehagen nach außen verbergen.

»Mutter? Sag es mir offen! Hast du mich geboren?«

»Wie oft soll ich es dir noch sagen! Ja, und noch einmal ja! Oder wäre dir lieber, du wärest adoptiert?«

»Ja, ich würde alles tun, um auch ein Foto meiner Mutter bei mir zu tragen und jedermann zu zeigen, wie schön sie ist.«

»Deine Mutter ist die schönste Frau, die mir je begegnet ist«, ertönte eine Stimme hinter ihnen. Joanne fuhr herum und flog ihrem Vater weinend in die Arme.

»Aber sie ist keine Pakeha«, schluchzte sie. »Alle Welt redet über Mom. Meine Freundinnen machen Witze, wo sie ihr Flachsröckchen hat und ob wir zu Hause den Haka tanzen.«

Tom befreite sich aus der Umarmung und musterte seine Tochter streng: »Und darauf gibst du etwas? Mehr als auf die Liebe deiner Eltern? Wir haben immer alles für dich getan. Und wir haben dir nie verschwiegen, dass Lucie Maoriwurzeln besitzt. Was willst du eigentlich? Und überhaupt, wo leben wir denn? Diese Ehen wurden vielleicht vor zwanzig Jahren hin und wieder kritisch beäugt, aber nicht mehr heute. Wer das macht, gehört nicht zur feinen Gesellschaft!«

»Du bist ja nicht dabei, wenn sie ihre Bemerkungen machen«, heulte Joanne auf. »Ich will, dass sie es endlich zugibt, dass sie nicht meine Mutter ist! Es ist die Wahrheit, Vater! Sagt es mir doch!«

Tom wurde leichenblass. Er schien nicht so gut auf den Augenblick vorbereitet zu sein, auf den Lucie schon seit Jahren gewartet hatte. Im Gegenteil, er war fassungslos.

»Was redest du denn da für einen ausgemachten Unsinn?«, brüllte er so laut, dass Joanne vor Schreck zusammenzuckte.

»Aber, ich . . . ich weiß es! Rosalyns Mutter hat es bei einer Teegesellschaft erzählt.«

»Teegesellschaft!«, gab Tom abschätzig zurück. »Schluss jetzt! Ich will nichts mehr davon hören, verstanden?«

Lucie tat Tom fast ein wenig leid. Offensichtlich überforderte es ihn gehörig, dass Joanne ihn nach so vielen Jahren schonungslos mit der längst verdrängten Wahrheit konfrontierte. Sie machte sich in letzter Zeit ohnehin große Sorgen um ihn. Er sah schlecht aus und war schnell erschöpft. Doch jedes Mal, wenn sie ihn darauf ansprach, rang er sich zu einem Lächeln durch und versicherte ihr, dass es ihm blendend ging. Nun war er aschfahl im Gesicht. Er wirkte plötzlich wie um Jahre gealtert.

»Wir sind deine Eltern, basta. Und wer das Gegenteil behauptet, lügt!«

»Rosalyn hat es mit eigenen Ohren gehört!«, widersprach Joanne erneut trotzig.

»Jetzt ist aber endgültig genug!«, schrie Tom außer sich vor Zorn. »So, und jetzt fragen wir die Dame, wie sie dazu kommt, solchen Unsinn zu verbreiten!« Er packte seine Tochter am Oberarm und zog sie mit sich.

»Aber Tom, nun lass. Wir können das ganz friedlich regeln. Wir müssen doch nicht gleich ... ich meine ... die Pferde scheu machen«, stammelte Lucie.

»Über dich wird keiner ungestraft Lügen verbreiten!«, schrie Tom. »Und ich werde diesen sogenannten Ladys jetzt für alle Zeiten ihr dummes Maul stopfen!«

»Bitte, Papa, nein«, protestierte Joanne verzweifelt, aber ihr Vater schien finster entschlossen.

»Ich schwöre, ich sage so etwas nie wieder«, jammerte Joanne.

»Tom, hör doch, sie wird es nie wieder tun. Nun bring sie nicht in solche Verlegenheit«, mischte sich Lucie ein, deren weiches Herz wie so oft vor Mitleid für Joanne schlug.

»Nein, ich werde der Lady ein für alle Mal das Maul stopfen. Wie soll das denn werden, wenn ich eines Tages nicht mehr da bin, dich zu beschützen? Nein, Lucie, ich werde das jetzt regeln, damit dir so etwas niemals mehr widerfährt!«

Erneut rieselte Lucie ein eiskalter Schauer den Rücken hinunter. Wenn er sich bereits konkrete Gedanken darüber machte, dass er sie in absehbarer Zeit allein zurücklassen würde ... Lieber Gott, mach, dass es nicht wahr ist, betete Lucie. Und doch schien es die Wahrheit zu sein. Tom war krank. Hatte er deswegen den jungen Winzer John Clarke als seine rechte Hand eingestellt? Tom, der nur sehr schwer Arbeit an andere delegieren konnte und lieber alles selbst machte? Ja, der nicht einmal zuließ, dass sein Nachfolger Tommy auf dem Weingut allzu viel zu sagen hatte. Um nicht immer von seinem Vater ausgebremst zu werden, war Tommy sogar für ein paar Wochen zu den Maristenbrüdern in die Lehre gegangen, um von ihnen etwas über den Anbau des roten Weins zu lernen.

Lucie schreckte aus ihren Gedanken. Sie musste Tom aufhalten. Es wäre eine unsagbare Schmach für die junge Frau, von ihrem Vater in das Haus ihrer Freundin geschleppt zu werden, um die Mutter der Freundin zur Rede zu stellen. Doch es war zu spät. Die Sorge um Tom hatte Lucie für einen Augenblick vergessen lassen, dass ihr Mann zu allem entschlossen war. Sie hörte nur noch den Motor seines Wagens aufheulen.

Tom biss die Zähne fest zusammen. Joannes Betteln und Flehen, umzukehren, ließ ihn natürlich nicht kalt. Noch nie zuvor hatte er einen solch heftigen Streit mit seiner Tochter gehabt. Er liebte sie, aber es durfte nicht sein, dass die Meute nach seinem Tod wie die Geier über die wehrlose Lucie herfiel. Und Joanne würde niemals zu ihrer Mutter stehen. Wer ihr diese Vorurteile bloß in den Kopf gesetzt hatte? Vielleicht hätten sie dem Mädchen gegenüber weiterhin leugnen sollen, dass Lucie eine Maori war, als sie einst danach gefragt hatte ...

Tom spürte, wie es in seinem Brustkorb enger und die Luft knapper wurde. Normalerweise nahm er in so einem Augenblick seine Tropfen, aber die hatte er in seinem Zorn vergessen. Doch es wurde nicht besser, sodass er einen Umweg über das Haus seines Arztes machte. Seit der alte Doktor Thomas an einem Herzanfall gestorben war, musste es Tom schon sehr schlecht gehen, wenn er die Praxis aufsuchte. Denn seinen Sohn und Nachfolger Bertram Thomas mochte er nicht. Er konnte nicht genau sagen, was ihm an dem jungen Mann missfiel, aber es war Ablehnung auf den ersten Blick gewesen. Deshalb schickte er seine Tochter vor.

»Wisch dir noch mal über das Gesicht und sage dem Doktor, du brauchst die Tropfen für Mister Bold.«

Joanne vergaß ihren eigenen Kummer und fragte erschrocken: »Papa, bist du krank? Mein Gott, du siehst entsetzlich blass aus. Wäre es nicht besser, er würde dich untersuchen?«

»Kannst du nicht einmal einfach nur das tun, was ich von dir verlange?«, fauchte er. Und Joanne gehorchte.

Tom lehnte sich auf seinem Sitz zurück und versuchte, gleichmäßig durchzuatmen, wie es ihm Doktor Thomas senior stets geraten hatte. Aus dem Augenwinkel beobachtete er seine Tochter, wie sie an der Tür des Arztes klingelte.

Doktor Thomas hörte ihr aufmerksam zu, bevor er einen Blick zum Wagen warf und Joanne ihm ins Haus folgte. Ungeduldig fixierte Tom die Haustür. Der Druck auf seine Brust hatte glücklicherweise von allein nachgelassen. Er benötigte keine Tropfen mehr. Umso mehr wunderte es ihn, dass Joanne gar nicht zurückkehrte, nachdem der Arzt sie ins Haus gebeten hatte. Hatte der Doktor gar keine Sorge, dass Tom ohne Medikament im Wagen eine Herzattacke erleiden könnte? Nach einer halben Ewigkeit öffnete sich die Tür wieder. Der Doktor tätschelte Joannes Hand und seine Tochter strahlte. Das missfiel ihm außerordentlich, aber es wunderte ihn nicht. Joanne hatte nach Meinung ihres Vaters einen ziemlich merkwürdigen Geschmack, was die Männerwelt anging. Er hatte nichts übrig für die eingebildeten Knaben, die seine Tochter manchmal zu den Tanzveranstaltungen abholten. Und den Einzigen, der vor Toms Augen Gnade fand, den handfesten und grundehrlichen John Clarke, ignorierte sie, obgleich er gut aussah und mehr Herzensbildung mitbrachte als diese Schnösel aus gutem Haus, mit denen sich seine Tochter so gern umgab.

Dafür hatte sich Tommy mit dem jungen Mann umso enger

angefreundet. Sie teilten ihre Liebe zu den Weinbergen und hegten große Pläne, wie sie die immer strenger werdenden Gesetze in Zukunft umgehen konnten. Es bahnte sich erneut eine Kooperation mit den Brüdern der Mission an, die der Anfrage nach guten Weinen an die Hotels kaum mehr nachkamen.

Als Joanne in den Wagen stieg, ging ein geradezu unheimliches Leuchten über ihr Gesicht.

»Was hat dir der Doktor denn eingeflößt?«, fragte Tom, während er das Fläschchen mit den Tropfen entgegennahm.

»Er ist ein richtiger Mann. Und so charmant und wohlerzogen«, schwärmte Joanne.

»Ach ja, wohlerzogen?«, murrte Tom, während er anfuhr. Sein Zorn auf Joanne war so gut wie verraucht. Trotzdem würde er der Mutter ihrer Schulfreundin Rosalyn einen kleinen Besuch abstatten. »Du kannst im Wagen bleiben. Ich werde dich nicht blamieren, möchte aber sicherstellen, dass keine Gerüchte mehr über deine Mutter in die Welt gesetzt werden...«

Joanne hörte ihrem Vater gar nicht mehr zu. »Er hat die eindrucksvollsten Augen, die ich je bei einem Mann gesehen habe...«, seufzte sie. Tom meinte zu erinnern, dass der Sohn vom Doktor allenfalls einen verschlagenen Blick besaß. Plötzlich fiel ihm etwas ein. Seine Miene erhellte sich. Hatte der Doktor ihm nicht erst kürzlich sein Leid geklagt über den Filius? Toms Miene erhellte sich.

»Apropos wohlerzogen. Weißt du überhaupt, dass der Doktor mit den schönen Augen ein armes Mädchen heiraten musste, nachdem sie in anderen Umständen war?«

Joanne lief knallrot an und zog es vor zu schweigen. Tom hielt wenig später vor dem schönen Anwesen der MacMurrays, Rosalyns Eltern.

»Du kannst im Wagen bleiben«, wiederholte er, doch Joanne würdigte ihn keines Blickes. Schmollend starrte sie aus dem Wagenfenster.

Tom straffte die Schultern, während er auf den imposanten Eingang zuschritt. Dort kam ihm, bevor er überhaupt an der Haustür klingeln konnte, ein Hausmädchen entgegengeeilt.

»Ist Misses MacMurray zu Hause?«

»Bitte, wen soll ich melden?«

»Tom Bold, Joannes Vater«, knurrte er, bevor ihn die Haushaltshilfe in der Eingangshalle warten ließ. Tom sah sich um. Geschmack hatten sie. Das musste man ihnen lassen, auch wenn die Geschäfte von Mister MacMurray nicht ganz sauber waren. Jedenfalls erzählte man sich das in Napier, aber Tom wollte sich auf keinen Fall von dem Klatsch ebenso beeinflussen lassen wie die anderen vor Ort. Er hatte nur gehört, dass Mister MacMurray Land an weiße Siedler verkaufte, das er den Maori nicht immer auf legalem Weg abgeschwatzt hatte. Man munkelte, er habe momentan ein Auge auf mehrere Besitzungen an der Poverty Bay abgesehen, doch Tom wollte es gar nicht so genau wissen. Außer dass er die MacMurrays unter der Hand mit Flaschenwein belieferte, hatte er nichts mit ihnen zu tun.

»Mister Bold, wie schön, Sie zu sehen«, flötete Misses MacMurray, während sie förmlich in die Halle schwebte. Ein schwerer Blütenduft hüllte Tom ein. Für einen Augenblick befürchtete er, das Parfum würde ihm sofort die Luft zum Atmen nehmen, aber nichts dergleichen geschah. Das beruhigte ihn sehr, denn das bewies, dass er vorhin keinen echten Anfall erlitten hatte. Und das war in jedem Fall gut, hatte der alte Doktor Thomas ihm versichert, weil jeder weitere Anfall ihn seinem Grab näher bringen würde. Und er hatte dem alten Doktor das Schweigegelübde abgenommen, auf keinen Fall seiner Frau zu verraten, wie schlecht es um ihn stand. Und nun hatte es den Doktor vor ihm erwischt.

»Kann ich Sie kurz sprechen?«, fragte Tom förmlich.

»Sicher, kommen Sie bitte in den Salon.«

Tom folgte Misses MacMurray. Er blieb stehen, denn er wollte sich auf keinen Fall häuslich niederlassen, sondern möglichst schnell auf den Punkt kommen.

»Misses MacMurray, ich möchte nicht unhöflich sein, aber ...«

»Bitte nehmen Sie Platz.« Sie zeigte auf einen Stuhl und setzte sich ihm gegenüber.

Zögernd tat er, was sie verlangte, und begann sofort, sein Anliegen vorzubringen. Es stand ihm nicht danach, länger hierzubleiben als erforderlich.

»Es fällt mir nicht leicht, Sie das zu fragen, aber ...«

»Mögen Sie einen Tee?«

Tom ballte die Fäuste. Nein, er wollte diese Angelegenheit nur so rasch wie möglich hinter sich bringen.

»Danke«, sagte er bemüht höflich. »Ich habe keine Zeit. Meine Tochter sitzt im Wagen und wartet.«

»Ach, das hätten Sie gleich sagen sollen. Rosalyn würde sich sehr freuen ...«

»Misses MacMurray!« Sein Ton war so scharf, dass die Dame des Hauses augenblicklich verstummte und ihn irritiert musterte. »Ich habe etwas Dringendes mit Ihnen zu besprechen!«

»Ich höre«, erwiderte sie sichtlich beleidigt.

»Mir ist zu Ohren gekommen, dass in diesem Haus anlässlich einer Teegesellschaft über meine Frau geredet wurde. Und zwar wurde die Lüge verbreitet, Joanne sei nicht ihre Tochter!«

Misses MacMurray hob abwehrend die Hände. »Wie kommen Sie darauf, mir so etwas zu unterstellen?«

»Sie wollen also leugnen, dass unter Ihrem Dach darüber gesprochen wurde?«

Misses MacMurray stöhnte entnervt auf. »Es ist ja wohl immer noch meine Sache, was an meinem Tisch gesprochen wird!«

»Nicht, wenn es Lügen über meine Frau sind! Ist es gesagt worden: Ja oder nein? Wenn Sie es weiterhin leugnen, werde ich Ihre Tochter bitten, uns zu erzählen, was sie aufgeschnappt hat. Sie hat es nämlich an Joanne weitergegeben!«

387

Misses MacMurray wurde blass. »Lassen Sie meine Tochter aus dem Spiel. Sie soll mit diesem ganzen Schmutz ...«

»Sie sagen es! Solchen Schmutz möchte ich meiner Tochter auch gern ersparen. Also?«

Misses MacMurray wand sich. »Ja ... nein ... doch, es wurde gesagt! Aber nun regen Sie sich bitte nicht auf, sondern lassen Sie uns lieber darüber sprechen, was wir angesichts dieser verfahrenen Lage zum Wohl Ihrer Tochter tun können. Ich habe auch schon überlegt, ob wir beide einmal unter vier Augen darüber reden sollten ...«

Tom schnappte nach Luft. »Wie meinen Sie das?«

Misses MacMurray rang sich zu einem schiefen Lächeln durch. »Sehen Sie, Joanne leidet darunter, dass Ihre Frau, na, Sie wissen schon ... und da wäre es vielleicht besser ... also sie würde gern ...«

Tom schlug mit der Faust so fest auf den Tisch, dass Misses MacMurray aufschrie.

»Sie spielen darauf an, dass meine Frau eine Maori ist, nicht wahr?«

»Nun ... aber ich dachte, wenn Joanne die Wahrheit wüsste, dann wäre sie vielleicht erleichtert.«

»Welche Wahrheit?«, brüllte Tom. Er spürte, wie es in seinem Brustkorb immer enger wurde. »Ob Sie mal ein Fenster aufmachen könnten?«, keuchte er. Misses MacMurray tat ihm den Gefallen. Tom atmete tief durch. Die frische Luft linderte seine Pein.

»Welche Wahrheit, Misses MacMurray?«, wiederholte Tom.

»Machen Sie es mir nicht so schwer, Mister Bold, es ist kein Gerücht, weil wir es sozusagen aus erster Hand wissen.«

Tom lachte gequält auf. »Ich war im Nebenraum, als meine Frau mit meiner Tochter niedergekommen ist!«

»Aber die Hebamme Miss Benson hat es beschworen, kurz bevor sie starb. Sie hat es ihrer Schwester gebeichtet.«

»Und das glauben Sie? Das, was diese alte verwirrte Frau auf dem Totenbett von sich gibt? Werte Misses MacMurray, sollten Sie das noch einmal behaupten, dann werde ich ein Gericht bemühen!«, brüllte Tom.

»Was ist denn hier los?«, schrie eine andere männliche Stimme. Misses MacMurray rettete sich in die Arme ihres Mannes Theodore. »Was fällt Ihnen ein, meine Frau so zu beschimpfen?«

Tom fasste sich ans Herz. Von einer Sekunde auf die andere war seine Brust wie zugeschnürt, sodass er kaum noch Luft bekam. Nichtsdestotrotz rief er: »Ihre Frau setzt das Gerücht in die Welt, dass meine Frau nicht die Mutter unserer Tochter ist! Ich verlange, dass das sofort aufhört. Sonst, sonst...« Tom wankte ans Fenster und versuchte durchzuatmen, was ihm aber nicht gelang.

Mister MacMurray befreite sich grob aus der Umklammerung seiner Frau. »Wie oft habe dir gesagt, du sollst dich mit den Tratschweibern nicht gemein machen. Wenn du ihnen den Rücken zudrehst, dann ziehen sie über uns her. Ich verlange, dass du dich bei den Bolds entschuldigst...« Er hielt inne, denn vom Fenster kam ein lautes Stöhnen. Dann sackte der große, breitschultrige Mann vor seinen Augen in sich zusammen wie ein nasser Sack. »Mister Bold«, schrie Mister MacMurray. »Wir brauchen einen Arzt, verdammt!«

Mister MacMurray hockte sich neben Tom, der sich stöhnend ans Herz fasste. »Schicken Sie meine Tochter zu Doktor Thomas«, keuchte Tom.

»Hast du nicht gehört, was Mister Bold gesagt hat. Jemand soll Doktor Thomas holen!« Misses MacMurray rannte aus dem Zimmer, während Theodore bei Tom blieb. »Seien Sie ganz ruhig. Es wird alles wieder gut. Meine Frau wird so etwas nie wieder tun. Ich verspreche es! Bitte halten Sie durch... halten Sie durch«, stammelte Mister MacMurray hilflos, bevor er umständlich sein

Taschentuch hervorkramte und Tom die schweißnasse Stirn trockenwischte.

»Sie ist unsere Tochter«, krächzte Tom.

»Aber das bezweifelt auch keiner«, erwiderte Mister MacMurray. »Sie dürfen sich nicht aufregen. Bleiben Sie ganz ruhig!«

Tom aber erlebte das alles nur wie durch einen Nebel: das besorgte Gerede von Mister MacMurray, die entsetzte Miene seiner Frau, Joannes Tränen und die hektische Betriebsamkeit des jungen Arztes.

Erst als er viel später in seinem Bett erwachte, fiel ihm alles wieder ein. Er öffnete die Augen. Lucie hielt seine Hand. Sie hatte geweint.

»Meine Liebe, es ist alles gut. Niemand wird je wieder behaupten, sie sei nicht unsere Tochter«, ächzte er.

»Nicht reden!«, bat sie. »Du musst dich schonen.«

»Was sagt der Arzt?«

»Er wollte warten, bis du aufgewacht bist. Ich glaube, er wartet im Garten.«

»Gut, dann hol ihn. Ich werde alles tun, was er verlangt, damit sich das hier nicht noch einmal wiederholt«, brummte er.

»Ich kann dich doch nicht alleinlassen«, flüsterte Lucie.

»Und wenn ich dir schwöre, dass es nicht wieder vorkommt«, erwiderte Tom und versuchte zu lächeln.

»Ich will dich nicht verlieren. Hörst du?«

»Das ist das Schönste, was du mir sagen kannst, meine Liebe. Denn ich habe schon geglaubt, du duldest mich nur noch im Haus wegen der Kinder ...«

»Vater, Vater«, ertönte da die angstgefüllte Stimme ihres Sohnes. »Ich bin sofort von der Mission weg, als ich gehört habe, was passiert ist. Was machst du bloß für Sachen?«

»Ich bin ein Esel«, sagte Tom. »Meinst du, dass du zusammen mit John das Geschäft führen kannst? Ich werde wohl für ein paar Wochen ausfallen. Und mich auch danach mehr um meine

Frau kümmern müssen.« Tom schenkte Lucie, die den Platz am Bett für ihren Sohn freigemacht hatte, einen zärtlichen Blick. Sie aber wandte sich hastig ab, weil sie gegen die Tränen ankämpfte. Es sehe nicht gut aus, hatte der junge Doktor Thomas ihr gesagt. Es ist merkwürdig, dachte Lucie, erst im Angesicht des Todes weiß ich, wie groß sein Platz in meinem Herzen stets geblieben ist. Wenn er das Geschäft jetzt wirklich an Tom übergibt und sich schont, bleiben ihm sicherlich noch ein paar schöne Jahre, redete sich Lucie gut zu, während sie sich in Richtung der Veranda aufmachte.

Schon im Wohnzimmer hörte sie die Stimme des jungen Doktors. Sie mochte ihn nicht besonders. Er war so ganz anders als sein Vater, der alte Doc Thomas. Der hatte für seine Patienten gelebt und war immer zur Stelle gewesen. Sein Sohn trug die Nase stets ein wenig zu hoch, als wäre er etwas Besseres. Außerdem munkelte man, er hätte seine Frau nur geheiratet, weil sie schwanger geworden war. Lucie schob den Gedanken an das Gerede beiseite. Schließlich wollte sie nichts darauf geben, wenngleich sie tief im Inneren wusste, dass hinter jedem Gerücht zumindest ein Körnchen Wahrheit steckte, wie sie gerade schmerzhaft am eigenen Leib zu spüren bekam.

»Bitte sagen Sie mir die Wahrheit!« Das war Joannes Stimme.

Lucie blieb stehen und wagte kaum zu atmen. Sie verstand es selbst nicht, warum sie nicht hinausging und den Doktor holte, so wie Tom es verlangt hatte.

»Ach, liebste Joanne, ich würde Ihnen so gern Hoffnungen machen, aber ... ach nein, bitte, ich kann Ihnen nichts sagen ...«

»Bitte, Herr Doktor!«

»Gut ... nun, den nächsten Anfall wird er nicht überleben.«

Joanne schluchzte verzweifelt auf. Lucies Herz klopfte ihr bis zum Hals, doch sie rührte sich nicht vom Fleck.

»Dann darf er einfach keinen mehr bekommen!«, sagte Joanne unter Tränen.

»Genau. Er muss sich schonen. Keine Aufregung. Was ist denn heute überhaupt passiert? Als ich bei den MacMurrays eintraf, waren ja alle völlig außer sich. Und das Hausmädchen ließ verlauten, es habe einen Riesenkrach zwischen Ihrem Vater und Misses MacMurray gegeben.«

»Mein Vater wollte Misses MacMurray zur Rede stellen. Sie sollte aufhören zu behaupten, meine Mutter wäre nicht meine leibliche Mutter.«

Lucie ballte die Fäuste. Sie wusste, es war falsch zu lauschen, aber sie konnte nicht anders.

»Ja, das habe ich auch schon läuten hören«, bemerkte der junge Arzt.

Das genügte! Lucie straffte die Schultern. Nun war es höchste Zeit, die traute Zweisamkeit zu stören. Doch die Antwort ihrer Tochter ließ sie erstarren.

»Ich fühle es von Kindheit an, dass meine Mutter keine Maori sein kann. Ach, es ist alles so entsetzlich. Ich wünschte, ich wäre an Rosalyns Stelle und . . .«

Lucie hielt die Luft an. Plötzlich war alles still. Lucie bewegte sich wie in Trance auf die Verandatür zu, und was sie dort sah, wollte ihr schier das Blut in den Adern gefrieren lassen: Joanne lag in den Armen des Doktors, und sie küssten sich leidenschaftlich.

Lucie wusste, dass es nicht klug sein würde, aber sie konnte sich nicht beherrschen. Wie eine Rachegöttin sprang sie aus dem Schatten des Hauses auf die Veranda hinaus. Die beiden stoben auseinander und sahen sie entgeistert an.

»So, lieber Herr Doktor Thomas, Sie verlassen jetzt sofort mein Haus und kehren nie wieder zurück«, zischte Lucie. Am liebsten hätte sie geschrien, aber die Gefahr, dass Tom es oben in seinem Zimmer mitbekam, war viel zu groß.

»Aber, Mutter, das kannst du nicht tun. Doktor Thomas ist der Einzige, der Vater retten kann.«

»Nein, das ist er nicht«, erwiderte Lucie in eiskaltem Ton. »Er wird höchstens ein Sargnagel für ihn sein, wenn Vater erfährt, was hier gespielt wird!«

Dann rief sie laut: »Stella!«

Lucies Vertraute eilte sofort herbei. »Kannst du anspannen lassen und Doktor Proust aus Hastings bitten, uns einen Hausbesuch abzustatten? Außerdem bitte meine Schwester zu kommen. Sag ihr, es ist etwas mit Tom und wir brauchen ihre Hilfe.«

Stella fragte nicht nach, sondern versprach, sich umgehend darum zu kümmern.

»Du willst Vater nicht etwa deiner Schwester anvertrauen?«

Lucie ignorierte diese Frage, sondern wandte sich Doktor Thomas zu, der keine Anstalten machte, das Haus zu verlassen.

»Junger Mann, ich glaube, ich habe mich klar genug ausgedrückt. Ich glaube, Ihre junge Frau und Ihr kleiner Sohn warten zu Hause auf Sie.«

»Bitte, geh nicht, bitte«, flehte Joanne, als sich Doktor Thomas erhob, und klammerte sich an ihn. Er befreite sich ganz sanft und versicherte Joanne mit einem vernichtenden Seitenblick auf Lucie: »Ich lasse dich nicht im Stich, Joanne Bold, das schwöre ich dir!«

»Raus hier!«, fauchte Lucie und reichte ihm seinen Hut. Doktor Thomas riss ihn ihr förmlich aus der Hand und verließ hocherhobenen Hauptes die Veranda. Lucie hielt Joanne fest, damit sie ihm nicht folgen konnte, doch sie riss sich mit Gewalt los. Lucie aber gab nicht auf. Sie folgte den beiden bis zur Haustür, und bevor Joanne mit Bertram Thomas nach draußen schlüpfen konnte, hatte sie ihre Tochter fest am Arm gepackt, ins Haus zurückgezogen und der Tür mit dem Fuß einen kräftigen Tritt versetzt.

»Ich hasse dich!«, schrie Joanne, bevor sie die Treppe nach oben stürzte.

Napier, Dezember 1908

Tommy liebte sein neues Spielzeug über alles. Wenn er schon seit dem Ausstieg seines Vaters aus dem Geschäft wie ein Wahnsinniger schuften musste, so wollte er wenigstens am Wochenende seinem Vergnügen nachgehen. Und da gab es für ihn nun einmal nichts Schöneres als das Segeln. Und als man ihm die einundzwanzig Zoll lange, fast nagelneue Jacht aus Kauriholz angeboten hatte, musste er zugreifen. Und nun verbrachte er jedes Wochenende in der Lagune. Meistens segelte er mit seinem Freund John Clarke, aber er hatte auch schon seine Eltern überreden können, ihn zu begleiten. Zu seinem Erstaunen hatte sich seine Mutter sicher auf den schwankenden Planken bewegt, während das Schwanken und Schaukeln seinem Vater gar nicht behagt hatte.

Eigentlich konnte Tommy zurzeit mit seinem Leben sehr zufrieden sein. Das Geschäft lief hervorragend, dem Vater ging es seit seinem Anfall vor drei Jahren dank Harakekes Trank und der Betreuung durch den neuen Arzt wesentlich besser, seine Eltern verstanden sich prächtig, und er hatte gerade sein Herz an eine junge Frau aus Meeanee verloren. Endlich hatte er sich ernsthaft verliebt. Er hatte viele Liebschaften gehabt, aber die eine, mit der er eine Familie hatte gründen wollen, war ihm lange nicht begegnet. Bis er Ellen getroffen hatte. Ihm ging das Herz auf, wenn er an sie dachte. Das nächste Mal werde ich sie mit auf das Boot nehmen, beschloss er in diesem Augenblick, und dann mache ich ihr einen Antrag. Nur seine Schwester machte ihm Kummer. Es gefiel ihm, dass sie nun öfter mit John Clarke ausging. Schließlich war sie inzwischen im heiratsfähigen Alter. Was ihm allerdings äußerst missfiel, war das, was er neulich Abend mit eigenen Augen gesehen hatte. Er hatte kurz aus dem Fenster geblickt, als er Joanne hatte heimkehren hören. Und wenn ihr Begleiter John gewesen wäre, hätte er sich diskret von seinem Beobachtungsposten zurückgezogen, aber es war dieser Doktor gewesen, Bertram Thomas. Der hatte seine Schwester geküsst, und zwar in einer Art und Weise, die Tommy mehr verraten hatte als tausend Worte. Wer sich so leidenschaftlich küsste, den verband mehr als ein freundschaftliches Verhältnis.

Tommy hatte Joanne den Eltern gegenüber nicht verraten, denn er wusste, wie heftig seine Mutter reagierte, wenn auch nur der Name des Arztes in diesem Haus erwähnt wurde. Für seine Mutter war Bertram Thomas ein rotes Tuch. Dennoch konnte Tommy es nicht einfach übergehen. John war sein bester Freund, der ganz offenkundig von seiner Schwester hintergangen wurde. Und das, obwohl John ihm kürzlich glückstrahlend gestanden hatte, dass Joanne seinen Heiratsantrag angenommen hatte. Kurzum, da stimmte etwas nicht, und Tommy würde nicht tatenlos zusehen, wie seine Schwester seinen besten Freund ins Unglück stürzte. Der war nämlich bis über beide Ohren verliebt in Joanne.

Deshalb hatte Tom seine Schwester an diesem Nachmittag zu einem kleinen Ausflug auf sein Boot eingeladen. Er wollte sie unter vier Augen sprechen; den Grund hatte er ihr allerdings nicht verraten, wusste er doch genau, sie würde dann mit Sicherheit nicht mitkommen. Und auf dem Boot konnte er sich sicher sein, dass sie ihm nicht weglaufen würde.

Er war gerade dabei, sich für den Bootsausflug umzuziehen. Da klopfte es an seiner Zimmertür. Es war seine Mutter.

»Ich wollte dir nur sagen, dass ich es sehr lieb von dir finde, dass du Joanne auf dein Boot eingeladen hast. Ich weiß doch, dass euer Verhältnis nicht das beste ist.«

Tommy nahm seine Mutter in den Arm. »Du musst mir nicht

danken. Joanne braucht einen brüderlichen Rat und wozu hat sie einen älteren Bruder? Ganz so selbstlos bin ich nicht. Ich habe meine Gründe.«

Lucie musterte ihn durchdringend. »Was für Gründe?«
»Willst du es wirklich wissen?« Er lächelte.
»Nein, ich möchte ja nicht neugierig sein.«
»Ach, Mom, es fällt mir schwer, vor dir Geheimnisse zu bewahren. Es geht um meinen Freund John. Ich möchte nicht, dass sie ihm wehtut.«
»Aber warum sollte sie? Findest du es nicht schön, dass die beiden sich treffen? Ich bin ehrlich gesagt heilfroh darüber. Den jungen Mann hätte ich gern zum Schwiegersohn.«
»Was meinst du, wie gern ich ihn zum Schwager hätte!«
»Dann frage ich mich, warum du dich einmischen willst?«
Tommy kämpfte mit sich, ob er seiner Mutter die ganze Wahrheit sagen sollte oder nicht.
»Worüber zerbrichst du dir den Kopf, mein Junge?«
»Sie hat seinen Heiratsantrag angenommen«, knurrte er.
»Aber das ist ja wunderbar. Nun wird alles gut«, rief Lucie aus und klatschte vor Freude in die Hände.
»Mom, versprich mir, dass du es für dich behältst.«
Lucie sah ihren Sohn bestürzt an. »Um Himmels willen, nun sag schon, was los ist.«
»Wenn du mir versprichst, es Joanne nicht vorzuhalten!«
»Versprochen!«, seufzte Lucie.
»Ich habe Joanne mit Bertram Thomas vor unserer Haustür gesehen. Es gibt keinen Zweifel. Die beiden sind ein Liebespaar.«
Lucie ließ sich auf einen Stuhl fallen. »Und ich habe so gehofft, dass er die Finger von ihr lässt.«
»Ich denke, dazu gehören zwei. Und ich sehe es auch nicht moralisch. Mir tut es zwar leid für die arme Frau mit dem kleinen Kind, und ich hätte Joanne einen anderen Kerl gewünscht, aber mir geht es in erster Linie um John. Er ist so ein feiner Kerl und

völlig vernarrt in sie. Und ich frage mich, warum sie ihn heiratet, obwohl sie doch ganz offensichtlich einen anderen liebt. Oder findest du das normal?«

»Nein, es sei denn, sie sieht es als eine Möglichkeit, sich diesen Doktor aus dem Kopf zu schlagen.«

»Und genau das möchte ich herausbekommen, weil ich es nicht zulasse, dass sie John für irgendeines ihrer kleinen Machtspielchen benutzt.«

In diesem Augenblick klopfte es erneut.

»Bist du fertig?«, fragte Joanne von draußen.

»Ja, ich komme«, seufzte Tommy und gab seiner Mutter einen Kuss auf die Wange. »Mach dir keine Sorgen. Ich werde der jungen Dame auf den Zahn fühlen und ihr notfalls ins Gewissen reden.«

»Ach, und ich würde mir so wünschen, John Clarke zum Schwiegersohn zu bekommen.«

»Noch besteht Hoffnung, Mom. Vielleicht beichtet sie mir, dass sie sich in ihn verliebt hat und es nur der Abschiedsabend mit dem Doktor gewesen ist.«

»Ich kann ihn nicht leiden, diesen aufgeblasenen Kerl!«, stieß Lucie hervor.

»Ich doch auch nicht, Mom. Das soll mal einer verstehen, warum der so einen Schlag bei Frauen hat. Es gibt schließlich genügend attraktive Männer in Napier!« Tommy stellte sich in Pose und spannte die Muskeln an. Lucie lachte. Das liebte sie an ihrem Sohn. Sie konnte noch so niedergeschlagen sein, Tommy schaffte es immer, sie zum Lachen zu bringen.

»Dann halte dich mal ran. Ich hätte so gern ein Enkelkind.«

»Du kannst wohl nicht genug bekommen, was? Du hast doch ein ganzes Waisenhaus voller Kinder«, lachte Tommy. »Aber wenn es dich interessiert, es gibt da eine wunderschöne junge Frau in Meeanee, mit der ich nächsten Samstag segeln werde und die ich heiraten werde. Sie weiß es nur noch nicht!«

»Wie ist sie? Wie sieht sie aus? Aus was für einer Familie kommt sie?«, fragte Lucie. Ihre Wangen glühten vor Aufregung.

»Es wird dich freuen. Ihre Mutter ist Maori...«

Lucies Miene verdüsterte sich. »Ich weiß nicht, ob das ein Grund zur Freude ist. Wenn ich bedenke, was Joanne meinetwegen an Häme ertragen musste.«

»Mutter, jetzt hör auf! Das ist die Dummheit der anderen und nicht dein Fehler. Glaubst du, mir hat keiner etwas nachgerufen, als ich ein Kind war? Aber ich habe entweder die Fäuste sprechen lassen oder sie als pickeliges Bleichgesicht tituliert. Was meinst du, wie schnell das aufgehört hat! Joanne hat selbst Schuld, weil sie sich für etwas Besseres hält. So, und jetzt werde ich mein verwöhntes Schwesterchen mal schnell auf die schwankenden Planken jagen.« Tommy gab Lucie einen Kuss auf die andere Wange, bevor er ging.

Lucie blieb noch eine ganze Weile in seinem Zimmer sitzen. In ihrem Kopf ging alles durcheinander. Wie gern würde sie mit Tom über Joanne sprechen, aber das durfte sie nicht. Der neue Arzt hatte ihr eingeschärft, jede Aufregung von ihm fernzuhalten. Tom wusste ja nicht einmal, warum sie den Arzt gewechselt hatte. Er glaubte, sie habe das aus Rücksicht auf ihn getan, weil er den jungen Doktor Thomas nicht mochte. Sie hatte ihn in dem Glauben gelassen. Wenn er ahnte, wie nahe dieser Schnösel seiner Tochter gekommen war...

Tom hatte John Clarke ebenfalls in sein Herz geschlossen. Wie Tommy es getan hatte, und Harakeke. Alle mochten diesen bodenständigen gut aussehenden Mann. Was sie nur an diesem Doktor findet, fragte sich Lucie, in deren Augen John wesentlich attraktiver als Bertram Thomas war. Aber was in Joannes Kopf vorging, würde sie wohl nie verstehen. Obwohl sie das Mädchen nach wie vor wie eine eigene Tochter liebte, war ihr Verhältnis seit jenem Tag vor drei Jahren noch schlechter geworden als zuvor. Joanne gab ihr mehr als deutlich zu verstehen, wie sehr sie darauf gehofft hatte, dass die Gerüchte, Lucie sei nicht ihre Mutter, stimmen würden. Doch seit dem Vorfall im Haus der MacMurrays redete kein Mensch mehr darüber. Rosalyns Mutter hatte sich sogar bei Lucie entschuldigt. Und dennoch war Lucie nicht glücklich über das enge Verhältnis der beiden Mädchen, denn Rosalyn kam nie zu ihnen nach Hause, sondern immer war es Joanne, die ihre Freundin besuchte. Manchmal übernachtete sie sogar gleich mehrere Tage bei den MacMurrays. Lucie stutzte. Ob sie wirklich bei Rosalyn schlief oder ... Den Gedanken mochte Lucie gar nicht zu Ende denken, und doch ließ er sich nicht verdrängen. Was, wenn Rosalyn ihrer Freundin nur ein Alibi gab, damit sie sich ungestört mit ihrem Doktor treffen konnte? Lucie seufzte. Selbst, wenn es so wäre, sie würde das niemals erfahren, denn sie würde ihren Verdacht auf keinen Fall aussprechen. Dazu war ihre Sorge, dass sich Joanne dann noch mehr von ihr distanzieren würde, viel zu groß. Hoffentlich dringt Tommy zu ihr durch, dachte Lucie. Plötzlich musste sie an die junge Frau denken, von der ihr Sohn erzählt hatte. Es berührte sie, dass Tommy sich ausgerechnet in eine Halbmaori verliebt hatte, und sie wünschte ihm von Herzen, dass ihm die Schwierigkeiten erspart blieben, die seinem Vater entstanden waren, weil er eine Maori geheiratet hatte. Sie sollte ihn unbedingt ermutigen, ihr das Mädchen baldmöglichst vorzustellen.

NAPIER, DEZEMBER 1908

Es war herrlichstes Segelwetter. Der Wind war gerade so stark, dass er das Boot elegant über die Lagune gleiten ließ. Tommy hatte alles genau geplant. Zunächst würden sie einen Schlag segeln und dann auf der anderen Seite in Strandnähe ankern. Er hatte sich von Stella einen Picknickkorb zusammenstellen und zum Lockern von Joannes Zunge eine Flasche Wein einpacken lassen. Er hatte gehofft, seine Schwester mit seiner Begeisterung für das Segeln anstecken zu können, doch die Hoffnung hatte sich nicht erfüllt. Joanne nörgelte, seit sie das Boot betreten hatte. Es war ihr zu wackelig, zu kalt und zu nass. Tommy aber kümmerte sich nicht darum, sondern genoss den Törn über die Lagune.

»Was meinst du, sollen wir jetzt mal eine Pause einlegen?«, fragte Tommy seine griesgrämig dreinblickende Schwester.

»Meinetwegen«, knurrte sie. »Wie kann man daran nur Spaß haben. Es ist einfach nur nass und kalt!«

Tommy lachte. »Man muss es mögen.«

Als der Strand zum Greifen nahe war, ließ er die Segel runter und den Anker ins Wasser fallen. Da sie im Windschatten lagen, dümpelte das Boot nur leicht hin und her. Plötzlich hörte er ein lautes Würgen und fuhr herum. Joannes Gesicht hatte eine grünliche Farbe angenommen. Sie hing über der Reling, während sie sich mehrmals erbrach.

»Du Arme«, sagte er mitfühlend. »Es ist wohl in der Tat nicht der richtige Sport für dich. Soll ich die Segel setzen und dich auf schnellstem Weg ans rettende Ufer bringen?«

»Nein, jetzt lass uns bloß eine Pause einlegen. Ich habe ja nichts mehr im Magen.«

»Dann werde ich den Picknickkorb aus Solidarität auch nicht anrühren«, seufzte Tommy.

»Wer sagt denn, dass ich nichts esse?« Joanne beugte sich hinunter und hob den Korb auf die Bank. Zielsicher griff sie sich ein Glas Mixed Pickles, eine Spezialität Stellas, und bediente sich gierig an den kleinen, in Essig eingelegten Gürkchen.

Tommy schüttelte missbilligend den Kopf. »Nimm erst einmal von dem Kuchen. Den hat Mom selbst gebacken.«

»Moms Kuchen schmecken nicht!«, entgegnete Joanne ungerührt.

»Warum lässt du eigentlich kein gutes Haar an unserer Mutter? Sie legt sich krumm für dich, und du hast nichts als Häme für sie übrig!«, fuhr Tommy sie an.

Joanne rollte mit den Augen. »Jetzt fang nicht schon wieder damit an. Ich versuche doch, nett zu ihr zu sein, aber sie ist mir so entsetzlich fremd.«

»Du bemühst dich nicht einmal! Sie ist der liebste Mensch der Welt. Man muss sie einfach mögen!«

»Sie ist der Grund, warum ich in der Schule jahrelang gehänselt wurde ...«

»Das kannst du ihr nicht vorwerfen. Dafür solltest du lieber deine Mitschüler verurteilen, aber nicht Mutter.«

»Warum konnte Vater keine Pakeha heiraten wie alle anderen Väter meiner Mitschüler?«, stieß sie verzweifelt hervor.

»Weil er sie liebt! Und stell dich schon mal seelisch darauf ein, dass du vielleicht eine Frau mit Maoriblut zur Schwägerin bekommst.«

»Ach, macht doch alle, was ihr wollt«, zischte Joanne verächtlich, während sie mit dem Finger eine weitere Gurke aus dem Glas fischte.

Tommy stöhnte auf. Wenn er so weitermachte, dann konnte er

seinen schönen Plan vergessen. Wenn sie sich jetzt schon stritten, würde sie sicherlich keinen Pfifferling auf seinen brüderlichen Rat geben.

»Joanne, bitte, lass uns aufhören. Ich will nur dein Bestes, aber du machst es einem so verdammt schwer. Ich finde es einfach gemein, wie du unsere Mutter behandelst.«

»Du hast gut reden. Du bist ja auch ihr Liebling. Hast du mal gesehen, wie weich ihr Blick wird, wenn sie dich ansieht?«

»Das bildest du dir ein. Sie liebt dich ganz genauso! Aber jetzt wechseln wir mal das Thema...« Er stutzte, weil sie schon wieder dabei war, die Gurken aus den Mixed Pickles herauszusuchen und sie sich mit Heißhunger in den Mund zu schieben.

»Hast du immer schon so gern Gurken gegessen?«

»Weiß nicht, jetzt sag endlich. Wozu hast du mich auf dein Allerheiligstes gelockt?«

Tommy fühlte sich ertappt. Sie hatte sein Manöver also durchschaut. Joanne legte den Kopf schief. »Du führst doch was im Schilde oder wolltest du mir nur wegen Mutter ins Gewissen reden?«

»Ich muss dich was fragen: Liebst du John Clarke?«

Joanne lief knallrot an. »Was ist denn das für eine blöde Frage? Du glaubst nicht im Ernst, dass ich dir mein Herz ausschütte?«

»Das, mein liebes Schwesterchen, habe ich mit meiner Frage auch nicht beabsichtigt. Mich interessiert nur eines: Warum hast du seinen Heiratsantrag angenommen, wo du ihn vorher kaum eines Blickes gewürdigt hast?«

»Das geht dich gar nichts an«, schnaubte Joanne.

»O doch, denn John Clarke ist ein feiner Kerl und mein bester Freund. Wir wissen beide, dass er einen Narren an dir gefressen hat und dass du ihn bislang hast abblitzen lassen. Wieso der Sinneswandel?«

Joanne knallte wütend das Glas mit den Mixed Pickles auf die Bank. »Frag ich dich, warum du dich ausgerechnet in das dumme

Gänschen Ellen Frenton verliebt hast, das einzige Maorimädchen aus besserem Haus weit und breit. Das ist dein Schatz, oder?« Joanne blickte ihn herausfordernd an.

Tommy legte den Kopf schief: »Ja und? Was willst du mir damit sagen?«

»Eben nichts! Kein Wort würde ich dazu sagen! Habe ich dir Vorträge gehalten, warum du dir das antust? Nein, ich habe meinen Mund gehalten. Also, halte du dich auch aus meinem Leben raus!«, fuhr Joanne mit ihrer Schimpftirade fort.

Tommy musterte seine kleine Schwester ungläubig.

»Das kannst du doch gar nicht vergleichen. Ich habe mich in Ellen verliebt. Bei uns geht es um aufrichtige Gefühle und nicht um irgendein Theater! Gut, dann frage ich eben direkt. Ich kann mir kaum vorstellen, dass du über Nacht dein Herz für John entdeckt hast. Warum willst du ihn heiraten, obwohl du ganz offensichtlich einen anderen liebst?«

Joannes Gesichtszüge entgleisten. An ihrem Hals bildeten sich hässliche rote Flecken.

»Wie kommst du auf so einen Blödsinn? Es gibt keinen anderen!«

»Ach ja? Dann war der Kuss, den ich vor unserer Haustür beobachtet habe, wohl ein Bruderkuss?«

Joanne sprang auf und wollte Tommys Brustkorb mit den Fäusten traktieren, aber er hielt sie fest. Das Boot schaukelte nun gefährlich.

»Lass das! Und setz dich. Sonst fällst du mir noch über Bord!«, knurrte Tommy.

Schnaubend zog sich Joanne zurück.

»Ich habe euch gesehen. Es war zwar dunkel, aber der Mann, der dich leidenschaftlich geküsst hat, war nicht John Clarke!«

»Widerlich! Du lauerst hinter dem Fenster!«

»Das war Zufall und glaube mir, ich hätte es mir gern erspart, zuzusehen, wie herzlich du Bertram Thomas verabschiedest hast.

Du weißt, dass er eine Frau und ein kleines Kind hat, nicht wahr?«

Unvermittelt brach Joanne in Tränen aus. »Lass mich in Ruhe!«, schluchzte sie.

»Gern, wenn du mir sagst, was du mit John vorhast«, entgegnete Tommy versöhnlicher.

»Was soll ich mit ihm vorhaben?«

»Du machst es mir wirklich schwer. Ich hatte gehofft, du würdest mir versichern, dass es dein Abschiedsabend war und du und Bertram euer Verhältnis beendet habt, weil du einen anständigen jungen Mann gefunden hast«, seufzte Tommy.

»John Clarke ist wirklich ein netter Kerl«, presste Joanne hervor.

»Das weiß ich. Und deshalb werde ich auch nicht zusehen, wie er blind in sein Unglück läuft!«

»Du wirst ihm nichts sagen von Bertram und mir, oder?« Joanne sah ihren Bruder aus schreckensweit geöffneten Augen an.

»Ich bin keine Petze, aber ich werde von dir verlangen, dass du diese sogenannte Verlobung löst, wenn du in Wahrheit nur diesen Kerl liebst. Und das kannst du nur allein wissen.«

»Verdammt, ich muss John Clarke heiraten. Sonst...« Sie stockte und wurde leichenblass, wandte sich um und würgte die Gurken ins Meer.

Tommy sah sie fassungslos an. Jetzt fiel es ihm wie Schuppen von den Augen.

»Sag, dass das nicht wahr ist!«

Joanne sah entsetzlich mitgenommen aus. Warum war ihm das nicht gleich aufgefallen, wie blass seine Schwester war. Er hatte ihr Unwohlsein auf das Segeln geschoben. Dabei...

»Seit wann weißt du es?«

»Frag nicht so. Frauen wissen das eben!«

»Und weiß es der Herr Doktor schon?«

»Ja!«

»Und was sagt er?«

Joanne biss sich so heftig auf die Lippen, bis sie den Geschmack ihres Blutes im Mund schmeckte.

»Er denkt, das Beste wird sein, ich ginge zu einer Engelmacherin.«

»Und du, was denkst du?«

»Ich werde das Kind behalten und deswegen heirate ich John Clarke, denn es braucht einen Vater!«

»Weiß dein Doktor schon, was du vorhast?«

Joanne nickte. »Er findet es nicht gut, aber er kann sich im Augenblick unmöglich scheiden lassen. Der Vater seiner Frau hat ihm das Geld für die Erweiterung der Praxis gegeben.«

Tommy konnte sich nicht länger beherrschen. Er sprang mit einem Satz, der das Boot zum Schaukeln brachte, von der Bank auf, riss wutschnaubend die Segel nach oben und brachte das Boot in den Wind. Es hatte inzwischen aufgefrischt. Das Schiff legte sich noch weiter auf die Seite als vorhin. Joanne umklammerte die Reling so fest, dass alles Blut aus ihren Fingern wich.

In rasender Fahrt zischte es über die Lagune. Tommy blickte stur geradeaus. Seine Kiefer mahlten vor Zorn.

»Du wirst es doch für dich behalten?«, fragte Joanne nach einer ganzen Weile.

Tommy zuckte die Achseln. »Das kann ich dir nicht versprechen. Und auch nicht, dass ich diesem Bertram nicht gehörig den Marsch blase!«

»Bitte lass ihn in Ruhe. Für ihn ist das Ganze auch nicht einfach!«

»Wenn du noch ein Wort zur Verteidigung dieses Drecksacks vorbringst, dann knöpf ich ihn mir vor!«, keuchte Tommy. Joanne hatte ihn noch nie zuvor so in Rage erlebt. In dieser Verfassung traute sie ihm glatt zu, ihrer schönen Planung einen Strich durch die Rechnung zu machen. Aber das durfte nicht geschehen!

»Bitte, misch dich nicht ein«, flehte sie. »Wenn John mich nicht heiratet, dann weiß ich nicht weiter.«

»Das hättest du dir vorher überlegen sollen!«, entgegnete Tommy ungerührt.

»Du musst es mir schwören!«, bettelte sie verzweifelt.

Tommy wandte sie ihr zu und musterte sie abfällig. »Ich werde keiner Menschenseele je ein Sterbenswort verraten, aber du musst mir im Gegenzug zwei Dinge versprechen: Du wirst es John vorher sagen ...«

»Aber dann wird er mich nicht heiraten. Wer nimmt schon eine Frau, die von einem anderen ein Kind erwartet?«

»Vielleicht so ein anständiger Kerl wie John Clarke. Aber du musst ihm die Chance geben, es frei zu entscheiden. Du darfst ihm kein Kind unterjubeln!«

»Und wenn er mich nicht heiratet?«

»Dann werden wir in der Familie eine Lösung finden. Mutter wird dir bestimmt helfen, das Kind großzuziehen.«

»Das will ich auf keinen Fall!«, schrie Joanne.

»Du hast keine Wahl. Das Risiko musst du eingehen. Und nun zu der zweiten Bedingung: Du wirst Bertram Thomas nicht wiedersehen!«

»Aber das kann ich nicht, nein, bitte, versteh, ich liebe ihn doch ...«

Tommy hörte ihr gar nicht zu, sondern stand auf, um nach einem Boot zu sehen, das sich von Steuerbordseite näherte und nach den Regeln »Lee vor Luv« Vorfahrt hatte. Er wollte sich davon überzeugen, dass er schneller war und noch rechtzeitig vor dem anderen Boot dessen Weg kreuzen würde.

Joanne war außer sich. Sie sprang auf und riss mit aller Kraft an der Pinne. Es schepperte und knallte an Bord, besonders als der Mastbaum mit einer infernalischen Kraft auf die andere Seite knallte. Dabei traf er Tommy nicht nur am Kopf, sondern fegte ihn über Bord.

Joanne schrie auf. Sie war völlig hilflos und schockiert. Das Boot drehte sich im Wasser um die eigene Achse.

»Tommy«, brüllte Joanne in das Wasser der Lagune, das plötzlich nicht mehr grün, sondern finster wie die Nacht war. »Tommy!«, wiederholte sie verzweifelt, aber von ihrem Bruder fehlte jede Spur.

Napier, Juli 1933

Die Hochzeit von Berenice und Hans wurde im Haus in Napier gefeiert. Dort, wo früher einmal der Anbau mit dem Vorratsschuppen gestanden hatte, gab es inzwischen einen Wintergarten, der die Ausmaße eines Tanzsaals hatte. So konnte auch an diesem trüben Wintertag im Haus in der Cameron Road ein Fest stattfinden.

Eva hätte dieses Ereignis am liebsten geschwänzt, während Daniel gemeint hatte, wenn man eh nichts mehr dagegen unternehmen könne, böte sich doch eine Doppelhochzeit an. Diese Idee hatte Eva rundweg abgelehnt. So heftig, dass Daniel darüber regelrecht verschnupft gewesen war. Und Hans hatte sie gegen ihren erklärten Willen zur Trauzeugin gemacht. Das war in ihren Augen schon schlimm genug, denn so liebreizend sich Berenice auch ihr und Lucie und sogar Harakeke gegenüber verhielt, Eva traute ihr nicht über den Weg.

Das einzig Gute daran war, dass Hans und seine Frau in Zukunft auf ihrer Farm leben würden und Lucie zurück in ihr Haus ziehen konnte.

Berenice war so anhänglich, dass sie sogar Eva dazu ausgewählt hatte, ihr Brautkleid mit ihr auszusuchen. Wo du doch jetzt meine Schwägerin bist, hatte sie gesagt. Eva hatte ein wenig Sorge, dass sie der jungen Frau Unrecht tat, denn anscheinend war sie wirklich glücklich mit Hans. Sollte tatsächlich ihr Herz gesprochen haben? Eva blieb skeptisch. Sie war nicht nachtragend, aber was Berenice sich geleistet hatte, waren keine kleinen verzeihlichen

Zockereien, sondern Riesengemeinheiten gewesen. Es gehörte schon einiges dazu, der eigenen Großmutter das Haus abzupressen und eine entfernte Cousine vor der versammelten Gesellschaft bloßzustellen, sodass sie Napier verlassen musste. Und nun hatte Berenice ihr auch noch den Bruder genommen, denn jene stumme und innige Verbundenheit ihrer Kindertage war nicht mehr vorhanden. Zwar erkannte Eva in ihm noch entfernt ihren großen Bruder, aber er hatte sich sehr verändert. Eva befürchtete, dass es mit dem Vermögen zu tun hatte, das er gescheffelt hatte. Sie fand, er übertrieb und agierte manchmal zu oberflächlich. Sie selbst hatte sich ja auch in eine Lady verwandelt, aber war sie auch nur annähernd so materialistisch geworden wie er? Das bezweifelte sie. Es war auffällig, dass es bei Hans in erster Linie um immer größere Statussymbole ging. Er trug die eleganteste Kleidung vor Ort, fuhr das neuste Auto und hatte nun das aufwendigste Hochzeitsfest geplant, das man in einem Privathaus überhaupt begehen konnte. Sie hatten sowohl den Standesbeamten als auch den Pfarrer zu sich bestellt. Es kam Hans sehr gelegen, dass seine Braut katholisch war wie er selbst.

Eva wusste nicht, wie sie es finden sollte, als sie an diesem Tag in Begleitung von Lucie und Harakeke in der Cameron Road eintraf. Der Eingang war mit üppigen Blumenarrangements geschmückt. Sie wurden von livrierten Kellnern empfangen, die ihnen Champagner kredenzten.

»Vornehm geht die Welt zugrunde«, raunte Lucie Eva ins Ohr, nachdem ein anderer Bediensteter ihr das Cape abgenommen hatte. Als sie in die Diele traten, erstarrten sie gleichermaßen. Alles war neu gestrichen und eingerichtet. Die Möbel waren zwar geschmackvoll, aber trotzdem konnte Eva sich des Eindrucks nicht erwehren, Berenice wäre in das teuerstes Möbelhaus von Hawke's Bay gegangen und hätte sich wahllos die edelsten Stücke zusammengekauft. Was fehlte, war das Herz, die eigene Note und die Fähigkeit, Räume wirklich wohnlich zu gestalten.

»Sieht aus wie eine Möbelausstellung«, zischte Harakeke.

»Abscheulich!«, ergänzte Lucie aus tiefster Seele. Dann blieb ihr Blick an einer Vase hängen, und sie erstarrte.

Die anderen folgten ihrem Blick und begriffen, warum Lucie alle Farbe aus dem Gesicht gewichen war. Die prachtvollsten Überbleibsel vom Federmantel ihres Vaters waren als Blumenschmuck in der Vase dekoriert. Sie erwarteten bang einen emotionalen Ausbruch angesichts dieses Frevels, doch Lucie bemerkte nur abfällig: »Ich sage doch, sie hat keinen Stil, die junge Dame!«

Hocherhobenen Hauptes schritt sie voran zum Festsaal.

Der neu angebaute Raum war außergewöhnlich. Eva liebte Wintergärten, aber auch hier wirkte der Blumenschmuck überladen, zumal man aus allen Fenstern einen Blick in den Garten hatte, in dem auch im Winter noch allerlei Buntes wuchs.

»Schön, euch zu sehen«, flötete Berenice, die noch kein Hochzeitskleid trug. Sie zog Eva gleich mit sich zurück in den Flur. »Ich habe schon so auf dich gewartet. Jetzt werde ich es endlich anziehen!«

Unwillig folgte Eva ihr ins Schlafzimmer. Dort hing ein Traum aus weißem Tüll am Schrank. Berenice hatte auf diesem üppigen Kleid bestanden, obwohl Eva die eng anliegenden Seidenkleider viel eleganter gefunden hätte. Doch in dem Punkt war Berenice beratungsresistent gewesen. Sie wollte wie eine Prinzessin aussehen. Im Nu war Berenice aus ihrem Alltags- in das weiße Brautkleid geschlüpft. Aufgeregt bat sie Eva, ihr das Mieder im Rücken zu schnüren. Als es fertig war, musste selbst Eva zugeben, dass Berenice zauberhaft darin aussah. Es unterstrich ihre Rundungen und passte perfekt zu ihrem, wenn auch schmaler gewordenen, aber verglichen mit Evas immer noch rundlichem Gesicht.

»Was meinst du, was Hans sagen wird?« Berenice Wangen glühten vor Aufregung.

»Er wird begeistert sein«, erwiderte Eva. Wie immer, wenn sie neuerdings mit dieser völlig anderen Berenice zusammen war, hegte sie gemischte Gefühle. Natürlich genoss sie es, dass sie sich nicht ständig vor den Gemeinheiten ihrer Cousine schützen musste, andererseits blieb sie skeptisch. So richtig konnte sie sich in Berenices Gegenwart nicht entspannen. Und das, obwohl sie keinen Zweifel an der Aufrichtigkeit ihrer Gefühle Hans gegenüber hegte. Sie himmelte ihn regelrecht an.

»Legst du mir bitte die Kette an! Es ist ein altes Familienerbstück.«

Berenice reichte Eva eine goldene Kette mit einem wertvollen Rubinanhänger. Bewundernd betrachtete sie den Schmuck von allen Seiten. »Ist das aus dem Nachlass unserer Urgroßmutter?«, fragte Eva arglos.

»Nein, das hat Maggys Großmutter meiner Mutter einst geschenkt. Damals, als sie dort wie eine Tochter im Haus ein und aus ging.«

Eva nickte, als wüsste sie, wovon Berenice da sprach. Dabei konnte sie nur erahnen, dass Joanne offenbar einmal längere Zeit im Haus ihrer Freundin Rosalyn gelebt hatte. Es war jetzt nicht der richtige Zeitpunkt nachzufragen. Seufzend legte sie der Braut das Schmuckstück um den Hals und sicherte den Verschluss. Der Stein funkelte verführerisch an Berenices Hals.

Berenice drehte sich um, ihre Wangen glühten wie kleine Feuerbälle, und sie strahlte über das ganze Gesicht.

»Und, wie sehe ich aus?«

»Einfach umwerfend!«

Ehe Eva es sich versah, hatte Berenice sie umarmt. Eva war so perplex, dass sie diese schwesterliche Annäherung wie versteinert über sich ergehen ließ.

»Ich bin so glücklich. Dass ich Hans kennengelernt habe, das hat mein ganzes Leben verändert«, verkündete Berenice schwärmerisch.

Eva suchte noch nach Worten, als Lucie den Kopf zur Tür hineinsteckte. Sofort verfinsterte sich der Blick der Braut. »Du darfst mich noch nicht so sehen, Großmutter«, fauchte Berenice.

»Das ist Blödsinn«, mischte sich Eva ein. »Nur Hans soll das Brautkleid noch nicht zu Gesicht bekommen! Komm nur herein, Lucie.«

Lucie näherte sich ihrer Enkelin. »Du siehst ganz entzückend aus«, sagte sie kühl. Dann blieb ihr Blick an der Kette hängen, und ihre Freude schien augenblicklich getrübt.

»Das ist doch die Kette von Misses MacMurray, nicht wahr?« Lucies Ton wurde scharf.

»Nein, Großmutter, das ist das Weihnachtsgeschenk von Misses MacMurray an meine Mutter. Ich habe es geerbt. Wenn ich richtig informiert bin, hast du damals von meiner Mutter verlangt, es zurückzugeben!«

»Ja, richtig. Ich wollte nicht, dass Misses MacMurray meiner Tochter derlei wertvolle Geschenke macht. Und genauso unangemessen, wie ich das fand, ist es, dass du am Tag deiner Hochzeit den Schmuck fremder Menschen trägst. Aber wie ich bereits an deinem Vasenarrangement im Flur ersehen konnte, fehlt dir in Geschmacksfragen das sichere Händchen.«

Eva warf Lucie einen erstaunten Blick zu. In solch süffisantem Ton hatte sie Lucie noch nie mit Berenice reden hören, doch die schien den Spott ihrer Großmutter überhaupt nicht wahrzunehmen.

»Ich mag die Kette aber!«, erwiderte Berenice trotzig.

Lucie zog ungerührt eine Samtschatulle hinter ihrem Rücken hervor und reichte sie ihrer Enkelin. Missmutig griff Berenice danach und holte eine Silberkette mit einem Smaragd-Anhänger heraus. Das Schmuckstück war wesentlich schlichter als das, was sie um den Hals trug, doch es wirkte viel geschmackvoller.

»Er ist etwas, wie soll ich sagen, hochwertiger«, flötetet Lucie.

Berenice würdigte das Geschenk keines Blickes, ja, sie nahm es nicht einmal zur Hand, sondern ließ ihre Großmutter damit einfach stehen.

Eva spürte kalte Wut in sich aufsteigen.

»Ich habe es von deinem Großvater zur Geburt von Joanne bekommen«, bemerkte Lucie nachdrücklich, Berenice überhörte ihre Worte und wandte sich jetzt Eva zu. »Hast du das blaue Strumpfband?«

Eva schnappte nach Luft. »Sag mal, das kann ja nicht wahr sein. Du lässt deine Großmutter mit dem Geschenk in der Hand stehen, nimmst es ihr nicht einmal ab? Hast du nicht verstanden? Großmutter möchte, dass du ein Schmuckstück aus der Familie trägst und keines, das von Fremden kommt.«

»Maggy und ihre Mutter sind keine Fremden«, erwiderte Berenice schnippisch.

Eva blickte voller Sorge, sie könne wegen dieser Zurückweisung schwer gekränkt sein, zu Großmutter Lucie hinüber, doch diese schien das Ganze gefasst aufzunehmen. Täuschte sich Eva, oder huschte sogar ein Lächeln über das Gesicht der Maori, als sie das Schmuckstück nun der verblüfften Eva in die Hand drückte. »Trag du es zu deiner Hochzeit. Es gehört dir! Ich wollte Berenice nur nicht übergehen, aber anscheinend entspricht es nicht ihrem Geschmack. Und das erleichtert mich auch in gewisser Weise.«

Eva zögerte nicht, es an sich zu nehmen, obwohl Berenice sie nun angriffslustig musterte. In ihrem Gesicht dominierten wieder jene Züge, die Eva an ihr kannte und von denen sie gehofft hatte, sie wären mit der Liebe zu Hans auf immer verschwunden.

»Freu dich doch!«, bemerkte Berenice schnippisch, während sie sich das blaue Strumpfband, das Eva ihr besorgt hatte, vom Tisch nahm. »So bekommst du auch etwas zu meiner Hochzeit. Wahrscheinlich hättest du es eh bekommen, nachdem du Adrian geheiratet hast, wenn ihr dann noch dazu gekommen wäret, die Hochzeit auch zu feiern. Und nun etwas Geliehenes. Hast du daran gedacht?«

Eva nickte und reichte ihr ein silbernes Abendtäschchen. Als sie sich bei Lucie für die schöne Kette bedanken wollte, war Großmutter Lucie verschwunden. Sie musste das Zimmer auf Zehenspitzen verlassen haben.

»Sag mal, Berenice, warum tust du das?«, fragte Eva.

»Was meinst du? Warum ich Großmutter nicht von Herzen liebhaben kann? Das will ich dir sagen.« Sie senkte geheimnisvoll ihre Stimme. »Sie ist gar nicht meine richtige Großmutter!« Eva zuckte zusammen. Wusste Berenice etwa Bescheid? Aber das hätte ihr Lucie doch erzählt.

»Du spinnst!«, widersprach Eva ihr entschieden.

»Nein, nein, Mutter hat es mir selbst gesagt«, flüsterte Berenice. »Sie glaubte fest daran, dass Großvater einst mit einer feinen Dame der Gesellschaft eine Liebelei hatte, die nicht ohne Folgen geblieben ist. Und du musst zugeben, Mutter und ich haben gar nichts von einer Maori an uns.«

»Und wer hat deiner Mutter diesen Floh ins Ohr gesetzt?«

»Mutters Freundin Rosalyn hat es aufgeschnappt, und als meine Mutter ihre Eltern daraufhin zur Rede gestellt hat, da ist mein Großvater Tom wutentbrannt zu dem Haus der MacMurrays gefahren, um ihnen das zu untersagen. Er soll sich so aufgeregt haben, dass er einen Herzanfall bekommen hat. Seitdem durfte bei Strafe kein Mensch mehr darüber reden. Aber Mutter meinte, das sei ein sicheres Zeichen dafür, dass die MacMurrays die Wahrheit gesprochen hätten. Wenn da nichts dran gewesen wäre, warum hätte er sich so aufregen sollen, oder?«

Eva lächelte gequält. »Das wird schon seinen Grund gehabt haben. Dass es nämlich völlig aus der Luft gegriffen war. Und dass es eine Gemeinheit Lucie gegenüber gewesen ist. Er wollte seine Frau vor diesen Gerüchten schützen. Ich glaube eher, mit deiner Mutter ist ihre Fantasie mächtig durchgegangen. Merkst du das denn nicht? Es war höchstwahrscheinlich ihr innigster Wunsch, die Tochter von Misses MacMurray zu sein.«

Berenice kicherte dümmlich.

»Misses MacMurray soll in Wahrheit die Dame der feinen Gesellschaft gewesen sein, mit der mein Großvater ein Techtelmechtel hatte, denn sie war wunderschön, während Mister MacMurray kein sonderlich attraktiver Mann gewesen sein soll und Großmutter, na ja, ihr sieht man eben die Maori an«, raunte sie vertraulich.

Eva musste sich sehr zusammenreißen, um der aufgeblasenen, einfältigen Berenice nicht an den Kopf zu werfen, dass ihre Mutter in Wahrheit die Tochter einer intriganten Küchenhilfe war.

»So ein Blödsinn!«, fauchte sie stattdessen. »Dann hätte Misses MacMurray wohl kaum zugelassen, dass auf ihrer Teegesellschaft darüber geklatscht wurde. Da hätte sie sich doch selber ins Gerede gebracht. Und was deine Großmutter angeht: Sie ist eine Frau von exotischer Schönheit.«

»Pah«, schnaubte Berenice. »Exotisch? Mom war aber fest davon überzeugt, dass sie Misses MacMurrays Tochter und damit Rosalyns Schwester war!«

»Also, tut mir leid. Ich konnte zwischen den aufgetakelten Damen Rosalyn und Margret MacAlister keine auch nur annähernde Familienähnlichkeit mit dir feststellen, liebe Berenice. Ich befürchte, der Wunsch danach war so stark, dass sich deine Mutter zeitlebens in etwas hineingesteigert hat! Die MacMurrays und MacAlisters sind weniger mit dir verwandt als ich, nämlich gar nicht! Und deshalb schlage ich vor, du nimmst die Kette deiner Großmutter und trägst sie zu deiner Hochzeit.«

Gern tat Eva das nicht, aber sie wollte Berenice auch nicht um ein derart wertvolles Schmuckstück bringen, Nachher hieß es, Eva hätte sich den Familienschmuck unter den Nagel gerissen. Also reichte Eva Berenice seufzend die wertvolle Kette, doch die Braut verschränkte die Hände hinter dem Rücken. »Ich mag nicht! Nimm du es!«, zischte sie.

»Was hast du eigentlich gegen deine eigene Großmutter? Ich

meine, außer dass sie Maori ist?«, stieß Eva wütend hervor. »Ich verstehe das nicht!«

»Sie hat einst Großvaters Andenken beschmutzt, und ich könnte dir da noch Geschichten erzählen. Sie hatte einen Geliebten, einen Mörder. Alle haben es gewusst. Die ganze Stadt...« Ihre Stimme war lauter geworden.

»Pst!«, ermahnte Eva sie. »Berenice, sie ist deine Großmutter, was immer sie auch getan haben mag...«

»Ich sage nur: Wenn du wüsstest, was ich gefunden habe. Dann würdest du sie nicht mehr so verehren. Und außerdem kannst du dir gar nicht vorstellen, wie das ist, wenn dich deine Großmutter von der Schule abholt und die anderen fragen, ob das unsere Köchin sei!«

»Du bist ungerecht und eingebildet! Ich hätte mir so eine Großmutter von Herzen gewünscht, aber meine beiden waren schon tot, als ich zur Welt kam. Und jede Wette, eines Tages wirst du dich entschuldigen bei ihr, weil du ihr Unrecht tust. Wenn du erst ihre Lebensbeichte liest, wird dir manches Licht auf...« Eva unterbrach sich hastig, denn das mit den Aufzeichnungen war ihr versehentlich herausgerutscht. Sie überlegte gerade fieberhaft, wie sie sich da würde herausreden können, als es klopfte.

»Miss Clarke, ein Brief für Sie!«, rief von draußen ihre Haushaltshilfe.

»Nimmst du ihn an«, bat Berenice, während sie das blaue Strumpfband befestigte.

Eva ließ sich das Schreiben geben. Mit einem flüchtigen Blick sah sie den Absender, »Margret MacAlister aus Wellington«, während sie den Brief weiterreichte.

»Die gute Margret«, seufzte Berenice.

»Kommt deine Freundin aus Wellington denn nicht zu deiner Hochzeit?« Eva reckte den Hals, um einen Blick auf den Brief zu erhaschen.

»Leider nicht! Sie hat mir bereits am Telefon abgesagt. Offenbar hat sie beschlossen, so schnell wie möglich nach London zurückzugehen. Sie hat wohl einen Mann kennengelernt, den sie demnächst heiraten wird. Da sie spätestens im Oktober das Land verlässt, schafft sie es nicht mehr.«

»Aber das sind noch über zwei Monate. Schließlich bist du ihre beste Freundin. Und wirst du zu ihrer Hochzeit nach Wellington reisen?«

»Das hoffe ich sehr. Dies hier wird die Einladung sein!« Euphorisch öffnete Berenice den Brief und begann zu lesen. Ihre Miene verfinsterte sich zunehmend.

»Sie werden in aller Stille heiraten und erst in London ein großes Fest geben«, knurrte sie schließlich. »Und das wäre wohl zu viel verlangt, wenn Hans und ich uns auf die weite Reise machten, schreibt sie.« Berenice schien sichtlich enttäuscht, denn sie legte den Brief rasch beiseite.

»Vielleicht möchtest du unter diesen Umständen doch lieber das Schmuckstück...«

»Hör endlich auf damit und geh mir mit dem Tand aus den Augen«, schimpfte Berenice.

Eva aber band sich die Kette ungerührt selber um. Nun hatte sie Berenice das Schmuckstück wirklich zur Genüge angeboten. Sie warf einen Blick in den Spiegel. Es passte hervorragend zu ihrem roten Abendkleid.

Es klopfte erneut an der Tür. »Wir wären dann fertig. Der Standesbeamte und der Pfarrer warten schon.«

»Na dann«, flötete Berenice, als wäre nichts geschehen und lächelte dazu.

Eva öffnete ihr die Tür, durch die Berenice mit ihren ausladenden Tüllröcken wie eine Prinzessin schwebte.

Da es keinen Brautvater gab und auch sonst keinen männlichen Verwandten, der Berenice zum Altar führen konnte, hatte die Braut Daniel gebeten, das zu übernehmen.

Eva ging das Herz auf, als sie ihn vor der Tür zum Wintergarten stehen sah. Er sah beeindruckend aus in seinem Abendanzug. Und es gab ihr einen leichten Stich, als sich die Braut besitzergreifend bei ihm unterhakte. Schließlich hatte sie ja einst mehr als ein Auge auf ihn geworfen, doch sie blickte nur mit fiebrigen Augen nach vorne zu dem Tisch, an dem die Trauung stattfinden sollte. Dort wartete Hans schon ungeduldig auf sie, trat nervös von einem Bein auf das andere. Der Raum war wie eine Kirche ausstaffiert, zu beiden Seiten des Mittelgangs befanden sich Stühle und vorne ein Tisch, der etwas von einem Altar hatte. Alles war mit üppigen Blumenbouquets geschmückt. Hans hatte Eva gesagt, es wäre ihre Aufgabe, nach der Trauungszeremonie dafür zu sorgen, dass Tische aufgestellt wurden, damit das Essen ebenfalls in diesem Raum stattfinden konnte. Und nach dem Essen sollte er dann in einen Tanzsaal umfunktioniert werden. Das Personal wusste Bescheid, aber Eva sollte diese Arbeiten beaufsichtigen.

Erst einmal war sie für die Ringe zuständig. Sie trug sie in einem Samtkästchen bei sich. Hastig eilte sie zu ihrem Platz in der ersten Reihe, wo Hans' Trauzeuge Ben bereits auf seinem Platz saß.

»Na, schöne Frau, aufgeregt?«, fragte er und rückte gleich ein Stück näher an sie heran. Zu nahe für ihren Geschmack.

»Warum sollte ich?«, entgegnete sie knapp. Sie konnte sich nicht helfen. Mit diesem Kerl wurde sie partout nicht warm. Er war ein Großmaul, das am liebsten von seinen eigenen Heldentaten redete. Und wenn Eva ehrlich war, gönnte sie ihrem Bruder und seinem Freund zwar, dass sie es in Los Angeles zu Wohlstand gebracht hatten, aber sie hatten auch Gesetze übertreten und waren noch rechtzeitig aus dem Land gekommen, bevor man sie ins Gefängnis hatte stecken können. Eine Heldentat sah in Evas Augen anders aus. Da waren etwa die vielen Freiwilligen, die Napier nach dem Erdbeben emsig wiederaufgebaut hatte und nicht diese zwei Abenteurer. Das behielt Eva natürlich für sich. Ihr Bruder wäre sicherlich tödlich beleidigt, wenn er wüsste, dass sie ihn nicht mehr gnadenlos bewunderte. Das nämlich erwartete er von seiner kleinen Schwester.

Eva war froh, als sich Daniel zu ihrer Rechten setzte, nachdem er die Braut Hans übergeben hatte. Er nahm ihre Hand und drückte sie ergriffen. In dem Augenblick rückte Ben wieder von ihr ab. Sie atmete erleichtert auf.

Während der gesamten Zeremonie ließ Daniel ihre Hand nicht los. Trotz aller Vorbehalte war Eva gerührt, wie Berenice und Hans sich erst vor dem Standesbeamten und dann vor dem Pfarrer ihr Jawort gaben. Sie taten das ganz offensichtlich aus vollem Herzen. Berenice hatte sogar feuchte Augen, während Hans nicht aufhörte zu strahlen.

»Dein Bruder ist ein Segen für sie«, flüsterte Daniel. Dann blieb sein Blick bei ihrer Kette hängen. »Neu?«, fragte er.

»Lucie hat sie mir geschenkt«, erwiderte Eva, doch dann war sie mit ihrer Aufmerksamkeit wieder voll und ganz bei dem jungen Paar, das andächtig den Worten des Pfarrers lauschte. Ja, sie lieben sich wirklich, dachte Eva und fragte sich, warum sie sich dennoch nicht gänzlich entspannen konnte.

Wahrscheinlich bin ich aufgeregt vor Sorge, ich könnte meinen Einsatz mit den Ringen verpassen, sagte Eva sich, obgleich sie tief in ihrem Inneren bereits ahnte, dass das nicht der wahre Grund war. Sie hätte aber auch nicht konkret benennen können, was sie störte und woher dieses Gefühl herrührte. Oder wollte sie es nicht sehen? Vielleicht sollte ich es wenigstens vor mir selbst zugeben, redete sie sich gut zu, ich hätte während der kurzen Worte des Standesbeamten nur heulen können. Und warum, war auch klar! Es war der Standesbeamte, der auch Adrian und sie getraut hatte. Selbstverständlich hatte sie sich Daniel zuliebe beherrscht. Er glaubte nämlich, dass sie darüber hinweg war. Wie hatte er neulich noch gesagt? *Wir werden ihn nie vergessen. Er wird immer in unseren Herzen lebendig bleiben, aber ich habe das Gefühl, du bist endlich innerlich frei für unsere Zukunft.* Wenn sie das doch bloß aus vollem Herzen bestätigen könnte!

»Nun tauscht die Ringe zum Zeichen Eurer Verbundenheit«,

sagte der Pfarrer in diesem Augenblick. Daniel gab ihr einen zarten Stoß in die Seite. »Die Ringe«, flüsterte er. Das riss Eva aus ihren Gedanken, und sie trug das kleine Kästchen mit den Ringen nach vorn. Berenices Hände zitterten, als sie nach dem Ring für Hans griff, Hans lächelte seine Schwester an, während er entschlossen den Ring entgegennahm.

Nach dem Ringtausch durfte sich das Brautpaar küssen, was es sich nicht zweimal sagen ließ. Eva wandte den Blick ab und traf Lucies Blick, die mit Harakeke auf der anderen Seite des Mittelgangs saß. Die Maori rang sich zu einem Lächeln durch. Eva erwiderte es, doch dann wandte sie sich rasch wieder der Zeremonie zu, denn nun schritt das Brautpaar unter dem Applaus der Gäste durch den Mittelgang. Blumen wurden geworfen.

Ben bat die Gäste zur Bar, damit sie einen Drink nehmen konnten, während Eva die Helfer aufforderte, den Raum zum Dinner herzurichten. Sie staunte, wie schnell aus der Kirche ein Restaurant wurde. Zur Entspannung gönnte sie sich auch ein Glas Champagner.

»Prost, schöne Frau, auf Sie!«, sagte Ben und erhob das Glas. Zögernd stieß sie mit ihm an, während sie sich suchend umsah. Da sah sie Daniel ganz am anderen Ende des Saals, wie er Hariata und ihren frischgebackenen Ehemann Doktor Webber begrüßte. Sie hatten vor ein paar Wochen in einer Maori-Zeremonie am Meer geheiratet. Eva und Daniel hatte dieses Ereignis sehr berührt. Und wieder hatte Daniel es zum Anlass genommen, Eva zu drängen, die Hochzeit nicht zu verschieben, bis sie in Wellington waren. Doch sosehr Daniel sich auch eine Hochzeit in Napier wünschte, Eva wollte ihm diesen Wunsch partout nicht erfüllen. Und sie fühlte sich bestätigt, wenn sie überlegte, wie nah es ihr gegangen war, den Standesbeamten wiederzusehen.

Dass Berenice sich überhaupt herabgelassen hatte, Hariata einzuladen, lag an der Tatsache, dass Doktor Webber die Praxis von Doktor Thomas übernommen hatte und nun der Hausarzt der Familie geworden war.

Eva wollte rasch zu ihren Freunden eilen, aber Ben hielt sie am Arm fest.

»Hallo, junge Frau, wir stoßen gerade an auf das junge Glück. Sie können mich nicht einfach so stehenlassen.«

Das kann ich doch, dachte Eva, aber sie blieb stehen. Es stand ihr nicht der Sinn danach, es sich mit dem Freund und Geschäftspartner ihres Bruders gänzlich zu verscherzen. Dass sie keine Freunde werden würden, hatte der Mann sicher schon gemerkt, glaubte Eva.

»Zum Wohl, Mister Baldwin!«, knurrte Eva und rang sich zu einem Lächeln durch.

»Ich habe Sie mir ganz anders vorgestellt. Wissen Sie das?«, bemerkte er und musterte sie unverschämt.

Eva hoffte, dass Daniel und die neu eingetroffenen Gäste gleich bei ihnen an der Bar sein würden.

»Ja, Sie sind eine Lady durch und durch«, fuhr der unangenehme Kerl fort. »Immer, wenn mir Hans von seiner kleinen Schwester erzählt hat, dann habe ich mir ein bezopftes Mädchen mit wollenen Strümpfen vorgestellt.«

»Na, da hat Hans ein wenig übertrieben. Aber er hat wohl nicht wahrgenommen, dass ich schon zu Hause kein kleines Kind mehr gewesen bin.«

»Schade, dass Sie sich in diesen Architekten verguckt haben. Sie sind richtig.«

Eva musterte ihn distanziert. »Ach, wissen Sie, ich bin sehr glücklich mit meinem Verlobten. Er ist meine große Liebe...«

»Das hat mir die liebe Berenice aber ganz anders berichtet. War nicht deren Bruder Ihre große Liebe?«

Eva lief rot an, und während sie noch nach einer deftigen Erwiderung suchte, hatte Daniel ihr die Hand auf die Schulter gelegt. »Schau, wer gekommen ist«, sagte er.

Eva fuhr sofort herum und umarmte Hariata herzlich. Sie beschloss, dem blöden Kerl eine Antwort schuldig zu bleiben und ihm in Zukunft noch konsequenter aus dem Weg zu gehen, selbst auf die Gefahr hin, unhöflich zu erscheinen.

»Du siehst zauberhaft aus«, rief Eva begeistert aus. Hariata beugte sich zu ihrer Freundin hinüber. »Wir erwarten ein Kind«, flüsterte sie. Noch einmal umarmte Eva Hariata überschwänglich, bevor sie auch Frank begrüßte, der mindestens genauso strahlte wie seine Frau.

»Wo ist denn das junge Brautpaar? Wir müssen doch gratulieren«, fragte Hariata. In diesem Augenblick kehrten Berenice und Hans unter großem Hallo in den Saal zurück, der inzwischen fertig umgebaut worden war.

»Das ist mein Bruder«, raunte Eva ihrer Freundin zu.

»Ihr seht euch ähnlich«, erwiderte Hariata. »Und ich habe Berenice noch niemals so strahlen gesehen. Ich dachte, sie kann gar nicht lachen. Es sei denn, über ihre eigenen Gemeinheiten. Aber er sieht auch gut aus!«

Das brachte ihr einen liebevollen Knuff in die Seite ein. »Du schwärmst in aller Öffentlichkeit von fremden Männern? Ich bin empört«, scherzte Frank.

Berenice schwebte förmlich auf sie zu und begrüßte auch Hariata wie eine hochgeschätzte Verwandte.

»Schön, dass ihr gekommen seid. Und besonders Sie, Doktor Webber. Ich hoffe, Sie sind so gut in Geburtshilfe wie in der Bekämpfung der Grippe«, zwitscherte sie.

»Ihr sitzt zusammen mit den beiden alten Weibern«, fügte sie hinzu und deutete zu einem Tisch hinüber, an dem bislang nur Lucie und Harakeke saßen. »Und Daniel, Ben und du, ihr kommt mit uns an den Familientisch.« Eva zuckte zusammen. Das war wieder diese respektlose Art Lucie gegenüber, die sie an Berenice so ganz und gar nicht leiden konnte. Auch wenn sie als Braut an diesem Tage fast so etwas wie Narrenfreiheit genoss, Eva konnte und wollte diese Ungehörigkeit nicht unwidersprochen stehen lassen.

»Du sprichst nicht zufällig von deiner Großmutter und ihrer Schwester?«, korrigierte Eva Berenice.

Berenice rollte mit den Augen. »Du verstehst wohl gar keinen Spaß, was?«

Eva schluckte ihre Erwiderung hinunter, denn Daniel nahm ihre Hand und drückte sie fest. Doch sie war trotzdem nicht gewillt, diesen Affront gegen Lucie durchgehen zu lassen. Lucie und Harakeke gehörten an den Familientisch! Sie wusste auch schon, wie sie das bewerkstelligen sollte, ohne dass es einen Skandal gab.

»Kommen Sie, Sie dürfen mich zu dem Tisch führen«, flötete sie und bot Ben Baldwin ihren Arm. Dem verblüfften Daniel versuchte sie zu signalisieren, dass er sich jetzt nur nicht wundern sollte.

Ben war hocherfreut. »Aber selbstverständlich, Misses Clarke«, entgegnete er betont höflich. Eva steuerte mit ihm schnurstracks zu dem Tisch, an dem Lucie und Harakeke saßen.

»Bitte nehmen Sie schon mal Platz«, forderte sie ihn lächelnd auf. Irritiert setzte er sich, während Eva Lucie ins Ohr flüsterte, dass sich bei der Sitzordnung ein Fehler eingeschlichen habe. Sie nahm die Tischkarten der beiden und bat sie, ihr zu folgen. Die Schwestern schienen ebenfalls etwas verwundert, aber sie taten, was Eva befahl. Sie näherte sich dem Familientisch, nahm Bens Tischkarte, tauschte sie durch Lucies aus und wies ihr den Platz zu. Dann winkte sie den Kellner heran und bat um ein weiteres Gedeck und einen Stuhl. Sie tauschte ihre Karte gegen die von Harakeke aus und lächelte zufrieden in die Runde.

»Das war ein kleines Versehen der Helfer. Du wolltest doch mit der ganzen Familie an einem Tisch sitzen, nicht wahr, Brüderlein?«

Hans nickte eifrig. Er verstand offenbar gar nicht, was gespielt wurde. Dafür blickte Berenice Eva an, als wollte sie sie auf der Stelle umbringen. Sie hat das also ganz allein ausgeheckt, ging es Eva durch den Kopf.

»Das ist auch in deinem Sinne, Berenice, nicht wahr?«, flötete Eva.

»Ja, natürlich«, antwortete Hans an ihrer Stelle. »Das wäre ja ein peinlicher Fauxpas gewesen.«

Es war Berenice förmlich anzusehen, wie sie nach Rache sann, aber stattdessen setzte sie sich mit einem falschen Lächeln auf den Lippen neben ihren Mann.

»Du bist wirklich ein Biest«, flüsterte Daniel Eva ins Ohr.

»Glaubst du, ich würde mich ohne Not bei Ben einhaken?«, raunte Eva grinsend zurück.

»Wollt ihr uns nicht teilhaben lassen an euren Tischgesprächen?«, ätzte Berenice.

»Ich habe Daniel nur gesagt, dass mein Bruder dir sehr guttut. Du strahlst förmlich vor Glück.«

»Das will ich ja wohl meinen«, sagte Hans und sah seine Frau, die schlagartig ein freundliches Gesicht zog, zärtlich an.

In diesem Augenblick ertönte helles Geklirr, als würde jemand eine Gabel oder ein Messer an ein Glas schlagen. Aller Augen waren nun auf Lucie gerichtet, die sich bereits erhoben hatte. Mit ihrer rauen und kräftigen Stimme verkündete sie, dass sie als Berenices Großmutter und einzige noch lebende nahe Anverwandte ein paar Glückwünsche aussprechen wollte.

Berenices Miene versteinerte, während Hans Großmutter Lucie ermunternd zulächelte.

Daniel nahm Evas Hand und gemeinsam lauschten sie den Worten der Maori.

»Ich bin sehr glücklich, dass es mir vergönnt ist, die Hochzeit meiner einzigen Enkelin Berenice bei bester Gesundheit zu erleben. Und ich kann gar nicht sagen, wie es mich freut, dass es dich, lieber Hans, aus Kalifornien nach Neuseeland geführt hat.

Ich hätte mir für meine Enkelin keinen besseren Mann als dich wünschen können. Ich habe sie noch nie so glücklich gesehen. Du bringst sie zum Strahlen, und das ist für mich alte Frau eine große Freude. Ich habe dieses Haus immer geliebt, es aber vor geraumer Zeit auch gern meiner Enkelin überlassen, auf dass sie hier ein glückliches Leben führt. Nun werdet ihr ja leider aus Napier fortgehen, um auf die Farm zu ziehen. Aber ich werde dieses Haus hüten, damit ihr immer einen Ort in Napier haben werdet, in dem ihr und eure Familie willkommen seid. Denn Urenkel sind mir von Herzen willkommen! Nun erhebt mit mir das Glas auf Berenice und Hans Schindler.«

Lucie lächelte in die Runde und prostete dem Brautpaar zu, bevor sie sich wieder setzte.

»Das hast du aber schön gesagt«, bemerkte Harakeke, die bislang erstaunlich still gewesen war und etwas erschöpft wirkte, wie Eva in diesem Moment besorgt feststellte. »Tante Ha, ist dir nicht gut?«, fragte sie leise. »Alles gut«, murmelte Harakeke zurück.

»Großmutter, danke«, sagte Berenice förmlich. »Aber ich muss dich enttäuschen, Hans und ich haben beschlossen, das Haus in Napier zu verkaufen. Ihr habt ja schließlich noch Meeanee.«

»Es gehört dir gar nicht. Es ist immer noch Großmutter Lucies Haus!«, mischte sich Eva voller Empörung ein.

»Moment, ich denke, das hat Großmutter dir geschenkt.« Hans war sichtlich irritiert.

Berenice aber rang sich zu einem falschen Lächeln durch. »Hast du das etwa vergessen, liebe Großmutter?«, flötete sie.

Lucie brachte kein Wort heraus.

»Berenice, überspann den Bogen nicht!«, mahnte Harakeke, was ihr einen verächtlichen Blick ihrer Großnichte einbrachte.

»Berenice, kommst du bitte mal mit nach draußen? Ich muss mit dir unter vier Augen reden«, sagte Eva entschieden.

»Eva, lass das. Es ist heute nicht der Tag«, flüsterte Daniel.

»Was ist denn in dich gefahren, Schwesterchen?«, fragte Hans erbost.

Eva war bereits aufgestanden. »Berenice, wollen wir? Sonst muss ich das, was ich dir zu sagen haben, in Gegenwart der anderen äußern!«

Berenice wurde blass, und sie stand ebenfalls auf. »Ihr entschuldigt mich kurz«, sagte sie förmlich.

»Eva, komm setz dich. Es ist so, wie Berenice sagt. Ich habe ihr das Haus geschenkt«, murmelte Lucie.

»Das ist doch Unsinn. Wie lange soll das noch so weitergehen?«, schimpfte Harakeke.

»Kommst du, Berenice?« Eva war nicht gewillt, sich von irgendjemandem davon abhalten zu lassen, Berenice die Meinung zu sagen. Und es war ihr auch völlig gleichgültig, ob es deren Hochzeitstag war. Und sie hatte gehofft, ihre frischgebackene Schwägerin hätte sich wirklich zu ihrem Vorteil verändert. Doch dass sie Lucie vor allen anderen das Haus abpresste, war das Letzte!

Eva rauschte durch den Saal, ohne nach links und rechts zu blicken. Berenice folgte ihr. Kaum dass sie außer Hörweite der Hochzeitsgesellschaft angekommen waren, blieb Eva stehen. »Sag mal, was bist du nur für ein Mensch, dass du deiner Großmutter ihr Haus nehmen willst? Es ist doch schlimm genug, dass du uns fortgejagt hast. Und schlimmer noch, dass du es mit schnöder Erpressung geschafft hast.«

»Du weißt Bescheid?« Berenice starrte Eva fassungslos an. »Aber sie hat euch bestimmt nur die halbe Wahrheit gesagt. Ich habe sie nicht erpresst mit dem, was man unter den Bodenbrettern entdeckt hat. Großmutter hatte ihre triftigen Gründe, mir das Haus zu überlassen. Aber du ergreifst ja immer gleich Partei für sie. Wenn du nur annähernd wüsstest, weshalb sie so sang- und klanglos nach Meeanee übergesiedelt ist.«

Eva baute sich ganz dicht vor Berenice auf und blickte ihr direkt in die Augen. »Ich weiß, womit du sie erpresst hast.«

»Du weißt von dem Skelett unter dem Vorratsraum?«

»Ja, und ich weiß sogar, wer es ist. Und eines Tages wirst du es auch erfahren. Aber was Lucie auch immer für Geheimnisse haben mag, es berechtigt dich nicht dazu, sie um ihr Haus zu bringen. Du bekommst es noch früh genug!«

»Ach, halt du dich raus aus meinem Leben! Du hast mir gar nichts zu sagen, du Hochstaplerin!«, brüllte Berenice wie von Sinnen.

Ohne dass die beiden es bemerkt hatten, hatte sich Hans genähert.

»Was wird denn hier gespielt?«

»Deiner Schwester missfällt, dass Großmutter mir das Haus geschenkt hat. Sie denkt, weil sie ein paar Stunden mit meinem Bruder verheiratet war, würde ihr auch was davon gehören«, log Berenice, ohne rot zu werden.

»Stimmt das?« Hans wandte sich an seine Schwester.

»Natürlich nicht. Ich will nichts von dem Haus, aber es gehört Großmutter!«

»Was soll der Blödsinn, Eva? Großmutter Lucie hat es doch am Tisch eben selbst gesagt, dass sie es Berenice geschenkt hat. Was mischt du dich denn da ein?«

»Das hat sie nur gesagt, weil Berenice sie erpresst!«, schnaubte Eva.

»Eva! Bitte! So kenne ich dich ja gar nicht! Hast du wirklich geglaubt, dass du ein Anrecht auf das Haus hast?«

»Nein, verdammt noch mal. Ich will nichts davon. Aber Berenice darf es ihrer Großmutter nicht auf diese Weise fortnehmen, und sie darf es auch nicht verkaufen.«

»Eva, ich begreife wirklich nicht, was es dich angeht. Ich denke, du solltest dich bei Berenice entschuldigen. Wie kannst du ihr so etwas Gemeines unterstellen?«

»Hans, bitte, halte dich da raus! Geh zu deinen Gästen zurück und lass uns beide das klären!«

Hans verschränkte die Arme vor der Brust und musterte seine Schwester verärgert. »Entschuldige mal, du behauptest, dass meine Frau ihre Großmutter erpresst. Das ist harter Tobak. Wie kannst du so etwas überhaupt annehmen?«

»Frag deine Frau. Die wird es dir gern beantworten.«

Hans stöhnte auf und wandte sich Berenice zu.

»Wovon spricht sie?«

»Gut, ich wollte dir diese Geschichte ersparen, lieber Hans. Es ist die Rache deiner Schwester, weil ich sie als Hochstaplerin entlarvt habe. Deshalb verlassen Daniel und sie auch Napier. Weil sie in einen Skandal verwickelt waren.«

Eva stürzte sich auf Berenice und wollte sie mit Gewalt am Weiterreden hindern, doch Hans riss sie zurück. »Was ist das für eine Geschichte?«

»Sie hat nichts, aber auch gar nichts, mit dem Haus zu tun«, zischte Eva.

»Ich will sie trotzdem hören! Und zwar aus deinem Mund, Eva!«

»Gut, ich habe mich in Napier als Inneneinrichterin ausgegeben und sogar einen Preis gewonnen, und deine Frau hat dafür gesorgt, dass sich unter den Architekten wie ein Lauffeuer verbreitet hat, dass ich keinerlei Abschluss besitze!«

Hans stutzte einen Augenblick, bevor er in lautes Gelächter ausbrach. »Du bist mir ja eine! Kannst du dich an die Puppenstube erinnern, die ich dir gebaut habe? Und wie du darauf bestanden hast, die Möbel selbst zu machen?«

Ein Lächeln umspielte Evas Lippen. Und wie sie sich daran erinnern konnte! Sie sah noch jedes der sechs Zimmer vor sich. Jedes war anders eingerichtet gewesen.

»Du heißt das doch nicht etwa gut, dass Eva damit beinahe die ganze Architektenzunft blamiert hat? Schließlich hat das ganze Land gespannt auf Napier geschaut. Wie hier eine neue Stadt entstand. Und wenn ich nicht einen guten Draht zur Presse gehabt hätte, dann wäre das im Nu eine landesweite Lachnummer geworden!«

Hans tätschelte Berenice den Arm. »Ist ja gut, meine Süße, aber was hat das eine mit dem anderen zu tun?«

Eva wollte etwas erwidern, doch sie konnte förmlich dabei zusehen, wie sich Berenices Augen mit Tränen füllten. Dagegen war sie machtlos.

»Ich wollte sie nicht verraten. Das war ein dummes Missgeschick, und nun tut Eva alles, um mich ihrerseits in Misskredit zu bringen. Es ist so entsetzlich!« Berenice warf sich in Hans' Arme und schluchzte laut auf.

Eva betrachtete das Ganze mit einer Mischung aus Fassungslosigkeit und Bewunderung. Dabei fragte sie sich, ob Berenice gerissen oder einfach nur ein wenig verrückt war, denn sie schien ihre Geschichte tatsächlich selber zu glauben.

»Schluss jetzt!« Hans schob seine Frau von sich und funkelte Eva wütend an. »Halt deinen Mund. Wir gehen jetzt rein und fragen Großmutter. Und wenn sie bestätigt, dass sie Berenice das Haus geschenkt hat, will ich nichts mehr davon hören! Kein Wort! Verstanden!«

In diesem Augenblick näherten sich ihnen Harakeke, Lucie und Daniel in Hut und Mantel.

»Ich fahre Großmutter und Harakeke rasch nach Meeanee. Tante Ha fühlt sich nicht wohl«, erklärte Daniel.

»Kann man nichts machen«, sagte Hans. »Aber Großmutter, ob du uns noch eine Frage beantworten könntest? Da gibt es hier offenbar ein kleines Missverständnis. Wem gehört das Haus in Napier. Dir oder deiner Enkelin?«

Lucie räusperte sich ein paar Mal, dann erklärte sie mit fester Stimme: »Ich mache die Papiere fertig. Dass es dir, Berenice, überschrieben wird!«

»Nein! Es ist genug! Es ist endlich genug! Lucie, ich kann es nicht länger mit ansehen, wie du dich zum Opfer machst. Komm, lass uns zur Polizei gehen, und du sagst ihnen, wie es war. Keiner wird dich zur Rechenschaft ziehen! Vermache das Haus lieber dem Waisenhaus als ihrer Tochter!«, schrie Harakeke. Ihr Gesicht war wutverzerrt.

»Bitte, ich kann nicht anders«, widersprach Lucie schwach.

»Was ist aus der starken Kriegerin von einst geworden? Du lässt dir von fremden Pakeha das Haus wegnehmen, wie ihre Vorfahren einst das Land unseres Volkes gestohlen haben!« Harakeke verdrehte ihre Augen so sehr, dass Eva ein eiskalter Schauer über den Rücken rieselte. Sie trat einen Schritt auf die Maori zu, doch Harakeke schien völlig entrückt. Plötzlich redete sie in ihrer Muttersprache und hob die Arme beschwörend gen Himmel. Dann fasste sie sich ans Herz und geriet ins Taumeln.

»Bitte, nicht, nein, verlasse mich nicht«, schrie Lucie, bevor sie verzweifelt begann, ihrer Schwester auf Maori zu antworten.

Harakeke näherte sich ihr, stützte sich auf ihre Schultern und rieb die Nasenspitze an der ihrer Schwester. Lucie heulte laut auf; in dem Moment war Harakeke bereits zu Boden gesunken. Leblos und still lag sie da, die Augen geschlossen, doch dann öffnete sie diese noch einmal. »Er hat dir längst verziehen!«, flüsterte sie mit letzter Kraft. »Pass auf dich auf, und gib das Haus nicht fort. Bitte, tu es nicht! Du wirst es bitter bereuen!«

Harakeke wandte suchend den Kopf. »Eva, ich sehe, dass dich eine Prüfung erwartet. Folge deinem Herzen und nur deinem Herzen!«, flüsterte sie, bevor sie einen tiefen Schnaufer tat und sich ihr Brustkorb ein letztes Mal hob.

Eva zögerte nicht. Wie der Blitz rannte sie los, doch als sie wenige Augenblicke später in Begleitung von Doktor Webber zurückkam, war Harakeke tot. Lucie hatte sich über ihre Schwester gebeugt, hielt ihren Kopf und murmelte etwas in ihrer Sprache. Es klang ruhig und tröstend. Nachdem Lucie aufgestanden war, öffnete sie den obersten Knopf ihrer Bluse und holte das Hei-tiki hervor.

»Von heute an soll es immer sichtbar sein! Ich muss es nicht mehr verstecken. Ich bin eine Maoriprinzessin, so wahr ich hier vor euch stehe«, stieß sie kämpferisch aus, bevor sie einen lauten Klagegesang anstimmte.

Napier, Dezember 1908

Lucie saß schon seit Stunden auf dem Flur des Hospitals und bangte um das Leben ihres Sohnes. Sie hatte gebetet und die Ahnen angerufen. Nun konnte sie nur noch auf das Geschick der Ärzte vertrauen.

Als sich die Tür in diesem Augenblick öffnete, meinte sie, ihr Herz müsse stehenbleiben. Dem Arzt stand die Besorgnis ins Gesicht geschrieben.

»Und?«, fragte sie.

»Ihre Tochter ist wieder ansprechbar. Wir behalten sie nur eine Nacht zur Beobachtung hier, weil wir sie sediert haben.«

»Was ist mit meinem Sohn?«, fragte Lucie mit belegter Stimme.

Der Arzt stieß einen schweren Seufzer aus. »Wir können keine Prognose abgeben. Die nächsten Stunden werden entscheidend sein. Wir können nicht in seinen Schädel sehen. Deshalb müssen wir abwarten.«

»Aber können Sie denn gar nichts tun? Ich meine, er ist noch so jung. Er hat das ganze Leben noch vor sich«, schluchzte Lucie.

»Misses Bold, wir tun alles Menschenmögliche für Ihren Sohn. Glauben Sie mir. Wollen Sie vielleicht inzwischen nach Ihrer Tochter sehen?«

»Gleich, aber können Sie mir erst einmal sagen, was überhaupt geschehen ist? Bislang hatte noch keiner Zeit, mit mir zu reden.«

»Genaues wissen wir auch nicht. Nur, dass es auf der Lagune einen Segelunfall gegeben hat, in dessen Verlauf Ihr Sohn offenbar vom Mastbaum getroffen über Bord gegangen ist. Nur dank der sofortigen Hilfe des Skippers eines entgegenkommenden Boots wurde er rechtzeitig aus dem Wasser gezogen. Der Mann hat ihn fallen sehen und ist sofort gesprungen. Ihre Tochter war an Bord und stand unter Schock. Sie hat kein Wort gesagt, aber eben hat sie die Schwester nach einem Glas Wasser gefragt. Wollen Sie mich begleiten?«

Lucie folgte dem Arzt zu einem Krankenzimmer in einem anderen Stockwerk. Er warf einen kurzen Blick auf seine Patientin. »Sie schläft. Wenn Sie wollen, können Sie hier warten, bis sie wieder aufwacht«, sagte er, bevor er das Zimmer im Eilschritt wieder verließ. Lucie näherte sich dem Bett auf Zehenspitzen.

Joanne lag regungslos da. Sie war mindestens so bleich wie das Kissen, auf dem ihr Kopf ruhte. Die Augen hatte sie geschlossen.

Lucie setzte sich auf einen Stuhl, griff vorsichtig nach Joannes Hand und streichelte sie. Ihre Tochter rührte sich nicht. Sie schien zu schlafen. Wie hatte dieses Unglück bloß geschehen können? Das fragte sich Lucie in ihrer Verzweiflung wieder und immer wieder. Man hatte ihr am Telefon gesagt, sie solle schnell ins Hospital kommen. Es hätte einen Unfall gegeben. Mehr nicht. Harakeke war gerade bei ihr gewesen. Lucie hatte sie gebeten, zu Hause zu bleiben, um Tom mit einem Würfelspiel abzulenken. Auf keinen Fall hatte er davon erfahren sollen. *Halten Sie jede Aufregung von ihm fern.* Diese Worte des neuen Doktors klangen Lucie auch in diesem Augenblick in den Ohren. Wie aber sollte sie das Unglück nur vor ihm geheimhalten? Er würde sich doch wundern, wenn seine Kinder an diesem Tag beide nicht nach Hause kämen. Hauptsache, Tommy überlebt, dachte Lucie bang und plötzlich war alles wieder präsent: ihr Vater und sein erbarmungsloser Fluch. Hatte er wirklich die Macht, ihr auch noch das letzte Kind zu nehmen? Lucie ließ Joannes Hand los und ballte die Fäuste. Nein, nein, ein weiteres Mal besaß der alte Häuptling diese tödliche Kraft nicht! Niemals!

»Und die Ahnen haben sich längst mit mir versöhnt und mir das Pakeha-Leben verziehen«, murmelte sie entschlossen.

»Was hast du gesagt?«, hörte sie Joannes Stimme wie von ferne fragen.

Lucie hob den Kopf. »Nichts mein Kind, ich habe nur gebetet, dass ihr bald wieder gesund werdet.«

»Mutter, was ist geschehen? Warum liege ich in diesem Bett, und warum weinst du?«

Lucie zuckte zusammen. Joanne hatte offenbar keinerlei Erinnerung an das Geschehen. Dabei hatte Lucie so sehr gehofft, von ihr zu erfahren, wie Tommy, der erfahrene Segler, über Bord hatte gehen können.

»Kannst du dich entsinnen, dass Tommy und du, dass ihr auf der Lagune gesegelt seid?«

Joanne legte ihre Stirn in Falten. Sie versuchte sich zu erinnern. Dunkel erschien ein Bild vor ihrem inneren Auge: Tommy und sie sind auf dem Wasser ... Sie holt sich Gurken aus einem Glas mit Mixed Pickles ... Ihr Bruder redet auf sie ein, seine Miene ist ernst. Er stellt ihr unangenehme Fragen ... Was geht es ihn an, ob sie John Clarke liebt? Da war noch etwas ... Er weiß von Bertram ... Joanne konnte sich gerade noch beherrschen bei dem, was in diesem Augenblick aus dem Nebel der Verdrängung in aller Klarheit auftauchte, nicht laut aufzuschreien. Und sie fasste blitzschnell einen Entschluss.

»Nein, Mutter, sosehr ich auch darüber nachdenke, ich weiß nicht, was geschehen ist. Ich weiß, dass wir auf der Lagune waren und dass der Wind plötzlich auffrischte. Und dann ist da nichts als Leere, bis ich hier in diesem Bett aufgewacht bin. Sag, weißt du etwas?«

»Nur, dass ihr einen Unfall hattet und dass Tommy über Bord gegangen ist.«

Joanne schlug ihre Hände vors Gesicht. »Ist er ertrunken?«, schluchzte sie.

»Nein, sie haben ihn rechtzeitig aus dem Wasser gezogen, aber er muss den Mastbaum mit voller Wucht an den Kopf bekommen haben.«

In Joannes Hirn arbeitete es fieberhaft. Sie schwankte zwischen Erleichterung und Panik. Was, wenn Tommy erzählen würde, wer schuld an dem Unglück war? Egal, Hauptsache er lebt, redete sie sich gut zu. Ich werde ihn anflehen, mein Geheimnis für sich zu behalten.

»Wo liegt er? Kann ich ihn besuchen?«

Lucie kämpfte mit sich. Es war nicht der richtige Zeitpunkt, Joanne mit der Wahrheit zu belasten.

»Kann ich ihn besuchen?«, hakte Joanne nach.

»Nein, ja, warte bis morgen. Du bist selbst noch viel zu geschwächt, um einen Krankenbesuch zu machen. Sie wollen dich morgen entlassen, und dann schaust du bei ihm vorbei, ja?«

»Gut, Mutter, dann lass mich einfach noch ein wenig schlafen. Ich bin so schrecklich müde.« Sie gähnte zur Unterstreichung ihrer Worte kräftig. »Wirst du jetzt nach Hause gehen oder besuchst du Tommy auf dem Weg?«, fügte sie hinzu und hoffte inständig, dass Lucie diese Frage nicht merkwürdig vorkam.

»Nein, ich werde jetzt nach Hause gehen und mir auf dem Weg überlegen, was ich eurem Vater erzählen kann. Dass ihr beide im Krankenhaus liegt, sollte ich ihm lieber verschweigen.«

»Ach, du bist lieb«, entfuhr es Joanne. Lucie berührte diese zärtliche Äußerung ihrer Tochter so sehr, dass sie sich hinunterbeugte und ihr Küsse auf beide Wangen gab. Ein Zeichen ihrer Liebe, wie sie es Joanne gegenüber seit Jahren nicht mehr zu zeigen gewagt hatte.

Fast beschwingt verließ Lucie das Krankenzimmer. Vielleicht wendete sich doch alles zum Guten. Tommy wurde wieder gesund, und Joanne hörte endlich auf, gegen sie zu opponieren.

Das gute Gefühl verschwand im Dunkel der Angst, als sie auf der Treppe dem Doktor begegnete.

»Ich wollte Sie gerade holen«, sagte er mit einer Stimme, die nichts Gutes verhieß.

Lucie spürte einen Kloß im Hals. Sie brachte kein Wort heraus, sondern blickte den behandelnden Arzt nur angsterfüllt an.

»Sein Zustand verschlimmert sich rapide. Er hat das Bewusstsein immer noch nicht wiedererlangt. Gehen Sie zu ihm, halten Sie seine Hand, verabschieden Sie sich von ihm.«

Lucies Knie gaben nach, sodass sie sich an der Wand abstützen musste.

»Heißt das . . .?« Ihre Stimme brach.

Der Arzt nickte.

»Kommen Sie. Ich helfe Ihnen.« Er hakte Lucie unter und führte sie an Tommys Bett.

Tränen rannen Lucie über das Gesicht, als sie ihren Sohn so daliegen sah. Bis auf den Kopfverband machte er den Eindruck, als ob er friedlich schliefe. Plötzlich zitterten seine Lider, und er öffnete die Augen, versuchte zu sprechen, doch seiner Kehle entrang sich nur ein Krächzen.

Lucie wischte sich hastig die Tränen aus dem Gesicht. Er sollte auf keinen Fall sehen, dass sie geweint hatte. Sie griff nach seiner Hand und drückte sie. Tommy zog jedoch seine Hand weg und versuchte noch einmal zu sprechen. Er wollte ihr unbedingt etwas mitteilen, aber er konnte nicht. Nun machte er ihr ein Zeichen. Sie verstand. Er verlangte nach Papier und Stift. Lucie war unschlüssig, denn sie wollte ihn keinen Augenblick allein lassen, doch in seinem Gesichtsausdruck lag etwas Flehendes.

Lucie eilte aus dem Zimmer und bat eine Schwester, ihr rasch Papier und einen Stift zu bringen, was diese prompt erledigte.

Tommys Hand zitterte, während er seine Botschaft notierte; mit einem Mal erschlaffte sein Griff, und der Stift rutschte auf die Bettdecke.

Lucie warf sich schreiend über ihren Sohn. Sie ließ sich durch nichts beruhigen, bis der herbeigeeilte Arzt ihr eine Spritze geben wollte. Da wurde ihr schwarz vor Augen, und sie sackte zu Boden.

Als sie aufwachte, lag sie in einem Krankenbett und blickte in das besorgte Gesicht der Krankenschwester.

»Ihr Mann holt Sie gleich ab«, sagte die junge Frau.

»O nein! Sie haben es ihm doch nicht etwa gesagt?«

»Der Doktor hat mit ihm gesprochen«, erwiderte die Schwester erschrocken.

Lucie wollte sich im Bett aufsetzen, aber sie konnte nicht. Ihr Kopf war so schwer, als wäre er aus Blei, und ein höllischer Schmerz hämmerte gegen ihre Schläfen.

In diesem Augenblick klopfte es an der Tür und ohne eine Antwort abzuwarten, traten Harakeke und Tom ins Krankenzimmer. Beide hatten verquollene Augen. Sie wissen es also, durchfuhr es Lucie eiskalt.

Tom wirkte um Jahre gealtert, als er an ihr Bett trat. Seine Hand zitterte, als er ihre Wange berührte, doch dann zog er die Hand zurück, fasste sich ans Herz und stöhnte auf. Er war kalkweiß.

»Schnell, hol den Doktor«, schrie Lucie verzweifelt und sprang auf, um Tom auf einen Stuhl zu helfen, doch kaum dass sie das geschafft hatte, tat ihr Mann seinen letzten Atemzug. Der Arzt konnte nur noch seinen Tod feststellen. Lucie war wie erstarrt. Sie hatte keine Tränen mehr.

»Ich behalte sie über Nacht hier«, sagte der Arzt zu Harakeke.

»Nein, ich möchte nach Hause«, widersprach Lucie leise. »Helfen Sie mir lieber, meinen Mann auf das Bett zu legen. Ich möchte mich von ihm verabschieden. Und wenn Sie mir einen Gefallen tun möchten, dann holen Sie bitte auch meinen Sohn hierher.« Lucie deutete auf das andere freie Bett.

»Wenn das Ihr Wunsch ist, dann werde ich das Nötige veranlassen«, seufzte der Arzt und verließ eilig das Krankenzimmer.

»Aber Lucie, bitte, das ist zu viel für dich«, mischte sich Harakeke ein.

»Nein, nein, es ist richtig«. widersprach Lucie vehement, bevor sie die Augen verdrehte und zu Boden glitt. Harakeke beugte sich über sie, doch da blinzelte Lucie sie bereits verwirrt an.

»Was ist geschehen?«, fragte sie, als wüsste sie gar nichts mehr.

»Du bist einfach umgekippt. Ich helfe dir jetzt auf das Bett. Du musst dich dringend hinlegen«, erwiderte Harakeke besorgt.

»Nein, das war unser Vater«, raunte Lucie. »Es ist die Strafe dafür, dass ich . . .«

»Wovon sprichst du? Du hast Vater niemals mehr gesehen. Er hat dir bestimmt längst verziehen«, widersprach ihr Harakeke.

Lucie biss sich auf die Lippen. In diesem Augenblick fiel es ihr schwerer als sonst, ihrer Schwester zu verheimlichen, was damals auf der Baustelle des Hauses vorgefallen war. Sie rappelte sich langsam auf und schleppte sich zu einem Stuhl zwischen den Betten.

»Komm!«, raunte sie und deutete auf den Platz neben sich. In dem Augenblick wurde der Körper ihres Sohnes hereingetragen. Harakeke ergriff stumm die Hand ihrer Schwester.

Harakeke wusste nicht, wie lange sie im Krankenzimmer gesessen hatten. Hand in Hand. Sie hatte sogar Lucies christliche Gebete über sich ergehen lassen, wenngleich sie sich von den beiden lieber auf die ihr vertraute Weise verabschiedet hätte. Sie wunderte sich nur darüber, dass ihre Schwester keine einzige Träne vergossen hatte.

Plötzlich fiel ihr der Zettel ein, den der Arzt ihr eben gegeben hatte, als sie in Tommys Zimmer gewesen waren. Sie wollte ihn, ohne die Botschaft zu lesen, Lucie geben, aber die war nicht ansprechbar; schien in einer völlig anderen Welt zu sein. Da siegte die Neugier und Harakeke warf einen Blick auf Tommys Zeilen.

Mach ihr keine Vorwürfe. Sie kann nichts dafür. Es war meine Schuld, denn ich habe von ihr verlangt, dass sie John die Wahrheit sagt, bevor sie ihn heiratet. Sonst hätte sie mir niemals ins Ruder gegriffen und das Boot zur Wende gebracht. Dann wäre der Mast nicht auf die andere Seite geknallt. Es ging alles so schnell. Sag ihr, sie soll das tun, was sie mit ihrem Gewissen vereinbaren kann. Hauptsache, sie und das ...

Hier brachen die Zeilen unvermittelt ab. Harakeke überlegte, ob sie ihrer Schwester diese kryptische Botschaft überhaupt zumuten konnte, als Lucie mit fester Stimme sagte: »Ich möchte jetzt gehen!« Sie stand auf, und ihr Blick blieb an der Nachricht hängen. »Was ist das für ein Brief?«, fragte sie und deutete auf Tommys Botschaft.

»Das, äh, das ist nicht, das ist ...«, stammelte Harakeke, doch Lucie nahm ihr den Zettel aus der Hand. »Das hat Tommy geschrieben, bevor er ...« Lucie brach den Satz ab und las die letzten Zeilen ihres Sohnes.

»Oh mein Gott«, stöhnte sie, nachdem sie fertig war. »Oh, mein Gott!«

»Weißt du denn, was das zu bedeuten hat?«

»Joanne hat den Unfall verursacht. Joanne ist schuld! Sie hat mir mein Kind genommen. Vater hat sie als Werkzeug benutzt!« Lucie schluchzte verzweifelt auf.

Harakeke nahm ihre Schwester in den Arm. »Das darfst du nicht sagen. Du weißt, dass ich nie große Stücke auf das Mädchen gehalten habe, aber du solltest sie niemals spüren lassen, dass du sie für schuldig hältst. Es ist immerhin Tommys erklärter Wille, ihr keine Vorwürfe zu machen.«

Lucies Schluchzen verebbte. »Du hast recht, ich werde mir nichts anmerken lassen.« Sie machte sich aus der Umarmung los und warf einen letzten Blick auf Tommy. »Ich schwöre es dir!«

»Aber verstehst du das andere? Was hat er von ihr verlangt? Was sollte sie John Clarke sagen? Was ist die...« Harakeke stockte. »Um Himmels willen, es ist hoffentlich nichts an diesen bösen Gerüchten dran!«

»An welchen Gerüchten?«

»Ach nichts, da ist nichts, ich...« Harakeke wand sich. Sie war keine gute Lügnerin. Und das wusste ihre Schwester genau.

»Komm, du erzählst es mir auf dem Heimweg«, seufzte Lucie.

»Aber sollten wir nicht vorher bei Joanne vorbeisehen? Ich meine, einer muss ihr sagen, was geschehen ist.«

Lucie stieß erneut einen tiefen Seufzer aus. »Morgen. Ich möchte sie jetzt nicht sehen...« Dann drehte sie sich um und winkte Vater und Sohn zu, ganz so, als würde sie nur kurz aus dem Haus gehen, ganz so, als würde man sich gleich wiedersehen, als wäre alles wie vorher.

Doch die Erkenntnis, dass es nicht so war, kam in diesem Augenblick mit einer Macht über Lucie, dass ihr übel wurde. Sie streckte die Hände zum Himmel und verfluchte ihren Vater in seiner Sprache. Und zwar so laut, dass die Krankenschwester herbeigeeilt kam.

Harakeke und der jungen Frau blieb schließlich nichts anderes übrig, als Lucie aus dem Zimmer zu schieben. Auf dem Flur hakte Harakeke sie unter und führte sie zum Ausgang. Dort kam ihnen der Arzt entgegen. Er war entsetzt darüber, dass Lucie das Krankenhaus verlassen wollte.

»Ich muss. Sonst werde ich verrückt. Und bitte sagen Sie meiner Tochter nichts. Ich warte damit, bis sie morgen nach Hause kommt.«

Der Arzt guckte betreten. »Sie weiß es schon. Sie wollte ihren Bruder offenbar besuchen, und da hat die Schwester ihr alles erzählt. Ich musste ihr eine Beruhigungsspritze geben. Sie wird eine Weile schlafen.«

Lucie wandte sich wortlos um und rannte nach draußen. Sie

schaffte es gerade noch zu einem Busch, unter dem sie sich erbrach.

Harakeke reichte ihr ein Taschentuch, während sie gegen die Tränen ankämpfte. Die ganze Zeit über hatte sie sich beherrscht, um ihrer Schwester eine Schulter zu bieten. Nun war es um ihre Fassung geschehen, und sie schluchzte laut auf.

Schließlich machten sie sich schweigend auf den Heimweg. Sie waren bereits in die Cameron Road eingebogen, als Lucie plötzlich stehenblieb und ihre Schwester fragend musterte.

»Nun erzähl schon. Von welchen Gerüchten hast du gesprochen?«

Harakeke zuckte zusammen. Das hatte sie nicht erwartet. Sie sann fieberhaft nach einer glaubwürdigen Lüge.

»Welche Gerüchte?«, hakte Lucie unbarmherzig nach.

»Ach, das ist nur dummes Gerede«, versuchte sich Harakeke herauszureden, doch Lucies Blick verhieß nichts Gutes.

»Joanne und Bertram Thomas sollen ein Verhältnis haben, aber das ist bestimmt Humbug. Ich sage ja, da ist nichts dran«, murmelte Harakeke und wollte weitergehen.

Lucie rührte sich nicht vom Fleck.

»Es ist die Wahrheit. Leider! Und so ist auch Tommys Botschaft zu verstehen«, stieß sie heiser hervor. »Sie erwartet ein Kind von dem Kerl.«

»Du meinst, von Doktor Thomas?«

Lucie nickte.

»Und Tommy hat von ihr verlangt, dass sie es John sagt. Er ist sein Freund. Er wollte ihn vor diesem Betrug schützen. Sie müssen sich gestritten haben, sie hat ihm ins Ruder gegriffen, und der Baum hat Tommy über Bord gehen lassen.«

»Und wenn das wirklich so ist, was sollen wir tun?«

»Gar nichts«, entgegnete Lucie. »Wir werden Joanne gegenüber so tun, als wüssten wir von nichts.«

»Aber wenn sie John tatsächlich ein Kind unterjubelt und wir davon wissen, dass sie ihn nur heiratet, damit ihr Verhältnis zu diesem Mistkerl nicht ans Licht kommt, machen wir uns mitschuldig ... John Clarke ist so ein freundlicher Mensch! So jemanden muss man davor warnen, dass er im Begriff steht, die Geliebte eines anderen Mannes zu heiraten ...«

»Wer sagt denn, dass sie die Geliebte eines anderen Mannes bleibt?«

»Das kannst du dir ja wohl denken, dass sie fröhlich weitermachen.«

»Da bin ich anderer Meinung. Ich schwöre, dass Doktor Thomas sich in Zukunft nicht mehr mit Joanne treffen wird!«

Harakeke sah ihre Schwester irritiert an, doch dann huschte ein Lächeln über ihr Gesicht.

»Ich verstehe, aber du solltest damit warten, bis das alles hier vorbei ist, ich meine die Beerdigungen und ...«

»Nein, das duldet keinen Aufschub. Ich möchte es erledigt wissen, wenn Joanne morgen zurück ist.«

»Du liebst sie immer noch, nicht wahr?«

»Ich tue es nicht für Joanne, sondern allein für das Kind, das sie erwartet, denn das liebe ich schon jetzt von ganzem Herzen.«

Lucie atmete ein paar Mal tief durch, bevor sie sich auf dem Absatz umdrehte und das Haus von Bertram Thomas ansteuerte.

Napier, Dezember 1908

Lucie hatte es sich einfacher vorgestellt, Bertram Thomas unter vier Augen zu treffen. Ihr Plan, sich einfach in sein Wartezimmer zu setzen, funktionierte nicht. Der Doktor hatte an diesem Abend keine Sprechstunde. Lucie hatte nicht daran gedacht, dass es schon kurz nach acht Uhr war. Dabei war es noch taghell, und die Sonne strahlte mit unverminderter Kraft vom Himmel.

Lucie hatte sich auf der anderen Straßenseite im Schatten eines Baumes versteckt und beobachtete den Eingang. Sie traute sich nicht zu klingeln, weil sie dann Gefahr lief, dass Misses Thomas ihr die Tür öffnete. Immer wieder schweiften ihre Gedanken zu ihrem Mann und ihrem Sohn ab. Sie ahnte, dass sie das Ausmaß dieses dramatischen Verlustes noch nicht wirklich erfasst hatte. Je länger sie unter dem Baum verharrte, desto tiefer drang es in ihr Bewusstsein vor. So sehr, dass sie ihr Unternehmen abbrechen wollte. Sie konnte doch nicht diesem Kerl auflauern, während ihr Leben binnen Stunden komplett aus den Fugen geraten war.

Gerade als Lucie sich abwenden wollte, ging die Haustür auf. Ein älterer fein gekleideter Herr trat in Begleitung einer jungen Frau auf die Straße. Lucie vermutete, dass es Misses Thomas und ihr Vater waren. Die junge Frau war weder hässlich noch hübsch. Sie war unscheinbar, hatte aschblondes Haar und trug ein Kleid, das nichts von ihren Formen zeigte. Lucie konnte nicht abschätzen, was für eine Figur sie besaß. Aber eines war auffällig: Es lag etwas Trauriges in ihrem Gesicht. Während sich die beiden vom Haus entfernten, kämpfte Lucie mit sich. Wenn überhaupt, dann

443

sollte sie diese Gelegenheit beim Schopf packen. Ohne zu zögern überquerte Lucie die Straße und klingelte. Ein eiskalter Schreck durchfuhr sie, als nicht Bertram Thomas ihr die Tür öffnete, sondern ein Knirps, den sie auf vier bis fünf Jahre schätzte.

»Ist dein Vater zu Hause?«, fragte sie mit belegter Stimme.

»Aber du musst mir sagen, wie du heißt. Ich heiß Daniel und bin schon bald fünf Jahre alt«, entgegnete das Kind, nahm Lucies Hand und zog sie ins Haus.

»Ich bin Lucie.«

»Vater, Lucie ist da!«, krähte der Kleine daraufhin.

»Sie? Welche nette Überraschung.« Mit diesen Worten begrüßte Bertram Thomas, der in demselben Augenblick dazukam, Lucie.

Sie ignorierte den spöttischen Unterton.

»Ist es wohl möglich, dass wir beide uns kurz unter vier Augen sprechen könnten?«

»Bitte, kommen Sie rein. Und du, Daniel, geh auf dein Zimmer!« Lucie zuckte innerlich zusammen in Anbetracht des schroffen Tons, in dem er mit seinem Kind sprach.

»Du hast deinen Papa gleich wieder. Ich bleibe nur ein paar Minuten«, sagte Lucie und lächelte dem Kleinen zu. Er lächelte zurück. Was für ein süßer Junge, dachte sie und musste unwillkürlich an das Baby denken, das Joanne höchstwahrscheinlich von diesem Kerl erwartete.

»Kommst du bald wieder, Lucie? Ich zeige dir dann mein Puppenhaus.«

Bertram Thomas verdrehte die Augen. »Das musst du nicht jedem erzählen, dass du mit Puppen spielst!«

»Ich spiel nicht mit Puppen. Ich baue denen das Haus!«, widersprach der Junge trotzig.

»Auf dein Zimmer. Marsch«, befahl der Doktor. Lucie musste sehr an sich halten, um sich nicht einzumischen. Am liebsten hätte sie das Kind mitgenommen. Doch der Junge schien sich nicht von seinem Vater einschüchtern zu lassen. Statt mit gesenktem Kopf davonzuschleichen, sagte er fröhlich: »Auf Wiedersehen!« und hüpfte die Treppe hinauf.

Lucie schüttelte sich allein bei dem Gedanken, dieser Mann könnte jemals für die Erziehung ihres Enkelkindes verantwortlich sein.

»Kommen Sie. Wir gehen ins Wohnzimmer!«

Lucie schüttelte den Kopf. »Nein, es geht schnell, was ich zu sagen habe.«

»So unerfreulich wie bei unserer letzten Unterredung unter vier Augen?«

»Unerfreulicher!«

»Dann schießen Sie mal los!« Bertram Thomas verschränkte die Arme vor der Brust.

»Ich denke, Sie wissen, in welchen Umständen meine Tochter ist?« Lucie senkte die Stimme aus Sorge, der kleine Daniel können etwas von dem mitbekommen, was sie seinem Vater zu sagen hatte. Ihr Herzschlag beschleunigte sich. Jetzt kam es darauf an, wie er darauf reagierte. Damit würde sich entscheiden, ob es sich bei der Schwangerschaft um reine Spekulation ihrerseits oder um die Wahrheit handelte.

Das Gesicht des Arztes versteinerte.

Volltreffer, dachte Lucie.

»Und was wollen Sie mir damit sagen? Dass ich Ihre Tochter heiraten muss? Sie werden einsehen, dass ich Ihnen diesen Wunsch nicht erfüllen könnte, selbst wenn ich wollte...« Er grinste.

Bertram Thomas war so überheblich und selbstgerecht, dass Lucie es kaum ertragen konnte. Sie musste sehr an sich halten, um ihm keine Ohrfeige zu versetzen. So wollte sie ihn wenigstens mit Worten treffen, und sie wusste auch schon, wie.

»Ich weiß, Doktor Thomas, es ist stadtbekannt, dass Sie mit Ihrem Schwiegervater eine Ehe zu dritt führen. Und dass der

Schwiegerpapa nicht nur das Sagen bei Ihnen hat, sondern auch das Geld.«

Lucie ließ es sich nicht nehmen, ihn zu mustern, während sich an seinem Hals rote Flecken bildeten.

»Was wollen Sie? Mich erpressen? Geld?«, bellte Bertram Thomas.

»Erpressen ja, Geld nein! Sie werden meine Tochter in Zukunft nicht mehr anrühren und ihr glaubwürdig mitteilen, dass das Verhältnis von Ihrer Seite aus beendet ist.«

»Wenn's weiter nichts ist.«

»Es geht noch weiter. Und hören Sie gut zu! Sie werden dem Kind niemals, komme, was da wolle, die Wahrheit sagen! Das Kind ist das Kind von John Clarke, und Joanne ist die Ehefrau von John Clarke, haben Sie das verstanden? Sonst wird Ihr Schwiegervater erfahren, was Sie für ein verdammter Mistkerl sind. Und man sagt, er sei jemand, mit dem man sich nicht anlegen sollte.«

»Sie sind eine, eine, Sie sind eine ...«

»Hüten Sie Ihre Zunge!«

»War das alles?«

Lucie überlegte kurz, ob sie ihm mitteilen sollte, dass Joanne im Krankenhaus war und was an diesem Tag geschehen war, aber sie entschied sich dagegen. Was ging es ihn an?

»Unterschätzen Sie mich nicht. Für das Wohl meines Enkelkindes bin ich zu allem fähig!« Lucie wandte sich um und verließ das Haus. Draußen atmete sie ein paar Mal tief durch. Ob das, was sie tat, richtig war oder nicht, konnte sie nicht sagen. Sie wusste nur eines sicher: Sie konnte nicht anders!

Wellington, August 1933

Mit jedem Tag, den Eva in ihrem neuen Haus in Wellington lebte, wurde es wohnlicher. Es war eine spontane Entscheidung nach Harakekes Beerdigung gewesen, gemeinsam mit Lucie Napier zu verlassen. Sie hatten Harakeke ganz nach Maorisitte die letzte Ehre erwiesen und sie an einem heiligen Ort begraben. Stella war lieber in Meeanee geblieben, und Lucie hatte Berenice das Haus in der Cameron Road überlassen. Allerdings hatte sie es Berenice auf Evas Intervention in Gedenken an die mahnenden letzten Worte ihrer Schwester nicht offiziell überschrieben. Nach dem Gesetz war Lucie die Eigentümerin geblieben, was Eva einen schrecklichen Krach mit Hans eingebracht hatte. Er hatte sich voll und ganz hinter seine Frau gestellt. Das einst vertraute geschwisterliche Verhältnis gehörte der Vergangenheit an. Auch das war einer der Gründe gewesen, warum Eva Napier auf schnellstem Wege hatte verlassen wollen.

Sie hatte sich allerdings sehr darüber gewundert, dass Lucie auf ihren Vorschlag, das Haus in Wellington schon einmal wohnlich herzurichten und ihr zwei Zimmer zur Verfügung zu stellen, ohne Widerworte eingegangen war. Inzwischen wusste sie, warum: Nicht nur Harakekes Tod ging ihr näher, als sie zugeben wollte, auch ihrem Wunsch, ihre Lebensgeschichte weiter zu diktieren, kam die Nähe zu Eva entgegen. In den letzten Tagen hatte es viele Tränen gegeben. Lucie hatte an manchen Tagen kaum mehr als eine Seite diktieren können, weil die Erinnerung sie derart mitgenommen hatte. Deshalb hatte Eva beinahe ein schlechtes Gewissen, dass sie die alte Dame an diesem Abend allein lassen musste. Sie war zu einem Treffen mit ihrem neuen Chef, Mister Geoffrey, eingeladen. Aber Lucie hatte darauf bestanden, dass sie zu diesem Dinner ging.

Eva begutachtete noch einmal ihr neues Kleid im Spiegel und fand, dass sie so aus dem Haus gehen konnte. Natürlich bedauerte sie sehr, dass Daniel nicht dabei war, aber der war in Napier eingespannt. Sie telefonierten jeden Tag. Daniel versicherte ihr unentwegt, wie sehr er sie vermisste. Eva ging es ein wenig anders. Natürlich wäre sie zu dem Essen viel lieber mit ihm gegangen, ansonsten dachte sie wenig an ihn. Dafür träumte sie jede Nacht von Adrian, und immer wieder diesen Traum, dass sie ihm wegsegelte, er hinterhersprang und sie ihn nicht mehr retten konnte... Seit sie Tommys Geschichte kannte, war ihr der Traum noch unheimlicher als zuvor.

»Was ist mit dir? Du wirkst so abwesend«, fragte Lucie wie aus dem Nichts. Eva hatte sie gar nicht kommen hören.

»Ach, ich weiß auch nicht. Seit wir in Wellington sind, träume ich fast jede Nacht von Adrian.«

»Merkwürdig, ich auch«, erwiderte Lucie nachdenklich.

»Aber bei mir ist es immer derselbe Traum. Der mit dem Segeln, von dem ich dir schon einmal erzählt habe.«

»Ich träume immer etwas anderes, aber das Ende gleicht sich jedes Mal. Adrian sitzt mit uns am Tisch oder redet ganz normal mit uns, auch Harakeke ist dabei, und dann denke ich im Traum immer: Das kann ja gar nicht angehen. Er ist ja tot, und ehe ich eine Antwort bekomme, bin ich aufgewacht.«

»Wahrscheinlich war es für uns beide allzu viel in letzter Zeit. Deine Schwester und du, ihr hattet doch auch ein sehr enges Verhältnis.«

Lucie griff nach Evas Händen.

»Ich vermisse sie ganz schrecklich. Und wenn ich dich nicht hätte, mein Kind, würde ich mich unendlich verlassen fühlen.«

»Ach, Lucie, ich habe dich so lieb wie eine eigene Großmutter«, erwiderte Eva gerührt.

»Du wirst recht haben. Es war allzu viel. Nicht zur Harakekes Tod, sondern auch die Erinnerung an den Tag, an dem das Schicksal mir ...« Sie brach ab.

Eva drückte ihre Hand ganz fest. »Und du willst die Aufzeichnungen, wenn sie fertig sind, wirklich Berenice geben?«

»Ich muss«, stöhnte Lucie. »Wer weiß, ob das Kind nicht nur deshalb so geworden ist, weil es diese vielen Geheimnisse gibt.«

»Die Hoffnung stirbt zuletzt«, stöhnte Eva, bevor sie sich in ihrem Kleid einmal um die eigene Achse drehte. »Wie sehe ich aus?«

»Bezaubernd!«

»Und ich kann dich wirklich allein lassen?«

»Kind, ich bin erwachsen und werde die Zeit nutzen, einen Gang durch Wellington zu machen. Ich mag diese Stadt. Trotzdem habe ich schon jetzt Sehnsucht nach Napier. Vielleicht muss ich eines Tages doch allein zurückgehen und meinen Lebensabend in Meeanee verbringen.«

»Wir werden sehen«, erwiderte Eva diplomatisch, denn sie würde es lieber sehen, wenn Lucie für immer in ihrem Haus leben würde. Nicht nur, dass sie die alte Dame von Herzen mochte, sie war überdies ein Verbindungsglied zu Adrian.

»Wenn du demnächst deine Arbeit im Architektenbüro antrittst, werden wir übrigens fertig sein mit meiner Geschichte. Es gibt eigentlich nur noch ein einziges wichtiges Ereignis, wenn ich es mir recht überlege.«

»Ich bin gespannt«, erwiderte Eva, und das war noch untertrieben. Natürlich platzte sie förmlich vor Neugier, zu erfahren, wann endlich der Mann in Lucies Leben treten würde, jener Mann, den der eine oder die andere in der Vergangenheit hinter vorgehaltener Hand erwähnt hatte.

Eva verließ das Haus wenig später in Richtung Thorndon. Die

Eltern von Misses Geoffrey besaßen in der Hill Street ein repräsentatives Haus. Dorthin hatte man sie eingeladen. Die jungen Geoffreys selbst sahen sich als Künstler und wohnten in der Innenstadt über ihrem Büro.

Eva staunte nicht schlecht, als sie vor dem Haus Nobelfahrzeuge und livrierte Diener erblickte. Von der Weltwirtschaftskrise war hier oben auf dem Berg nichts zu spüren.

Eva fühlte sich ein wenig fehl am Platz, als sie das Haus betrat. Es schien ihr alles eine Nummer größer und pompöser als in Napier. Sie fühlte sich mit einem Mal wieder wie das Mädchen aus Badenheim. Doch das änderte sich im Nu, als Mister Geoffrey auf sie zugeeilt kam und sie überschwänglich begrüßte.

»Alle mal herhören«, rief er mit durchdringender Stimme. »Diese junge Dame ist eine hervorragende Inneneinrichterin und unsere neue Mitarbeiterin. Wir sind glücklich, sie für uns gewonnen zu haben. Sie ist eine Empfehlung von Mister Hay aus Napier, und sie hat entscheidend dazu beigetragen, dass wir der Welt gezeigt haben, wie man in diesen Krisenzeiten eine neue Epoche einleitet. Begrüßen Sie mit mir Eva Clarke, die Preisträgerin für das Interieur des Daily Telegraph Buildings.«

Tosender Applaus ertönte, und Eva entspannte sich ein wenig, wenngleich die Erinnerung an den Eröffnungsabend des hayschen Bürohauses immer noch präsent war. Seitdem wusste sie aus eigener Erfahrung, wie schnell man fallen konnte, wenn man gerade noch oben gewesen war.

Eva lächelte in die Runde und kam nicht dazu, weiter ihre Zweifel zu pflegen, denn Mister Geoffrey, ein imposanter Mann um die vierzig, der das lässige Äußere eines Bohemiens besaß, ließ es sich nicht nehmen, sie den Gästen einzeln vorzustellen.

»Das sind Mister und Misses Richards, auch Architekten. Ich lasse Sie mal eben mit den Herrschaften allein. Es ist sind neue Gäste eingetroffen«, sagte er, während er sie bei einer dürren Dame mittleren Alters und einem untersetzten Herrn stehenließ.

»Ich habe gehört, Sie haben die Pastellfarben nur für die Fassaden genommen, weil sie billiger in der Herstellung waren«, flötete Misses Richards drauflos.

»Ja, das ist richtig. Wie Sie wissen, hat die Krise auch vor Neuseeland nicht Halt gemacht. Und der Vorteil ist, dass man sie mit Wasser strecken kann. Auch der Beton als Baustoff...«

»Entschuldigen Sie, darf ich mal fragen, woher Sie kommen? Sie haben einen harten Akzent. Sie sind keine Neuseeländerin, oder?«, unterbrach Mister Richards Eva.

»Mein Mann war Neuseeländer. Er ist bei dem Erdbeben ums Leben gekommen«, erwiderte Eva hastig. »Aber ich stamme aus Deutschland.«

»Das ist ja schrecklich«, entfuhr es Misses Richards empört. »Ich habe dort eine Cousine, wissen Sie eigentlich, was da los ist?«

Eva lief rot an. »Ja, das ist mir bekannt, denn meine Mutter war Jüdin!«

»Entschuldigung«, raunte Misses Richards peinlich berührt.

»Haben Sie sich gut unterhalten?«, fragte Mister Geoffrey, nachdem er sich wieder seiner neuen Mitarbeiterin gewidmet hatte und sie mit sich zu den nächsten Gästen zog. Die beiden Frauen waren in ein angeregtes Gespräch vertieft und schienen überhaupt nicht erfreut, dass sie gestört wurden.

»Das sind Misses Wong und Misses Newman, beide Damen haben aus dem Norden nach Wellington geheiratet und werden Ihnen bestimmt mit Rat und Tat zur Seite stehen, wo die junge Frau von heute einkaufen sollte. Verzeihen Sie, da kommen wichtige Gäste. Meine Damen, darf ich Ihnen Misses Clarke zu treuen Händen übergeben?« Und ohne eine Antwort abzuwarten, war Mister Geoffrey in der Menge verschwunden.

Den beiden jungen Frauen stand regelrecht ins Gesicht geschrieben, wie sie darauf brannten, ihr Gespräch unter vier Augen ungestört fortzusetzen. Eva rang sich zu einem Lächeln durch.

»Lassen Sie sich durch mich nicht davon abhalten, Ihre Unterhaltung fortzusetzen. Ich stehe einfach bei Ihnen, als würde ich zu Ihnen gehören, und trinke in Ruhe meinen Champagner. Sie müssen mich nicht unterhalten.«

»Verzeihen Sie bitte!«, sagte die Chinesin entschuldigend. »Natürlich werden wir uns sofort um Sie kümmern, nachdem wir schnell noch den neusten Klatsch ausgetauscht haben.«

Eva lachte. »Nur zu, bei mir haben Sie Glück. Ich kenne doch noch niemanden in Wellington außer den Geoffreys, aber die auch nicht wirklich, sodass Sie nicht einmal Gefahr laufen, ungewollt Geheimnisse auszuplaudern, die mich interessieren könnten.«

Und schon hatten Misses Wong und Misses Newman ihre Köpfe erneut verschwörerisch zusammengesteckt. Eva war bemüht, nicht zur unfreiwilligen Lauscherin zu werden, doch das war gar nicht so einfach, denn die beiden redeten sehr laut. Eva konnte nicht umhin, zu erfahren, dass es um die Hochzeit des Jahres ging und den geheimnisvollen Bräutigam, den noch keiner zu Gesicht bekommen hatte. Dann fiel der Name MacAlister, und Eva horchte auf. Hatte diese Margret MacAlister ihrer Freundin Berenice nicht eine Absage zu deren Hochzeit erteilt, weil sie selbst bald heiraten und nach London gehen wollte? Was, wenn sie von genau dieser MacAlister redeten?

Scheinbar unbeteiligt nahm sich Eva ein weiteres Glas Champagner von dem Tablett, mit dem die livrierten Diener durch die Menge balancierten. Was sie nun mit anhörte, ließ ihr förmlich das Blut in den Adern gefrieren.

»Ich weiß auch nicht, warum sie so ein Geheimnis um ihren Verlobten macht. Ich meine, wir haben uns, seit sie nach Wellington gezogen ist, sehr angefreundet. Sie hat anfangs regelrecht um Kontakte zur feinen Gesellschaft gebuhlt. Und sie war auf unser beider Hochzeiten. Und nun habe ich ihn noch nicht mal zu Gesicht bekommen!«

»Ja, man munkelt, dass er ganz abgeschieden in der oberen Etage der Villa haust.«

»Merkwürdiger Mensch. Das passt gar nicht zu Maggy, die ihre Schätze sonst eher protzig vorzeigt. Vielleicht ist er hässlich wie die Nacht, aber steinreich?«

»Oder so gut aussehend, dass unsere Maggy um ihn fürchtet!« Die beiden Frauen kicherten.

»Wie dem auch immer sei. Dass sie nicht mal eine Hochzeitsfeier in Wellington machen wollen, sondern in London ganz ohne ihre neuen Freundinnen! Was war ihr das immer wichtig, auf unsere Hochzeiten eingeladen zu werden.«

»Ich finde alles sehr egoistisch von ihr! Und überhaupt, wo hat sie ihn überhaupt kennengelernt?«

»Darüber hüllt sie sich auch in Schweigen. Ich habe nur gehört, sie sind sich kürzlich in Gisborne begegnet. Dort soll er auf einer Obstplantage gearbeitet haben.«

»Ein Obstbauer?«, lachte Misses Newman. »Das passt aber gar nicht zu unserer Lady MacAlister. Und auch nicht zu ihrer Mutter. Die tut immer so fein.«

»Ich habe gehört, sie begleitet das Brautpaar nach England.«

»Eine komische Geschichte, wenn du mich fragst. Es wundert mich auch, dass sie gar nicht hier sind. Der Kontakt zu den Geoffreys war ihnen doch immer so enorm wichtig.«

Eva versuchte, sich die Aufregung nicht anmerken zu lassen. In ihrem Kopf ging alles durcheinander. Warum ließ die Erwähnung dieses Fremden ihr Herz höher schlagen? Was ging es sie an, dass Maggy MacAlister einen Mann heiratete, den keiner in Wellington je zu Gesicht bekommen hatte?

»Misses Clarke, ist Ihnen nicht gut?« Mit diesen Worten riss Misses Wong Eva aus ihren Gedanken. »Sie sind plötzlich so blass!«

»Nein, alles gut. Es ist die Luft und dann die vielen Menschen. Das wird schon wieder, das...«, stammelte Eva. Sie war froh, als in diesem Augenblick Mister Geoffrey auf ihre kleine Gruppe zusteuerte.

»Unterhalten Sie sich gut, Misses Clarke?«, fragte er.

Eva nickte.

»Sag mal, George, hast du deine Nachbarn, die Damen MacAlister, gar nicht eingeladen?«

»Aber sicher. Aber stell dir vor, sie haben abgesagt. Angeblich sind sie mit den Reisevorbereitungen beschäftigt. Das ist bestimmt wegen ihres ominösen Hausgastes. Dabei verstehe ich gar nicht, warum sie den jungen Mann verstecken. Soweit ich das als Kerl beurteilen kann, ist er ausgesprochen attraktiv.«

»Du hast ihn gesehen?«, kreischten Misses Wong und Misses Newman wie aus einem Mund.

»Ja, er ging abends mit Margret aus dem Haus.«

»Und wie sieht er aus? Erzähl!«

»Er ist sehr groß, schlank, sportlich, dunkles Haar, na ja, mehr konnte ich nicht sehen.«

Eva spürte, wie sie ins Schwanken kam. Diese Beschreibung traf haargenau auf ihn zu. Sollte sich die Hoffnung bewahrheiten, die sie in den Tiefen ihrer Seele verborgen nie ganz aufgegeben hatte? Blödsinn!, sprach sie sich gut zu, das kann nicht sein. Wieso sollte er auf eine Obstplantage nach Gisborne gehen, anstatt nach Hause zu kommen? Und ausgerechnet diese Frau heiraten wollen, obwohl er mit ihr verheiratet war? Das waren Hirngespinste, und doch würde sie keine ruhige Minute mehr haben, bis sie sich Gewissheit verschafft hatte ... Und zwar sofort!

»Um Himmels willen, Misses Clarke, was ist mit Ihnen?«, fragte George Geoffrey besorgt.

»Ich, ich weiß auch nicht, mir ist den ganzen Tag über schon nicht gut. Ich befürchte, ich habe mir den Magen verdorben. Könnten Sie mir verzeihen, wenn ich nun doch das Bett Ihrem wunderbaren Fest vorziehen würde?«

»Nein, wo denken Sie hin? Sie machen mir den Eindruck, als würden Sie jede Minute kollabieren. Darf ich Ihnen einen Chauffeur und einen Wagen mitgeben?«

Eva hob abwehrend die Hände. »Nein, nein, ich gehe lieber zu Fuß. Die frische Luft tut mir sehr gut. Wir sehen uns dann am Montag.«

»Ja, aber nur wenn Sie wieder auf dem Posten sind. Kurieren Sie sich lieber aus.«

»Ich schaffe es schon. Also, noch einmal tausend Dank für die Einladung, Mister Geoffrey.«

»Ach, nennen Sie mich George.« Er reichte ihr die Hand.

»Gut, George, ich bin Eva«, erwiderte sie matt und schlug ein, bevor sie sich, ohne ein weiteres Wort zu verlieren, auf dem Absatz umdrehte.

»Merkwürdige Person«, hörte sie Misses Newman in ihrem Rücken wispern.

»Aber eine selten begabte Innenarchitektin«, erwiderte George im Brustton der Überzeugung.

Vor der Eingangstür blieb Eva stehen und nahm ein paar tiefe gleichmäßige Atemzüge. Der Mut, auf der Stelle das Haus der MacAlisters aufzusuchen, wollte sie gerade wieder verlassen, als sie auf dem Nebengrundstück eine männliche Gestalt in das Haus eilen sah. Und es gab keinen Zweifel, Margret MacAlisters Verlobter hatte dieselbe Statur wie Adrian...

Evas Herz klopfte bis zum Hals. Sie kämpfte mit sich. Es war doch klar, dass sie dort drüben niemals wirklich auf ihren Ehemann würden treffen können, weil er nämlich tot war. Erschlagen von einem Dach des Roach's Department Stores in Hastings am 3. Februar 1931 um 10 Uhr 47. Wer dieser Mann auch immer sein mochte, er erweckte in ihr lediglich ihre größte Sehnsucht, nämlich dass Adrian noch lebte.

Weder Misses MacAlister noch ihre Tochter würden sehr erfreut sein, wenn ausgerechnet Eva unangemeldet vor ihrer Haustür stehen würde. Waren sie nicht seinerzeit zum Jahreswechsel 1930/31 abgereist, weil Adrian sich ausdrücklich zu ihrer Liebe bekannt hatte?

Nein, es ist keine gute Idee, dort zu klingeln, sagte sich Eva und wollte mit gesenktem Kopf an dem Haus der MacAlisters vorbeieilen. Sie war gerade auf der Höhe des Anwesens, als sie einem unbestimmten Gefühl folgend den Kopf hob: Oben an einem der Fenster sah sie ein Gesicht, das sich ihr nur kurz zeigte, und dann wie von Zauberhand verschwunden war. Sein Gesicht! Ich bin verrückt, durchfuhr es sie eiskalt. Ich bin total verrückt. Ich sehe Gespenster! Sie beschleunigte ihren Schritt und rannte fast den ganzen Weg zu ihrem neuen Haus, als wäre der Teufel hinter ihr her. Zuhause angekommen zog sie sich still in ihr Schlafzimmer zurück, denn sie konnte unmöglich Lucie von ihren Wahnvorstellungen berichten. Mit einem Mal überkam sie eine geradezu unheimliche Kälte. Zitternd legte sie sich ins Bett, doch es hörte nicht auf. Sie fror so entsetzlich. Und sie ahnte auch, warum. Vor lauter Aufregung hatte sie ihren Mantel nicht von der Garderobe geholt, sondern war im dünnen Ballkleid durch Wellington geirrt. Und das bei Regen und Sturm.

Als zu später Stunde Lucie nach ihr sah, erkannte sie die Maori nur schemenhaft. Eva registrierte zwar auch, dass ein Arzt nach ihr sah, aber es berührte sie alles nicht. Irgendwann sah sie nur noch dieses Gesicht vor sich, dieses Gesicht, das sie am Fenster gesehen hatte. Adrians Gesicht.

Wellington, August 1933

Der Arzt hatte bei Eva eine Lungenentzündung festgestellt und der besorgten Lucie am ersten Tag nicht einmal die Garantie geben können, dass sie diese überleben würde. Am liebsten hätte Lucie Daniel kommen lassen, aber das verhinderte Eva, kaum dass sie wieder begriff, was um sie herum vor sich ging.

»Bitte nicht«, bettelte sie. »Bitte nicht!«

Lucie verstand das zwar nicht, aber sie wollte es auch nicht gegen Evas Willen durchsetzen.

An diesem Tag fühlte sie Eva wesentlich besser und wäre gern aufgestanden, doch Lucie hatte es ihr strikt untersagt. »Bettruhe, hat der Doktor angeordnet«, schimpfte Lucie, als sie Eva im Nachthemd an ihrem Schreibtisch sitzend vorfand. »Marsch ins Bett!«

Eva hatte zwar gehorcht, um die alte Dame nicht zu verärgern, sich aber fest vorgenommen, nicht länger im Bett zu bleiben. Spätestens morgen früh würde sie sich wieder unter die Gesunden mischen.

»Eva, George Geoffrey ist da«, kündigte Lucie ihr den Besuch ihres zukünftigen Chefs an. Da Eva nicht wie verabredet am Montag ins Büro gegangen war, kam er zu ihr ans Krankenbett. Er hatte ihren Mantel über dem Arm.

»Tag, George«, krächze sie, denn auch ihre Stimme war reichlich in Mitleidenschaft gezogen.

»Was machst du denn für Sachen? Läufst halbnackt bei Wind und Wetter durch Windy Wellington. Das mag sein, dass man das bei euch an der Ostküste im Winter machen kann, bei uns führt das zu so was!«

»Ich weiß auch nicht, was an dem Tag mit mir los war«, bemerkte Eva entschuldigend.

»Hauptsache, du gibst in Zukunft besser Acht. Ich brauche dich dringend. Darf ich?«

Ohne eine Antwort abzuwarten, breitete er Pläne eines Bankgebäudes aus, das er konstruiert hatte und das demnächst am Lambton Quay gebaut werden sollte.

»Du musst, sobald du wieder auf den Beinen bist, Zeichnungen für die Gestaltung der Innenräume machen. Sieh mal, wir brauchen viele kleine Nischen für die Schalter.«

Eva setzte sich ächzend auf und warf einen interessierten Blick auf den Plan.

»Ich würde vorschlagen, mit Glas zu arbeiten. Lass uns hier Art-déco-Fenster als Raumteiler einsetzen ...«

»Sehr guter Vorschlag. Kannst du das Muster zeichnen? Wir sollten Unikate schaffen!«

»Ich hätte da schon eine Idee. Schlicht und nicht zu bunt. Wir ...«

George faltete lachend den Plan zusammen. »Nein, nein, du sollst nicht gleich arbeiten. Ich wollte dir nur zeigen, wie dringend du gebraucht wirst. Du musst schnell gesund werden.«

»Ich freue mich auf die Arbeit«, seufzte Eva, während sie fieberhaft überlegte, ob sie George wohl noch mal nach Maggy MacAlisters geheimnisvollem Verlobten fragen konnte, ohne dass er skeptisch wurde.

»Ich sehe dir doch an der Nasenspitze an, dass du noch etwas auf dem Herzen hast. Bist du womöglich nicht mit dem Gehalt zufrieden, das wir vereinbart haben?«

»O nein, das Gehalt ist sehr großzügig, lieber George. Ich musste nur daran denken, worüber die beiden jungen Frauen gesprochen haben, bevor ich dein Fest verlassen habe.«

»Ach, du meinst Mister Grant?«

»Grant?«

»Ja, das habe ich auch vorgestern erst erfahren. Ich traf ihn nämlich allein auf der Straße. Er ist ein höflicher Mensch. Wir sind zusammen in die Stadt gegangen. Er sagt, er habe seltsame Angewohnheiten, müsse jeden Nachmittag allein durch Wellington schlendern in der Hoffnung, seine Vergangenheit wiederzufinden.«

»Wie meint er das?« Evas Herz pochte bis zum Hals.

»Es ist eine ziemlich tragische Geschichte. Er weiß nur das Eine: dass er bei dem Erdbeben in der Hawke's Bay schwer verletzt wurde, aber das auch nur aus den Schilderungen eines Sanitäters, der auf einem Schiff war, das Verletzte nach Auckland gebracht hat. Mister Grant hatte keine Papiere bei sich, sondern nur eine Jacke, die man neben ihm gefunden hatte und in die ein Wäscheschild mit dem Namen B. Grant eingenäht war. Der Matrose hat sich persönlich um ihn gekümmert und ihn, als er wenig später den Dienst auf dem Schiff quittiert hat, mit auf die Obstplantage seiner Eltern genommen. Das sei gar nicht seine Sache, hat Mister Grant mir gestanden. Deshalb war er froh, dass er sich in unsere Nachbarstochter verliebt hat und mit ihr nach London gehen kann. Er will dort unbedingt Architektur studieren. Er weiß nicht, warum, aber das interessiert ihn brennend. Wirklich ein guter Kerl!« George Geoffrey stockte. »O Gott, Eva, du siehst plötzlich wieder aus wie der Tod. Ich rede zu viel. Das überfordert dich. Ich hole deine Großmutter und verabschiede mich.« Er gab Eva Küsschen auf beide Wangen und verließ das Zimmer. »Ich will auf keinen Fall schuld an einem Rückfall sein. Ruh dich bloß aus!«, bemerkte er in der Tür, bevor er endgültig verschwand.

Eva aber war mit den Gedanken bei Mister Grant. Was, wenn es die Jacke eines anderen gewesen war? Eines Mannes, der unter den Trümmern des Department Stores zu Staub zermahlen worden war?

»Eva, was ist mit dir? Mister Geoffrey sagte, dir geht es ganz schlecht. Soll ich den Arzt holen?« Lucies Stimme klang sehr beunruhigt.

»Wie spät ist es?«, fragte Eva, ohne darauf einzugehen.

»Halb drei«, erwiderte Lucie und musterte Eva durchdringend. »Du siehst aus, als hättest du ein Gespenst gesehen.«

Eva ignorierte Lucies Worte und erhob sich langsam. »Ich muss an die Luft. Hier drinnen werde ich erst richtig krank«, sagte sie mit belegter Stimme.

»Das erlaube ich nicht«, protestierte Lucie energisch. »Und wenn du nicht auf mich hörst, dann werde ich Daniel holen!«

»Lass Daniel aus dem Spiel!«, entgegnete Eva energisch, während sie das Zimmer verließ.

Lucie ließ sich erschöpft auf die Bettkante fallen. Einmal abgesehen davon, dass sie aus Angst um Eva kaum ein Auge zugetan hatte, kam ihr die junge Frau seltsam vor. Sie hatte das bislang auf die Krankheit geschoben, aber war das wirklich alles, was sie bewegte? Lucie war nicht blind. Natürlich war ihr aufgefallen, dass Eva nicht einmal nach Daniel gefragt hatte. Im Gegenteil, Lucie hatte ihn ja nicht einmal wegen Evas Zustand benachrichtigen dürfen. Und das war gar nicht so einfach, denn er rief jeden zweiten Tag an, und Eva sprach mit ihm, als wäre nichts geschehen. Ihre krächzige Stimme hatte sie ihm mit einer kleinen Erkältung erklärt. Lucie missfiel das außerordentlich. Was war nur in sie gefahren?

»Ich werde mir ein wenig die Füße vertreten«, hörte sie Eva nun sagen, als sie aus dem Badezimmer zurückkam.

»Willst du dir den Tod holen?«, schnaubte Lucie.

»Nein, ich verspreche, mich so dick anzuziehen, dass mir das Wetter nichts anhaben kann.« Eva warf einen Blick aus dem Fenster. »Schau, es scheint sogar die Sonne. Gut, das Meer ist etwas aufgewühlt, aber es regnet wenigstens nicht.«

Lucie beobachtete missbilligend, wie sich Eva anzog. Sie sah ein, dass sie diesen Ausflug nicht würde verhindern können. Eva schien keinem Argument zugänglich.

»Gut, dann komme ich mit«, erklärte sie schließlich.

Eva fuhr erschrocken herum. »Nein ... ich ... ich möchte allein gehen. Ich gehe bestimmt viel zu langsam für dich.«

Lucie tippte sich an die Stirn. »Schneller als ich alte Frau bist du sogar noch als Rekonvaleszentin!«

Eva konnte nicht verhindern, dass Lucie aus dem Zimmer stürmte, um sich ausgehfertig zu machen. Einen Augenblick spielte sie mit dem Gedanken, so überstürzt das Haus zu verlassen, dass Lucie ihr gar nicht folgen konnte. Diesen Gedanken verwarf sie aber sofort wieder, obwohl es ihr keinesfalls recht war, dass Lucie sie begleiten wollte. Was, wenn sie wider Erwarten tatsächlich Adrian begegnen würden? Würde Großmutter Lucie nicht tot umfallen vor Schreck? Eva holte ein paar Mal tief Luft. Aber war es nicht alles so vage, dass sie es ruhig riskieren konnte, sich von Lucie begleiten zu lassen? Wenn sie jetzt fortlief, würde sich Lucie schrecklich aufregen, und zwar zu Recht. Weil sie nämlich nicht verstehen konnte, was in Eva gefahren war.

Vielleicht sollte sie ganz auf diesen Spaziergang verzichten. Was versprach sie sich davon? Glaubte sie wirklich, Adrian zu begegnen? Doch sie konnte nicht anders. Es trieb sie zwingend nach draußen. Gemeinsam mit Lucie verließ sie wenig später das Haus. Eiskalter Wind nahm ihr beinahe die Luft zum Atmen, aber trotzdem tat ihr die frische Brise gut. Sie wickelte sich den Schal bis zur Nase, während sie den Weg in die Taranaki Street einschlugen. Hier gab es ein paar interessante Einrichtungsgeschäfte, in denen Eva Anregungen für ihren Auftrag zu bekommen hoffte. So jedenfalls erklärte sie Lucie, was sie so magisch in die Stadt gezogen hatte. Und tatsächlich, für einen kurzen Augenblick lenkte Eva das reichhaltige Angebot an modernen Lampen und Möbeln von ihrem eigentlichen Anliegen ab. Ja, sie fand sogar eine hochmoderne Porzellanvase für ihr neues Haus.

Eva und Lucie waren gerade wieder auf die Straße hinausgetreten, als sich ihnen auf ihrer Seite ein Mann näherte. Eva unterbrach sich mitten im Satz und sah mit offenem Mund in seine Richtung. Vor Schreck ließ sie das Paket mit der Vase los, aber nicht einmal das Klirren des auf dem Boden zerschellenden Gefäßes brachte sie davon ab, den entgegenkommenden Mann wie einen Geist anzustarren. Lucie stierte ebenfalls wie betäubt in seine Richtung, krallte ihre Finger in Evas Mantel und keuchte: »O Gott, lieber Gott!«

Es gab keinen Zweifel. Er war es. Kein Doppelgänger oder sonst eine Täuschung. Nein, es war Adrian Clarke! Evas Knie wurden weich. Sie dachte schon, er würde vorbeigehen, ohne sie eines Blickes zu würdigen, doch da wandte er ihnen auf einmal den Kopf zu.

»Kann ich Ihnen helfen, meine Damen? Ist Ihnen nicht gut?«, fragte er höflich und ohne die geringste Spur der Erkenntnis in seinen Augen. »Soll ich Ihnen helfen, die Scherben aufzu...«

Er machte Anstalten, sich zu bücken.

»Nein, lassen Sie das liegen«, stieß Eva tonlos hervor.

»Aber... aber, das...«, stammelte Lucie und wollte nach ihm greifen, doch Eva hielt ihre Hand fest.

»Entschuldigen Sie, meine Großmutter glaubt, in jedem hochgewachsenen dunkelhaarigen Lockenkopf ihren Enkel zu erkennen, aber der ist beim Erdbeben in der Hawke's Bay verschüttet worden.« Eva zitterte am ganzen Körper. Sie betete, dass ihm dieser Wink auf die Sprünge helfen würde.

Sein Blick wurde traurig, allerdings ohne ein Zeichen der Erinnerung.

»Ach ja, dieses verdammte Erdbeben. Mein Leben hat es auch zerstört. Es gibt in der ganzen Hawke's Bay keinen einzigen Mister Grant, der vermisst wird. Es ist zum Verzweifeln.«

»Der Name meines Enkels ist Adrian. Adrian Clarke. Wir wohnten in Napier in der Cameron Road«, keuchte Lucie, doch der Mann, der ihm zum Verwechseln ähnlich war und der mit seiner Stimme sprach, zeigte keinerlei Reaktion. Stattdessen blieb sein Blick an Evas Gesicht hängen. »Wir müssen alle damit leben. Mehr schlecht als recht«, seufzte er und ging; dann drehte er sich noch einmal um: »Sie haben wunderschöne Augen«, murmelte er, bevor er in der Menge verschwand.

»Ich, nein, ich...«, stammelte Lucie, bevor sie ins Wanken kam. Eva konnte sie noch rechtzeitig auffangen. Die Besitzer des Einrichtungsgeschäft hatten von drinnen beobachtet, dass der alten Dame schwindlig geworden war, und kamen herbeigeeilt. Lucie wurde auf ein Sofa gelegt.

Ihre Sorge um Lucies Zustand ließ sie zunächst gar nicht zum Nachdenken kommen. Erst als diese ihre Augen wieder öffnete und ächzte: »Wo ist er?«, wurde Eva klar, dass sie eben auf der Straße kein Gespenst gesehen hatten, sondern Adrian Clarke, ihren Ehemann, der sich an diese Tatsache jedoch nicht mehr zu erinnern schien.

Napier, Dezember 1908

Joanne stand mit gepacktem Koffer im Hausflur und funkelte Lucie angriffslustig an. »Ich weiß, dass du dahintersteckst«, brüllte sie, die Wangen vor Zorn gerötet.

Lucie hingegen wich jegliche Farbe aus dem Gesicht. »Ich weiß nicht, wovon du sprichst!«, log sie.

»Tu nicht so scheinheilig. Du hast es gewusst, und ich weiß nicht, wie du es angestellt hast, aber Bertram will mich nicht mehr sehen.«

»Bertram?«, wiederholte Lucie mit gespielter Verwunderung. »Was hast du mit Bertram zu tun? Ich denke, du willst John Clarke heiraten.«

»Du bist nicht gut im Lügen. Ich sehe dir an, dass du etwas damit zu tun hast. Dass du Bertram dazu gebracht hast, mich aufzugeben.«

»Aufzugeben? Heißt das, Bertram Thomas war dein Liebhaber?«, fragte Lucie mit gespielter Empörung.

»Ja, verdammt, und du hast ihm gesagt, er dürfe mich nicht mehr sehen!«

»Hat das etwa dein Liebhaber behauptet?«, fragte Lucie in spitzem Ton.

»Nein, er behauptet, es wäre vernünftiger, wenn wir uns trennten«, schnaubte Joanne. »Aber ich spüre doch, dass er es nicht wirklich möchte. Dazu hast du ihn gezwungen!«

»Vielleicht ist der junge Mann schlicht zur Vernunft gekommen«, erwiderte Lucie. »Und was willst du eigentlich? Ich denke, du wirst John Clarkes Frau. Du wolltest deinen Mann nicht etwa mit diesem Doktor betrügen?« Lucie musste sich sehr zusammenreißen, ihrer Tochter nicht an den Kopf zu werfen, für wie perfide sie es hielt, John Clarke Bertram Thomas' Kind unterzujubeln. Dabei bin ich nicht besser, durchfuhr es sie eiskalt. Ich sorge quasi dafür, dass Joannes Plan ohne Komplikationen umgesetzt werden kann. Ihr schlechtes Gewissen meldete sich mit einer Heftigkeit, dass ihr übel wurde. Hatte sie nicht die verdammte Pflicht, ihre Tochter zu zwingen, John Clarke die Wahrheit zu sagen? Nein, und noch mal nein, ich will nicht, dass Bertram Thomas der Vater des Kindes ist, dachte Lucie entschlossen.

»Ich liebe Bertram aber!«

»Und wenn schon«, stieß Lucie abschätzig hervor. »Er ist verheiratet, und das wird er auch bleiben. Oder glaubst du, er würde alles aufgeben, was ihr Vater ihm finanziert hat, um dich zur Frau zu nehmen?«

Joanne ballte die Fäuste.

»Du gibst es also zu, dass du ihn erpresst hast?«

»Ich gebe gar nichts zu. Ich hätte nur nicht gedacht, dass der junge Mann so viel Verantwortungsgefühl besitzt, dich freizugeben.«

»Du kannst mir nichts vormachen. Ich weiß, dass du es warst! Und jetzt lass mich endlich vorbei! Ich wollte schon längst fort sein! Geh mir aus dem Weg!«

Lucie aber rührte sich nicht. »Wo willst du denn überhaupt hin?«, entfuhr es ihr wütend, bevor sie versöhnlicher hinzufügte: »Bitte, Liebes, bleib hier! Du kannst mich nicht alleinlassen. Es ist schlimm genug, dass Vater nicht mehr da ist ... und Tommy!«

Lucies angriffslustige Stimmung schlug um. Sie kämpfte mit den Tränen, doch das kümmerte Joanne nicht im Geringsten.

»Ich gehe zu Rosalyn. Ihre Mutter ist damit einverstanden, dass ich bis zur Hochzeit bei ihnen wohne.«

»Kind, das kannst du mir nicht antun. Ich möchte doch alles mit dir vorbereiten. Das Kleid, das Fest ...«

»Tut mir leid, das macht Misses MacMurray. Ich kann keine Minute mehr unter diesem Dach leben. Jetzt, wo Vater nicht mehr da ist und du Bertram dazu angestiftet hast, unsere Beziehung zu beenden!«

»Bitte tu das nicht. Du bist meine Tochter. Kannst du nicht verstehen, dass ich jetzt, wo ich alles verloren habe, das mir lieb und teuer ist, wenigstens dich behalten möchte?«

»Das interessiert mich nicht, du Erpresserin«, fauchte Joanne. »Und deshalb möchte ich auch nicht, dass du zur Hochzeit kommst. Womöglich fühlst du dich noch bemüßigt, John zu stecken, dass ich Bertram Thomas liebe.«

»Es ist alles gut. Ich komme nicht«, erwiderte Lucie mit belegter Stimme. »Aber willst du mir, deiner Mutter, nicht wenigstens die Wahrheit sagen? Warum möchtest du einen Mann heiraten, den du nicht liebst?«

»Weil der Richtige bereits verheiratet ist, wie du korrekt sagtest. Deshalb! Schließlich wünsche ich mir auch eine Familie und ein Haus, und das kann mir Bertram eben nicht geben«, erwiderte Joanne trotzig. »Aber jetzt hör auf, weiter so dumm zu fragen!«, fügte sie ärgerlich hinzu. »Ich möchte, dass auf meiner Hochzeit alles schön wird. Mister MacMurray führt mich zum Traualtar, und Misses MacMurray sucht mit mir das Hochzeitskleid aus.«

Plötzlich fiel alle Traurigkeit und Verzweiflung von Lucie ab. Die Erkenntnis kam über sie wie ein erfrischender Regenschauer im heißen Sommer. Sie hatte für dieses Mädchen alles getan, mehr war ihr nicht möglich. Ihre Idee, diesem unglücklichen Wesen ein behütetes Elternhaus zu bereiten, war gnadenlos gescheitert. Vielleicht wäre es der Augenblick, Joanne die Wahrheit zu sagen, dass sie nicht ihre Tochter war. Doch dazu fehlte Lucie der Mut. Außerdem fragte sie sich, was sie damit bezwecken wollte. Joanne eine Rechtfertigung dafür liefern, dass sie dieses Haus verließ? Nein, auf keinen Fall. Nachher würde Joanne Lucie auch noch den Kontakt zu ihrem Enkelkind verbieten, und die Aussicht auf dieses kleine Wesen war das Einzige, das Lucie überhaupt den Mut zum Weiterleben gab, nachdem sie von all ihren Liebsten verlassen worden war. Lucie schwor sich in diesem Augenblick, dass sie ihr Enkelkind so lieben würde, wie sie einst das Baby geliebt hatte, das sie aus dem Waisenhaus gerettet hatte. Und sie betete, dass dieses Geschöpf ihre Liebe erwidern würde...

Lucie musterte ihre Tochter durchdringend. Ihre Stimme war fest und klar. Die Tränen waren endgültig versiegt.

»Mach, was du willst, Joanne. Ich kann nichts mehr für dich tun. Wenn Misses MacMurray die Mutter deines Herzens ist, dann geh nur. Lass dich nicht aufhalten. Ja, und ich finde es vernünftig von Bertram Thomas, dass er dich nicht mehr treffen möchte, ich hätte es ihm gar nicht zugetraut! Und nun geh endlich. Ich respektiere, dass ich niemals in den Genuss deiner Liebe kommen werde. Ich komme auch nicht zu deiner Hochzeit. Feiere mit den Pakeha.«

Lucie trat zur Seite, um Joanne passieren zu lassen, doch die rührte sich nicht vom Fleck. Fassungslos starrte sie Lucie an.

»Worauf wartest du?«, fragte Lucie. »Ich kämpfe nicht mehr um deine Gunst, mein Kind! Ich bin müde.«

Joanne stutzte, dann rannen ihr Tränen die Wangen hinunter. »Ich weiß doch auch nicht, was mit mir los ist. Ich wollte seit jeher so sehr, dass du eine Pakeha bist, dass ich dich beinahe gehasst habe, aber jetzt?«

Ehe sich Lucie versah, war ihr Joanne um den Hals gefallen. Das Schlimme daran war, dass diese Geste sie völlig kaltließ. Lucie lief ein eisiger Schauer den Rücken hinunter. Wie sehr sie sich das all die Jahre vergeblich gewünscht hatte, dass sie bei ihrer Tochter endlich auf Gegenliebe stoßen würde – und jetzt? Jetzt dachte sie nur noch an das Enkelkind. Und plötzlich gestand sie sich ein, dass ihr Joannes Charakter stets fremd geblieben war. Und dass Joanne die Schuld am Tod ihres geliebten Sohnes trug.

Ihr fiel ein, wie sie sich nach Toms Beerdigung aufgeführt hatte. Wie eine Erbschleicherin. Sie hatte wie ein Geier in seinen Sachen gewühlt und schließlich triumphierend das Testament seiner Mutter, in dem sie ihm die Hälfte des Schmuckes vermachte, hervorgekramt. Lucies Einwand, man solle den Schmuck Toms Bruder in Badenheim lassen, statt ihn um den ganzen Erdball zu schicken, hatte Joanne mit den Worten: »Ich werde doch nicht auf mein Erbe verzichten!« vom Tisch gewischt. Selbst die Tatsache, dass ihr Vater zeitlebens stillschweigend auf dieses Erbe verzichtet hatte, hatte Joanne als gnadenlose Dummheit abgetan. Und nachdem Lucie sich geweigert hatte, den deutschen Verwandten einen Brief mit der Forderung zu schicken, den Schmuck umgehend zu versenden, hatte Joanne das eigenhändig erledigt. Sie war nicht davon abzubringen gewesen, dieses Erbe einzufordern.

Das alles ging Lucie durch den Kopf, während Joanne sich an ihrer Brust ausweinte. Zu spät, stellte sie mitleidlos fest, wo sie vorher ihr ganzes Herz an dieses Menschenkind gehängt hatte, war nichts als Leere. Mechanisch tätschelte sie der jungen Frau übers Haar. Anmerken lassen würde sie sich den Wandel ihrer Gefühle mit Sicherheit nicht. Im Gegenteil, sie würde alles tun, was Joanne verlangte, damit sie ihr später ja nicht das Enkelkind vorenthalten würde.

Nach einer halben Ewigkeit löste sich Joanne aus der Umarmung und blickte ihre Mutter aus den vom vielen Weinen verquollenen Augen an. »Ich bleibe bei dir. Du warst immer gut zu mir. Und es war gemein von mir, dich zu verdächtigen. Niemals würdest du den Mann, den ich liebe, dazu nötigen, auf mich zu verzichten«, seufzte Joanne entschuldigend.

Lucie würde auch Jahre später nicht in der Lage sein, genau zu sagen, wie es hatte geschehen können, aber plötzlich standen die

Worte im Raum. »Du hast recht. Ich habe dem jungen Mann beim Nachdenken ein wenig nachgeholfen. Und das, mein liebes Kind, war das Beste, was ich je für dich getan habe.«

Joanne starrte Lucie fassungslos an.

»Du hast ihn also doch erpresst? Du gibst es zu?«

Lucie nickte.

»Ja, ich habe ihm angedroht für den Fall, dass er dich weiterhin treffen sollte, es seinem Schwiegervater zu stecken und...«

Lucie hatte den Satz noch nicht zu Ende gesprochen, als sie einen Schmerz auf der Wange verspürte. Sie brauchte einen Augenblick, um zu begreifen, dass Joanne ihr eine Ohrfeige gegeben hatte.

Lucie erstarrte innerlich. Es war nicht der körperliche Schmerz, der ihr wehtat, sondern die Furcht, dass sie sich durch ihr unnötiges Geständnis selbst das Grab geschaufelt hatte. Denn nun war es mehr als unwahrscheinlich, dass Joanne ihr jemals ihr Kind überlassen würde. Nun schien alles vorbei!

Joanne schnappte sich wortlos ihren Koffer und verließ, ohne sich noch einmal umzudrehen, das Haus.

Napier, 25. Dezember 1908

Lucie saß allein auf der Terrasse und starrte seit Stunden auf den Eisenholzbaum, der wie zu jedem Weihnachtsfest in voller Blüte stand. Dieses Jahr trägt er besonders viele dieser roten Blüten, sinnierte Lucie, als es an der Haustür läutete. Ob das schon Harakeke ist?, fragte sie sich, während sie zur Tür schlurfte. Seit sie von all ihren Lieben verlassen worden war, fühlte sie sich um Jahre gealtert. Das Kreuz schmerzte, und ihre Knochen taten weh. Ihr war gar nicht zum Feiern zumute, aber Harakeke hatte darauf bestanden, dass am Weihnachtsabend zumindest etwas Festliches auf den Tisch kam. Stella war dabei, einen Lammbraten zuzubereiten, dessen Duft ihr im Haus entgegenwehte.

Sie öffnete die Tür und erstarrte. Vor ihr stand ein Mann, den jemals wiederzusehen, sie sich nicht einmal in ihren kühnsten Träumen ausgemalt hatte. Sein Haar war grau, er trug verschlissene Pakeha-Kleidung, und sein Blick wirkte gehetzt. Aber sein Hei-tiki aus Greenstone, das er sichtbar um den Hals trug, glänzte, als wäre es frisch poliert.

»Hehu? Bist du es wirklich?«, entfuhr es ihr zweifelnd.

»Lässt du mich hinein? Sie sind hinter mir her!«, erwiderte er atemlos.

Lucie tat, was er verlangte. Im Flur standen sie einander einen Augenblick wie Fremde gegenüber und maßen sich mit distanzierten Blicken, doch dann warf sich Lucie weinend an seine Brust. »Hehu! Hehu! Du bist der Einzige, der mir noch geblieben ist«, schluchzte sie.

Hehu zog sie an sich und wiegte sie sanft in seinem Arm.

Lucie fühlte sich geborgen, aber plötzlich befreite sie sich aus der Umarmung. Ihr fielen seine Worte ein.

»Wer ist hinter dir her?«

»Meine Brüder und ein paar korrupte Pakeha«, erwiderte Hehu. Er ließ den Blick nicht eine Sekunde von ihr und fügte leise hinzu: »Du bist immer noch schön, Ahorangi!«

Lucie wurde abwechselnd heiß und kalt. Wie lange hatte sie keiner mehr bei ihrem Maorinamen genannt.

»Du musst mir alles erzählen. Der Reihe nach. Du bleibst auf jeden Fall zum Essen. Stella macht Lamm, und Harakeke kommt zum Essen.«

Hehu musterte sie fragend.

»Stell dir vor, meine Schwester hat es damals in meine Nachbarschaft verschlagen. Sie wird sich freuen, dich wiederzusehen. Oder möchtest du dich erst einmal ausruhen? Du siehst aus, als könntest du Schlaf und ein Bad gebrauchen.«

Hehu nickte müde und folgte Lucie erst in die Küche und dann ins Wohnzimmer.

»Was ist geschehen?«, fragte sie und betrachtete ihren alten Freund näher. Er sah entsetzlich aus mit seinen ungepflegten Bartstoppeln und seiner dreckigen Kleidung.

Hehu stieß einen tiefen Seufzer aus. »Es hat sich vieles geändert in unserem Stamm, seit dein Vater nicht mehr unser Häuptling ist«, entgegnete er schleppend. »Kennst du noch Ahuri?«

»Ja, ist das nicht der widerliche Sohn des Heilers, mit dem mein Vater Harakeke verheiraten wollte?«

Hehu nickte eifrig. »Er ist dank des Einflusses seines Vaters unser Häuptling geworden. Kein glücklicher Nachfolger für Tanahau. Ich habe herausbekommen, dass er heiliges Land an Pakeha verschachert hat, und habe ihn zur Rede gestellt. Daraufhin hat er unter unseren Leuten verbreitet, ich hätte deinen Vater auf dem Gewissen. Dummerweise hatte einer unserer Krieger auf dem Totenbett beschworen, dass unser Häuptling nicht im Kampf gegen Te Kootis Leute gefallen ist, wie ich es stets behauptet habe. Da hatte Ahuri endlich einen Anlass, mir etwas anzuhängen, um mich loszuwerden. Sogar einen Zeugen hat er bestochen, der behauptet, ich hätte ihn damals aus Habgier umgebracht, um seinen Mantel an mich zu bringen. Ich bin nach Gisborne geflüchtet, doch Ahuri und seine sogenannten Geschäftspartner verfolgen mich. Sie haben mir die Polizei auf den Hals gehetzt. Seitdem bin ich auf der Flucht. Als gesuchter Mörder! Sie wollen unbedingt, dass mir der Prozess gemacht wird und ich auf einer Gefangeneninsel an den Pakeha-Seuchen verrecke.«

»O nein. Das geht doch nicht. Bevor sie dich vor Gericht zerren, gestehe ich lieber!«, schrie Lucie entsetzt auf.

»Das kommt gar nicht in Frage. Du hast eine Familie, die du da nicht mit hineinziehen darfst«, protestierte Hehu entschieden.

»Ich habe keine Familie mehr!«, stieß Lucie heiser hervor. »Und es ist die Rache dafür, dass ich meinen eigenen Vater ...«

Hehu griff nach ihrer Hand. »Ahorangi, hör auf! Was ist geschehen? Wofür soll das die Rache sein?«

Ahorangi? Wie fremd dieser Name in ihren Ohren klang. Zögernd begann sie zu erzählen. Sie ließ nichts aus. Weder die toten Kinder und die Adoption von Joanne noch deren Ablehnung und den Tod ihres Mannes. Sie wunderte sich selbst, dass sie darüber sprechen konnte, ohne in Tränen auszubrechen. Nur von Tommys Tod zu berichten, fiel ihr schwer.

In dem Augenblick, als sie bei dem Segelunfall angelangt war, ertönten im Flur Harakekes unverkennbar energische Schritte. Lucie stockte und wollte ihm schnell erklären, dass es doch noch ein Familienmitglied gab, da rief ihre Schwester: »Lucie? Lucie, wo steckst du?«

Hehu musterte sie durchdringend. »Wer ist Lucie?«

»Das bin ich. Ich habe mich meiner Familie zuliebe taufen lassen und mir den Pakeha-Namen Lucie zugelegt«, erwiderte sie kleinlaut.

Hehu wollte seiner Empörung darüber gerade Luft machen, als Harakeke ins Zimmer trat und wie vom Donner gerührt stehenblieb, als sie den Maori erblickte.

»Du?«, fragte sie verblüfft. »Hehu? Bist du gekommen, um Lucie zu holen? Es ist zu spät. Geh zu Vater und teile ihm mit, wir kommen nicht zurück!«

Hehu warf Lucie einen fragenden Blick zu. Sie verstand sofort. Er wunderte sich darüber, dass Harakeke nichts vom Tod ihres Vaters ahnte, geschweige denn, dass ihre eigene Schwester ihn umgebracht hatte.

»Nein, du irrst, ich bin nicht hier, um euch zu holen. Ich bin hier, um Ahorangi mitzuteilen, dass euer Vater schon seit Jahren tot ist und dass man mich des Mordes an ihm verdächtigt.«

»Dich?«, fragte Harakeke ungläubig und ohne eine Emotion zu zeigen. »Hast du es denn getan?«

»Nein, ich weiß nicht, wie er zu Tode kam. Er war eines Tages spurlos verschwunden, nachdem wir von unserem Kampf gegen Te Kooti zurückkehrten. Ich kehrte allein in unser Dorf zurück. Und jetzt, vierzig Jahre nach seinem Verschwinden, verdächtigen mich Krieger unseres Stammes, ihn damals umgebracht zu haben.«

Harakeke aber hörte ihm gar nicht mehr zu. Sie hatte sich auf einen Stuhl fallen lassen.

»Und er ist wirklich so einfach verschwunden?«, fragte sie skeptisch.

»Ich schwöre es bei den Ahnen«, verkündete Hehu.

»Das kann nicht sein. Er war ein starker stolzer Mann. Der verschwindet doch nicht so einfach«, hakte sie nach. »Und wo warst du?«

»Wir haben im Freien übernachtet, nur er und ich. Und am

nächsten Morgen war er spurlos verschwunden. Ich befürchte, Te Kootis Leute haben uns aufgespürt und ihn entführt ...«

»Und du willst nichts gemerkt haben? Das kann ich mir nicht vorstellen. Du warst so etwas wie sein Leibwächter! Merkwürdig. Sehr merkwürdig«, bemerkte Harakeke und durchbohrte Hehu geradezu mit Blicken.

»Du willst wohl kaum behaupten, er habe unseren Vater wegen eines Federmantels umgebracht«, bemerkte Lucie unwirsch. Sie fand es bewundernswert, dass Hehu nicht aus der Haut fuhr und ihrer Schwester die Wahrheit sagte, schließlich war unschwer zu erkennen, dass Harakeke ihn verdächtigte.

»Wie kommst du denn darauf, dass er es wegen des Federmantels getan hat?«, fragte Harakeke in scharfem Ton.

»Weil das seine Verfolger behaupten! Deshalb!«

»Und wie kannst du dir so sicher sein, dass er es nicht getan hat? Vater verschwindet nicht einfach spurlos!« Sie wandte sich an Hehu. »Hast du es getan und wenn, was suchst du bei meiner Schwester? Warum ziehst du sie da mit hinein und ...«

Sie wurde vom lauten Geräusch der Türglocke unterbrochen, und Harakeke warf ihrer Schwester einen fragenden Blick zu.

»Was, wenn das die Polizei ist?«

»Geh du zur Tür und sag, es wäre außer dir keiner im Haus!«, befahl Lucie ihrer Schwester und fügte an den Maori gewandt hinzu: »Komm!« Entschlossen zog sie ihn mit sich fort aus dem Zimmer und schob ihn in ihr Schlafzimmer. Sie selber wartete mit klopfendem Herzen auf dem Flur. Sosehr sie auch versuchte, die Worte zu verstehen, die unten an der Haustür geredet wurden, sie konnte nur erkennen, dass die andere Stimme einem fremden Mann gehörte.

Es dauerte eine gefühlte Ewigkeit, bis die Haustür wieder ins Schloss fiel. Lucie konnte ihre Neugier nicht im Zaum halten. Sie rannte die Treppen hinunter. Harakeke machte ein ernstes Gesicht.

»Was ist?«, keuchte Lucie.

»Das war ein Inspektor Rathbone, der gleich nach Weihnachten wiederkommen wird. Hehus Spur führt nach Napier...«

»Was hast du ihm gesagt?«

»Dass du über Weihnachten in Meeanee bist.«

Lucie atmete sichtlich erleichtert auf.

»Schick ihn weg!«

»Aber das kann ich nicht, er braucht mich doch! Lass uns erst einmal gemeinsam essen.«

Harakeke schüttelte energisch mit dem Kopf.

»Ich setze mich nicht mit Vaters Mörder an einen Tisch. Du weißt, wir haben uns nicht nahegestanden, der große Häuptling und ich, aber den Tod habe ich ihm nicht gewünscht.«

»Hehu ist nicht sein Mörder. Verdammt noch mal!«, schrie Lucie.

»Es gibt einen Zeugen...«

»Der ist von Ahuri bestochen worden!«

»Ach ja, und woher hat er Vaters Amulett, das die Polizei in Hehus Haus gefunden hat?«

»Wie kommst du denn darauf?« Lucies Stimme überschlug sich vor Erregung.

»Inspektor Rathbone hat es mir berichtet. Es lag versteckt unter seiner Schlafmatte!«

»Bitte, Harakeke, du musst mir glauben, er war es nicht. Lass uns gemeinsam essen und überlegen, wie wir ihn in Sicherheit bringen können.«

Harakeke tippte sich an die Stirn. »Nein, Lucie, und noch mal nein! Entweder du wirfst ihn auf der Stelle aus dem Haus oder ich gehe!« Lucie starrte ihre Schwester fassungslos an.

»Er oder ich!«, wiederholte Harakeke ihre Forderung, doch Lucie schwieg.

Harakeke drehte sich daraufhin wortlos um und verließ das Haus.

»Dann lauf ihm hinterher, diesem Polizisten, und verpfeife ihn!«, brüllte Lucie ihr hinterher.

Harakeke blieb stehen und wandte sich um. »Ich bin keine Verräterin, das solltest du eigentlich wissen, aber ich mache mich auch nicht zur Komplizin«, fauchte sie, bevor sie schnellen Schrittes davoneilte.

Lucie kämpfte mit den Tränen. Wäre dies nicht der richtige Zeitpunkt, um ihr zu folgen und die Wahrheit zu gestehen?, fragte sie sich, aber sie rührte sich nicht vom Fleck. Zu groß war ihre Angst, Harakeke würde sich von ihr abwenden, wenn sie erfuhr, dass es die eigene Schwester gewesen war, die den Vater umgebracht hatte.

WELLINGTON, AUGUST 1933

Evas Hand zitterte, als sie an Misses MacAlisters Haustür läutete. Sie hatte gerade noch verhindern können, dass Lucie sie begleitete. Diesen Gang musste sie allein machen. Den ganzen Weg zum Haus der MacAlisters hatte sie sich immer wieder gefragt, wie die beiden Frauen wohl reagieren würden, wenn sie plötzlich vor deren Tür stand und sie damit konfrontierte, dass sie Adrians Zustand auf üble Weise ausnutzten.

Damit, dass Margret ihr, als sie sie erkannte, die Tür vor der Nase zuzuschlagen versuchte, hatte Eva allerdings nicht gerechnet. Sie schaffte es gerade noch, den Fuß dazwischenzustellen.

»Lass mich ins Haus. Sonst schreie ich laut nach Adrian«, zischte Eva.

Margret funkelte sie hasserfüllt an. »Ich weiß gar nicht, wovon du sprichst«, fauchte sie, während sie Eva eintreten ließ und die Tür hinter ihr hastig zuzog.

»Ich habe Adrian in der Stadt gesehen, und ich weiß, dass er sein Gedächtnis verloren hat, doch statt ihn über seine wahre Identität aufzuklären, willst du ihn nach London lotsen und ihn dort heiraten. Willst du dein Glück auf einer Lüge aufbauen?«

»Ach, tu nicht so. Was hast du denn gemacht? Dich in Napier als Architektin ausgegeben, obwohl du nur auf einer Dorfschule gewesen bist. Berenice hat mir alles berichtet«, schnaubte Margret verächtlich.

»Das kannst du gar nicht vergleichen! Du nimmst einem Menschen seine Identität!«

»Was ist denn hier los?«, ging Rosalyn in schneidend scharfem Ton dazwischen. Dann erst erkannte sie Eva. Sie wurde bleich vor Schreck. »Du?«, fragte sie, als ob sie es nicht glauben wollte.

»Ja, ich! Wie konnten Sie das verantworten?«, fragte Eva kopfschüttelnd.

»Ich war von Anfang an gegen diesen Plan, aber Margret liebt ihn doch«, seufzte Rosalyn entschuldigend.

»Was geht es dich überhaupt an? In seinem neuen Leben liebt er mich. Jede Wette, er weiß gar nicht mehr, wer Eva Schindler ist.«

»Eva Clarke«, erwiderte sie ungerührt.

»Verstehe ich nicht.« Margret guckte so ungläubig, dass sie offenbar wirklich nicht ahnte, was das bedeutete.

»Ich habe bei der Hochzeit seinen Namen angenommen«, fügte Eva kühl hinzu.

»Aber, das, nein, das kann nicht ... ich meine, das hätte Berenice mir doch geschrieben«, stammelte Margret. »Wann soll das denn gewesen sein?«

»Es war an dem Tag, als die Erde bebte. Ein paar Stunden zuvor. Und ich glaubte, er wäre beim Einsturz des Dachs vom Roach's Department Store umgekommen.«

»Das war doch keine Ehe«, erwiderte Eva. »Und außerdem wirst du Daniel heiraten, hat mir Berenice geschrieben.«

Eva lief rot an. Wie oft in den letzten Tagen hatte sie sich diese Frage gestellt. Was wäre, wenn sie Adrian davon überzeugen könnte, dass er ihr Mann war? Würde sie dann die Verlobung mit Daniel lösen?

Margret schien ihre Verunsicherung zu spüren. Ihre Stimme bekam etwas Flehendes. »Überleg doch mal, Eva. Wenn du jetzt gehst und dein Wissen für dich behältst, dann wäre das für uns alle das Beste. Schau mal, er liebt mich, und dich kennt er gar nicht mehr. Willst du ihn zwingen, deinen Ehemann zu spielen, nur, weil es da so ein dummes Papier gibt?«

»Nein, an einem Spiel bin ich nicht interessiert«, sagte Eva leise. »Und das Papier ist auch nicht der Grund, warum ich verlange, dass du ihm die Wahrheit sagst!«

»Was denn?«

»Ich liebe ihn«, entgegnete Eva und war selbst erstaunt darüber, wie klar ihr diese Worte über die Lippen kamen. »Und ich bin der festen Überzeugung, dass er sich wieder daran erinnern wird, wenn er erfährt, wer er ist.«

»Niemals!«, schrie Margret verzweifelt. »Nur über meine Leiche!«

»Maggy, bitte sei vernünftig«, flehte ihre Mutter. »Sie ist seine Frau. Sie ist im Recht...«

»Verdammt noch mal, er hat gesagt, dass er mich liebt und heiraten will. Das gilt und nicht das, was er in einem vorherigen Leben getan hat. Er weiß gar nicht, wer du bist. Willst du ihm diese Liebe gegen seinen Willen aufzwingen?«

Eva wurde abwechselnd blass und rot. Sie atmete ein paar Mal tief durch. Das Schlimme war, dass diese Frau die Wahrheit sprach. Was hatte sie davon, Adrian an ihre große Liebe zu erinnern, wenn er sie nicht mehr fühlte? Und sollte sie dafür wirklich Daniel aufgeben? Nein, Margret hatte recht. Mit einem Mann, der die Liebe zu ihr nicht in jeder Faser seines Herzens spürte, wollte sie nicht die Zukunft verbringen. Plötzlich hatte sie eine Idee. Ihr Herz klopfte bis zum Hals.

»Margret, ich mache dir einen Vorschlag. Wenn er sich tatsächlich nicht an mich erinnert, dann lass ich euch nach London gehen. In dem Fall ist es für alle Beteiligten das Beste, wenn er ein neues Leben als Mister Grant beginnt. Sollte es bei ihm aber nur die Spur des Erkennens geben, dann müssen wir ihm die Chance geben, sich zu entscheiden.«

Margret blickte Eva misstrauisch an, doch Rosalyn nickte zustimmend. »Das ist ein fairer Vorschlag. Schatz, nimm ihn an. Bitte!«

Maggy aber zögerte. Während sie noch darüber nachgrübelte, ob sie auf Evas Vorschlag eingehen sollte oder lieber nicht, trat Adrian ins Zimmer.

»Oh, Entschuldigung. Ich wollte nicht stören. Wenn ich gewusst hätte, dass ihr Besuch habt ...« Er stutzte. »Ach, wir haben uns doch schon einmal gesehen, nicht wahr?«

Eva hielt die Luft an vor Anspannung. Adrian kam auf sie zu und reichte ihr die Hand. »Wie geht es Ihrer Mutter oder war es Ihre Großmutter?«

»Schatz, ich glaube, du irrst dich. Woher solltest du unseren Besuch kennen?«, mischte sich Margret eifrig ein.

»Wir sind uns in der Stadt begegnet. Das sind Sie doch, oder? Der alten Dame ging es wohl nicht gut. Sie hat Ihren Enkel bei dem großen Erdbeben verloren. Was für eine schreckliche Geschichte«, seufzte Adrian und fuhr fort, Eva durchdringend zu mustern. Ihre Knie wurden weich, aber wieder ging Margret dazwischen. Sie kuschelte sich an seine Brust. »Ja, ja, was für eine Tragödie; vielleicht fällt es dir mit Abstand ein, wer du wirklich bist. Wenn wir erst in London sind«, zwitscherte sie und streichelte ihm demonstrativ über die Wangen.

»Tja, vielleicht, aber dann ist es zu spät. Dann komme ich nicht zurück. Und das ist ein schrecklicher Gedanke. Stellen Sie sich einmal vor, ich hätte Eltern und Geschwister, und sie würden mich wahrscheinlich für tot halten, denn aus dem Kaufhaus ist ja kaum einer lebendig herausgekommen ... Aber ich werde wahrscheinlich gar nicht aus der Gegend kommen, sondern war an jenem Tag nur zufällig in Hastings.«

»Liebling, mach dir keinen Kopf. Wir haben doch uns.« Margret lächelte ihn gewinnend an. Adrian legte ihr den Arm um die Schulter, eine zärtliche Geste, die Eva wie einen Stich mitten ins Herz empfand.

»Du hast ja recht, Maggy, bald haben wir eine eigene Familie. Dann ist es nicht mehr wichtig, wer ich einmal gewesen bin.«

Eva hörte die Zwischentöne genau. Es war ihm überhaupt nicht gleichgültig. Er schien sich mit aller Macht in sein Schicksal fügen zu wollen, wenngleich sein Herz nach der Wahrheit suchte.

Eva hatte ein Gefühl, als würde sich ihr die Kehle zuschnüren. Am liebsten würde sie ihn umarmen und ihm sagen, dass sie seine Frau war, aber das war gegen die Abmachung. Warum habe ich leichtsinnigerweise diesen Vorschlag gemacht?, fragte sie sich verzweifelt. Er spürt doch etwas. Wieder sah er sie lange und intensiv an.

Das entging auch Maggy nicht, und sie wurde zunehmend nervös.

»Wollten Sie nicht gerade gehen, Miss...?«, fragte sie Eva mit Nachdruck.

»Misses Clarke«, erwiderte Eva. »Eva Clarke!«

Adrian legte die Stirn in Falten. »Clarke? Clarke? Mir kommt es so vor, als hätte ich den Namen schon einmal gehört. Warten Sie, das...«

»Gut, dann bringe ich Sie jetzt zur Tür, Misses Clarke«, unterbrach Margret ihn hastig, doch weder Eva noch Adrian rührten sich vom Fleck.

»Wo kommen Sie eigentlich her, Misses Clarke? Ihre Großmutter erwähnte, dass Sie aus der Hawke's Bay stammen. Aus welcher Stadt kommen Sie?«, fragte er nun, ohne Margret, die Eva warnende Blicke zuwarf, zu beachten.

»Ich komme aus Napier, aber dorthin bin ich erst vor ein paar Jahren aus Deutschland ausgewandert.«

Adrian strich sich nachdenklich über das Kinn. »Ich glaube, ich kenne Napier. Und auch ein Mädchen, das aus Deutschland kam. Merkwürdig, oder? Aber ich weiß nicht mehr...«

»Ach, Liebling, jetzt fängst du wieder damit an, dir das Hirn zu zermartern. Das ist nicht gut für dich. Es kommt nichts dabei heraus außer schlaflosen Nächten«, flötete Margret.

»Ach ja, es ist entsetzlich, wenn man nichts mehr weiß, Misses Clarke. Ich meine, ich bin mal in Napier gesegelt. Da gab es eine Lagune ...«

Evas Herz klopfte bis zum Hals. »Genau, vor dem Erdbeben, konnte man wunderbar in der Lagune segeln, aber beim Erdbeben hat sich der Boden gehoben. Jetzt ist dort Land.«

»Segeln Sie auch, Misses Clarke?« Er sah sie prüfend an.

Trotz der mörderischen Blicke, die ihr Maggy zuwarf, sagte sie leise: »Mein Mann besaß ein Segelboot. Er hat mich mitgenommen, und es hat mir großen Spaß gemacht. Mir fehlte nur die richtige Mütze. Wissen Sie, so ein weißes Hütchen.«

»Ja, ich erinnere mich. Gab es die nicht in Hastings? In dem Kaufhaus, dessen Zusammensturz ich glücklicherweise überlebt habe?«

»Ja, da gibt es eine Abteilung für ...«

Eva unterbrach sich, als sich ein paar Finger grob in ihren Oberarm bohrten.

»Nun muss Misses Clarke aber wirklich gehen«, zischte Maggy und erhöhte den Druck ihrer Finger. Eva konnte sich gerade noch beherrschen, nicht laut aufzuschreien.

»Bitte gehen Sie nicht!«, flehte Adrian. Widerwillig ließ Maggy Evas Arm los.

»Mir fällt da nämlich gerade etwas ein. Ich hatte auch mal ein Segelboot. Es war ein schnittiges Holzschiff ...«

»Ja, ja, das kannst du mir nachher alles erzählen, aber jetzt bringe ich erst einmal unseren Besuch an die Tür«, befahl Margret und schob Eva grob aus dem Zimmer, ohne sich darum zu kümmern, dass Adrian sich anscheinend an gewisse Dinge aus seiner Vergangenheit zu erinnern begann. Kaum waren sie allein auf dem Flur, da zischte Maggy: »Das ist gegen die Abmachung. Sie müssen doch einsehen, dass er Sie nicht erkennt. Also, lassen Sie sich hier nie wieder blicken und uns in Frieden nach London gehen.«

Eva spürte, wie ihre Augen feucht wurden. Sie fuhr sich hastig mit dem Ärmel durch das Gesicht.

»Sie haben gewonnen, Maggy, und trotzdem werde ich das Gefühl nicht los, dass es ihm gegenüber nicht fair ist. Ich glaube, wenn ich ihm helfen würde, seine Erinnerung, wiederzubekommen...«

»Das werden Sie tunlichst unterlassen, meine Liebe! Er gehört mir!« Margret öffnete die Haustür und deutete nach draußen.

Zögernd setzte Eva einen Fuß vor den anderen. Sie war noch mit einem Bein im Flur, als eine Stimme verzweifelt rief.

»Eva! Eva!«

Margret und Eva wandten sich beide erschrocken um. Adrian stand da wie ein Geist. Er breitete die Arme aus, und Eva konnte sich nicht länger beherrschen. Sie fiel ihm um den Hals.

»Liebling, ich ... es war alles plötzlich so klar. Wir beide auf der ›Tommy‹. Ich wollte dir die Mütze kaufen an dem Tag, an dem wir geheiratet haben ... o Gott, mein Schatz, dann war die Frau Großmutter Lucie. Wo ist sie? Ich will sie sehen!«

Margret machte einen letzten Versuch, das unabänderliche Schicksal aufzuhalten. Sie zog an Adrians Arm. »Du hast mir die Ehe versprochen«, zeterte sie, doch Adrian nahm sie gar nicht wahr. Er hatte nur noch Augen für Eva. Plötzlich aber wandte er sich von ihr ab und suchte Margrets Blick.

»Du bist... Margret MacAlister«, stieß er ungläubig hervor.

»Na und? Das wusstest du doch, als wir uns in Gisborne begegnet sind«, entgegnete sie schnippisch.

»Aber ich habe nicht geahnt, dass du die Maggy bist, die ich von Kindesbeinen an kenne. Dann habt ihr mich ja belogen. Alle beide!« Er fixierte Margrets Mutter. »Wie konntet ihr das tun? Ihr wusstet von Anfang an, wer ich war...«

»Maggy liebt dich. Und da du Maggy als Mister Grant auch aufrichtig zu mögen schienst, wollte ich ihr das Glück nicht zerstören.«

Adrian fasste sich an den Kopf. »Das Glück nicht zerstören. Ich fasse es nicht. Habt ihr einmal an meine Großmutter gedacht oder an meine Frau? Wie die beiden gelitten haben, als sie glaubten, ich wäre tot!«

Er hielt inne und legte den Arm um Eva. »Ich werde dieses Haus jetzt zusammen mit meiner Frau verlassen und niemals wiederkehren. Nun verstehe ich, warum ihr es so eilig hattet, Neuseeland zu verlassen.« Sein Blick blieb bei Margret hängen. »Maggy, so kann man sich eine Liebe nicht erschleichen. Du wusstest, dass ich Eva liebe.«

Margret lief knallrot an. »Genau, und weil ich es wusste, dass dir diese hergelaufene Deutsche den Kopf verdreht hat und dir eines Tages das Herz brechen wird, deshalb habe ich dir die Wahrheit verschwiegen. Ohne deine Vergangenheit hätten wir so glücklich werden können.«

Adrian aber hatte sich längst wieder Eva zugewandt. »Mein Liebling«, flüsterte er und strich ihr über die blassen Wangen. »Nun kann uns nichts mehr trennen.«

»Das würde ich nicht sagen«, mischte sich Margret ein. »Ich weiß ja nicht, was Evas Verlobter sagen wird, wenn die Hochzeit nicht stattfinden kann, weil der totgeglaubte Ehemann wieder aufgetaucht ist?«

Adrian zog seine Hand fort, als hätte er sich verbrannt. »Du bist verlobt?«

Eva holte tief Luft. Es hatte keinen Zweck zu leugnen. Weder die Tatsache, dass sie mit Daniel verlobt war noch dass sie ihn lieben gelernt hatte. Aber es war eine andere Liebe als die zu Adrian. Das spürte Eva mit jeder Faser. Sie würde sich immer wieder für ihre große Liebe, für Adrian, entscheiden.

Eva hatte eine Sekunde zu lange gewartet.

»Du kennst ihn gut. Es ist Daniel. Deine Schwester hat mir in aller Ausführlichkeit berichtet, wie sich deine Frau an den erfolgreichen Architekten herangeschmissen hat. Ja, sie hat sich sogar als Inneneinrichterin ausgegeben und sollte einen Preis bekommen. Deine kleine Hochstaplerin und Bigamistin ...«

»Aber ich habe doch gedacht, du seiest tot. Hätte ich geahnt, dass du noch lebst, dann hätte ich mich niemals mit Daniel verlobt.«

»Ausgerechnet Daniel. Wie konntest du nur?«, bemerkte Adrian in schneidendem Ton.

»Wir haben um dich getrauert und sind uns schließlich nähergekommen«, erwiderte Eva beinahe entschuldigend, obwohl sie seinen plötzlichen Stimmungsumschwung nicht nachvollziehen konnte. Er hatte schließlich auch eine andere heiraten wollen. Sie kämpfte mit sich, ob sie ihm verraten sollte, dass Daniel in Wahrheit sein Halbbruder war, aber dann entschied sie, dass es besser wäre, wenn er erst einmal wieder zu sich kommen und begreifen würde, dass sie nichts Schlimmes getan hatte.

Adrian blickte wie versteinert an ihr vorbei. »Ich packe meine Sachen und ziehe ins Windsor Hotel. Und bitte schicke Großmutter dorthin. Ich möchte sie unbedingt sehen.«

»Aber ... aber ... du kannst doch mitkommen in unser Haus«, entgegnete sie verzweifelt.

»In Lucies und dein Haus oder in Daniels und dein Haus?«

»Es gehört Daniel, aber ich werde ihm alles erklären, ich ... es ist für mich auch nicht leicht«, stammelte Eva.

»Ich denke, wir werden keine Probleme haben, uns scheiden zu lassen. Und dann steht auch deinem Glück nichts mehr im Weg.« Adrian drehte sich auf dem Absatz um und verschwand wortlos.

Eva war so schockiert, dass sie nicht einmal Margrets triumphierendes Gesicht wahrnahm, während sie an ihr vorbei in Richtung Haustür eilte und das Haus der MacAlisters verließ, als wäre der Teufel hinter ihr her.

Wellington, August 1933

Eva lebte wie unter einer Glocke. Sie ging zwar jeden Tag ins Büro und erledigte ihre Arbeit, aber wenn sie nach Hause kam, lag sie auf dem Sofa und stierte Löcher in die Luft. Es war nun fünf Tage her, seit sie Adrian bei den MacAlisters aufgesucht hatte, und erst am vergangenen Abend hatte sie den Mut gefunden, Lucie zu berichten, was dort vorgefallen war.

Lucie war der Meinung, Adrian stände unter Schock und hätte das nicht so gemeint. Eva glaubte nicht daran. Sie war tief verletzt, dass er sie so sang- und klanglos aufzugeben bereit war. Er hätte sich doch nur einmal in sie hineinversetzen und sich vorstellen müssen, wie sie gelitten hatte. Nein, Eva fand es ungerecht und gemein, wie er sich verhielt. Lucie aber war der Meinung, dass sie ihm bloß den Kopf zurechtrücken müsste... Und nun war sie gerade zum Hotel Windsor geeilt.

Es war ein Samstag, und Eva lag wie betäubt auf dem Sofa. Draußen stürmte es, und der Wind klatschte gegen die Scheiben. Das Wetter war ein Spiegelbild von Evas Gefühlslage. Alles schien ihr so düster. Vor allem wusste sie nicht, wie es weitergehen sollte. Wenn sie ehrlich war, konnte sie sich nicht vorstellen, Daniel zu heiraten, jetzt, wo sie wusste, dass Adrian am Leben war. Seit fünf Tagen mied sie das Telefon.

Sie schreckte zusammen, als es an der Haustür läutete. Adrian, was ihr erster Gedanke, doch dann fiel ihr ein, dass er ja mit der Großmutter verabredet war. Seufzend erhob sie sich vom Sofa und ging langsam zur Tür. Ein Blick in den Spiegel zeigte ihr, dass die quälenden Gedanken der vergangenen Tage Spuren in ihrem Gesicht hinterlassen hatten.

Als sie die Tür öffnete, spürte sie so etwas wie Erleichterung. Sie hätte diese Aussprache wahrscheinlich noch lange vor sich hergeschoben, aber jetzt stand er in voller Größe vor der Tür. Daniel sah gut aus, sehr gut sogar. Und doch verspürte sie keines der Zeichen großer Verliebtheit, die ihr bei Adrians Anblick in Strömen durch den Körper rieselten.

»Bist du krank, mein Liebling?«, fragte Daniel besorgt.

»Komm rein«, entgegnete sie, ließ ihn eintreten und nahm ihm seinen Regenmantel ab.

Er musterte sie skeptisch. »Liebling, du hast mir meine Frage nicht beantwortet. Was ist los mit dir? Seit über zwei Wochen meidest du Gespräche mit mir und lässt dich am Telefon verleugnen. Und Großmutter Lucie versucht, unbeschwert zu klingen, aber das ist sie nicht. Was ist los?«

Eva wusste, dass es keinen Zweck hatte, Daniel etwas vorzumachen, auf dem Flur allerdings wollte sie ihm nicht die Wahrheit sagen.

»Lass uns ins Wohnzimmer gehen«, seufzte sie. Daniel folgte ihr.

Als sie sich am Tisch gegenübersaßen, blickte er sie fordernd an.

»Du willst wissen, was geschehen ist?«, fragte Eva, um Zeit zu gewinnen.

»Deswegen habe ich mich auf den Weg gemacht, denn morgen früh muss ich zurück sein«, erwiderte Daniel ungerührt.

Eva senkte den Kopf. »Ich war krank. Ich hatte eine Lungenentzündung.«

»Ach, mein Liebling, warum habt ihr das verheimlicht? Ich wäre doch hergekommen, hätte mir freigenommen. Wie konnte das bloß geschehen?«

»Ich bin ohne Mantel durch den Regen gelaufen«, erwiderte

Eva schwach. Ihr Herz klopfte bis zum Hals. Nun war der Augenblick der Wahrheit gekommen. Länger konnte sie Daniel nicht hinhalten!

Sie räusperte sich mehrmals, bevor sie heiser hervorstieß: »Er lebt!«

Daniel starrte sie irritiert an.

»Adrian lebt!«

Daniel sprang von seinem Stuhl auf und lief ein paar Mal im Zimmer auf und ab, bis er vor ihr stehenblieb. »Was heißt das genau?« Er war grau im Gesicht geworden.

»Bitte setz dich«, bat Eva und berichtete ihm dann in Kürze, wie sie von der Existenz des sogenannten Mister Grant erfahren und dann Adrian in der Stadt getroffen hatte.

»Er hat euch nicht erkannt?«, unterbrach Daniel sie fassungslos.

»Nein, er hat weder Lucie noch mich wiedererkannt.«

»Aber was willst du unternehmen? Du kannst ihn doch nicht mit den MacAlister-Damen nach London gehen lassen, ohne ihm die Wahrheit zu sagen«, presste er heiser hervor. »Auch wenn es mir persönlich das Liebste wäre«, fügte er knurrend hinzu.

Eva zögerte, doch dann erzählte sie ihm von ihrem Besuch bei den beiden. Daniel verzog keine Miene. Auch nicht, als er von Adrians Reaktion hörte. »Und wie siehst du die Sache?«, fragte er mit belegter Stimme, nachdem sie ihre Schilderung beendet hatte.

»Ich weiß nicht«, erklärte sie ausweichend. »Es ist auch für mich eine völlig neue Situation.«

Daniel musterte sie prüfend. »Eva, was sagt dein Herz?«

Sie spürte förmlich, wie ihre Wangen zu glühen begannen.

»Ich ... ich weiß nicht, ich ...«, stammelte sie. Eva wollte Daniel nicht verletzen. Sie liebte ihn doch auch. Auf eine andere Weise als Adrian zwar, aber ...

Daniel schluckte. »Er war deine Nummer eins, und das wird er immer bleiben«, sagte er leise.

»Aber er möchte die Scheidung!«

»Ach, sei nicht albern!«, fuhr er sie an. »Er war immer schon eifersüchtig... weißt du was? Es ist schlimm, dich zu verlieren, doch dass er noch lebt, ist wichtiger. Ich habe ihn immer wie einen Bruder geliebt.«

Wenn er wüsste, wie nah er damit an der Wahrheit ist, ging es Eva durch den Kopf, aber sie ließ sich nichts anmerken. Stattdessen fiel sie Daniel schluchzend um den Hals. »Ich werde dich vermissen.«

»Ich bin ja nicht aus der Welt. Und wenn der Kerl sich stur stellt, sag mir Bescheid. Dann bekommt er es mit mir zu tun, und zwar richtig!« Er löste sich aus der Umarmung und blickte sie kopfschüttelnd an. »Und was hat der Kerl gemacht? Auf einer Obstplantage gearbeitet? Das soll wohl ein Witz sein. Jetzt besucht er erst einmal die Akademie, und dann eröffnen wir endlich unser Büro.«

Eva wischte sich die Tränen aus dem Gesicht. »Aber wenn er mir das nicht verzeiht? Was dann?«

»Dann ist er ein Vollidiot und hat eine Frau wie dich nicht verdient!«, erwiderte Daniel ungerührt.

Erneut stürzte sich Eva in Daniels Arm.

In diesem Augenblick klappte die Tür. Eva und Daniel fuhren herum. Adrian stand wie angewurzelt im Türrahmen. Dann trat Lucie ins Zimmer.

»Bevor ihr beiden euch einen Hahnenkampf liefert, muss ich euch etwas Wichtiges sagen. Ihr beide seid Brüder!«, verkündete Lucie hektisch.

Adrian und Daniel starrten Lucie an, als wäre sie ein Geist.

»Ja, also Halbbrüder, denn auch dein Vater, Adrian, war Doktor Thomas. Deine Mutter war schon mit dir schwanger, als sie John Clarke geheiratet hat.«

»Und warum sagst du das ausgerechnet jetzt? Glaubst du, das hindert mich daran, Daniel an meiner Faust schnuppern zu lassen?« Er rang sich zu einem Lächeln durch, bevor er auf Daniel zuging und ihn in den Arm nahm. Die beiden Männer klopften sich gegenseitig auf die Schultern.

Bei diesem Anblick entspannte sich Eva, die das Ganze wie ein Kaninchen vor der Schlange beobachtet hatte, endlich.

Adrian wandte sich zu ihr um und zuckte die Schultern. »Tut mir leid, Eva, ich stand neben mir, als wir im Haus der MacAlisters waren. Ich möchte natürlich keine Scheidung, aber wenn du dich für Daniel entschieden hast, dann will ich mich nicht zwischen euch stellen.«

»Das ertrag ich nicht länger. Der gute edelmütige Adrian ist zurück. Ein Wort noch und ich entführe deine Frau, obwohl sie wild nach dir ist. Leider!«, brummte Daniel. »Das soll mal einer verstehen. Du bist zwar größer als ich, aber dein Hirn ist kleiner«, ergänzte er spöttisch, während er sich mit den Händen durch seine rotblonden Locken fuhr. »Mann, worauf wartest du noch? Komm, Lucie, wir trinken jetzt mal einen. Ich könnte einen Whiskey gebrauchen. Oder auch zwei.« Daniel schob Großmutter Lucie zur Tür hinaus.

Eva und Adrian aber rührten sich nicht vom Fleck, während sie sich intensiv in die Augen blickten. Dann trat Adrian ganz langsam auf Eva zu. Sie schlang die Arme um seinen Hals. Eine Weile hielten sie einander fest wie zwei Ertrinkende. Dann fanden sich ihre Lippen, und sie küssten sich lange, ganz so, als gäbe es kein Morgen mehr.

Napier, Juli 1909

Es war ein Freudentag für Lucie, als Joanne ihr mit dem Baby im Arm einen Besuch abstattete. Seit Dezember des letzten Jahres hatte sie ihre Tochter nicht mehr gesehen. Es kostete sie viel Überwindung, ihr den winzigen Jungen mit den großen Augen und dem schwarzen Flaum auf dem Kopf nicht aus dem Arm zu reißen.

»Wie heißt er?«, fragte Lucie entzückt.

»Adrian«, erwiderte Joanne nicht ohne Stolz. Lucie breitete die Arme aus. »Darf ich ihn mal halten?«

Zögernd reichte Joanne Lucie das Baby. Lucie ging das Herz auf, als der Kleine den Mund aufriss, um herzhaft zu gähnen. In diesem Augenblick vergaß sie alle Schmerzen, die sie in den vergangenen Monaten erlitten hatte. Dieses Kind in ihrem Arm entschädigte sie für die Hochzeit, bei der sie nicht erwünscht gewesen war, und es ließ sie die Missbilligung ihrer Schwester vergessen, weil sie einen in ihren Augen gesuchten Mörder versteckte.

»Mein Kleiner«, seufzte Lucie, während sie das Baby vorsichtig ins Wohnzimmer trug. Sie hatte Stella gebeten, Tee zu machen. Schließlich fieberte sie diesem Besuch entgegen, seit Joanne angerufen hatte, um sich anzukündigen.

Erst als Joanne und sie sich am Tisch gegenübersaßen, wurde Lucie bewusst, dass sie außer dem süßen Baby gar keinen Gesprächsstoff hatten. Doch dann sprang Lucie über ihren Schatten.

»Wie war die Hochzeit?«

»Schön«, entgegnete Joanne knapp.

Lucie seufzte. Sie versuchte es noch einmal, ein Gespräch in Gang zu bringen.

»Wo ist John?«

»In seinem geliebten Weinberg. Wo sonst?«, erwiderte Joanne.

»Wie gefällt es dir in Meeanee?«

Joanne rollte mit den Augen. »Es ist stinklangweilig da draußen!«

»Du siehst aber wohl aus. Die Luft bekommt dir anscheinend gut.«

»Das ist nicht die gute Luft, sondern meine Schwangerschaft! John hatte nichts Eiligeres zu tun, als mich in der Hochzeitsnacht zu schwängern«, gab Joanne genervt zurück.

»Du bist schwanger? Das ist ja wunderbar«, entfuhr es Lucie begeistert und nur der Säugling auf ihrem Arm verhinderte, dass sie aufsprang und ihre Tochter umarmte.

»Dann sind es wenigstens schon zwei, die sich freuen«, knurrte Joanne. »John und du!«

»Freust du dich denn nicht?«, gab Lucie fassungslos zurück.

»Die Schwangerschaft war die Hölle. Es ist grausam, wenn man jeden Tag dicker wird, aber John ist ja ganz verrückt nach Kindern, besonders nach dem Jungen. Ich hoffe nur, dass ich ein Mädchen bekomme, das schnell groß wird und aus dem ich eine kleine Lady machen kann. Ich sage dir, die wird es einmal besser haben als ich und sich nicht mit einem grobschlächtigen Winzer verheiraten! Ich kann nur hoffen, dass es ein weißes Mädchen wird und keins wie Adrian, bei dem du täglich zusehen kannst, wie er dunkler und dunkler wird!«

Lucie verkniff sich, das auszusprechen, was ihr auf der Zunge lag. Ihr war die Art und Weise, wie Joanne über ihre Kinder sprach, völlig fremd. Was hätte sie darum gegeben, wenn sie mehr Kindern als nur Tommy das Leben hätte schenken dürfen.

Sanft strich sie dem Baby über den dunklen Flaum. Es war ein wunderbares Gefühl, die Wärme zu genießen, die das Kind ausstrahlte, und den süßen Geruch seiner Haut einzuatmen.

»Und diese ständige Übelkeit. Das ist nicht zum Aushalten. Da wollte ich fragen, ob ich dir mein Kind öfter mal vorbeibringen darf? Ich habe nämlich jetzt eine Verabredung mit einer Freundin. Ob du Adrian nehmen könntest?«

Lucies Herz machte vor Freude förmlich einen Sprung bei der Vorstellung, mit dem Säugling allein zu bleiben, doch dann wurde ihr unwohl. Ob die Freundin wirklich eine Freundin ist, durchfuhr es sie eiskalt. Was, wenn sie sich wieder mit diesem Kerl trifft? Lucie aber schob ihre Bedenken beiseite.

»Natürlich kannst du den Kleinen bei mir lassen«, entgegnete sie.

Joanne holte aus dem Korb, den sie mitgebracht hatte, eine Saugflasche, die eine weiße Flüssigkeit enthielt.

Entgeistert starrte Lucie auf die Babynahrung. »Stillst du dein Kind nicht?«

»Nein, ich habe keine Milch«, wehrte Joanne diese Frage ab und stellte die Trinkflasche auf den Tisch. »Ich hole ihn am späten Nachmittag ab«, fügte sie hinzu und machte sich zum Gehen bereit. In der Tür stieß sie beinahe mit Hehu zusammen. Joanne musterte ihn mit einem abschätzigen Blick, doch dann eilte sie ohne ein weiteres Wort davon.

Hehu ließ sich stöhnend auf einen Stuhl fallen. »Hoffentlich plaudert sie es nicht aus. Das war deine Tochter, nicht wahr?«

Lucie nickte. »Es wäre ihr viel zu unangenehm, zuzugeben, dass sie bei ihrer Mutter einen Maori getroffen hat. Sie hat doch schon ein Problem, dass ich keine Pakeha bin.«

»Dann ist ja gut«, brummte er.

Als er das Baby erblickte, erhellte ein Strahlen sein Gesicht. »Dein Enkelkind?«

»Adrian«, erwiderte Lucie voller Stolz.

Hehus Miene verfinsterte sich wieder. »Wie lange willst du

noch Kopf und Kragen für mich riskieren und mich in deinem Haus verstecken?«

»Solange, bis dieser Inspektor davon Abstand genommen hat, alle paar Tage bei mir nachzufragen, ob du dich bei mir gemeldet hast!«

»Der gibt nicht auf. Das schwöre ich dir. Der nicht. Der ist wie ein bissiger Hund. Er will mich festnehmen.«

»Aber er traut sich nicht, mein Haus nach dir zu durchsuchen. Und da kein Mensch von deiner Anwesenheit hier weiß ... du wirst sehen, das geht vorüber.«

»Dein Wort in Gottes Ohr«, seufzte Hehu, als es an der Tür klingelte. Wie der Blitz sprang er auf und verschwand. Lucie legte das schlafende Kind auf dem Sofa ab und eilte zur Tür.

»Wo ist er?«, fragte Inspektor Rathbone und lächelte dabei. Er ist nicht unsympathisch, dachte Lucie, während sie den älteren Mann, der mit seinem Bauch und seinem Bart eher gemütlich wirkte, unschuldig anblickte.

»Ich habe keinen Maori versteckt, falls Sie das denken«, murmelte sie und versuchte ebenfalls zu lächeln.

»Das glaube ich Ihnen ja gern, aber man hat mir gerade das Gegenteil versichert. Ich habe eben auf der Straße diverse Leute befragt, und eine junge Frau hat behauptet, sie habe einen Mann, auf den die Beschreibung des Flüchtigen zutrifft, in Ihrem Haus gesehen. Einen Maori mit einem grünen Amulett um den Hals!«

»Ach, das war meine Tochter. Sie leidet unter merkwürdigen Fantasien«, entgegnete Lucie mit fester Stimme und machte eine wegwerfende Geste.

»Das glaube ich Ihnen gern, Misses Bold, aber wir kommen nicht umhin, Ihr Haus zu durchsuchen.«

Lucie wurde bleich. »Das ist doch ... das ist doch Wahnsinn«, stammelte sie.

Der Inspektor zuckte die Achseln. »Es tut mir leid. Vorschrift ist Vorschrift. Meine Männer warten schon.«

Lucies Herz klopfte zum Zerbersten. »Kommen Sie bitte erst einmal allein ins Haus«, bat sie den Polizisten. Zögernd folgte er ihr. Lucie aber wusste nicht, wie sie das Unheil noch abwenden sollte, als ihr im Flur Hehu entgegenkam.

»Wir können«, sagte er zu Inspektor Rathbone.

»Also doch!«, stieß der hervor.

»Nein, eben nicht«, ging Lucie dazwischen und machte Hehu ein Zeichen, seinen Mund zu halten. »Es verhält sich anders, als Sie denken, Inspektor. Folgen Sie mir bitte ins Wohnzimmer!«

Mit zitternden Knie ging Lucie voran.

»Ich werde mich ...«, begann Hehu, kaum dass sie um den Tisch herum saßen, aber Lucie fuhr ihm über den Mund. »Ich werde jetzt die Wahrheit sagen. Und Sie, Inspektor Rathbone, werden sich bestimmt fragen, warum ich Sie belogen habe. Doch das liegt auf der Hand. Einem Maori glaubt kein Mensch, aber ich schwöre hiermit, dass Hehu unschuldig ist ...«

Hehu redete in seiner Sprache beschwörend auf Lucie ein, diese sagte allerdings nur: »Bitte, überlasse mir das Reden!«

»Ich höre!«, entgegnete Inspektor Rathbone nachdrücklich.

»Ich bin Zeugin, dass er meinen Vater nicht getötet hat ...«

»Ahorangi, nein!«

»Doch, ich erzähle dem Polizisten jetzt die ganze Wahrheit.«

»Tu es nicht!«, flüsterte Hehu verzweifelt, aber Lucie wandte sich ungerührt an Inspektor Rathbone. »Er kann es gar nicht gewesen sein, denn wir beide haben meinen Vater das letzte Mal zusammen gesehen, und er war lebendig, als er mein Haus verließ.«

Hehu ließ die Hände sinken und blickte Lucie verblüfft an.

»Und woher wollen Sie wissen, dass er ihn nicht verfolgt hat?« Inspektor Rathbone kratzte sich nervös an seinem Bart.

Lucie legte Hehu die Hand auf den Unterarm. »Weil wir beide kurz nach dem Verschwinden meines Vaters ein Paar geworden und seitdem unzertrennlich sind!«

»Was heißt das?«, fragte der Polizist in scharfem Ton, während Hehu ungläubig Lucies Hand auf seinem Arm fixierte.

»Das, was ich sage. Wir waren seitdem keine Minute mehr getrennt. Und wenn Hehu meinen Vater verfolgt und umgebracht hätte, so hätte ich das zwangsläufig mitbekommen müssen.«

»Ach ja? Und was ist das?« Der Inspektor griff in seine Jackentasche und holte Kanahaus Amulett hervor. »Das haben wir bei der Durchsuchung seines Hauses gefunden. Der Häuptling Ihres Stammes hat behauptet, es habe seinem Vorgänger gehört, also Ihrem Vater. Wie ist das wohl in den Besitz Ihres Freundes gelangt?«

Lucie nahm dem Inspektor das Hei-tiki ihres Vaters aus der Hand und betrachtete es von allen Seiten. »Tut mir leid, aber das ist nicht das Amulett meines Vaters, das ist meins, und ich selbst habe es Hehu geschenkt.«

»Ich glaube Ihnen kein Wort!«

»Dann bringen Sie uns doch vor ein ordentliches Gericht. Wir haben nichts zu befürchten, nicht wahr, Liebling?«

Hehu nickte mechanisch, während er Lucie mit fragendem Blick fixierte.

Inspektor Rathbones Miene verfinsterte sich noch mehr. »Und warum haben Sie sich die ganze Zeit über in diesem Haus versteckt, anstatt sich zu stellen?« Er musterte Hehu durchdringend.

»Weil ich verhindern wollte, dass unsere Beziehung öffentlich wird«, entgegnete Lucie hastig.

»Ich habe ihn gefragt, nicht Sie!«, fuhr der Inspektor sie an.

Hehu aber zog es vor zu schweigen.

»Ich bin machtlos gegen den Meineid, den Sie zu schwören bereit sind«, seufzte Inspektor Rathbone resigniert und drehte sich auf dem Absatz um. Hehu stierte ihm fassungslos nach, selbst als er das Zimmer längst verlassen hatte.

»Warum hast du das getan? Wenn deine Tochter davon erfährt, wird sie dich noch entschiedener ablehnen«, sagte er nach einer ganzen Weile leise.

»Ich habe nichts mehr zu verlieren, Hehu. Und ich konnte doch nicht zulassen, dass du für mich ins Gefängnis gehst«, entgegnete Lucie, trat auf ihn zu und schlang ihre Arme um seinen Hals. »Du bist mein bester Freund«, hauchte sie.

Über Hehus Gesicht huschte ein Lächeln. »Ich weiß schon, warum ich niemals aufgehört habe, dich zu lieben«, gab er in zärtlichem Ton zurück. »Aber nun muss ich fort«, fügte er ernst hinzu. »Ich möchte nicht, dass du meinetwegen noch mehr Schererein bekommst.«

Lucie blickte ihn lange schweigend an. »Nein, du kannst nicht nach Hause zurück, solange Ahuri Häuptling ist. Bleib hier! Es ist genügend Platz im Haus. Lass uns das spielen, was ich dem Inspektor vorgegaukelt habe. Dass wir ein Liebespaar sind.«

»Aber, das geht nicht; es ist nicht gut für deinen Ruf, wenn du mit mir unter einem Dach lebst. Das spricht sich in der Stadt rum. Eine Witwe in wilder Ehe mit einem Maori...«, stotterte Hehu.

»Das lass mal meine Sorge sein!«, erwiderte Lucie energisch. »Es ist das Mindeste, was ich für dich tun kann!«

Ein Schrei ließ sie auseinanderfahren. Es war das Baby. Lucie stürzte zum Sofa und nahm den kleinen Adrian liebevoll auf den Arm. »Gibst du mir bitte mal die Flasche«, bat sie Hehu und deutete auf den Tisch.

Als der Säugling wenig später gierig und schmatzend seine Milch trank, sahen die beiden Maori ihm wie gebannt zu. Lucie nahm ergriffen Hehus Hand.

»Ich liebe dich noch genauso, wie ich es seit jeher getan habe! Wie einen Bruder«, flüsterte sie.

Hehu drückte ihre Hand zum Zeichen, dass ihn ihre späte Liebeserklärung zutiefst berührte.

Napier, Dezember 1909

Seit Monaten lebte Lucie äußerst zurückgezogen in ihrem Haus und war sehr zufrieden mit ihrem Leben. Joanne brachte ihr fast täglich das Kind vorbei, und Lucie stellte keine Fragen, wenngleich sie den Verdacht hegte, dass die Affäre ihrer Tochter mit dem Arzt neu entflammt war. Doch sie hütete sich davor, das auszusprechen. Zu groß war ihre Sorge, dass Joanne ihr dann Adrian nehmen würde.

Aus diesem Grund hielt sich auch Hehu im Hintergrund, wenn Joanne ins Haus kam. Ein paar Mal hatte sie Lucie schon gefragt, wann der Maori endlich verschwände. Bislang war Lucie ihr eine Antwort schuldig geblieben. Der einzige Wermutstropfen war die Tatsache, dass der Kontakt zwischen Harakeke und Lucie völlig abgebrochen war, seit Hehu in der Cameron Road eingezogen war. Lucie verspürte immer wieder den Impuls, das Kind in den Wagen zu legen und ihrer Schwester einen Besuch abzustatten, aber dann siegte ihr Stolz. Sollte Harakeke doch den ersten Schritt machen. Schließlich war dieser Bruch von ihr ausgegangen.

Hehu war eine echte Hilfe im Haus. Er reparierte das undichte Dach, strich die Veranda und renovierte das Wohnzimmer. Stella verwöhnte ihn im Gegenzug mit allen möglichen Leckereien. Belustigt beobachtete Lucie, wie sich zwischen den beiden eine zarte Liebelei entwickelte. Hehu war das sehr peinlich, als Lucie die beiden dabei ertappte, wie sie eines Abends Hand in Hand auf der Terrassenbank saßen.

Bald ist schon wieder Weihnachten, dachte Lucie, während sie mit dem Kind auf den Arm nach draußen trat. Der kleine Junge war jetzt beinahe ein halbes Jahr alt und bereitete ihr große Freude. Er brabbelte den ganzen Tag vor sich hin und Lucie hatte das Gefühl, als könnten sie sich miteinander unterhalten, obwohl der Kleine noch kein klares Wort reden konnte. Er schlief inzwischen tagsüber kaum noch und war nicht mehr so ruhig auf ihrem Schoß wie am Anfang. Ständig sah er sich staunend um und gab vergnügte Laute von sich. Obwohl er seinen ersten Zahn bekam, war er gleichbleibend fröhlich.

Sie wollte ihn mit Brei füttern, als Stella in Begleitung von Harakeke auf die Veranda trat. Statt Lucie zu begrüßen, stürzte ihre Schwester sich förmlich auf den kleinen Kerl.

Lucie lächelte in sich hinein. Aus dem Mund der burschikosen Harakeke kamen Koseworte, die auszusprechen sie ihrer Schwester nicht zugetraut hätte.

»Darf ich?«, fragte Harakeke. Ihre Augen leuchteten, als sie Adrian auf den Arm nahm. »Ganz schön kräftig«, stieß sie begeistert hervor.

»Schau dir mal die langen Finger an. Der Junge wird groß«, erwiderte Lucie voller Stolz auf ihr Enkelkind. »Aber wirst du mich auch noch begrüßen?«

Über Harakekes Gesicht huschte ein verschmitztes Lächeln. Sie gab ihrer Schwester das Kind zurück, beugte sich zu ihr hinunter und gab ihr einen Kuss auf die Wange. »Ich habe dich schrecklich vermisst«, flüsterte sie.

»Ich dich auch«, seufzte Lucie.

Harakeke setzte sich neben sie auf einen Korbstuhl und musterte sie prüfend. »Ist er weg?«

Lucies Miene verfinsterte sich. »Von wem sprichst du?«

»Von deinem Freund!«

»Ich denke, du sprichst von Hehu, oder?«

Harakeke nickte.

»Und was soll der merkwürdige Unterton?«

»Euer Verhältnis ist Stadtgespräch. Und ich habe auch nichts dagegen, dass du dich neu verliebst, aber in den Mörder unseres Vaters?«

»Er ist kein Mörder, verdammt noch mal! Wie oft soll ich dir das noch sagen? Und mein Geliebter ist er auch nicht!«, entgegnete Lucie heftig.

Harakeke zog skeptisch ihre Augenbrauen hoch. »Das geht mich ja auch gar nichts an, aber ausnahmsweise glaube ich, dass ein Körnchen Wahrheit an dem Klatsch ist. Und außerdem sagt Fred, dass . . .«

»Fred? Wer ist Fred?«

»Ach, nichts. Und wie ist es nun? Wohnt er noch bei dir?«

»Ja, er bewohnt das große, etwas abgelegene Zimmer und das wird er auch in Zukunft tun. Jedenfalls solange Ahuri im Dorf das Sagen hat. Er war es auch, der ihm die Polizei auf den Hals gehetzt hat.«

»Er wird also unter deinem Dach wohnen bleiben?«, fragte Harakeke entsetzt.

»Ja, und noch einmal ja. Ich bin ihm Unterstützung schuldig!«

»Warum? Nur, weil du einen anderen Mann geheiratet hast als ihn?«

»Ach, das verstehst du nicht!« Lucie machte eine abwehrende Geste.

Harakeke stöhnte laut auf. »Schon gut, schon gut, er soll nicht zwischen uns stehen. Ich will ihn nur nicht sehen.«

»Keine Sorge, er macht sich immer unsichtbar, sobald ich Besuch bekomme. Überhaupt ist er ein sehr diskreter Mann. Und wenn es dich interessiert: Er hat mir keine Avancen gemacht. Ich glaube eher, dass er sein Herz für Stella entdeckt hat.«

»Aber warum in aller Welt hast du denn, ich meine, du hast der Polizei erzählt, ihr beide wärt ein Paar.«

Lucie wurde bleich. »Woher weißt du das?«

»Ach, das ist bekannt. Und in ganz Napier Gesprächsthema Nummer eins. Die Leute zerreißen sich das Maul darüber, dass du Tom Bolds Andenken in den Schmutz ziehst, weil du altes Weib mit deinem Geliebten in seinem Haus lebst! Aber wenn dem nicht so ist, dann bedeutet das ja, dass du ihm ein falsches Alibi geliefert und den Inspektor getäuscht hast?«

»Er war es nicht. Das kann ich beschwören, und jetzt würde ich gern den Kleinen füttern. Oder willst du ihn mir abnehmen?«

Harakekes Miene erhellte sich. »Wenn ich darf, dann gern.«

Lucie reichte ihr das Kind. Amüsiert sah sie ihrer Schwester dabei zu, wie sie Adrian fütterte und sich der Brei dabei gleichmäßig über ihr dunkelblaues Kleid verteilte.

Gerade als sie dem Kind den letzten Bissen in den Mund schob, kündigte sich lautstark Joannes Eintreffen an. Sie brüllte etwas Unverständliches. Die beiden Frauen fuhren erschrocken herum. Durch die Scheibe erkannten sie, dass sich Joanne mit in die Hüften gestemmten Armen vor Hehu aufgebaut hatte und ihn anschrie. Er aber drehte sich offenbar wortlos auf dem Absatz um und verließ das Zimmer.

Und schon trat Joanne wutschnaubend nach draußen. »Mutter! Wirf endlich diesen Kerl raus. Das ist ja widerlich.«

Lucie verschlug es die Sprache.

»Erst einmal einen schönen guten Tag, liebe Joanne«, flötete Harakeke.

Joanne stieß einen abschätzigen Zischlaut aus. »Du, liebe Tante, heißt das ja mit Sicherheit gut, dass meine Mutter mit diesem Kerl in wilder Ehe lebt und die ganze Stadt Bescheid weiß, nicht wahr?«

Harakeke wollte gerade etwas erwidern, als Joanne ihr über den Mund fuhr. »Es ist mir egal, was du dazu sagst. Ich will das nicht, Mutter! Verstehst du? Nicht in diesem Haus!«

Lucie räusperte sich ein paar Mal, bevor sie mit belegter Stimme hervorstieß: »Joanne, du wohnst nicht hier. Du bist erst zu deiner Freundin gezogen und dann mit deinem Mann nach Meeanee. Es ist allein meine Sache, was ich in diesem Haus tue oder lasse.«

Harakeke warf ihrer Schwester einen bewundernden Blick zu, der so viel sagte wie: Ich habe Joanne gegenüber selten so klare Worte aus deinem Mund gehört!

Joanne ballte die Fäuste und lief knallrot an. »Gut, dann entscheide eben, wer hier wohnt, aber dann hat mein Sohn hier nichts mehr zu suchen...« Mit einem energischen Schritt trat sie auf Harakeke zu und entriss ihr grob das Kind. Der Kleine bekam einen Schreck, wurde krebsrot und brüllte los.

»Du musst dich entscheiden, Mutter! Er oder Adrian!«

»Was soll das heißen?«, fragte Lucie mit bebender Stimme und wusste doch ganz genau, was die Tochter ihr damit verstehen zu geben versuchte.

»Du wirst mein Kind so lange nicht wiedersehen, bis dein Liebhaber mit dem grünen Amulett aus dem Haus ist!«, kreischte Joanne mit überschnappender Stimme. Auch das Gebrüll des Kindes wurde immer lauter.

Joanne aber kümmerte sich nicht darum, sondern drehte sich auf dem Absatz um und verschwand mit dem schreienden Kind auf dem Arm. Dann war alles still.

Lucie fühlte sich wie betäubt. »Was soll ich nur machen?«, fragte sie verzweifelt und schlug die Hände vors Gesicht.

»Überleg es dir gut. Du weißt, was ich davon halte, dass Hehu bei dir wohnt, aber ich denke, du solltest dich nicht erpressen lassen.«

»Nur macht sie Ernst, und dann sehe ich das Kind nie wieder!«, stieß Lucie unglücklich hervor.

Harakeke zuckte die Achseln. Sie schwiegen eine Weile. Beide Frauen hingen ihren Gedanken nach, bis Lucie die Stille durchbrach. »Harakeke, es bricht mir das Herz, wenn ich das Kind aufgebe, aber ich kann auch Hehu nicht einfach auf die Straße setzen. Weißt du ... er ... also, ich habe ihm gegenüber eine Verpflichtung...« Lucie brach ab. Noch nie war sie so kurz davor gewesen, ihrer Schwester die Wahrheit anzuvertrauen, dass sie den Vater umgebracht und Hehu sie gedeckt hatte. Während sie mit sich kämpfte, ertönte hinter ihnen an der Tür plötzlich ein Geräusch. Lucie und Harakeke drehten sich um. Sie sahen jedoch lediglich einen Schatten entschwinden.

»Hehu?«, rief Lucie, erhielt aber keine Antwort. Wieder verfiel sie in quälerisches Grübeln. Was die Schwester ihr wohl raten würde, wenn sie die Wahrheit erführe?

Schließlich entschied sie sich dagegen. »Mir wird schon etwas einfallen«, erklärte sie kämpferisch. »Ich werde Joanne einfach belügen und ihr versprechen, dass er fort ist. Und er darf sich nur nicht mehr sehen lassen, wenn sie kommt.«

»Wenn du das durchhältst, mach das!«, entgegnete Harakeke wenig begeistert von dieser Idee. »Aber gut ... wenn er nun einmal nicht in unser Dorf zurückkann ...«

Lucie war plötzlich in Gedanken abgeschweift. Sie dachte an ihre Kindheit. So intensiv wie lange nicht mehr. Hehu war schon damals ihr Freund gewesen. Harakeke hatte sie oft damit aufgezogen und ihr erklärt, sie bräuchte keinen Freund, sie hätte doch sie, ihre Schwester.

»Weißt du noch, wie wir als Kinder Bälle aus den Flachsresten gefertigt haben und Hehu uns die Bänder gebastelt hat?«, fragte Lucie verträumt.

»Ja, ich erinnere mich genau. Und ich weiß auch noch, wie ich dir verbieten wollte, mit Hehu zu spielen, und er einst unser Gespräch belauscht hat und dann ...«

»Der Schatten«, rief Lucie aus und sprang so heftig auf, dass der Stuhl mit Gepolter nach hinten kippte. »Was, wenn er uns gehört hat! Ich muss nach ihm sehen«, murmelte sie und eilte ins Haus.

Als Hehu auf ihr Klopfen nicht reagierte, öffnete sie seine Zimmertür einen Spalt weit. Sie erfasste auf einen Blick, dass all seine Sachen fort waren. Selbst die Bastmatte, auf der er geschlafen hatte. Sie rief seinen Namen, während sie durch das ganze Haus rannte. In der Küche traf sie auf Stella, die am Küchentisch saß und bitterlich weinte.

»Er hat nicht gesagt, wohin er geht, sondern nur, dass ich nicht traurig sein soll«, schluchzte Stella.

Lucie aber blieb regungslos stehen. Die unterschiedlichsten Empfindungen wechselten sich ab wie Feuer und Eis. Er tat ihr unendlich leid, sie vermisste ihn schon jetzt, sie hatte ein schlechtes Gewissen ... und dann machte sich auch so etwas wie Erleichterung bemerkbar. Hehu hatte wieder einmal ein Problem für sie gelöst. Und Lucie würde sich weiterhin um ihr Enkelkind kümmern können ...

Wenn sie in diesem Augenblick geahnt hätte, dass in Zukunft kaum ein Tag vergehen würde, an dem sie sich nicht wünschte, er würde zurückkehren, hätte sie alle Hebel in Bewegung gesetzt, um ihn zu finden. So aber glaubte sie, dass es eine gute Lösung war.

Poverty Bay/Tolaga Bay, Oktober 1933

Es waren nur noch wenige Meilen bis nach Gisborne. Rechter Hand glitzerte das Wasser der Poverty Bay in der Frühlingssonne. Lucies Herz klopfte ihr bis zum Hals, als sie sich Gisborne näherten. Von dort würden sie zu Fuß auf den Titirangi bis zu jenem befestigten Dorf steigen, aus dem Lucie einst geraubt worden war.

Lucie saß neben Adrian, der den Wagen fuhr und nach ihrer Hand griff, um sie kräftig zu drücken.

»Bitte halt kurz an. Ich bin so aufregt«, bat Lucie ihn.

Adrian steuerte den Wagen auf den Seitenstreifen und hielt. »Was für ein Blick!«, schwärmte er und deutete auf die Bucht.

»Was für ein Tag!«, bemerkte Eva vom Rücksitz, während sie aus dem Wagen kletterte, um sich die Füße zu vertreten. Lucie und Adrian folgten ihr. So standen sie eine Weile stumm nebeneinander und ließen ihre Blicke über jene Bucht schweifen, in der einst Kapitän James Cook geankert hatte.

»Warum heißt die Bucht eigentlich Poverty Bay?«, fragte Eva in das Schweigen hinein.

»Als Kapitän Cook an Land ging, begrüßten ihn unsere Leute mit einem Haka, dem Kriegstanz. Das interpretierten Cooks Leute falsch und töteten sechs Maori. Daraufhin konnten sie nur noch schnellstens auf die ›Endeavour‹ zurück, die Segel setzen und in dieser Bucht keinen Proviant an Bord nehmen. Deshalb nannte James Cook sie die ›Bucht der Armseligkeit‹«, erklärte Lucie, während sie weiter über das Wasser starrte. »Meint ihr denn wirklich, dass er noch lebt?«, fragte sie, während sie sich Eva und Adrian zuwandte. »Er muss Mitte achtzig sein. Er ist älter als ich!«

Adrian zuckte die Schultern. »Ich weiß es nicht, aber ich hoffe es.« Und das tat er wirklich, denn der Vorschlag, Hehu aufzusuchen, stammte von ihm. Es war seine erste Reaktion gewesen, nachdem er die Geschichte seiner Großmutter gelesen hatte.

Lucie hatte sich zunächst dagegen gesträubt, aber dann war sie Feuer und Flamme gewesen. Inzwischen hatte auch Daniel Lucies Erinnerungen zu Gesicht bekommen. Ihn schien die Tatsache, dass Adrian sein Halbbruder war, über die große Enttäuschung mit Eva hinwegzutrösten.

Nur Berenice war immer noch nicht in den Genuss der Lektüre gekommen. Ihr das Manuskript zu übergeben, stand ihnen auf dem Rückweg bevor. Kein leichtes Unterfangen, wie sie bereits ahnten. Berenice war ja schon nicht besonders erfreut gewesen, dass die Familie für heute Abend ihren Besuch in Napier angekündigt hatte. Was sie wohl erst sagen würde, wenn sie erfuhr, dass ihr Bruder am Leben war, ihm das Haus gehörte und er es verkaufen würde, um in Wellington für uns eine neue Bleibe zu finanzieren?, ging es Eva durch den Kopf.

Die einzigen Personen, die von Adrians Überleben wussten, hatten Schweigen gelobt. Margret MacAlister und ihre Mutter im Gegenzug dafür, dass Eva, Adrian und Lucie niemals auch nur mit einem Wort erwähnen würden, was sie für ein teuflisches Spiel mit dem Mann ohne Gedächtnis getrieben hatten. Und Daniel, der sich ausgebeten hatte, in allen Einzelheiten über Berenices dummes Gesicht, wenn plötzlich der Erbe des Hauses vor ihr stand, informiert zu werden. Er hatte sich inzwischen in eine junge Architektin bei Geoffrey verliebt. In eine Kollegin von Eva, die weiter für das Büro arbeitete, während Adrian an der Akademie Architektur studierte. Und wenn er fertig war, dann, so beschwor Daniel ihn immer, würde es endlich die Firma Clarke & Thomas geben, wobei er neuerdings verlangte, dass seine neue Flamme die Vierte im Bunde sein sollte.

Als sie schließlich am Fuß des Titirangi angekommen waren, sprang Lucie wie von Sinnen aus dem Wagen.

»Es ist ja nichts mehr wiederzuerkennen!«, schrie sie aufgeregt, bevor sie wild mit der Hand herumfuchtelte. »Aber seht, dort. Da steht das alte Versammlungshaus. Links daneben muss der Pfad beginnen.«

Eva und Adrian stiegen aus und blieben andächtig vor ein paar prächtigen Eisenholzbäumen stehen. Sie blühten zwar noch nicht, aber man konnte sich lebhaft vorstellen, was für eine zauberhafte Blütenpracht sie wohl zwischen Mitte Dezember bis Ende Januar entfalteten.

»Powutokawa!«, murmelte Lucie und mahnte ungeduldig zur Eile. Nun konnte sie es kaum mehr erwarten.

Sie waren erst ein paar wenige Schritte gegangen, als ihnen eine alte Maori mit faltigem Gesicht entgegenkam, gegen die Lucie geradezu jugendlich wirkte. Lucie blieb wie angewurzelt stehen. Die Alte kam ihr entfernt bekannt vor. War sie nicht aus ihrem Dorf? Soweit sie sich erinnern konnte, gehörte sie schon damals zu den verheirateten Frauen. Die Maori musterte Lucie von Kopf bis Fuß, dann kam sie näher, bis ihre Nase Lucies berührte und sie ihre an dieser rieb. Nachdem sie den Nasenkuss beendet hatte, redete sie wild gestikulierend und mit beschwörenden Worten auf Lucie ein.

Eva und Adrian verstanden kein Wort; Lucie übersetzte für sie. »Das Dorf gibt es nicht mehr. Ahuri hat das Land an Pakeha verkauft, die dort oben alles dem Erdboden gleichgemacht und eine Farm errichtet haben. Einige unserer Leute sind nach Whangara gegangen. Unter der Führung von Hehu. Er lebt also!«, stieß sie heiser hervor. »Und sie hat mich Prinzessin Ahorangi genannt.« Lucies Augen wurden feucht vor Rührung.

»Dann frag sie doch, wie weit es nach Whangara ist«, schlug Eva vor.

Lucie wandte sich wieder der alten Maori zu, die nun ehrfürchtig begann, das Leinen von Lucies Kostüm zu befühlen, und fragte sie nach dem Weg.

»Dreizehn Meilen gen Norden«, übersetzte Lucie, bevor sie sich wortreich von der alten Maori verabschiedete.

Wieder herrschte eine gespenstische Stille, während sie die Küstenstraße entlangfuhren. Erst als sie die ersten Häuser von Whangara, die malerisch am Strand von Waihau lagen, erblickten, fand Lucie ihre Sprache wieder. »Er lebt, Hehu lebt, aber wird er sich auch freuen, mich wiederzusehen?«

»Natürlich!«, versuchte Eva, die aufgeregte Lucie zu beruhigen.

Plötzlich rief Lucie: »Halt! Halt!« und deutete auf ein Versammlungshaus, das besonders schöne Schnitzereien besaß. »Lasst uns erst einmal zu den Ahnen gehen, bevor wir uns auf die Suche nach Hehu machen«, fügte sie hinzu.

Eva und Adrian waren damit einverstanden, wie sie auf dieser Reise allem zustimmen würden, was Lucie wünschte. Es war ihre Reise!

Nachdem sie ihre Schuhe ausgezogen hatten, betraten sie leise das Versammlungshaus. Aber es war nicht leer, wie sie vermutet hatten. Im Gegenteil, eine Gruppe von Maori hockte am Boden um einen alten Mann herum, der zu beten schien.

Eva und Adrian wagten nicht zu atmen, weil sie die Andacht nicht stören wollten, doch dann wandte sich der alte Mann, der mit dem Rücken zu ihnen saß, um, als hätte er gespürt, dass Fremde gekommen waren.

»Ahorangi?«, entfuhr es dem alten Mann ungläubig. Daraufhin drehte sich einer nach dem anderen zu ihnen um. Ein Raunen ging durch die Gruppe der Betenden.

»Ahorangi«, flüsterten die Älteren von ihnen, während die Jungen und die Kinder sie nur intensiv musterten.

Lucie ging wie in Trance auf Hehu zu. Über zwanzig Jahre hatten sie einander nicht mehr gesehen. Aus dem stillen Maori war ein würdevoller Anführer geworden, den seine Leute verehrten. Hehu erhob sich geschmeidig wie ein junger Mann und umarmte Lucie.

»Verzeih mir«, flüsterte sie.

»Ich habe dir nichts zu verzeihen«, entgegnete er.

Die Alten unter den anwesenden Maori standen nun ebenfalls auf und näherten sich Lucie.

»Kia ora, Prinzessin Ahorangi«, riefen sie im Chor.

Eva zupfte Adrian am Ärmel. Sie hatte das Gefühl zu stören. Leise traten die beiden Pakeha den Rückzug an. Draußen vor der Tür küssten sie sich lange und leidenschaftlich.

Erst als Stimmen erklangen, stoben sie auseinander.

»Das ist das Kind, das ich damals nicht mehr wiedersehen sollte«, sagte Lucie und deutete auf Adrian. Hehu begrüßte erst Eva freundlich, dann ihn.

Adrian sah verstohlen auf die Uhr. Wenn sie es noch vor Anbruch der Dunkelheit nach Napier schaffen wollten, sollten sie bald aufbrechen. Doch als er Lucies entrückten Blick wahrnahm, ahnte er, dass es anders kommen sollte.

»Wir müssten fahren, Großmutter«, mahnte er.

»Seid nicht böse, Kinder«, murmelte Lucie, während sie wie gebannt auf das Meer blickte. »Ich bleibe hier. Bei Hehu und den Menschen, für die ich Prinzessin Ahorangi bin. Und als Ahorangi möchte ich einst hier begraben werden.«

Eva kamen die Tränen. »Aber das ist noch lange nicht so weit! Wir werden dich besuchen, sooft wir können.«

»Ich bitte darum!« Lucie drehte sich zu ihnen um. Ein Sonnenstrahl brach sich in ihrem grauen Haar, und es sah aus, als trüge sie eine Krone.

Sie sieht wie eine echte Prinzessin aus, durchfuhr es Eva gerührt.

»Sie sieht aus wie eine richtige Prinzessin«, flüsterte ihr Adrian in derselben Sekunde ins Ohr.

»Prinzessin Ahorangi«, gab Eva zurück und schmiegte sich ganz eng an ihren Mann.

Wie von Ferne hörte sie die Stimme der Maoriprinzessin sagen: »Habe ich dir nicht gesagt, dass es dich nicht zufällig an dieses Ende der Welt verschlagen hat, meine Kleine?«

Eva nickte, während sie den Blick über das grünblaue Meer schweifen ließ und sich vorstellte, wie sie all das später einmal ihren Kindern erzählen würde.